미쳐

2

미샤

2

신여리 장편소설

가하epic

미사 2

지은이 신여리
펴낸이 이형기
펴낸곳 도서출판 가하

초판인쇄 2017년 12월 7일
초판발행 2017년 12월 14일
출판등록 2008년 10월 15일 제 318-2008-00100호

주소 서울 영등포구 양평로 67, 1209 (당산동5가, 한강포스빌)
전화 02-2631-2846 **팩스** 02-2631-1846

www.ixbook.co.kr

ISBN 979-11-300-2493-6 04810
       979-11-300-2491-2 04810(set)

값 14,800원

Part / 02

25. 추격 / 7

26. 엇갈림 / 107

27. 화서 / 180

28. 예기치 못한 / 229

29. 개와 함께 / 244

30. 잠겨 있는 사람 / 373

31. 에덴 / 421

32. 봄이 오는 소리 / 579

Epilogue / 623

작가후기 / 653

태성은 동족들을 찾아가려던 계획을 취소했다. 규진의 일로 한바탕 난리가 났던 날, 민아와 했던 통화 때문이다.

태성이 넌짓 '찾아가 보겠다.'는 의사를 드러냈을 때 민아는 근래의 분위기가 좋지 않으니 다음으로 미루자한 것이다. 대신 민아는 태성의 거처 문제를 해결해주마 하였다. 그건 태성이 거절했다. 심려를 끼치고 싶지 않았다.

태성은 강서에게 전한 이야기를 다시 민아에게 했다. 민아는 괜찮을 것이라고 그를 안심시킬 뿐이었다.

그러니 괜찮은 거라고 생각할 수밖에.

대신 태성은 다른 계획을 세웠다. 규진의 집에 온 것이 실수였다. 차라리 마음 편히 애경과 견우의 집으로 옮겨갈 생각이다. 처음에는 견우와 애경의 새끼들 때문에 마음에 걸렸다. 하지만 그 때문에 규진의 기억까지 조작해야 했다.

태성은 규진이 또 다치는 건 싫었다. 하지만 규진은 속 편하게 아무래도 좋다는 식이다.

"나 다음 주에 바로 시골 내려갈 거니까 더 있어도 괜찮아. 아니, 근데 너 망원동 집은 어쩌고 다른 데로 간다고? 예전 망원동 거기 집은 어떻게 되는 거야? 그거 전세 아니고 네 명의 집이라지 않았냐?"

간신히 연락이 닿은 애경과 견우는 한시적이나마 머물 수 있는 곳을 제공해주겠다고 말했다.

애경은 망원동 아파트 사건을 일찍이 알고 있었기에, '대체 왜 이제야 부탁을 하느냐.'며 짜증 비슷하게 언성을 높였는데, '며칠 전 새벽에도 누나랑 형한테 전화했더니 안 받던데요.'라고 태성이 한마디 받아쳐주자 아무 말도 하지 못하고 사과했다. '아, 미안. 그날 나 견우랑 심야영화 보고 있었어.'라느니 하면서.

미사는 그 부부는 정말 웃기지도 않은 개년놈들이라고 투덜거렸다.

욕은 아니다. 진짜 개같아.

"거긴 나중에. 팔고 다른 데로 이사할 거야."

규진은 시험기간을 핑계로 눌러앉았던 태성이 또 다른 곳에 얹혀살겠다 하니 새삼 의심스럽다는 눈치였다. 하지만 그것도 잠시였다. 규진은 금붕어급으로 산만해서 곧 잊어버렸다.

이틀 후, 미사와 태성은 짐을 챙겼다.

"누나, 나중에 또 봐요. 그동안 바닥에서 자느라 제 등허리가 뿌각나는 줄 알았지만 그래도 누나가 예뻐서 좋았어요. 성격은 그렇게 예쁘지 않으신 것 같지만."

그래도 친해졌다고 생각하는 건지 넉살 좋은 작별인사까지 건넸다.

"나중에 또 보는 거예요, 우리. 태성이랑 사이좋게 지내요! 지난번에 병훈이랑 술 마시기로 했던 것도 다음번엔 꼭."

규진은 아쉽다는 듯 거듭 약속을 요했다. 지난번에 함께 술자리를 가지자 말했던 날은, 규진의 원인불명의 숙취 때문에 무산되었다. 그것이 단순한 숙취가 아니라는 것을 아는 이는 미사와 태성뿐이었다.

애경과 약속한 시각이 가까워진다. 떠돌이가 된 것 같은 기분에 괜히 마음만 무거워졌다. 정말 어딘가 시골로 훌쩍 떠나 미사와 단둘이 안전하게 있을 수 있다면 좋을 텐데.

태성이 얼마 없는 짐을 챙기며 물었다.

"아, 그리고 연락은 아직 안 왔죠?"

미사는 어려움 없이 알아듣고 고개를 끄덕였다.

어제 미사는 큰마음을 먹고 곽현에게 – 정확히는 용운의 SNS에 – 메시지를 보냈다. 그런데 그렇게 진심이라는 듯이 그녀를 꾀었던 곽현은 어제 하루를 꼬박 채우고 오늘 오후가 될 때까지도 연락을 돌려주지 않았다.

"일단 견우 형이 차 보내준다고 했으니까, 나가요. 고마웠어, 규진아."

"그래, 야, 연락 좀 자주 해라. 미사 누나랑만 논다고 단톡방에도 잘 안 보이고 서운해."

"……."

"하더라, 병훈이가. 나 말고."

태성은 희미하게 미소를 그렸다. 간단한 작별이 자꾸만 구질구질하게 길어지는 것을 억지로 잘라내고 대문을 나섰다.

빌라에서 나온 미사와 태성은 나란히 골목을 걸었다.

하얀 입김이 번졌다. 이번 겨울은 유달리 긴 것이 아닐까 하는 생각이 들었다.

"큰길로 나가요. 저 앞에 정문 정류장이 있는데 그쪽으로 온다고 했으니까."

세상은 이제 방학이며 크리스마스라고 들썩이는데 미사와 태성은 한 치 앞도 보이지 않는 곳에 서 있다. 열흘도 안 되는 시간 동안 익숙해져버린 규진의 빌라가 벌써 저만치 멀다. 미사는 새삼스러운 기분에 잠겨 중얼거렸다.

"그 개들을 만나면, 수화가 안 되는 문제에 대해서도 그 녀석들을 통해 알아보자. 발이 넓으니 정보도 많겠지."

"그래요."

"괜찮을 거야."

"괜히 위로해주지 않아도 돼요."

태성이 미사의 손을 잡았다. 미사가 눈을 둥그렇게 뜨고 그를 바라보았다. 태성은 그녀를 바라보지 않은 채로 "너무 느려요. 빨리 와요." 하고 괜히 보채는 말을 했다.

미사는 의젓한 체하는 태성이 좋았다. 뻣뻣한 것 같기도 하고, 신경질적인 것 같기도 하면서 차분한 듯도 하던 태성은 정작 제 속내를 가감 없이 드러내는 사람이었다.

태성과의 인연이 이렇게 예상치 못한 방향으로 깊어질 줄도 몰랐다. 정체가 모호한 무언가에게 이렇게나 의지하게 된 것은 처음이라 해도 과언이 아니었다.

태성은 그녀에게 '미사 씨가 잘됐으면 좋겠어요.'라고 말했지만 이제는 미사도 태성과 똑같은 생각을 하고 있다.

태성도 잘됐으면 좋겠다. 그에게도 좋은 일이 많이 일어난다면 좋겠다. 그녀보다 속을 나눌 친구들이 많은 건 태성인데도 불구하고.

그런데 대로변으로 나온 직후였다. 골목의 끝자락에 도착해 태성이 우뚝 멈춰 섰다. 그의 뒤통수만 바라보고 걷던 미사도 멈칫하며 따라섰다.

태성의 눈빛이 묘하게 차가웠다.

"왜 그래?"

태성이 뒷걸음질하며 미사를 골목의 그림자 안쪽으로 끌어당겼다. 하지만 그의 시선은 여전히…….

미사의 손끝이 굳었다. 살갗에 비늘무늬가 오도도 돋아나기 시작했다.

'뭐야.'

대로변에는 정류장이 하나 보이고 상점들이 즐비해 있었다. 우측, 정류장 건너편에 까만 세단 한 대가 서 있었다. 그리고 왼쪽의 얼마 떨어지지 않은 곳에 서 있는 또 다른 은색 차량 한 대.

태성이 낮게 말했다.

"기운 죽여요."

미사는 본능적으로 알아차렸다. 그 두 차량에는 그들과 비슷한 사람들이 타고 있다. 아마도 은색 차량 쪽에 타고 있는 건 그녀의 동족이었다.

은색 차량의 문이 열리며 낯익은 남자가 모습을 드러냈다. 사준과 가장 가까운 곳에 머물며 그 무리 안에서 생기는 내부적인 일들을 처리하는 재준이었다.

선글라스를 끼고 있었지만 미사는 대번에 알아차렸다. 재준은 은색 차량에 기대어 담배를 물고 불을 붙였다. 그들을 알아차리고 나온 것은 아닌지, 재준의 시선은 건너편의 까만 차량에 멈추어 있었다.

하지만 재준의 시선이 이쪽에 닿지 않았더라도 조수석에 또 다른 녀석이 앉아 있을 것이었다. 새까맣게 선팅이 되어 있어 보이지 않았지만. 그것이 곽현이 아닐 것이라는 데에는 손목도 걸 수 있었다. 재준과 곽현은 그다지 성향이 맞는 편이 아니었다.

"아는 사람이에요?"

"응."

"강해요?"

"정신계 쪽이야. 내가 이겨. 하지만 저 옆에 타고 있는 녀석은 잘 안보여. 모르겠어."

"사람들이 그래도 꽤 다니는데, 문제가 생길까요."

"지금 저기 담배 피우는 녀석, 쟤는 예전에 지하철 한 칸에 앉아 있던 인간들 전부한테 정신억압을 시도했던 적도 있어. 내가 알기로 사준 무리에 있는 녀석들 중에는 저 녀석을 따라잡을 놈이 없어."

태성은 침을 꼴깍 삼켰다.

'대체 어떻게 찾아온 거지.'

정확히 그들이 있는 골목 근처에서 주차를 하고 기다리고 있다는 건 미리 알고 왔다고밖에 할 수가 없었다.

아마 애경이 직접 그들을 픽업하러 오지는 않았을 테니, 견우가 아니라면 술 일족의 다른 누군가일 터인데 그들까지 말려들게 할 수는 없었다.

미사는 태성의 고민을 쉽게 알아차렸다. 그도 그럴 것이 그들이 몰래 술 일족의 차량에 탑승하는 일은 거의 불가능해 보였다. 술 일족이 어디까지 협조할지는 모르겠지만 재준이 나와서 대놓고 그들을 주시하는 티를 내는데도 꼼짝도 않고 비상등만 깜빡이는 것을 보면 대낮부터 큰 싸움이 일어나는 것은 피하고 싶어 하는 것이 뻔했다.

심장이 두근거렸다. 골목 밖으로 나가면 전쟁이다.

"일단 반대편 골목으로 가요. 전화해서 자리를 옮기자고 하면 괜찮을 거예요. 아직 저쪽은 우리를 못 본 것 같……."

그때였다.

은색 차량의 조수석 문이 열리며 길쭉한 다리가 뻗어 나왔다. 사준이었다. 사준의 눈은 명백히 그들이 숨은 골목의 그림자에 향해 있어서, 태성도 미사도 엄습하는 예감을 피할 수 없었다.

미사의 목덜미에 검은 비늘이 돋아나기 시작했다. 속이 갑갑해오고, 살갗이 떨릴 만큼의 불길함이 찾아온다. 이런 기분을 마지막으로 느낀 것은 사준으로부터 도망쳤던, 배신당한 날이다.

태성과 견우가 종이 다름에도 꽤나 진솔한 우정을 나누고 있다는 것을 알게 되고, 미사는 왜 사준과 자신은 우애를 가질 수 없었는지에 대해 고민했다. 곽현의 말처럼 사준이 비이성적인 판단을 멈추지 못하고 있다면, 탈로를 열어두고 그와 대화쯤은 해볼 수도 있겠다고 생각했다.

하지만 아니었다.

사준의 기운은 조금 더 탁했지만 지극히 안정적이고, 정상이었다.

사준이 그들이 있는 골목을 향해 긴 다리를 뻗어 걸어왔다.

걸음의 품새가 마치 궁지에 몰린 사냥감에게 다가가듯 여유로웠다. 미사는 제게 똑바로 향한 사준의 눈동자에서 눈을 뗄 수가 없었다.

그러는 사이 담배를 물고 기대어 서 있던 재준이 건너편 대로에 주차된 검은 세단을 향해 설렁설렁 걸어가는 것이 보였다. 또 다른 한 명이 은색 차량에서 내려 재준을 뒤따랐다.

빠아아앙!

클랙슨이 거대한 소음을 일으켰다. 태성이 이를 악물고 속삭였다.

"뛰어요."

퍼뜩 정신을 차린 미사가 뒤도는 순간 엄청난 기운이 그녀의 등허리에 그대로 처박혔다. 쿠당탕탕 구른 미사가 그대로 골목 담장에 부딪쳐 고꾸라졌다.

"어서, 미사, 어서 일어나요!"

태성이 달려와 그녀의 손목을 강제로 잡아 일으켰다. 그러나 첫 공격이 어찌나 정확했던지 척추가 나갔다. 미사는 끔찍한 고통에 이를 악물고 금이 간 뼈가 붙기를 기다렸다.

'빨리, 빨리, 빨리.'

"태성아, 너 먼저 달려."

미사가 신음을 삭이며 씹어뱉었다. 태성은 지금 수화조차 하지 못하는 상태였다. 이대로 잡혔다가는 도망칠 길도 없었다. 그러나 태성이 한 걸음 움직이기도 전이었다.

사준의 감미로운 목소리가 들렸다.

"미사, 오랜만에 만나는데 그렇게 꽁무니가 빠져라 도망가면 쓰나. 너답지 않게. 아니…… 너다운 건가. 위험 감지는 늘 제대로 했으니까."

어둔 골목 안으로 들어서는 사준의 입술이 길게 찢어지는 것처럼 보였다.

똑똑똑.

담배를 비딱하게 문 재준이 허리를 숙였다. 싱글싱글 웃는 얼굴로 다가오는 그를 주시하며 담군은 휴대전화를 만지작거렸다. 애경의 부탁을 받아 오기는 했는데 여기서 하필이면 사준 당사자가 있는 무리와 마주칠 거라곤 생각지도 못한 탓이다.

유유자적 무단횡단을 한 재준이 어느새 앞유리를 지나쳐 운전석 문 앞에 섰다. 허리를 숙이더니 툭툭툭, 창을 두드린다.

"어떻게 할까요?"

조수석에 앉아 있던 담군의 부하 영우가 멍청한 소리를 지껄였다. 술 일족은 나름대로 위험한 일들을 하며 무리를 이루고 있다. 사실 담군은 눈앞의 뱀 몇 마리는 크게 문제가 되지 않는다고 생각했다. 때문에 지금의 이 긴장은 다른 데에서 기인한다.

'……아니겠지.'

사준이 태성을 뒤쫓아 차에서 내린 것을 알고도 따라 내리지 않은 것은 어딘가 있을지 모를 '다른 존재' 때문이다. 최근 일족사회 내부에 그런 소문이 돌고 있다. 사 일족이 '과리'를 깨웠다나 뭐라나.

"문 여시죠?"

담군은 마지못해 윈도 버튼을 눌러 창을 내렸다. 위이이잉. 알싸한 담배 냄새가 스며들어왔다.

술 일족은 코가 다른 일족들에 비해 월등히 좋은 편이다. 담군이 표정을 찡그리며 물었다.

"무슨 일입니까?"

"이쪽이 할 말인데요."

담군은 상대가 누구인지 알고 있었다.

재준.

이놈은 정신계 특화 능력자라고 알려져 있었다. 그 수준이 어느 정도 되는지는 실제로 겪어보지 못해 모르지만 지금 문제시되고 있는 서울 근교의 뱀들 중에서는 가장 뛰어나다고.

얼마 전 망원역 근처에서 있었던 사건도, 가양대교 건너편에서 벌어진 '대낮 도로 한복판의 검은 구렁이' 사건도 재준 이자가 정리했다고 들었다.

"왜 여기 계신 건지 좀 묻죠."

"우연히, 지나다가."

"그러면 지나시죠."

창턱에 팔을 기대고 웃는 재준의 눈에서 푸른 귀기가 번들거렸다. 어느새 재준을 뒤따라온 다른 사 일족 한 명이 영우가 앉은 조수석 문 옆에 섰다.

"언제 출발하건 그건 이쪽 마음인데요."

"이 차에서 내리실 생각은 없으신 거죠?"

"……"

"혹시나 해서 하는 말입니다만."

그때, 태성이 숨어 있던 골목 안쪽에서 공기가 팽창하는 것 같은 진동이 일었다. 담군이 얕은 한숨을 내쉬었다. 입꼬리를 올린 재준이 말했다. 눈은 전혀 웃지 않고 있다.

"내리면, 이쪽이랑 문제가 생길 겁니다. 우리는 지금 동족 간의 문제를 해결하고 있는 중이니까."

"다른 일족도 하나 얽혀 있는 것 같은데."

"하지만 역시나, 당신 쪽 사람은 아니죠."

영우가 으르렁거리는 소리가 들렸다. 이빨이 뾰족하게 돋아난 영우를 물끄러미 바라보던 재준이 새파란 눈동자를 느리게 깜빡이며 고개를 기울였다.

"눈 내리시고, 박아요."

무슨 소리인가 하고 눈살을 찌푸리는 순간 조금 전까지만 해도 사준과 조수석 문 옆에 서 있는 사 일족을 번갈아 주시하며 그릉거리던 영우가 몸을 부르르 떨었다. 그러더니 갑자기 창에 머리를 쾅쾅 박아대기 시작했다.

'아나, 씨팔.'

담군은 재빠르게 팔을 뻗어 영우의 뒷머리채를 휘어잡아 조수석 앞 패널에 영우의 머리를 짓눌러 고정했다.

아무리 영우가 그냥 졸처럼 데리고 다니는 대단할 것 없는 녀석이라고 해도, 눈 한 번 마주쳤을 뿐이다.

'이 미친놈이.'

재준의 눈동자는 마치 혓바닥 같다. 재준의 눈빛이 짙어질수록 담군은 그의 내밀한 본능이 자극당하는 것을 느꼈다.

재준의 입매가 늘어졌다.

"둘밖에 없는 걸로 보이는데, 동료를 잘 챙겨주셔야죠. 죽을 수도 있습니다. 그 조수분은 지금도 저렇게 제정신이 아닌 것 같은데 괜찮으신 건가."

"이보십시오. 한번 해보자는 겁니까. 우리 쪽 건드려봐야 좋을 일 없다는 거 잘 아실 텐데요."

"피차일반이죠. 이쪽 사정에 신경 끄고 떠나시면 서로 좋은 일이 생길 겁니다. 그 옆의 분도, 반경 3킬로 정도만 떨어지면 제정신으로 돌아오실 것 같고."

그르렁대며 머리를 흔드는 영우를 짓누르는 담군의 표정이 일그러졌다. 이런 일이 생길 줄 알았더라면 사냥꾼들을 데리고 왔을 터였다. 근래에는 뱀 사냥을 한다 하면 신이 나서 쌍수를 들고 달려들 이들이 넘쳐난다. 이놈들은 대체 무슨 배짱인가.

"배영아, 이 차 제대로 굴러가는지 확인하고 배웅해드려."

그렇게 말한 재준이 몸을 바로 세우더니 창문에서 한 걸음 물러났다. 조수석 문 앞에 서 있던 사 일족도 물러섰다.

재준은 차들이 달려오는 것도 무시한 채 다시 왔던 길을 되돌아가듯 대로를 건너갔다. 빵, 빠아앙! 대놓고 무단횡단을 하는 그의 느린

걸음에 차들이 급정차를 하며 요란하게 교통이 뒤엉켰다. 그러건 말
건 재준은 골목 안쪽으로 걸음을 옮길 뿐이었다.

뒷목이 저릿저릿한 사준의 탁한 기운이 파도처럼 밀려왔다가 환각
처럼 사라졌다.

미사가 씹어뱉듯 말했다.

"너, 어떻게 알고 온 거야?"

꼼짝도 못 하고 주저앉은 미사의 곁에 쪼그려 앉은 사준이 희미하
게 웃으며 휴대전화 하나를 던졌다. 곽현이 가지고 있던 복제품이었
다. 지난번엔 없었던 피가 말라붙은 자국이 보였다.

"이 오빠가 찾는 거 알면서 왜 곽현한테만 연락했어, 서운하게."

등줄기에 소름이 번졌다. 곽현이 그녀를 속인 것이거나, 곽현이 사
준에게 당한 것이거나. 둘 중 하나일 것이다. 사준의 뉘앙스로 보건대
후자였다.

"……죽였어?"

"그렇게 멋대로 구는 녀석을 더 옆에 둘 수는 없지."

사준은 붉은 눈이 소름 끼치는 미남이었다. 사준은 지금 태성에게
전혀 관심이 없었다.

태성이 사준의 뒤로 접근하려던 순간이었다.

"거기, 너랑도 용건이 있으니까 차례 기다려."

"……."

"지금 미사를 어떻게 할 생각으로 온 거 아니니 진정하고."

태성의 눈에 조용히 떠나는 검은 세단이 보였다. 그들을 마중 나왔

던 술 일족들의 차량이다. 절망적이다. 미사는 아직 움직일 수 없었고, 태성은 사준에게 당장 대적할 만한 능력이 없었다.

사준은 확실한 존재감으로 골목을 가득 채우고 있었다. 심장이 벌렁거렸다.

설상가상 재준까지 골목 안으로 들어왔다.

"사준 님, 그 녀석들은 보냈습니다."

"아아, 느꼈어."

"저 녀석, 발도 넓네. 처음에는 과리 님의 관심을 끌더니만 이번엔 술 일족이라니."

재준이 키득거리며 다가와 섰다. 사준 하나만 있을 때에도 난감했는데 저들의 수가 늘었다. 술 일족들이 떠났으니 나머지 한 명도 곧 이쪽에 집중될 것이었다. 태성은 어떻게든 몸에 힘을 주어보았다.

기운이 바닥난 것처럼 긁어도 긁어도 아무것도 느껴지지 않았다.

"이 녀석 묘한데요? 과리 님이 관심 가질 만하네요."

"재준이 너, 진짜 비늘 다 뜯길 때까지 맞아볼래? 어디 낄 데 못 낄 데 구별을 못 해?"

미사가 으르렁거렸다.

"오랜만인데 건강하네?"

재준은 넉살 좋은 웃음소리로 받아쳤다. 와이셔츠 안으로 언뜻 비치는 그의 피부는 이미 뱀의 것처럼 우툴두툴 변해 있었다. 언제든지 싸울 준비가 되었다는 뜻이다.

"반가운 척이라도 좀 해주지. 가서 회포나 풀면서 축배라도 들자. 한미사 검거, 짜잔 하고 말이야."

"……미친 새끼야, 축배는 너 혼자 열심히 목구멍에 처넣어."

"오랜만이라 그런가. 더 상스러워졌네."

"사준 믿고 뻗대는 건 그쯤 하지그래. 네 능력 나한텐 안 통하잖아?"

미사의 손도 이미 검은 비늘 같은 표피로 뒤덮여 있었다.

"네가 까다로운 편이기는 하지, 우리 정신계 쪽 애들한테는."

미사가 으르렁대느라 여념이 없는 사이 사준의 눈은 힐끗 태성에게 향했다. 사준 역시 기묘한 위화감은 느꼈다. 바짝 곤두서서 그의 손끝이 미사에게 호의를 보이는지, 살의를 가하는지를 주시하는 수컷이다. 눈동자에 언뜻 붉은 기가 어렸다 사라지는 것이 기묘했다.

그러나 곧 사준은 미사에게로 시선을 옮겼다.

"막상 만나니까, 널 어떻게 해야 할지 모르겠네."

"지금 장난해?"

움직임이 가능할 만큼 붙기 시작한 척추를 틀어보았다. 미사는 어느 정도 몸이 기능을 되찾은 것을 확인한 즉시 그대로 사준의 목과 가슴 사이의 명치를 발로 걷어차며 그대로 담장을 딛고 도약해 뒤굴렀다.

"오빠한테 오빠라고 좀 불러주지 말이야."

"오빠답게 굴어야 오빠라고 하지."

느린 걸음으로 다가와 선 사준이 다정하게 웃었다. 붉은 눈이 열기에 휩싸였다.

"우리 미사를 어쩌면 좋을까…… 아, 그래. 맞아, 지금 과리 님이 산중턱에 사는 자 일족들을 찾으러 가셨는데 말이야, 네게 안부 전해달라고 하시더군."

미사의 눈이 휘둥그레지는 것과 동시에, 태성의 몸이 뻣뻣하게 굳었다.

과리는 그때 그자다. 쥐들의 보금자리에 사 일족도 아니고 진 일족이라고?

그건 가망이 없다는 말이 아닌가.

산 중턱의 정자 지붕에 선 과리가 턱을 매만졌다. 슬슬 짜증이 났다. 사준이라는 뱀은 대체 저를 무어라 생각하는지 모를 일이다. 도시 매연이 섞이지 않은 산의 청량한 기운이 폐부로 스며들었다.

'이 요망한 녀석들.'

사준은 대뜸 그를 느러터진 바퀴 달린 고철에 태운 후, '그냥 가보면 아시겠죠.'라고만 떠들었다. 근방에 뭔가 있다는 건 직감적으로 느껴지기는 하는데 당최 모호하다.

'결계가 꽤 대단한 모양이지.'

그게 아니라면 제가 약해졌다는 것이다. 어느 쪽이든 불만이다.

되살아난 그가 제대로 힘을 쓴 것은 오래전 용운과 맞붙었던 때뿐. 뻐근한 몸을 풀기엔 사냥이 제격이었다. 과리가 거센 기운을 한 번 뿜어내었다. 얼마 지나지 않아 어떤 벽에 부딪쳐 되돌아오는 공기의 파동이 느껴졌다.

"저쪽이군."

과리가 뛰어올라 바람을 일으켰다. 곡도처럼 휜 바람칼이 요란한 소리를 내며 허공에서 부서진다. 아무것도 없던 풍경이 서서히 갈라졌다. 자 일족의 무리를 지키던 도롱 노인의 결계가 와르르 무너졌다.

허공의 막이 걷히며 으리으리한 기와집과 낡은 목조 대문이 나타났다.

꺄아! 찍찍찍! 비명 속에 쥐들의 울음이 섞였다.

과리의 새빨간 머리칼이 정체된 공기 속에서 돌풍이라도 맞은 것처럼 휘날렸다. 괴이한 모양새였다.

거대한 쥐들이 담벼락을 뛰어넘어 달려들었다. 하지만 과리가 눈길을 주는 순간 그대로 주저앉아 발발 떨었다.

"미물들아, 마중은 보이는 데서 하고 있어야지."

과리가 손끝을 튕기자 동강 난 쥐의 사체가 붉은 선혈을 흩뿌렸다. 피는 과리의 근처에 닿지도 못했다. 문을 툭 건드리자 날아가듯 문짝이 떨어졌다. 대문 안에서는 집채만 한 쥐들이 바리케이드처럼 도열해 있었다.

모두가 공포에 떨고 있었다.

하필이면 지금은 강서를 비롯한 실력자들이 사 일족들을 공격하기 위해 외부로 나가 있었다. 몇 걸음 걷던 과리가 털썩 가부좌를 하고 앉았다.

한 마리가 말했다.

"어째서, 어째서, 이러십니까. 이게 지금 무슨 횡포입니까……."

그들의 울음소리는 과리의 잔혹한 성정을 더욱 자극했다. 과리가 크게 웃었다.

"너희가 웃어른이라 말하는 놈들의 절반이 나보다 어리고 하찮은 미물들이라는 건 알고 떠드냐? 응?"

푸드덕 소리와 함께 비둘기처럼 큰 참새 한 마리가 지붕 위로 날아올랐다. 과리는 물끄러미 그를 바라보다가 손가락으로 가리켰다. 손끝에서 튀어나간 붉은 기운이 그대로 새를 고꾸라뜨렸다.

추락한 참새는 땅에 떨어졌을 땐 가슴이 뚫린 어린 소년의 형상을 하고 있었다.

"쥐에, 새에…… 여기는 밤도 낮도 안전하지 않은 곳이겠어."

광기가 덧그려진 미소를 지으며 과리가 조롱했다.

단정한 한복 차림의 여자가 마루 밖으로 모습을 드러냈다. 민아였다. 민아는 난장판이 된 그들의 마당을 넋을 놓고 바라보았다. 과리가 천진하게 손가락을 세워 번쩍 들고 웃었다.

"이 과리 님이 용건이 있어 찾아왔단 말이야, 어린 쥐들아. 크게 일을 벌이기는 싫으니까…… 어디 보자, 그래. 바우가 어디 있는지 말할 때까지 1분에 한 놈씩 멱을 따줄 거야. 이제 셈을 시작해보자. 바우의 소재를 아는 녀석은 얼른 튀어나와."

크게 일을 벌이기 싫다는 이가 1분에 한 마리씩 살해하겠다 선언하는 것은 외려 조롱처럼 들렸다.

하지만 그들이 공통적으로 하는 생각은 이뿐이었다.

'바우? 바우라니.'

'과리, 진짜 과리다. 과리가 바우를 찾으러 왔다고?'

쥐들은 주저앉아 고개를 맨바닥에 처박았다.

왜 인 일족인 바우를 자 일족의 본거지에서 찾아내려는지는 모르겠지만, 바우는 이곳에 없으므로 싸워도, 싸우지 않아도 몰살이었다.

민아가 모두의 의문을 대신해 물었다.

"바우라면 인의 바우를 말하시는 건가요. 어째서 그분을 우리 무리들에게 내어놓으라 하시는지 여쭈어도 될는지요."

"네가 이 무리의 수괴이냐?"

"아니요."

"수괴를 데려와라. 화서, 그래, 지금은 화서라는 이름의 꼬마라 했던가?"

"애석하게도 지금 출타 중이십니다."

"그렇다면 너희와는 이야기할 이유가 없겠군. 데려와. 1분이다."

곤두선 쥐들이 눈을 끔뻑였다. 그러나 과리는 1분이 지나고, 2분이 지나고, 5분이 지나고, 10분이 지나도록 꿈쩍도 않고 있었다.

'…….'

호기 넘치게 1분에 한 마리씩 멱을 따겠다고 말했던 것이 바로 과리였다. 그리고 전설처럼 전해 내려오는 이야기들 속에서 과리는 살육에 미친 용이었다.

붉은 머리칼을 나풀나풀 휘날리던 과리는 쥐들의 표정에 떠오른 의아함을 알아차리고 삐딱하게 고개를 젖혀 하늘을 올려다보았다.

"아, 1분 지났나?"

"…….."

"1분 지났냐고?"

기가 질려 아무 말도 못 하고 움츠러든 쥐들 사이에서 민아만이 꿋꿋했다.

"아니요."

'민아 님!'

뻔뻔하기 이를 데 없었다. 쥐들은 앞니를 딱딱대며 서로의 눈치를 보았다. 심상하게 턱을 긁던 과리가 물었다.

"그래? 1분 아직도 안 지났어?"

"예, 지나지 않았습니다."

과리는 흉흉한 눈을 부라리며 민아를 노려보다가 끙, 눈살을 찡그렸다.

용들은 약속엔 철저한 편이다.

까마득히 긴 세월을 살아 시간 개념을 잃어버린 것이 문제다. 시간이 어찌 흐르는지 모르겠다. 괜히 '1분'이라 정했나 보다. 그러나 과리는 정직한 진 일족이므로, 아직 안 지났다고 하는 말을 믿고 기다렸다.

　한참 후, 그림자가 조금 기운다 싶을 때 다시 물었다. 실제로 한 시간이 더 지났을 때였다.

　"아직도?"

　민아는 초연히 고개를 끄덕였다.

　"이상하네. 내가 아는 1분은 엄청 짧은 시간인데."

　"이곳은 자 무리가 모여 사는 영험한 곳입니다. 속세와 시간이 흐르는 법칙부터가 다른 것이 자명하지요. 계절을 보십시오. 저 아래 도시는 겨울이지만, 이곳은 이리 날이 시원하고 좋은걸요. 흐름이 다르답니다."

　쥐들은 눈 하나 깜빡 않고 거짓말을 내뱉는 민아를 걱정스럽게 바라보았다.

　만일 민아가 과리를 농락하였다는 것이 드러난다면 그야말로 어마어마한 진 일족의 보복이 있을 것이다.

　"너희 자들이 벌써 그 정도의 수준까지 이르렀다고? 시간의 흐름마저? 대체 세상이 어찌 돌아가는지 모르겠네. 자다 깨보니 집이란 건 온통 희한한 건물들뿐이고, 자들은 말도 안 되는 헛소리를 하고 있고…… 그러면 너희의 1분은, 언제 지나냐?"

　"아직 멀었어요."

　"해는 저무는 것 같은데?"

　"자 일족의 영험한 땅에서 해의 높이로 시간을 가늠하는 건 어리석은 일입니다. 하루에 열 번 해가 뜰 때도 있고, 하루에 백 번 해가 지기도 합니다. 그날그날의 기운에 따라 다르지요."

　'아이고, 민아 님!'

　쥐들의 속이 잿더미가 되건 말건 관심 없는 과리는 슬슬 난감한 표정을 지었다. 시간이 어찌 지나는지를 감지하지 못하니, 재미가 없다.

사준이 휴대전화를 가져가라고 할 때 가져올 걸 그랬다. 낯선 네모난 고철 덩어리는 자동으로 시간의 흐름을 체크해 알려주는 기능이 있었다.

과리가 턱을 괴며 입술을 찡그렸다.

"쥐 아가들아."

"말씀하세요."

"휴대전화라는 걸 가져와봐. 거기 너희가 시계를 달아놓았다던데. 나는 그걸로 셀래."

쥐들의 얼굴색이 파리해졌다.

미사는 시영을 꽤 많이 닮았다. 외양이 그래서일까, 성격은 상반되었으나 사준에게 미사는 시영을 연상케 하는 구석이 늘 존재했다.

시영에게 고마운 만큼 미사에게 미움이 커졌던 것을 보면 두 사람을 동일시했던 것은 분명 아니지만, 전혀 다른 개체로 분리해본 적도 없었던 것이 사실이었다. 죽은 어미가 배 속에서 꿈틀거리는 듯하다. 사준은 구역감을 참았다.

언젠가 시영과 나눈 이야기가 떠올랐다.

어느 산골짜기의 장대비 내리던 날이었다.

처마에서 떨어진 물방울이 도롱 삿갓 위에 맺혔다. 시영은 물이 불어나 목교가 무너졌다는 소식을 듣고는 황매골 청년과의 만남 약조를 지키지 못하게 되었다며 크게 아쉬워했다. 황매골 청년은 뱀을 잡는 땅꾼의 아들이라 알려져 있었다.

「그런 자와의 교류는 너무 위험하지 않아요? 땅꾼인데.」

그때는 사준도 막 자라나기 시작하여 세상이 두려웠을 때였다. 배타적인 성향을 고스란히 가진 사준에게 중요한 것은 시영과 미사뿐이었다. 그러나 정작 미사에게는 가족의 개념이 희박했고, 시영은 보다 포괄적인 박애를 즐기는 뱀답지 않은 성정의 소유자였다.

「준아, 그래서 삶이 더 재미있는 거잖아.」

「어머니는 그리 바로 내일만, 모레만 생각하며 사는 삶에 만족하세요?」

「글쎄⋯⋯. 만족하면 안일해지고, 만족하지 못하면 욕심을 부리게 되니 어느 쪽도 삶의 답이라 말하기에는 부족하지 않겠니. 만족할 것은 무엇이고, 만족하지 못할 것은 무어겠어? 그저 서로 사이좋게 살면 되는 것이지.」

「다들 어머니를 별종이라 부르는걸요. 다른 일족들과 너무 가깝게 지내시는 건 아닌지 걱정이 되네요.」

별종. 다르다는 것을 얕잡아 이르는 말이다.

「그들이 나를 부르는 것에서조차 애정을 느끼고 있으니 괜찮지 않아?」

「미사가 어머니를 닮으면⋯⋯ 더 걱정이 될 것 같아요.」

「우리 준이는 좋은 오빠네. 너도 별종이구나.」

웃는 눈매가 미사와 닮았지만, 미사보다는 선량하였으며 보다 포근한 능구렁이였다.

'네가 결국 이리 스스로를 망치는구나.' 하며 그의 배 속에서 소화될 때까지 몸부림쳤던 시영은 사준이 가장 사랑했던 어미였다.

「그리고 어머니도 염려가 됩니다.」

진심으로 그러했었다. 그때에는 그러했다. 지금은 그때의 기분은 기억조차 나지 않지만.

"······근본도 모를 것들과 허물없이 지내다 해를 입을까 봐 많이 걱정했어, 미사."

사준은 평소처럼 다정한 얼굴로 말했다. 가늘게 웃는 눈동자 안에 가면을 쓴 살의가 도사리고 있다.

평이한 음색, 부드러운 눈빛.

"걱정, 많이 했다고."

미사는 문득 시간이 지난가을의 어느 때로 돌아간 것만 같다 착각했다. 허물벗기가 시작되어 통증이 일기 시작하자 그녀의 곁에 다가와 앉아 조용히 머리칼을 쓸어넘겨주던 손길. 그때와 똑같은 손아귀가 이번엔 그녀의 목을 잡고 있다는 것이 달랐지만 꼭 그 순간으로 돌아간 것만 같았다.

멍하니 사준을 바라보고 있으니, 눈앞이 희부옇게 흐려졌다. 정신이 어느 한 귀퉁이의 실금 사이로 새어나가 찬 겨울의 현실에 흩어져버린 것만 같았다.

"미사, 집으로 돌아가자."

"······."

"우선은······ 돌아가서 우리 어떻게 할지 결정을 해보자."

"결정?"

"그래, 결정."

비늘무늬가 두둘두둘 일어난 손등으로 미사의 뺨을 훑는 사준의 손길은 느리지만 확실했다.

"미사! 정신 차려요!"

태성은 미사의 넋 나간 상태가 몹시 위험하다는 것을 감지했다. 사준은 같은 수컷인 태성이 느끼기에도 잔악무도한 위압감을 가진 자였다.

웃고는 있지만 그 웃음 뒤에 무엇이 숨어 있을지 상상도 가지 않는 그런 꺼림칙한 느낌이 들었다. 한 가지 확실한 것은 웃는 낯과 그 아래 숨겨진 무언가들을 한 겹, 한 겹 벗겨내면 그 밑바닥에는 시뻘건 살의만 남아 있으리라는 것이다.

태성은 잡히는 대로 담벼락 옆에 기대듯 버려진 각목 같은 나무토막을 쥐고 사준의 뒤통수를 후려갈기기 위해 달려갔다. 그러나 그의 전력을 다한 돌진은 재준이라는 또 다른 뱀 앞에서 너무나 쉽게 무산되었다.

"윽!"

재준의 다리가 그대로 태성의 가슴을 후려치고 깔끔하게 땅을 디뎠다. 데굴데굴 구른 태성은 겨우 고개만 들 수 있었다. 명치를 얻어맞은 건지 숨이 턱턱 막혀서 질식감이 들었다.

재준이 중얼거렸다.

"생긴 건 그때 CCTV에 잡힌 녀석이 맞는 것 같은데, 적안이라기에는 터무니없는데요. 터무니없이 허약해."

사준이 태성 쪽은 돌아보지도 않고 물었다.

"카메라가 잘못 찍었을 수도 있지. 기계를 맹신해서는 안 된다니까. 특히나 디지털은 그래. 아날로그가 가장 적당하지."

"하지만 곽현이 적안이라고 보고를 했었는데."

"그 녀석이 우릴 속인 게 한두 가지였냐. 우선 확인해봐. 왜 저 녀석에게 과리가 관심을 가지는지도 궁금하니까."

태성은 피가 거꾸로 솟는 것 같은 기분에 사로잡혔다. 자신이 할 수 있는 일이 아무것도 없다는 게 억울했다.

"저를 건드리시면, 자 일족과 얼굴 붉히는 것도 감수하셔야 할 텐데요."

"쫓겨난 사생아라도 왕의 핏줄이라 이건가."

태성은 대놓고 그를 특정하는 발언에 조금 굳어졌다. 재준이 턱을 매만지며 비웃었다.

"조사를 않았을까 봐? 그리고……."

사준과 재준의 휴대전화가 동시에 울렸다.

고개를 갸우뚱한 재준이 "잠시만." 하더니 주머니 속에서 휴대전화를 꺼내어 확인했다. 사준도 마찬가지였다. 느릿하게 몸을 바로 세운 사준이 액정을 밀어올려 문자메시지를 확인했다.

"이런 맛이 있는 녀석들이었네."

사준이 낮게 웃음을 터뜨리며 태성을 돌아보았다.

"네가 염려해줄 것도 없이, 이미 네 동족들은 아무래도 우리 쪽과 얼굴을 붉힐 각오를 단단히 한 모양인데."

도착한 사진은 광일제약 앞 시가지에서 벌어진 뱀과 쥐들의 난전이었다. 결계 안에서 벌어지는 일이라고는 해도 사십여 마리의 쥐들과 십여 마리의 뱀들이 뒤엉켜 있는 모양은 꼭 일부러 징그럽게 만든 영화의 포스터처럼 보였다.

재준이 귀찮다는 듯 휴대전화를 넣으며 중얼거렸다.

"강서, 라는 그 녀석인데요."

"세호가 맞이할 거고, 뒷정리는 상윤이 알아서 하겠지."

"그래도 제가 하는 게 제일 빠르니까. 여기 대충 정리하고 미사만 보쌈해서 가죠. 겨울이라 다행이에요. 미사는 겨울의 미움을 받는 녀석이니까. 그런데 쟤 어째 오늘은 의외로 얌전하네요."

"얌전해야지. 그래야 내 동생이지."

중얼거린 사준이 얼어붙은 미사의 이마에 손을 얹었다.

태성의 속은 까맣게 타들어갔다.

'대체, 왜.'

평소의 미사라면 욕을 하거나, 성질을 내거나, 못해도 도망칠 낌새
라도 보여야 마땅했는데 지금의 미사는 어딘가 넋이 나간 것 같았다.
사준의 입술이 붉은 호선을 그렸다.

"미사, 정신 차리라니까요! 미사!"

태성의 간절한 부름이 두 차례 더 있은 후에야 미사는 겨우 정신을
다잡았다.

"아…… 너, 너, 너 지금 나한테 무슨 짓 하려 했어?"

사준은 잠깐 멈칫하더니 눈살을 찌푸리며 태성을 쏘아보았다.

"재준아, 그 녀석 입 막아."

재준이 태성의 머리를 그대로 맨바닥에 짓이기듯 처박았다. 태성은
피할 엄두조차 내지 못할 만큼 빠르고 정확한 몸놀림이었다. 눈알이
터질 것처럼 짓눌렸다.

태성이 머리를 흔들며 괴음을 흘렸다. 비켜, 비키라고요! 비키라고!
씨팔! 이를 바득바득 갈며 소리쳤다. 하지만 태성의 몸은 몸부림을 치
면 칠수록 더욱 세게 속박되었다. 재준의 기운은 기운의 밀도 자체가
높지는 않았지만 정교하게 급소들을 짓누르며 손목과 다리를 묶었다.

태성은 힘과 컨디션의 차이를 극복할 수가 없었다. 만약 지금 당장
수화가 된다면 쉽게 빠져나갈 수 있었을 터인데.

제가 쥐가 되지 못하는 것이 이렇게나 억울한 건 처음이었다.

"착하지, 우리 동생?"

사준의 목소리가 머릿속으로 그대로 스며드는 것 같았다.

'……이게 뭐지?'

생전 처음 느끼는 묘한 괴리감이다. 태성이 그녀를 부르는 것도 알았다. 이미 엇나갔던 척추도 붙었다. 자신이 이러고 있을 때가 아니라는 것, 미사는 잊은 게 아니었다. 그런데 이상하게도 몸이 말을 듣지 않았다. 호환되지 않는 영혼과 육신을 강제로 이어붙이려는 것처럼.

마치 눈앞의 사준이 까마득한 벽처럼 높아 보여서.

하지만 그것은 용운이나 과리를 만났을 때 느꼈던 경외와는 또 다른 두려움이었다.

'이거, 뭐야?'

사준은 단순히 기운만 변한 것이 아니었다. 미사는 정말로 눈앞의 사준이 누구인지 모르겠다고 생각했다.

사준의 손가락이 미간에 닿는 순간이었다. 그의 차가운 체온에 소스라친 것이 몸의 긴장을 풀어주었다. 미사가 안간힘을 써서 발길질했다. 사준의 정강이를 세게 걷어차고, 또 걷어찼다.

하지만 사준은 아픈 내색조차 없이 흙자국이 남은 바짓단을 한번 바라볼 뿐이었다.

미사는 그 틈을 놓치지 않고, 바닥에서 손에 잡히는 날카로운 돌부리를 들어 사준의 목을 그대로 찔렀다.

"아."

피가 뚝뚝 떨어져 내렸다.

"이렇게 안심할 새를 안 줘."

사준은 목 깊숙이까지 박힌 돌을 뜯듯 빼내더니 그대로 입술로 핥고, 씹었다. 으드득 돌 씹는 소리와 함께 그의 목덜미의 살점이 이어붙는 것이 보였다.

사준의 재생능력이 저렇게 뛰어났던가. 그가 과도한 친절을 드러내며 설명했다.

"요즘 먹은 게 많아서 힘이 넘치지."

미사는 이를 악물었다. 사준이 그대로 미사의 팔을 거꾸로 꺾었다.

모든 것은 압도적으로 이루어졌다.

뼈가 살을 뚫고 나올 만큼 크게 부상을 입은 팔뚝이 달달 떨렸다. 미사는 이를 악물고 팔을 움켜쥐었다.

'아물어라. 아물어라.'

좀처럼 상처는 낫지 않았다. 그러는 사이 미사와 태성은 그들의 자동차 뒷좌석에 끌려가 앉았다. 어차피 이미 술 일족들의 차량도 없었다.

"오셨습니까."

"그래."

미사와 태성의 사이에는 재준이 자리를 잡고 앉았다.

미사는 꽉 이를 악물고 조수석에 앉아 피를 닦아내는 사준의 뒷덜미를 노려보았다.

"본사로 가자."

사준의 명령에 운전석에 앉은 남자가 차를 출발시킨다. 미사는 처음 보는 얼굴이었다. 하기야 사준의 휘하에 어떤 뱀들이 있는지는 전부 알지 못한다.

미사는 사실 사준의 인맥에 대해 아는 것이 많지 않았다. 관심을 둔 적이 없었다.

"난리가 났다면서 거기는 왜 가는데? 나는 그렇다 치고, 태성이는 왜 데려가?"

지금 본사 앞에서는 자 일족과 함께 그들을 공격하는 작 일족들이 한창 아비규환을 이루고 있을 것이었다.

"그 녀석들이야 곧 해결될 테니까 너무 염려하지 마. 그보다 오랜만인데 그렇게 비딱한 말버릇만 할래?"

과리가 어디까지 해줄지는 모르겠지만 자 일족들은 제 본거지가 습격당했다는 걸 알게 되면 돌아가지 않을 수 없을 터였다. 그다음에 자 일족들을 전부 뿌리 뽑아 멸절시키는 것. 꽤 가능성 높은 일이다.

"너 같으면 너한테 좋은 말 나오겠어? 나와 태성이를 네 회사 그 지하에 처박아두려는 건 아니겠지."

"왜 아니겠어. 그곳만큼 안전한 곳이 어디 있다고."

미사도 광일제약 지하에 사준이 차린 뱀들의 요새가 있다는 것을 알고 있다. 딱 한 번 내려가본 적 있다.

뱀독을 연구하는 이들에 대한 순수한 호기심에서였다. 그곳은 한번 갇히면 쉽게 빠져나올 수 없는 철창이었다.

붉은 신호등에 멈추고, 초록 신호등에 출발하고, 좌회전 차선과 우회전 차선을 따라 움직인다. 일족 내의 규율을 개판으로 만든 무리치고는 지나치게 교통법규를 잘 지키는 게 아니냐, 미사가 대놓고 조롱했다.

"곽현은 정말 죽었어?"

"글쎄."

"너 정말로, 어디가 아파서 그러는 거야? 곽현은 네가, 그래서 이상한 거라고 하던데."

"난 문제없어."

34

사준은 곽현과의 인연이 꽤 길었다. 곽현은 사준의 휘하에 모인 뱀들 중 초기 멤버에 속했고, 처음에는 무리의 개념이 아니라 친구처럼 교류를 했었다. 그 동족이라는 개념이 '사준의 무리'라는 울타리 안에 갇히게 될 때까지.

사준이 무심한 목소리로 물었다.

"그나저나 이제 곽현에게 관심이 생겼어? 이런, 널 짝사랑했던 그 녀석이 들으면 좋아하겠네."

"곽현은 네가 나를 공격한 게, 네 실수라고 했어."

조수석에 앉아 정면만 바라보고 있던 사준이 크게 웃음을 터뜨렸다. 그 소리에 놀라 잠깐 차가 주춤 흔들렸다.

재준은 앞좌석에서 느껴지는 사준의 살벌한 기세가 불편해 넥타이를 풀었다. 미사는 가끔 상대방의 심사를 건드리는 말을 직설적으로 건네는 경향이 있다. 지금 굳이 그런 걸 물을 필요가 무엇이란 말인가.

이미 사준은 그녀를 먹으려 했고, 그건 그것으로 끝이었다.

"미사 너는 어떻게 생각하는데?"

미사는 입을 다물었다. 대답은 반대편에서 튀어나왔다.

"미사 씨를 해칠 생각이 없는 거죠?"

사준의 눈동자가 룸미러에 닿았다. 창백한 얼굴을 하고 내내 숨죽여 앉아 있던 태성이었다.

"정말 그럴 생각이었으면 이미 죽였겠죠. 이렇게 비좁게 다섯 명이나 앉아 가는 것보다."

"고민 중이야. 요즘 과식을 했더니 아직 배가 불러서."

운전석에 앉은 사 일족이 킬킬거렸다.

"사준 님이 요즘 많이 드시긴 했어요."

사준에 의해 부러진 미사의 뼈마디가 붙기 시작하는 것을 곁눈질한 재준이 태성에게로 눈을 돌렸다.

"한데 너 적안이라 했던가?"

적안은 난폭한 이들에게서 주로 나타나는 것이었던 데다, 곽현에게서 살아 도망쳤다는 말에 염려했는데 상대는 조금도 맥을 추지 못했다. 아예 일족다운 기운이라고는 느껴지지도 않고, 자 일족이라 하는데도 사 일족들에 둘러싸여 뻣뻣하게 뒷목을 세우고 있는 모습이 마치 그냥 인간 같았다.

태성은 재준의 물음을 무시하고 사준에게 물었다.

"······가면 과리라는 그자, 만날 수 있습니까?"

순간 차내에 정적이 돌았다. 간격을 두고, 사준이 되물었다.

"왜?"

"어차피 지금 벗어날 수 없다면 그자를 한 번 더 만나보고 싶어서요."

"그러니까, 왜?"

"당신과는 관계없는 이유입니다."

미사도 내심은 사준만큼이나 놀랐다. 미사에게 있어 과리는 피하고 싶은 진 일족이다. 사준은 미러를 통해 태성의 눈을 한번 살핀 후 대꾸했다.

"과리는 지금 너희 일족을 찾아갔으니까, 그쪽이 끝나고 나면 돌아오겠지."

"찾아갔다는 게 반드시 위해를 끼친다는 말은 아니라고 믿고 있습니다."

"그의 성정을 꽤나 얕잡아보는군."

"이미 만나봤습니다."

"그래, 잘 아신다? 동족이 위험하다니까 좀 불안해? 그런 것치고는 태연한 것 같은데."

"……."

"진태성."

사준이 턱을 괴며 운을 뗐다. 시선은 여전히 미러 귀퉁이에 비치는 태성에게 머문 채다.

"자의 화서가 낳은 마지막 새끼라지. 소문이 참 무성하던데. 7, 8년 쯤 전부터 혼자 나와 살기 시작했고, 인간들이랑 어울리면서 망원, 지난번에 우리 동족이 한바탕 들쑤셨던 그 근방에 살고 있고…… 정작 네 동족들은 너를 그리 달가워하지 않는 것 같은 눈치던데. 아, 과리가 네게 관심을 가지기에 나도 한번 알아보았지."

"저도 그쪽 이야기 여러 번 들었습니다. 좋지 않은 쪽으로."

사준은 적대감을 감추지 않으면서도 아무런 살기가 느껴지지 않는 태성이 참 희한했다. 살기가 느껴지지 않는 것은 그런 것이 느껴질 만큼의 '기운'조차 내지 못한다는 의미에 가깝다.

그럼에도 불구하고 태성이라는 저 녀석은 기이한 느낌이었다. 나이는 많지 않다.

수컷. 쥐 냄새가 난다. 그 속에 섞인 다른 냄새들이 혀끝에 젖는다.

사준은 어렴풋이 과리가 왜 저 수컷에게 관심을 보였는지 이해할 것 같은 기분이었다. 정확히 이유를 집어 말하라면 '글쎄.'라고 눙치겠지만 분명, 무언가 거슬리는 느낌이 있었다. 낯익은 것도 같은.

"……오묘하네. 미사가 폐를 많이 끼쳤어."

"꼭 그렇지만은 않습니다."

"다행이네."

"오히려 저는 미사가 함께 있어주는 게 좋으니까요."

솔직하리만치 노골적인 대꾸를 끝으로 짧은 적막이 맴돌았다.

사준은 무언가 생각에 잠긴 얼굴로 고개를 틀어 뒷좌석의 미사에게 한번 눈길을 주었다. 그러고 보니 미사에게서 저 수컷 특유의 사향내가 풍긴다.

시영도 참 짝짓기 상대를 고르는 눈이 낮았다는 것이 떠올랐다. 그리고 시영도 동족 아닌 다른 이성들에게 끌리는 취향이었다. 그런 것마저 고스란히 물려받은 건지, 미사는 태성이라는 녀석의 고백과도 비슷한 단언에도 놀란 기색이 전혀 없다.

미사의 행동 하나하나에서 시영을 떠올리고 있는 자신을 발견할 때마다, 속 안쪽이 들쑤시는 것 같은 느낌이 들었지만 무시했다.

"적안이지?"

"그럴 수도 있죠. 아닐 수도 있고."

미사가 뚝뚝 끊어지는 목소리로 끼어들었다.

"태성아, 쟤랑 말 섞을 필요 없어."

태성을 부를 때의 어조가 미사답지 않게 순하다는 것을 눈치채지 못할 사준이 아니었다.

사준은 비스듬히 고개를 돌려 룸미러가 아닌 육안으로 태성과 미사를 번갈아 바라보았다. 재준은 사이에 끼어 앉아 영 불편한 표정을 감추지 않고 있었다.

"미사, 너는 저 기묘한 녀석을 이 오빠보다 더 좋아해?"

"당연한 거 아냐? 네가 뭐가 예쁘다고."

"많이 참은 거야, 100년이면."

"뭘 참아."

"나는 처음부터 미사 네가 부러워 죽이고 싶었거든."

때마침 그들을 태운 차가 사거리 앞에서 멈추었다. 사준의 눈처럼 붉은 신호등 아래에서 미사는 혀를 잃은 사람처럼 침묵했다.

오랫동안 사준은 아주 정성스럽게 미사를 돌보았다. 시영의 말벗이 되어주었고, 미사의 보호자가 되어주었다. 시영을 먹은 것은 백번 양보하여 살모의 본성이라 이해할 수 있지만, 미사는 아니었다.

그런데 다 거짓이라고 했다.

"처음부터?"

"처음부터. 너는 어머니한테 감사할 줄도 몰랐잖아. 어미가 있다는 게 얼마나 감사한 일인지 모르는 배은망덕한 여동생이었지. 지금도 내가 그렇게나 돌봐준 걸 까맣게 잊고, 이부터 드러내고 버릇없이 굴고…… 네가 정말 예쁜 동생이고 이 오빠는 너를 몹시 아끼고 사랑했지만 그래도 혼날 건 혼나야지."

"왜?"

"그러고 싶어지는 데에 이유가 있어?"

사준은 어딘가 어그러진 사람 같았다. 앞뒤 사정을 완벽하게 알지 못하더라도 알 수 있었다. 마치 미사가 그녀의 어미에게 소홀한 것을 질책하듯이 말하는 것은 불가해한 일이었다. 정작 그 어미라는 이를 잡아먹은 것이 저자가 아닌가.

미사 역시 마찬가지 심산이었던지 비식 웃으며 조소할 뿐이었다.

"미친놈."

중얼거리는 걸 끝으로 미사와 사준 사이의 신경전은 끝이 났다.

그들을 태운 차량이 잠깐 멈추었다가 다시 부드럽게 출발했다. 조수석의 글러브 박스를 연 사준이 CD를 한 장 꺼냈다.

"미사가 조금 화가 난 모양인데, 음악이나 들을까?"

"싫어."

미사의 답은 묵살당했다. 사준은 플레이어에 CD를 밀어넣었다.

그녀가 좋아하고, 사준이 좋아했던 추억의 음악이 흘러나왔다.

"미사."

미사는 그 노래의 제목을 알고 있다.

포에버.

음울한 멜로디가 흐른다.

"우리가 좋아했던 노래잖아?"

사준은 마치 차 안에 그녀와 자신만 존재하는 것처럼 굴었다. 여전히, '우리'. 미사는 이미 그와 자신 사이에 우리라는 프레임으로 묶을 수 있는 무언가가 남아 있을까 생각했다.

"오랜만에 들어도 좋지 않아? 나는 그래서 이 멜로디를 휴대전화 벨 소리로 설정도 해놨는데 말이야. 네가 없는 동안 너를 어떻게 할까 고민하면서."

사준은 마치 예전처럼 그녀를 대한다. 아무 일도 없었던 것처럼. 그건 사준의 의뭉스러움을 충분히 알고 있었던 미사에게도 낯선 것이었다. 그러나 이미 지난 몇 개월간 수많은 낯선 경험을 해왔다. 미사가 입술을 뗐다.

"그만해."

"뭘?"

"이제 그만해. 전부."

"나는 널 믿었어. 더 이상 실망시키지 마. 이제 돌이킬 수는 없겠지만, 나는 너를 이 이상 끔찍한 놈으로 생각하고 싶지 않아."

사준은 웃기만 했다.

긴 한숨이 막 노래가 끝난 사이를 비집고 흘렀다. 사준은 버튼을 누르고 CD를 꺼냈다. 새로 시작하려던 다음 트랙의 음악은 그대로 중단되었다.

"여전히 우리 미사는 꿈속에 사는군그래."

정작 그렇게 말한 사준이야말로, 꿈속을 거니는 듯한 목소리라는 걸 그는 알지 못했을 것이다.

미사를 어찌할까, 그 고민이 지금 사준의 가장 큰 관심사였다. 잠깐 밖으로 내돌렸더니 몇 달 만에 듣도 보도 못한 수컷을 하나 꿰차고 앉았다. 그런 여동생이 괘씸한 한편, 미사의 눈빛이 묘한 향수를 불러일으키는 것이 마뜩잖았다. 곽현은 미사를 공격했을 때의 사준의 상태를 '충동조절장애'에 비교하곤 했는데, 전혀 틀린 말은 아니었나 싶은 생각이 들기도 한다.

하지만 미사의 말처럼 돌이킬 수는 없었다. 미사는 관찰력이 덜하여 주위에 관심을 두지 않을 뿐이지 지난 일을 잊을 만큼 무딘 성격은 아니었다. 사준은 미사의 신뢰를 얻는 데에 수십 년을 소비했고 누구보다 잘 알았다.

그 수십 년과 맞바꾼 하루.

가장 중요한 사항은 바우를 찾아내는 것이므로 사실 미사의 문제는 그가 신경 쓸 필요 없는 부차적인 것에 가깝다. 하지만 그는 지금 그 하루를 되새기고 있었다.

그러지 않았다면 어땠을까. 미사와 시영은 닮은꼴이라지만, 미사는 시영과 다른 개체임이 분명하고, 시영조차도 그가 각인한 어미는 아니었다.

완벽하게 제 것으로 삼는다는 의미에서 시영을 먹은 것은 후회하지 않으며, 같은 개념으로 보아 미사까지 먹어치우고 싶은 생각은 여전하지만.

사준은 새삼스럽게 자신의 종을 증오했다. 하지만 어쩔 수 없었지,

그리 생각하는 것도 쉬웠다. 결국 살아 있는 것은 누구나 자신을 우선시하기 마련. 특히나 그 특성이 두드러지는 뱀들은 더더욱 그렇다.

미사가 제 육친이 죽었다는 사실보다 그가 자신을 배반했다는 데에 더 분개하는 것도 충분히 뱀다운 일이다. 그들은 처음부터 다른 누군가와 사랑, 호의, 믿음 등의 감정을 나누도록 태어나지 않았다.

사준은 태평한 물음을 던졌다.

"미사, 너도 저 녀석한테 관심이 있어?"

미사는 대답 대신 재준을 지나쳐 태성에게 시선을 주었다. 태성은 미사의 입술을 바라보다가 조용히 눈을 내렸다. 재준은 불편하다는 표정을 지었다.

창밖으로 스쳐지나가는 풍경이 긴 잔상을 그린다. 그들은 고가도로에 접어들었다. 엔진소리, 의미 없이 반복 재생되는 음악, 그 모든 것들이 어우러진 분위기는 살얼음을 방불케 했다.

그 와중에도 재준은 쉴 새 없이 휴대전화 문자를 두드리며 보고를 한다고 바쁘다. 운전석에 앉아 차를 몰던 사내가 사준에게 중얼거리는 목소리가 들렸다.

"따라오는 거 같은데요."

미사가 뒤창으로 고개를 돌렸다. 태성도 거의 동시였다. 그들의 눈에는 특별히 무언가 보이는 것이 없었으나, 사준도 운전자도 무언가 신경이 쓰이는 기색이었다. 사준은 돌아보지도 않은 채 물었다.

"재준아, 이 거리에서는 어렵나?"

재준이 슬며시 몸을 틀어 상대를 가늠했다. 아무래도 술의 담군이 포기하지 않은 듯했다. 하긴, 술 일족은 정의관철에 꽤 고집스러운 구석이 있다. 그렇게 쉽게 물러나지 않을 것은 예상 안이었다.

"술의 담군이었습니다. 이 거리에서는, 확실히 불가능하죠."

담군의 옆에 앉아 있던 개는 눈 한 번 마주친 것만으로도 쉽사리 재준의 정신감응에 끌려들어왔지만 담군은 아니었다.

추격을 당하는 것 같다 말한 이들치고는 주행속도가 느려지지도 빨라지지도 않았다.

"귀찮게 됐네."

"뭐 그래도 당장 저들이 이곳에서 문제를 일으킬 것 같지는 않으니 무시하죠."

"그래야겠지."

이야기가 이어졌다.

긴장한 것은 미사와 태성뿐이었다.

미사와 태성이 중간에 앉은 재준을 피해 시선을 주고받았다.

태성이 창밖에 시선을 고정하며 시쳇말처럼 중얼거렸다.

"……미사, 지금 내가 하는 생각 하고 있어요?"

휴대전화를 들어 막 어딘가에 연락을 하려던 재준이 고개를 들었다.

"허튼짓 마라. 미사 너도, 부탁이니 그냥 얌전히 가자."

태성은 최대한 아무렇지도 않은 채 정면만 바라보았다. 재준은 정신계 능력자라고 했다. 그에게 집중해 휩쓸렸다가는 자칫 말려들어갈 가능성이 농후했다.

발을 까딱까딱 움직이던 미사가 얼마 지나지 않아 대꾸했다.

"보니랑 클라이드?"

알 수 없는 말이 오가는 것이 사준의 관심을 끈 모양이다. 사준의 시선이 얼핏 뒷좌석으로 향하는 것이 느껴졌다.

태성은 희미하게 웃으며 뒷목을 매만졌다. 비록 수화는 하지 못하지만, 여전히 재생능력과 최소한의 근력은 남아 있어 다행이다 생각

43

하면서.

적어도 폐는 되지 않을 것이다.

"그보다는 닉이랑 주디로 가죠."

"내가 닉이야?"

"싫다고요. 내가 닉이에요. 자존심이 있지."

"너 아직 안 되지?"

"운이 없는 편이잖아요, 제가."

재준을 사이에 둔 두 사람의 모호한 대화가 이어졌다.

'이것들이 지금 무슨 소리를 하는 거야.'

재준이 눈살을 찡그리며 허리를 편 그 순간이었다. 잠겨 있던 잠금
쇠를 뜯듯 밀어낸 미사가 순식간에 달리는 차 문을 열었다. 바람이 들
이쳤다. 차 밖에서 빠아앙! 하는 요란한 클랙슨 소리가 울렸다.

"아나! 진짜. 포기 좀 하지, 그냥."

재준이 재빠르게 팔을 뻗어 그녀를 잡으려 했을 때에는 이미 늦어
서, 미사는 달리는 차의 지붕으로 미끄러지듯 자연스러운 몸놀림으로
올라가 있었다. 재준의 몸에서 뻗어 나온 푸른 기운이 족쇄처럼 미사
의 발목에 휘감겼다. 거의 100킬로미터의 속력으로 신호등도 없는 고
가도로를 달리는 중이었다.

고개를 젖혀 천장을 바라본 사준이 피식 웃었다.

"감시 좀 잘해. 손 많이 가는 녀석인 걸 몰랐던 것도 아니고."

지붕에 바짝 엎드린 미사가 이를 갈며 쾅 주먹으로 자동차 천장을
내리치자 차체가 크게 흔들렸다. 재준은 그대로 기운을 당겨 붙였다.

그랬는데…….

너무 미사에게 신경이 쏠려 오른쪽에 앉은 녀석을 알아차리지 못한
것이 실책이었다.

태성이 묶인 손목을 대신해 양발로 재준을 밀어버렸다. 이미 미사가 강제로 뜯어 연 문은 헐거웠고, 재준은 그대로 고가도로 밖으로 튕겨나갔다.

"어!"

　별문제 없겠거니 생각하고 달리던 운전석의 남자가 급히 속도를 죽였다. 그것이 더 큰 실수였다.

　속도가 죽은 사이, 태성이 재빠르게 뜯긴 문 쪽으로 움직여 미사의 손을 잡았다. 미사가 태성을 휙 던지듯 끌어냈다.

　셋이나 앉아 있던 뒷좌석이 순식간에 텅 비어버렸다. 사준이 웃기 시작했다. 운전석의 남자가 정면에서 시선을 떼지 못하고 더듬더듬 말했다.

"저어…… 사준 님?"

　재준은 이미 어처구니없이 튕겨나가 차에 치였다. 죽지는 않았을 테지만 피떡이 되었을 것이다. 갑작스레 벌어진 사건에 뒤따라 달려오던 차들이 급정차하며 요란스럽게 멈추었다. 빵빵, 울리는 소음에 귀가 따갑다. 한참을 웃던 사준은 사이드미러에 언뜻 시선을 준 후 뒷목을 매만졌다.

"호의를 호의로 받아주지를 않는다니까……."

　사의 기운이 짙어졌다. 잇따라 차량의 천장이 무거워지는 느낌이 드는가 싶더니, 차량의 앞유리 위로 시꺼먼 무언가가 스쳐지났다. 결코 농담으로라도 '와이퍼가 켜졌나.' 하고 무시해 넘길 수 있는 것이 아니었다.

　운전석에 앉아 있던 남자는 몹시 당황했다.

"설마 아니겠죠. 미사 님이 아무리 생각이 없더라도, 지금 대로 한복판을 달리는 차 지붕에서. 아니겠죠."

'아니겠지. 달리는 차 위에서 수화를 하다니, 아니겠지.'

곧 묵직하게 무언가에 짓눌려 있던 차체가 다시 가벼워지는 것이 느껴졌다. 운전석의 남자는 아무것도 하지 않고 턱을 매만지는 사준을 흘깃거렸다. 사준이 담백하게 말했다.

"세워. 수화한 거면 재준이부터 수거해와야 하니까."

미사는 원래는 조심성이 많은 편이었다. 한데 이제는 정말 막나가려는 모양이었다. 그만큼 몰려 있다는 걸 테지. 이 정도로 막나가는 건 사준에게도 불리하다. 정확히는 가뜩이나 문제를 일으킨다고 비난받고 있는 사 일족들에게 불리한 것이다.

사준은 당장의 문제 해결에 집중하기로 했다.

"아, 제기랄, 미사!"

까마득히 멀리서 재준의 고함이 쩌렁쩌렁 울렸다. 꽤나 고급스러운 화술을 구사하는 데에 큰 의미를 두었던 녀석인데 어지간히 성질이 난 건지 험한 말도 서슴지 않는다. 죽지 않았을 거라고는 생각했지만, 기대보다도 멀쩡해 보여 안심이다.

저 멀찌감치에서 새까만 구렁이 한 마리가 난간 너머로 도망치고 있는 괴이한 풍경도 함께 멀어지고 있다.

갑자기 고가도로 한복판에 나타난 커다란 구렁이로 인해 차도는 아수라장이 되었다. 사람이 치였다 비명을 지르는 사람, 뱀을 발견하고 갓길에 차를 대는 사람 등 다양했다.

아비규환이었다. 클랙슨 소리, 타이어가 아스팔트를 긁으며 정지하는 소리, 고함지르는 소리…….

탁 트인 곳에서의 도주가 쉽지 않을 것임은 자명했지만, 그보다는 도망치는 게 먼저였다. 만일 광일제약 지하까지 끌려들어갔다가는 정말 시체로도 나오지 못하게 될 가능성이 농후했다. 그녀 자신보다, 태성이 더 문제였다.

수화조차 하지 못하는 태성은 100퍼센트 죽을 터였다.

스스로 그렇게 생각했다는 게 조금 놀라웠다.

제게 매달린 태성이 떨어지지 않도록 입으로 물고, 거대한 구렁이는 고가도로 아래로 기어들어갔다. 재빠르게 수풀지대를 지나쳤다. 최대한 몸을 낮추었다. 수십의 시선이 따라붙는 것이 느껴졌다. 추워 견딜 수가 없었지만 견뎌내야 했다.

저 앞에 난리가 났다는 것은 한눈에 보였다. 몇몇 차들은 다중추돌 사고를 내며 멈추었고, 사람들이 앞문을 열고 뛰쳐나와 저 멀리로 도망치는 검은 뱀을 눈으로 좇는다. 누군가는 재빠르게 휴대전화를 꺼내어 전화를 걸고, 누군가는 카메라를 들고 나와 사진을 찍어대고 있다.

백 미터 남짓한 거리를 유지한 채 그들을 뒤쫓던 담군의 차량도 갇혔다. 담군은 욕지거리를 씹어뱉었다.

"빌어먹을, 일이 꼬이는군."

그들은 조용히 사준의 차량을 추적하던 중이었다.

"어쩔까요. 어차피 목적지는 뻔한 것 같은데 저쪽으로 가봐야 않을까요?"

조수석에 앉아 있는 그의 부하도 아연한 얼굴이다. "아무리 그래도 요즘 블랙박스들이 얼마나 많은데 차 위에서 수화를 한답니까." 하는 투덜거림을 덧붙인다. 더 열불이 나는 건 사 일족의 차량은 중간에 차에서 튕겨나왔던 한 마리 ─ 아마도 재준으로 추정되는 ─ 를 태우더니 유유히 빠져나갔다는 사실이다.

그들의 기운이 빠르게 멀어지는 게 느껴졌다.

"어차피 연락은 갔으니까."

담군은 사준의 차량이 광일제약 본사 쪽으로 향하지 않을 것을 확신할 수 있었다. 태성에게는 개인적으로 좋은 감정이 있어 이번에 애경의 부탁을 듣고 그를 보호하려 했는데. 하나부터 열까지 뜻대로 되는 게 없었다.

도로는 빠르게 통제되었다. 인간들의 눈에 띈 건 사 일족이 알아서 해결할 문제지만, 술 일족들도 무시할 수는 없는 일이었다. 게다가 지금 당장 차에서 내려 그들을 쫓아간다 해도 따라잡는 것 말고는 할 수 있는 것이 없다. 저들은 셋이고 이쪽은 둘이다. 담군이 아는 태성은 자 일족 중에서도 아주 약한 축에 속했고, 미사는 사준에게 속절없이 패해 도망쳤던 전적이 있는 암컷 뱀이다. 전력이라고 믿고 달려갈 수는 없었다.

담군은 신경질적으로 강서라는 이름을 찾아 전화를 걸었다.

─ 뭡니까.

"사준이 빠졌습니다. 당신 동생이 한미사와 같이 도망쳤거든요."

광일제약 앞에서 어떤 싸움이 벌어지고 있는지 담군은 잘 모른다. 그러나 수화기 너머의 요란한 파공음은 분명히 들었다. 수화기 건너편의 강서는 한참을 말이 없다.

담군은 인내심을 가지고 기다렸다.

─ 이쪽으로 오지 않습니까.

"예, 아마도. 그쪽은?"

수화기 너머에서 증오 섞인 한숨소리가 건너온다.

이번 난리통에 합류한 일족의 수는 넷이었다. 자 일족, 작 일족, 소수의 추 일족, 그리고 술 일족.

작 일족들은 지난번 사준이 추 일족들을 도륙한 것에 반감을 품었다. 자 일족의 행동대장인 강서는 어째서인지 뱀들을 척결하는 것이 지상과제인 양 증오를 불태우고 있었고, 술 일족은 비록 음지에서 활동하고 있다 할지라도 일족사회의 정의를 위해 싸운다는 명분을 가지고 합류한 참이다.

특히나 담군은 오늘 사의 재준을 만난 후로 그 의무감이 더더욱 커졌다. 재준의 오만함은 술 일족의 자존심을 건드렸다.

– 어딥니까.

한참 후에야 강서가 물었다.

수화기 너머 어디선가 총성이 울렸다. 귀청이 떨어질 것 같은 소음에 깜짝 놀란 담군의 눈살이 찌푸려졌다. 화기류 무기를 사용하는 것은 매너가 없다 생각하는 편이다. 그러나 상대의 종을 떠올리고는 곧 생각을 고쳐먹었다.

고작 자 일족이니, 납득할 만도 하다.

30대 초중반 정도로 보이는 젊은 여자는 반듯한 쪽머리를 하고 있다. 그녀의 등 뒤에 서 있는 두 사내는 호위처럼 한 발자국 뗄 때마다 좌우를 두리번거렸다.

여자는 서울의 외곽 호젓한 곳에 이르러서야 걸음을 멈추었다.

'이 근방이군.'

번화한 서울의 외곽이라는 느낌이 들지 않을 정도로 별 볼일 없어 보이는 평지였다.

"화서 님, 신(원숭이)의 녀석들과 만나기로 한 곳이 이곳입니까?"

왼쪽 대각에 서 있던 남자가 물었다.

여자는 자의 종주인 화서였다.

사실 화서는 오늘 사 일족의 문제로 신의 임용수를 만나러 갈 것이라는 이야기를 하고 나왔다. 그러나 정작 화서가 찾은 곳은 신 일족과는 전연 관계가 없을 것처럼 보이는 척박한 곳이었다. 시골과 도심 그 중간 어느 단계에 정체되어 있는 세계.

화서는 남자의 질문에 대답하는 대신 조용히 다시 걷기 시작했다.

얼마간 편평한 땅을 디디던 화서가 걸음을 멈추고 허공에 손을 뻗었다. 범인의 눈엔 보이지 않지만 그녀의 눈에는 아지랑이처럼 보였다. 결계였다. 이런 외곽에 거대한 결계가 둘러쳐질 이유는 하나뿐이다.

결계 안에 누군가가 있을 것이고, 그 누군가는 화서가 찾고 있는 자일 것이었다.

화서는 자신의 끝을 바라보는 눈빛으로 결계를 바라보았다. 결계에 손을 얹고 조심스레 기운을 흘려 넣었다. 얼마 남지 않은 기운이 결계에 튕겨 돌아왔다. 화서가 조금 더 힘을 주어보았다. 구역감과 함께 강력한 반동이 그녀를 흔들었다.

"화서 님."

호위로 따라온 사내들은 비로소 이곳 어딘가에 누군가가 있음을 깨달았다. 겉보기에는 평화로우나, 화서조차 쉬이 어찌하지 못하는 웃어른의 땅이었다.

"자의 화서입니다……."

화서는 꿈쩍도 않는 결계에 기댄 채 애원조로 말했다. 사내들은 불안한 눈빛으로 화서를 지켜보았다. 화서는 포기하지 않고 계속해 결계를 흔들었다. 이미 바닥난 수명, 기운을 남발하면 제 목숨이 위태롭다는 것을 알고도 멈출 수 없었다.

"아이야."

누군가 화서의 손목을 붙잡아 내렸다. 호위들이 미처 반응하기도 전이었다. 짧게 깎은 머리카락, 염색한 금발, 가벼운 옷차림을 한 젊어 보이는 남자다.

"누구냐!"

"거기 있거라."

호위로 따라온 남자들이 응당의 의무를 위해 달려오려 하는 것을 막은 건 화서였다. 화서의 손짓에 남자들은 어찌지 못하고 물러섰다. 화서는 물끄러미 그녀를 바라보는 청년을 빤히 응시하다가, 천천히 그 자리에서 앉은절을 했다.

그녀의 뒤에 서 있던 일족원들은 당황한 표정으로 화서와 상대 남자를 번갈아 보았다.

남자는 얼마 전 싸움에서 입은 내상 때문에 한동안 땅속에서 휴식을 취하고 있던 터였다. 졸음이 덜 깬 얼굴의 남자가 물었다.

"나를 찾아온 거냐."

화서는 자애롭게 웃으며 공손한 인사를 건넸다.

"예, 용운 님. 용건이 있어 이리 무례하게 방문했습니다."

미사와 태성은 한창 공사가 진행 중인 길목을 가로질러 인적 없는 회색 콘크리트 건물 안으로 숨어들었다. 건물은 막 착공을 마친 것처럼 깨끗했는데, 여기저기 톱밥이며 배수관 파이프들이 널려 있었다.

태성을 내려놓은 검은 구렁이는 흙먼지가 두껍게 쌓인 건물 안 로비를 뒹굴며 서서히 크기를 줄였다.

"미사."

태성이 재빠르게 코트를 벗어 그녀의 몸을 덮어주고, 가방을 뒤져 옷가지들을 꺼내 입혔다. 미사는 간신히 물었다.

"……따라와?"

하지만 질문이 무색해졌다. 뱀들이 그들을 따라오는지, 따라오지 않는지에 관하여 알아내기란 어렵지 않았다.

부르릉, 그들을 싣고 왔던 차의 엔진소리가 멀지 않은 곳에서 울리기 시작한 것이다.

미사는 실색했다. 수화도 하지 못하는 태성과 이미 추위에 충분히 위축된 그녀는 열세다. 애경에게 연락을 하기 위해 주머니를 뒤진 태성의 얼굴에 낭패의 기색이 스쳤다.

급히 이곳까지 오는 동안 떨어뜨리기라도 한 건지, 전화기가 없었다.

"왔어."

비틀거리며 일어선 미사가 금빛 눈을 번뜩이며 태성을 끌고 달리기 시작했다.

"갇히면 끝장이야. 위로, 위로 가."

땅꾼들에게 쫓길 때마다 늘 나무 위로 올라가던 버릇이 여전히 남았다.

그들은 고가를 벗어나 낡은 건물과 신식 건물이 한데 엉켜 있는 단지 안으로 진입했다.

재준은 이미 만신창이였다. 차에 치이고도 목숨에 지장이 없는 것이 누군가에게는 다행인 걸지도 모르겠지만, 일족인 재준에겐 아니었다. 지금 그는 겉모습만 보면 거의 살아 움직이는 시체다.

"아, 사준 님, 왜 보고만 있었습니까. 너무하시네."

"그럼 나까지 뛰쳐나가서 한몫 거들었어야 해? 일 똑바로 못 한 건 너잖아."

사준이 퉁명스레 대구하니 재준은 할 말이 없었다.

"인간들 수습은 어쩌죠?"

"술 일족이 따라오고 있었으니까, 그놈들에게 하라지."

"않으면?"

"나중에 생각해."

자동차가 멈춰 섰다. 사준이 먼저 차에서 내렸다. 불안정한 미사의 기운은 구태여 신경을 집중할 필요도 없었다. 느껴졌다. 다만 함께 있는 남자의 기운이 느껴지지 않는다는 것이 이상하다.

재준이 고개를 젖혀 공사 중인 건물을 올려다보았다. 시선은 하늘로 향한 채 피 묻은 코트를 고쳐 입는 손길이 음험했다. 푸른 기가 어리기 시작한 눈동자가 느릿느릿 옆으로 돌았다.

"미사, 위로 가는 거 같죠?"

"여전하다니까."

"습관이 무섭다니까요."

재준이 피식 웃었다. 뭐, 위로 가서 옆 건물들을 타고 넘어가려는 거라면 똑똑한 행동이긴 하다. 그들이 쉽게 놓칠 리가 없다는 점만 빼면. 사준은 멀리서부터 올리는 경적에 귓등을 매만지며 물었다.

"개들도 참 멍청하지."

"개새끼들이 그렇죠."

고가도로는 현재 교통통제에 이를 만큼 상황이 복잡해졌다. 그 안에 술 일족들이 갇혀 있다. 유일하게 마음에 드는 하나였다.

"자의 꼬마는, 놓치지 마."

재준이 고개를 갸우뚱했다. 미사를 잡는 데에 더 혈안이 되어 있을 거라 생각했는데, 묘하게도 사준이 지적하는 건 현재의 상황과 전혀 관계가 없는 자의 어린 수컷이었다. 적안이라는 소문이 있지만 강함은 전혀 느껴지지 않는.

"이미 수화해서 도망치지 않았을까요."

"그럴 녀석이라면 처음부터 했겠지."

미사의 옆에 붙어 있고 싶다는 건 진심이었을 것이다. 자 일족은 작은 만큼 기민하다. 그러니 도주는 아무리 사준이라 해도 막기 어려웠을 터다. 하지만 미사가 부상당해 도주 불가 상태에 빠지자마자 얌전히 항복해 그들의 차에 올랐지 않나.

"정말로 그놈한테도 용건이 있었던 겁니까?"

"몰라."

"흠?"

"뭔가 걸리는데, 일단 봐야 알겠으니까. 그만 묻고 움직여."

처음에는 묘한 기운의 정체가 궁금했을 뿐이다. 소문에 의하면 자의 화서가 낳은 것은 잡종이라고 했는데, 태성은 잡종이라기에는 그 어떤 기운도 명확하지 않았다. 뚜껑이 꽉 닫힌 상자처럼. 어떻게 미사의 환심을 샀는지도 궁금해지고.

"우선, 올라가죠."

어리석은 미사는 건물 안의 구조를 타고 상층부로 올라가는 모양이었지만, 사준과 재준은 탁 트인 외벽 앞에 서 있다. 마땅히 옥상으로 올라간다 해도 도망칠 길은 없을 터인데도 열심이다. 재준이 지면을 박차고 뛰어오르는 것을 물끄러미 바라보던 사준도 발목을 느릿하게 풀었다.

뭘까, 그 수컷은 뭘까.

대체 왜 자신은 낯선 상대에게 묘한 감정을 느끼나, 가만 더듬던 사준이 옥상을 노려보았다. '열등감'이라고 말하면 조금 더 적절할 것 같은.

스스로도 이해할 수 없는 감정이었다.

분진으로 뒤덮인 낡은 옥상은 칼바람에 휩싸여 있다. 안전을 목적으로 설치한 건지, 흉물스러운 시각 효과를 위해 세워둔 건지 모를 철조망이 옥상을 울타리처럼 둘러쌌다. 찬바람이 휘잉 몰아칠 때마다 철조망이 신경에 거슬리는 소리를 낸다.

'이 정도 추위라면 미사가 참 불편하겠다.'

내심 염려를 한 사준은 실낱처럼 흩어진 미사의 기운을 따라 옥상을 걸었다. 아직 미사의 기운은 가까운 아래층에 있었다. 최대한 억누르고 억누른 모양이지만, 미사가 상상하는 것 이상으로 사준의 '읽는 감'은 뛰어났다.

재준은 가만히 선 채로 바닥을 내려다보고 있었다.

기운보다는 진동을 느껴 미사의 기척을 좇는 중인 것이다. 한참을 그리 서 있던 재준이 운을 뗐다. 미사를 잡는 일 말고도 다른 일이 많았다. 엄밀히 말해 지금 미사의 추격은 재준의 우선순위는 아니니.

"이상한데요. 내려가볼까요?"

미사가 여유롭게 걸어 올라오는 게 아니고서야, 이렇게나 느려터질 수가 없다. 중얼거린 재준이 사준의 대답을 기다렸다.

"이상한 게 아니라, 위쪽의 우리를 느낀 모양이지."

고개를 가볍게 저은 사준은 옥상의 철조망을 따라 걷기 시작했다. 외롭게 우뚝 선 건물의 곁으로는 3층 정도 높이의 낮은 건물들이 몇 채 있었다. 멀지 않은 곳에서 헬기 한 대가 날아오는 것이 보였다. 요란한 프로펠러 소리는 빠른 속도로 가까워졌다. 고가도로 위에서 벌어진 다중추돌 사고를 살피기 위한 방송사 헬기인 모양이었다.

"빠르네요."

그들의 시력은 먼 곳의 물체도 쉽게 식별할 수 있을 만큼 좋다. 재준은 헬기의 문 밖으로 튀어나온 카메라를 올려다보며 눈살을 찌푸렸다. 사준의 시선도 잠깐 그쪽으로 향했다가, 다시 아래로 옮겨갔다.

철조망 저편으로, 옆 건물 옥상으로 뛰어내려 도망치는 미사와 태성이 보였다.

"미사는 운도 좋지."

철조망 사이에 손가락을 끼워 건 사준이 비늘이 돋으려는 턱을 문지르며, 까맣게 휘날리는 미사의 머리칼과 그녀의 작은 몸에 걸쳐 휘날리는 태성의 코트를 응시했다.

놓칠 리 없다는 걸 알면서도, 가끔 이럴 때 사준은 자신이 아슬아슬한 사냥꾼이 된 것 같은 기분이 들었다.

미사는 정체를 확인하지 못하는 적을 감지했을 때에는 어둑한 곳에 숨곤 했다. 반대로 적의 정체를 확인한 후에는 위치적 우위를 점하기 위해 고지대로 올라가는 버릇이 있다.

시영은 늘 미사에게 그 점을 지적했다. 땅꾼들의 눈을 피하기 위해 나무에 올라가는 것은 몸집이 작을 때에나 효과가 있는 법이다. 배를 노출하게 되면 더 쉽게 위험에 빠질 수 있다. 알고도 무시했던 것은 그동안 미사의 목숨에 치명적인 위협을 가할 만큼 위험한 이가 없었기 때문이다.

미사가 스스로 자각하고 있는 습관은 사준도 알 것이었다. 고층으로 빠르게 뛰어올라가던 그녀가 방향을 튼 것은, 아래에서 느껴지던 사 일족의 기운이 위로 이동했다는 것을 깨달은 직후였다. 짓다 만 건물의 한쪽 벽면 유리창이 쉴 새 없이 덜컹거렸다.

"아래에 하나 있고, 지금 위쪽에도 있어요."

덩달아 멈춘 태성이 속삭이듯 말했다. 미사가 느낀 것을 태성도 느낀 모양이다.

'어떻게 도망쳐야 하지.'

"너, 아직도 수화 안 돼?"

미사의 음성에는 절실함까지 담겼다.

태성은 한번 몸 안의 넝마 같은 기운을 움직여보려 하였다. 찌르는 듯한 두통과 구역감만 남을 뿐이었다. 그녀에게 짐이 되는 듯한 죄책감을 애써 외면했다.

"저쪽으로 가요. 위에서 기다리고 있다면 제가 우선 시선을 끌…….."

"그만해, 너. 그 버릇."

미사에게 위기가 닥쳤을 때 그녀가 택하는 프로토콜(습관)이 존재하듯이 태성에게도 존재하는 게 분명했다. 다만 문제는 태성은 늘 그 스

57

스로를 미끼 삼으려 든다는 것이다.

"곽현 때랑은 달라, 저 위 두 녀석은. 너 진짜 죽을 수도 있어."

"미사, 나는."

"태성아, 수화도 못하는 널 죽을 게 뻔한데 그냥 두고 가라고? 싫어."

태성은 미사의 말에 조금 놀란 표정을 지었다. 정작 미사는 스스로가 뱉은 말이 어떻게 들리는지 의식하지 못한 모양새였지만.

"미사, 나는 괜찮아요. 미사가 도망치는 게 더 우선이라고 생각하고."

"왜?"

"좋아하니까요. 미사가 무사했으면 좋겠다고 했잖아요."

태성이 담담히 대답했다. 조금의 주저도 없는 고백에 미사는 살짝 입술을 당겨 물었다가, 고개를 끄덕였다. 그러나 입장의 고수는 여전했다.

"좋아하면, 나랑 같이 도망칠 생각을 해."

다시 아래로 내려갈까. 한 마리만 남아 지키고 있을 그들의 차량을 탈취해 도망치는 것도 방법일 것이었다. 그리 고민하고 있는데 태성이 갑자기 뻥 뚫린 창가로 걸어갔다. 위쪽에서 느껴지는 사준의 기운에 온 촉각을 곤두세우고 있던 미사의 눈이 저절로 태성을 따랐다.

"방송사에서 나온 거 같은데요."

멀리서 프로펠러 소리가 들리기 시작했다. 아직 거리가 멀었지만 방송사 마크는 분명히 보였다.

"방송사에서 왜, 아."

달리던 차에서 난데없이 사람이 굴러떨어지고, 차 위에서 느닷없이 검은 구렁이가 튀어나와 온 도로를 패닉에 빠뜨린 후 도망쳤다.

도망치느라 제대로 보지는 못했지만 추돌사고가 연쇄적으로 발생했다는 건 미사도 알았다. 아직까지도 도로가 통제되고 있으리라는 걸 짐작하기는 어렵지 않다.

"생방송이야?"

"그런 것 같아요."

미사의 얼굴에 혈색이 돌기 시작했다. 차라리 생방송이라면 사준의 움직임을 막기 충분하다. 방송용 헬기가 머리 위를 날아다니고 있는데, 사준이 제멋대로 굴지는 못할 것이다. 미사도 마찬가지일 테지만 어차피 태성이 수화해 도망치지도 못하는 상황이다.

"차라리 잘됐어."

미사는 태성이 서 있는 창 저편의 조금 낮은 건물 옥상을 노려보았다. 가장 요란한 소음이 포화처럼 머리 위를 울리는 순간, 미사는 태성의 손을 꽉 잡았다. 시간적 여유는 많지 않다.

옥상에 둘러쳐진 철조망 너머로부터 달라붙는 시선을 의식하지 않기 위해 달렸다. 헬기가 그들의 머리 위를 지나가는 동안 사각으로 피신해야 했다. 실내에 있을 때보다 훨씬 추운 공기가 그녀의 온몸을 때렸다. 저절로 비늘이 일어날 만큼 추워서, 몸이 괴로움을 호소하는 수준이었다.

'미사.'

문득 미사는 그녀를 부르는 목소리를 들었다. 들었다고 생각했다. 반사적으로 뒤돌았을 때, 그녀를 바라보고 있는 사준의 붉은 눈동자와 시선이 마주쳤다. 거기 서. 사준이 그렇게 말하는 것 같았다.

"어서 가야죠."

태성이 미사의 손목을 잡아끌었다. 사준은 가만 미사와 태성 쪽을 응시하다가 고개를 젖혀 그들의 머리 위를 날아가는 헬기를 응시했다. 그는 전혀 조급해 보이지 않았다.

미사는 왜 자신이 멈춰 서 있는지 몰랐다. 아니, 자신이 멈춰 서 있다는 것조차 잊었다.

"미사!"

휴대전화를 든 사준이 누군가에게 전화를 하는 것이 보였다. 헬기의 꼬리가 그들을 지나쳐 멀어지기 시작하자, 사준은 가볍게 철조망을 짚고 뛰어넘었다. 자칫 바닥으로 추락하면 큰 부상을 면치 못할 높이임에도 주저가 없다.

'뭐지?'

재준이 뒤따라 철조망을 딛고 훌쩍 뛰어내렸다. 미사는 그 모든 것을 지켜보고 있었다. 말 그대로, 바라만 보고 있었다. 마치 무언가를 '당한 것' 같다.

사준은 휴대전화를 한쪽 귀에 댄 채로 누군가와 통화를 하며 다가왔다.

"치우지 그러십니까. 이쪽 문제는 쉽게 해결되지 않을 테니까…… 나는 지금 앞뒤 가릴 생각이 없는데. 너희가 하는 일이 그거 아니었나. 통제. ……그건 그쪽 사정이지."

수화기 너머에서 낯선 목소리가 웅웅 울린다. 사준은 멀어지는 헬기를 응시했다.

"전파 타면 곤란한 건 이쪽만이 아니잖아. 안 그래?"

다분히 조롱조로 통화를 마친 사준이 주머니에 휴대전화를 쑥 밀어

넣는다. 사준이 속삭이듯 칭찬했다.

"잘했어."

'뭘?'

그때까지도 멍하니 서 있던 미사가 퍼뜩 정신을 차렸다.

무언가 이상했다. 미사는 그도 모르게 뒷걸음질했다. 태성이 그런 그녀의 등을 꽉 끌어안았다.

'조금 전에 뭐였지?'

일순간 판단력을 상실한 것 같은 느낌이었다. 마치, '그의 명령'에 복종한 것처럼 느껴졌다. 애초에 사준이 그녀에게 '멈추라.'고 했던 가? 아니었다. 사준은 그저 바라만 보았다. 아무것도 하지 않았다.

재준을 바라보았다.

'재준인가?'

아니, 조금 전에 자신이 '당한 것'이 맞나?

재준은 뛰어난 정신억압자이지만 결코 쉽게 미사를 통제할 만한 수준은 아니었다. 예전에 재준이 한번 시도했다가 미사의 반발에 리바운드를 당해 크게 욕만 본 적이 있다.

태성을 돌아보았다. 태성은 멀쩡했다. 제가 조금 이상해진 것 같았다.

그러는 사이 사준은 그들과 얼마 떨어지지 않은 자리에 섰다.

"……이제 마음이 바뀌었어?"

피범벅이 된 옷을 툭툭 턴 재준이 훌쩍 그들의 머리 위를 뛰어넘어, 길목의 물탱크 위에 앉았다.

미사는 사준을 한 번, 재준을 한 번 돌아본 후 최대한 침착을 가장했다.

"재준이 너, 안 죽었네."

"차에 좀 치인다고 죽겠냐. 아마추어도 아니고 왜 그런 실없는 농담을 하냐."

사준이 코앞까지 다가온 것은 그때였다. 태성이 재빠르게 미사를 끌어당겨 거리를 벌렸다. 사준이 가볍게 손을 저었다.

"이리 와. 더 폐 끼치지 말고."

"너, 너, 나한테 무슨 짓 했어."

그건 단순한 공포심이 아니었다. 생각해보면 처음 사준을 마주했을 때에도, 분별이 사라진 찰나의 순간 포획당했다.

아귀가 맞지 않았다. 사준에게는 그런 재능이 없었다. 미사가 알고 있는 사준은 — 미사는 문득 가정의 허점을 깨달았다. 그녀는 사준에 대해 아무것도 모른다. 적어도 눈앞의 사준에 대해 — 이미 다른 사람이었다.

그녀를 꽉 당겨 안은 태성의 팔에 힘이 들어갔다. 태성의 심장소리가 크게 울린다. 미사는 확신도 없는 채로 속삭였다.

"보지 마. 저 녀석한테서 멀어져, 태성아."

팽팽한 긴장감을 깬 건 재준의 벨 소리였다. 전화를 받은 재준은 "아, 그래. 알겠어. 여기는 조금 늦어졌어." 따위의 몇 마디를 중얼거리더니 가볍게 통화를 마쳤다.

재준이 사준에게 말했다.

"피해가 좀 난 듯합니다만 상윤이랑 중오가 결계를 맡고 있으니 수습은 그렇게 어렵지는 않을 겁니다. '자'들도 곧 철수할 낌새라고 하고요. 그런데 중간에 '자'의 강서가 빠져나갔다고 하는데요."

"저들 무리로 돌아갔다 하던가?"

"그런 거 아니겠습니까. 과리 님 쪽이 어떻게 되었는지는 모르겠지만 거기도 쑥대밭일 텐데. 카메라는 어떻게 한다 합니까?"

"경고했으니, 일 터지면 저쪽 책임이지."

사준은 무책임하게 웃으며 와이셔츠의 목깃을 털었다. 조금 전의 통화가 언론사 쪽에 뿌리박은 일족과의 통화라는 것을 추측하기란 어렵지 않았다.

미사의 체온은 계속해서 떨어졌다. 그녀를 꽉 안고 있는 태성의 체온이 없었다면 그대로 고꾸라져 잠들어버렸을 것이다.

"대충 미사만 챙겨가죠."

미사가 물탱크 위의 재준을 노려보았다.

"미쳤니, 내가 대충 너희한테 챙겨지게."

그러나 추위에 질린 목소리는 이미 떨리고 있어서 조금도 위협적이지 못했다.

태성은 점차 고조되는 분위기를 감지하고 숨을 죽였다. 아무 도움도 되지 못한다는 현실에 우울이 밀려올 틈도 없었다. 다만 그는 지금 스스로의 눈에 놀랐다. 아무런 장애물도 없이 마주 본 사준에게서 '무언가'가 보였다.

정확히는 감지되었다고 말하는 게 옳을 것이다.

사준의 껍질 안으로 이질적인 생명의 기류가 요동치고 있다. 미사에게서는 단 한순간도 느껴보지 못한 것. 저게 뭘까.

짧은 고민 끝에 태성은 알아차렸다.

사준이 먹은 것들이다.

미사도 똑같은 것을 보고 있을까. 그러나 문득 태성은 지난번 곽현이라는 뱀과 마주쳤을 때를 떠올렸다. 그때에는 이런 것이 보이지 않았다. 사준만이 특별한가? 재준이라는 자를 돌아보았다. 재준의 외피 안으로도 마찬가지의 이질적인 감각이 들여다보였다.

머리가 지끈거리기 시작했다. 다시 구역감이 밀려오며 호흡이 받아졌다. 오싹했다.

저런 게 왜 보이지?

그런 적이 없었다. 다시 미사를 돌아보았다. 미사의 온몸을 둘러싼 불안정한 기운이 선명했다. 이런 적도 없었다. 갑자기 내장이 쥐어뜯기는 것처럼 통렬한 고통이 밀려왔다. 태성이 미사를 밀어내며 허리를 구부렸다. 머리가 깨질 듯이 아팠다. 이런 통증도 처음이다.

무언가 일어나고 있었다.

"태성아!"

사준이 고개를 갸웃하며 그런 태성을 내려다보았다.

"상태가 영 아닌 것 같은데, 도망치려면 이 녀석을 버리는 게 낫지 않아? 네가 아무리 기운을 감추려 해도, 저 녀석이 가진 독특한 그 향기, 그거 말이야. 널 꾀어낸 저 사향내."

"입 닥쳐. 네가 뭘 안다고."

"오빠한테 말하는 버릇하고는."

이를 악문 태성이 간신히 소리를 냈다.

"……대체, 이러는 목적이 뭡니까?"

태성은 일족들의 사회에서 한참 동떨어진 채 살아왔지만 그래도 이런 일을 다른 일족들이 좌시하지 않을 거라는 정도는 안다.

"이유라고 할 것까지야. 그냥 태어난 대로 사는걸."

"이런 일을 계속 벌이면서도 무사할 거라고 생각합니까."

"우리 동족 간의 일인데 누가 뭐라 하겠어."

"당신은 다른 일족들도 건드렸잖아요. 저는 당신 동족이 아닌데요."

"넌 그럼 어느 쪽인데?"

사준이 진심으로 궁금하다는 듯 물었다.

"무리의식이 강한 '자'가 홀로 사는 것부터가 기이하다 싶었는데, 문제가 생겼을 때조차도 '자'가 아닌 '술' 녀석들에게 도움을 청했다……굉장히 이상한데 말이야. 네 녀석에게서 느껴지는 '기운'도 그렇고."

태성은 뱅뱅 도는 세상을 바라보며 그도 모르게 휘청거렸다.

"넌 데려가서 연구를 한번 해볼 생각이니까, 물러서 있어라."

사준의 희번덕거리는 적안이 태성에게 이르렀다. 태성은 사준을 노려보며 외려 더 빳빳하게 몸을 세울 뿐이었다. 미사를 등 뒤로 밀어내며 속삭였다.

"미사, 기회가 생기면, 바로 도망가요."

사준은 어째서인지 조금 의아하단 표정으로 태성을 바라볼 뿐, 선뜻 공격을 하지는 않았다.

"어차피 이런 날씨에 미사는 굼떠서, 금방 잡힐걸. 지난번엔 운 좋게 도망쳤지만 여기는 강도 없고."

그녀를 배반했던 날의 기억을 상기시키며 사준은 태연히 미소 지었다. 불현듯 치미는 노여움에 미사가 그를 향해 달려들었다.

"이게!"

사준은 예고 없이 날아든 그녀의 다리를 그대로 붙잡아 콘크리트 바닥에 내팽개쳤다.

쿠당탕탕!

미사의 몸뚱이가 요란히 쓸리며 미끄러졌다. 미사는 가까스로 목이 꺾이는 것을 면하며 뒤구르기로 일어섰다. 사준이 미사에게로 몸을 돌리려는 순간이었다.

사준의 표정에 이채가 돌았다. 사준은 육감이 독보적으로 뛰어난 종이었다. 태성의 주위로 기묘한 기운이 번져나가기 시작한 것이 느껴졌다. 정작 태성은 자각하지 못한 듯했으나.

언뜻 태성의 회색 눈동자 위로 붉은 이기가 스쳤다가, 헛것인 양 사라졌다.

'흐음?'

"재준아."

사준이 턱짓했다.

"저거."

그 즉시 가만히 사태를 고지대에서 관망하던 재준이 물탱크의 가장자리를 짚고 일어섰다. 태성이 뒷걸음질했다.

막 물탱크 위에서 뛰어내리려는 재준을 가로막은 것은 검은 뱀의 꼬리였다.

재준이 아차 하며 물러난 사이, 다시 한 번 수화한 검은 구렁이의 아가리가 사준을 향해 달려들었다. 사준은 고개를 돌려 멀찍이 떠 있는 헬기를 한 번 돌아본 후 가볍게 뒤로 뛰었다. 그러나 구렁이는 사준이 기대했던 것보다 집요했다. 기어코 사준의 몸통을 물어 옥상의 난간으로 내던져버린다.

그러고는 재빠르게 태성에게로 되돌아와 그의 주변을 휘감았다. 보호하듯이.

미사의 맨들맨들한 비늘이 옥상 위로 떨어지는 햇빛을 반사했다. 한 땀 한 땀 스팽글을 박음질한 것처럼 찬란했다. 재준이 머리 위에서 한숨을 내쉬는 소리가 들렸다.

"하, 진짜, 멍청한 것도 정도가 있지. 지금 저기 헬기 떠 있는 거 안 보이냐?"

사준은 엉망이 된 양복을 털며 일어섰다. 부스스 떨어지는 시멘트 가루가 날렸다. 못 보일 꼴을 보인 데에 불쾌한 것처럼 매무새부터 바로잡는 그의 주위로 선득한 살기가 떠돌기 시작했다.

"……다른 일족 새끼 앞에서 이리 동족을 공격하니, 우리에게 동족 살해자라는 헛소문이 따라다니는 거야, 미사."

사준은 빠진 어깨를 우둑 소리가 나게 끼워 넣고는 곧 아무렇지도 않은 얼굴로 어깨를 한 번 털었다.

미사가 느리게 다가오는 사준을 향해 쉿쉿거렸다.

『손대지 마.』

"왜?"

『내 거야.』

"이거…… 재미있네. 저 녀석에게 역시 뭔가 특별한 게 있는 거지?"

사준이 낮게 웃었다. 몸에서 흘러나는 살의와 미소가 지독한 괴리감을 느끼게 했다.

태성은 미사의 말을 알아들을 수 없었다. 그의 귀에는 단순히 쉿쉿대는 것처럼 들리는 얇은 소리였다. 쥐들에게 일족의 언어인 자어(子語)가 있듯이 사 일족에게는 사어(蛇語)가 있다. 이해 못 할 대화를 귀에 담으며 태성은 촉각을 곤두세웠다.

극심한 피로가 몰려오며 심장이 쿵쾅거렸다. 몸에서 열까지 나는 것 같다. 비참하게도 태성은 지금 이 옥상에서 가장 연약한 종이었다. 만일 제가 지금 수화라도 할 수 있다면 미사에게 짐이 되지 않고 도주할 수 있을 것이었다. 하지만 그조차도 불가능했다.

대체 과리는 제게 무슨 짓을 한 건가. 맥락상 그렇게밖에 받아들여지지 않는 현실이었다. 스스로에게 화가 나 견딜 수가 없었다.

"수화 풀지 않으면, 이쪽도 똑같이 나갈 거야."

점잖은 조언은 다정하게까지 들렸다.

검은 구렁이의 꼬리가 높이 솟구치더니 물탱크 위의 재준에게 날아들었다. 태성을 주시하고 있던 재준은 불시에 가해진 철퇴 같은 꼬리에 이번엔 직격으로 얻어맞고 추락했다. 터진 물탱크에서 구정물이 쏟아졌다.

질척한 물바다에 주저앉은 재준이 "씨팔." 욕지거리와 함께 피투성이 어금니를 뱉어냈다. 아까 도로에서 차에 치일 때 입은 부상의 여파가 다 가시기 전이었다.

"아…… 저거 정말 힘 하나는 장사라니까……."

응답하듯 미사의 꼬리가 한 번 더 크게 휘둘러졌다.

"수화 풀어. 눈에 띄고 싶지 않으면."

사준은 다시 경고했다. 탁 트인 옥상에 나타난 검은 구렁이를 특종으로 삼을 이들은 무수히 많았다. 아무리 사준이 관례를 무시하고 무법을 추종한다고 해도 그건 일족사회 내에서의 무정부주의에 가깝다. 인간들과 얽히는 것은 분명히 기피해야 할 일이었다.

사준이 손을 드는 순간 어마어마한 기세의 검은 바람이 칼날처럼 날아들어 미사의 정수리를 후려쳤다. 하지만 미사는 비늘이 뜯겨 피가 나는 순간에도 꼿꼿했다.

눈 깜짝할 새에 미사의 몸통 위에 올라선 재준이 태성의 귀 뒤에 대고 말했다.

"저 둘이 한판 할 것 같으니, 너는 잠깐 빠져야겠다."

홱 고개를 돌린 검은 구렁이가 쉿쉿거렸다.

『재준이 너는 비켜!』

"시끄러워."

재준의 손아귀가 거침없이 태성의 목덜미를 잡아 내동댕이쳤다.

맨바닥에 태성의 온몸이 쓸려나갔다. 골이 울렸다.

미사가 거대한 입을 벌리고 재준을 향해 달려들었으나 닿지 못했다. 어느샌가 거대한 살모사로 변한 사준이 미사의 뒷목에 독니를 박아넣은 것이었다.

두 마리의 뱀은 비명과 함께 뒤엉켰다. 낡은 건물 전체가 쿵쿵 울렸다.

톱날처럼 날카로운 수백 개의 이빨로 온몸에 강판처럼 구멍을 내는 사투였다.

그 와중에도 미사는 태성을 놓지 않는 재준을 위협하기 위해 몸을 부딪쳤다. 재준은 놀리듯이 태성의 뒷덜미를 잡아 팔짝팔짝 뛰며 미사의 공격을 피했다.

"이거, 미사가 널 정말 많이 예뻐하나 보네."

태성은 경이롭게까지 느껴지는 거대한 뱀들의 싸움에 극심한 무력감을 느꼈다. 미사는 지금 목숨을 걸고 싸우고 있었다. 지켜주고 싶다고 했는데, 자신도 뭐라도 하고 싶은데 할 수 있는 게 마땅히 없다. 제 암컷도 지키지 못하는 한심한 종자.

이마에 붉은 점박 무늬가 소름 끼치는 거대한 살모의 뱀이 시꺼먼 구렁이의 눈알을 물었다.

"미사!"

검은 구렁이가 마구 요동치기 시작했다. 재준은 저 멀찍이서 프로펠러를 돌리며 날고 있는 헬기를 힐끔거리며 살피느라 경계심이 느슨해져 있었다. 그 틈을 타 태성이 재준을 온 힘을 다해 걷어찼다.

그러나 효과는 전혀 없었다.

"아야?"

"놔요!"

"너 진짜 뒈지고 싶냐?"

순간 머리끝까지 열이 뻗친 재준이 이를 갈았다. 타격이 크지 않다

해도 태성도 일족이라고, 힘은 보통이 아니었다.

애초에 재준의 특기는 물리력이 아니므로 더 짜증이 났다. 이대로 태성이란 놈의 허리를 꺾어버릴까 했던 재준은 달리 대응하기로 했다. 그의 특기는 정신계 이능이다. 죽여버리면 편할 테지만 사준은 어째서인지 태성을 산 채로 잡아가고 싶어 했고, 재준이 예상하기에 만일 이 녀석을 죽이면 미사는 정말 조금의 미련도 없이 또다시 도주를 시도할 것이었다.

재준은 강제로 태성의 턱을 꺾어 돌려 눈을 맞추었다.

"가만히 있어."

재준의 눈동자가 푸르게 빛났다. 턱이 으스러질 것 같은 통증에 태성은 옴짝달싹못한 채로 재준을 노려보았다. 기묘한 기운이 태성의 눈 안으로 스며들었다.

재준이 딱딱하게 명령했다.

"이 싸움이 끝날 때까지, 너는 얌전히……."

그 순간 재준은 울컥 무언가 역류하는 것을 느끼고 입을 틀어막았다. 그의 눈이 크게 뜨였다.

'뭐야? 이거, 리바운드야?'

엄청난 반작용처럼 밀려올라온 구역질에 숨을 꺽꺽댔다. 눈앞이 어질어질했다. 쿨럭, 기침을 하자 입 밖으로 터져나온 건 내장 조각이었다.

태성은 그 틈을 놓치지 않고 재준을 걷어찼다. 자동반사적 반응으로 그의 발길질을 막아 저지한 재준은 믿기 어렵다는 표정을 지었다.

'뭐야?'

일족의 정신억압은 대개 저보다 약한 자들에게 효과가 있다. 일족들이 인간들의 기억을 쉽게 지울 수 있는 것도, 인간과 일족을 두고 비교했을 때 일족이 훨씬 강한 정신력을 지니고 있기 때문이다.

반대로 말하면 강한 자들에겐 효과가 전혀 없다는 것이다. 거의 불가능할뿐더러 반작용이 일어나기도 한다.

상윤과 곽현이 함께 움직이고, 재준이 사준을 따라다니는 것처럼 정신계 능력자가 물리력이 센 파트너와 함께 다니는 건 능력의 그러한 맹점 때문이다.

객관적으로 재준은 정신계 이능을 사용하는 일족 중에서도 독보적인 수준이었다. 그런데 리바운드라니.

조사에 의하면 눈앞의 자 일족은 비록 화서의 아들이라고는 해도 고작 반백 년 더 살았을 뿐이었다.

몸 안으로 튕겨 들어온 기운에 속이 물컹물컹 흔들리는 것 같았다. 이건 자존심이 상하는 일이다. 재준의 동공이 더욱 날카롭게 갈라졌다.

"꼬마, 내 말 잘 들어봐. 너는 내가 시킬 때까지 가만히……."

"무슨 지랄을 하고 있는 거야, 씨팔!"

태성이 어울리지 않는 욕지거리를 씹어뱉으며 팔꿈치로 재준의 콧등을 후려쳤다. 이번에는 직격이었다.

"와."

휘청한 재준이 코를 붙잡고 오만상을 찌푸렸다.

제 능력에 문제가 생겼나 싶어 온몸의 혈관으로 기운을 한번 흘려보았다. 하지만 그의 컨디션은 평소와 다름이 없다. 피를 좀 많이 쏟아 재생세포가 활발히 움직이고 있다는 것을 빼면.

다시 한 번 태성의 기운을 감지해보았다. 거의 느껴지지도 않을 만큼 보잘것없이 하찮았다. 이 상황은 상식 밖이었다.

재준은 진심으로 당황했다.

'뭐야?'

갑자기 혼란스러워졌다.

재준은 낡은 건물을 무너뜨릴 기세로 요동치며 뒤엉킨 두 마리의 뱀을 바라보았다.

뱀들의 싸움은 기괴하고, 조용하고, 끈적하다. 비명도, 포효도 없다. 상처투성이 꼬리가 바닥을 쓸어 칠 때마다 물보라가 일었다.

태성이 소리쳤다.

"미사 씨, 도망쳐요! 나는 신경 쓰지 말고 도망쳐요!"

제 얼굴로 달려드는 물기를 팔뚝으로 막아낸 재준의 눈이 가늘어졌다. 자존심이 상했다.

'씨팔, 쪽팔리게 리바운드라니.'

눈앞에서 명백한 적의를 보이는 그를 무시하는 것부터가 태성의 실수였다. 재준이 비늘 돋은 주먹을 올렸다.

일족들의 다양성은 재미있다. 본체가 커다란 일족은 위기 상황이 닥치면, 에너지 소모를 최소화하기 위해 인간화한다. 아주 간혹, 인간화가 불가능할 만큼의 기운조차 남지 않을 경우를 제외하면 일반적이다.

이 상황이 되어서도 스스로 수화해 도망치지 않는 이유를 모르겠지만, 묘한 기운도 그렇고 한번 까보면 될 일이다.

사준이 제 목을 둘둘 감은 미사의 몸통 살을 막 뜯어낼 때였다.

"미사 씨, 더 싸우지 말고 일단 도망……."

재준은 그대로 태성의 등을 찢었다.

태성은 문득 등에서 시작된 이질감에 고개를 수그렸다. 숨이 턱 막혔다. 검은 구렁이의 노란 눈동자가 그들 쪽으로 향한 것은 핏덩이가 토해져 나온 그 순간이었다. 등을 꿰뚫린 태성은 주저앉지도 못하고 간신히 숨을 헐떡이며 피를 쏟아냈다.

누군가의 손이 제 껍질 안을 파고든 것은 최초였다.

태성은 온몸이 비명을 지르는 것을 깨달았다.

재준은 태성을 죽일 생각은 없었다. 사준이 그러기를 바랐으므로, 당연한 일이다. 일족은 인간형 신체가 훼손되어도 숨통이 끊어지기 전에 수화를 하고 나면 어느 정도 회복되기 마련이다. 그러지 않더라도 생명력이 질기기도 하고.

태성의 내장이 뜯기건 말건 관계없다는 듯이 이래저래 기운을 흘려 더듬던 재준이 눈을 가늘게 떴다.

'……이 녀석 뭐야, 진짜?'

"속이 왜 다 상해 있냐?"

태연한 목소리로 물었다. 핏물이 재준의 손목을 타고 뚝뚝 바닥으로 떨어졌다.

재준이 쑤욱 손을 빼내자 태성은 비로소 해방되어 무릎을 꺾었다. 숨을 쉴 수가 없었다. 폐부가 찢겨나간 것처럼 허한 바람이 몸 안에서 느껴졌다. 목 언저리에 구멍이라도 난 듯 숨을 쉴 때마다 흐이익 하는 소리가 났다.

그런데…….

'안 돼.'

태성의 회색 눈동자가 충격으로 흔들렸다.

재생이 되지 않는다. 아니, 아예 재생이 되지 않았다. 그에게 내세울 만한 건 재생력뿐이었다. 어릴 적 화서가 그토록 죽기 직전까지 그를 짓뭉갰을 때에도 순간적인 재생으로 목숨을 건진 것이 한두 번이 아니었다.

도롱 노인은 그 때문에 태성의 모든 힘이 재생에 집약되어 있다고 말했다. 그가 '다른 일족'들과 달리 죽음에 완전히 빠지지 않는 것도 그런 이유에서라고.

재준은 피투성이가 된 손을 탈탈 털었다.

"자, 대충 수화 한 번 하면 죽지는 않을 테니까. 네가 얼마나 대단한 '자'이기에 그리 겁이 없나 보자."

그 순간이었다. 사준을 어마어마한 기세로 쳐올린 미사가 그대로 떠오른 사준의 두꺼운 비늘 목을 물어 난간 밖으로 내던졌다. 사준은 눈 깜짝할 사이에 추락한 것처럼 시야에서 사라졌다. 기기긱 소리와 함께 건물이 기울어지는 것처럼 휘청 흔들렸다.

재준이 당황한 표정으로 중얼거렸다.

"아, 사준 님."

한겨울의 미사는 몹시 둔한 편이었다. 하지만 그렇다고 해도 재준은 일단 힘으로는 미사를 어찌하기 어려웠다.

제계로 향한 미사의 살의를 깨달은 재준이 장외아웃 당하듯 시야에서 사라진 사준을 향해 소리쳤다.

"저, 미사랑 저만 남겨놓고 아웃되시면 저 큰일 납니다."

고꾸라진 태성을 발로 밟은 채 재준이 식은땀을 훔쳐냈다.

미사에게 정신억압을 시도하는 건 쉽지 않은 일이었다. 사준은 정말 바닥까지 떨어진 건지 소식이 없다.

'아, 오늘 제대로 구르네.'

미사가 이번에는 재준을 향해 어마어마한 속도로 달려들었다. 쩍 벌린 입이 재준을 물어뜯기 전에 코앞에서 콱 다물렸다.

'와 나!'

코앞까지 닥쳐왔던 구렁이가 순간 용수철처럼 홱 끌려갔다.

어느새 다시 기어올라온 삼각형 머리의 살모사가 검은 구렁이의 꼬리를 물어 팽개치고 있었다. 재준은 코앞까지 닥쳐왔던 미사의 살의에 내심 가슴을 쓸었다.

"아, 아오, 아. 십년감수했습니다."

재준은 이쪽에 신경을 거두지 못하고 계속 사준에게 물어뜯기면서도 달려들려다 실패하는 미사를 바라보며 입을 열었다.

"수화하지 않으면 네 그 몸뚱이 죽어버릴걸. 너 죽으면 나도 좀 곤란한데?"

태성은 피를 토하며 엎어져 있었다.

그러나 안심은 잠깐이었다. 웬걸, 검은 구렁이는 아예 노선을 바꾸기라도 한 건지 꼬리가 뜯기건 말건 개의치 않고 재준에게로 다시 달려들었다. 이번엔 재준도 피하지 못했다. 옆구리를 완벽하게 물린 재준이 순식간에 어지러워진 시야에 기함했다. 아무래도 통째로 삼켜질 위기였다.

'빌어먹을, 끈질기네, 진짜.'

재준이 수화하기도 전이었다. 콱 바닥에 메다꽂힌 재준의 척추가 작살이 났다.

"끄으…… 응…….

어마어마한 격통이 밀려왔다. 그리고 다시 정신을 차리고 수화하기도 전에 구렁이의 거대한 턱이 재준의 머리통을 망치처럼 내리찍었다.

'아, 미친, 진짜 오늘 죽겠…….'

재준의 시야가 암전했다.

횅한 칼바람만 남은 옥상은 언제 그 난장판이 벌어졌냐는 양 조용하기만 했다.

사준은 떨어져나간 미사의 꼬리를 그대로 삼켰다. 미사의 피 맛이 났다. 미사는 착하고, 순진하다. 부상까지 입은 채로 도망칠 수 있다고 생각하는 걸까. 다 죽어가는 수컷을 물고 반대편 옥상 아래로 그대로 추락해 도망쳤다.

찌그러진 깡통처럼 짓눌린 재준이 더디게 재생하는 것을 한심하다는 듯 바라보던 사준이 수화를 풀었다.

어차피 둘 중 하나다. 높은 곳, 아니면 지하. 이 근방엔 이 건물보다 높은 곳이 없으니 아마 하수구나 지하 수로를 찾아 헤맬 것이다. 기운을 쫓다가 부서진 지반이 드러나면 그곳을 통해 추적하면 된다.

미사와 난동을 부리며 제 몸통이 다 젖어버렸다. 끈적한 물기는 피를 뒤집어쓰는 기분 같아 싫었다. 사준이 허물처럼 벗겨진 옷들을 바라보았다. 전라로 돌아다닐 수는 없는 노릇이다. 날이 추워 동작이 굼떴다. 대강 옷을 고쳐 입고 젖은 외투를 다시 걸치고서 재준의 곁에 쪼그렸다.

재준은 정신계 능력의 꼭두각시로 사용하긴 적절했지만, 몸 쓰는 일에는 영 믿음이 가지 않는 녀석이다.

"느려터져서는……."

재준은 이제 눈을 깜빡일 정도는 되었다. 사준이 명령했다.

"정호한테 새 옷 가져오라고 해."

"……저, 지금 막 정신 차렸는데. 아직 팔다리 못 움직입니다."

"그러게 누가 엄한 데 정신 팔고 있으랬어."

사준이 중얼거리며 터벅터벅 걸어 옥상 끄트머리로 향했다. 재준이 그의 뒷덜미를 향해 항변했다.

"그 녀석 이상했습니다, 사준 님."

"알아."

"아신다고요? 리바운드가 있었다는 거 말입니까?"

사준은 재준에게 시선을 주었다가 거두며 중얼거릴 뿐이었다.

"너도 슬슬 끝물인가."

"너무 말이 심하신데요. 그 녀석 배 속에 이상하게 단단한 기운이 숨어 있던데요. 겉으로 감지했을 때에는 별 기운도 없던 놈이."

"……뭐, 일단 잡아보면 확인할 수 있겠지. 추적해. 또 감쪽같이 숨어버리면 귀찮아. 멀리 가지는 못할 테니까."

미사가 물고 간 수컷의 냄새와 기운을 사준은 확실히 각인했다. 그 수컷의 향기는 숨기려 한다고 숨겨지는 성질의 것이 아니었다. 노력하면 갈무리가 되는 기운과는 다르다.

미사가 답지 않게 약한 것에 연연하는 건 명백히 사준의 심사를 뒤틀었다. 피투성이가 된 채로는 혼자 도망쳐도 가능할까 말까 한데, 끝까지 그 정체 모를 녀석을 포기하지 않았다.

여태까지 제가 해주었던 것들이 얼마나 많았나. 배신감까지 느껴졌다.

"미사 때문에 전 과로사하겠습니다."

재준은 여전히 꼼짝 못 한 채였지만 눈동자만큼은 자유자재로 움직이고 있다.

"뒷정리 확실히 하고."

사준이 젖은 옷을 짜내며 뒤돌았다. 옥상을 내려가기 위해 문고리를 잡아 돌리는 순간이었다. 타앙! 멀지 않은 곳에서 난데없는 총성이 울렸다. 사준의 어깨가 움찔 굳어졌다.

곧이어 낯선 기운을 지닌 '무언가'들이 주위를 에워싸는 게 느껴졌다. 옥상 위로 뛰어올라온 것도.

"네가 저 뱀 새끼들의 대장이냐?"

사준이 발끝을 되돌려 목소리의 주인을 바라보았다. 총구가 가장 먼저 눈에 띈다. 상처투성이가 된 바짝 깎은 군인 같은 머리의 사내가 옥상에 서 있었다.

눈앞에 선 두 마리의 천적 앞에서 후들거리는 다리에 겨우 힘을 준 사내의 눈에는 공포가 어려 있었다. 그리고 그 공포만큼이나 지독한 적의도.

워낙 하찮은 좋이니, 총화기류의 무기를 사용하는 것을 정당하다 납득해줘야 할까.

"이 나라에서 총이라."

구하려면야 전혀 구하지 못할 물건도 아니지만 분명 합법적인 루트는 아닐 터였다. 화약 냄새가 은은히 풍겼다.

"겁 많은 녀석들이 주로 사용하는 무기가, 총이라지."

"그 겁 많은 녀석이 쏜 총에 대가리 터지기 전에 긴장하는 게 좋을 텐데."

"쏠 건가?"

"못 할 것 같나?"

아무리 사준이라도 머리에 총알이 박힌다면 난감했다. 보통 사람이 쥔 총도 아니고, 일족이 사용하는 총이다. 총알에 '기운'이라도 실려 있다면 사실상 죽음에 가깝다. 사격 실력이 어찌 되는지는 모르지만 방아쇠를 당기기 전에 움직일 수 있느냐 없느냐가 관건이었다.

"저기 헬기 떠 있는 거 보이지? 소음기도 없이 총질을 해대면 시선을 끌 텐데."

"널 잡는 대가라면야."

"뱀 앞의 쥐도, 무기만 있다면 아주 당당하네."

그런데 직후 또 한 명이 훌쩍 뛰어올라왔다. 조금 전, 검은 세단에 앉아 있던 남자를 알아보는 건 어렵지 않았다.

술 일족의 담군이었다. 술 일족들이 그들을 뒤쫓는다는 건 알고야 있었지만 자 일족과 함께 손을 잡고 나타날 건 뭐란 말인가.

때마침 재준의 휴대전화가 울렸다. 사준이 대신 받았다.

─ 재준 형, 술 일족이 들이밀고 와서 일이 좀 더 커졌습니다. 우선 흩어져서…….

사준은 대답 없이 통화를 끊고 재준의 배 위에 툭 휴대전화를 던졌다.

아직까지 재생 중에 있어 꼼짝도 할 수 없던 재준은 적의로 똘똘 뭉친 적들의 기운을 감지하고 신음했다.

"……저어, 사준 님, 안 버리고 가실 거죠?"

강서의 눈이 태성의 피 냄새가 짙게 남은 재준을 향해 움직였다. 날카로운 손톱과 돋아난 털들이 강서의 손과 발에 집중되었다.

"내 동생은."

"진태성?"

"그래."

가만히 강서를 응시하던 사준이 고개를 삐딱하게 기울였다. 저건 분명히 '자'였다.

이어, 또 다른 녀석들이 차례차례 옥상 위로 기어올라왔다.

"……하긴, 혼자 왔을 리가 없지. 자살에 취미가 있는 게 아니고서야."

아수라장이 된 옥상 풍경과 바닥에 고인 피 웅덩이를 번갈아 보던 담군이 코를 킁킁대며 인상을 썼다.

"대체 왜 이렇게 문제를 키우는지 모르겠지만, 이 정도로 막나가면 이쪽도 가만히 있을 수 없게 되지 않겠습니까."

사준이 비웃었다. 술 일족은 저들이 이곳 사회의 정의를 이룬다고 믿는 녀석들이다. 그러면서 정작은 음지에서 물장사나 하고 있는데 비웃지 않고 배기나.

"그러면 가만히 있지 말고 뒷정리나 해. 나는 지금 다른 용무가 있어서."

사준이 붉은 눈을 접어 부드럽게 웃으며 재준의 휴대전화를 다시 주워들었다. 재준은 깜짝 놀랐다. 사준이 그를 홀로 두고 가면 끝장이었다.

"사준 님, 아 나, 사준 님! 지금 내 척추 작살……!"

"네가 알아서 해."

사준은 냉정히 일별한 후 난간 저편으로 도약했다.

총성이 잇따랐다.

한 발, 타앙. 두 발, 타앙. 세 발, 타앙……!

꼬리가 잘려나간 여파는 꽤 컸다. 쏟아지는 피를 감당하지 못한 미사는 마지막 남은 힘을 쥐어짜 수화를 풀었다. 새로이 인간의 껍질을 구성하는 그녀의 신경이 팽팽히 당겨졌다. 퀴퀴하고 역한 냄새가 코끝을 찔렀다.

가장 안전한 곳을 찾기 위해 태성을 부축해 하수구 아래로 내려온 미사는 구역감을 참아 눌렀다.

웬일인지 태성의 상처가 아물지 않았다.

사준이나 재준이 문 것도 아니었다. 독에 당한 것도 아닌데 태성은 놀라우리만치 더딘 회복을 보였다. 아니, 회복이 되고는 있는 건지조차도 모르겠다. 미사는 태성을 벽에 기대 누인 후, 몇 시간도 걸리지 않은 동안에 엉망진창이 된 상황을 곱씹었다.

태성의 가슴 한복판에 커다란 구멍이 나 있다. 일족이 아니었더라면 즉사했을 만큼 심한 부상이었다. 심장이 멈추지 않으니 피도 계속 흘러나왔다.

치유 능력을 유연히 사용하는 일족이 있다. 하지만 미사는 그런 쪽으로 뛰어난 편이 아니었다. 상대가 쥐이니 미약한 자신의 기운이 독이 될 수도 있었다.

걸치고 있는 옷조차도 없어서 미사는 알몸으로 태성을 등 뒤에서 끌어안았다. 그녀의 가슴으로 크게 구멍을 압박하고 손으로는 어떻게든 앞으로 흘러내리는 피를 멎게 하기 위해 애썼다. 하지만 전혀 소용이 없어 보였다.

덜컥 드는 불안감에 미사가 태성의 덜미에 이마를 댔다.

'어떡하지.'

"정신 차려."

"……."

"정신 차려. 수화해, 태성아. 어떻게든 해보라고."

대체 왜 재생하지 않는 거야. 왜 수화를 못하는 거야.

미사는 이런 감정적인 두려움이 낯설었다.

'이게 뭐야.'

멍청하게 제가 먼저 도망칠 생각도 않고 그녀에게 도망치라고 떠들던 녀석이었다.

한기에 몸서리가 쳐졌다. 계속 주저앉아 있을 수도 없었다. 지금도 얼어 죽을 것 같은 추위가 전신을 물어뜯고 있다.

미사는 이런 식으로 겨울을 이겨낼 수 없었다. 불안도 추위만큼 강력했다. 사준이 곧 따라붙을 것이었다. 계속 피를 흘리며 왔다. 태성을 버리고 가야 한다. 혼자 도망쳐도 살아날 가망이 있을까 싶은 상황이었다. 더 쏟아낼 피조차 없는지, 태성의 피가 차츰 멎어갔다.

숨소리는 작아지고, 체온은 떨어진다.

미사가 태성을 벽에 기대게 한 후 비틀비틀 일어섰다. 온몸에 뱀 비늘이 일어났다. 미사는 시꺼먼 동굴 같은 지하를 망연히 바라보았다. 차가운 한기에 한 걸음 내딛는 발바닥이 수백 개의 바늘에 찔린 것처럼 아렸다.

미사는 태성을 뒤로하고 걸었다.

도망치라고 했으니까.

그래서 도망치는 거야.

같이 죽을 수는 없으니까.

그래도 구해주려고 했었고, 실패했을 뿐이니까.

태성도 아마도 이런 일이 생길 수도 있다는 건 생각했을 거다. 원망하지 않을 거다.

발소리조차 울리지 않는 뱀의 걸음이었다.

다섯 걸음. 겨우 다섯 걸음 떼었던 순간이었다.

똑.

물방을 떨어지는 소리가 났다. 왈칵 눈물이 날 것 같았다. 미사는 거의 달리듯 비틀거리며 태성에게 되돌아갔다. 태성의 곁에 무릎을 꿇고 앉았다.

"일어나…… 일어나."

하염없는 목소리가 하수도 안에 메아리쳤다. 미사는 제가 왜 이러는지 몰랐다. 태성의 식어가는 손을 붙잡았다. 제 손보다 따뜻했다. 놓고 말았다. 제 차갑게 식어버린 몸뚱이가 태성의 체온을 더 낮출 것이다.

미사는 그의 옷을 쥐고 마구 흔들었다. 목소리가 여러 갈래로 갈라졌다.

"일어나. 수화해. 그럼 내가 들고 갈 수 있잖아, 태성아."

화가 나 눈물이 날 지경이었다. 태성의 힘 빠진 손이 느릿느릿 그녀의 손끝을 쥐었다. 쥐었다 말하기에도 민망할 만큼 맥없는 손길이었다. 혹여 제 차가운 손이 그를 괴롭게 할까 빼려 했으나, 태성의 손이 그녀의 손을 꽉 쥐었다.

"가요. 괜찮아."

간신히 뱉어내는 목소리에 미사는 참을 수 없는 울분을 느꼈다. 태성은 너무 쉽게 포기한다. 너무 쉽게 자신을 버리고 가라고 말한다.

만일 할 수 있었다면 진작 버리고 갔을 것이다. 하지 않는 것이 아니라 할 수가 없었다. 미사는 태성을 버리고 싶지 않았다.

"어떻게든 변하란 말이야. 내가 들고 갈게. 억지로라도 해봐, 응?"

미사가 거의 애원하는 어조로 말했다. 그러나 그 애원이 무색하게도 태성은 가까스로 떴던 눈꺼풀을 다시 닫았다.

뚜욱. 뚜욱. 물방울 떨어지는 소리만 났다.

미사는 차게 식어가는 태성을 끌어안았다.

얼마나 그러고 있었을까.

태성을 꽉 부둥킨 자신의 몸이 얼어간다. 추위를 이기지 못해 본능적으로 느려지는 혈류가 졸음을 유발했다.

미사는 정신을 잃지 않기 위해 애썼다. 다시 인간의 껍질을 쓰는 데 남은 기력을 다 바닥내야 했으니, 수화조차 할 수 없었다.

"……너, 정말, 먹어버린다?"

다물린 태성의 입술은 더 이상 움직이지 않았다. 아주 느린 제 심장 소리만 들릴 뿐이다. 그의 손은 이미 그녀의 피부만큼이나 차가웠다. 미사는 최대한 기운을 가둔 채로, 우그러뜨리듯 제 몸을 태성에게 밀착시켰다.

허전함이 발끝부터 그녀를 갉아먹었다. 오감이 마비되는 것 같았다.

찰박. 찰박.

물살을 거슬러 올라오는 발소리가 울리기 시작했다.

메아리를 닮은 목소리도 뒤따랐다.

"그 녀석 심장이 멈췄잖아."

미사가 끓는 살의에 고개를 들었다.

"죽은 시체를 끌어안고 그리 주저앉아 있다니 너답지 않은데, 미사."

미사의 눈동자가 순식간에 부연 눈물로 차올랐다. 사준의 메아리가 일러주기 전부터 알고 있었다.

태성이 죽어버렸다는 걸.

지저분한 수로를 걷는 기분이란 가히 불쾌했다. 차라리 외양간의 오물 냄새가 낫지, 퀴퀴하게 코를 적시는 냄새는 조금이라도 빨리 이 공간을 벗어나고 싶게 했다.

사준은 아직 공기 속에 남은 미사의 미약한 기운과, 그 수컷이 흘리던 사향 냄새가 옅어져가는 걸 느꼈다.

걸음이 더 빨라졌다. 미사의 기운은 수로에 들어온 지 5분쯤 되었을 때부터 거의 옅어져 느껴지지 않았다. 그러나 수컷의 향기는 오물 냄새 속에서도 독보적으로 거슬리는 것이었다.

사향 냄새가 이토록 매력적인 줄 몰랐다. 정작 그의 신경을 건드리는 건 피 냄새도, 사향 냄새도 아닌 다른 이질적인 기운이지만.

조금 그리운 것도 같은 기운. 묘하다.

사준의 걸음이 천천히 느려졌다. 스무 걸음 남짓의 어둠 저편을 바라보았다.

'쥐라…… 자라고 하기에는 미묘했지만.'

미사가 별난 아이이긴 하지만, 범상한 자 일족이라면 그 스스로가 미사의 곁에 남아 있지 못했을 것이다.

미사는 그와 달리 섬세한 재주가 필요한 정신계 능력을 다룰 줄 모른다. 그러니 이 녀석에게 정신억압을 했을 리도 없으니까……. 자의라는 건데. 뱀을 앞에 두고도 두려움을 모르고 바락거리던 녀석은 저처럼 미쳤거나, 아니면 뭔가 '다르기 때문'이다.

사준은 자신의 감을 꽤 믿는 편이었다.

미사는 어디까지 도망을 쳤을까. 별난 짓을 하기는 하지만 제 목숨도 경각인데 끝까지 저 청년을 챙기지는 못할 것이었다. 아니, 그럴 제 동생이 아니었다.

뚝. 뚝. 물방울 떨어지는 소리가 났다.

혹시나 싶어 기운을 넓게 펼쳐보았다. 그러자 저 끝에 무언가 걸리는 것이 느껴졌다. 사준의 입가에 살인자의 미소가 걸렸다.

사준은 재준의 휴대전화를 꺼냈다. 안테나가 뜨지 않는다. 계속 걸었다. 저 혼자로도 충분히 잡을 수는 있다. 미사를 어찌할까, 내내 했던 고민은 끝냈다. 미사는 이대로 잡아먹고, 태성이라는 그놈은 살펴볼 생각이었다.

사준은 곧 수로의 어느 지점에서 미사를 발견했다. 피투성이가 된 꼴로도 수화하지 않은 태성이라는 어린 녀석을 끌어안은 채였다. 이상한 일이다. 가만 보니 수화하지 않은 게 아니라 못한 것이다. 죽었다.

이런, 조금 실망스러웠다.

"죽은 녀석을 왜 그리 부둥키고 있어?"

사준이 가까이 다가가자 미사의 피부에 새까만 뱀 비늘이 돋아나기 시작했다. 하지만 완전히 수화하기에는 버거운 것처럼 따개비처럼 껍질을 일으키다가 금세 가라앉았다.

미사는 유독 추위에 약했으니, 이 정도의 추위 속에서 완전한 힘을 발휘하긴 곤란할 것이다. 아까 옥상에서 보였던 속도와 힘이 비정상이었다.

사준이 미사의 곁에 쪼그려 앉았다.

"반항은 이쯤하고…… 너 설마, 이 시체 때문에 우는 거야? 미사 네가?"

허탈함 섞인 음성으로 물었다. 미사는 허물어진 표정을 어찌 갈무리하지도 못하고 태성을 엄폐물처럼 싸안은 채 사준을 노려보았다.

사준은 미사의 저런 눈빛이 좋았다.

외부에 휘둘리지 않고 스스로가 스스로를 완성한 뱀의 눈. 태어날 때부터 완벽한 미사의 아름다움이 치가 떨리게 질투가 났다. 시영을 닮은 미사는 결코 좋은 동생은 아니었으나 자랑스러운 동족이었다.

그 자체로 완벽하게 태어난 뱀과, 불완전한 살모의 뱀. 태생부터 차이는 극명했다. 사준은 그의 어미 노릇을 해주는 시영을 사랑했다. 그리고 미사도.

"왜 이래, 대체."

"나는 원래 이랬어. 너만 몰랐던 거야."

쪼그려 앉은 사준이 미사의 피 묻은 손끝을 핥았다. 그리고 작게 입술을 벌려 고운 미사의 손가락을 씹었다. 으드득 소리가 나며 미사의 손가락이 뜯겨나갔다.

"너, 이……!"

미사가 비명을 삼키며 손을 빼려 했지만 사준이 놓지 않았다. 사준은 다른 수컷의 향기가 짙게 밴 그녀의 손가락을 잘근잘근 씹어 삼켰다.

안 지 얼마 되지는 않았지만 저와 같은 종을 먹이로 삼는다는 건 교미보다도 더 흥분되는 일이다. 사준은 미사의 머리채를 끌어당겨 그 목덜미에 가만 이를 박고 숨을 크게 내쉬었다 들이켰다.

"네가 마음에 들어 하는 게 인간도 아닌 저런 허약해빠진 수컷이라니. 실망스럽잖아."

사준이 미사를 태성에게서 뜯어내듯 내던졌다. 쾅 소리와 함께 이끼와 오물로 지저분한 반대편 벽에 부딪친 미사가 무릎까지 오는 얕은 물에 얼굴을 처박았다.

태성의 시체가 힘없이 허물어졌다. 쓰레기처럼 고꾸라진 태성의 머리칼을 발로 들추어본 사준이 묘한 눈빛으로 바라보았다.

사준의 안광이 붉은 이채로 번뜩였다.

"약하고 멍청하면 이렇게 당하는 거야, 미사."

"……윽……!"

"네 손가락처럼."

미사의 손가락은 느리지만 확실히 다시 재생되기 시작했다. 하지만 뼈째 삼켰으니 다시 수화했다가 인피를 만들기 전엔 완벽하지 못할 것이다.

"치워!"

미사가 달려들어 사준의 뒷목을 꺾을 듯 후려쳤다. 사준의 머리는 반쯤 돌아갔다가 다시 우드득 소리를 내며 제자리를 찾았다.

사준이 빙글거리며 웃었다.

"아파라. 어머니가 슬퍼하시겠어. 이렇게 오빠한테 대드는 동생이라니."

"어머니가 그 얘기는 안 하디? 어떤 개호로자식이 뒤통수를 때려서 원통하다고."

"이미 죽은 사람이 무슨 얘길 해?"

"이미 죽은 사람이 그럼 뭐가 원통하겠어."

사준과 미사가 서로를 바라보며 비웃었다.

"있지, 미사, 너랑 나는 비슷하게 어머니를 사랑했다고 생각해."

"미쳤니? 너와 내가 비슷하다고? 전혀."

"어째서?"

"난 적어도 내 엄마를 먹겠다는 생각은 해본 적 없으니까. 동족상잔 같은 것도."

"그건 뭐, 개체차이라고 하자. 본능이지."

수세는 여전히 미사에게 있다.

미사는 푸르게 질린 입술을 짓씹었다. 추워, 너무 춥다. 몸이 흠뻑 젖어버려 이대로 동사해버릴 것만 같았다. 오감이 마비되는 기분이었다. 잘려나간 검지의 감각도 사라졌다. 뼈가 돋아나는 소리만 간신히 인지할 뿐이었다.

훌쩍 뛰어온 사준이 미사의 목줄기를 그대로 들어올렸다.

"네가 그 무수히 많은 겨울을 살아남은 게, 지금 생각하면 대단히 신기하지 않아? 이렇게 조금만 추워도 꼼짝도 못 하는데 말이야.”

미사의 목뼈가 그의 악력에 으스러지듯 부러지기 시작했다.

미사의 발길질이 사준의 배와 가슴을 그대로 걷어찼다. 하지만 사준에게는 조금의 타격도 없는 것처럼 보였다. 미사가 왈칵 피를 토해 냈다.

“그게 다 내가 널 지켜줘서잖아. 그러니 이번엔 네가 보답해야지.”

사준은 미사의 얼어가는 표정을 음미하더니 엷게 미소 지었다.

평소의 다정함이 고스란히 담긴 입매가 뱀의 것처럼 턱까지 찢어지기 시작했다.

찰방, 소리와 함께 목이 부러진 미사가 가까스로 숨을 할딱이며 얕은 물에 주저앉았다. 사준의 검은 기운이 미사의 폐부를 으스러뜨리고 휘몰아쳤다. 사준은 한 마리의 거대한 살모사로 변태했다.

이번에는 주저가 없었다. 그에게 가장 커다란 의미였던 시영을 삼킬 때처럼.

쩌어억 찢어진 뱀의 아가리가 미사의 머리부터 삼켰다. 습하고 뜨거운 외압에 미사는 반항조차 할 수 없었다. 붉은 돌기가 가득한 동굴처럼 그녀를 빨아들인다. 거부할 힘이 남지 않았다.

『이제 내 양분이 되자.』

정신이 혼미해졌다.

태성은 거의 모든 시간을 홀로 보냈다.

오랜 옛 기억이 파노라마처럼 스쳐지난다. 그를 비난하는 근거는 불분명한 혈통, 그 하나뿐이었다. 성격적 결함도 아니요, 성별적 차별도 아니다. 그저 태어났을 뿐인 그 자체로 태성은 주변인들의 괄시와 경멸을 받아야 했다.

어미인 화서는 강대한 기운으로 그를 갈기갈기 찢어 뭉갰다. 그의 기운은 늘 재생하여 숨을 연명하는 데 사용하느라 바빴다. 그리하여 태성은 하찮은 일족이라 일컬어지는 자 일족 중에서도 가장 못난 병신이 되었다.

왜 나는 이렇게 이유 없는 악의를 받아야 하나요.

아무리 애원하듯 물어도 답을 돌려주는 이는 없었다. 그들이 말하는 '이유'라는 것은 태성이 선택할 수 있는 것이 아니었기에 태성에게는 답이 아니었다. 그러나 살기 위해서는 견뎌야 했고, 견디기 위해서는 이해해야 했다. 이해하지 못하더라도 이해한 척해야 살아남을 수 있었다.

그렇지 않으면 그는 완벽히 혼자였기에.

참으라, 받아들이라 말하는 이들은 으레 덧붙이곤 했다.

'너를 위해서.'

세상에서 가장 웃긴 말이다. 너를 위해서라는 건. 그는 이런 고통을 바라지 않았는데, 세상은 끝없는 폭력의 이유가 자신에게 있다 말했다.

거듭된 학대에 죽고 싶었던 날이 있었다. 그리고 화서는 그를 반쯤 죽였다.

「너는 태어나지 말았어야 했다. 너를 죽이려고 나를 죽이려 했다.」

창밖으로 달려가는 자그마한 사향쥐가 보인다. 향기로운 냄새에 꼬인 어린 쥐들이 우다다다 달려간다. 평화로운 하루다.

그날, 태성은 처음으로 인간의 껍질을 벗는 법을 배우고 수화를 배웠다. 마지막 기억에 남아 있던 사향쥐가 되었다. 그가 사향쥐가 된 것은, 그가 사향쥐가 되고 싶었기 때문이다.

그렇게 동족으로 인정을 받았다. 간신히. 그러나 그 후의 삶도 녹록하지 않았다. 수화한 태성을 둘러싸고 수군거리는 목소리. 한마디 한마디가 다른 의미의 폭력이었다.

「뭔데 저렇게 약하니?」

「기운조차 느껴지지 않는다.」

「태어나서부터 지금까지 단 하루도 우리 무리의 수치가 아니었던 적이 없어.」

그의 정체를 가늠할 수 없다며 힐난했던 이들은 변치 않았다. 힐난의 근거는 자연스럽게 다른 흠집으로 옮겨간다. 끔찍했다.

그리고 죽음의 공포 속에서 정신을 잃었던, 그렇게 믿었던 날, 화서는 깨어난 그에게 침통한 음성으로 말했다.

「너는 정녕 '그'를 닮았구나.」

죽었다가 살아난 듯한 느낌이었다. 누군가의 속삭임을 들은 것 같다.

'저거 죽지 않았어? 괴물이야? 동족이 맞는 거야?'

태성은 무리를 떠나기로 결심했다. 나이를 먹어가고 도롱 노인으로부터 세상의 이야기를 들어 배우는 동안 태성에게 무리라는 건 아무것도 아닌 것이 되었다. 단지 그에게 몸 누일 곳을 주고 먹을거리를 제공해주는 곳 이상의 의미는 없다. 그는 삶을 찾아보고 싶었다.

처음으로 떠나겠다 고백한 날 화서는 진노했다. 회색 눈을 번뜩이는 화서의 고함에 화병이 깨지고 창문이 뜯겨나갔다. 부석한 털을 지닌 거대한 친칠라가 꼬리를 휘둘러 병풍은 찢겨나갔고, 향로는 재와 함께 뒤엎어졌다.

날뛰는 화서를 막은 것은 화서와 꼭 닮은, 그보다 조금 작은 친칠라 민아였다. 강서가 한몫 도와 화서의 팔다리를 붙잡는다. 무리의 종주의 분노에 모두가 엎드렸다. 한 줌씩 바스라지는 기대감을 내려놓던 순간순간의 기억이 선명하다.

「배은망덕한 새끼!」

그리하여 떠나는 그를 붙잡는 이는 아무도 없었다. 담장에 앉은 도롱 노인은 차라리 잘되었다며 허허롭게 웃으면서 배웅했다. 고운 한복을 입은 누이, 민아만이 대문까지 조로로 달려와 태성의 손을 잡았다.

민아가 가엾다며 그를 안고 울었다. 민아는 어머니가 그를 사랑한다 말했다. 더 이상 달지 않은 거짓말이었다.

무리 지어 살아야 하는 종이 홀로 살기를 결심하기까지, 그렇게나 많은 일이 있었다.

그 후에도 태성은 간간이 본가를 방문했고, 늘 좋지 않은 결과를 맞이해 상처 입었다. 그럼에도 완벽하게 무리를 떠날 수 없었던 것은 그가 나약하기 때문인지, 아니면 그가 그런 종이기 때문인지.

사실 스스로도 알지 못했다. 오랜 학대로 인해 그의 안에 엉겨붙은 화서의 기운이 늘 고통스러운 배척을 상기시켜, 매일매일이 숨이 막혔다.

그냥 잊어주면 좋을 텐데.

그러면 저도 좋지 않은 기억은 잊고 외떨어진 삶만으로도 감사하였을 것이다. 우주의 먼지처럼 작은 존재가 되고 싶다. 정해진 수명이 얼마이든 간에. 과분한 행복은 바라지 않는다. 그리 생각했다.

그리고 미사를 만났다.

너와 나의 다름은 당연한 것이라고 말해준 뱀은 태성의 유일한 이해자였다. 조금의 차별도, 동정도 않는 미사가 그에게 얼마나 빠르게 커다란 의미로 자리 잡았는지, 정작 그녀는 알지 못할 터다.

그녀가 했던 말들은 그가 하고 싶었던 말들이다.

내 아버지가 누구이건 간에, 너와 나는 당연히 다른 것인데. 어째서 그 다름이 내가 고통받아야 할 이유가 되는지. 왜 항상 나는 이유도 모른 채로 이해해야 하는지. 그냥 태어난 것뿐인데 왜 그것이 나의 잘못인지.

세상에서 가장 아름답게 들렸던 말이다.

아비 없는 쥐는 단 한순간도 강해지길 바란 적이 없다. 강함으로 누군가를 짓밟는 세계에서 가해자가 되고 싶다 생각한 적은 단 한순간도 없었다. 단 한순간도.

쥐는 어느덧 약한 자신을 돌아보게 되었다. 지켜주고 싶은 사람이 생겼다. 일생에 다시없을 귀인이 행복할 수 있도록 도와줄 수 있길 바랐다.

도망쳐, 도망쳐요. 그리 말로만 지껄이는 한심한 수컷이 아니라.

분홍색 발을 내밀어 갈잖은 애교를 부리는 것이 아니라.

그냥 그 한 사람 지킬 수 있는 힘만 있었다면.

끝없을 것만 같았던 학대의 끝에서, 눈을 감기 직전 들었던 화서의 목소리가 되감겼다.

「……네 아비를 닮아, 끔찍이도 되살아나는 그 무수한 목숨들도 섭리라 믿느냐.」

그때에는 이해하지 못했다.

그리고 다시 매번 꾸는 꿈으로 되돌아온다.

태성에게는 하얀 털과 까만 발톱이 있다. 눈 깜빡할 사이에 강 건너에서 강 이편으로 뛰어넘는다.

「나를 풀어줘.」

망망대해 같은 들판에서 누군가가 속삭였다. 그에게 말을 건 상대는 안개처럼 부옇다. 태성은 이름 모를 높은 풀들을 피해 강가를 따라 걸었다. 센 물살이 가라앉는 순간 붉은 눈동자가 그를 마주 보는 것이 보였다.

놀라 뒷걸음질 쳤다.

「조금만 더.」

속삭이는 소리가 귀신의 것처럼 달라붙었다. 가슴이 크게 뛰기 시작했다. 태성은 뒷걸음질 치고, 뒷걸음질 쳤다. 물 위로 기어올라온 짐승은 조금도 젖지 않은 채 그르렁 긁는 울음소리를 냈다.

내재된 '자'의 본능이 죽어간다.

거대한 맹수는 붉은 눈을 번뜩이며 다가온다.

무언가가 죽고 무언가가 눈을 뜬다.

멈추었던 심장이 '두근' 뛰었다.

휘저어진 내장이 벌레처럼 꿈틀대며 제자리를 찾았다. 찢어진 살갗이 아물었다. 새까맣던 머리칼이 뿌리부터 얼룩졌다. 늘어져 있던 손끝이 날카로워졌다. 하얀 털과 검은 털이 돋아나기 시작했다. 풍성하고 아름다운 백색의 털이다.

미동 없이 감겼던 눈꺼풀이 열렸다. 붉은 눈동자가 눈앞의 적을 바라보았다.

그르릉…….

울음소리가 메아리쳤다.

아스라이 먼 저편에서 자동차 경적이 울린다.

황갈색 꺾인 갈대숲 위로 층층이 쌓인 서리는 눈처럼 보였다.

달은 구름에 가린다. 세상은 완연한 어둠에 뒤덮였다. 웅크린 짐승처럼 기괴한 모양을 한 바위가 흔들거렸다.

아무것도 보이지 않고, 아무 소리도 들리지 않았다.

주위로 울려퍼지기 시작한 공명음이 차츰 균열을 만들었다. 균열은 깊어지고 깊어져 쩌저적 하는 괴음을 냈다. 그 틈새로 스며나온 거무튀튀한 어둠은, 아무것도 보이지 않고 아무 소리도 들리지 않는 밤보다 짙었다.

검은색마저 삼켜지는 어둠.

어둠은 흐늘흐늘 흩어졌다 뭉쳤다를 반복하며 형태를 이루었다. 기괴한 거미의 다리처럼 뻗어갔다가, 둥그런 공벌레처럼 뭉쳤다가, 그러기를 반복하던 검은 기운은 어느 순간부터 완전한 모습을 갖추기 시작했다.

기운은 머리카락이 되고, 하얀 살결이 되었다.

섬뜩하게 붉은 입술이 날름대는 혀끝에 스쳤다. 감겨 있던 남자의 눈꺼풀이 느릿느릿 들렸다.

구름에 가렸던 달이 환한 빛을 떨어뜨리기 시작했을 때, 그 자리에는 훤칠한 장신의 남자가 기대어 앉아 있었다. 나신의 남자는 고개를 돌려 까마득히 먼 도심의 불빛들을 바라보았다.

무수한 기억들이 차례로 부유했다.

'내 기운.'

마치 다른 세계에서 다시 태어난 것처럼 낯선 공기가 폐부를 채운다. 아무것도 느낄 수 없었고, 자신의 존재마저도 불명확한 채다.

'나의……'

남자의 눈이 묘한 귀기에 젖어들었다.

미사는 끝을 예감하며 생각했다. 하나하나 따져보면 이건 결국 시영 때문이다.

시영이 이 미친 새끼를 주워오지만 않았더라도 미사는 제 수명이 이보다 수백 년은 더 길 것이라 믿어 의심치 않았다. 아니, 용운의 조언을 좀 더 귀담아 들었어야 했다. 하지만 그러면 뭐하나. 아픈 배반은 이미 일어난 일이고, 미사는 제 마지막 숨이 사준의 목구멍 안에서 멈추게 될 것을 예지했다. 발버둥도 칠 수 없었다. 포식자로 살았던 그녀가 산 채로 피식당하는 기분이 무언지 알 턱이 없다.

차라리 그날 익사해서 죽는 것이 더 나았을지도 모르겠다는 생각이 들 정도였다. 이런 소화액에 절어버린 악취에 삼켜져 죽는 것이 아니라, 깨끗한 한강에서 죽었을 것이다. 태성을 만나지 않았을 것이다.

그러면 태성도 죽지 않았을 것이다.

태성이도 죽지 않았을 텐데.

아, 끔찍하다. 그랬더라면.

그런 생각이 가장 먼저 들었다는 게 놀라울 정도로 낯설었지만 이제 와 '이랬으면.' 하는 가정으로 지난 시간을 더듬어봐야 소용없는 일일 터다.

사준의 목구멍 속은 그간 얼마나 많이 처먹은 건지 썩은 시체 냄새와 뱀 비린내가 풍겼다. 악취라는 말로도 표현이 되지 않는다.

그때였다.

사준의 몸이 홱 도는 것이 느껴졌다.

크르릉! 이상한 기운이, 놀라울 정도의 열기가 엄습했다.

마비된 줄 알았던 허리 아래로 어마어마한 통증이 잇따랐다. 사준 새끼가 아가리를 다물었나, 허리를 끊어내려 한 건가 싶었다.

"아윽!"

그런데 그녀의 허리는 멀쩡했고, 몸은 거의 내던져지는 속도로 사준의 아가리 밖으로 끌려 나왔다.

순식간에 폐부로 들어차는 상쾌한 – 하수구 냄새를 상쾌하다고 말하기는 어폐가 있지만 – 공기에 가슴이 크게 오르내렸다.

숨조차 쉴 수가 없다.

낯선 기운에 온몸의 비늘이 전에 없이 요란하게 일어났다. 정신은 반대로 자꾸만 흐릿해졌다. 온몸이 고통에 절어 마비된 기분이었다.

눈앞이 흐렸다. 시력에 문제가 생긴 것이라 여겼는데, 유심히 보니 안개였다.

'……김?'

수로의 얕은 물이 가열된 듯 뜨겁게 덥혀지고 있었다.

물에 잠겨 있던 미사의 몸은 차츰 녹아갔다.

으르렁! 커다란 소리가 났다. 물보라가 미사의 피투성이 얼굴을 덮쳐왔다.

전에 본 적 없는 광경에 미사는 넋을 잃었다. 거대한 꼬리를 가진 하얀 얼룩의 맹수와 꽃잎 같은 미끈한 얼룩을 지닌 거대한 살모사가 서로 엉겨붙어 싸우고 있었다. 울음소리가 쩌렁쩌렁 수로를 울렸다.

'……저건 대체 뭐지.'

크르릉. 맹수의 그악거리는 것 같은 소리가 귀를 찌르고 피부를 뚫었다. 맹수의 발이 닿는 곳마다 김이 피어올랐다.

열기는 바로 흰 얼룩의 맹수에게서 뿜어나오고 있었다. 크기는 사준보다 작지만 육식의 포식종이었다. 미사는 생전 처음 보는 생김새다.

태성의 시신을 떠올리고서 고개를 돌리려 했다. 하지만 부러진 목뼈가 붙지 않아 실패했다.

사준의 배가 바닥을 한 번 밀 때마다 물보라가 일고, 거대한 흰 얼룩의 맹수가 발을 내리칠 때마다 얕은 수로의 물이 너울쳤다. 거대한 살모사가 호랑이와 비슷한 얼룩을 지닌 맹수의 몸을 휘감았다. 뼈가 으스러지는 압박일 텐데도 조금도 위축되지 않은 맹수는 뱀의 허리를 절반 뜯어냈다. 그 안에서 소화되다 만 무언가가 줄줄 새기 시작했다. 투두둑, 소리도 함께 났다. 구역질나는 냄새가 풍겼다.

어느새 안개 같은 김에 둘러싸여 한 치 앞도 보이지 않는 수준에 이르렀다. 뱀은 밤눈이 밝아 어두운 곳에서도 뚜렷한 시야를 소유했지만, 안개 속에서는 아니었다.

크르릉거리는 소리, 쉿쉿거리는 소리가 번갈아 울렸다. 그 사이를 미사의 몸이 떠내려가듯 흘렀다.

사준의 것이라기에는 가는, 쥐의 것처럼 매끈한 꼬리가 미사의 허리를 휘감았다.

뱀의 거대한 몸통 한가운데에 이를 박고 고개를 흔들었다. 뱀이 유연하게 목을 틀어 그 맹수의 뒷목을 향해 아가리를 벌리고 달려들었다. 맹수는 채찍 같은 꼬리를 휘둘러 그의 얼굴을 쳐낼 수도 있었을 것이다. 그러나 그 아가리에 미사가 다치기라도 할까 놀란 듯 외려 꼬리를 비껴 피해 등을 내주었다.

미사는 혼미하고, 혼란스러웠다.

물어뜯긴 맹수는 발톱을 세우며 포효했다. 뱀은 몸통부터 삼키려는 듯 더욱 턱을 벌렸다. 그 순간, 척추가 돌아가는 것도 의식치 않고 몸을 틀어 돌린 맹수가 거대한 발을 치켜들었다.

맹수의 두꺼운 발톱이 뱀의 머리통을 휘갈겼다.

뱀은 머리가 터지는 소리와 함께 날아갔다. 쿠아아앙! 수로를 지탱하는 기둥 세 개가 그 충격을 이기지 못하고 부러졌다.

기둥의 파편이 뱀의 눈알에 박혔다. 눈꺼풀이 없는 뱀에게 눈은 약점이었다. 뱀이 고개를 뒤흔들며 수로의 천장을 후려쳤다. 지반이 흔들렸다. 캬아아, 소름 끼치는 고성이 울렸다. 돌고래 소리 같기도 했다.

비틀비틀 휘청거리던 맹수는 틈을 놓치지 않고 어둠 속으로 질주하기 시작했다. 미사는 맹수의 꼬리에 휘감긴 채였다. 그녀를 휘감은 꼬리를 더듬거리다가 기절했다.

어쩐지 익숙한 향기가 나는 것 같다.

어쩐지 익숙한 감촉인 것 같기도.

어쩐지 가슴이 뛰는 것 같기도.

왜인지 눈물이 나.

느닷없이 나타난 하얀 얼룩의 맹수에 의해 대가리가 반쯤 터졌다.

뜯겨나간 몸통에서 소화되던 인간과 동족들의 뼈, 비늘이 토사물처럼 새어나왔다. 사준은 내심 당황했다. 아무리 강한 살모의 뱀이라고 할지라도 머리와 심장의 부상은 위험했다.

허리에 구멍이 난 거대한 본체를 유지하는 것은 힘에 부쳤다. 사준은 강제로 인간의 껍질로 되돌아온 후에도 한참을 시체처럼 오물 섞인

물 위에 떠 있었다. 그러는 사이 적은 기척도 남기지 않고 도망쳤다.

어느 정도 재생이 된 후에야 제대로 사고할 정신이 들었다. 광소를 터뜨리며 어깨를 떨던 사준이 비틀비틀 물바다 위로 기어올랐다. 몸을 돌려 눕는 순간 폐에 차올랐던 물이 토악질과 함께 쏟아졌다.

하얀 입김 속에는 반쯤 삼켰다 빼앗기듯 뱉어내야 했던 미사의 피 냄새가 섞여 있다. 태성이라 불리던 놈의 시신도 온데간데없었다. 다시 재생된 붉은 눈동자에 이기가 떠올랐다. 아니, 그 시신이 있을 리가 없다.

사준은 분명히 보았다.

순식간에 재생되기 시작한 시체에서 전에 없이 강렬한 기운이 뿜어나오던 모습, 시신이 걸치고 있던 옷이 다 타들어갈 만큼의 열기와 함께 몸체를 불리던 얼룩무늬의 맹수. '자' 일족의 그라고 생각할 수밖에 없었던 것은 괴기한 채찍처럼 매끈하던 꼬리가 쥐의 그것과 닮아 있었기 때문이다.

미사를 목구멍 안으로 밀어넣는 희열에 빠져 있었던 탓에 대처가 늦었다고는 하지만, 그렇지 않았더라도 치명상이었다.

맹수는 눈 깜짝할 사이에 달려들어 발톱을 밀어넣은 왼발로 미사의 몸을 움켜쥐고, 날카로운 발톱을 꺼낸 오른발로 그의 목을 후려쳤다. 미사를 토해내자마자 어마어마한 살기를 띠고 달려드는 붉은 눈동자…… 크기는 그보다 작았지만 기운만큼은 뱀을 압도하는 포식자의 것이었다.

사준은 비늘이 가라앉지 않는 제 몸뚱이를 기가 막혀 바라보았다.

희열과 흥분이 가시지 않았다. 이렇게 소름 끼치는 기분을 느낀 것은 태어난 날뿐이었다.

최초의 기억, 미완성의 시작이었던 그 탄생의 순간.

낙엽으로 뒤덮인 낡은 사당. 끼익거리는 썩어버린 마룻바닥. 늘어진 붉은 천들. 어깨 너머로 보이던 이끼 낀 불상의 눈알. 위대한 어미의 각인. 감히 눈조차 맞출 수 없을 만큼 위대하고 위험한 존재.

피투성이 손가락을 핥던 백발적안의 사내. 사내의 눈은 미사가 부러워했던 이마의 붉은 점박 무늬가 재색으로 보일 만큼 선명한 붉은 빛이었다. 눈빛에 삼켜지는 것 같았던 공포.

기억이 재생되었다.

「네가 갉아먹은 내 목숨이 벌써 몇 갠데. 이제 와 내 걱정을 하는 거냐?」

여러 개의 목숨을 지닌 일족 사상 가장 위대한 인의 바우.

그를 낳은 살모사는 그가 태어나기도 전에 죽었고, 지난 100여 년 동안 '어머니'라 불렀던 능구렁이는 이미 그가 먹어 죽었다.

그럼에도 아직 완성되지 않은 것은 진짜 어미를 죽이지 못했기 때문이다. 세상이 다 아니라고 해도 사준 스스로 그것을 진실이라 믿을 만큼 그는 어미 살해에 혈안이 되어 있다. 그리고 지금 그의 살해 대상은 바우다.

붉은 눈을 요사하게 휘어 웃으며, 불상의 무릎 위에 비스듬 기대 앉아 그를 바라보던 포식자. 잊을 수 있을 리가 없다. 그때를 떠올리면 온몸의 비늘이 곤두선다. 흥분해 피가 몰리고 제대로 된 생각을 할 수가 없게 된다.

몸이 떨려 사정할 것만 같은 충동에 휩싸인다.

최초의 순간, 사준은 그자의 앞에서 아가리 한번 벌리지 못했다. 그것은 그가 약했기 때문이다.

하얀 머리칼의 사내만이 수로의 희부연 안개 속을 어른거렸다. 안개는 눈을 가린다는 비유에서 암흑과 같다.

피투성이 손을 빨아대던 입술과 형형히 빛나던 붉은 눈동자와 청량한 음성만이 되새겨졌다. 나약한 그를 비웃는 것 같았던 광소가 쩌렁쩌렁 울렸다. 쩌렁쩌렁…… 쩌렁쩌렁…….

완성되기 위해 갈망했다. 칩거에 들어간 바우를 간구해왔다. 그래서 무모한 결정을 감행했다.

그런데, 그 묘하게 낯익은 기운부터…….

「분명 죽었는데.」

그러고 보니 곽현이 그리 말했다. 태성이라는 녀석을 분명히 죽였다고.

곽현이 계속 미사에게 휩쓸리는 것을 알고 있었으므로, 믿지 않고 무시했었다. 목숨이 여러 개인 종은 흔치 않으니 생각지도 못했다 하는 편이 옳을 것이다.

'분명히…….'

상상만으로도 허기가 진다.

용운이 사 일족을 만류하기 위해 다시 움직이고, 과리로 하여금 일족사회에 큰 파장을 불러일으키게 한 후에도 바우는 낌새조차 없었다.

정보상인 신 일족을 잡아 족쳐도 바우에 대해 아는 것이 없었다. 허위정보를 많이 접하는 작 일족도 잡아보았으나 소득이 없었다. 예언의 능력을 지녔다는 묘 일족의 점쟁이 북선도 그에 관하여는 모른다 했다.

설마 이 세상에 없는 것은 아니겠지.

스스로를 의심할 지경으로 정신은 몰리고 있었다.

'아아…… 나타났다.'

처음 태성이라는 놈을 보았을 때부터 느꼈던 그 이질감이 무언지 깨달았다. 이질감이 아니라, 동질감이었다. 같은 것을 부모로 삼은 이

종(異種)의 존재. 붉은 눈의 흰 얼룩을 지닌 맹수는 그의 기운이었다.

'바우의 기운'이었다.

사준은 기절할 것처럼 행복해졌다.

태성이라는 저것이 바우와 관련이 있는 녀석이라면, 근 100년 전까지 바우가 살아 있었다는 말이다. 아직 한반도 어딘가에 바우가 살아 있을 가능성이 크다는 증거다.

얼마 지나지 않아 찰방찰방 물살을 가르며 한 사내가 다가왔다. 재준은 아니었다. 갈색 머리칼을 말끔히 넘겨 올린 청년이 얼굴만 동동 떠 있는 수로를 바라보았다. 사준이 토해낸 것이었다.

"사준 님, 무슨 일이었습니까?"

사준의 눈동자가 느릿하게 그에게로 향했다. 저 녀석의 이름이 뭐였더라. 배영이었던가. 오영이었던가. 뭐, 장기말 따위의 이름은 사실 중요하지 않은 법이다.

"재준이는?"

남자는 어깨를 으쓱하는 것으로 대신 답했다.

사준이 웃기 시작했다. 킬킬거리는 웃음소리는 갈라진 꺽꺽거림으로 변했고, 다시 푸하하하 하는 대소로 이어졌다가 잦아들어 조소로 접어들었다.

남자는 코를 찌르는 구역질나는 악취에 미간을 좁혔다. 무슨 일이 있었던 건지.

"우선 돌아가시죠."

물안개처럼 깔린 김이 불쾌했다. 그보다 더 불쾌한 것은 사준에게서 흘러나오는 광기였다. 무리에서 제명된 곽현의 말처럼 사준이 조금 위험하게 느껴지는 것은 사실이다.

하지만 본능대로 산다는 건 뱀들에게 있어서는 흠이 아니므로 상관없다 생각했다. 지금은 다른 문제들도 산적해 있다.

그날, 도심 내의 산 중턱에 무리를 짓고 기거하던 자 일족이 과리에게 학살당했다는 소식이 퍼졌다. 살아남은 쥐들은 뿔뿔이 흩어져 산속으로 숨었다. 흩어진 채 사회 속에 숨죽여 살던 일족들만이 그 내막을 알았다.

'과리가 나타났다. 사 일족과 과리가 한패다.'

충격적인 진실이 폭로되었다.

그리고 같은 날 서울 한복판 대로에서 또 다른 사고가 있었으며, 사상자가 수십에 달한다는 뉴스가 보도되었다.

따뜻한 털이 그녀를 감쌌다. 시린 살갗을 녹이기 위해 그녀는 더욱 꽉 짐승을 끌어안았다. 게슴츠레 뜬 눈 앞쪽에 하얀 털이 어른거린다. 양팔로 안아도 모자랄 만큼 커다란 짐승의 발이 그녀의 어깨를 부드럽게 눌렀다.

뜨겁게 오르내리는 짐승의 뱃가죽에 기대어 그녀는 편안한 잠에 빠졌다.

부드러운 향기가 난다. 그르렁대는 진동이 느껴진다.

『다행이에요, 다행이에요.』

이상한 일이지.

미사에게는 그 그르렁거림이 마치 그녀를 위로하는 것처럼 들렸다.

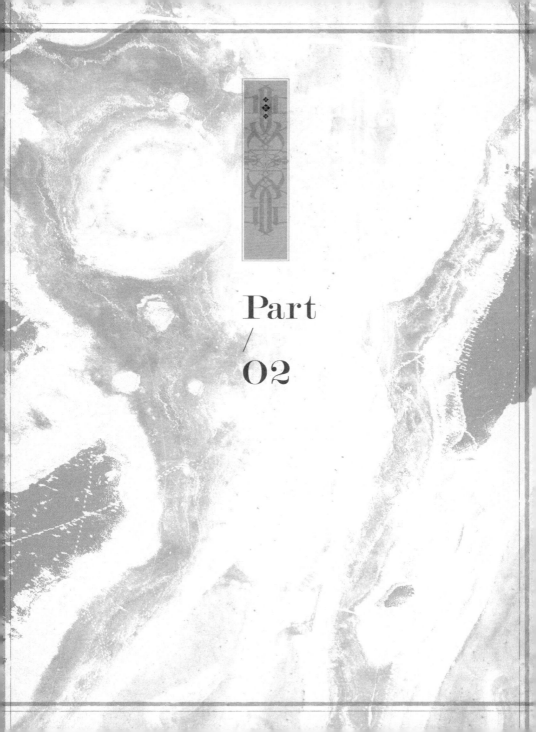

Part
/
02

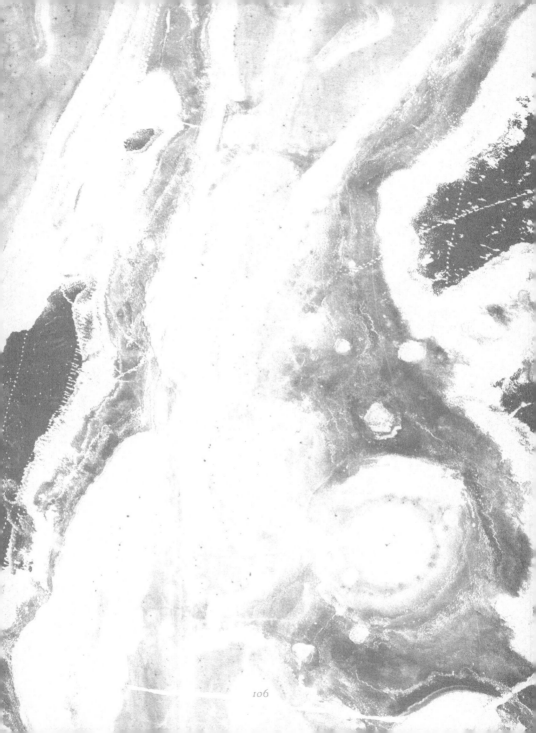

26
/
엇갈림

'그놈이 없었어야 했다.'

강서는 멍하니 반추했다. 내가 왜 빨리 그 소식을 듣지 못했지. 내가 왜 더 빨리 움직이지 못했지. 내가 왜…….

강서는 태성의 감시를 맡았던 두 부하의 죽음의 책임이 사 일족에게 있다 믿었다. 무리의식이 강한 그들에게 있어 동족을 위한 보복은 필히 행해야 하는 의식이다. 하여 술 일족들과 협력하여 사준을 잡으러 갔으나, 실패했다.

설상가상 본가가 잡혔다. 뒤늦게 과리에 대한 소식을 듣고 돌아왔을 때는 모든 게 끝난 후였다.

아무것도 이룬 것이 없었다.

'죽였어야…….'

남은 것은 폐허처럼 부서진 본가의 담벼락과 거대한 쥐들의 시체로 뒤덮인 기와건물뿐이다.

'죽여야.'

강서는 하염없이 서 있었다.

과리는 혼비백산해 도망치는 쥐들을 전부 잡아 죽이거나 하지는 않았지만, 끝내 백여 마리가 넘는 쥐들을 살해했다. 오백여 마리가 모여 살던 곳이었다. 오분의 일을 하루 만에 잃은 것이다.

그나마도 민아의 노력이 피해를 줄였다. 민아는 시간을 끌어 그동안 본가 내의 모든 쥐들을 도피시켰다. 그런 후, 정작 그녀가 과리의 기운에 몸 안부터 얼어붙어 빈사상태에 빠졌다고.

본디 일족을 지켜야 하는 의무가 있던 강서는 아무것도 하지 못한 채 실패자가 되어 돌아왔건만.

살아남은 어린아이들은 화서가 출타를 했던 날이라 일이 더 커졌다고들 말하지만 강서는 화서가 그 자리에 있었더라도 상황이 다르지 않을 것을 알았다.

사 일족들이 분탕질을 치기 시작하며 이미 평화는 깨어졌다. 강서가 품은 증오의 화살은 마구잡이로 뻗어나갔다. 갑자기 나타난 낯선 진 일족에게, 아무것도 하지 못한 다른 동족들에게, 사 일족에게, 자기 자신에게, 그리고 태성에게.

아니, 종국에는 태성에게 향했다. 태성이 사준의 여동생이라는 뱀과 엮여 동족을 위험에 빠뜨린 것이다.

처음부터 태성이 싫었다. 화서의 관심을 받는 것도, 그런 주제에 형편없이 약한 것도, 모호한 기운으로 동족들을 긴장시키는 것도 전부.

왜 우리에게 이런 일이 닥쳤나.

"강서, 괜찮아. 금방 정리될 거야."

멍하게 선 강서에게 다가온 정주가 조용히 위로했다. 정주는 지금 화서와 민아를 대신해 사태를 수습하는 흰쥐였다.

"정신 차려. 너라도 기운 내야지."

"차리고 있습니다. 그런데 정말로 '과리', 우리가 어릴 때부터 들어 온 그 '과리'였습니까?"

"진……이고. 과리라 스스로를 밝혔으니 진의 과리이겠지."

애매한 대답이었으나 답으로는 충분했다.

강서는 아직도 이해하지 못한 것이 수두룩했으나, 그중 가장 이해가 가지 않는 건 과리가 그들에게 찾아와 '바우'를 내놓으라고 했다는 것이다. 바우가 어디에 있는지 쥐들이 알 리가 없는데.

강서는 민아의 방을 지켰다. 방은 추웠다. 난로를 땠는데도 한겨울 같은 한기가 코끝을 시리게 했다. 마음이 시렸다.

강서는 민아의 피를 닦아낸 걸레를 빤 물이 한가득 고인 양동이를 응시했다. 붉은 핏물 섞인 수면에 일그러진 자신의 얼굴이 거울처럼 비쳤다.

그래, 결국 태성 때문이다.

민아와 유일하게 부딪치는 문제가 있다면 바로 태성이었다. 강서는 태성의 존재를 눈엣가시로 보았지만, 민아는 그럴수록 태성을 딱하게 여기며 품어 안아주어야 한다 말했다.

'은혜도 모르는 그런 놈을.'

강서는 태성을 볼 때마다 흥분해 잔인한 기운을 쏟아내는 어미가, 실상은 태성 때문에 쇠약해진다는 것을 일찍이 눈치챈 한 명이었다. 민아도 알고 있다. 알고도 태성을 감쌌다. 민아에게까지 배신감이 들었다.

태성은 오만 곳에 해악을 끼치는 녀석이다. 어릴 때에는 어린 동족들을 불쾌하게 하고 겁먹게 했으며, 화서를 약하게 했다.

그럼에도 태성을 구하고자 했던 것은 그래도 동족이기 때문이었다. 강서는 그가 가진 의무를 잘 알고 있다. 아무리 모자란 반편이라도 동족인 이상은 지켜내야 하는 대상이다.

그런데.

『강서 님, 강서 님, 어서 나와보셔야……!』

벌컥 문이 열리며 주먹만 한 회색 쥐가 소리쳤다. 강서는 서늘한 바람을 일으키며 밖으로 나갔다.

폐허처럼 부서진 담장 위로 쥐들의 비명이 튀었다. 과리의 횡포로 낙엽 바스라지는 소리에도 소스라칠 만큼 간담이 졸아붙었던 이들이었다.

살아남은 경비 쥐들이 오들오들 떨며 찍찍거렸다. 강서는 점점 강해지는 이질의 기운을 감지했다. 다른 쥐들을 밀어내고 형태조차 남지 않은 대문의 터에 섰다.

멀리서 비틀거리며 걸어오는 회색 머리칼의 청년을 바라보았다. 웬 여자를 업은 채였다.

적인지 무엇인지 모를 상대는 점점 가까워졌다. 희미하게 익숙한 냄새가 났다.

사향.

사향쥐는 자 일족 중에서도 드문 종이다.

상대의 얼굴을 알아본 강서의 입매가 굳어졌다.

서른 걸음 남짓의 거리까지 다가온 상대는 눈에 익으나, 그가 알던 이가 아니었다. 붉은 눈동자에, 드러난 피부 위로 흰 얼룩무늬가 옅게 남은 '무언가'였다.

눈앞의 태성을 '무언가'라고밖에 표현할 수 없었던 것은 저것이 '자'가 아님을 직감해버렸기 때문이다.

"너, ……뭐냐."

피투성이가 된 미사를 업은 태성이 강서의 앞에서 멈추었다. 태성의 붉은 홍채가 엉망이 된 본가를 올려다본다. 조금의 충격, 조금의 당황이 스치는 것이 보였다. 그러나 그것도 잠시, 태성이 애원했다.

"……살려주세요."

강서는 그런 태성을 죽이고 싶었다.

"이 사람 좀, 살려줘요, 형……."

강서는 실탄이 장전된 총을 꺼내어 겨누었다. 태성의 머리에.

오금이 저려서. 그러지 않을 수가 없었다.

사준은 새벽이 되어서야 귀가했다.

큰일이 있었다고 허둥지둥하는 이들은 모두 '당한 자'들이다. '가한 자'들의 측에 선 사준에게는 조금 특별한 하루에 불과하다.

현관문 센서 등이 켜졌다가, 꺼졌다.

어둔 창가에 서서 군림자처럼 도시 야경을 내다보고 있는 존재가 있었다. 사준은 머플러를 풀어 내려놓았다.

"놀랐습니다."

정중한 말이었지만 힐난의 색이 뚜렷했다.

"왜, 늘 네가 하던 짓이었잖냐. 몰래 숨어들어 기다리는 것. 어두운 곳에 도사린 채 물어뜯을 시기를 읽는 것……."

붉은 머리칼을 치렁치렁 늘어뜨린 과리가 태연한 의식을 드러내며 돌아섰다. 불을 켜지 않아도 두 사람 모두 선명하게 서로를 주시할 수 있었다. 당연하게도 사준의 눈이 먼저 아래로 깔렸다.

"오늘, 수고하셨습니다."

"수고라는 말은 윗사람이 하는 말이 아니었나?"

"요즘은, 반대의 경우에도 쓰이곤 하죠. 무례의 의도는 없었습니다."

타성적으로 대꾸한 사준은 과리와 거리를 유지했다. 과리가 한 걸음 다가오면 한 걸음 물러났다.

과리는 소파에 엉덩이를 붙이고 앉았다.

"요즘 어린것들이 늙은이를 가지고 놀아. 오늘 어린 쥐새끼 한 마리도 나를 가지고 놀더구나."

"쥐새끼에게 놀아났단 말입니까. 당신쯤이나 되는 분이?"

사준이 웃음을 삼키며 되물었다.

"1분에 한 마리씩 죽여주마 했는데, 대체 1분이 얼마만큼의 시간인지 기억이 안 나지 뭐냐? 그래서 1분 지났냐, 지났냐, 물어봤는데 안 지났대. 1분이 나는 한 1년은 되는 줄 알았지 뭐야. 눈을 동그랗게 뜨고 내 앞에서 빤히 거짓말을 하는 것이 귀엽기도 하고, 혹시나 하는 생각도 있어 맞장구 좀 쳐주었지."

"이런. 아직 적응이 필요하시군요. 그래도 별로 큰 피해는 없었다던데요."

"나는 너희처럼 아무에게나 해코지하는 폭한이 아니거든."

과리는 흔히 살생을 좋아한다고 알려져 있지만, 그것은 알려진 바와 달랐다.

오래전 그가 난동을 부렸다 말하는 사람들은 진실을 알지 못한 채 단순히 그를 괴물로 매도했을 뿐이다. 그는 단순히 강한 것들을 쫓아다니며 싸움을 걸었고, 그 싸움 과정에서 온 한반도가 뒤엎어졌을 뿐.

하찮은 녀석들에게 힘을 과시하는 것이야말로 몹시 우스운 일이라 생각한다. 민아라는 계집아이의 장난질에 멍청이처럼 놀아나준 것도 그 때문이었다. 시간을 끄는 동안 쥐새끼들이 요리조리 도망치는 걸 알고도 그냥 두었다.

"죽은 녀석들은 그리 생각하지 않을 텐데요."

오는 길에 보고를 받았다.

재준은 도망치다 총에 머리를 뚫려 죽었다. 가뜩이나 미사에게 한 차례 대가리가 깨진 상태에서 총알이 박혔으니 재생이 어려웠을 것은 짐작하기 쉬웠다. 결국 사준이 그를 죽게 내버려두고 온 셈이 된다. 하지만 감정의 파문은 일지 않았다.

꼭두각시 하나 사라졌다고 해서 흔들릴 만큼 멍청하지 않다. 그가 조종할 수 있는 뱀들은 무수히 많다. 그럴듯한 꼭두각시를 잃었다는 게 조금 아쉬울 뿐.

이젠 누굴 앞세워야 할까. 언제나 그랬듯이.

언제나 그랬다.

재준의 뒤엔 늘 사준이 있어왔다. 사 일족 중 사준보다 강력하게, 광범위하게 정신계 이능을 발휘할 수 있는 이는 없다. 정신계 능력에 특출한 재능이 있다 하면 으레 경계받으므로, 그를 은폐하기 위한 방편으로 선택된 것이 재준이었을 뿐이다.

'상윤이 녀석밖에 없나.'

피해는 좀 있었지만 결과는 나쁘지 않다. 완벽하게 폐쇄적인 자 일족 무리의 본거지를 반타작 내놓았으니, 다른 일족들도 이젠 안전하지 않다는 것을 대번 이해할 것이다.

"그래도 큰 벌집을 쑤실수록 빨리 여왕벌을 찾지 않겠습니까."

"용용이는?"

"여유를 좀 가지시라고 누차 말씀드리지 않았습니까."

사준은 조금 짜증이 나 날카롭게 말했다.

심기가 조금 불편해졌으나 과리로서는 뭐라도 좋았다. 용운과 바우가 다시 그를 잡으러 와도 즐거울 것이고, 용운이나 바우와 따로따로 싸워도 좋다. 과리는 수많은 강한 것들과 싸워왔지만, 그중 가장 강했던 건 용운과 바우였다.

물론, 그 녀석들도 만족스럽게 강한 건 아니다. 지금이야 토막 난 몸을 다 찾지 못해 힘이 좀 달리지만, 예전에는 바우와 용운과 마르미 셋이 동시에 달려들어도 그 하나를 완전히 당해내지는 못했다.

과리는 용운과 바우를 죽이고 나면 또 얼마나 지루해질까 하는 생각에 잠겼다. 그들은 오래오래 살아남아 자신의 벗이 되어주어야 했다. 지루함에 애가 달았다.

"빨리."

"찾고 있습니다."

"말로만 떠들지 말고 가져와. 허구한 날 쓸모없는 짓만 하고 다니면서 찾고 있다는 말도 썩 신용이 안 가."

"저를 믿지 못하신다면 직접 찾으셔도 말리지 않겠습니다. 어쩌면 직접 기운을 쫓아 찾으시는 게 더 빠를지도요. 지금의 과리 님을 완성하는 데 사용된 신체를 찾는 데만 10년이 더 걸렸으니."

사준은 고개를 끄덕인 후 와인병의 코르크를 열었다.

"하시겠습니까?"

"그게 뭔데?"

"술입니다."

"과실 냄새가 나는걸."

"포도로 만든 거니까요."

"포도로 무슨 술을 만들어? 됐다, 나는 탁주가 더 좋으니."

가만 사준의 영역의 냄새를 맡던 과리가 물었다.

"한데, 너 정신감응이 더 과해지지 않았냐."

과리의 눈은 피할 수 없나 보다. 과연 위대한 웃어른의 통찰이란 늘 진실에 가깝다.

사준은 말없이 조소했다.

"네 그릇이 깨질 거다, 그렇게 힘을 함부로 쓰면."

"어차피 제 그릇은 깨지고 있습니다."

"깨지고 있는 게 아니라 깨뜨리고 있는 거지."

둥그렇고 투명한 와인잔에 붉은 술을 따라내며 사준이 중얼거렸다.

"다들 그리 말하더군요."

"멍청한 녀석…… 그래서 오늘 네 배때기에 구멍을 낸 건 누구냐? 강한 놈이냐?"

취하지도 않을 술을 목 안으로 흘려넣던 사준의 손이 멎었다.

"하긴, 너 같은 어린 녀석 하나 제대로 족치지 못해 멀쩡히 살아 돌아다니게 하는 걸 보면 그렇게 강한 놈은 아니겠지."

강하고 약하고에만 관심이 있는 듯한 투였다.

"네 배 속에서 아우성치던 것들이 하루아침에 그리 텅 빌 수가 없고, 네 스스로 토해버리기에 너는 욕심이 많으니 그럴 리도 없지 않냐? 그리고 피 냄새를 지운다 열심히 노력한 모양인데, 내 눈은 못 속이지."

"다툼이 좀 있었습니다. 하지만 과리 님이 신경 쓰실 일은 아니니 관여치 마십시오."

"너는 내가 무섭지 않으냐?"

"진 일족은 자주 뵜었으니까요. 용운 님에게도 익숙해지는 데 오래 걸렸지만 그 덕이겠지요."

"난 지금 네가 짜증 나."

과리의 살의가 짙어졌다. 사준은 자동반사처럼 일어나는 반발심을 억눌렀다. 과리쯤 되는 자에게 살의를 드러내는 것은 자살행위다. 아주 사소한 기운 변화라도 과리는 쉬이 알아차릴 것이다.

사준은 사냥감으로서 제 삶을 마감할 생각이 추호도 없었다.

"이리 태어난 걸 가엾이 여겨 조금만 아량을 베풀어주십시오. 곧 좋은 일들이 벌어질 테니까요."

바우가 살아 있을 가능성이 높아졌다.

오랜 시간을 찾아 헤매고 헤맸을 때에는 머리카락 한 올도 비치지 않았던 자다.

그런데 불가능할 것 같았던 과리의 재림이 현실화하고, 이제는 분명히 바우와 관계가 있는 무언가가 튀어나왔다.

"좋은 일?"

"과리 님도 반가워하실 일."

"대체 무슨 일인데 그리 확신하느냐? 내가 뭘 좋아할지 어찌 알고."

사준이 편안히 잔을 털어넘기며 미소했다.

"조금 더 확실히 알아보고 이야기해드리지요."

"이 재수 없는 뱀 새끼, 누굴 뒷방 늙은이 취급해."

불만 어린 눈빛을 쏘아보내지만 과리는 기대만큼 막무가내의 존재가 아니었다. 스스로의 품위를 위해 호기심을 누를 줄도 안다.

'쓸데없는 자격지심.'

사준은 가늘게 웃었다. 모든 것이 운명처럼 벌어지고 있었다.

운명.

사준은 운명이라는 말을 좋아한다.

그럴 수밖에 없게 하는 모든 것을.

주홍 불빛이 깜빡이는 신호등들을 지나쳐 빠른 속도로 주행했다. 늦은 시각 그가 도착한 곳은 회사 건물이었다. 로비에는 아직 불이 켜져 있다. 건물 입구에는 오늘 낮, 결계 안에서 벌어졌던 싸움의 흔적이 아직 수습되지 못한 채 남아 있다. 사람들은 간단한 사고가 났다고만 '기억'하고 있다. 혈흔이 남은 바닥을 보고도 의심하지 못한다. 화단에 남은 채 마르지 못한 검붉은 핏자국을 피해 안으로 들어섰다.

꾸벅꾸벅 졸던 야간 경비가 사준을 알아보고 인사했다.

"이 시간에 오셨습니까?"

아무것도 모르는 인간들을 바라보고 있자면, 그들과 인간들 사이의 결코 좁힐 수 없는 간격이 생생하게 느껴진다. 사준은 단 한순간도 인간이고 싶다 생각한 적이 없으나, 때때로 인간만이 지닐 수 있는 무지함에서 눈을 떼지 못할 때가 있다.

"수고하세요."

사준은 엘리베이터를 타고 사무실로 올라가는 대신 비상구로 향했다.

그의 목적지는 낮은 곳이다.

한 층을 내려가고, 두 층을 내려갔다. 지하 2층까지는 주차장이라 알려져 있다. 주차장에 이른 사준은 지하 2층 반대편으로 걸어가 또 다른 문을 열었다.

그곳에는 또 다른 엘리베이터가 있었다.

더 낮은 곳으로. 다시 지하로 내려갔다. 동족들의 기운이 느껴지기 시작했다.

그들이 요새라 부르는 곳으로 향하는 길을 걸었다. 거대한 철문이 모습을 드러냈다.

회색 벽에 덩그러니 달린 홍채 센서에 눈을 가져다대자 레이저가 한 차례 사준의 안구를 쏘았다. 문이 열렸다. 철문은 그 두께만 50센티미터는 될 만큼 두꺼웠고, 특별히 소리와 기운이 새어나가지 못하도록 흡착제도 발라두어 더 둔중해 보였다.

냉기 섞인 타자의 기운이 밀려나오기 시작했다.

가장 먼저 보인 것은 안쪽 네모난 목재 상자 위에 걸터앉은 상윤이었다. 인간의 시체가 몇 구 널브러져 있다. 부상을 당한 상윤이 먹다 뱉은 것들이다. 그들은 대부분이 세상에서 잊힌 인간들이다. 사 일족들 중 아직까지 사준을 따르는 이들은 대부분이 '선'을 넘었고, 그런 동질감이야말로 그들을 단단케 해주는 것이다.

상윤이 깡충 뛰어내려왔다.

"사준 행님!"

피범벅 꼴을 하고도 화사한 웃음을 지을 수 있는 이는 상윤뿐일 것이다. 상윤은 아직 어린 만큼 잔인하고, 담이 크다. 사 일족들 대부분이 자신이 어째서 사준을 따르는지조차도 알지 못하고 부화뇌동하고 있다면, 상윤은 유일하게 목적의식이 있어 그를 따른다. 상윤은 '나도 가족이 생긴 것 같잖아요.' 조금도 감상적이지 않은 얼굴로 그리 말했었다.

오늘 죽은 '가족'이 몇이건 전혀 신경도 쓰지 않는다는 듯한 얼굴로 웃는 저 녀석은.

"둘러보러 오셨습니까?"

"아아. 지금 남은 건 너희뿐인가?"

어제까지만 해도 이곳엔 항시 예닐곱 마리의 동족들이 지키고 있었다. 그러나 오늘은 서넛밖에 보이지 않는다. 그들이 자리를 비웠다거나, 게으름을 부리고 있다거나 하는 이유는 아닐 터였다. 있을 수 없는 것이다.

죽었으니까.

"네. 일단은요. 그래도 별문제는 없습니다. 그런데 재준 형도 뒈졌다면서요? 사준 행님이랑 같이 나갔었잖아요."

"그렇게 됐어."

"대체 어떻게 뒈겼어요?"

그나마도 각별했을 재준의 죽음도 상윤에겐 별일 아니다. 사준에게
별일이 아니었듯이.

사준은 상윤이 어쩌면 자신을 조금 닮았을지도 모른다는 생각을 한
다. 상윤은 고독을 기피하기 위한 선택을 근본적으로 이해하는 녀석
이었으니까.

"자 일족의 총에 맞았다던데."

사준은 남 일처럼 중얼거렸다. 상윤은 총이라고 하니 떠오르는 게
있다는 듯 몸서리치며 그의 부상당한 팔뚝을 쭉 내보였다.

"아, 그 강서라는 쥐새끼, 그거 총질하던데. 저도 스쳐가지고 이렇
게 됐어요. 아파 뒈지는 줄 알았습니다."

부상이 쉽게 낫지 않고 살갗이 푸르게 물들어 있었다. 그 주위로는
갈색 비늘이 돋아 있다. 탄환에 자의 기운이 지독하게도 배어 있었던
게 분명했다. 다른 일족의 기운이 체내로 스며든다는 건 으레 기피되
는 일이다. 그들이 스스로 원할 때는, 술에 취하고 싶을 때뿐이다.

"그래도 무사하니 다행이네."

"예, 저야 튼튼하죠. 안 그래도 재준이 형님 일을 저더러 대신 하라
셨다 해서 지키고 있었습니다!"

상윤이 칭찬해달라는 듯 눈을 깜빡거렸다.

사준은 다정하게 웃으며 상윤의 머리를 헝클어뜨렸다.

"수고했어."

"차라리 곽현 형님 다시 부르면 안 됩니까? 일손 달리는데."

며칠 전, 계속해서 미사를 숨기는 곽현을 치워버렸다. 곽현이 미사

에게 유달리 관대한 것을 예전부터 알고 있었으므로, 딱히 개인적인 사감을 끼우지 않고 무리에서 제명하는 것으로 끝냈다.

확실히, 머릿수가 많은 것이 없는 것보다는 낫다. 하지만 곽현이 돌아올지에 관하여는 미지수이다. 사준은 곽현이 '의외로' 정의롭다는 걸 알고 있었다. 그의 정의는 대부분이 '동족'을 기준으로 하고 있기 때문에 세간에서는 반박할지 모를 정의라도.

얼굴빛이 파리한 한 남자가 끼어들었다.

"형님, 술 일족 덕훈이라는 사람이 메일을 보냈는데 그거 확인해보셨습니까?"

술 일족의 덕훈은 암흑가를 주름잡은 이다. 술 일족도 이참에 다른 흐름에 편승해 뱀들을 탄압할 모양이었다. 사소한 문제는 아니지만 그렇다고 해서 사준에게 중차대한 문제도 아니었다.

"아직."

"보시는 게 좋을 텐데."

"이따 확인하지. 그보다 '물건의 상태'는?"

사준은 상윤과 남자를 지나쳐 실험실 안쪽으로 걸어갔다.

"점점 더 감당이 어려워집니다. 오늘 그 개코같은 놈들이 건물 안으로 들어와서 냄새를 맡을까 봐 얼마나 조마조마했는데요."

텅 빈 공간 저편에 강화유리로 만든 얼어붙은 금고가 놓여 있다. 뼛속까지 시린 찬 기운은 바로 거기서 기인하고 있다. 한기를 이기지 못한 금고가 얼어 부서질 것 같은 까가각 소리를 내며 팽창하는 것이 보였다.

사준은 무심한 눈으로 그것을 바라보았다. 지나치게 건조한 눈빛은 외려 노려보는 것 같은 느낌을 주었다.

이 금고 안에 있는 것은 과리의 나머지 부분이었다. 심장을 담은 토막.

사 일족은 타고나기를 진 일족을 경외한다. 하지만 그것이 완벽한 솔직함을 의미하지는 않는다. 애초에 진 일족 앞에서 말을 아끼는 것은, 그들이 약속을 중시하고 진실을 간파하는 능력이나 통찰이 뛰어나기 때문이다.

사준은 금고에 손을 뻗어보려다 마음을 바꾸었다. 과리의 냉기는 범상한 것이 아니다. 당하는 이의 기운 자체를 갈기갈기 으스러뜨린다. 과리의 토막들을 모으는 동안 내장부터 얼어붙어 재생하지 못하고 죽은 뱀들이 여럿이었다.

과리는 차가운 기운을 품은 이다. 그의 에너지가 펄떡이는 심장은, 그 무엇보다 차갑다.

세상에서 제가 가장 강한 줄 알고 한없이 태평한 붉은 머리칼의 일족을 떠올렸다.

'멍청한 새끼.'

제 발밑도 살피지 못하면서 무엇이 강하다는 말인가.

강한 일족들은 오만하다. 그들은 뱀들을 협잡한다 말하면서, 자신이 그 협잡한 수에 당할 것이라고는 생각지도 않는다. 특히나 진 일족은 더 그렇다. 태어날 때부터 모든 종들의 우위에 있기 때문이라는 것이 전부가 아닐진대.

그때, 사준의 휴대전화가 울렸다.

오늘 있었던 난리 통에 망가진 전화기 대신 새로 산 신형 모델이었다. 상윤이 방긋거리며 "어! 새 폰이네요!" 하고 알은체를 했다.

사준은 조용히 전화를 받았다.

"말해."

사준은 수화기 너머의 목소리에 귀를 기울였다.

– 웃어른들이 회동하실 거라는 소문이 들립니다.

"이쪽의 종주도?"

– 그건 잘 모르겠습니다.

그 후로 몇 마디를 더 나누었으나, 대체적으로 대화는 간결했다.

전화를 끊은 사준의 입가에 미소가 짙어졌다. 전언이 의미하는 바는 명확했다. 뱀 무리의 기행이 정도를 넘어섰으니 이제 본격적으로 그들을 척결하겠다는 뜻일 터다.

사준은 새삼 그들 뱀이 조금 더 수가 많았다면 하는 생각을 했다. 이제 그가 해야 할 말과 행동은 정해져 있다. 뒤돌아 선 사준이 자상하게 웃으며 독려했다.

"상윤이, 이젠 너밖에 믿을 녀석이 없구나. 고생해라."

상윤은 사준의 신뢰에 입이 귀에 걸려라 웃었다. 재준이 그리 되었으니, 비슷한 능력을 – 어쩌면 스스로는 자신이 조금 더 재능 있다고 믿는 분야의 능력을 – 지닌 자신이 그 자리를 대신할지도 모른다는 생각은 했었다.

사준은 과연 늘 그들의 기대를 충족시켜준다.

"이 한 몸 바치죠!"

사준이 상윤에게 옅게 웃어준 후 뒤돌아섰다.

미소는 이미 없었다.

일족들의 회동이 있는 날, 낡은 창고 앞에 선 화서는 눈을 감았다.

보름 전 모든 것은 결정되었다. 오랜 시간 그녀의 몸 밖에 머물러 있어 낯설게까지 느껴지는 자신의 기운이 되돌아와, 독이 되어 그녀의 핏속을 떠돌았다.

장장 반백 년에 걸쳐 억눌렸던 기운이다.

하찮은 기운이 아니었다. 강한 힘을 억누르기 위해 가했던 기운은 결코 약한 것이 아니다. 쇠약해질 대로 쇠약해진 그녀는 기운의 작은 변화에도 큰 치명상을 입었다.

한계는 금세 찾아왔다.

화서는 다시 피거품을 물고 말았다. 피에 옷을 더럽히지 않기 위해 허리를 숙인 화서가 신음했다. 각혈과 함께 게워져 나온 내장 조각이 한복의 끝자락에 꽃물처럼 얼룩졌다. 앞서 걷던 용운이 멈추더니 혀를 쯧 찼다.

"멍청한 것."

"별 도리가 없었으니까요."

"그래, 그렇다고 해도…… 너무 늦어버려서 이제 내가 도와줄 수는 없다."

"괜찮습니다. 이미 용운 님께서는 제게 충분한 위로를 해주셨으니."

화서는 희미하게 웃었다.

"들어가자."

용운은 단단한 결계로 막힌 문을 돌아보며, 태연히 중얼거렸다.

힘을 타고난 이들이 그 힘을 사용하는 데에는 두 가지 방식이 있다. 다른 이들을 이롭게 하거나 혹은 해롭게 하는 것이다.

천성적으로 장난기가 많았던 과리는 해롭게 하는 것을 택했다. 그의 선택이 해로운 결과를 낳을 뿐이지만 결과적으로 피식자들에게는 마찬가지였다. 과리는 힘을 과시하며 눈에 닿는 것, 손에 쥐는 것을 전부 파괴했다. 더 강한 것을 찾고, 더 강한 것을 부수는 것으로 매일매일을 보냈다. 민초들은 과리를 천재지변이라 칭했다.

고시대에는 일족과 인간의 거리가 지금보다 훨씬 가까워서, 퇴마사 따위라 자칭하며 일족들을 잡으러 다니는 이들이 있었다. 과리를 막기 위해, 혹은 잡기 위해 인간들은 무수한 피를 흘렸다.

결국 보다 못한 한반도의 또 다른 진 일족 마르미가 나섰다. 마르미의 요청에 따라 용운도 어쩔 수 없이 손을 털고 일어섰다. 하지만 마르미와 용운 두 사람이 대적하기에 과리는 지나치게 강했다.

일족은 비록 탈인간이라 할지라도 불로불사가 아니다. 그러나 과리의 재생능력은 탈일족 수준으로 독보적이었다. 머리를 뜯어내고 심장을 파괴해도 과리는 다시 재생했다.

결국 용운과 마르미는 진 일족의 악적인 인 일족의 바우에게 찾아갔다. 바우는 목숨이 아홉 개인 고양이의 전설처럼 죽었다 살아나는 부활의 능력을 가지고 있었다. 그의 목숨이 몇 개인지는 그 한 사람밖에 알지 못했다. 끝없이 재생하는 과리를 상대하기에는 그가 가장 적당했다.

바우는 과리의 퇴치를 막는 데 기꺼이 참여했다. 죽지 않는 용과 죽었다 살아나는 호랑이의 끝없을 것 같던 투쟁.

과리와의 싸움 중에 마르미는 결국 먼저 수명을 다했고, 일족사회에서 나서기를 좋아하지 않던 용운은 바우를 조력하는 위치에서 싸움에 임했다.

보름 밤낮의 처절한 사투 끝에 바우는 과리의 몸통을 갈기갈기 찢어 던졌다. 용운은 과리의 재생을 막기 위해 토막 난 덩어리를 물어다

바다에, 평야에, 산에 멀리 내던졌다. 머리와 심장만은 따로 옮겨 자신의 결계로 가두었다.

그리하여 과리는 죽은 것도, 산 것도 아닌 채로 영면에 들었다.

"……대충, 그런 일이 있었지."

물결무늬 피백을 두른 붉은 눈의 여자가 말을 맺으며 담담히 회의장 안의 풍경을 돌아보았다. 그녀는 묘 일족의 천년 묵은 흰토끼였다. 예언 토끼인 북선의 스승이라 알려진 일족 역사의 기록자다.

그리고 오늘은 40여 년 만에 한반도 내 일족 어른의 모임이 열린 날이다. 세상사에 관심이 없는 소수의 무리를 제외하고는 거의 대부분이 참석했다 해도 과언이 아니었다. 환경은 열악했다.

짚단의자에는 올망졸망하고 촉촉한 눈을 한 축(丑, 소) 일족이 앉아 질경질경 짚을 되새김질하고 있었다. 그 소는 TV 광고에나 나올 법한 우아한 젖소의 거대판이었다.

신 일족의 남자가 거슬린다는 듯 씹어뱉었다.

"너는 그 의자 그만 좀 처먹지그래? 어디 한 100년은 굶은 거지가 앉아 있는 것도 아니고."

축의 장로는 쿵, 코웃음 치며 혀를 길게 뽑아 얼굴을 핥았다.

"어린것들 보기 부끄럽지도 않나? 대화를 하자고 불렀으면 말이 통하는 몸뚱이로 앉아 있을 생각을 해야지, 이것들은 머리를 장식으로 달고 다니냐고."

계속 투덜거리는 신 일족의 남자를 못마땅한 눈으로 흘긴 축의 장로가 천천히 몸집을 줄였다. 쾌활한 인상의 사내의 형상이 갖추어졌다. 그를 따라온 시중들이 재빠르게 그의 몸에 가운을 걸쳐주었다.

"……어차피 그 얘기야 저기 앉은 아이들한테 들려주려는 거잖소. 우리 중에 그 사건을 모르는 녀석이 어디 있다고?"

조금 전까지 의자를 씹던 사내는 길쭉한 손가락으로 회의장 입구에 선 두 사람을 가리켰다.

다름 아닌 술 일족의 어린 새끼인 담군과 작 일족 중 한 명이었다. 그는 한양파 술 일족의 어른인 덕훈을 대신해 이 자리에 섰다. 암흑가를 지배한다 알려진 술 일족의 어린 대리인 담군은 무거운 공기에 압사당하기 직전이었다.

술 일족의 종주는 현재 서울의 사고를 수습하는 주체가 되어 눈코 뜰 새 없이 바빠서 참석하지 못해 대리인을 보냈다.

담군과 작 일족의 남자가 차례로 고개를 조아렸다. 신 일족의 성마른 사내가 얼굴을 긁으며 신경질적으로 말했다.

"진(용)도, 인(호랑이)도 참석하지 않았는데 우리끼리 왈가왈부한다고 뭐 달라지나?"

누군가 비웃었다.

"진이랑 인이 한자리에 모이면 이번에 터진 서울 근교의 난장판보다 여기가 더 심각한 아수라장이 될 거라고 생각하지 않나?"

"농담으로 시간 잡아먹지 말자고. 애초에 지금 모인 놈들로 뭘 어쩌잔 거야? 아니, 사(뱀)의 종주 새끼는 일이 이 꼴이 되었는데도 코빼기도 안 비쳐? 이러니 뱀 새끼들이 문제라는 거야."

그 말대로였다. 그들은 지금 과리와 사 일족의 문제로 모였다.

"그놈도 한통속일지도."

지금 모인 이들은 인간사회에 어느 정도 애착을 지닌 일족들뿐이었다. 사건의 발단이라 할 수 있는 사 일족은 참석조차 않았고, 가장 막강하다 알려진 진 일족과 인 일족도 불참이었다.

설상가상 한반도 내의 몇 없는 진 일족 중, 가장 일족들과 교류가 많은 용운은 현재 실종 상태였다.

"원숭아, 네 동족이 당하는 바람에 네 속이 뒤집어진 건 알겠지만 굳이 이렇게 분위기 더럽게 만들 필요까진 없지 않아?"

흰토끼 여자가 귀를 까딱까딱 움직이며 말했다. 원숭이 남자가 기가 막힌다는 듯 툴툴 뱉었다.

"과리, 과리라고, 과리. 분명히 과리라고. 과리는 문제가 돼."

처음 과리로 추정되는 용이 서울 도심 상공으로 솟구쳤을 때까지만 해도 반신반의한 이들이 많았다.

하지만 자 일족 무리가 도살된 사건이 벌어지고, 살아 도망친 수십 마리의 쥐들이 입을 모아 '과리'를 외쳐댔다.

"그런 미친 짓을 할 수 있는 놈이 있을 줄 몰랐지. 아니, 제정신이 아니고서야 과리를 다시 깨울 생각을 하는 놈이 어딨어? 그 뒷감당을 어찌하려고?"

사준이 과리를 재생시켰다. 정황상 그들은 그렇게 판단할 수밖에 없다.

붉은 달이 뜨던 밤 서울에서 벌어졌던 커다란 사고는 용운과 과리가 조우한 흔적이라는 것도 기정사실로 받아들여졌다. 그 후 용운이 사라졌으니 용운이 패배했다는 진실에 근접한 추측까지 가능했다.

축 일족의 남자가 중얼거렸다.

"난 아예 과리라는 이름도 잊고 살았는데 말이야. 어릴 적에나 들었던 이름이었잖아."

"사준이 자 일족을 치기 전에 우리 묘 일족의 토끼굴들도 여럿 헤집었지. 북선을 찾아내겠다는 심산인 듯했는데. 북선은?"

북선은 유명한 예지력이 있는 일족이다. 흰토끼 여자는 튀어나온 귀를 까딱이며 팔짱을 꼈다.

"집 나갔어. 어디서 잘 살고 있겠지."

담군은 북선의 이름에 무어라 말을 하려는 듯 입을 벌렸다가, 곧 이 자리가 감히 그가 운을 떼선 안 되는 곳임을 깨닫고 고개를 숙였다.

"그나저나…… 자 일족이 아주 난리 통을 겪고 있다던데. 과리는 늘 강한 것들만 쫓아다녔어. 그놈 나름대로의 자존심인지 자부심인지…… 그런데 이번에 웬일로 찾기도 어려운 자 일족 무리를 건드렸대?"

원숭이 남자가 시원하게 대답했다.

"바우의 흔적을 그쪽에서 찾고 있었다더군."

"너는 모르는 게 뭐냐? 아니, 그리 잘 알았으면 과리가 깨어나기 전에 뱀 새끼가 무슨 짓을 하는지도 알고 있었어야지. 아는 것이 아무리 많아도 쓸모가 없구나."

원숭이 남자의 표정이 구겨졌지만 흰토끼 여자는 조금의 후회도 없이 비웃을 뿐이었다.

소 남자가 턱을 매만지며 끼어들었다.

"왜 바우를 거기서 찾지? 바우도 완전히 돌아버려서 감쪽같이 사라진 지 오래인데."

창고의 짚단 위에서 푸르르…… 하는 작은 숨소리가 났다. 우아하게 앉아 눈꺼풀만 끔뻑이는 청마는 가하람이라는 이름의 오 일족이다.

가하람이 다그닥 소리를 내며 발굽을 찍고 일어섰다. 그는 눈 깜짝할 사이에 푸른 머리칼을 지닌 훤칠한 청년의 모습으로 탈바꿈했다. 손가락을 까딱이자 대기하고 있던 시동이 팔에 걸치고 있던 긴 천을 둘러 입혔다.

흰토끼 여자가 공손히 고개를 조아렸다.

가하람은 이 자리에서 나이가 가장 많다고 해도 과언이 아닐 위대

한 존재였다. 가하람이 수화를 풀고 차림을 바로 하자 다른 일족들도
서서히 긴장했다.

그때까지도 질겅질겅 짚단만 씹으며 저작질을 하고 있던 소도 생각
했다.

'나도 이것만 먹고.'

"……이제 웬만큼 다 모였군. 녀석도 오고."

"예?"

누군가 그렇게 되물은 순간 회의장의 결계가 크게 흔들렸다. 자라
보고 놀란 가슴 솥뚜껑에도 놀랄 시기였다.

우아하고 고상하게 앉아 있던 토끼 여자가 팔짝 뛰며 놀랐다. 원숭
이 남자는 끼긱 어깨를 움츠렸다. 소는 느리게 턱을 움직여 지푸라기
를 씹어대다 고개를 돌렸다.

일시에 공기가 팽팽해졌다.

결계가 강제로 뜯겨나갔다. 가능할 리가 없는 일이다.

이 결계는…….

짧은 금발의 청년이 빼꼼 열린 문으로 목을 디밀었다. 결계를 벌리
고 들어온 사람을 본 순간 납득해버렸다.

'아, 가능하다.'

지각한 일족은 두 명이었다.

실종되었던 용운과 자 일족의 화서.

물끄러미 그들을 바라보던 일족들이 하나둘 적대감이라거나 하는
감정을 지워내고 턱을 까닥여 인사했다. 원숭이 남자만 반색하며 벌
떡 일어났다.

"용운 님?"

흰토끼 여자가 화서를 알아보고 조의를 표했다.

"너도 양반은 못 되는구나. 화서 아가, 이번에 욕보았다지. 무리를 잃은 데에는 우선 조의를 표하마."

화서는 꾸벅 허리를 숙였다. 웃어른들에게 공손한 그녀는 다른 일족의 어른들에게서도 귀여움을 받았다. 쥐 주제에 약삭빠르지도 않고 우직한 것이 높이 평가받는다.

가하람이 눈을 가늘게 떴다.

"피 냄새가 나는데."

"송구합니다, 근래 몸이 좋지 않아서."

그 말에 일족들은 무언가를 직감하기라도 한 듯 하나같이 혀를 찼다.

이 자리의 모두가 알았다.

자의 종주 화서는 생의 마지막을 마주 보고 있는 상태였다.

용운이 손을 저으며 물었다.

"거, 우중충한 얘기는 그쯤 하고…… 사의, 부연은 안 왔고?"

"그놈이 그렇지요."

부연은 사의 종주이다. 가장 사 일족답다 하여 종주로 삼았는데 가장 사 일족다운 것이 가장 이기적이고 개인주의적인 성향이다 보니, 소식조차 듣지 못한 지 오래였다.

얼마 전 사준이 기행을 벌이기 시작했다는 이야기에도 저는 꿈쩍도 않는 것을 보면 각이 나오지 않나. 원체 이기적인 녀석이니, 과리가 깨어났다는 이야기를 들었다면 해결할 생각을 하는 대신 동면에 들었을 가능성이 컸다. 눈 떴을 때 전부 다 해결되어 있으라고.

'이쯤 되면 이기적인 게 아니라 게으른 거지.'

용운은 아쉬움 없이 가하람을 향해 반색했다.

"가하람, 오랜만이네? 마침 잘됐다."

"뭐가 잘돼?"

가하람이 푸른 머리카락을 쓸어넘기며 묘하게 웃었다. 흰토끼 여자가 이 회의의 감독자인지 먼저 나섰다.

"용운 님, 우선 이야기를 청하고 싶습니다만."

"아, 그래. 그렇지."

용운은 간단히 설명했다.

사의 종주로부터 전화를 받고, 사준에 대한 일말의 책임감으로 그놈을 두들겨 패러 갔는데 이미 그때부터 사준과 과리는 한통속이었다.

용운은 과리가 앞뒤 재지 않고 달려들자 도시가 엉망진창이 될 것 같아 서울 외곽으로 빠졌다. 과리는 그 후 얼마간 그를 쫓다 말았다. 용운은 부상을 달래기 위해 땅속에 머물렀고, 그 바람에 소식이 조금 늦었다.

"과리도 예전만 못해. 일단 이게 대강의 정황이다. 내 얘기는 이쯤 하고, 화서야, 이야기해라."

용운을 가장 먼저 찾아낸 것은 화서였다. 그래야 했기 때문이다.

시선이 화서에게 쏠렸다.

"제 무리 중 하나가 사 일족과 관여되었습니다. 저는 무리의 주인으로서."

화서는 잠깐 침을 삼키고 다시 말했다.

"……그 아이를 보호해야 할 의무가 있으므로 이 자리에 섰습니다."

용운이 가하람에게 눈길을 주며 비릿하게 웃었다.

"우리가 서로 따질 게 아주 많은 것 같아."

"너랑 내가?"

"지금 사 일족의 문제를 넘어서 과리 문제까지 함께 논하는 자리겠지? 왜 바우를 저 쥐새끼들의 근거지에서 찾았느냐고? 가하람, 너는 짐작 가는 게 있지 않나?"

그때까지만 해도 저 홀로 고고한 오 일족에게 별반 관심을 두지 않던 일족들이 일제히 가하람을 바라보았다. 가하람은 그 시선을 오연히 무시하며 웃었다.

"……글쎄다?"

"어허이, 반세기 전에 서울 근교를 난장판으로 만들었던 미친 인과 가장 마지막으로 조우했던 게 너잖아. 어디서 시치미를 떼? 이 친구야?"

용운이 빙긋 웃으며 탈로를 막았다. 그 안에 숨은 살의를 눈치챈 다른 일족들이 오싹해서 몸을 떨었다. 용운이 어지간해서 화를 내는 편이 아니라는 걸 아는 이들은 안다.

화서가 힘없이 고개를 숙였다. 그러고는 천천히 설명을 시작했다.

"……반백 년 전쯤 검고 앙상한 맹수가 근방 일대를 쑥대밭으로 만든 것, 다들 기억하시는지요."

그 사건을 기억하는 이들은 많았다. 당시 사태가 꽤나 위태롭게 흘러갔으며, 결국 보다 못해 직접 움직였던 것이 바로 이 자리에 있는 오의 가하람이었기 때문이다.

가하람은 착잡한 표정으로 턱을 매만지며 등받이에 등을 기댔다. 화서에게는 눈길조차 주지 않았다. 마치 그녀가 무슨 말을 하려는 것인지 알고 있다는 듯이.

화서는 오랜 시간 삭여왔던 진실을 내뱉었다.

"……그자가 바로, 바우였습니다."

그녀의 비극을.

미사가 정신이 든 것은, 그로부터 사흘 후였다.

정신을 잃은 동안 부러졌던 목뼈나 허리, 팔, 다리는 어느 정도 제자리를 찾아 아물었다. 자잘한 열상도 마찬가지였다. 비틀거리며 일어난 미사가 창밖 풍경을 보았다. 낯설고 작은 기운들이 분잡하게 뛰어다니고 있었다. 마지막 기억은 구역질나는 수로에서였는데 그 후 어떻게 된 일인지 모르겠다.

빼꼼. 문풍지에 난 구멍으로 시선이 느껴졌다.

홱 고개를 돌린 미사는 한지가 발린 미닫이문의 가장 아랫부분을 응시했다. 훔쳐보던 작은 눈알이 화들짝 놀라 떨어지고, 두다다닷 하는 조그만 생물의 발소리가 들렸다.

창밖으로 보이는 것들은 전부 쥐들이었다. 쥐 일족의 본거지가 분명하다.

왜 자신이 이곳에 있느냐에 이은 또 다른 의문이 이어졌다.

기억을 더듬었다. 기억나는 것이라고는 하얀 털의, 체온이 불덩이처럼 뜨거웠던 맹수뿐이다.

이어지는 의문.

'……태성이는 어떻게 된 거지?'

미사는 스스로에게 당혹했다.

분명 태성이 죽은 것을 보았는데, 느꼈는데, 그녀는 지금 태성이 죽었다고 생각하지 않고 있다. 인지에 괴리가 생긴 것처럼 이상한 기분이었다.

태성을 만나고 싶었다.

그녀의 방 주위를 맴돌던 어려 보이는 쥐 몇 마리가 그녀가 손가락을 까딱거리자 조로로 들어와 시립했다. 몇몇은 도망쳤다.

동그란 까만 눈을 끔뻑거리며 바라본다. 중간중간 저들끼리 찍찍대는 게 분명 면전에서 험담을 하고 있을 것이 분명했다. 미사는 상냥한 미소를 그린 채로 조심스레 다가갔다. 매처럼 가장 작은 한 마리의 꼬리를 낚아채는 건 말 그대로 순식간이었다.

"잡았다."

나머지 쥐들이 혼비백산해 줄행랑을 놓았다. 붙잡힌 쥐만 울상일 뿐이다.

미사는 문득, 최초로 태성이 그녀에게 정체를 들켰을 때의 순간을 떠올렸다. 그때의 태성도 이렇게 가여운 눈망울을 하고 경악한 것처럼 깩깩거렸다. 그리고 체념하듯 대롱대롱 매달린 채 축 늘어져서 '뭐 어쩌라고.' 하는 눈빛을 했다.

아주 오래전의 일 같다. 그렇게 오래된 일도 아닌데.

미사는 무섭게 협박을 하는 대신, 조금 다정하게 말해주기로 했다.

"놓아줄게. 말 통하는 녀석 데려와. 안 그러면 꼬리부터 날름 먹어 줄 거야."

듣는 어린아이에게는 아니었을지도 모르겠지만.

얼마 지나지 않아 사나운 기세의 남자가 쿵쾅거리며 찾아왔다.

"무례도 정도껏 해야지."

미사가 깨어나 횡포를 부리기 시작했다는 말에 부리나케 달려온 건 강서였다.

미사는 찬찬히 강서를 살폈다.

며칠 밤을 새운 것처럼 퀭한 눈, 핏발이 선 눈동자, 창백한 얼굴, 다 듬지 않아 거칠게 난 턱수염까지. 일족들은 인간형의 외피로 사람을 평가하기보다 그 기운으로 상대를 가늠하는 것이 보통이다. 하지만 그저 마주 보고 있는 것만으로도 괴이하게 불쾌한 느낌이 드는 녀석이었다. 허리춤에 보란 듯이 걸어둔 총이 눈에 거슬렸다. 물끄러미 그의 허리춤을 바라보고 있으니 강서가 딱딱하게 경고했다.

"어린 녀석을 가지고 장난치지 마라, 교활한 년."

눈앞의 이 쥐는 아마 그녀보다 긴 세월을 살았을 것이다. 하지만 그래도 쥐 주제에 말본새가 영 불쾌했다.

미사는 살짝 미간을 찡그린 채 물었다.

"여기, 자들의 둥지니?"

"······."

"뭐 어떻게 된 거야?"

"이쪽의 질문을 선수 치는군. 너 태성이와는 무슨 관계냐."

"아, 그래, 내가 묻고 싶었던 거였어. 태성이는?"

"······."

"어디 있어?"

강서의 입가가 비틀렸다.

처음 태성이 이 암컷을 들쳐 업고 나타났을 때 바로 죽여버릴 셈이었다. 그건 한 치의 과장도 없는 진실이다. 그러나 그가 태성과 미사를 죽이지 않고 들인 것은 사정을 들을 필요가 있다며 도롱 노인이 만류하였기 때문이다.

"그 녀석에게 대체 무슨 일이 생긴 거냐? 내가 태성을 찾으러 옥상에 올라갔을 때에는, 이미 아수라장을 떠나고 없더군. 마지막에 그 뱀두 마리와 부딪쳤던 게 너겠지."

"······사준 새끼랑 재준이를 만났어?"

"그랬지. 재준이란 놈은 어떻게 됐을까?"

미사는 말을 잃었다.

불길한 예감이 들었다. 강서가 다른 말을 더한 것도 아닌데, 미사의 눈은 자연스럽게 강서의 총으로 향했다. 총화기류를 들고 다니는 일족은 처음 보는 탓도 있지만 이상하게 눈길이 갔다.

강서가 벌건 눈을 부라리며 윽박질렀다.

"진태성이 왜 저렇게 된 건지 대답하란 말이야!"

'저렇게 된'이 뭔지 알 턱이 없다. 그러나 강서의 말은 미사에게 확신을 주었다.

태성이 여전히 살아 있다는 것.

대체 어떻게 된 건지는 태성을 만나보면 알게 될 거라는 막연한 기대감이 있었다.

미사가 홱 몸을 돌려 방 밖으로 걸음을 떼려는 순간이었다. 강서의 손아귀가 미사의 멱을 잡아챘다.

"윽!"

재빠르게 그의 팔을 꺾으려 했지만, 강서의 발톱이 그녀의 목을 죄는 것이 더 빨랐다. 길게 갈라지기 시작하는 미사의 홍채를 노려보며 강서가 잇몸이 보이도록 웃었다.

"치워. 쥐새끼 주제에."

미사가 그를 걷어찼다. 쿵 소리와 함께 벽에 부딪친 강서의 머리 위로 벽시계가 떨어졌다. 벽시계는 그대로 산산조각 났다.

강서는 피가 흐르는 이마와 정수리를 한번 스윽 훑을 뿐이었다.

태성이 걱정되었다. 일단 나가서 찾아보면 누군가 알려줄지도 모른다는 안일한 판단을 마친 미사는 그를 무시하고 밖으로 나가려 했다. 그러다 스스로 문지방 앞에서 멈추었다. 공기의 흐름이 다르다. 미사는 손을 뻗었다가, 화들짝 놀라 손가락을 오므렸다.

결계가 쳐져 있었다. 미사로서는 어떻게 할 엄두도 나지 않을 만큼 정교하고 단단한 결계였다. 미사가 사나운 눈빛으로 뒤돌아 강서를 노려보았다.

"뱀을 함부로 돌아다니게 둘 수는 없지."

강서는 비열해 보이리만치 음침하고 우울한 얼굴이었다.

자 일족의 본가, 한옥은 입구를 중심으로 거의 반가량이 폐허처럼 무너졌다. 과리가 잠깐 방문한 여파다.

화서는 그 사건이 있은 이후 처음으로 본가에 발을 디뎠다. 그날, 공교롭게도 비밀리에 용운을 찾아 나갔던 화서는 신 일족을 만나러 간 것으로 되어 있었다.

"화서 님이다!"

어린아이들이 그녀를 보자마자 눈물을 그렁그렁 달고 매달렸다. 화서는 막 인간의 껍질을 쓰는 법을 배운 아이들의 머리를 한 번씩 쓰다듬어주었다.

"다들 고생했다."

"화서 님, 돌아오셨습니까!"

몸져누웠다는 민아의 거처로 발길을 잡아 걷는 화서의 뒤로 다른 일족들이 따라붙었다.

"그리고 태성이도 돌아왔는데, 아무래도 이상합니다. 화서 님, 여장을 푸시고 난 후에 그놈을 한번."

얼마간 그들의 상황 보고를 들으며 걷던 화서는, 태성이 돌아왔다는 말에 멈칫했다가 다시 걷기 시작했다.

"내가 알아서 하마. 그보다, 조만간 오의 종주님과 진 한 분이 방문하실 거다.”

“예?”

오의 종주라면 가하람이었다. 하지만 진 일족이라면 누구지?

자 일족들의 본거지가 지금 이 꼴이 된 건 진 일족의 과리 한 명 때문이었다. 자들은 진 일족이라 하면 학을 떼고 경기를 일으킬 정도로 긴장을 놓지 못한 상태다.

화서가 그들의 불안을 읽어내고 위로했다.

“그분은 온후하고 자애로운 분이니 염려 마라.”

온후하고 자애로운 진 일족이라 하면, 추측할 만한 이가 한 사람 있다. 쥐들은 마음을 놓았다.

화서는 민아의 침실 미닫이문 앞에 서더니 바로 들어가지 않고 도롱 노인을 불렀다.

“도롱 옹.”

도롱 노인은 자 일족의 보금자리 어디에나 존재하는 영험한 인사다. 보호가 필요한, 혹은 격리가 필요한 모든 곳에는 도롱 노인의 보이지 않는 결계가 존재한다.

화서의 뜻을 이해하기라도 한 것처럼 조용히 결계가 사라졌다.

화서가 얕은 심호흡을 한 후 안으로 들어갔다. 방을 채운 기운은 온통 서늘한 한기다.

과리의 기운을 가까운 곳에서 견뎌낸 민아는 몹시 쇠약해져 있었다. 땀은 비 오듯이 흘러 이미 침상을 죄 적셨다. 악몽을 꾸는 것처럼 고운 미간에는 깊은 주름이 팼다.

화서는 침상 옆에 마련된 비단의자에 앉아 민아의 배 위에 손을 얹었다. 그러고는 얼마 남지 않은 기력을 끌어모아 아이의 다친 속을 품어주었다.

진을 눈앞에 두고도 동족의 목숨 하나라도 더 살리자 앞서 나선 딸아이는, 분명 기특한 일을 해냈다. 이제 제 마지막을 셈하는 상황에서 민아의 목숨에 지장이 없는 것이 다행이었다.

고개를 돌린 화서는 한지를 바른 격자무늬 둥근 창을 바라보았다.

허물어지고 불타고 피로 뒤덮인 풍경이 눈에 보이는 듯하다.

비명이 울렸을 터다. 겁 많은 이들은 도망쳤을 것이고, 그중 누군가는 기꺼이 목숨 버리리라 하였겠지.

50여 년 전에도 이와 비슷한 일이 있었다.

그때 민아와 같은 행동을 했던 건 화서였다.

「바우 님.」

그때, 화서는 그를 만났다.

얼마간 화서가 민아의 속을 녹이듯 기운을 불어넣자 민아가 눈을 떴다.

"어머님……?"

"그래, 일어나지 말거라."

"송구합니다."

민아가 엷게 웃었다. 꽃처럼 선한 아이였다.

"깼으니 되었다. 가보마."

화서가 막 자리에서 일어서려는 찰나였다.

화서의 귀환 소식을 들은 강서가 달려들어왔다.

"화서 님, 무사 귀환하셨습니까. 지금……."

화서는 반가운 기색을 금치 못하는 강서를 물끄러미 바라보았다. 마음고생이 심했던지 얼굴이 반쪽이 되어 있다.

"쓸모없는 것."

화서는 강서에게만큼은 냉정한 힐난을 삼가지 않았다.

"죄송, 죄송합니다."

강서가 넙죽 무릎을 꿇었다.

"잃은 후에 백날 고쳐봐야 소용없을 것을. 네 녀석은 스스로의 본분을 다하지 못했다."

"반드시, 반드시 이번 일을 설욕하여."

"닥치거라!"

화서가 노호하자 침잠해 있던 공기가 일순간 쩽하니 몸을 떨었다.

민아는 어쩔 줄 모르고 흐린 눈으로 강서를 응시했다. 차마 옹호해줄 수도 없었다.

일족을 외부로부터 지켜내는 것은 강서가 대장직을 맡은 경비대의 몫이다. 그러나 가장 필요할 때에 강서는 외부에서 불필요한 다툼을 하고 있었다.

태성을 감시하던 이들이 죽은 것은 사 일족 때문이라 주장하며, 사 일족들을 배척해야 한다고 자 일족들을 선동하느라고.

화서는 사 일족들에게 좋은 감정일랑 없었지만 그렇다고 해서 공과 사조차 구분하지 못하는 사람은 아니었다. 화서가 그 때문에 분노했으리란 것은 민아도 강서도 잘 알았다.

"용서해주세요. 어머니, 제가, 반드시."

싸늘한 눈으로 강서를 노려보던 화서가 언제 노했냐는 듯 덤덤한 음성으로 쏘아물었다.

"태성이가 돌아왔다고."

"예, 그놈이……."

"'자'가 아니었더냐?"

화서의 단언 같은 물음에 민아의 눈이 힘없이 커졌다.

강서가 무언가 말하기 위해 입술을 떼는 순간 화서의 질문이 재차 이어졌다.

"가둬두었느냐?"

"……도롱 옹께서 북쪽 별채 제실에 두셨습니다."

"순순히 따르더냐?"

"뱀 한 마리를 데려와서 살려달라는 말도 안 되는 소리를 하는데, 혹여 위해가 될까 싶어 우선은 그 뱀을 담보 삼았습니다."

뱀.

화서는 기가 차단 듯 헛웃었다. 치맛바람이 일어났다.

"지금 가보겠다."

탁, 민아의 손이 뻗어와 돌아서는 화서의 옷자락을 쥐었다. 화서는 고개만 돌려 민아의 손을 내려다보았다.

"어머니, ……그 애를 믿어주세요. 너무 일부러 매정하게 굴지 마세요. 진심 아니시잖아요."

한참을 바라보던 화서가 매정히 고개를 돌리며 걸음을 내딛었다.

딸랑딸랑. 바람 한 점 없는 실내에서 딸랑이가 굴러다녔다.

제사상은 죄 엎어져 사과며 배들이 나동그라져 있었다.

사상의 잠식은 육체의 변화에서 시작된다. 막혔던 둑이 터진 것처럼 끝없이 쏟아져 나오는 기운에 그의 안은 갈기갈기 찢겨나갔다. 정신을 잃을 수조차 없었다. 몸은 뜨거웠고, 기억은 선명했다.

수로에서 정신을 잃었다가 – 어쩌면 숨이 다했다가 – 다시 정신을 차렸을 때 태성은 이미 '무언가'였다.

그때부터다.

유일하게 가물가물한 것은 그 순간의 기억이다.

그럼에도 가장 선명한 건 그 순간의 감정이다.

자기 자신이 아닌, 다른 무언가를 위해 강해지고 싶었다. 거대한 살모사가 미사를 물어 치켜드는 것을 보았을 때 이성이 대번 날아갔다. 스스로도 감당 못 할 감정이 치밀어 그의 팔다리를 움직였고, 그를 일으켰고, 그를 달리게 했다.

그가 기억하는 가장 익숙한 지리를 좇아 연어처럼 본가로 돌아왔다. 제 안에 그런 귀소 본능이 존재할 것이라고는 상상도 하지 못했다.

그가 도착했을 때 이미 본가에는 큰 횡액의 흔적이 남아 있었지만, 그런 건 신경조차 쓰이지 않았다. 그의 머릿속에는 미사뿐이었다. 태성 스스로도 갈무리하지 못하는 뜨거운 열기와 기운에 오히려 잠식당하는 그녀밖에.

강서가 그를 죽일 수 있었을 거라 생각한다.

「너, 대체 뭐야.」

늘 차갑게 존재감을 드러냈던 그의 총부리가 직접 제게 닿은 것은 그날이 처음이었다.

그럼에도 태성은 애원밖에 할 수가 없었다.

「제발, 이 암컷 좀 살려줘요.」

강서에게 이미 태성은 적이었다. 그렇다면 태성에게도 그가 적이었다. 하지만 필요하다면 태성은 얼마든지 엎드려 청할 수 있었다. 겨우 구해낸 그녀를 잃어버릴 수 없었다. 제가 무엇이 되었든, 제게 어떤 일이 벌어졌든.

도롱 노인이 도와주지 않았다면 강서를 설득하지 못했을 것이다.

태성은 어린 동족들이 오들거리며 미사를 업고 가는 것을 바라만 봐야 했다. 그 후로 태성은 격리당하여 이 제실에 갇혔다.

딸랑딸랑. 딸랑이 소리만이, 시간이 흐르고 그가 여전히 살아 있다는 것을 알려주는 전부였다.

태성은 새우처럼 등을 구부려 웅크렸다. 손톱과 발톱이 괴이하게 일그러졌다. 날카로웠다가, 뭉툭해졌다가, 길어졌다가, 짧아졌다가. 흰 털과 검은 털이 돋았다가, 곧 갈색의 익숙한 털로 물들었다.

그러다가 사라진다.

태성은 꿈속에서 보았던 흰 털의 짐승을 떠올렸다.

누가 가르쳐주지 않아도 알았다.

그것은 자기 자신이었다.

화서는 태성이 웅크린 제실 앞에서 발을 멈추었다.

"다들 물러가라."

화서의 명령에 지근거리까지 따라와 서 있던 쥐들이 머뭇거리며 돌아섰다. 그러나 완전히 돌아가지는 않고 조금 멀찍이 떨어진 곳에서 대기한다.

화서는 요동치는 스스로의 기운을 억누르기 위해 심호흡했다.

「사 일족의 아이를 업고 찾아왔을 때는 이미 늦은 뒤였구나, 화서야.」

이곳까지 오는 동안 그녀는 도롱 노인으로부터 태성이 되돌아오게 된 전말을 편편이 들었다. 커다란 그림을 짜 맞추는 건 어렵지 않은 일이다. 아니, 처음 태성에게 걸어두었던 제약이 산산조각 나는 순간 알았다. 아마도 화서는 태성의 '변이'를 최초로 알아차린 한 사람일 것이다. 그들의 물리적 거리가 얼마나 되는지와는 관계없이.

「그렇다고 뱀까지 허락하시면 어찌합니까.」

「가여워서…….」

도롱 노인은 분명 예전부터 그러했다. 정 많은 노인이니 어련할까.

바람은 차고, 밤은 깊다.

제실 주위로 딸랑이 소리가 음산하다.

가볍게 손짓하자 요란하게 문이 뜯겨나갔다. 끔찍하리만치 익숙한 기운이 밖으로 밀려나오는 것이 느껴졌다.

오랜만이라기보다는, '벌써' 하는 생각이 들었다. 벌써 그녀가 끝을 앞둔 것처럼. 시간은 시위를 떠난 화살보다 빠르게 흐른다는 것을, 그녀는 때때로 이런 반갑지 않은 형태로 체감한다.

"도롱 옹, 결계를 푸십시오."

화서는 결계가 사라진 제실의 문지방을 거리낌 없이 넘어 들어갔다.

불안정하고 난폭한 기운이 그녀를 향해 달려들었다. 천장에 걸린 흰 천들이 있지도 않은 바람에 흔들거렸다.

몇 걸음 더 다가갔다.

제실 내부는 맹수가 날뛰어 죄 부수어놓은 듯한 풍경이다. 피가 곳곳에 묻어 있고, 마룻바닥에는 웅덩이처럼 고인 곳도 있었다. 그 풍경 속에 널브러진 얼룩덜룩한 머리칼을 한 사람. 화서는 그 모습에서 지난 기억을 상기했다.

「해못해이.」

'그자'의 목소리가 들리는 것 같은 환각은 비단 우연이 아닐 것이다.

태성은 쌀알이 깔린 향로 앞에 엎드려 있었다. 그 향로를 제외한 나머지 잡동사니들은 온통 엉망진창으로 뒤엎어져 있었다. 태성의 손톱이 아주 날카로웠다. 피부는 거뭇한 얼룩으로 뒤덮여 있었고, 그 무늬도 시시각각 바뀌었다. 뼈 움직이는 소리도 났다.

태성의 안에서 부딪치고 있는 두 기운의 열기가 선명하다. 하나는 자신이 놓은 것이고, 하나는 그 아비의 것이다.

언젠가 이런 날이 오리라 생각을 하였다. 그러나 그것은 자신이 죽은 후일 것이라 생각했다. 예상보다 빠르고, 예상보다 갑작스러웠다. 제 살길이 '자'밖에 없다는 것을 아는 것처럼, 번번이 죽어 살아나면서도 '자'를 놓지 않았던 녀석이었다.

계속 약해지면서, 계속 부서지면서도 어미라며 그녀에게 손을 뻗던 아이가 이제는 더 이상 통제가 불가능한 상황에 이르렀다.

무엇이 이 아이를 이토록 몰아붙였나.

뱀 한 마리를 업고 돌아왔다고 하였다. 아무리 모질게 굴어도 아쉬운 소리 하는 법 없었던 태성이 뱀 하나만 덜렁 업은 채 애걸했다 하였다. 한심하게도.

화서가 조소했다.

"꼴이 가관이구나."

맥없이 뜨인 태성의 눈동자가 짙은 적색을 띠었다.

"어머니……."

태성이 기듯 꿈틀거리며 화서의 치맛자락을 향해 손을 뻗었다.

화서는 한 걸음 물러나 거리를 벌렸다. 요동치던 기운은 상처받고 움츠러들었다. 더 요란하고 난폭하게 저들끼리 뒤엉켰다. 어느 한쪽이 거둬지면 잠잠해질 일이었지만, 오랫동안 태성을 억눌렀던 기운과 이제 막 샘솟는 기운은 서로 한 치의 물러섬도 없었다.

과리가 바우를 찾는 이 타이밍에 태성이 그녀의 손을 떠난 것은 뼈아픈 일이었다. 태성의 붉은 눈이 그녀에게 멈추었다.

무슨 말을 할까. 자신의 마지막 새끼는 지금 이 상황이 되어 무슨 생각을 하고 있을까 싶어 가만 기다렸다. 태성이 입술을 뗐다.

"미사 씨는요……?"

화서의 입술이 비틀렸다. 학살당한 동족의 장례조차 마무리되지 못했는데, 그들이 천적이라 규정한 암컷의 안위가 최초의 질문이라는 것이 혐오스러웠다.

그들의 존재는 안중에도 없다는 듯한 저 태도가.

그녀의 노력은 조금도 알지 못하는 저 어리석음이.

"너는 지금 상황조차 이해하지 못하는구나. 근래 어떤 일이 벌어졌는지는 알고 있느냐."

"……."

"네가 무얼 염려해야 하는지조차 알지 못하고."

태성이 간신히 팔에 무게를 싣고 상체를 일으켜 앉았다. 붉은 눈동자가 화서를 똑바로 올려다보았다.

"저는 분명 강서 형에게 이렇게 될 가능성이 있다고 일러주었습니다. 그걸 듣지 않았던 건 강서 형이에요. 왜, 제가 잘못했다는 것처럼."

화서가 닫았던 문을 열었다.

어느새 따라온 강서가 불안한 얼굴로 제실 안을 바라보고 있었다. 강서는 예전부터 감정적이라 일을 그르치곤 했다. 자 일족들 중 강서만큼 오래 묵은 강한 녀석이 많지 않아 대장 노릇을 하는 것을 내버려 두었다. 강서를 책망하려는 건 아니었다. 이미 화서는 명백히 그녀의 언짢음을 표했고, 만일 강서가 태성의 말에 귀 기울였다 한들 변하는 건 없을 것이다.

천재지변은 피하려 한다고 피해지는 것이 아니고, 광폭한 진 한 마리 앞에서 쥐들은 그저 보잘것없는 낙엽 같은 존재다.

화서가 들으란 듯 큰 소리로 명령했다.

"그 뱀, 죽이거라."

"어머니!"

힘없이 턱을 내리고 있던 태성이 고개를 쳐들었다. 그의 날카로운 발톱이 마룻바닥을 긁었다.

"시건방진 어린것에게는 가르침을 줘야겠지."

"잘못, 제가 잘못했습니다."

"그러니 벌을 받는 게 마땅하지."

태성이 악을 썼다.

"하지 마! 어머니는 왜 늘 저를 고통스럽게 하지 못해 이러시는 겁니까!"

화서는 한순간도 그를 헤아려준 적이 없었다. 늘 고통을 주고 괴롭게 하는 것만이 화서가 그를 대하는 방식이었다.

그것은 일방적이고 독선적이다. 쿨럭, 태성이 핏물로 가득 찬 목 안의 가래를 뱉어냈다. 화서는 가만 손을 들어 그녀의 명을 이행하러 가려는 자들을 멈춰 세웠다.

태성이 애걸하듯 고개를 조아렸다.

"제발, 그러지 마세요."

"그렇다면 이 어미에게 이빨 드러낼 생각 마라. 순순히 기운부터 누르는 게 좋을 거다."

할 수 있다면 이미 스스로 했을 것이다. 태성이 아랫입술을 꽉 물어 당겼다. 비린 피 맛이 나서 속이 메스꺼웠다. 하지만 태성은 그의 어미를 알았다. 명령대로 하지 않으면 정녕 조금 전의 명령을 실행에 옮길 여자였다.

화서는 가차 없었다.

익숙하지 않은 기운을 어떻게든 가라앉히려 애썼다. 그럴수록 머리는 터질 것 같고, 살을 녹일 듯한 고열이 들끓었다. 태성의 주위로 김 같은 연기가 번지기 시작했다. 붉은 눈동자는 타들어갈 듯이 선명해졌다.

도롱 노인의 한숨 소리가 들린다.

하지만 태성이 스스로의 기운을 다루는 것은 쉽지 않아 보였다.

우지끈!

화서는 둑처럼 터진 기운에 떨어져나간 제실의 문을 돌아보았다.

'한심한 녀석.'

태어날 때부터 제 안에 있던 기운을 다루지 못하는 태성을 가엾다 위로해줄 생각은 추호도 없었다. 비록 그 기운이 화서 본인의 의도 하에 반백 년 가까이 짓밟히고, 일그러지고, 갇혀 있었다 하더라도.

본성이라는 것은 늘 후천적인 것을 뛰어넘는 법이다.

강제로 그 기운을 다뤄보라 하였더니 그 쉬운 것을 하지 못하여 반동을 일으킨다.

화서의 회색 눈동자가 비틀거리며 일어서는 태성을 바라보았다.

눈은 적안. 그 아비의 위험성을 고스란히 물려받은 빛이다. 붉은 눈동자에 적의가 형형했다.

'아마도 저것은 본성.'

그렇게 판단하니 허망한 웃음이 입가에 번졌다.

갑자기 일대를 술렁이게 하는 기운에 놀란 강서가 달려왔다.

"종주님!"

화서의 눈동자가 태성의 머리 위 허공을 응시했다.

태성은 순식간에 거대한 짐승으로 돌변해 와락 달려들었다.

'아마, 이것은 바람.'

예전에도 한 차례, 본가를 떠나겠다 할 때 덤벼든 적이 있었다. 그러나 그때에는 이토록 위협적이지 못했다. 화서의 바람대로만 자랐다면 태성은, 일생 누구에게도 위협이 될 수 없었을 아이였다.

화서는 두 걸음 물러서 제실 밖으로 몸을 빼냈다. 제실의 문을 경계삼아 결계 밖의 안전지대에 섰다. 결계에 부딪친 거대한 흰 짐승이 그대로 고꾸라져 그악거렸다. 날카로운 이빨을 고스란히 내보이며 아가리를 벌리고, 그 안으로부터 포효 같은 울음이 쩌렁쩌렁 울렸다.

침착을 잃지 않고 태성을 가늠하는 화서와 달리, 강서는 충격이라도 받은 것처럼 얼어붙었다.

'……저 녀석.'

강서는 처음부터 이상하다 생각했었다. 태성의 주위를 에워싼 묘한 기운은 동족의 것이 아니었다. 피식자는 포식자를 본능적으로 경계하는 법이다. 무언가 위험한 종일 것이라고 상상은 하였다. 그러나 그것이,

'인?'

맹수를 닮은 무언가일 거라고는 예상하지 않았다.

소동을 알아차린 자의 경비병들이 재빠르게 달려왔다.

화서는 어느새 제실의 마루 아래로 내려와 서 있었다. 어둔 밤의 고즈넉한 평화를 산산조각 내는 포효가 끊임없이 울렸다. 자 일족 모두가 한결같은 눈으로 태성을 바라보았다.

'……저게 뭐야?'

제실의 결계를 넘지 못한 맹수의 거대한 머리가 문에 꽉 찼다.

그르릉…….

붉은 눈동자가 바로 얼마 전에 보았던 끔찍한 과리의 눈과 닮았다. 붉은 눈의 일족은 으레 흉포하다는 속설이 있다.

화서는 뒤돌아 선언했다.

"모두 들거라."

강서는 후들거리는 다리를 가까스로 지탱했다.

저 안에 있던 것은 태성이었다. 무언가 이상해진 태성이었다. 늘 눈엣가시 같던.

'적.'

적이다.

"오늘부로 한양파, 자 무리의 이 화서가 낳은 예순한 번째 사향종, 진태성은 무리에서 퇴출이다. 연유는 감히 동족을 배신하고 천적을 끌어들인 죄. 도롱 옹, 저것을 다른 처우가 내려올 때까지 결계에서 벗어나지 못하게 하십시오."

거대한 발톱이 허공을 긁듯 할퀴었다. 유리 긁는 가늘고 소름 끼치는 소리가 울렸다.

"……그 뱀이라도 살리고 싶다면 얌전히 있는 것이 좋을 게다."

맹수의 발길질이 거짓말처럼 멈추었다. 화서를 노려보던 붉은 눈알에 눈물이 고였다. 왈칵 피거품을 토해내며 비틀거리던 맹수가 그대로 무너져 배를 바닥에 대고 고꾸라졌다.

열이 머리끝까지 찬 것처럼 보이는 강서가 말했다.

"괴물이었어, 그놈은. 여태까지 우리를 속였던 거야."

민아는 그로부터 바깥 이야기를 들었다. 태성이 파적될 것이라는 이야기, 화서가 그를 가둬두라 하였다는 이야기 — 아마도 죽을 때까지일지도 모른다 — 에 태성이 인과 닮은 괴물로 수화했다는 이야기까지.

어찌 보면 큰누나에게 일러바치는 모양새가 될지도 모르겠으나, 소문은 강서의 입을 통해서만 퍼지는 건 아니었다.

지금 자 일족들 거의 대부분이 이 이야기를 하고 있다고.

"그때, 갑자기 우리 무리를 떠난다고 했을 때! 그때부터인 게 분명해!"

"강서야."

"그 가증스러운 새끼!"

민아는 흥분한 강서를 달래주는 일을 포기했다. 사실로 드러난 태성의 종이 그러하다니, 당장은 아무 말도 귀에 닿지 않을 것이었다. 대신 조금 따끔한 말을 했다.

"태성이 속인 거라면 우리한테서 그런 핍박을 당하고 살지도 않았겠지."

핍박.

그건 강서의 얼굴을 하얗게 질리게 했다. 태성의 입장도 생각하라는 뜻으로 한 말이었는데 그게 오히려 독이 되었다. 강서는 이내 "그 새끼를 죽여도 결계 밖으로 나오게 해선 안 돼. 죽여버려야 해." 하고 중얼거리더니 자리를 박차고 나갔다.

'……결국.'

창백한 얼굴로 창가에 앉은 민아는 쓰린 웃음을 머금었다.

태성의 제명. 가뜩이나 어수선하던 일족 내의 분위기를 완전히 뒤흔드는 명령이었다.

떨리는 손으로 찻잔을 들던 민아가 이내 한숨을 내쉬었다. 찻물은 이미 식었다. 과리는 악랄한 말을 툭툭 뱉었던 데에 반해 의외로 순순히 자 일족의 본가를 떠났다. 순순히라는 말은 어폐가 있을는지 모르나, 정말 바우의 꼬리털조차 찾을 수 없다는 걸 확신하곤 '내가 오늘 그놈에게 놀아났군.' 하며 불만 어린 눈을 하더니 떠나버렸다.

그의 변덕 덕분에 목숨은 부지했지만 민아는 끔찍한 후유증에 시달렸다. 한기가 몸을 떠나지 않는 것 같다. 기본적으로 열이 많은 종이라 그 온도차가 유달리 냉하게 느껴졌다. 어머니인 화서가 남은 기력을 이용해 풀어주지 않았다면 계속 몸져누워 병상만 지키다 죽었을는지도 모른다.

'여기저기 곤란한 일들만 연잇는구나.'

태성은 결국 '그런 종'이었던 모양이다.

아마 어머니는 알고 있었을 것이라고, 민아는 확신하였으므로 놀라지 않았다. 다만 안타까웠을 뿐이다.

강서가 정말 허튼짓이라도 하면 어떡하나.

강서의 불같은 성질을 잘 알고 있었던 탓에 염려를 금할 수가 없었다. 자 일족의 본가에 유례없는 사건들이 이어진다. 뱀이 들어온 것도 수십 년 만일 것이며, 포식종이 갇힌 것은 아마도 최초일 터다. 태성이 지금은 어리고 약하기에 결계에 가둬두는 것이 가능할 테지만 더 시간이 지나면 사살하지 않을 수 없게 될 것이다.

사살하자는 말이 나오면 민아는 반대표를 던지지 못할 것을 잘 알았다. 태성은 아마 그들의 동족들에게 원망을 드러내지도 않을 테지만 동족들을 받아들이지도 못할 것이고, 그것은 이제까지 태성을 핍박해온 자 일족들의 불안을 괴물처럼 키워나갈 것이다.

'지금은 그 뱀을 인질 삼았다고 했던가.'

과리는 압도적인 힘의 차이로 그들이 어찌할 수 있는 자가 아니었다. 그러나 본가 결계에 갇힌 뱀은 다르다. 아무리 뱀이라고 해도 어린 축에 속한다. 자의 본거지에는 강서나 민아처럼 몇백 년은 거뜬히 묵은 이들이 존재한다.

지금은 화서까지 있다.

민아는 태성이 무엇으로 자라든 행복하기를 바란다. 화서가 외면한 아이를 대신 안아 어르며 기른 것이 민아였다.

'가엾은 아이.'

그간 그에게 해줄 수 있었던 것은 '괜찮아, 이해하렴.' 하는 희생 없는 말들뿐이었다.

한참을 앉아 있던 민아가 차분히 겉옷을 걸치고 옷차림을 정돈했다.

어쩌면 이조차 태성을 위한 것이 아닌지도 모른다는 사실을 곱게 접어 가슴 안에 묻어두고 일어섰다. 화서가 태성을 위해 얼마나 큰 희생을 했었는지.

아는 것은 그녀뿐이었다.

미사는 싸늘한 눈으로 창밖을 노려보았다.

방은 좁아서, 마치 쥐 상자 같다.

미사는 자신이 쥐들의 손아귀에 떨어졌다는 사실을 믿을 수가 없었다.

쥐 한두 마리는 문제가 아니다. 결계가 문제였다. 형태조차 육안으로 식별되지 않는 결계는 여태까지 미사가 겪어보았던 그 어떤 결계

보다 정교하고 단단했다.

전달되는 외부 소식은 아무것도 없다.

그리 버티는 동안 생긴 좋은 일이라 한다면, 부상이 완벽하게 낫고 기운도 어느 정도 돌아왔다는 사실뿐이다.

'이제 어떻게 하지.'

마냥 기다리기만 할 수는 없었다. 그 꺼림칙하던 강서라는 놈이라도 찾아오면 말이라도 해볼 텐데 그 역시 코빼기도 비치지 않는다.

첫날 어린 녀석을 인질 삼아 협박한 탓인지, 그다음부터 미사를 챙기는 건 성체인 자 일족들이라 섣불리 손댈 수 없었다.

미사는 덧없이 저무는 해를 노려보았다.

납빛 하늘에 이른 별이 총총 떠오를 무렵, 그녀를 방문한 것은 웬 낯선 여자였다.

"민아라고 해요."

"민아?"

"태성이의 누나예요."

창백한 얼굴의 여자는 한복을 곱게 차려입고 있었다. 척 봐도 귀하게 자란 티가 났다. 다만 안색이 병자처럼 초췌했는데 그 초췌함마저도 강서라는 그 쥐에게서 느껴진 부정적인 기보다 훨씬 맑고 깨끗했다.

'민아…….'

이름이 꽤 귀에 익어서 기억을 더듬어보니 떠올랐다.

태성이 유일하게 호의를 품고 누이라고 했던 쥐였다.

"들어갈게요."

민아가 안으로 들어서자 그녀의 뒤에 붙어 있던 다른 쥐들이 구르고 깡충거리고 찍찍대며 난리가 났다. 미사가 눈을 부라리자 쥐들도 덩달아 그녀를 향해 까맣거나 갈색인 눈알을 부라린다.

"객이시니라. 돌아가 있으렴."

민아가 낮게 웃으며 아이들을 진정시켰다. 부드러운 손짓에 쥐들은 수염을 까딱까딱하다 돌아갔다.

"대접이 변변찮아 송구합니다."

"그보다 다른 걸 사과해야지. 나를 왜 가둬? 내가 너희를 공격하기라도 했어?"

"이해해주세요. 워낙에 외부 인사에 대해서 혹독한 가풍이 있어서. 그나저나…… 굉장히."

"굉장히?"

"예쁘시네요. 사진보다 더요."

무슨 말이 나올까 싶어 내심 긴장했던 미사는 그녀도 모르게 헛웃음을 흘렸다. 태연자약하기도 하다. 민아는 그나마 미사가 이제까지 만났던 자 일족들 중 가장 호의적인 태도였던지라, 미사도 경계심을 풀고 건너편 의자에 대충 몸을 앉혔다.

"사진?"

"이미 사진으로 한번 보았답니다. 아무래도 태성이에게 관심을 가진 이들이 많다 보니. 언짢아 마세요."

민아는 거기까지 말한 후 창밖을 내다보았다.

"태성이가 미리 알고 이야기를 해주었었죠. 사준이 이곳을 공격할지도 모른다고. 당신이 그 이야기를 전해주었다고 들었어요."

"그런데 너희는 안 믿었지?"

"변명의 여지가 없네요."

처음에는 과리와 사준이 손을 잡았다는 걸 알지 못했기에 연관 짓지 못했다. 그러나 사준과 과리가 한패라는 것이 자자하게 알려진 후엔 이해하게 되었다. 과리의 습격이 있기 전 태성이 했던 말이 진실이었다.

머리가 굳은 것은 강서도 민아도 마찬가지라, 설마 뱀들이 도롱 노인의 결계를 뚫고 그들에게 닿을 수나 있겠느냐 여겼다.

"어쨌든…… 얼마 전에 그런 사건이 있었던지라 다들 많이 예민해요. 이해해주세요."

"싫어. 내가 왜 너희가 나를 감금한 걸 이해해야 하는데. 그건 너희 사정이지."

싸늘한 대구에 민아는 말문이 막힌 것처럼 침묵하다가 수궁의 뜻을 비쳤다.

"그렇네요. 이쪽의 사정이죠."

"태성이는 어디 있어."

"지금 다른 곳에 있어요."

"그걸 누가 몰라. 그 녀석이 여기 있는 건 아니잖아?"

미사의 어투에는 상위종 특유의 경시가 배어 있었다. 민아는 물끄러미 미사를 바라보다가 새삼스럽게 여자의 이질성을 깨닫고 쓰게 웃었다. 태성은 자 일족들과 함께 있는 것보다도 이런 뱀과 함께 있는 게 더 낫다고 생각할 만큼, 그들이 싫었던 걸까.

싫을 만도 하였으나, 머리로 하는 이해와 가슴의 허전함은 때때로 일치하지 않는 법이다. 민아의 침묵을 어떻게 판단한 건지, 미사의 목소리가 한층 조심스러워졌다.

"……혹시 나 때문에 곤란해졌어?"

"곤란이라면 곤란이지만."

미사라는 눈앞의 암컷 뱀은 돌려 말할 줄은 모르는 듯하지만 차라리 그편이 나았다. 의뭉을 떠는 이들보다는 훨씬 믿음이 갔다.

비록 뱀이라도, 태성이 그녀를 아낀다면 믿을 만한 사람일 것이다.

"그게 당신 때문일지도 모르겠네요. 당신이 인질이 되어 있으니까요."

미사의 표정이 서서히 굳어졌다.

민아는 그런 미사의 반응은 아랑곳 않고, 가볍게 쥔 주먹으로 탁자를 톡톡 두드렸다. 미사의 눈이 빠르게 그녀의 손끝을 좇았다가 다시 정면을 향했다. 약간의 긴장감을 형성한 후 민아가 운을 뗐다.

"어떻게 해드릴까요. 풀어드리면 아무 피해 없이 이곳을 떠나주신다고 약속해줄 수 있나요?"

"아니."

"솔직함이 도를 지나치시네요."

"너희 같은 것들한테 굳이 거짓말 할 필요 없으니까 않는 거야."

"그러면요?"

"태성이에게 물어봐야지."

민아는 예상하지 못한 대답에 눈을 둥그렇게 떴다가, 고개를 갸웃했다가, 이내 웃기 시작했다.

"지금 태성이가 어떤 상태인지 아직 모르시는군요."

"어떤데."

"그리고, 풀어드리면 그냥 산 아래로 내려갈 수도 있을 텐데요. 제 어머니와 부딪치지 않고서 일을 정리할 수 있는 가장 편한 길이기도 하고요. 태성이가 부탁하면 당신이 다칠 수도 있는 일을 감행하겠다고요?"

미사는 주저 없이 턱을 까닥했다. 민아는 고상하다기보다는 화려한 묘태의 미사를 비로소 찬찬히 뜯어보기 시작했다.

"왜요?"

"왜냐니."

"태성이와는 어떤 관계인데요?"

미사는 불시에 던져진 물음에도 주저가 없었다.

"내 거야."

"사람은 소유할 수 있는 물건이 아닌데요. 태성이도."

"무슨 말이 하고 싶은 거니?"

민아의 집요한 물음을 시비로 받아들인 미사의 어조에도 슬슬 날이 서기 시작했다. 민아가 조심스럽게 물러났다.

"태성이를 정말로 아끼는 건지 궁금해서 묻는 거예요."

"……."

"종이 다른데. 그리고 당신은 '사'인데. 그리고 지금의 태성이는 당신이 알던 태성이가 아닐 수도 있는데."

묘하게 '데'라는 어미로 말을 맺는 민아의 음성은 의미심장했다.

미사는 민아가 건네는 의문에 경고가 어려 있음을 능히 읽어낼 만한 머리는 되었다. 태성이 달라졌을 수도 있다는 것은 처음 정신을 차렸을 때 '진태성에게 무슨 짓을 한 거냐.' 하는 말을 들은 후로 어림짐작해왔다.

아니, 무엇보다도. 한번 태성의 시체를 안았던 그녀로서는 다시 되살아난 − 그렇게밖에 말할 수 없는 − 태성을 예전의 그 약한 쥐로만 대할 수는 없을 것이다.

정신을 잃어가는 그녀를 품던 흰 맹수.

그 낯선 짐승이 떠오르는 이유를 모르겠다. 하지만 내심은 알고 있는지도 모른다.

"나는 뱀이지."

"알아요."

"태성이는 뱀인 나를 그 녀석의 공간에 들였어."

"정말 바보 같은 행동이라고 생각해요. 안 그래도 그 때문에 우리 일족들 사이에서도 말이 많았죠."

"나를 믿어서도 아니었을 텐데, 그 녀석은 그랬으니까."

"……."

"태성이를 믿는 나는 당연히 아무래도 상관없는 거 아니겠어? 난 그 녀석이 좋아. 지금 태성이를 못 만나게 하는 너희 다른 자 녀석들 따위 전부 눈엣가시로 보일 만큼."

미사는 깔끔하게 답했다. 그것이 눈앞의 저 여자에게 어떻게 들릴 지는 생각하지 않은 채로.

하지만 말을 하고 나니 정말로 그랬다. 틱틱거리면서도 곧잘 그녀에게 패배를 선언하는 태성도 귀여웠고, 외로워 어쩔 줄 몰라 하며 그녀를 끌어안을 때의 손길도 좋았다. 가당찮게도 그녀를 지켜주고 싶다며 조곤조곤 설득하던 목소리도 잊지 않았다.

그녀보다 늘 따뜻한 체온을 지닌 태성을 놓고 싶은 생각은 조금도 들지 않았다. 만일 쉽게 그를 등지고 떠날 수 있었다면 아마도, 사준에게서 공격당한 날 홀로 도망쳤을 것이다.

"태성이가 뭔지 아세요?"

"적어도 너희보다는 대단한 녀석이라는 걸 알아."

"그는 혼혈이에요."

"상관없다는 말, 못 알아듣네. 나는 내 아비가 누구인지도 몰라. 어미는 누군지 알지만 내 동족들 중에는 제 부모가 누군지도 모르면서도 잘 사는 녀석들이 많아. 너희의 잣대를 나한테 들이대지 마. 그거 굉장히 불쾌해."

무리에 속하려면 모난 구석이 있어선 안 되었다. 유달리 특별해서도 안 되었다. 태성은 그래서 그들에게서 배척당할 수밖에 없는 아이였고, 그건 자 일족들의 잘못이 아니었다. 누군가는 악습이라 말할지라도 그들에겐 생존을 위한 규범이자 전통이었으므로.

그런데 어째서 부끄러울까.

민아는 살짝 입술을 당겨 물었다. 늘 홀로 서성거리던 태성을 떠올리면 그토록 마음이 불편해졌던 것은 왜였을까. 아마도 그에게 죄가 없다는 걸 알고 있었기 때문일 터다. 그래서 늘 아픈 손가락처럼 걸렸던 것일 테다.

결국 수긍한 민아가 턱 끝을 내렸다.

"그렇다고 우리가 변할 수는 없겠지만…… 태성이의 친구가 되어주셔서 고마워요."

"친구 같은 거 아닌걸."

비딱하게 웃은 미사가 금색 눈동자를 반짝였다.

"오랜만에 마음에 든 수컷이지."

욕심 많은 뱀은 친구 따위로 만족하지 못한다.

가지려면 통째로 가져야 했다. 머리카락 한 올, 손톱 하나 빼앗기지 않고. 그들이 산 것을 목구멍 안으로 쑤셔 삼키는 연유는 그러한 욕심에서 기인한다. 피 한 방울 잃지 않으려고.

민아는 더 말을 늘이는 대신 찬찬히 이야기했다.

"태성이는 지금 별채 제실에 갇혀 있어요. 미사 씨를 많이 염려했어요. 만나게 해주고 싶지만 아무래도 상황이 어렵네요."

민아는 제 발언이 몰고 올 여파를 가늠했으나, 마지막으로 태성을 위해 용기를 냈다.

"당신이 감당할 자신이 있다면 태성이를 데리고 나가주세요."

화서는 이 뱀을 인질로 태성에게 또 다른 족쇄를 채웠다. 그들에게 화서는 좋은 어머니이지만, 무리를 위한 선택에서는 잔인한 종주이기도 했다.

태성의 아비 쪽 혈통은 이미 폭로된 것과 진배없다. 피식자의 무리에서 포식자가 태어났고, 포식자가 포식자인 것을 모르고 피식자들은 핍박해왔으니 그들 사이에 좋은 마무리란 있을 수 없다.

차라리 그렇다면, 가능할 때 도망치는 것이 양측에 좋을 일이었다.

"부탁드릴게요."

"……."

"어제부로 태성이는 우리 무리에서 퇴출되었어요. 더 이상 태성이가 이곳에 있을 이유는 없어요. 당신과 마찬가지로."

민아가 먼저 일어서 문간으로 다가갔다. 노여움을 간신히 억누른 미사가 뒤따라 일어섰다.

문 앞에 선 민아가 허공을 올려다보며 말했다.

"도롱 옹, 제가 책임질 테니 열어주세요."

민아가 도롱 노인에게 간절한 음성으로 말했다.

"이건, ……어머니를 위해서예요."

화서는 침전에서 소동을 들었다.

'뱀이 풀려났다.'

순진무구한 어린 쥐들이 소란스럽게 미사가 본가의 마당을 휘젓고 다닌다는 이야기를 떠들었다.

이 어찌 된 것이냐 윽박질렀으나 도롱 노인은 침묵했다. 화서는 목침을 움켜쥐었다. 뭉근하게 끓는 종주의 노여움에 쥐들은 곧 고요해졌다.

강서는 도롱 노인이 어째서 그런 말도 안 되는 짓을 한 건지 이해할 수 없다는 표정이었다. 그러나 강서는 이곳의 경비를 맡은 자인 만큼 빠르게 정신을 차리고 조아렸다.

"염려 마십시오. 제가 가보겠습니다."

화서가 베푸는 동족들을 위한 모든 행위의 대상에서 제외된 태성을 보듬어준 이들이 민아와 도롱 노인이었다. 그러므로 곰곰이 생각하면 이상할 것도 없다.

그러나 배신감만큼은 막을 수 없었다.

화서는 강서가 머리를 들고 일어서기도 전에 몸을 일으켜 세웠다.

"내가 직접 가보마."

태성이 사특한 뱀과 무슨 관계인지는 모른다. 애초부터 태성은 '자' 가 아니었다. 그리고 무엇보다도 오늘 밤에는 귀한 손님이 둘이나 올 것이었다.

화서는 자의 주인으로서 손님을 맞기 위해 모든 것을 깨끗이 정리 해두어야 했다.

뱀을 죽여서라도.

'이건 대체 왜 돕는 거지?'

도움을 받으면서, 받아야 하면서 그런 의심을 하는 건 비난받을지도 모를 일이지만 미사는 민아를 믿을 수 없었다. 나란히 걸으면서도 혹 민아가 섣부른 짓을 할까 봐 – 예를 들면 미사를 앞세우고 등 뒤에서 공격한다거나 – 두 걸음 뒤를 따라 걸었다.

민아는 공격한다거나 하는 일 없이 그녀를 어느 제실 근처로 안내했다.

'뭐지?'

먼발치에서 보아도 알 수 있었다. 제실은 또 다른 결계로 감싸여 있었다.

그리고 날카로운 기운이 갇혀 있다.

민아가 손가락으로 가리켰다.

"저 안에 있어요."

제실 주위의 나무에 걸린 딸랑이가 바람 한 점 없는데 딸랑딸랑 소리를 냈다. 스산한 제실을 노려보는 미사의 입술이 바짝 말랐다. 공기의 흐름이 차단된 결계 너머에서부터 기묘하게 낯설고 위협적인 기운이 느껴지는 것 같았다.

"태성이가 저기에 있어?"

"저는 여기까지만 안내해드릴게요. 위험을 자처할 수는 없으니까요."

"그러면 저 결계도."

거기까지 말했을 때 새된 고함이 짜랑짜랑 울렸다.

"민아 님! 저희가 구해드리겠습니다!"

민아와 미사가 함께 있다는 이야기는, 곧 뱀인 미사가 민아를 인질삼아 협박했다는 낭설로 와전되었다. 분개해 달려온 쥐들이 순식간에 주위를 에워쌌다.

"민아 님을 내놔라!"

"이 사특한 뱀아!"

미사는 기가 막혔다. 저놈들은 눈이 없는 모양이다. 구하긴 뭘 구한단 말인가. 민아는 잡혀 있는 것도 아니었다. 저렇게 여유만만한 인질이 어디 있어?

미사는 순식간에 불어난 쥐들의 기척에 내심으로 긴장했다. 아무리 하위종들이라도 머릿수는 무시할 수 없다.

"빨리 움직이세요. 곧 경비대가 올 거예요."

"저 녀석들을 어떻게 뚫고 도망치라는 말이야? 너 이거 함정이었니?"

"지금의 태성이라면 당신과 함께 도망치는 게 어렵지 않을 테니까요. 설명해드릴 시간 없어요. 어서."

민아가 표정을 정돈하며 눈짓했다. 지금의 태성이라면? 몹시 의미심장한 말이었다.

다만 문제는 어느새 재빠르게 에워싸기 시작한 쥐들로 인해 태성에게 가기도 전에 붙잡힐 것 같다는 점이었다.

그런데 별안간 그르렁 하는 소리와 함께 공기가 떨렸다. 미사가 확고개를 돌렸다. 결계가 떨리고 있다. 막 한 걸음 떼려는 순간이었다. 뒷덜미에 싸늘한 기운이 느껴졌다. 본능적으로 뒤로 굴러 일어선 미사가 조금 전까지 제가 서 있던 자리를 바라보았다. 푸른 기운이 흩어진다.

"······예의도 모르는 간특한 뱀 같으니라고."

푸른 기운이 어린 무언가가 이번엔 정면에서 날아들었다.

'무슨.'

갑작스러운 공격에 정신을 차릴 수가 없었다. 재빠르게 몸을 옆으로 굴린 미사가 민아를 바라보았다. 민아는 조금 곤란한 표정으로 그들이 걸어온 방향의 대각을 바라보고 있었다. 민아는 양갓집 규수마냥 고상한 몸짓을 했는데, 한 손으로 가슴팍을 지그시 누르며 인사를 하는 자태가 몹시 단정했다.

"어머니, 저녁 문안 드립니다."

'어머니?'

미사는 수십 마리의 쥐들을 병정처럼 세워두고 찬찬히 다가오는 한복 차림의 여자를 바라보았다.

많이 봐줘야 30대를 갓 넘긴 듯한 외모의 여자였다. 태성과 닮은 회색 눈동자를 하고 있다. 하지만 눈동자 색이 닮고 눈이 닮았다고 해도, 그 안의 연륜만큼은 미사의 배를 훨씬 뛰어넘는 것이었다.

태성으로부터 들은 이야기가 그런 것들이라, 호의적이지 못한 첫인사가 튀어나갔다.

"너구나? 태성이를 낳은 여자."

미사가 뒷목을 매만지며 몸을 바로 세웠다.

화서의 살의 어린 눈동자가 민아에게 향했다.

"어리석은 것."

경악한 강서가 앞질러 다가와 무뚝뚝하게 물었다.

"다친 데는 없습니까."

"괜찮아, 강서야. 송구합니다, 어머님. 그만 호기심에 찾아가보았다가 실수를 하였습니다."

실수라는 말로는 설명할 수 없는 부분이 많았다.

화서는 비웃듯 제 딸을 지그시 바라봐주더니 서늘히 눈꺼풀을 치켜올려 별이 총총히 뜬 허공에 대고 말했다.

"……도롱 옹, 왜 이렇게 공사 구분을 못 하십니까? 저 아이가 멍청한 짓을 하면 당신께서라도 꾸짖으셨어야지요."

목소리에 무게감이 범상치 않았다.

미사는 내심 놀랐다. 눈앞의 화서라는 쥐는 상상보다 훨씬 강했다. 기운 자체는 차게 언 듯이 정제되어 있으나, 그 깊이와 견고함이 대충 훑어도 느껴질 정도였다.

무리 짓는 종들은 전부 약해서 무리를 지으므로, 종주라 해도 별 볼일 없겠다 생각했던 미사의 짧은 견식이 완전히 부서졌다.

강서라는 녀석이 노골적으로 그녀를 향해 보내는 살기보다도, 가만히 제게 눈을 돌리는 화서라는 계집 쥐의 기운이 더 소름이 끼쳤다.

딸랑딸랑. 바람 한 점 없는데 어디선가 계속 딸랑이 소리가 났다. 제실 주위의 공기가 요동을 치기 시작했다. 결계에 걸린 나무 한 그루는 반은 바르르 떨고 반은 죽은 듯 고요해서 괴기했다. 얼핏 포효 같은 것이 들리는 것 같기도.

미사가 고개를 돌리는 순간 날카로운 푸른 기가 날아들었다.

'또 당할 줄 알고!'

비웃은 미사는 가뿐히 피…… 쿠당탕탕.

피했다고 생각했는데 보다 더 큰 것이 미사를 정수리부터 덮쳤다.

'어?'

미사의 몸이 맨바닥에 고꾸라졌다.

"사라면 '읽는 눈'쯤은 있을 거라 생각했는데, 이리 주제를 몰라서야……."

족쇄처럼 무거운 것이 미사를 짓누르며 맨땅을 우그러뜨리고 들어가기 시작했다. 몸이 터지지 않는 것이 이상할 정도로 강한 외압이었다.

'오, 맙소사.'

미사가 흙바닥을 긁어쥐었다. 수화를 하려 했으나 손가락 하나 까딱할 수가 없었다.

무리의 주인이라는 종주를 만나본 것은 이번이 처음이었다. 그래서 방심했다고는 하지만, 이 압도감은 뭐란 말인가.

상대는 고작 자 일족이었다. 아무리 그래도.

"네가 사의 사준과 관련된 일족이라면 우리에겐 원수와도 같구나. 원수는 원수를 처단하는 법도대로 해야겠지."

미사에게 다가가려는 강서를 막아선 건 민아였다.

"강서야."

"왜."

제실 안이 또다시 요동치는 것 같다. 별채 주위에 걸려 있던 흰 천이 사납게 나부꼈다.

민아는 강서를 만류한 것으로 그치지 않고, 찬찬히 화서에게 다가가 청유했다.

"어머니, 태성이를 그냥 놓아주세요."

"종주 후계로서의 의무를 잊고 사감으로 경거망동한 것을 좌시하지 않을 것이다. 민아, 너는 돌아가 근신하거라."

"제 동생을 도와주고 싶었을 뿐이에요."

"감히 이 어미의 말에 토를 다느냐."

"어머니의 말에 복종하는 것도 이 민아의 의무이지만, 동생을 돌보는 것도 제 의무예요. 종주 후계로서의 덕목이 동정심과 이타심이 아니었던가요. 저 뱀은 우리에게 해를 끼칠 생각이 없다 하니, 조금만 아량을 보여주시면……."

화서가 민아의 뺨을 그대로 내리쳤다.

"외인이 보는 자리에서 이 어미에게 항거하다니, 모자란 것!"

민아가 크게 휘청거리며 무릎을 꿇었다. 강서는 답답하단 눈으로 민아를 바라볼 뿐이었다. 예전부터 태성의 일이라면 이리저리 끼고돌려 하는 것도 불만이었던 터라, 이참에 민아가 정신을 차리길 내심 원했다.

화서는 노여움을 감추지 않은 얼굴로 한복 치맛자락을 홱 쳐내며 미사에게 다가갔다.

"오늘 너는 죽을 게다. 주제를 몰랐기 때문이지."

미사는 표정 하나 변하지 않고, 손끝 하나 까딱 않고 자신을 완전히 제압한 화서에게 본능적인 두려움을 느꼈다.

미사가 무릎을 짚고 비틀비틀 엎드렸던 몸을 일으켰다. 뼈가 짓눌리며 내려앉는 것이 느껴졌다. 특유의 재생력도 소용이 없었다. 짓눌리는 힘이 점점 더 강해지는 건지, 아니면 제가 힘이 빠지는 건지 모를 일이다.

화서의 비웃음이 들렸다.

"아니면 뱀 계집아, 너도 목숨이 여럿이냐?"

고개를 튼 미사가 독기에 찬 눈으로 열 걸음 남짓한 거리에 선 화서를 노려보았다.

"네 알 바야? 내 목숨에 관심 끄시지."

외압은 그녀의 주위로 반경 두 걸음 남짓에 한정되어 있었다. 최대한 기운을 다리에 집중해 튀어나가 저 화서라는 쥐의 얼굴을 그어버릴 참이었다. 아무리 강한 쥐새끼라 해도 그녀의 자존심은 본능만큼이나 드셌다.

사이사이 모세혈관이 터져 핏물이 배기 시작했다.

미사가 완전히 화서 쪽으로 상체의 방향을 틀었다. 바닥을 박차고 튕겨나가려는 순간이었다. 잔잔한 산들바람을 일으킨 낯선 운동화가 흙바닥을 디뎠다.

튕겨나가려던 미사의 뒷덜미가 순식간에 어마어마한 힘에 홱 낚아채였다.

휘익!

'?!'

예고도 없이 등 뒤에서 가해진 힘에 기함한 미사가 그대로 팔꿈치를 휘두르려다 멈추었다.

짤그랑, 소리가 났다.

양아치처럼 샛노란 짧은 머리와 두 겹으로 두른 금목걸이가 반짝였다.

'어?'

가뿐히 미사의 뒷덜미를 한 손으로 든 사내의 얼굴이 익숙했다.

미사는 뒷목이 쑥 딸려 올라가 가까스로 발뒤꿈치를 들어 땅을 허우적거렸다. 가뿐히 들다 못해 미사를 흔들흔들 흔들기까지 한 사내가 울림 좋은 목소리로 말했다.

"왜 이리 기운이 몸에 익나 했더니. 우리 아가는 또 왜 여기 있어?"

뒤이어 한 마리의 거대한 말이 내려앉았다.

미사는 저도 모르게 맥 빠진 콧소리를 내고 말았다.

"하아?"

"하아는 무슨. 미사 네 녀석, 왜 또 연배 지긋한 분들에게 까불대고 있어?"

용운이었다.

'왜 용운 님이 여기에?'

포악스럽게 요동치던 기운은 순식간에 갈무리되었다. 그만큼 당황스러운 인물이었기 때문이다.

화서가 몸가짐을 바로 하더니 미사는 보이지도 않는다는 양, 용운과 가하람에게 공손히 인사를 올렸다.

"기별하셨던 것보다 이른 시각에 오셨습니다, 두 분."

미사가 물었다.

"요, 용운 님…… 여기서 뭐 하세요?"

"이 몸은 용건이 있어 선약을 하고 방문하는 참이지. 한데 미사야, 너는 어딜 덤벼드느냐. 호패에 기름칠도 안 마른 것이."

"그게, 저 쥐새끼가 먼저……."

"어허, 장유유서라 하였다. 이 몸이야 신세대이니 괜찮지만 자의 종주는 뼛속까지 유학파란 말이지."

용운의 꾸지람에 미사가 흘낏 화서에게 시선을 주었다. 혀를 끌 찬 용운이 부러 엄하게 핀잔을 놓았다.

"미사 눈알 빠지겠구나."

"……."

"오랜만에 이 오빠한테 귓방망이 한 대 맞으련?"

화서를 노골적으로 적대하며 쏘아보던 미사의 표정이 그제야 누그러졌다.

"오빠는 무슨요, 할아버지잖아요."

사들은 진에게만큼은 머리를 숙이는 걸 부끄러워하지 않았지만, 미사가 용운에게 품은 감정은 그보다 더 대단한 신뢰였다.

가하람은 제실을 바라보고 있을 따름이다.

화서가 말했다.

"용운 님, 물러나주십시오. 그 뱀은 내 집 안마당에서 분란을 일으켰습니다."

"한 번 봐줘. 제 본성이 저런데 사람이 본성대로 살 밖에."

"무리 내에서 벌어진 일입니다."

그 순간이었다. 별채 안쪽에서 그르렁거리는 울음소리와 함께 날카로운 기운이 솟구쳤다.

제실의 결계로 단단히 고정되어 있던 문이 뜯겼다. 고개를 돌리자 붉은 눈을 뜬 맹수가 그들을 노려보고 있었다. 뜯겨나간 문틈 사이를 꽉 채울 것처럼 커다란 머리였다.

미사의 동공이 순식간에 세로로 갈라졌다.

가슴이 두려움인지 설렘인지 모를 이유로 뛰기 시작한다. 하지만 반가움과는 별개로 미사는 저도 모르게 한 걸음 물러섰다. 바로 등 뒤에 서 있던 용운이 미사의 어깨를 붙잡아 지그시 눌렀다.

"가까이 가서 볼 필요도 없이 알겠구나……. 기분이 아주 더러워지고, 주먹이 근질근질 패주고 싶은 느낌이 드는 게…… 그래도 혹시 모르니 가봐라, 가하람."

미사는 가하람이라는 이름에 깜짝 놀랐다.

가하람은 오의 웃어른이었다. 아무리 미사가 일족사회에 귀를 닫고 산다고 해도, 천년 이상 묵은 이들은 으레 이름을 날리기 마련이다. 가하람은 그중 한 명이었다.

그러나 미사의 반응에는 관심 없다는 듯 용운은 즉시 화서에게로 눈길을 돌렸다. 두 사람은 알 수 없는 이야기를 나누기 시작했다.

"화서야, 지금은 이 아이보다 더 급한 문제가 있지 않나."

"그렇지요. 저 아이는 아직 스스로를 조절할 줄 모릅니다."

'저 아이'란 미사를 뜻하는 건 아닐 터였다.

"아예?"

"예. 아무래도 과도기로 보이기는 하지만, 모를 일이지요. 가하람 님께서도 주의하시는 게 좋을 겁니다."

다그닥다그닥, 거대한 말이 우아한 걸음으로 별채로 향했다. 미사의 눈은 급히 말꼬리만 좇았다. 미사가 불안의 기색을 지우지 못하고 물었다.

"용운 님, 태성이에게 무슨 짓을 하려는 거예요?"

"저것과 아느냐?"

비웃듯 중얼거린 용운이 턱을 당기며 미사를 바라보았다. 미사는 용운의 반응에도 같은 태도를 고수했다.

"건드리면 용운 님한테도 화낼 거예요. 태성이한테 손대지 마세요."

용운이 피식 웃으며 중얼거렸다.

"아서라, 아서. 당장 무슨 짓 하려는 것 아니다. 그보다 네 녀석이 나한테 화를 낸다고? 네가?"

늘 진 무서운 줄 모르고 꽁무니만 졸졸 따라다니던 어린아이가 아닌가. 이제 미사는 스스로를 성인이라 생각했지만 용운에게 그녀는 언제까지고 어린아이일 것이다.

"네. 저 지금 아주 화났거든요. 태성이한테 무슨 짓 하면 아무리 용운 님이라도……, 아!"

용운이 미사의 이마에 딱밤을 놓았다.

"배은망덕한 녀석."

빈정이 상하기는 했지만 용운은 '저것'에 보이는 미사의 애착이 신기하기도 했다.

용운은 시영이 미사를 낳았을 때부터 꾸준히 그 성장 과정을 보아 왔다. 시영이 별종이니 미사도 조금 남다른 구석이 있었다. 미사는 사람에 연연하지 않는 편이었다. 시영과는 정반대의 남다름이었다.

사준과도 정반대다. 사준은 지나치게 생각이 많아 무심(無心)을 이루지 못해 스스로를 꾸역꾸역 주위의 모든 것들로 채우려는 녀석이니.

"해악이 되는 아이는 아니야."

용운이 화서를 향해 턱을 치켜올렸다.

화서는 기묘한 눈동자로 미사를 응시할 뿐이었다.

어느새 가하람은 별채 입구에 서 있었다. 꼬리가 살랑살랑 흔들린다. 푸르릉 소리에 미사의 눈이 퍼뜩 가하람의 엉덩이에 박혔다. 늘씬하게 잘빠진 말은 푸르릉 소리를 내며 고개를 숙였다가, 들었다가, 힐끔 뒤를 돌아보았다.

용운이 낮게 웃으며 고개를 저었다. 그러고는 가하람에게 제가 입고 있던 코트를 던졌다. 코트를 목덜미로 받아낸 가하람이 푸르릉 웃는 소리가 났다. 이윽고 눈 깜짝할 사이에 푸른 머리칼의 사내가 모습을 드러냈다.

가하람은 자연스레 용운의 코트를 걸치고 제실 안으로 들어갔다.

제실 안에 갇힌 붉은 눈의 맹수가 그르렁거리며 눈을 번뜩였다. 그의 시선은 코앞에 있는 가하람이 아닌 멀찍이 떨어져 선 용운에게 머물러 있었다.

미사가 놀랄 정도로 짙은 살의였다.

가하람은 맹수의 무관심을 기회처럼 삼아 제실 안으로 들어갔다. 이윽고 맹수의 포효가 쩌렁쩌렁 울렸다.

"무슨, 무슨 짓 하려는 거예요?"

미사의 적개심이 화드득 일어났다. 혀를 쯧 찬 용운이 미사의 뒷덜미를 꽉 쥐어 당겼다.

"화서야, 저놈을 안정시키는 건 가하람에게 맡기고 일단 앉을 곳 좀 안내해주련? 다리가 아파. 늙어서."

창창하게 젊은 청년의 얼굴을 하고, 샛노란 양아치 같은 금발을 하고 나이 타령을 하는 건 정말 어울리지 않았다.

"늙기는."

미사가 툴툴거렸다.

"화서 님, 민아 누님은 방에 모셨습니다."

"나가보아라."

강서는 객들을 훑은 후 물러났다. 경계심은 마지막 걸음에까지 묻어났다. 미사는 강서가 왜 저렇게 지릴 것 같은 얼굴을 하는지 이해했다.

찻잔을 노려보는 미사도 숨막히긴 마찬가지였다.

'……아.'

어마어마한 기운을 지닌, 그녀보다 수배에서 수십 배는 더 산 일족들 사이에서는 움츠러드는 게 당연했다. 그러나 화서를 향한 경계의 눈빛만큼은 지지 않았다. 미사는 솔직히 오늘 자존심이 많이 상했다.

용운이 손바닥으로 통 소리가 나게 미사의 뒤통수를 때렸다.

"그 눈! 눈! 어디 무리의 주인에게 눈을 부라리느냐, 이 철딱서니 없는 것."

"두십시오. 뱀이니 오만할 밖에요."

화서가 퉁명스레 말했다. 푸른 머리칼을 한데 묶어올리고 개량 한복을 얻어 입은 잘생긴 미청년 가하람은 미사를 살피는 데에 여념이 없었다. 가하람은 제실에 들어가 태성으로 추정되는 흰 맹수와 무언가 대화를 나누더니, 맹수의 발악이 잠잠해진 후 마지막으로 합류한 참이다.

"갸르릉거리는 것이 귀여운 고양이 같네. 미사, 미사 하더니, 정말 이름처럼 예쁜 아이로다."

"가하람 님께서 저를 아세요?"

미사가 슬그머니 눈을 흘기며 물었다.

"알다마다. 그 별종 아가씨가 낳은 별종 아니냐."

가하람의 손이 쑥 뻗쳐왔다. 그는 미사의 턱을 쥐고 이리저리 돌려보았다.

"귀엽고 깜찍하단 얘기 많이 들었지. 네 비늘이 그렇게 예쁘다지. 나는 윤기 나는 털을 더 높이 치지만 그래도 용운이 이름을 미사라고 붙일 정도라니 궁금하기는 한데. 한번 보고 싶구나."

"쟤 이름 그런 뜻 아니야."

"아니라고?"

용운이 혀를 끌 차며 미사의 턱을 쥔 가하람의 팔을 뜯어냈다.

"때와 장소를 가리라니까. 지금 다 죽어가는 아이를 세워두고 그런 장난질 하고 싶냐?"

다 죽어가는 아이? 미사를 말하는 건 아닐 터였다.

미사는 비로소 화서를 제대로 살펴볼 수 있었다.

700살을 더 산 종주라고 했다.

'자 일족의 수명이 얼마나 되더라?'

화서가 무심히 미사를 가리켰다.

"용운 님, 저 아이도 이야기에 끼우실 겁니까?"

"사준 녀석이 관련되어 있으니, 자리를 지키게 하려는데."

"……."

"마음에 안 드냐? 염려 마라. 이 아이, 내가 아끼는 아이야. 입이 가볍지도 않고. 않은가? 미사야, 네 입 가볍냐? 근데 앤 가벼워봐야 친구도 없어서 떠들 데도 없을걸."

용운의 장난스러운 무마에도 화서는 한결같이 차가웠다.

"그래도 공사 구분은 필요하지 않겠습니까."

"개판이 된 마당에 공사 구분은 무슨. 그리고 이 또한 공이니라. 이 집 근방에 과리 냄새가 아직도 남아 있어 이 몸도 성질이 돋아. 토 달지 마라."

미사는 화서만을 뚫어져라 노려보았다. 화서는 따뜻한 온돌을 어루만지듯 바닥을 훑은 후 다소곳이 무릎 위로 손을 끌어올렸다.

손짓 하나하나가 양갓집 규수의 것과 같았다. 민아라는 이름의 여자가 화서를 닮은 게 분명해 보였다. 마침 한복을 입은 여자가 주전부리를 내어왔다. 화서가 인사치레를 했다.

"얼마 전의 변고 탓에 부엌이며 헛간까지 전부 손괴를 입었습니다. 변변찮은 대접이나마 받아주십시오. 진, 오의 어르신."

용운이 고개를 끄덕이며 찻물을 홀짝였다. "맛이 좋구나." 하는 늙은이들 특유의 뜸 들이는 대화가 시작되었다. 긴 시간을 살아온 일족들은 가끔 쓸데없는 부분에서 게으르다.

"그럼 시간이 족하지 않으니 하문하십시오."

"무엇이든 답하겠느냐?"

"제 무리에 폐가 되지 않는 선에서는 진실하겠습니다."

"지금 이 얘기부터 꺼낼 타이밍이 아닌 것 같긴 한데, 그래도 조금 전에 본 것이 영 머리를 떠나지 않아서. 너, 일부러 망친 게지?"

"예."

"네 수명이 그리 빠르게 닳아버린 것도 그 때문이겠구나."

"맞습니다."

"차라리 풀어놓지 그랬느냐."

"저는 제 핏줄을 함부로 방만히 하지 않습니다."

처음에 미사는 저들이 무슨 이야기를 하는지 몰랐다. 뒤늦게야 저들 대화의 누락된 주체가 태성이라는 것을 알아차렸다. 어째서인지 가하람도, 용운도 태성이 괴이한 상태라는 것을 잘 아는 것 같았다.

"보고도 믿기지가 않아 말이다. 저 어린놈의 기운이 이도저도 아닌 꼴이 된 것도 내막이 있을 듯한데."

용운이 두 번째 찻물을 우려내며 빙긋 웃었다. 평온한 표정과 달리 내용만큼은 신랄했다.

"기운을 항시 심하게 사용하면 몸과 정신 둘 중 하나에는 무리가 간다. 보통 정신계는 능력을 쓰는 당사자의 정신을 망가뜨리고, 그 밖의 능력은 몸과 수명을 갉아먹지. 네가 천수를 누리지 못하게 된 것도 자업자득이야."

"맞습니다."

화서는 일그러진 눈매에 힘을 풀고 시선을 내렸다.

"네 몸 망치면서 새끼를 그리 망쳐놓으니 만족하느냐?"

용운은 일반적인 일족의 한계마저 뛰어넘는 일족을 딱 두 마리 알았다.

하나는 죽이려야 죽일 수조차 없는 진 일족의 과리이고, 다른 하나는 죽여도 다시 되살아나는 인 일족의 바우였다. 둘은 다른 듯하면서도 닮았다. 그만치 끈질긴 목숨을 지닌 일족은 전에 본 적이 없었다는 점에서.

"네가 죽기 전에 네 자식 망친 것을 회개라도 할 줄 알았다마는."

용운이 목덜미를 문지르며 짧은 노란 머리를 벅벅 긁었다.

화서는 조금도 흐트러짐이 없었다. 다만 침묵은 날카로운 발톱 같았다.

"과리 그놈이 지금 벼르는 게 누구인지 잘 알고 있지? 솔직히 나는 과리보다는 바우 녀석을 더 싫어해."

"진이시니까요."

용들은 모든 금수들을 아우르는 존재라 오인될 만큼 강한 일족이다. 많은 짐승들이 용을 경외한다. 하지만 용을 견제하는 것이 본성 깊숙한 곳에 밴 못돼 먹은 종이 하나 있다.

인. 호랑이 일족. 용호상박이라는 말이 괜한 것이 아니었다.

"자와 인이라."

용운이 감지한 태성은 자였다. 그러나 자이면서도 자가 아니었다. 자의 기운이라고는 몹시 미약한 데다 일족으로서 회생 불가에 가까웠다. 이제 와 태성이 나머지 반쪽으로 각성하면 이도저도 아닌 기형이 될 가능성이 컸다.

그러나 일족들의 기형이란 육체적인 것보다도 정신적인 쪽이 더 위험하다.

"왜 그랬어?"

"……제 자식입니다."

"네 힘으론 감당이 되지 않을 듯했더라도 그 녀석 역시 생을 가지게 된 녀석인데, 그리 산산이 찢어놓을 것까지는 없지 않았느냐."

"제 아들입니다."

"저것은 네 아들이기 이전에 이미 세상에 나버린 하나의 사람이다."

조금 전까지의 장난기를 지운 용운이 엄하게 말했다.

태성이라는 화서의 새끼는 혼혈이었다. 인과 자의 혼혈로, 본디 나이를 먹으며 인의 일족이 되었어야 했다. 그러나 화서가 그것을 막았다. 태성이 지닌 고유의 기운을 용운의 표현처럼 산산이 찢어 봉한 것이다. 그 과정에서 화서는 스스로의 막대한 힘을 소진하였고, 수명도 잃었다.

가하람이 중얼거렸다.

"사정은 이해한다만 역시나, 불편하군."

"저의 훈육 방식을 비난하시는 겁니까? 제가 두 분을 모신 것은 훈화 듣기 위함이 아닙니다만."

"그래, 뭐, 이미 지난 일로 물고 늘어지지는 않으마. 어차피 너희 일족 내의 일이라 우기면 이쪽이 할 말이 없으니까."

화서는 이미 일족들의 회동에서 태성이 바우의 새끼임을 실토했다. 반백 년이 넘도록 동족 누구에게도 발설하지 않았던 것이다. 아마도 과리가 바우의 흔적을 찾아 자 일족을 습격했다면, 그건 화서 자신에게 원인이 있을 가능성이 크다며. 과리가 바우를 찾아 습격해오지 않았다면 영원토록 묻혔을지도 모를 일이다.

가하람이 물었다.

"한데, 나는 다른 것이 궁금해. 화서야, 대체 어찌 된 내막인지."

"사연을 청하시는 겁니까."

"그래. 어쩌다가 바우 새끼와 정분이 났어?"

정분이라. 어울리지 않는 말이었다. 화서는 가하람의 맑은 눈동자를 응시하다가 고개를 조아렸다.

이야기는 그리 길지 않았다.

27

/

화서

　전란이 일어났을 때 화서는 지금보다 더 오만한 쥐였다. 자들의 평균 수명을 넘어선 후에도 화서의 힘은 넘쳐났다. 화서는 자들의 세계에서 강자였으며 그들보다 강한 일족들도 두렵지 않았다. 많은 쥐들이 그녀를 존경하고, 존중하여 따랐다.

　시대의 흐름에 따라 환경도 변하였다. 왜인과 서역인이 한반도를 드나들었다. 그들의 손길이 곳곳에 뻗치기 시작했다. 침략자들 중에는 일족들도 섞여 있었다.

　기존의 영역을 지키던 일족과 새로 모습을 드러낸 일족들의 다툼도 고조되었다. 조금의 잘못만으로도 총에 맞아 죽는 인간들의 시체가 쌓이고, 보릿고개를 넘기지 못해 죽은 이들이 어떻게든 살아보고자 혈투를 벌였다. 숲 속으로는 독립운동가의 이름을 내세운 도적들까지 숨어들었다. 세상이 아비규환이었다.

　그 틈에 나타난 것이 겨우 거죽만 두른 시꺼먼 호랑이였다. 붉은 눈동자의 인 일족은 괴물과 다를 바 없었다. 피로 거름을 쌓는 것도 한때다. 곡식을 얻으러 쥐들이 마을로 내려갈 때마다 반수는 죽어 돌아왔다.

　낮에는 사람의 형상으로 연쇄살인을 벌이고, 밤이면 금수의 형상으로 온갖 금수들을 괴롭혔다.

어찌 감히 쥐가 호랑이에 대적하겠나. 도롱 노인의 만류도 듣지 않았다.

쥐와 호랑이의 차이를 실감치 못할 만큼 화서는 우두머리로서의 책무에 취해 있었다. 화서는 몇몇 호위들을 데리고 산 아래로 내려갔다.

그리고 화서는 세상에서 가장 가여운 호랑이를 만났다. 죽지도 살지도 못한 채 매일매일 미쳐가는 검은 흑호였다. 호랑이에 겁먹어 도망친 쥐들은 등을 보이는 순간 죽었다. 무쇠 같은 발톱으로 바위를 찍는다. 발톱은 날카롭고 아름답다. 붉은 눈은 흰자위가 구별이 가지 않을 만치 벌겠다.

화서는 숨을 죽이고 상대가 틈을 보이기를 기다렸다.

「왜 이런 짓을 하십니까.」

「나구답름아는너.」

인 일족의 사내는 쇠 같은 목소리를 가지고 알아들을 수 없는 언어를 소리 냈다.

「무고한 피를 흘리게 한다면 결국 당신께 돌아올 것을.」

「나구는나이빛.」

「살생을 멈추고 당신의 땅으로 돌아가십시오.」

「나구하강는너.」

「대체 무슨…….」

도대체 무슨 말을 하는 건지 알 수가 없었다. 그럼에도 표정만큼은 다정해서 화서는 겁먹지 않고 그의 말을 고민할 여념을 얻을 수 있었다.

「사람의 형태로 인들의 언어를 구사하시는 겁니까?」

「다한못지하해이를나도구누.」

「나는 지금…….」

어쩐지 귀에 익은 음절음절이었다. 화서는 땅에다 그가 뱉은 소리를 형태로 써보았다.

거꾸로 읽음으로써 이해가 되었다.

누구도 나를 이해하지 못한다.

괴물 같은 사내는 그리 말했다. 기분이 오묘하였다.

본디 인들은 누구의 이해도 필요치 않은 존재가 아니었던가? 인과 진은 일족들 중에서도 가장 독립적이고 위대한 존재라 칭해졌다.

화서는 목숨을 건 사투를 벌이는 대신 대화를 시도해보기로 했다. 인 일족의 사내가 홀로 머무는 작은 오두막에 이르렀다.

그곳에는 세상의 온갖 잡동사니가 쌓여 있었다. 그는 아무것도 버리지 못했다.

집착적으로 무언가를 긁어모은 것처럼 보였다.

「당신은 대관절 무엇이십니까. 누구도 당신을 들어본 적이 없다 했습니다.」

「야니아도것무아는나.」

나는 아무것도 아니야.

늘 그런 식의 대화이므로 의사소통이 더딘 것은 당연했다. 한마디 한마디에도 해석이 필요했다. 하지만 화서는 위대한 호랑이라 불리는 인이 어찌 저런 모양새가 되었는지도 알고 싶었다.

「당신의 함자를 여쭈어도 되겠습니까.」

「우바.」

바우.

차가운 벽에 그의 이름을 써내려가는 동안은 꿈을 꾸는 듯, 비현실
같은 소름을 느꼈다.

누구도 정체를 알지 못했던 깡마른 검은 거죽의 인 일족.

그게 바로 바우였다.

어린 일족들을 혼내는 데에는 가끔 '과리가 잡으러 온다.'는 관용구
가 사용되곤 했다. 칭찬해줄 때에는 '과리 잡는 바우처럼 끈기 있구
나.' 하고 말하곤 했다.

구전되는 이야기 속 바우는 하얀 털의 우아한 백호랑이였다.

화서는 미쳐버린 검은 호랑이의 굽은 등을 바라보며 감히 연민을
느꼈다. 화서는 벽 같은 강함에 도전하는 대신 무리의 어린아이를 달
래듯 조심스럽게 바우를 품어 교화시키고자 했다. 바우의 작은 오두
막은 비가 내리면 빗물이 떨어지고, 바람이 불면 풀잎이 날아드는 낡
은 곳이었다.

낮이면 피로하고 밤이면 정신이 맑아지는 화서와 다르게 바우는 낮
이면 사라졌다가 밤이면 피 냄새를 묻히고 돌아왔다. 돌아오며 그는
늘 아무짝에도 쓸모없어 보이는 쟁기나 바구니, 말라비틀어진 밤송
이, 정체 모를 노리개 따위를 가져와 차곡차곡 쌓았다. 하물며 먹다
남은 짐승의 내장조차도 버리지 못했다. 그는 무언가를 버린다는 개
념을 이해하지 못하는 것처럼 보였다.

산장 앞은 쓰레기 냄새, 인간의 시체 썩은 내, 금수의 누린내와 피
냄새로 매일매일 악취가 더해졌다.

화서는 매일매일 바우를 설득했다.

「계속 이리 살생을 한다면 당신도 견딜 수 없을 것입니다. 지금이라도 물러나 마음을 비우고 유불도의 사상으로 당신의 악심을 씻어내십시오.」

「다한못지하해이를나도구누.」

누구도 나를 이해하지 못한다.

화서는 그의 말이 맞다고 생각했다. 이런 살에 미친 악수를 이해할 수 있는 자는 과리뿐일 터였다. 괴물을 잡기 위해 한 몸 바쳤던 괴물은 결국 스스로가 괴물이 되어버린 것일까.

「당신은 한때 악수인 과리를 무찌른 위대한 존재가 아닙니까.」

「리과.」

「당신의 내면에는 분명 선량함이 남아 있을 것입니다.」

「다없. 다없. 다었없터부음처.」

붉은 눈의 초췌한 사내는 화서를 비웃었다.

가끔 그는 아무 이유 없이 온 곳을 난장판으로 만들기도 했다. 그 안에서 멀쩡한 건 화서뿐이었다. 그는 그렇게 엉망으로 만든 후에, 다시 쓰레기라 칭해도 이상하지 않을 잡동사니들을 버릴 수 없다는 듯 보물처럼 모아 쌓았다.

바우가 무언가를 죽이거나 모으는 데에는 기준이 없었다. 눈에 띄는 것을 죽인다. 눈에 띄는 것을 가져온다.

보름쯤을 그의 더럽고 악한 기운에서 버텨냈으나 화서는 저 홀로 그를 막지 못할 것을 받아들여야 했다. 지금 횡포를 부리는 저자가 바우임을 알리고, 다른 대책을 세우도록 일족사회에 알려야 했다.

떠나려 짐을 꾸렸다. 그러나 바우는 화서를 놓아주지 않았다. 그의 단단한 결계는 강철상자처럼 그녀를 가두었다.

「라마지가.」

「내보내주십시오.」

바우는 안으로는 그녀를 가두고, 산장 앞에 날짐승들의 시체를 날라 던졌다.

화서는 땅굴을 파 도망치려 하였다. 바우는 그마저도 손쉽게 잡아내었다. 그 어떤 기운도 미친 호랑이 앞에선 숨길 수 없었다. 세상에서 가장 끔찍한 것은 통찰을 지닌 강자가 미쳐 날뛰는 것이다.

비로소 화서는 자신 역시 바우의 '수집품' 중 하나가 되었다는 걸 깨닫고 아연했다.

반항할 수도 없었다. 바우가 그녀를 죽이지 않으리라는 확신이 없었기 때문이다. 그는 수집품들을 보물처럼 모아 안지만, 그렇다고 수집품들을 부수지 않는 사람은 아니었다. 그 기준조차 모호했다.

화서는 죽어선 안 되었다. 제 목숨 아까운 것이 아니라, 누구도 정체를 알지 못해 전전긍긍하는 인 일족의 실체가 바우라는 사실을 아는 것은 그녀뿐이었다. 죽어도 그것을 알리고 죽을 것이었다.

그러다 네 번째의 도주 계획이 실패하던 날이었다.

화서가 붙잡혔다.

바우는 계속 도망치려는 그녀를 물고, 뜯었다. 울었다.

「마지가, 마지가, 마지가. 마지가 고두 틀나.」

그녀 역시 외로웠다. 무리 지어 사는 그녀는 그가 느끼는 외로움을 공감할 수 없었으나, 그 순간 그녀는 무리에서 떨어진 한 마리의 쥐일 뿐이었다. 서로의 밑바닥을 할퀴던 밤, 화서는 그를 안았다.

'어찌 저치를 이해할 수 있지? 세상 어느 누가 저치를 이해할 수 있

나?'

그리 생각하면서도.

'……그런데 어떻게 저는 저치의 괴로움을 가여워하나.'

홀로 사는 그가 가여워 견딜 수가 없었다.

「바우 님.」

있을 수 없는 관계가 빚어졌다. 뚝. 뚝. 떨어지는 빗물로 썩어버린 짚단 위에서.

알려지기를 바우에게는 수백 개의 목숨이 있다 하였다. 그 목숨의 끝이 어디인지 바우 본인은 알고 있을까.

「그만 고통 받으시고, 차라리 영원한 안식에 드십시오. 이제 그만.」

앙상하게 야윈 시꺼먼 호랑이가 피투성이의 모양새로 절뚝절뚝 돌아오면 화서는 그의 상처가 가엽고, 그를 죽이지 못한 누군가가 원망스러웠다.

그런 어느 날이었다.

오두막을 떠난 바우는 다시는 돌아오지 않았다.

바우가 떠난 지 닷새쯤 되었을 무렵, 늘 그녀를 가두던 바우의 결계가 사라졌다. 다시 돌아오지 않으리라는 예감이 있었다. 그가 죽었을 거라고는 생각하지 않았다. 화서는 자유로워진 몸뚱이를 주저앉히고 인간들의 잡동사니로 가득한 오두막을 정리하기 시작했다.

가장 먼저 그와 함께 누웠던 썩어버린 짚단을 걷어냈다.

놋쇠그릇, 제멋대로 굴러다니는 숟가락, 키, 곰팡이가 슨 이불, 삐딱하게 기울어진 나전칠기 서랍장, 초상화, 찢어진 병풍…… 하나도 버리지 못하고 바우가 끌어안고 있었던 것을 내버렸다. 그는 기억 하나 버리지 못할 이였다. 그가 그러모은 모든 것들은, 버리지 못하는 것들의 표상이었다.

모든 것에서 사람의 냄새가 묻어났다. 무엇 하나 사람 내음이 배지 않은 것이 없었다.

가슴이 멍든 듯 아렸다.

화서는 물건은 버리고, 죽은 것들에게는 차분히 제를 올려 예를 다하였다.

이제 저는 할 일을 다 하였다, 그리 생각하고 오두막에서의 마지막 잠을 청하던 날이었다.

하염없이 눈물이 나더라. 화서는 태동을 느끼고 울었다. 끔찍하고, 절망적이라 울었다.

호랑이를 막겠다 산으로 내려온 종주가 호랑이 새끼를 밴다는 건 무리에서 용납될 수 없는 일이었다.

하찮은 인도 아닌, 바우라는 위대한 존재의 씨였다. 저와 바우를 두고 비견해도 누구의 혈통이 더 우성일지는 뻔하였다. 자 일족 사이에 인 일족의 피를 이은 이가 태어나면 아비규환이 될 것이다.

애초에 혼혈 자체가 터부시되는 상황에서는 더더욱.

번뇌로 밤을 지새우는 날이 이어졌다.

배 속의 아이는 하루가 다르게 자라났다.

그녀는 바우에게 사랑을 느꼈음에도 그를 이해하지 못하였으므로, 당연히 태어날 아이도 이해하지 못할 것이다. 차라리 완전히 형태를 갖춘 인의 새끼로 자라기 전에 죽는 편이 나을 것이다. 배를 가르고 끄집어내려 했다. 하지만 한번 배 속에 박힌 씨앗은 화서의 체질마저 변화시켰다.

피투성이가 되고 걸레짝이 되도록 칼질을 하고 독풀을 삼켜도 아기는 죽지 않았다. 외려 어미인 화서의 재생능력까지 극도로 끌어내어 죽음마저 도망치게 했다. 화서는 아마도 태성을 품은 동안 그녀 역시 두어 번은 더 죽었을 것이라 생각했다.

원통하기 그지없었다.

쥐들 사이에서 홀로 그리 태어나면 너는 어찌 살아가려고?

바우의 목소리만 쟁쟁 울렸다.

「다한못지하해이를나도구누.」

누구도 너를 이해하지 못할 터인데, 나조차도 너를 이해할 수 없을 터인데 너는 어찌 살아가려고.

그대로 낳아 버리고 갈 수도 없었다. 또다시 서울 근교에서 바우와 같은 악수가 날뛰게 될까, 제가 풀어놓는 것이 세상에서 제일 끔찍한 금수가 되면 어찌하나, 그런 염려 때문에.

화서는 마음을 다잡고 무리로 돌아갔다.

화서는 동족들로부터 횡포를 부리던 검은 호랑이가 오 일족의 가하람에게 패배해 도망쳤다는 이야기를 들었다. 아마도 죽었을 것이라고 했다. 그러나 화서는 믿지 않았다. 그가 죽었다면 자신이 느꼈을 것이라는 기묘한 자신감이 있었다.

그 악수가. 그 미친 일족이. 그 죽일 자식이. 그의 이름을 알지 못하는 일족들은 그를 악이라 표현했다. 화서는 아무 말도 하지 않았다.

하지 않을 것이었다.

새끼는 결국 태어났다. 아이는 저를 닮은 회색 눈동자를 하고 있었다.

그러나 얼룩무늬. 멍처럼 몸이 얼룩덜룩한 인간의 형태를 지닌 아기를 본 순간 울음이 터질 듯하였다.

마지막 희망마저 스러졌다. 그토록 망가진 아버지의 씨였으니, 강한 어미를 닮을 수도 있지 않았겠는가. 그 또한 자만의 한 가지 형태였는지도 모를 일이다.

'설사 그렇다 해도 너는 그리 키우지 않을 것이다. 너는 울타리가 되어줄 무리가 있는, 나의 아들로 남길 것이다. 혼자라도 울타리 안에서 혼자여야 한다.'

태성을 가둬두고 꾸준히 그의 힘을 봉하였다. 인의 기운이 남아나지 못하도록 제 기운으로 잡아뜯어내었다.

눈치가 없고 나이 어린 종들만 붙여 태성을 돌보게 하였다.

이유도 모른 채 모진 학대를 견디면서 저를 어미라 부르는 태성을 마주할 때마다 화서는 늘 무언가에 대한 살의를 느꼈다.

'차라리 저것이 죽기라도 하면.'

회한이 짙어 제 손으로 태성의 숨을 끊어낸 적도 있다. 하지만 제 아비의 능력마저 앗아온 것인지 태성은 다시 살아나곤 했다. 다른 이들은 그것을 태성이 죽을 '뻔'했다고만 생각했다.

가장 곁에서 그녀를 지키던 장녀 민아만이 태성의 수상함을 알았다.

화서가 얼마나 태성을 일족의 울타리 안에서 지키고 싶어 하는지도. 화서가 태성에게 가하는 학대가 결국 화서의 힘을 갉아먹는 의식이라는 것도.

화서는 비로소 그날의 바우의 심정을 조금이나마 헤아렸다.

「다한못지하해이를나도구누.」

다행스러운 것은 바우를 이해한 지금 그녀 역시 죽음을 앞두고 있다는 사실이다.

무거운 짐을 이고 버텨야 할 시간은 길지 않으리라.

"나는 혼자 두었다가 또 어떤 미친 것이 될지 모를 새끼를 세상에 함부로 풀어놓을 생각이 추호도 없었습니다. 어느 날, 저 홀로 나가 살겠다 고집을 부려 부득불 내보내긴 하였지만 그렇다고 해도."

이야기가 끝났을 때에는 미사조차도 혼란스러운 얼굴이었다.

태성이 마지막으로 수화했을 때의 이질적인 모습으로 맹수류라는 걸 알아차리기는 했지만 바우라는 이름의 무게는 결코 가벼운 게 아니었다. 그런 한편 과리가 왜 태성에게 관심을 보였는지 대번에 이해가 되기도 했다. 존경스러울 정도였다. 과리는 희미한 기운만으로 태성에게서 기이함을 느꼈던 것이다.

미사는 잔상처럼 남은 따뜻했던 흰 짐승의 감촉을 떠올리며 손가락을 구부렸다.

화서를 두둔하고 싶은 마음은 추호도 없지만, 처음부터 태성은 이들과 섞일 수 없는 존재였다. 이들의 틈바구니에서 자라나 지금의 태성이 되었고, 미사는 그런 지금의 태성을 좋아했지만 뭐라 할 수 있는 말이 없었다.

이어진 말은 미사에게 향해 있었다.

"그리고, 저 뱀이 어떤 심산으로 내 새끼의 곁을 노리는지 모르지만."

"……."

"일이 이리 되었으니 저 뱀도 스스로가 그것을 감당하지 못할 것을 알아야겠지요."

저와 같은 이도 하지 못한 일을 네가 할 리 없다, 그리 보는 눈빛이었다. 용운도 턱을 괸 채로 진지하게 생각하는 얼굴이었다. 스스로를 감당하지 못하고 있는 인 일족이라. 과연 문제가 될 법하다. 억눌린 채 살아 버티며 정신과 육체가 어디까지 뒤틀렸을지 미지수라는 것을 고려하면.

용운이 중얼거렸다.

"바우가."

그놈이 결국 그리 되었구나 싶은 생각에 마음이 참 무거웠다. 이러니저러니 해도, 과리와 바우와 용운은 동시대를 살았던 일족이었다. 마지막으로 바우를 만난 것이 200여 년 전, 사준을 주었을 때이기는 하지만 그들은 어떤 형태로든 시간에 대한 동질감을 품고 있다.

그래서 과리가 죽은 후 자꾸만 문제를 일으키는 바우를 따라다니며 조언도 하고 경고도 하였던 것이다. 아무리 상극인 종이라 할지라도 내심으로는 벗이라 생각했으니까.

바우는 장생종들이 가장 경계해야 할 고독 속에서, 결국 최악의 말로를 맞이한 셈이다.

"그렇다면 준이는 이미 죽은 놈을 찾는 게 확실한 거고. 가하람 너는 말하지 않았고."

용운이 동의를 구하듯 바라보았으나 가하람은 아무 말도 않았다.

"저 녀석의 처우가 가장 문제가 되겠군. 미사야, 들었느냐? 네가 감쌀 만한 녀석이 아니다. 애초에 인이라는 놈들은 아주 성질머리가 더럽고 오만하기가 한이 없어서."

도도하게 눈을 내리깔고 있던 미사가 입술을 당겨 물었다.

"용운 님이 진이니까."

"……."

"그래서 험담을 하시는 거라 생각해요."

한참 후에야 미사는 생각을 정리한 것처럼 운을 뗐다. 조심스럽게.

"태성이는 괜찮아요."

수로에서 그녀를 구해준 것은 바로 그 태성인 것이 확실해졌다. 쥐의 꼬리와 같았던 맹수의 꼬리는 아마도 억압당해 비틀렸던 그의 기형이었을 것이다.

익숙하지도 않은 기운이라고 웃어른들의 염려를 살 만한 상태로도 태성은 그녀를 구해주었다. 사준으로부터 그녀를. 그리고 제 동족들로부터 배척당할 것을 뻔히 알면서도 이곳까지 그녀를 데려왔다.

그렇다면 여태까지의 태성과 지금의 태성이 다를 게 무어란 말인가.

그녀에게는 같았다.

"……저는 태성이와 함께 갈 거예요."

미사의 목소리는 조금이나마 더 공손해졌다. 철없다 질책할 줄 알았던 용운은 별말이 없었다. 화서는 물끄러미 미사를 바라보다가 눈길을 거두었다. 미사는 그것을 허락이라 여겨 자리에서 일어났다.

미사의 기척이 멀어질 때까지 조용히 침묵하고 있던 용운이 쓴 입맛을 다셨다.

"가하람, 너는 반백 년 전, 네가 잡았던 그 검은 호랑이가 바우였다는 걸 알고도 내게 이르지 않았어. 사준이 저 난리를 치는 것도 엄밀히 따지면 네 탓이라고."

"네가 내 상관도 아니고 일일이 보고해야 하는 건 아니지. 그 뱀 녀석이 돌아버린 게 내 탓인 것도 아니고."

"이 얌체 같은 녀석아."

가하람은 어깨를 으쓱할 뿐이었다.

그 시절, 그가 바우와 혈투를 벌였을 때 바우가 화서를 감금하고 있었을 거라고는 조금도 생각하지 못했다.

이래서 삶이란 기상천외하다.

가하람은 제게 쏠린 관심을 털어내듯 손을 저으며 화서에게 물었다.

"그러면 이제 어찌할 셈이냐?"

"죽을 때까지 가둘 것입니다."

"그 아이가 무슨 죄가 있어. 설사 그리 한다 해도 굶겨 죽여도 살아날 것이고, 사지를 끊어내도 살아날 테고, 너희가 대대손손 책무를 떠맡게 되는 것인데. 안타깝구나."

가하람의 남 일이란 듯한 말에 용운이 못마땅한 표정을 지었다.

"화서야."

"태성은 제 새끼입니다. 그럼에도 완전히 동족에게 등을 돌린 것입니다."

"이쯤 하였으니 그만둬야지. 가는 길 무겁게 이고 갈 것들을 늘릴 셈이냐."

"……."

"너도 알다시피 나는 태생적으로 저놈의 종과는 어울리기 어렵지. 근처에만 가도 성질이 곤두서니까 싫다고 말해도 이상할 것은 없을 터다. 그럼에도 죄 짓지 않은 것을 벌써부터 죄인 취급하는 것은 몹시 어리석은 일이야."

화서는 원망스러운 눈빛을 보냈다. 용운은 알고도 흘려넘겼다.

"그리고…… 나는 자보다는 사를 더 아낀다. 무리 짓는 녀석들보다는 자유로운 녀석들과 더 잘 맞으니까. 그중에서도 이번에 네가 해하려 했던 미사, 그 아이는 내가 아끼는 아이야."

"……."

"아까도 말했지만 그 아이도 고집이 대단한 편이라, 죄 없는 너의 새끼를 그냥 둘지 모르겠구나."

"그렇다면 우리의 일에 관여하시겠다는 말씀입니까?"

"글쎄, 네가 어찌 나오느냐에 따라 다르겠지."

"용운 님은 지금 과리의 일만으로도 버거우실 터인데요."

"과리는 과리고, 이 일은 이 일이고."

화서가 반발했다.

"지금 편 들어주시는 것이 결국 인을 편드는 것과 다를 바 없다는 것을 알고도 그리 말하십니까?"

"엄밀히 말하면 나는 미사의 편을 들어주는 거야. 준이 녀석도 엇나가서 속을 썩이는데 미사까지 비뚤어지면 이 몸은 정말 슬플 것 같거든. 나는 지금 미사에게 빚을 진 기분을 느끼고 있기도 하고."

"……."

"꼭 그런 건 아니지만 아이들은 자유롭게 풀어주는 것만으로도 쑥쑥 잘 크기도 하지 않더냐. 이건 너를 위해서 하는 말이기도 하다. 마지막 가는 길까지 후회를 남길 만한 짓은 하지 마라."

"가하람 님께서도 같은 의견이십니까."

가하람은 느린 어조로 대답했다.

"죄 없는 것을 죽이건, 죄 없는 것을 풀어주건 그건 너희 무리의 일이지."

언쟁에서 한발 물러났으나 탐탁하게 여기는 건 아닌 기색이었다. 화서는 진실을 간파하는 저들이 원망스러웠다.

지나치게 긴 삶을 살면서도 견고한 저들이.

어느 이름 모를 자 일족 암컷의 안내를 받아 제실에 도착한 미사는 조금 긴장했다.

태성은 웅크린 채 잠들어 있었다. 미사는 조심스레 그의 곁으로 다가갔다.

게슴츠레 뜬 태성의 눈은 붉었다. 생경한 기운이 느껴진다. 아마, 예전부터 간간이 태성에게서 느껴졌던 미묘한 이질감이 바로 인의 기운이었던 것이리라. 비로소 알았다. 오랜 시간을 살아왔지만 인 일족은 한 명도 만나본 적이 없었으니 낯설어 모를 수밖에. 태성이 늘 위험을 자처했던 것도 그가 스스로를 소중히 여기지 않기 때문이 아니었다.

미사는 조용히 태성의 머리를 무릎에 올렸다. 식은땀으로 범벅된 모양새였다.

"아파?"

"……조금."

가는 목소리가 새어나왔다.

"조금이 정말 조금이야, 아니면 강한 척하는 조금이야?"

태성이 애써 입꼬리를 당겨 웃는 것이 보였다.

"맞혀봐요."

꽉 잠긴 목소리가 농을 건네온다. 미사는 허리를 숙여 태성의 이마에 부드럽게 입술을 맞대었다. 늘 그녀보다 어른스러웠던 어린 태성은 결국 아이였다.

착잡한 일이었다.

"네가 두 번이나 날 구해줬으니, 정말 이쯤 되면 은인이라고 해도 되겠지?"

"고마우면 나중에 맛있는 거 해줘요. 배고프다."

"그럴까."

미사는 태성의 목덜미를 어루만지다가 그의 회색빛 머리카락으로 손끝을 옮겨갔다. 새까맣던 머리칼은 색소를 잃었다. 조금씩, 조금씩 빛이 바랜다. 그의 기운이 조금씩 변하고 있었기 때문일 것이다.

"내 아버지 쪽 종이, 뭔지, 이제는 알겠어요."

쭉 궁금했는데. 그런 중얼거림이 뒤따랐다.

미사는 "바우라는 이름이래." 하고 덧붙여주었다. 꽤나 중요한 이야기가 될 것 같았는데, 의외로 평범하게 이야기하게 되었다. 태성은 눈동자를 들어 그녀를 바라보다가 이내 힘없이 시선을 떨구며 웃었다.

"이름을 들어도 잘 몰라요. 근데 웃긴 이름이네요. 한자는 뭘까요."

"그게 궁금해?"

"그냥."

뭐라고 해야 할지 모르겠어서.

태성이 눈꺼풀을 닫는다. 미사가 다정히 속살거렸다.

"너 지금 머리카락 셌어. 새치처럼 보여. 할아버지 같아."

"나 할아버지 아닌데……."

태성은 미사의 손을 붙잡았다. 꽉 쥐고 놓을 줄을 모른다. 손에 잡힐 듯 선명한 불안을 삭이고 있는 태성에게 허리를 숙인 미사가 속삭였다.

"……용운 님이 오셨어. 별일 없을 거라 하셨는데, 만약 별일 있더라도 내가 구해줄게. 넌 내 거니까."

"내가 왜 미사 거예요."

"내가 데려가줄게."

태성은 희미하게 웃을 뿐이다.

"대신 나 먹지 마."

우스웠던지 미동 없던 태성의 어깨가 떨리는 것이 느껴졌다. 신음이 간간이 섞인다. 변한 것은 없을 것이었다. 태성은 여전히 태성이고, 미사는 여전히 미사였다. 미사는 실낱보다 가늘던 의심마저 지워

196

냈다.

"아파도 조금만 참아."

"……힘들어요."

"조금만 참아. 이번엔 내가 옆에 있어줄 테니까."

가하람이 다녀간 후 어느 정도 안정이 되었으나, 기운의 변이는 지금도 진행 중이었다. 변이가 기형으로 끝나든, 그렇지 않든 결국 태성이 견뎌내야 할 것이었다. 그녀가 할 수 있는 것은 언젠가 태성이 그녀의 허물벗기를 도와주었을 때처럼 곁을 지키는 것뿐이다.

한참의 침묵 끝에 미사가 막 입술을 떼려는 찰나였다.

"미사만 있으면 돼요."

"……."

"당신만 무사하면 돼요."

"……."

"괴물이었다 해도, 당신만 지킬 수 있으면 돼요. 내 동족들이 나를 배신자라고 해도 미사만 지키면 돼요. 미사가 나를 싫어하지 않았으면 좋겠어요. 미사, 미사는 예쁘고, 나는 여전히 형편없는 수컷이지만."

미사, 미사, 미사……

고열이 시작되자 태성은 종국에는 그녀의 이름만 불렀다.

미사는 허공을 올려다보았다. 기이한 만족감과 기이한 안도감이 태성과 닿은 무릎 부근에서부터 번져들었다.

사준이 선사한 최악의 겨울 속에서, 태성은 여전히 그녀의 가장 큰 행운이었다.

차갑게 식은 총신은 강서의 손끝에서 얌전하다. 탁자 위에 올려놓은 총을 들어올린 강서의 눈에 귀기가 어렸다. 이 총은 그의 어머니인 화서가 개화기에 그에게 마련해준 유일무이한 선물이었다. 강서는 이 총을 사랑했다.

현대화가 이루어지고, 그들과 같은 일족들에게 주어진 가장 커다란 혜택은 이런 무기였다. 기운을 쉬이 눈치채는 강자들도, 숨죽인 총알이 날아가는 것을 알아차리는 건 운에 맡긴다. 탄환이 약실을 떠나는 그 순간까지도 알아채지 못하는 경우도 비일비재하다.

일족들은 재생력이 강해 머리를 다쳐도 회복하지만, 제대로 두개골 한가운데에 총알이 박히면 회생이 어려워진다. 탄환에 '기운'을 불어넣기까지 하면 그야말로 다른 일족에게도 치명상을 줄 수가 있다. 일반 탄환의 경우 사입구가 먼저 살이 붙느냐, 짓뭉개진 뇌가 먼저 재생하느냐에 따라 결과는 조금씩 다르지만 일단은.

또, 총알만으로 죽일 수 없다 해도 우선 한 방 갈기고 싸움을 시작하면 그것으로도 충분히 적들에게 페널티를 줄 수가 있으니, 강서는 총화기를 애용하는 편이다.

그러나 화서로부터 큰 꾸지람을 듣고 면이 깎였다.

강서는 지금 그를 이런 상황에 처하게 한 이들의 명단을 뇌리에 되새겼다.

뱀, 과리, 태성, 뱀, 과리, 태성…… 뱀.

뱀.

지금 자들의 보금자리에도 뱀이 한 마리 있다. 태성은 퇴출된 이상 또 다른 처분이 내려올 것이니 차치하더라도, 그 뱀. 수많은 사건을 일으킨 사 일족의 한사준과 각별한 관계였던 뱀이 이곳에 있다는 것만으로도 강서의 엉덩이가 들썩거렸다.

약실을 비운 총의 방아쇠를 딸깍 당겨보았다.

차가운 금속음이 울린다.

그 암컷 뱀은 분명 어린 나이에도 그에 맞먹을 만큼 강했다. 재생능력도 그럭저럭 되겠지. 하지만 그래도, 제 악의를 몰아넣은 탄환을 꽂아넣을 수 있다면 피해 없이 사살이 가능할 것이다. 사실 그 암컷 뱀보다 죽이고 싶은 것은 한사준이지만 아쉬운 대로.

'연대책임'이라는 말처럼 사준이 저지른 모든 일들은 사 일족들에게 책임이 있다.

모든 사 일족에게 책임이 있다. 그러므로 사준의 여동생이라는 미사도 분명 값을 치러야 했다. 그리고 이미 '동족'이 아니게 된 태성도.

강서는 호흡을 골랐다.

살아 있는 동족들을 위해 해줄 수 있는 것은 보호요, 죽은 동족들을 위해 해줄 수 있는 유일한 것은 보복이다. 아마 그의 어미는 근시일 내에 그 암컷 뱀을 내보낼 것이다. 용운이라는 진 일족이 그 암컷 뱀을 옹호하였으니 죽이지는 않을 터. 그러므로 암컷 뱀이 이 본가를 떠난 직후를 노릴 셈이었다.

"강서 님."

한창 총신을 닦고 재조립하는데 장지문이 열렸다. 일전, 미사에게 한 번 된통 혼이 났던 주머니쥐 일연이 모습을 드러냈다.

"결정을 내리신 듯합니다."

강서는 그들의 손에 떨어진 사 일족의 암컷 뱀을 죽이자고 주청했다. 태성도 마찬가지로 죽이거나 영구적으로 유폐해야 한다고 말했다. 화서는 무뚝뚝한 어미이나 어린 일족들의 말에 귀 기울일 줄 아는 이다. 전자는 용운이라는 진 일족의 개입으로 불투명해졌으나, 태성의 처분만큼은 아마도.

강서가 시커먼 눈을 올려떴다. 창 너머의 달빛이 영롱했다. 누군가 죽음으로써 죄를 씻기에는 아주 좋은 날이다.

화서가 찾아온 것은 미사가 깜빡 졸고 있을 때였다. 태성이 먼저 인기척을 느끼고 그르렁대는 소리를 내는 바람에 정신을 차렸다.

화서는 어두운 달빛을 등지고 서 있었다.

삐걱삐걱.

바람 한 점 없건만, 경첩 소리가 불규칙하게 울렸다.

태성은 화서를 올려다보고 있었다. 표정은 잘 보이지 않았다.

미사는 화서가 지닌 특유의 분위기가 거북스러웠다. 불안이 가중될수록 긴장감은 더욱 팽팽해졌다.

미사의 경계심을 한 몸에 받은 채 서 있던 화서의 입가에 비린 미소가 걸렸다.

"저 혼자서는 무엇도 하지 못하는 어린 뱀이 기개만 훌륭하구나. 명을 재촉하지 말고 얌전히 있어라. 아무리 진의 용운께서 너를 아끼신다지만 이곳은 엄연히 자의 영역이다."

태성이 간신히 몸을 바로 하고 앉았다. 무릎을 꿇은 그는 마치 벌을 받는 아이처럼 보였다. 화서는 비스듬히 내려다볼 뿐 태성에게 먼저 용건을 건네거나 하지는 않았다.

긴 침묵이 흐른다.

산새 소리 하나 없다.

"······어머니."

"아직도 나를 네 어미라 여기기는 하느냐."

"……."

"하기야…… 너와 저 아이를 어찌할지 결정을 내리는 것은 오로지 나이니, 그리 얌전히 굴어야지."

요사하게 울리는 목소리는 미사의 심기를 더욱 거북하게 했다. 고작 쥐 주제에. 그리 생각하면 분이 일지만 또 막상 그 '고작 쥐'가 얼마만큼 강한지 이미 체감한 바이므로 조심스럽다.

미사가 할 수 있는 것은 그저 태성을 끌어당기는 것뿐이었다.

화서는 기운조차 감추고 있지 않다. 미사 그녀와는 비교도 할 수 없을 만큼 단단하고 날카로운 기운이 산 것처럼 넘실거리며 태성과 미사의 주위를 숨막히게 했다. 태성의 기운과 부딪칠 때마다 공기가 떨릴 정도였다.

사각, 화서가 한 걸음 다가와 섰다. 살의 어린 푸른 눈동자가 태성에게 향해 있다.

미사가 비늘이 일어날 것 같은 기분을 억누르며 태성과 화서의 사이를 가로막았다.

"용운 님은 어디 계세요?"

"비키거라."

"용운 님과 가하람 님은요."

"……미사 씨, 물러서요."

갈라진 태성의 목소리가 미사를 끌어냈다.

"어머니, 할 말이 있으시다면 제게 하세요."

미사의 손은 어떻게든 태성을 붙들고 있었다. 태성은 처음에는 힘을 주지 않다가 서서히 미사의 손가락에 깍지를 끼었다. 미사의 체온은 늘 그보다 서늘했다. 몸의 안팎으로 고열이 일어나 괴로웠던 태성에게는 달게까지 느껴지는 차가움이다.

화서의 시선이 미끄러져 두 사람의 맞잡은 손에 이르렀다.

"별종의 딸이라더니."

화서는 시영이라는 능담의 이름만큼은 익히 들어 알았다. 뱀들 중에서도 유달리 다른 일족들과도 조화롭게 지내 별종이라 불리던 암컷이었다.

그 암컷의 딸이 눈앞의 바로 이…….

"내 어미를 알아? 난 내 어미와 다르니 비교하지 않았으면 좋겠는데."

"너는 네 어미가 그리 죽었는데도 그리 아무렇지도 않은 것처럼 구는구나."

"사준을 경계하지 못한 건 내 어미의 잘못이니까. 사준에게 화가 나는 것과 내 어미의 끝을 받아들이는 건 별개지."

"……이래서 뱀들은."

서늘히 답을 되돌리는 화서의 입가에 비릿한 비웃음이 어렸다. 제 가족의 죽음에 분개하기는커녕 비교 말라 말대꾸하는 그녀를 곱게 볼 수 있을 리가 없었다. 적어도 자 일족들에게 있어 저러한 태도는 이단이며 있을 수 없는 것이었다. 태성이 자 일족보다 저 암컷 뱀을 우선시한 것과 마찬가지로.

"죽이 잘 맞는구나."

화서조차도 지금의 태성이 거북스럽다. 다른 동족들은 겁에 질려 이 제실 근처로 다가오지도 못한다. 그런데 이 눈앞의 암컷은 그들과 다른 종이기 때문일까, 조금도 태성을 꺼려하는 기색이 없다.

뱀들의 생태는 역시 알기 어렵다. 이해할 생각도 하지 않았다. 어차피 종이 다르니.

"태성이 너는 추방되었다. 너는 이제 자도 무엇도 아니다."

무엇도 아니라는 말에는 태성조차도 부정할 수 없는 중의적인 진실이 담겨 있다.

태성의 눈동자가 서서히 내리깔렸다.

"너는 어떤 기분인지 모르겠지. 동족이 무고하게 살해당했다는 것이 얼마나 끔찍한지 모를 터이다."

"아니, 저도 압니다."

"우스운 이야기를 하는구나. 너는 근본적으로 그것을 알 수가 없는 종이다. 지금 온 무리가 난리 통에 휘말려 사특한 뱀들을 저주하는데, 너는 뱀의 손을 붙잡고서 이 어미를 마주하고 있지 않으냐. 이 말을 하는 순간에도 놓지 않고."

태성의 눈시울이 발갛게 충혈되었다. 미사의 손을 쥔 태성의 손에 힘이 들어가기 시작했다.

화서는 아랑곳 않고 일별했다.

"태어날 때부터 지금까지 한순간도, 이 어미를 질리지 않게 하는 날이 없어."

조금의 온기도 없이.

"나는 본디 네가 죽을 때까지 깊디깊은 결계의 방에 가두어두려 하였으나 실은 그 또한 옳지 않은 일이지. 유학자의 정신으로 하여금 최소한의 관대한 여지를 두겠다."

통첩은 독재다.

"저 뱀과 무리를 떠나겠다면 다시는 얼씬도 하지 않을 각오로 나가라."

"……."

"뒤돌아보지 말고 떠나라."

화서는 착잡함을 감추기 위해 부러 무뚝뚝하게 말을 맺었다. 웃어른들의 말에는 늘 그럴싸한 진리가 담겨 있고, 그들의 말이 옳다는 것도 화서는 알고 있었다.

인이라면 학을 떼는 진의 용운까지도 태성을 두둔하는 상황에서 화서가 제 고집만 내세울 수는 없는 일이었다. 어리석은 고집을.

민아도 거듭 청했다.

「태성이는 이제 놓아주어요, 어머니. 이제 그만 어머니도 마음에서 보내주세요.」

멍하니 화서를 바라보던 태성이 입을 일그러뜨렸다.

"……다시는, 말입니까?"

"우리가 네 필요에 의해 이용당할 만큼 호락호락한 일족인 줄 알았느냐?"

"그런 뜻은…….'

"너 같은 이도저도 아닌 녀석은 우리에겐 필요 없다."

미사의 표정이 일그러지는 것과 동시에 태성의 고개가 서서히 떨어졌다.

"예, 그렇게 하겠습니다."

상심의 기색은 없으되, 맥이 빠진 것처럼 처연한 대답이 돌아왔다. 화서는 눈을 느리게 감았다 떴다.

'결국 이리 될 일이었나.'

제 삶까지 깎아가며 붙들어두려 했던 지난 모든 노력이 덧없다.

"그리고 암컷 뱀아, 너는 그 아이를 두려워해야 할 것이다. 광기란 누구에게나 찾아오는 것이다. 너 혼자 힘으로 감당할 수 없는 강한 일족이 광기에 빠지게 되면 어떤 일이 벌어질지 모른다. 네 그 우둔한 머리는 당하기 전까지는 깨닫지 못할 테지만."

"네 알 바 아니야."

미사가 서늘히 쏘아붙였다. 태성의 시선은 미사에게 이르러 완전히 멈추었다. 울 것처럼 일그러진, 약간 벌게진 얼굴로 사의 암컷을 바라보는 태성의 맥이 빠르게 뛰는 것이 느껴졌다.

화서는 몸을 돌렸다.

처음부터 무리 밖으로 내보내지 말 것을.

차라리 버릴 것을.

지금이라도 저 암컷을 떼어놓는 것이 옳을 것을.

수많은 만감이 한복 자락의 사각거림 속에 스며 있다. 그러나 뒤돌아보지 않기로 했다.

아무도 이해할 수 없는 사람의 옆에 누군가가 남아주겠다 한다면 그로도 되었다. 긴 시간이건, 짧은 시간이건 그건 태성이 가질 수 있는 가장 큰 축복일 것이다.

"동이 트기 전에 떠나라. 꼴도 보고 싶지 않으니. 너에게는 더 이상 무리도, 자의 의무도 없다. 오늘부로 우리 자의 무리는 너와 같은 것을 알지 못한다."

그리고 그 끝을 보지 못하리라는 것은 그녀가 가질 수 있는 큰 축복일 터다.

화서는 미련 없이 제실을 떠났다.

축객령은 간결했고, 자 일족들은 기다렸다는 듯이 미사와 태성을 내보내는 데에 열의를 쏟았다. 일말의 동정도 없이 그저 꺼림칙한 것을 하나 떨쳐냈다는 듯이. 분노하는 것은 강서뿐이었다.

강서는 길길이 날뛰었다. 추할 정도였다. 미사를 삿대질하고, 대놓고 고함을 치기도 했다.

"어째서 저리 보내는 겁니까!"

민아가 엄하게 명령하지 않았다면 끝까지 따라왔을지도 모를 일이었다.

"어머님의 결정이셔."

"민아 누님이 그런 청탁을 했습니까? 이거, 그런 거지!"

"그만둬, 강서. 화서 님의 명에 불복할 셈이니?"

화서라는 이름의 힘이 어찌나 대단한지, 강서는 울분을 참지 못하고 와락 얼굴만 일그러뜨리다 자리를 떠났다. 몇몇 자 일족들이 도끼눈으로 태성과 미사를 노려보며 그런 강서의 뒤를 따랐다.

태성은 담담히 짐이라 할 것도 없는 몸으로 대문 앞에 섰다. 내쳐지는 건 당연한 것처럼 받아들여졌다. 그 역시도 자 일족들 사이에서 살아왔으니 어쩔 수 없이 스스로를 차별해온 모양이다. 차별당하는 게 당연한 거라고.

그래서일까, 외려 아예 그를 저버린 화서가 고마워지기도 했다. 다만 마음에 걸리는 것은 그의 눈에 비치던 화서의 희미한 기운이었다. 희박하게 빛나던 생기. 드리워지는 작은 예감과 불안. 언젠가부터 눈이 밝아져서 상대의 기운이 잘 읽혔다. 자신의 기운도.

"조심히 내려가고…… 잘 지내렴."

떠밀리듯 떠날 준비를 마친 태성에게 민아는 새 휴대전화를 하나 건네주었다. 태성은 제대로 보지도 않고 주머니에 쑤셔넣었다. 민아가 준비해준 것이라면 괜찮을 것이다.

"고마워요, 누나."

"차라리 빨리 떠나는 게 나아. 분위기가 좋지 않으니까."

"알아요. 그런데……."

태성이 조금 머뭇거리는 투로 물었다.

"어머니는."

화서가 그를 배웅할 것이라는 멍청한 바람을 담은 물음은 아니었다. 다른 동족들이 말한 것처럼 태성은 그들에게 있어서는 배신자였다. 그들에게는 적이냐, 가족이냐, 그 두 가지의 이분이 늘 습성처럼 배어 있다. 태성이 그동안 물에 뜬 기름 같은 취급을 받았던 것도 모두 그 때문이 아니었나.

민아는 태성의 얼굴을 물끄러미 들여다보다가, 다정히 미소를 그렸다.

"너는 이제 떠난다고 했으니, 네 생각만 해."

"그럴 거예요. 그래도."

"그러면 된 거야."

미사는 불만이 많은 눈빛으로 민아를 응시했다. 아무리 태성이 그들에게 꺼림칙한 존재라는 것이 드러났다 해도, 아직 태성은 회복도 되지 않은 상태였다.

하루 이틀 정도는 더 머물게 해줄 수도 있는 것 아닌가. 그러나 태성의 의견은 달랐다.

"차라리 그냥 빨리 벗어나는 게 좋아요. 그게 더 마음 편해요."

미사는 한숨만 푹 내쉴 뿐이다.

민아는 그런 미사에게도 "조심하세요." 하고 친근히 당부해주었다.

미사와 태성은 새로 울타리를 지어올리고 있는 무너진 대문 앞에 섰다.

"미사야, 정말 저 녀석이랑 같이 나가려고?"

용운이 그들을 배웅하러 나왔다. 먼발치에서 가하람이 곰방대를 하나 문 채 손을 흔들고 있었다. 용운은 몹시 불만스러운 표정이었다. 미사도 겨우 만난 용운과 더 자세히 나누고 싶은 이야기들이 많았다. 과장해서 산더미같이 있었다. 하지만 당장에 화서가 태성을 쫓아내버렸는데, 그녀 혼자 이곳에 남아 있을 생각은 조금도 없었다.

"드릴 말씀이 많은데, 사준에 대해서도 그렇고……."

"내 쪽에서도 그래. 차라리 저 녀석은 두고 남아 있어라. 어차피 이곳 일도 곧 마무리가 될 테니까."

"여기서 뭘 하시는데요?"

"기다리는 거야."

"뭘요?"

그 말에 용운은 별안간 태성에게 눈길을 주더니 어깨만 으쓱했다. 태성의 앞에서는 하기 어려운 말인가 싶어 미사도 더 캐묻지 않았다.

"과리를 만났다고?"

"네……."

"다음번에 또 그놈을 만나거든 그냥 꽁무니가 빠져라 도망쳐. 답 없는 녀석이니까."

"용운 님이랑 따로 연락을 하려면 어떻게 해야 해요?"

"연락은 이쪽에서 하마."

용운이 손을 휘휘 저었다. 용운의 목에 걸려 있는 금목걸이가 짤랑거리는 소리를 낼 때마다 태성의 어깨에는 더 힘이 들어갔다. 용운은 그런 태성마저 못마땅하다는 표정으로 흘겼다.

"가까이 있기만 해도 이리 싫은 걸 보니, 저게 바우 새끼는 맞는 모양이군."

미사가 태성의 손을 꽉 잡았다.

"그래봐야 반쪽짜리이니 얼마나 그럴싸한 놈이 될지는 모르겠지만 스스로를 잘 붙들어야 할 거다. 가하람이 네 기운을 조금 진정시켜주었다지만 그게 얼마나 갈지는 모르는 일이야. 스스로 감당 못 하겠다 하면, 가하람을 찾아."

"제 일은 제가 알아서 합니다."

태성은 유달리 용운에게 뻣뻣했다.

"네 일. 네가 알아서 못 하면 이쪽이 귀찮아지니까 잘해봐. 생긴 것부터가 마음에 안 들……."

태성에게 쏘아붙이려던 용운은 미사를 향해 혀를 쯧 찬 후, 푹 한숨을 내쉬었다.

"아니, 되었다. 저 어린것을 두고 짜증 내는 건 어른답지 못한 거겠지. 그보다…… 미사야, 이 몸은 네가 인 녀석이랑 섞인 잡종한테 시집가는 꼴 보고 싶지 않아. 걱정이다."

"시집? 누가 시집을 가요."

"화서에게 바닥바닥 대드는 꼴이 딱 그거더구만."

태성이 물끄러미 미사를 바라보았다. 미사는 입술을 삐죽거리며 부러 그 시선을 무시했다.

"과리 쪽은 우리가 해결할 거야. 그건 웃어른의 일이니 신경 쓰지 말고. 너는 준이를."

"……."

"준이만 생각하면 머리가 아프지만."

"용운 님이 미안해하실 것 없어요. 용운 님이 데리고 오셨다고 해도 사준을 주워 기른 건 결국 제 어머니였고. 용운 님은 이미 여러 번 경고를 해주셨었잖아요. 그걸 귀담아 듣지 않은 건 이쪽이었으니까. 다만 저는 사준이 말하는 어머니가……."

용운은 외려 그를 위로하는 미사의 어깨를 털듯 두드렸다. 미사의 특성상, 그의 난감함이라거나 최소한의 책임감을 덜어주기 위해 하는 빈말은 아니라는 것을 알고 있었다. 하지만 그렇다고 마음이 편안해지는 건 아니었다.

사준을 시영과 미사에게 데려온 것이 용운이었다. 사준이 기묘하게 살모종의 본성에 집착한다는 걸 알고도 몇 마디 경고만 남겨주었던 것도 용운이다. 그때에야 속내를 시커멓게 숨긴 뱀이라고 해도 제까짓 게 뭘 하겠나 싶어 내버려두었는데.

스스로가 하찮은 뱀이라는 것을 받아들이는 대신, 외부 요인을 이용해 사태를 이렇게 악화시킬 줄은 몰랐다.

"각인이라는 건 의외로 대단한가 보다."

중얼거린 용운은 미사가 더 자세히 되묻기 전에 마무리했다.

"나중에 다시 이야기하자."

용운은 마지막으로 태성에게 시선을 옮겼다.

"네 녀석, 허튼짓을 했다가는 내가 직접 사지를 찢어 죽여줄 테니 그리 알아라. 이리 말한다고 원망 말고. 네 아비였던 그놈이랑 나는 특히나 악연이라."

"……신경 써주셔서 고맙습니다."

곰방대의 연기를 뿜어내며 가하람이 다가왔다.

"뱀 아가야."

"네."

"다음에 한번 찾아가마."

태성의 눈빛이 슬며시 날카로워졌다. 가하람은 그것을 알아차리고 껄껄대며 웃었다.

"전혀 관계없는 종에게 끌리는 건 부전자전인가. 참 희한하단 말이야, 저렇게 뭔가 이어지는 걸 보면. 그리고 이 뱀 암컷이 변덕을 부려 널 버리거들랑, 외로움이 사무치거들랑 나를 찾아와라. 저어기, 용운은 그럴 만큼 성질머리가 좋지 못하더라도 나는 아니니까."

용운이 가하람의 손을 탁 쳐냈다.

"손대지 마. 격려든 놀림이든 하나만 하지그래."

가벼운 웃음소리가 번진다.

사아아, 바람이 불었다.

용운은 의미 없는 것처럼 보이는 눈빛으로 하늘을 올려다보았다.

무수히 긴 시간을 살아남은 그에게는 읽혔다. 꺼져가는 하늘의 별이. 아마 어린아이들은 느끼지 못할 것이었다.

이 무리를 이끌었던 길고 위대한 역사 하나가 오늘 끝이 나리라는 것을.

'……'

기묘하게 밝은 별이 푸르스름 빛난다.

미사가 태성의 손을 잡았다.

"이제 가볼게요. 다음에 봬요."

태성은 공손히 가하람과 용운에게 허리를 숙여 인사했다.

"……뵙게 되어 반가웠습니다."

용운은 태성의 그런 겸손한 태도만큼은 마음에 들었는지, 악의 없이 인사를 받아주었다. 외려 가하람이 태성을 외면하며 손만 흔들 따름이다.

허물어진 담장 저편, 어린 쥐들이 멀찌감치 구경이라도 하듯 둘러서 있다. 태성은 인사를 마치고도 한참이나 붙박이처럼 떠나지 못했다.

"태성아."

미사가 그를 이끌었다.

"끝처럼 느껴진다 해도, 정말로 끝난 건 아니야. 네가 한 말이잖아."

태성은 고개를 끄덕이며 미사를 뒤따랐다. 해가 떠오르지 않은 산속은 어둡고 산세는 험하였다. 하지만 미사도 태성도 걱정하지 않았다.

그들의 눈은 밝고.

밤은 언제나와 다르지 않다.

달라지는 것은 늘 사람이다.

지금의 화서는 일흔 살은 더 먹은 노파의 얼굴을 하고 있었다.

그녀의 얼굴에는 몇 시간 전까지만 해도 없던 주름이 졌고, 빠르게 검버섯이 피어났다. 새까맣던 머리칼도 하얀 눈이 앉은 것 같다. 일족들에게 급작스러운 노화가 의미하는 것은 하나였다.

장생의 삶을 사는 이들의 끝은 외딴 숲 속의 손님처럼 찾아온다.

화서는 기나긴 시간의 마지막 자락을 맞이한 것이다.

오랜 시간 한 무리를 책임져온 의무를 내려놓고 편안히 떠날 수 있는 마지막 순간. 아름다움을 잃어버린 화서를 추하다 말하는 이는 없었다.

휘장 너머에 앉은 강서는 부릅뜬 눈으로 눈물만 떨어뜨렸다. 민아는 휘장 안에 있었다. 화서의 손을 꼭 잡은 채로.

"죽을 때가 된 것이니 죽는 걸 슬퍼하지 마라, 자치고는 오래 살았으니 호상이지. 다만 때가 좋지 않음이 애석할 뿐이다. 아니, 어쩌면 네게는 나으려나."

용운이 보다 못해 강서를 위로했다. 화서가 고개를 끄덕이는 것이 보였다. 민아가 화서의 손등을 어루만졌다.

"예."

순식간에 붉어진 민아의 눈동자가 눈물을 떨어뜨렸다. 마지막에 태성을 감싸서 화서의 속을 상하게 한 것이 못내 한이 될 것만 같았다.

화서가 민아의 속을 읽어내곤 희미하게 웃었다.

"민아, 시국이 위태로운 때에 네게 지워질 짐이 무겁구나. 하지만 너를 믿는다."

화서에게 스스로의 죽음을 슬퍼하는 기색은 없었다. 강서가 견디지 못하고 자리를 박차고 나갔다. 용운과 가하람도 장난기를 지우고 조금 숙연해졌다.

"태성이는 떠났느냐?"

"……."

"내가 죽으면 나의 남아 있던 기운마저 흩어질 터이니, 완전히 그 아이와의 고리는 끊길 터이다. 늘 주의해라. 다행스럽게도 유하여 보복을 할 녀석은 아니지만, '본성'은 어떨지 모를 일이다."

화서는 오래도록 그녀를 괴롭혀온 자식을 떠올렸다. 한동안 누구도 말이 없었다. 용운은 다 타들어간 향로에 새로운 향을 꽂아 불을 옮겨 붙였다.

"그 밖의 최근의 상황에 관한 것들은 진과 오의 종주께서 네게 전해 주실 것이다."

그것은 이제 정황설명을 할 시간도 남지 않았다는 뜻이었다. 민아는 왈칵 눈물을 터뜨리고 말았다.

화서는 그동안 태성을 무리 중 하나로 남겨두기 위해 그녀의 기력을 다 쏟아부었다. 고작 쥐가 상위종인 호랑이의 기운을 억누르는 것은 그녀의 생명력을 갉아먹는 일이었다.

민아는 화서가 태성을 학대할 때마다 조금씩, 조금씩 어미가 쇠약해지고 태성의 기운이 정돈되는 것으로 짐작했지만, 화서의 끝을 이토록 앞당기는 일이었는지까지는 예상하지 못했다.

그토록 쇠약해졌는데 민아가 과리에게 크게 다친 후 그 상처까지 돌보아준 어미였다.

그녀가 받은 것이 마지막 기운이었다.

"혼자 두기 싫어 그랬을 뿐이다. 네가 죄책감을 가질 필요는 없는 일이야."

화서는 늘 무리의 마음을 읽어내곤 했다.

민아는 끝내 빗물처럼 떨어지는 눈물을 감추려 소맷자락으로 얼굴을 가리고 말았다.

"내가 죽더라도 마무리가 다 될 때까지는 크게 알리지 말거라. 오소리와 살쾡이들이 호시탐탐 무리를 핍박하니, 적어도 네가 회복되어 아이들을 지킬 수 있을 때까지만이라도."

"예, ……예, 명심하겠습니다. 어머니."

"나가 있거라."

"함께 있겠습니다."

"나가라. 마지막은 홀로 떠날 것이다."

화서는 곧 죽을 이답지 않은 형형한 눈으로 대차게 일갈했다. 민아는 휘장 건너에서 가부좌를 하고 앉아 있는 용운과 삐딱하게 앉아 곰방대를 씹는 가하람에게 공손히 인사한 후 밖으로 나왔다.

문지방을 넘는 민아의 얼굴은 정돈되었다. 눈물자국이 남았지만 걱정스럽게 근처를 서성이는 작은 쥐들이 불안해하지 않도록. 하지만 민아의 노력이 무색하게도 쥐들은 이미 불안으로 팔짝거리고 있었다.

꺼이꺼이 우는 쥐들도 있었다.

　강서는 침전의 바깥에 위치한 전각에 앉아 멍하니 하늘을 바라보고 있었다. 푸른 별 하나가 곧 스러질 듯 희미한 빛을 발한다. 강서의 눈에서 끝없이 흐르는 소리 없는 눈물에 민아가 그의 어깨에 손을 얹었다. 강서가 사납게 그녀를 쳐냈다.

　"이게 다 진태성 그 새끼 때문이잖아요."

　"……."

　"다 그 뱀 새끼들이 벌인 일 때문 아닙니까!"

　과리가 바우를 찾아와 그들의 본가를 엉망진창으로 만든 것도 태성 때문이었다. 화서가 저렇게 빠르게 죽음을 맞이한 것도 결국 태성 때문이었다.

　"난 그 새끼가 병신이라는 걸 알고 있었어. 어머니가 내버려두시니 참았지만 그 병신 새끼가 언젠가 우리를 조각낼 걸 알았다고!"

　"태성이 때문이 아니야. 그 애를 탓하지 마."

　"대체 왜 그 새끼를 그렇게 감싸는 겁니까!"

　강서의 저런 선명한 증오는 민아의 숨을 막히게 했다.

　푸른 귀기로 일렁이는 눈동자가 당장이라도 민아를 향해 달려들 것만 같았다. 칼처럼 날카로운 기운을 견디기 힘들었다.

　"그 새끼는 우리 어머니를 죽이고 뱀을 택해 떠났어."

　"태성이 무리에 남아 있었다면, 너는 화내지 않았을 거니?"

　"……."

　"너는 태성이를 용서해줄 수 있어?"

　민아의 작은 음성에 강서의 눈물이 더욱 굵어졌다.

　태성이 돌아온 이래 그는 불안감에 한시도 제대로 잠든 적이 없었다.

태성을 어찌하고 싶은지도 모른다. 분명 잘못되었다는 것만 안다. 태성이 태어난 것이 잘못이다. 태성의 옆에 있는 뱀이 잘못이다.

강서는 자신이 미친 것만 같았다. 이토록 불안한데 화서마저 죽었다. 아니, 죽는다. 장생의 일족에게 찾아오는 끝은 막을 수 없는 바람과 같았다.

생의 역사도, 육신도, 기운도 공기처럼 흩어진다. 그토록 허무한 끝이었다.

민아가 와락 강서를 안았다.

"울지 마, 강서야."

"어째서 우리에게 이런 일이 생겨!"

"탓하지 마라, 강서야. 흘려보내야 한다. 어머니는 네가 그러길 바라실 거야."

"어머니는…… 왜 그런 놈 때문에!"

강서가 꺽꺽거리며 민아의 목덜미에 눈물을 쏟아내었다. 민아가 강서의 뒷머리를 어루만지며 가슴 저민 목소리를 냈다.

"마지막까지 무리를 사랑하신 분이니까. 얼마나 존경스럽니."

민아의 **뺨**을 타고 눈물이 떨어졌다.

향 내음이 짙었다. 화서는 다가오는 마지막 앞에서도 오연했다.

"먼저 떠나게 되었습니다."

뻑뻑 연기만 피워대는 가하람의 곰방대를 강제로 빼앗아 향로에 던져버린 용운이 휘장 너머의 늙은 노인을 바라보았다. 어조는 위로처럼 다정했다.

"괜찮다. 편히 눈 감아라. 이 몸들이 있는데 무에 그리 걱정이려고."

"마지막 길을 위대한 두 분이 보살펴주시니 마음이 한결 낫습니다."

"보살피긴 뭘. 네 동족들이 보살핀 것이지."

"이래서 미물인가 봅니다. 이 순간까지도 걱정을 그칠 수가 없으니."

가하람이 고개를 절레절레 저으며 한숨을 내쉬었다.

화서는 지금 버티고 있었다. 이미 기운은 바닥을 쳤고, 더는 생의 기를 느낄 수 없었다. 그럼에도 끊이지 않는 우려는 미련이었다.

"엇나가지 않도록 도와주시고…… 혹여, 실수하더라도 두 번은 용서해주시고……. 그 아이의 앞길을 부탁드립니다."

"그만 눈 감거라, 화서 아가야."

가하람이 엄하게 말했다.

"아무것도 가져가지 마라. 전부 놓고 가라. 그간 네가 견뎠을 수많은 번민도, 남은 이들의 삶에 대한 걱정도, 전부 내려놓아라."

화서는 가만히 누워 검푸른 휘장이 흐늘거리는 침전을 보았다. 이대로 눈을 감으면 다시는 느끼지 못할 익숙함이다. 이제야 아쉬워진다.

화서의 주름진 눈가를 따라 눈물이 흘렀다.

"두렵습니다."

"넌 아직 아이니까."

두렵고, 외롭다. 마지막 길까지 종주로서 떠나고 싶어 내린 결단의 끝에서 한 번도 사랑한다 말하지 않은 자식들이 그리웠다. 마지막 새끼마저 견딜 수 없으리만치 그리웠다.

켜켜이 쌓인 미안함과 죄의식이 닳고 닳은 가슴에 박혔을 때부터 후회하지 않을 것이라 여겼으나, 하나하나 꺼내어 내려놓는 시간이 된 지금, 그녀는 가슴에 박힌 미안함마저 꺼내야 했다.

휘장이 걷혔다. 용운이 다가와 화서의 곁에 앉았다. 울음으로 죄 덮인 얼굴을 가만 바라보던 용운이 화서의 손을 잡아주었다.

가하람은 장난기라곤 없는 무뚝뚝한 얼굴로 입안으로 경을 외어줄 뿐이었다.

"여전히 저는 아이였군요."

"그래."

"저도 여전히 미욱한 아이라 돌보지 못했나 봅니다."

"……."

"그때에는 이해하고 싶지 않았습니다."

"하려 해도 하지 못했을 것이다."

"이리 보살피는 이들 사이에서도 마지막 길은 외로운데."

"원래 그런 법이지."

화서는 목 안에 걸린 말을 끝내 삭였다.

'너는 얼마나 외로웠을까.'

그 외로움이 위대한 일족을 광기로 내몰았다는 것을 알고도, 그 힘 하나 주체하는 것만으로도 버거웠다.

올바르게 키우기보다 망가뜨려 가두려 했다.

하지만 결국 아이는 스스로 떠나갔다.

서서히 손끝과 발끝의 기운이 빠져나가는 것이 느껴졌다.

늪에 잠기는 것과 같은 부유감이 들었다.

"……그 뱀은."

화서가 울음 걸린 목소리로 간신히 뱉었다.

"미사는 좋은 아이야. 어차피 게을러 터져서 못된 짓 할 만한 성정도 아니지만 그리 한다면 내 혼쭐을 내주지. 사준 녀석과는 분명 다른 아이다."

"약조……이십니다."

"내가 누구냐. 진은 늘 약조에 성실하다."

화서의 입가에 희미한 미소가 걸렸다. 마지막 한 방울의 눈물도 까만 밤 속에서 사그라진다.

미사와 태성은 타박타박 산길을 걸었다. 달빛이 어슴푸레 깔린 산 중턱의 계단은 가팔랐다. 미사는 솜을 누빈 두꺼운 외투로 중무장한 채였다. 그 안에는 한복 자락이 있다. 태성은 빨갛게 얼어서도 춥다고 칭얼대지 않는 미사의 손을 더 꽉 잡았다.

밑을 보고 걷지 않는 미사가 번번이 돌부리에 걸린다. 태성이 미사를 잡아주었다.

"정신 좀 차리고 걷지그래요."

태성은 의외로 평소와 같아서, 미사도 덩달아 마음이 편안해졌다.

"뭐."

"그나저나, 당장 머물 곳이 필요한데 어디가 좋을까요?"

"그러게. 규진이 걔네 집 가 있으면 안 되나? 어차피 걔가 더 있어도 된다고 했잖아."

"왠지 좀 불안해서."

"하긴, 그 개들한테 다시 연락해봐. 그런데 생각해보니 이제 너 일해야겠다?"

자 일족들은 그들이 떠나기 전, 태성에게 앞으로 완벽하게 모든 인연을 정리하리라는 것을 공시했다. 그동안 태성이 받았던 지원도 끊겼다는 의미다. 만일 지원이 계속된다 하더라도 이번엔 태성이 먼저 사양할 것이었지만.

"그래야죠."

"다시 자리 잡으려면 힘들 텐데, 이번엔 내가 도와줄게."

"어떻게요. 미사 거지잖아요."

"너도 이제 거지야."

태성이 작게 웃었다.

"어떡하냐. 우리 둘 다 거지네요."

웃으며 넘기기는 하지만 눈앞이 막막하기는 했다.

이런 날이 올 줄은 몰랐는데. 이상하게 마음이 가볍다는 것도 희한하다. 돈을 생각하면 다음 학기가 걱정스러웠다.

이제 마지막 학기인데 졸업은 꼭 하고 싶다.

태성은 민아가 준 휴대전화를 들었다.

휴대전화는 그의 어깨처럼 텅 비어 있었다. 본가의 전화번호도 없고, 민아의 전화번호도 없다. 학교 친구들의 번호는 당연히 없다.

그러나 그 텅 비어 있는 연락처가 허전하기는커녕, 외려 새로운 삶의 시작처럼 느껴져 홀가분하기만 했다.

기억을 더듬은 태성이 병훈에게 전화했다.

병훈은 전화를 받자마자 빼액 고함을 쳤다.

ㅡ 진태성! 어떻게 된 일이야? 이거 무슨 번호야? 너 왜 그렇게 연락이 안 되냐?

"폰 잃어버렸어."

ㅡ 너 규진이네서 나가자마자 연락 두절됐다고 규진이도 걱정해, 새끼야.

"시골 왔어."

— 시골? 웬 시골.

"어쩌다 보니까."

— 너 어딘데?

태성은 잠깐 멈칫했다. 거짓말을 하고 싶지는 않았지만, 그래도 솔직히 말할 수도 없는 노릇이었다.

"안 가르쳐주지. 스토커냐. 뭘 그렇게 꼬치꼬치 캐물어."

— 농담하냐. 징그러워, 새끼야. 아, 됐고, 방학 때 시간 맞춰서 보자. 이 번호 뭐야?

병훈은 그 밖에도 학교 친구들의 이야기를 줄줄이 늘어놓기 시작했다. 얼마 전에 썸을 타기 시작했다는 이야기라거나, 그런 평화롭고 걱정 없는 사담이었다.

전화는 곧 끊겼다.

주머니에 휴대전화를 넣는 태성의 눈앞에 무언가가 흩날렸다.

"어."

눈이었다. 태성이 통화를 하는 동안 미사는 진눈깨비가 떨어지는 하늘을 올려다보고 있었다.

하얀 솜눈 속에 서 있는 미사는 아름다웠다.

미사에게 다가간 태성이 중얼거렸다.

"우울해해야 하는 건 미사가 아니라 나 아니에요?"

미사는 빙그레 웃으며 고개를 저었다.

"누가 우울해. 나는 안 우울해. 너야말로."

"전 아직 많아요. 교수님도 있고, 인간 친구도 있고, 우리 같은 친구도 있고……."

"그래, 나보다는 낫다."

"미사도 있고."

미사의 입술이 작게 벌어졌다.

눈은 그새 굵어진다. 진눈깨비가 팔팔 흩날렸다. 태성은 머쓱한 기분에 뒷머리를 긁적였다.

볼이 조금 상기되었다. 비뚤어진 그의 털모자를 미사가 손을 뻗어 바로잡아주었다. 태성은 얌전히 그 손길을 받았다.

"……기분 참 이상하네요."

전에는 느껴본 적 없는 기묘하고 낯선 기운이 아직 버거웠다. 조금만 긴장을 풀면 손톱과 발톱이 튀어나올 것 같은 위험천만한 느낌이 태성을 더 조심스럽게 만들었다. 스스로가 그럴 것이라고는 생각지 않지만 조금이라도 미사에게 상처가 될 수 있는 일은 하지 않을 것이다.

그의 아비는 인이라고 했다. 처음 그것을 알게 된 후 태성은 오랜 시간 그의 어머니가 행했던 모든 것을 이해했다. 이해하려 하였을 때에는 이해하지 못했던 것들이.

그들 일족에게 있어 허용될 수 없을 그를 반백 년이 넘도록 끌어안으려 했던 어머니의 노고는 모성이라 말할 수 없을 만큼 잔인하였고, 그를 고립시키는 방편으로 귀결되었지만, 그런 화서의 노력마저 없었다면 태성은 지금처럼 허리를 펴고 서 있을 수조차 없을 터였다.

미사도 없었을 것이었다.

아마 미사도 같은 생각을 한 모양이다.

"네가 혼혈이라 다행이었던 거네."

그건 태성에게 하는 말이라기보다는 혼잣말에 가까웠다.

"네가 정말 자였다면, 그날 나를 보자마자 도망갔을 거 아니야. 네가 인이었다면 그날 나를 버리고 갔을지도 모르잖아. 네 덕분에 나는

222

진짜 두 번이나 살았으니까."

어제의 자신과 오늘의 자신이 달라졌다고 해도, 가장 깊숙한 곳의 어제의 자신과 오늘의 자신은 여전히 같은 사람이었다. 그를 두려워하여 배제하지 않는 미사를 향한 무한한 애정이 피어올랐다. 애정. 아마, 애정이 맞을 것이다.

그는 여전히 자신에게 맞지 않는 상대에게 애착을 느끼는, 그때의 어린 무언가였다. 완벽한 자도, 완벽한 인도 되지 못할 테지만 아무래도 상관없다고 생각하게 되어버리는.

미사와 같이 있고, 미사를 지켜줄 수 있으면 그것으로 좋겠다 생각하게 되어버린.

"잘해낼 수 있을 거라고 생각해요."

당신이 지켜준다면.

"잘해내지 않으면 안 되는 거지."

"계속 같이 있어줄 거예요?"

"너도 나도 갈 곳이 없으니, 달라지기 전에는 같은 길을 걸을 수 있는 거지."

"내가 당신 거라면서요."

태성의 농담 같은 한마디에 미사는 살며시 입꼬리를 올려 답했다.

"뱀들은 욕심이 많으니까."

좋네요. 태성은 그렇게 중얼거린 후 자신의 텅 빈 손을 바라보았다. 그 위로 미사의 손이 얹힌다.

"그러면 앞으로 널 쥐랑이라고 불러줄까?"

태성은 끝내 웃음을 터뜨리고 말았다. 그녀의 손을 꽉 잡아 쥐었다.

"네 작은 발 만지는 거 재미있었는데."

"지금 발은 좀 많이 크죠?"

"응. 말랑말랑하지도 않을 거야."

"향기도 점점 옅어지는 거 같아요."

"잘됐다. 암컷들 꼬이는 거 보면 짜증 날 거 같아."

태성은 조금 울렁거리는 기분으로 미사를 바라보았다. 미사는 그의 시선을 깨닫지 못하고 계속 말했다.

"아무튼 이제 어떻게 할지 정해야겠다. 아버지 찾겠다고 했던 건 뭐, 물 건너갔고."

"……그냥 학교 졸업하는 것부터 시작해야죠. 지금처럼 아무거나 사고 먹을 수는 없겠지만, 살뜰히 아끼고 건실하게 일해서 모으고."

"너한테는 왠지 어울린다."

태성이 불시에 미사를 당겨 안았다. 미사는 조금 놀란 것처럼 눈을 둥그렇게 뜨고 살짝 고개를 틀어 그를 바라보았다. 태성은 미사의 가슴에 얼굴을 묻은 채 한참을 그렇게 서 있었다.

"……나, 무섭지 않아요?"

잠깐 침묵하던 미사의 입가에 희미한 미소가 번졌다.

"자존심 세우자면 안 무섭다고 해야 하는데, 무서워. 조금은. 아니, 무서운 것보다는 낯선 느낌이 들 때가 있기는 해. 그래도 넌 여전히 너잖아."

"……."

"상황 좀 바뀌었다고 앞뒤 바뀌어서 못되게 굴 만큼 형편없는 수컷은 아닌걸. 그러면 또다시 내 눈이 형편없었다 인정해야 하는 굴욕적인 상황이 되겠지만."

태성이 나직이 웃었다.

미사는 모를 것이다. 지금 그 말이 얼마나 태성의 가슴을 떨리게 하는지.

미사의 농담 같은 말을 듣고 있으면 목전의 일들이 뒷길로 밀리고, 사소한 것들이 걱정처럼 다가온다.

"나, 미사 씨 안 놔줄래요."

환하게 밝은 빛이 그들의 사이를 때리고 지나갔다. 도심의 저편에서 폭죽이 터지기 시작했다. 구물구물 올라가 팡! 하며 민들레 꽃잎처럼 어둑해지는 하늘을 수놓았다.

펑! 퍼엉!

소리의 간격이 좁아졌다.

"안 놔줄래요."

"갑자기 무슨 말이야?"

"아까 가하람 님이 이야기한 다음부터 쭉 거슬려서 확실히 말하는 건데."

"응."

"이미 나 당신한테 빠졌으니까, 미사, 당신 꼭 필요하니까. 나중에 마음이 바뀌어서 나 버리고 가고 싶어지면요."

"……."

"나를 먹고 가요."

펑. 퍼엉.

울리는 폭죽소리 사이로 그의 심장소리가 섞여들었다.

태성은 마치 미사가 듣지 못했을까 저어하는 사람처럼, 당부하는 사람처럼 다정히 말했다.

"들었어요? 나를 잡아먹고 가라고."

"……."

"방금 내가 한 말."

아무 말도 못 하고 입술을 슬며시 당겨 문 미사가 태성의 손을 쳐냈다. 그러곤 도도하게 한 걸음 앞서 걸었다.

"몰라."

"뭘 몰라요. 대답해주는 거 쉽잖아요. 미사 취미였잖아요, 먹는다고 협박하는 거."

"네가 그렇게 해달라고 하니까 해주기 싫어졌어."

"아무리 청개구리 사촌이라고 그래도 너무한다. 나 지금 엄청 진심이었는데요."

"누가 개구리 사촌이야?"

"……닮았잖아요."

"미쳤어, 어떻게 뱀이랑 개구리를 닮았다고 말할 수가 있어?"

"징그러운 건 똑같은걸."

"난 예쁘다니까?"

"알아요."

막 모욕이라도 당했다는 듯 눈을 찡그리던 미사가 이내 표정을 풀고 웃었다. 그러곤 무언가 말할 듯 입술을 열었다가, 결국 홱 몸을 돌려 앞장서 걷기 시작했다. 태성은 따라가던 걸음을 멈추고 가만 그녀의 새까만 뒷머리칼을 바라보았다.

"예뻐요."

"알아."

"정말로 예뻐요."

"안다니까."

"……고마워요. 정말 좋아해요."

우뚝 멈춰 서 미동 없던 미사가 가볍게 고개를 돌려 그를 바라보았다. 온 얼굴에 만개한 웃음을 달고.

"알아."

"미사, 나 잡아먹기 전엔 아무 데도 못 가요. 정말로, 지금, 진심이 에요."

작은 웃음소리가 입김 사이에 걸렸다.

"싫어. 빨리 와. 추워 죽겠어."

눈송이는 점점 더 굵어졌다. 얼마간 걷던 미사는 등 뒤의 인기척이 멈추었다는 것을 깨닫고 뒤돌았다. 태성은 가만 서서 숲 너머의 밤하 늘을 바라보고 있었다. 푸르스름한 별이 희미하게 반짝였다.

미사도 고개를 젖혀 시선의 고도를 높였다. 이렇게 어두운 곳에서 하늘을 올려다보는 건 오랜만이었다. 눈구름 새새로 그득히 뜬 별들 이 보인다. 서울 어딘가에서 은하수를 보기란 어려운 일이지만, 은하 수가 되다 만 별들은 있다.

거뭇한 회색 구름의 틈새로 유달리 청청한 푸른 별 하나가 반짝인 다.

어째서인지, 태성의 눈에 눈물이 차올랐다.

별빛이 스러지고, 시간이 흐르고, 바람이 침묵을 덜어가고, 그렇게 또다시 손 밖의 무언가가 바뀌었다.

태성은 완벽하게 흩어져버린 제 안의 어떤 기운을 느꼈다.

늘 그를 족쇄처럼 옭아맸던 어미의 기운이 완벽하게 스러졌다. 남 은 자리를 채우는 것은 전에 없이 그를 뒤흔드는 힘이었다.

그를 수십 년간 동족들 틈에 머물게 할 수 있었던 어미의 흔적이 사 라진다.

늘 그에게 울타리가 되어주었던 자의 기운이.

"왜 울어?"

태성에게 다가온 미사가 외려 자신이 울 것 같은 목소리로 물었다.

푸른 별이 스러져도, 하늘은 여전히 아름답다. 눈은 계속 내린다. 별이 뜨기 전부터, 별이 저문 후인 지금까지도. 시간은 계속 흐른다.

태성은 턱 아래로 떨어지는 눈물을 두었다. 간신히 목멘 소리를 냈다.

"역시."

"응."

"완벽하게 혼자일 수 있는 사람은 없어요. 자식을 조금도 사랑하지 않는 부모는 없을 테니까."

미사가 천천히 그의 뺨을 잡아내렸다.

스스로에게 솔직한 그가 사랑스럽다는 생각을 했다. 그녀는 자신의 솔직한 기분을 보이는 대신, 축축하게 젖은 그의 눈꺼풀을 닦아내주었다.

태성은 흐느끼며 미사를 끌어안았다.

구기듯 미사의 몸을 꽉 움킨 태성의 어깨가 크게 떨렸다. 눈물과 함께 치미는 미련과, 슬픔을 그대로 흐느껴 쏟아냈다.

화서가 죽었다. 누가 알려주지 않아도 그 사실을 직감할 수 있는 것은, 지금까지 그의 삶이 그녀로 인해 이어졌기 때문이었다. 그것은 화서가 이 세상에 그를 낳아주었다는 사실보다도, 더 위대한 희생이었다.

28

예기치 못한

과리의 기분은 한마디로 표현하자면 '짜증' 상태다.

눈에 보이는 것들을 다 죽이고 싶은 것이니 짜증이 났다는 표현이 과하진 않을 터다. 적어도 과리의 기준엔 그렇다. 매일매일이 미친 듯이 지루했다. 도시 구경도 질렸고, 사람의 눈이 아닌 죽은 것 – 기계 – 의 눈이 그들을 주시하는 것도 거슬려 미칠 지경이었다.

'짜증 나는군. 짜증 나. 아주 짜증 나.'

세상이 너무 많이 변해서 그는 매일매일 자신의 존재에 대한 괴리 감을 느꼈다. 견딜 수가 없다.

일족들을 숭상하는 이도 없고, 전쟁조차도 인간과 인간이 칼을 들고 싸우는 것이 아니라 기계나 미사일, 핵무기 따위가 더 주가 되는 세계.

과리는 늘 세상의 중심이었다.

대체 다른 일족들은 어떻게 이 빌어먹게 지루한 세상에 적응해 사는 건지 모르겠다. 용운을 붙들고 묻고 싶을 지경이다. 네놈 새끼는 대체 어떻게 이 지루한 세상을 살고 있는 거냐? 그렇게 묻는다면 용운은 그 특유의 사람 개무시하는 표정으로 조소하겠지만.

그래도 다음번에 용운을 만난다면 꼭 재미있게 사는 법을 물어봐야겠다, 그런 각오를 다진다. 제가 모처럼의 재회에 반가움을 금치 못하고 다짜고짜 용운을 공격했다는 사실을 까맣게 잊었다.

과리는 선천적으로 계산이나 인내와는 가깝지 않은 사람이다. 용운처럼 느긋한 진 일족이 아니다. 바닥난 인내는 결국 사 일족의 어린 청년에게 화살이 되어 돌아갔다.

막 눈앞의 뱀 한 마리가 '술 일족이 과리 님을 모욕하는 말을 했던데요. 저희랑 같이 가시겠습니까. 몸도 푸실 겸.' 하고 눈을 깔며 넌짓 말한 직후였다.

여태껏 한두 번 장단에 맞춰 놀아주었더니, 이제는 대놓고 모자란 취급을 하며 여기저기 써먹으려 하는 것이 눈에 훤하다.

과리는 습관처럼 캡모자를 더욱 깊이 눌러썼다. 가끔 그를 감시하러 오는 상윤이라는 녀석의 스타일이 마음에 들어서, 그의 모자를 빼앗아 쓰고 다닌 지 며칠 되었다.

"내가 왜 예쁜 걸 좋아하는지 알아?"

"예쁜 거 좋아하셨습니까?"

"싫어하는 녀석이 어디 있어?"

뜬금없는 질문이 공격적이기까지 하다. 사 일족의 남자는 고개를 갸우뚱하면서 대꾸했다. 왜 갑자기 저런 말을 하는지 정녕 모를 일이지만, 사실 이미 사 일족들은 어디로 튈지 모르는 과리를 지켜봐왔으므로 이 정도는 무난히 받아들일 수 있었다.

"예쁜 거 싫어하는 사람이 어디 있겠습니까만, 과리 님은 특별한 이유라도 있으셨던 겁니까?"

"세상에 이유 없는 일이 어디 있어. 다 이유가 있지. 이유들이 다아 있단 말이야."

'아주 마음대로시네.'

사 일족의 남자는 결코 내뱉지 못할 말을 목 안으로 삼켰다.

과리는 제멋대로 떠들기 시작했다.

"예쁜 건 좋은 거야. 강한 것만큼이나."

과리는 예쁜 암컷들을 좋아한다. 정말로 좋아한다. 그래서 예쁘면 일단 좀 봐주기도 하고 예쁜 걸 봐서 져주기도 하는 편이다. 얼마 전엔 자 일족의 당돌한 아가씨가 예쁘장하기에 선심을 써서 살려주기도 했었다. 그게 이성에 한정되어 있다는 사실을 누군가는 '별것 없는 수컷'이라 비난할 수도 있겠지만 과리에게 예쁜 암컷은 중요했다.

사 일족의 남자는 마치 이유를 물어봐줄 때까지 반복될 것 같은 과리의 장단에 맞추기로 했다.

"왜 좋아하시는데요?"

"암컷은 수컷을 외롭지 않게 해주거든. 지루하지 않게 해주지, 보통은 말이야."

과리가 입술을 스윽, 혀끝으로 훑어내며 미소를 그렸다. 그의 눈동자는 로비 저편으로 토실토실한 엉덩이를 흔들며 걸어가는 인간 여자들에게 향해 있었다.

사 일족의 남자는 무슨 대단한 이야기가 나올 줄 알았다는 듯이 슬쩍 비웃기까지 했다.

"아아, 뭐, 그렇죠. 과리 님께서 원하신다면 여성들을 데려다드리죠. 요즘은 직업여성들도 많고…….."

"꼬맹아, 나처럼 나이가 몇인지도 모를 녀석들에게 있어 가장 두려운 게 뭔지 아느냐?"

"……뭡니까?"

"권태."

서늘히 대꾸한 과리의 눈동자에 귀기가 어렸다.

누구도 부정하지 못할 명제다.

권태는 장생종을 죽인다. 권태는 달리 말하면 고독과도 닮아 있는 것이다.

과리는 늘 그러한 권태를 피해 신이 나는 사건사고를 일으켜왔다. 매일 싸우고, 숭상받고, 또 싸우고, 공포의 대상이 되고.

강한 자들이 괴팍한 짓을 저지르는 건 대개가 그런 권태감을 떨쳐내기 위한 일환이다. 자극이 없으면 무료해지고, 무료해지면 권태에 빠져서 스스로를 파괴하게 된다. 과리는 정신 나간 일족이라는 자신을 향한 평가가 크게 이상하다고는 생각지 않지만, 사실 그 누구보다도 객관적으로 장생종들의 좋지 않은 단점을 잘 꿰고 있었다.

그래서 예전에는 틈만 나면 싸움박질을 하며 살았다. 강한 놈들과 물고 뜯고 싸우는 건 그의 피를 끓게 했고, '즐거움'을 주었다.

다시 눈 뜨기 전까진 그랬다.

그런데 자고 일어났더니 세상이 완전히 뒤바뀌어 아무것도 못 하고 꼼짝 못 하는 신세가 되어버리다니. 수치로다, 수치야. 그리고 기계화니 문명화니의 제약에 갇혀 아무것도 못 하는 삶에 적응해버리는 그의 동기들을 생각하면 한숨만 날 지경이다.

용운은 그런 의미에서 머리에 생각이란 게 없는 놈이고 – 과리의 기준에서 – 바우 새끼는 아마 이런 세상이 진절머리가 나서 칩거하는 것 같고.

'응?'

거기까지 생각하던 과리가 문득 묘한 시선을 깨닫고 고개를 돌렸다.

"뭘 보십니까?"

"뭐가 느껴져서."

"뭐가 말입니까?"

사 일족의 남자는 과리가 바라보는 방향을 응시했다. 어느 화가의 수채화가 걸린 콘크리트 벽이다. 사 일족의 남자도 혹시나 하여 감각을 세워보지만 아무것도 느껴지지 않는다.

"저는 아무것도 안 느껴지는데, 뭐가 느껴지시는 겁니까? 위험한 겁니까?"

"아무것도."

"예?"

엉거주춤 자리에서 일어나려던 과리가 고개를 갸우뚱하며 다시 앉았다. 여전히 시선은 벽을 향해 있다.

"아무것도 안 느껴진다고."

사 일족의 남자는 슬며시 눈살을 찌푸렸다. 지금 누굴 놀리는 것도 아니고. 느껴진다더니 아무것도 안 느껴진다는 건 대체 무슨 소리란 말인가. 괜히 관련해서 더 말을 붙여봐야 정상적인 대답을 들을 것 같지 않아 그만두기로 했다.

"아, 예."

과리도 곧 의미 없이 벽을 노려보는 짓을 관두었다.

'내가 예민했나?'

모를 일이다. 어쩌면 자신이 너무 심심해 그런 것인지도 모른다. 솔직히 마음 같아서는 한바탕 뒤집고도 남았으니까. 섭리라는 게 그렇다. 간단히 몇 놈만 괴롭히면 강한 일족들이 죄 수면 위로 끌려올라온다. 그러면 과리는 그놈들과 다시 치고받고 싸우면 되는 것이다.

그 섭리를 알고도 실행하지 않는 건 그가 겁이 많아서도, 현대사회의 율법에 적응하기 위해서도 아니다. 사준과 한 약속 때문이다.

"너희가 굼벵이처럼 굼뜨게 굴고, 그 와중에 또 내게는 이거 해라,

저거 하지 마라, 인간들이 이러쿵저러쿵…… 그러니 이 몸이 화가 나겠느냐, 안 나겠느냐?"

스멀스멀 흐르는 살기에 이름도 기억나지 않는 사 일족이 어깨를 움츠렸다. 또 뜬금없는 소리를 한다.

구둣발로 디딘 대리석 바닥에 쩌적 금이 가기 시작했다. 왠지 모를 한기를 느끼며 로비를 지나치던 사람들이 두리번거렸다.

"……과리 님, 여기서 이러시면 안 되는데요……."

또다시 "이러시면 안 됩니다."라고 말해버린 남자는 뱀굴에 숨어버리고 싶다는 듯한 표정이었다. 하지만 말하지 않을 수 없었던 것이, 얼마 전 광일제약 본사로 사 일족에 앙심을 품은 일족들이 공격을 가해왔다. 어떻게든 빠르게 수습하기는 했지만 작은 사건이 아니었다. 그런데 이곳에서 연달아 사고가 터지면 쓸데없는 관심과 집중은 피하기 어려울 것이다.

과리는 불같이 화를 내는 대신 턱을 절레절레 가로저으며 입맛을 다셨다.

"가지고 놀 상대를 가지고 놀아야지. 사준이 시키더냐?"

"……사준 님은 그냥 한번 의중을 여쭈어보라고만."

"님은 무슨, 그 녀석이 너희를 두고 농간질을 하는 것도 모르고. 뭐, 알아도 당할 수밖에 없기는 하겠다마는."

"예?"

"됐다. 등신 같은 녀석들."

모자의 캡이 드리운 그림자 속에서 과리의 붉은 눈동자가 번뜩였다. 사 일족의 남자는 황급히 자리를 피하기 위해 일어섰다. 과리가 따라 일어나며 말했다.

"아니, 생각해보니 짜증이 나는데…… 대장 노릇 하는 너희 꼬맹이 위에 있지?"

"예."

"가봐야겠다."

"지금 사준 님을 말하시는 겁니까?"

"대장이 둘이냐?"

과리의 심기는 평소보다도 훨씬 더 어지러워 보였다.

"죄송합니다. 용서해주십시오. 일단 사준 님께는 제가."

"아니, 난 지금 그 새끼부터 만나보고, 또 주제넘게 굴면 그냥 그놈부터 족치고 관둬야겠다. 그놈이랑 한판 하는 것도, 아주 잠깐의 여흥거리는 되겠지."

과리는 그를 주시하는 경비에게서 시선을 거두고 엘리베이터로 향했다. 과리는 이제 엘리베이터라는 것을 사용할 줄도 알고, 사준의 사무실이 몇 층인지도 알았다.

"저, 저, ……과리 님. 이러시면."

"왜, 또 안 된다고 하려고?"

과리가 이죽거렸다.

엘리베이터에 따라 탄 사 일족원이 허겁지겁 휴대전화를 꺼냈다. 미리 '너를 죽이러 간다.' 이르건 말건 상관없었다. 사준의 이름을 기억하는 것은 그놈이 나이에 비해 놀랄 정도로 강한 녀석이기 때문이고 용운과 면식이 있는 녀석이기 때문이지, 호의 때문이 아니다.

아무래도 자꾸만 자신을 쓸데없는 데에 굴려먹으려는 녀석에게 본때를 보여줄 필요가 있었다.

사 일족의 남자는 과리의 눈치를 보며 달달 떨리는 손으로 휴대전화 버튼을 눌러댔다. 문자를 보내는 중이다.

엘리베이터 버튼을 누르기 위해 손을 뻗던 과리가 문득 아래에서 느껴지는 묘한 기운에 미간을 찡그렸다.

'응?'

아래로부터 묘한 기운이 올라왔다.

서늘하고 차가운, 기분 좋은 기운.

과리의 눈동자가 느리게 아래로 향했다. 과리는 간혹 사 일족원들이 이 건물의 지하에서 휴식을 한다는 걸 안다. 하지만 딱히 신경 쓴적은 없었다. 원래 주위에 예민하게 반응하는 편이 아니었기도 했지만 뱀 냄새 가득한 곳은 불편했기 때문이다.

그런데 가끔 직감이 그를 싫은 장소로 이끌 때가 있다.

"아래, 너희들이 따로 굴을 파두었지?"

"아, 예, 아니, 굴은 아니고."

사 일족의 남자가 크게 놀란 듯이 더듬었다.

"……연구실입니다."

"뭘 연구하는데?"

"제약회사인 만큼, 우선 제약 공정에 대해서도 연구를 하고, 독과백신에 대한 연구도 하고…… 뭐, 과리 님이 신경 쓰실 만한 건 없습니다."

그러나 과리는 오늘은 몹시 지루했고, 흥미가 생긴 것을 그냥 지나쳐버리기 싫었다.

고층 버튼을 다시 눌러 껐다. 지하 버튼을 눌렀다.

조금 전까지 어쩔 줄 모르고 벌벌 떨던 사 일족의 숨이 멈춘 것이 느껴졌다. 과리는 그런 미물의 인기척 따위 처음부터 신경 쓰지 않았다.

'지루해…… 지루해, 지루해…….'

과리는 이제 자신이 무얼 원하는지도 모를 지경이었다.

"저, 저어, 과리 님. 위로 올라가시는 거 아닙니까?"

"마음 바뀌었어. 내 변덕 하루 이틀 겪느냐?"

"아니, 그래도."

"왜."

사 일족의 남자가 재빠르게 지하로 내려가는 버튼을 다시 눌렀다. 불이 꺼졌다. 과리가 눈살을 찡그리며 고개를 돌렸다. 퍼렇게 질린 남자는 기괴하게 웃었다. 엘리베이터가 갈 곳을 잃고 멈추었다.

"그냥 사준 님을 만나러 가시죠."

"어디 말대꾸를 하느냐?"

과리는 다시 지하 버튼을 눌렀다. 자신의 퉁명스러운 대구에 사색이 되는 남자의 얼굴 따위는 안중에도 없었다.

과리는 죽는 것보다 지루한 것이 더 끔찍하다. 이럴 바엔 그냥 토막나 영면에 들어 있는 것이 더 나을 뻔했다.

"사준 님이 기다리신다고 합니다."

사 일족의 남자가 초조한 목소리로 덧붙였다. 기운이 불안정해지는 것이 과리에게는 여실히 느껴졌다. 과리는 미물들의 기운을 제 손바닥처럼 읽어낼 수 있었다.

'이 녀석, 왜 이리 겁을 먹었누?'

웃는 낯짝 안에 짙은 공포가 깔려 있다.

사 일족의 남자가 다시 엘리베이터 버튼에 손을 뻗으려는 찰나였다. 과리가 길쭉한 손톱으로 남자의 손목을 스윽 밀어내렸다.

"왜, 이리 나오면 더 궁금해지지 않겠느냐?"

과리가 몸을 돌려 남자의 목을 서서히 움켜쥐었다. 숨길이 좁아져 호흡이 부자연스러워졌다. 히익히익 하는 숨소리가 울린다.

"말해봐."

사 일족의 사내는 입이 무거운 편인지, 아니면 말하지 못할 이유라도 있는 건지 고개만 숙였다.

과리가 길게 입꼬리를 찢어 웃었다.

"너희…… 다 죽고 싶으냐?"

띠링.

그때 엘리베이터의 문이 열렸다.

또 다른 지하로 이어진 엘리베이터로 향하는 길이 드러났다. 차가운 한기가 밀려들었다.

자기 자신을 통제하지 못한다는 건 사준에게는 일상적인 일이었다.

그리고 통제를 위한 노력마저 그만둔 지금, 제 증세가 심해지는 것을 다른 누구보다도 사준 스스로가 잘 알았다.

재준이 죽은 후, 꼭두각시 노릇은 상윤에게 대신 맡겼다. 그러나 상윤은 기본적으로 재준보다는 능력이 떨어졌기 때문에 다른 뱀들을 아우르는 일에는 조금 더 주의가 필요했다. 차이는 의외로 금세 드러났다. 상윤은 재준과 달리 '왜요?' 하고 질문하는 데에 거리낌이 없었고 그렇다는 건 자의식이 강하다는 뜻이다.

자의식이 강한 일족을 뜻대로 조종하는 건 여러모로 앞뒤 개연성을 그럴듯하게 맞춰야 한다는 점에서 불편한 일이었다.

정신계 능력은 자아가 강한 자들에게 쉬이 통하지 않는다고들 말하는데, 머릿속이 중구난방 튀어다니는 녀석들이야말로 가장 어렵다.

'확실히, 어려워지는군.'

이미 사준은 스스로가 한계에 이르렀음을 알고 있다.

사무실 창을 열지 못한 지도 며칠이다. 언제 어디서 다른 일족들의 눈이 나타날지 모르기 때문이다. 언제 어디서 그들이 가장 꺼려하는 공격이 가해질지 모르기 때문이다.

현대사회에 이르러 가장 귀찮은 무기는 총화기다. 일족의 힘은 대개가 체내를 돌아 나오는 어떠한 요소들로 이루어지는 '기운'으로 이루어져 있고, 그것을 사용할 때에는 어떤 형태로든 간에 파동이 느껴지기 마련이다. 그러나 총화기는 조용히 도사리다 어느 순간 아귀보다 빠르게 달려들어 어딘가에 구멍을 내버리곤 한다. 살기를 읽어내는 것도, 살기를 조절할 줄 아는 녀석들의 앞에서는 무용지물.

지난번 자 일족과 추 일족과 작 일족, 그리고 술 일족들이 서울 내의 사 일족을 공격했을 때, 죽은 사 일족들은 그러한 무기에 당했다.

재준도 그렇게 죽었다. 강서라는 녀석의 총에 맞아 죽은 것이다. 일족 주제에 총화기 뒤에 숨어 그보다 강한 이들을 사냥하려 드는 겁쟁이.

요 며칠 새 전화를 두어 통 받았다.

― 재준이가 죽게 내버려둔 게 사준 님이라던데요.

과리와의 약속을 지키는 시늉이나마 하기 위해 외부로 돌려놓은 녀석은 사준의 손 밖에 있는 놈이다. 장기적인 세뇌를 위해 상윤을 보냈다. 상윤은 사준이 재준을 버렸다고 조금도 믿지 않기 때문에 그런 소문을 잠재우려 애쓸 것이다.

별문제는 없겠지.

소문들이 제게 불리하게 작용할 것임을 알았지만 사준은 수습하지 않았다. 어차피 그래봐야 제 발 아래를 벗어나지 못할 녀석들이라 확신했기 때문이다.

사준은 이미 그들의 신이다. 그들은 신의 존재를 알지 못한 채 신을 섬기는 뱀의 사제다. 사준은 광신(狂神)이며, 그들은 광신(狂信)인 셈이다. 사람이 가장 두려워해야 하는 것은 자기도 모르는 사이에 그렇게 되는, 그렇게 생각하게 되는 것들이다. 그조차 의식선에서 깨우치지 못하니 광신이 아니면 무얼까.

그러나 가끔 사준은 자신 역시 광신하고 있는 건 아닐까 하는 의심을 한다. 자기 자신을 의심한다는 것은 아주 치명적인 약점이 되지만, 그가 각인했던 '바우'의 존재를 떠올리면 그는 하찮기만 해서, 스스로를 의심하지 않을 수가 없다.

사준은 딸깍딸깍 펜 꼭지를 눌렀다 뗐다. 째깍째깍. 시계 초침소리가 울린다. 스탠드 하나 켜지 않은 사무실은 은연한 어둠으로 물들어 있지만 그의 눈엔 모든 것이 보였다. 블라인드 틈새로 스며드는 빛이 없더라도, 전부 볼 수 있다.

목이 말랐다.

'과리 님이 지금 심기가 좋지 않아 보이십니다. 형님을 뵈러 올라간다고 하십니다.'라는 문자를 받았다.

과리는 인내심이 몹시 형편없는 얼간이다. 또 과리에게 어떤 거짓말을 해야 할까. 그에게 어떤 미끼를 내어주어야 할까.

사준은 이제 어떤 흐름이 그를 휩쓸어갈지조차 알지 못했다. 곽현도 없다. 재준도 죽었다. 그 외에도 대여섯 마리의 가깝던 뱀들이 살해당했다. 미사도 아직, 저 밖에서 그를 힐난하며 활보하고 있을 것이다.

마른 목을 견디지 못한 사준이 자리에서 일어섰다.

그의 사무실 안쪽 서랍 위에 놓인 둥근 어항 안에는 세 마리의 열대어가 살고 있다. 어미가 누구인지, 아비가 누구인지도 모를 열대어들이지만 당사자들은 알고 있을 것이다. 아마 저들은 제 부모를 살해할 필요조차 없을 테지.

조소한 사준이 어항으로 다가갔다. 잔잔히 흔들리는 물결. 비린내가 올라온다. 그에게 익숙한 뱀 비린내와는 다른 것이다.

사준은 휴대전화가 울리는 소리를 무시했다. 들리지 않았다 하는 것이 옳을 것이다.

어차피 끝장을 볼 생각으로 과리를 일깨웠으니, 멀건 가깝건 어떠한 결과가 제 앞에 떨어질 터다.

사준은 그 끝에 완벽한 정체성을 찾은 자신이 존재하기를 바랐다. 그리고 그의 동족들도…….

사준은 어항에 손을 넣고, 그대로 미끄덩거리고 파닥거리고 겁에 질린 열대어를 쥐어올렸다. 푹 젖은 소매 아래로 물기가 뚝뚝 떨어져 내렸다. 까만 눈알이 그를 노려보았다. 살의가 인다. 허기가 지고, 텅 비어버린 것 같다.

그의 곁에는 아무도 없었다.

역동적으로 손아귀 속에서 몸부림치는 생명력. 사준에게는 없는 것이다. 이것을 먹으면 제게도 이와 같은 생명력이 흡수될 것이었다. 살아서 먹고 소화하고 배설하는 모든 존재는 다른 것들을 흡수하며 성장하는 법이니까.

사준은 입을 벌리고, 역한 물비린내와 비늘 내음이 뒤엉킨 물고기를 제 목구멍에 쑤셔넣었다. 수화도 하지 않은, 인간의 몸으로 산 것을 먹는 생소한 감각에 구역감이 밀려들었다.

토해내지 않고 그대로 삼켰다. 목을 따라 내려가는 펄떡거림에 소름이 돋는다. 기분이 좋다.

한 마리, 또 한 마리.

어항이 비었다.

하지만 사준은 여전히 허기가 졌다.

시영을 잡아먹은 후에도 꼭 이러한 기분이었다. 미사를 잡아먹은 후에도 꼭 이러할 것이다.

바우는 어디에 있나. 바우를 죽이게 되면 그는 제게 그때 느끼게 해주었던 모든 환열과 희열을 내어줄 것인가.

다시 휴대전화가 요란히 울린다. 사준은 멍하니 텅 빈 어항을 응시했다.

하지만 내가 틀렸으면 나는? 소리 내지 못한 신음이 목구멍에 걸린 물고기처럼 펄떡거렸다.

다시 휴대전화 소리가 울려퍼졌다.

책상 위에 놓아둔 휴대전화를 집기 위해 걸어가는데 끼이이익, 문이 열렸다.

한겨울의 칼바람처럼 차디찬 기운이 순식간에 바닥과 벽과 천장으로 뻗어 올라갔다. 살얼음이 끼어 까득거리는 소리가 쉬지 않고 울려퍼졌다.

사준은 굳은 채 문을 바라보았다.

"약속을 지키지 않으면, 어떻게 되게?"

과리가 무언가를 던졌다. 혀였다. 바닥에 부딪치자 얼어붙은 혀는 과자처럼 부스러졌다. 사준은 한 걸음 물러나 그것을 내려다보았다. 문이 완전히 열리고, 과리의 반대편 손이 보였다.

"남의 걸 숨기면."

과리의 왼손에는 뛸 때마다 하얀 김을 내뿜는 동족의 심장이 쥐여 있었다.

사준은 희미하게 웃었다.

"어떻게 되게?"

'만일, 내가 틀렸다면, ……나는?'

"진을 속이려다가 들키면, 어떻게 되게?"

"글쎄요."

진과의 약속을 어기면, 어떻게 되나? 어릴 적 용운이 그런 말을 했었다.

「상대방이 약속을 어긴다면, 우리는 보복을 하지.」

눈앞의 사내도 용운과 같은 종이다. 용운보다 더 난폭한.

그러나 이상한 일이다, 조금도 두렵지 않다는 것은.

"용서를 구하면 될까요?"

사준이 입술을 핥으며 웃었다.

"아니면, 다른 약속을 할까요?"

미친 뱀. 자신은 미친 뱀이다.

"우리, 다른 거래를 하는 게 어떨까요?"

곧이어 어마어마한 파공음과 함께 건물의 지축이 뒤흔들렸다.

29

/

개와 함께

애경은 경중거리는 강아지들을 바라보고 있었다. 제 엉덩이에 달린 꼬리는 결국 제 건데 뭐 그리 열심히 한번 물어보겠다 뛰어대는지. 제 대로 철이 들고 일족답게 바뀌려면 10년은 더 걸릴 텐데 그 시간을 어찌 견디나 싶어 한숨이 절로 나왔다.

애경은 긴 머리칼을 묶어서 올리고 집안일을 시작했다.

먼저 하루의 일상이 되어버린 청소기 타임. 온 집 안에 날리는 개털을 청소기로 빨아냈다. 위이잉. 돌아가는 청소기도 좋다며 폴짝거리다 꼬리가 빨려들어간 막내가 깽깽거리며 타다다닷 바닥을 긁었다. 왕왕! 왈왈!

막내가 우스꽝스럽게 청소기에 엉덩이가 붙어버리자 다른 강아지들이 데굴거리며 웃었다.

"너희 가만히 안 있어!"

견우는 오늘 카페 영업을 접고 신 일족의 친구를 만나러 갔다. 술고래인 원숭이에게서 정보를 뜯어내겠다며 호기 넘치게 출발했으니 밤에나 돌아올까 싶었다.

정신 어디 하나가 빠져버린 제 남편을 요 며칠만큼은 그냥 두었다. 지난번, 태성을 그들 일족의 보호 하에 데리고 오려던 계획이 틀어진 후, 태성은 어딘가로 사라졌다. 뒤늦게 쫓아간 공사장 건물은 텅 비어 있었고 그들은 흔적조차 찾을 수 없었다. 살아 있다면 연락을 했을 텐데 하는 전제가 견우의 속을 더 태우는 것이다.

'정말 하여간 말썽이야. 요즘 안 그래도 뒤숭숭한데.'

처음에는 사 일족이 그저 제 잇속 챙기겠다 싸움을 붙여온다 생각했는데 어쩐지 돌아가는 정황은 그보다 거대했다. 진 일족 중 하나인 용운이 끼었다는 이야기도 그렇지만, 과리까지 나타났다고 했다. 처음에는 소문이겠거니 했는데 공식적으로 공문이 내려왔다는 걸 보니 진짜인가 보다.

'과리라니, 무슨 그런 악질적인 농담이야. 말이나 되는 건지.'

용운과 과리와 바우는 일족사기에서는 한 세트처럼 따라다니는 이름이다. 과리가 하도 난폭하게 굴어 용운과 바우가 힘을 합쳐 과리를 죽였다, 뭐 그런 식으로.

용운은 현 시대에도 한반도를 지키고 있는 굳건한 진 일족이다 보니 체감이 잘되지 않는 면도 적잖이 있다. 한 번도 본 적이 없어 그런지도 모르겠지만.

육아만으로도 바쁜데, 하다하다 태성의 동거 뱀이었던 여자까지 걱정이 되기 시작하니 저도 한물가긴 간 모양이다. 그리 생각에 잠겨 있는데 그새 또 셋째가 커튼을 이로 물어 쥐 드드득 뜯어냈다. 데굴데굴 좋다고 굴러다닌다.

이마를 짚은 애경이 한숨을 내쉬었다.

'저것들을 내다 버릴 수도 없고.'

그때였다. 거실에 있던 강아지들이 동시에 타다다닷 뛰기 시작했다.

『엄마! 엄마!』

245

가장 어른스러운 장남 비글이 쪽방 문을 긁었다.

애경의 몸이 뻣뻣하게 굳었다.

『왔어! 뭔가 다른 게 왔어!』

어린 새끼들은 철없이 짖어댔다. 애경의 눈은 복도와 집을 나눈 방의 남쪽 벽을 노려보고 있었다. 10미터, 5미터, 2미터…… 점점 가까워진다.

분명, 일족이다.

딩동, 딩동, 그리고 벨이 울렸다.

기묘한 기운의 낯선 방문객 때문에 간이 졸아붙을 뻔했던 애경은 안도와 혼란을 동시에 느꼈다. 그 방문객은 바로 태성과 미사였다.

그들을 안으로 들인 애경은 바로 담군과 견우에게 연락을 했다.

"응, 진태성 우리 집에 왔어. 빨리 들어와. 올 때 붕어빵 좀 사오고, 어, 그래, 단지 앞에 잉어빵 파는 데 있잖아, 거기서. 아니, 태성이가 온 건 온 거고! 나 지금 스트레스 받아서 뭐라도 먹고 풀어야겠거든? 빈손으로 오면 현관 문턱도 못 넘을 줄 알아!"

태성의 소식에 크게 기뻐하던 견우가 캥캥거리며 무언가를 더 떠들어댔지만 애경은 그대로 전화를 끊었다.

거실로 돌아와 소파에 앉은 애경은 태성과 미사를 마주 보았다.

"오랜만이에요, 누나. 잘 지냈어요?"

"……어, 그래. 그런데…….."

어쩐지 색소가 옅어진 것 같은 태성의 외모를 빤히 관찰했다. 뭔가 달라졌다. 단순히 외양의 문제가 아니라 기류부터가.

끼이잉……. 강아지들은 잔뜩 졸아붙어 벽에 따개비처럼 붙어 서 있다. 벌을 세우려 해도 금세 요령을 피우는 녀석들이 자발적으로 횡대한 것은 희한한 일이다.

슬그머니 꼬리를 세웠다가도 태성의 옆에 앉은 미사가 홱 눈길만 주었다 하면 끼잉 하며 두 발로 서서 손을 든다. 올망졸망한 눈빛 공격을 해보지만 통할 리가.

미사는 느닷없이 쳐들어온 주제에 도도하기는 집주인보다 더했다.

"일러바친 건 아니지? 그나저나 애들이 귀엽네."

미사는 다리를 꼰 채 다섯 마리의 겁먹은 강아지들을 하나하나 뜯어보았다. 혀를 날름거리는 시늉을 하면서.

말썽꾸러기 5남매 중 첫째인 호군이 젖 먹던 힘을 다해 나지도 않은 이빨을 드러내며 앙! 소리를 냈다. 애경이 빽 소리쳤다.

"너희 다 안방에 들어가 있어."

뽕실거리는 엉덩이를 바짝 치켜든 채 졸졸졸졸 안방으로 들어가는 다섯 마리의 강아지가 보이지 않게 되자 비로소 거실 분위기가 정돈되었다.

못마땅한 눈으로 미사를 바라보던 애경이 태성에게 집중했다.

"다행이야, 아무튼. 걱정 많이 했는데 무사했으면 연락이라도 하지 그랬어?"

"휴대전화를 잃어버렸어요."

"아까 들고 있던 건 뭐야?"

"제 본가에서 받아온 거예요."

"본가에 있었어? 어쩐지 행적이 묘연하더니만, 연락이라도 좀 해주지. 걱정했잖아. 그런데 무슨 일이야. 너, 머리는 어떻게 된 거고?"

결국 애경은 직구로 물었다. 예전부터 이질감이 있기는 했지만 다시 돌아온 태성의 기운은 유달리 애경의 긴장을 자극했다. 눈코입 생긴 것도 똑같고 머리칼이 조금 옅어진 것 말곤 크게 차이를 느끼지 못하겠는데도, 어쩐지 전혀 다른 사람처럼 낯설었다.

어느 정도로 다른 느낌이었냐면, 태성 특유의 체취가 없었다면 애경은 그가 태성의 얼굴을 베껴낸 무언가라고 믿었을 것이다.

"애경 누나가 보기에도 할아버지 같아요?"

"어?"

"미사는 할아버지 같다고 놀리던데."

태성이 엷게 웃으며 전체적으로 옅어진 머리칼을 매만졌다. 기운이 안정되면 안정될수록 회색으로 변하던 머리칼은 며칠 사이에 마치 염색이라도 한 것처럼 희어졌다. 아마 이대로 몇 주만 더 지나면 완전히 하얗게 변하지 않을까 생각하고 있었다.

무어라 대답해야 할지 몰라 생각을 고르는 사이에 태성이 덧붙였다.

"염색한 건 아닌데, 어쩌다 보니 이렇게 됐어요. 견우 형은 출근했어요?"

애경은 못마땅한 눈으로 태성과 미사를 번갈아 보았다. 아무래도 들을 이야기가 많은 것 같다.

애경은 내심 경악했다.

"……그래서 일족들한테서 완전히 팽 당했다고?"

"그냥 독립한 거라고 해줘요."

"독립은 무슨, 쫓겨난 주제에. 너희 무리도 습격을 당했다는 소문이 돌아서 어떻게 됐나 궁금했는데 몸살은 아니라니 다행이네."

태성은 무어라 대답해야 할지 모르겠다는 듯한 얼굴로 의미 없는 미소를 띨 뿐이었다.

"그 옆의 뱀은 왜 아직도 달고 있는 거야? 너 저 뱀 때문에 망원동 집도 잃어버렸잖아."

애경의 신랄한 지적에 미사가 발끈한 표정을 지었다가, 스스로 할 말이 없다는 것을 깨닫고 입술만 찡그렸다. 태성이 다정하게 미사의 어깨를 어루만지며 고개를 저었다. 미사는 태성의 손길에 어깨에서 힘을 풀고 시선을 옮겼다.

눈길이 멈춘 것은 종종대던 강아지들이 숨은 방이었다. 애경이 그런 미사를 예리한 경계의 눈빛으로 노려보았다. 태성이 부드럽게 분위기를 풀며 말했다.

"그런 건 상관없어요. 어차피 사 일족들이 습격하기 전부터 엉망이 되어버려서 있기 힘들었거든요."

"왜?"

"이야기가 길어요."

애경은 더 캐묻지는 않았다. 다만 골치 아픈 상황에 끌려들어가는 듯한 기분을 떨치지 못하고 턱을 괴었다.

"……뭐, 사정은 알겠고. 태성이 네 아버지라는 일족 얘기는 이따가 견우가 오면 하고. 배들은 채우고 다녀?"

미사와 태성이 약속이나 한 듯이 동시에 고개를 저었다.

"일단 속부터 채우고 자세히 얘기해. 곧 누가 올 거야. 그전에."

미사의 눈이 순식간에 날카롭게 뜨였다.

"누가?"

"너 잡으러 오는 거 아니니 신경 꺼. 애들 맡겨야 하니까. 태성이는 알지? 담군.”

“아, 알아요. 그날도 데리러 와주셨는데.”

미사는 침착하기 그지없는 태성을 물끄러미 바라보다가 폭 한숨을 내쉴 뿐이었다.

애경은 서너 종류의 케이크를 쟁반에 담아왔다. 오렌지 주스도 함께였다. 미사는 말없이 입술을 오물대며 포크로 케이크를 푹푹 찍어 먹었다. 태성은 주스만 홀짝였다. 미사가 게 눈 감추듯 접시를 비우자 제 앞에 놓인 당근 케이크를 조용히 옮겨준다.

“그런데 애들은 왜 갑자기?”

“미사 씨, 너라면 어린 새끼들 있는 집에 뱀을 앉혀놓고 마음 놓겠어요?”

“말을 올릴 거면 올리고 반말을 할 거면 해. 대체 그건 무슨 화법이야? 그리고 왜, 무섭니? 겁먹었어?”

애경이 예민하게 눈살을 찡그렸다. 미사의 말에 내심 찔린 것도 있던 탓이다.

다른 게 아니라 태성의 기운은 아무래도 익숙해지지가 않고 계속 불편했다. 가끔 태성이 묘한 표정으로 웃을 때마다 등줄기가 주뼛했다.

태성이 간략하게나마 그간의 상황을 설명해주어 어느 정도 이해는 했다. 처음부터 혼혈이었다는 건 알고 있었으니 이제 와 2차 변이가 일어났다 해도 크게 충격받을 이유는 없지만, 그 나머지 반쪽 종이라는 게 사실은 약간 꺼림칙했다.

‘인?’

인이라면 가장 유서 깊은 호랑이 일족이다.

그들은 무리 짓지 않으며, 막강한 진에 비견되는 유일무이한 종이라 칭해진다.

아무리 봐도 태성과는 어울리지 않는 종. 뭐, 그것이 어울리고 어울리지 않고와는 별개로 새끼를 둔 엄마로서 경계하지 않을 수 없는 것이다. 태성을 신뢰할지 말지와 또 다른 문제다.

그러나 깊이 생각해볼 새도 없이 얼마 지나지 않아 초인종이 울렸다.

『우와아아, 삼촌이다아.』

왈! 왈! 달려나오려던 강아지들이 안방 문턱에 걸려 쿠당탕탕 굴러다녔다. 현관으로 향하던 애경이 눈빛 공격을 쏘아주자 깽깽대며 다시 서로의 꼬리를 물고 안방으로 기어들어갔다.

담군과 그의 부하 영우가 안으로 들어왔다.

"왔어?"

"얘기 들었어."

"애들 방에 있어."

애경은 퉁명스러운 태도로 그들을 맞이했다.

그때까지도 가만히 소파에 앉아 있던 미사는 새까만 정장 차림에 한겨울에도 선글라스를 끼고 다니는 건장한 사내 두 명을 빤히 바라보다가 면전에서 대놓고 감상평을 했다.

"깍두기? TV에서 본 것 같은 꼴로 다니네요."

담군의 시선이 미사에게로 옮겨왔다. 태성이 어색하게 웃으며 담군과 목인사를 한 후에 미사를 살짝 끌어당겼다.

"미사, 쉿. 우리 여기 손님이잖아요."

"내가 뭐 못 할 말 한 건 아니잖아."

"애경 누나네 가족이에요."

"내 가족도 아닌데 뭐. 험담한 것도 아니고, 뒷담화 한 것도 아니고."

술 일족의 남자들은 살짝 불쾌한 표정을 했으나, 태성의 얼굴을 보아 넘어가겠다는 듯한 태도를 취했다. 그러고는 안방으로 들어가 양팔에 강아지를 세 마리, 두 마리씩 안고 나왔다.

"……무사하시다는 얘기는 들었습니다만 그래도 그날은 끝까지 못모셔서 죄송했습니다."

담군이 공손하게 말했다. 인상은 뻣뻣한데 목소리는 부드러워서 더 귀에 박혔다.

미사는 그가 그날 '검은 세단'에 앉아 있던 술 일족이라는 것을 알아차리고 고개를 살짝 끄덕였다.

"아, 그날 태성이랑 저 데리러 왔던 분이신가 보네요."

"그랬습니다."

담군은 조금 더 상황에 대해 물어볼 수 있었을 터인데도, 딱히 불필요한 말은 하지 않는 성격인 듯했다.

『삼촌! 삼촌!』

깽깽대며 매달린 강아지들이 처진 꼬리를 마구 흔들어댔다. 곧 미사와 태성에게서 시선을 거둔 담군이 애경과 '괜찮겠느냐.' 비슷한 뉘앙스의 염려 섞인 이야기를 주고받는다. 그러는 동안 미사는 담군의 품에 안긴 강아지들을 빤히 바라보았다.

미사의 눈길을 못마땅하게 흘긴 애경이 몸을 옮겨 시야를 가렸다. 미사는 애경의 경계심을 눈치채고 코웃음 쳤다.

"며칠만 데리고 있어."

"만약에 애경이 네가 원하면 근처에 애들 몇 깔아둘게."

"됐어. 내 앞가림은 알아서 하니까."

"괜찮겠어?"

"안 괜찮으면 어쩔 거야."

아이들을 안고 돌아가려던 담군이 미사와 태성을 번갈아 응시하더니, 담담히 말했다.

"아, 그리고…… 태성 군, 일족의 비극에 삼가 조의를 표하는 바입니다."

태성이 희미하게 웃으며 고개를 숙였다.

애경이 되물었다.

"조의? 무슨 조의?"

그녀는 아직 모르고 있었던 모양이다. 담군이 허리를 숙여 귓속말로 무언가를 전하자 애경의 크게 뜨인 눈이 태성에게로 향했다. 태성은 미사의 손을 꽉 쥐었다.

아직 체감이 되지는 않지만, 곧 익숙해질 것이다. 저런 시선에도.

"조만간 한번 업소 쪽에 오십시오. 덕훈 님께서도 두 분을 뵙고 싶어 하십니다."

태성이 고개를 끄덕였다.

"예."

"업소?"

비딱하게 고개를 기울인 미사가 태성을 바라보았다. 태성은 미사의 어깨에 자연스럽게 손을 얹으며 "나중에 설명해줄게요." 하고 말했다.

"그러면 곧 다시 뵙겠습니다."

담군과 다른 술 일족의 남자가 강아지들을 안고 나갔다. 애경은 담군을 배웅하겠다며 뒤따라 나갔다. 담군이 "너 약 먹었냐? 왜 안 하던 배웅을 한다고 이래?" 하고 묻는 걸 강제로 끌고 나가는 애경의 기세는 역시나 무시무시했다. 두 사람은 꽤 친해 보였다.

견우가 오기를 기다리는 동안, 애경은 다시 청소를 했다. 내일 지구
가 멸망해도 사과나무를 심는다는 말처럼, 내일 우리 집이 망해도 집
안일은 해야 한다고. 미사는 그 후에도 한참 현관문을 바라보고 있었
는데 태성이 그 사실을 지적한 후에야 편안히 소파에 기대어 누웠다.
"강아지들이 귀여워요?"
"맛있어 보여서."
퉁명스러운 대꾸가 돌아왔다. 태성이 슬며시 미사의 입술을 가렸
다. 애경이 듣기라도 하면 경기를 일으킬 것이었다.
"그런 눈빛 아니었는데. 괜히 마음에도 없는 말 하지 마요."
"진짠데. 우리 제대로 먹은 것도 없잖아."
산을 내려온 이후, 미사와 태성은 어디로 가야 할지를 두고 해가 뜨
도록 고민했다.
규진의 집은 지금 태성의 상태가 좋지 않으므로 자연히 제쳤고, 망
원동 집은 아파트 부실공사 기사가 뜬 이후로 여러모로 구설수에 오
르고 있어 선택지에서 제외했다. 그러다가 미사가 '그러면 내가 머물
던 곳으로 다시 가볼까.' 하고 제안을 해서 그곳으로 향하게 되었다.
아무래도 미사가 그 집에 드나들지 않은 지 오래되었고 뱀들도 정
신이 없을 상황이니, 쓸데없이 아직도 근방을 감시하고 있을 것 같지
는 않다는 이유에서였다.
과연 그들의 예상은 적중했다.
먼지가 켜켜이 쌓여 있기는 했지만 그녀의 집은 깨끗하게 정돈된
상태였다. 태성이 예전에 왔을 때 미사가 잔뜩 어질러두었던 것으로
기억하는데, 마치 새 집처럼 깨끗했다. 미사의 옷가지며 짐들도 하나

254

도 남은 게 없었다. 사준이 다 치웠다면 이상할 것도 없다며 미사는 싸늘히 조소만 했다. 그러고 보니 태성이 망가뜨렸던 현관문도 새것으로 교체되어 있었다. 태성도 이곳에서 예전에 곽현과 마주쳤던 기억이 있어 꺼림칙한 기분이 들기는 했지만 당장 미사와 함께 머물 공간이 되어준다면 그것으로도 충분했다.

그런데 그들이 머문 지 이틀 만에 문제가 생겼다.

「여기, 매물로 나왔는데요? 누구세요? 지금 무단 침입하신 건가요?」

부동산 업자가 방을 알아보는 손님들을 이끌고 나타난 것이다.

웬만하면 이리저리 옮겨 다니며 기생하지 않고 싶었지만, 사정이 이러하니 결국 애경과 견우의 도움을 구할 수밖에 없었다.

'잘도 자네.'

지난 며칠이 고되었던지 미사는 죽은 듯 잠이 들었다.

미사와 태성이 기댈 만한 인맥은 애경과 견우가 전부였고, 태성은 애경의 심기를 거스를 생각이 전혀 없었다. 앉아만 있기 뭐했던지라, 태성은 여상하게 집 안 정리를 하는 애경에게 물었다.

"애경 누나, 도와줄 거 없어요?"

"손님이면 손님답게 있어."

결국 태성은 자리로 되돌아가 잠든 미사를 한 팔로 감싸 안은 채 오도카니 앉아 있어야 했다. 태성은 잠든 미사의 뺨을 어루만졌다.

미사와 태성은 결국은 사회에서 약자였다. 누군가의 도움이 없이는 당장 하루 몸 누일 곳도 찾기 어려운 신세다.

때문에 태성의 인맥에 전적으로 기대게 된 것인데, 애경이 그들을 불편해한다고 해도 태성은 며칠이라도 신세를 질 생각이었다.

재미있는 것은 미사에게서 '나 친구 없어.'라는 말을 들었을 때 자신이 했던 생각이었다.

'다행이다.'

태성은 그녀가 믿는 것이 오직 자신이라는 생각에 흥분했다.

솔직하게, 자신이 그런 식으로 누군가의 열악함을 기뻐할 수 있는 이였던가 싶을 만큼 낯선 사고였다. 앞으로도 미사에게 친구가 없기를 바라는 이기심은 의외로 끈질겼다.

자신은 이제 미사만 있으면 된다 결론 내렸으니, 사실은 이기적인 게 아니라 공평한 거라고 자위하면서.

태성은 잠든 미사의 이마에 위선적인 입맞춤을 흘렸다.

얼마 후, 양손 가득 붕어빵을 사든 견우가 쿵쾅대며 현관문을 열어젖히고 달려들어왔다.

"태성이, 태성이 어딨어. 진태성 어디에 있어."

"조용히 해."

현관문 옆을 지키고 있던 애경이 손가락을 까딱 부딪쳐 모든 소리를 막았다. 결계가 생겨나자 견우는 불가피하게 현관 앞에 딱 멈춰 설 수밖에 없었다.

애경이 거실을 턱짓했다.

"엉?"

견우는 태성을 만나면 쏟아낼 말이 한 바가지였다. 어떻게 된 거냐, 왜 연락을 않았냐, 무슨 일이 생겼던 거냐. 하지만 전부 목구멍 안쪽에만 머물 뿐이었다.

견우가 코를 쿵쿵거렸다. 기묘한 기운이 느껴졌다. 그 기운을 따라 시선을 옮기니 낮익은 얼굴의 청년이 거실 소파에 앉은 것이 보였다.

애경이 긴 한숨을 내쉰다.

태성의 무릎을 베고 누워 까만 머리칼을 늘어뜨린 여자와 그런 여자의 손을 잡은 채 곤히 잠든 태성의 얼굴이 평화로웠다.

"아주 곯아떨어졌어. 고생들을 좀 했나 본데."

"……아, 그래? 무슨 일이라고 해? 들었어? 근데 이 느낌 뭐야."

견우가 그도 모르게 경계의 색을 드러냈다. 애경은 고개를 절레절레 저으며 쓴웃음 지었다.

"애경아?"

분명 무언가 위화감이 들었다. 미사라는 뱀 때문에 드는 경각심이 아니었다. 견우는 어쩌지 못하고 서 있다가 애경을 바라보았다. 애경은 여상했다. 마음을 놓기로 했다. 애경은 견우보다 오감이 예민한 암컷이다. 만일 애경이 '위험'을 감지했다면 지금보다는 더 격렬한 태도를 보였을 것이다.

"뭘 거 같아. 내가 예전부터 말했지, 쟤 이상하다고. 우선 좀 씻어. 땀 냄새 나. 뛰어왔어?"

스스로가 땀범벅이란 걸 비로소 깨달은 견우가 물을 죄 삼킨 후, 소리 죽여 입 모양으로 물었다.

'애들은?'

애경이 간단히 답했다.

"담군한테 데려가라고 했어."

"쟤네 여기 묵는데?"

"진태성 멍청이, 쫓겨났다는데."

까치발을 들고 거실로 들어서던 견우는 반쯤 열린 손님방을 돌아보았다.

오늘 아침까지만 해도 어수선했는데, 이미 깨끗하게 치워져 있었
다.

"괜찮은 거지?"

"태성이잖아."

"저 뱀은."

"태성이가 달고 다니잖아."

"정말, 어, 괜찮은 건가?"

견우는 낯설게만 느껴지는 태성을 물끄러미 바라보았다. 머뭇거리
는 견우의 불안을 알아차린 애경이 짝 소리 나게 견우의 어깨를 때렸
다.

"진태성, 그대로 똑같은 녀석이야. 상황이 조금 달라지기는 했지만
그래도 네가 알던 순둥이 맞으니까 그런 이상한 얼굴 하지 마. 네가
그렇게나 걱정했던 녀석이잖아."

맞다. 애경의 말이 맞았다. 견우는 뒤늦게야 고개를 주억거렸다. 무
슨 일이 있건 간에, 태성은 태성이다.

"양말 뒤집어 벗지 마. 발바닥을 벗겨버릴 테니까."

애경은 퉁명스러운 눈빛으로 견우를 바라보았다. 그 눈빛마저 견우
에게는 사랑스러웠다.

'내가 정말 결혼 한번 잘했지. 든든한 내 와이프.'

표정을 푼 견우가 해죽 웃으며 붕어빵 봉지를 번쩍 들어 보였다. 애
경이 낚아채듯 봉지를 건네받았다.

"아, 냄새 좋다. 그리고 견우야, 조만간 아버지가 한번 보자시는
데."

소리를 죽여 안으로 들어가려던 견우가 홱 고개를 돌리더니 "윽! 장
인께서?" 하며 겁먹은 신음을 냈다.

혼란스러워하는 견우에게 애경은 간결한 설명을 해주었다.

'이런.'

하지만 듣고도 여간해서는 믿기지 않는 이야기들이 태반이었다.

한참을 고민하던 견우가 거실로 다가가니 태성이 잠에서 깼다. 몽롱하게 뜬 눈동자에 경계의 색이 스쳤다. 최소한만 고개를 움직여 주위를 훑어보던 태성은 견우의 얼굴을 발견하고는 그제야 서서히 미소 지었다.

"야, 너 어떻……."

"형, 목소리."

견우가 무언가 소리 내어 말하려 하자 태성이 목소리를 낮추며 만류했다. 미사가 아직 잠들어 있으니 조용히 하자고.

견우는 말도 안 되는 이유로 집주인이 조심해야 한다는 사실에 발끈했으나 태성의 분위기가 영 낯설어 그러마 했다. 어쩐지 지금의 태성에게서는 함부로 하기 어려운 분위기가 느껴지는 것도 같고. 좀 많이 껄끄러웠다.

그들은 나직하고 조용하고 부드러운 목소리로 이야기를 주고받았다. 중간중간 뒤척이기는 했지만 의외로 깊이 잠든 건지, 미사는 좀체 눈을 뜨지 못했다.

'팔자도 좋네. 여기가 어디라고.'

내심 비딱하게 생각한 견우가 허리를 숙였다.

태성의 무릎을 베고 잠든 미사의 얼굴은 어여쁜 암컷의 껍데기를 하고 있다. 태성은 중간중간에 미사의 어깨를 쓰다듬거나 머리칼을 쓸어내리거나 하는 무의미한 행동을 반복했는데, 그 일련의 손짓과 몸짓들은 누가 보더라도 애정이었다.

예전에 한번 그의 집을 찾아갔을 때부터 노골적으로 미사를 감싸는 것을 보고 짐작이야 했지만, 막상 인정하려니 속이 쓰렸다.

대체 이런 뱀 암컷이 뭐가 좋다고?

"그래, 뭐…… 그래, 충격적인 얘기도 알겠고…… 알겠는데……. 잠깐 다른 건 좀 제치고."

견우가 미사의 얼굴을 뜯어보느라 바짝 다가와 있는 것이 불편한지, 태성이 낮은 목소리로 밀어냈다.

"형, 나까지 부담스러워."

"예쁘냐? 너는 이 얼굴이 예쁘냐? 예뻐서 반한 거야?"

"갑자기 왜."

뜬금없다며 타박을 놓는데, 애경의 목소리가 끼어들었다.

"그 정도면 인간들 사이에서는 아주 반반한 편이지."

그래, 일단은. 못난 껍질을 가진 일족은 아니다. 그래도 늘 마음에 벽이 하나 서 있는 것처럼 조심스럽던 태성이 반할 만큼의 매력이 되는지는 모르겠다.

견우가 유심히 노려보고 있으려니 때마침 미사가 눈을 떴다.

"……뭐야?"

미사는 바로 코앞까지 들이닥쳐 있는 견우의 얼굴에 순식간에 인상을 일그러뜨렸다. 견우가 뭐라 말할 새도 없이, 미사의 손가락이 견우의 두 눈동자를 가격했다. 말 그대로 순식간에.

"악!"

미사가 흩어진 머리칼을 정리하며 비틀비틀 몸을 바로 앉혔다. 태성은 허벅지 위의 무게가 가벼워지는 것이 못내 아쉬운 것처럼 "더 기대 있어도 되는데." 하고 중얼거렸다. 미사가 다소 쌀쌀맞은 투로 말했다.

"놀라서 잠 다 깼어. 저 개 때문에."

"야! 야아! 으악! 애경아!"

견우는 거의 바닥을 굴러다니는 수준이었다. 얼굴을 감싼 채 오만 방정을 떨어댄다. 놀라 부엌 밖으로 달려나온 애경이 눈을 부라렸다.

"무슨 짓이야?"

"내가 할 말이야. 냄새 나는 얼굴을 어디다 들이밀어."

"아, 애경 누나, 미안해요. 견우 형이 얼굴을 너무 가까이 대고 있어서 미사가 좀 놀랐나 봐요."

"야! 이젠 대놓고 저 암컷 편이냐!"

억울한 듯 빽 소리치는 견우에게 힐끗 시선을 준 후, 애경은 "얌전히 좀 있어." 하는 경고와 함께 다시 부엌으로 사라졌다.

"형, 괜찮죠?"

'괜찮아요?'도 아니고 '괜찮죠'란다. 우리 태성이 예전엔 안 저랬는데.

눈을 직격으로 얻어맞아 엄청나게 아팠지만 견우는 일족이다. 통증은 금세 가셨다. 벌건 눈으로 미사를 노려본다. 그러건 말건 미사는 무릎을 탈탈 털고 앉았다.

"좀 잤더니 살겠다. 너는 쉬었어?"

"네. 저도 잠깐 자고 일어났어요."

태성은 저 뱀한테 정신이 팔려 견우 쪽에는 시선도 주지 않고 있었다.

'와, 진짜.'

견우는 솔직히 좀 성질이 나기 시작했다.

태성의 낯선 분위기에 위축되었던 것도 잠시뿐이다. 암컷에 눈이 돌아간 것이 분명한 태성에게 따끔한 조언을 할 수는 있지 않겠나. 뱀 암컷이라니. 하고 많은 암컷들 중에 뱀이라니.

때마침 예쁘게 썬 과일 접시를 들고 나온 애경이 소파에 앉으며 운을 뗐다.

"짧게 가자. 견우한테 대충 태성이 상황은 설명했으니까."

그녀에게는 모든 번잡한 분위기를 단박에 정리할 수 있는 재주가 있다. 미사에 대한 불만과 태성을 향한 실망에 입술을 삐죽이던 견우마저도 서서히 표정을 정리할 수밖에 없었다.

그들의 입에 오르내리는 대부분의 이야기는 사준과 사 일족, 그리고 과리에 대한 것이었다. 간간이 다른 일족들의 이름이 나오기는 하지만, 대부분의 이름이 낯설었던 태성은 그저 가만히 듣고만 있었다. 그나마 미사는 알아듣는 모양이지만.

과리에 대한 이야기가 나왔을 때에도, 그 소문이 술 일족들에게도 퍼졌는지 견우와 애경에게서 놀란 기미를 찾아내기란 어려웠다. 다만 견우의 표정이 한층 더 심각해졌을 뿐이다. 그리고 가장 큰 반향을 불러온 것은 역시나.

"인?"

전혀 믿지 않는다는 투였다. 태성은 어색하게 웃으며 고개를 끄덕였다.

"이이인? 네가? 너? 네가? 네 나머지 반이?"

"내가 아니라…… 내 아버지. 지난번에 한번 크게 다치고서 갑자기 변이하게 돼서."

견우도 태성의 분위기가 바뀌었다는 것만큼은 알고 있었다. 머리색도 희멀게지고, 여러모로 전체적인 분위기가 달랐다. 다만 태성의 표정이 온화하고 평소와 다를 바가 없어서 애써 무시하고 있었을 뿐이다.

　그런데 대뜸 인이라니.

　태성은 그를 하나하나 뜯어보기 시작하는 견우의 눈길에 손사래를
쳤다.

　"그다음에 어떻게 하다 보니까……. 형, 그 눈빛 진짜 부담스럽다.
어쨌든 그래서 무리에서도 이제 완전히 제명됐고……."

　제명이라는 말에 견우의 눈썹이 대신 찡그려진다.

　"괜찮아, 견우 형. 지금은 미사 씨도 같이 있고."

　"믿기지도 않는다. 자랑 인이 가능해? 혼혈이 가능해? 아, 아니, 네
모친이었던 화서 님께서 대단한 분이셨으니 가능이야 할 수도 있겠지
만……."

　견우는 더 말을 잇지 않았다.

　"와, 이게 뭐냐."

　혼잣말로 중얼거리는 품새가 어지간히 머릿속이 복잡한 모양이다.

　태성도 이해는 했다. 혼혈 일족은 많지 않다. 자 일족과 인 일족의
교합을 상상할 수 있는 사람은 더더욱 드물 것이다.

　"하암. 태성이 상황은 이쯤 됐고."

　지루하다는 듯 작게 하품한 미사가 태성의 손등을 만지작거리며 말
했다.

　"너희 차례야."

　태성이나 미사나 정보 쪽으로는 쥐약인 사람들이었다.

　가만 생각에 잠겨 있던 애경이 설명했다.

　"그 일 이후에 상황이 어떻게 된 건지 내가 아는 대로 설명해주자
면, 한사준이 그다음에도 이 일족 저 일족 찌르고 다녀서 그렇잖아도
난리였지. 겁 많은 놈들은 숨었고, 개중에는 잠적한 녀석들도 있고.

얼마 전엔 사 무리의 본거지 근처에서 무슨 사고에 휘말려서 인간도 죽었다던데 그게 정말 사고였는지는 몰라. 실종된 인간이 있다는 카더라도 있고. 얼마 전까지 그 실종자 명단엔 태성이 네 이름도 있었어. 알지."

"네."

"책임지지 못할 일에는 말려들지 말란 말이야."

"미안해요, 누나. 이렇게 폐까지 끼쳐서."

"다음엔 그럼 폐 끼치지 마."

애경이 퉁명스레 말한 후 다시 설명했다.

"어쨌든, 그래서 얼마 전부터 본격적으로 뱀 사냥을 한다고 몇몇 녀석들이 모이고 있어. 우리랑 살아남은 추(비둘기) 일족이랑, 신(원숭이) 일족들이 주축이지. 자 일족은 빠졌고. 습격을 당했다니까. 어떻게 될지는 좀 더 지켜봐야 알 거야."

사 일족의 일부 무리가 선을 넘었다. 참고 참던 일족들이 반감을 불태우는 건 당연한 일이다.

"문제는 과리라는 그…… 사람인데……."

사람이라고 일컬어도 될까 싶을 만큼 과리는 그들의 상식에서 동떨어진 존재였다. 애경이 곰곰이 생각에 잠긴 표정으로 말을 이었다.

"그가 진짜건 아니건 간에, 다행히 자 일족을 습격한 이후 조용하고. 아, 미안, 다행이라는 말은."

"괜찮아요, 누나. 더 크게 문제가 생길 수도 있었는데 그 정도의 피해로 그친 건 다행이죠."

태성이 담담히 웃었다. 애경이 껄끄러운 기분을 갈무리하며 다시 설명했다.

"우선 조만간 사 일족들을 정리하게 될 텐데, 그때 미사 그쪽이 제

외될지는 모르겠네요. 우리 눈엔 다 똑같은 뱀이니까. 그쪽은 특히나 사준이랑 가깝기도 했고……."

미사는 충분히 이해하지만 친절하게 이해한다 말해주지는 않았다. 처음부터 제 사정을 봐주길 기대한 적 없었다. 사정을 하나하나 다 봐주다 보면 죽도 밥도 안 되는 것이 이 바닥 아닌가.

밤이 이슥해졌다. 애경은 시계를 본 후 말했다.

"늦었으니 일단 정리하자. 한 명은 저 작은방 치워놨으니 저기 가서 자고, 한 명은 소파에서 자. 나머지는 내일 얘기하고."

견우는 연이어 들려온 충격적인 사실을 곱씹고 반추하며 하나하나 맞춰보느라 여념이 없었고, 미사는 부쩍 피곤한 얼굴이었다. 아직 못다 한 이야기도 많고, 듣지 못한 이야기들도 있었지만 차일로 미루는 것이 나을 듯했다.

태성이 다정히 권유했다.

"미사가 들어가요."

"그냥 같이 자도 돼."

그 말에 표정을 구긴 것은 다름 아닌 견우였다. 견우가 뭐라 짖어댈 낌새를 보이자 미사는 대번에 짜증 난다는 듯한 표정을 지었다. 태성은 천천히 자리에서 일어서는 미사의 손을 살며시 쥐었다가, 가볍게 뺨을 댔다.

"방이 넓은 것도 아닌 거 같으니까. 나는 여기서 잘게요."

"추울 거 같은데."

"괜찮아요."

"같이 자면 상관없지 않아?"

태성은 웃으며 끝끝내 거절했다. 견우는 그런 그들을 기가 막힌다는 표정으로 바라보았다.

'아, 잠이 다 깨네. 아니, 이게 꿈인지도.'

대체 저 두 사람 사이에 어떤 일이 있었던 건지는 모르겠지만 이상하다. 정말 이상해. 오늘은 일단 잠이나 자자.

태성의 무사를 확인했으니 모처럼 발 뻗고 푹 잘 수 있을 것이라 생각하자 금세 기분이 좋아졌다. 자리를 뜨기 직전 견우가 성큼성큼 태성에게 다가가 그의 어깨를 탁탁 두드렸다.

"흠, 흠, 뭐, 일단…… 고생했다. 무사해서 다행이야. 처음엔 너무 놀라서 제대로 환영도 못 해줬네. 걱정 많이 했어."

사람 홀릴 것 같은 회색 눈동자를 느리게 올려뜨던 태성이 반 박자 늦게, 평소와 다름없는 편안한 미소를 지어 보였다.

"……고마워, 형."

'음?'

견우는 그 짧은 순간에 묘한 이질감을 느꼈으나, 신경 쓰지 않기로 했다. 아직 태성이 낯선 것은 당연한 거라고 스스로에게 합리화하며.

"세상이 망해도 돈은 벌어야지. 나는 가장이라고."

이튿날, 견우는 출근을 했고 애경도 강아지들을 보고 오겠다고 나갔다.

일찍 일어난 태성과 달리 미사는 정오 무렵이 되어서야 깨어났다. 자 일족의 보금자리를 떠난 후, 애경과 견우의 집에 이를 때까지 긴장을 놓지 못했던 탓에 많이 피곤했던 모양이다.

창문을 통해 들어오는 긴 햇살 아래 등을 기댄 채, 태성은 곤히 잠든 미사를 바라보다가 다가갔다. 슬그머니 팔을 뻗어 안는 그녀에게 못

이긴 척 나란히 누웠다.

얼굴을 가까이 대고 "일어나요." 속살거려보지만 미사는 들은 체도 않는다.

태성은 조금 더 과감하게 그녀의 어깨와 팔뚝의 선을 따라 손가락을 미끄러뜨렸다.

'아름답다.'

태성은 슬며시 주먹을 쥐었다가 풀고, 시선을 천장으로 향했다. 새근새근한 숨소리가 목덜미에 닿을 때마다 속 어딘가가 간질간질거린다. 그는 미사의 손목을 매만지며 가만히 눈을 감고서, 그녀의 본모습을 상상해보았다. 까만 머리카락처럼 까맣고 긴 몸을 가진 늘씬한 뱀. 빛을 반사하는 물결처럼 반짝이는 비늘이 있을 것이다.

불쑥 웅얼거리는 목소리가 났다.

"……뭘 그렇게 만져?"

"누가요."

당황을 속으로 갈무리한 태성이 일어나려 했지만 미사에 의해 저지당했다. 태성의 팔을 홱 끌어당긴 미사가 능글능글 웃는다.

얼결에 미사의 위로 기울어진 태성은 가까스로 팔에 힘을 주어 버렸다. 나른히 잠에 취한 미사는 뱀이라기보단 조금 더 요사한 고양이처럼 보였다.

"왜…… 만지고 싶었어? 응? 같이 자자고 할 때 싫다더니. 이른 아침부터."

"잠이나 자요."

"네가 만져서, 다 깨버렸어."

"그렇게 말하니까 내가 무슨 변태 같잖아요."

미사는 고개를 젖혀 웃었다. 바보, 진짜, 너 바보. 중얼거리는 그녀를 뚱한 눈으로 내려다보던 태성이 불시에 그녀의 뺨에 입술을 눌렀다. 가볍게 닿았다 떨어지는 입술의 감촉에 미사가 살짝 눈을 키웠다.

"팔, 풀어요. 나 일어나게."

"네 입술 따뜻해. 한 번만 더 해줘."

미사가 놀리듯 칭얼거리며 눈을 접어 웃었다. 태성이 비딱하게 입술 끝을 말아올리며 답했다.

"싫어요."

"나 좋다고 해놓고."

가느다랗게 웃는 눈에는 미처 달아나지 못한 잠과 더불어 묘기가 어려 있었다. 그런 그녀를 빤히 바라보던 태성이 기어코 미사의 팔을 떨쳐내며 중얼거렸다.

"아기, 만들고 싶어질 것 같아서요."

미사는 말문이 막힌 것처럼 눈만 둥그렇게 떴다가, 베갯잇에 얼굴을 파묻고 어깨를 떨었다. 비웃는 것이 명백해서 태성은 더 보지 않고 돌아나갔다.

간단히 아침을 때운 그들은 거실로 자리를 옮겼다. 쭉 기지개를 켠 미사가 물었다.

"걔들은 나갔어?"

태성이 멈칫하며 미사를 바라보았다. 빨리도 묻네요, 그런 표정이었다.

"네, 견우 형은 출근했고 애경 누나도 새끼들 보러 갔어요."

따뜻한 햇살이 비쳐드는 남향집은 포근했다. 커튼을 걷은 태성이

268

빨래를 개켜 거실 한구석에 내려놓는 동안, 미사는 그런 태성의 목에 매달려 연신 장난을 쳤다.

"그걸 왜 네가 해. 집주인들이 따로 있는데."

"눈치 보이니까요."

"하여간 바보 같아."

"간지러우니까 얼굴 좀 치워줘요."

"네가 막 만지는 건 되고 내가 깔짝대는 건 안 돼? 내로남불이야, 그거."

"잘도 갖다 붙인다."

태성이 코웃음 치며 그의 목덜미에 턱을 괸 미사의 얼굴을 슬며시 밀어냈다. 세게 밀지는 않았다. 깃털처럼 가볍고 부드러운 거절은 다정하다.

미사는 태성의 손길이 부쩍 기분 좋았다. 손바닥은 따뜻하고, 손끝은 부드럽다. 피차 서로 잊은 것처럼 굴었지만 예전에 한 번 그런 일도 있었고…… 오늘 '아기' 타령을 한 게 가장 웃겼다.

문자 그대로의 의미가 아니라는 건 안다. 하지만 어떻게 그 타이밍에 아기 타령을 하나.

태성도 눈치를 챈 것 같기는 하지만, 사실 미사는 애경의 강아지들을 본 이후로 묘한 생각을 했었다.

자신을 낳아준 시영을 생각해보고, 그녀 나름대로 기르는 시늉을 했던 어머니로서의 모습이라거나, 언젠가 자신도 새끼를 낳을까 하는 미지에 대한 호기심 같은 것. 부쩍 다정하게 구는 태성이 좋아서 슬며시 유혹을 해볼까 하고 지분대는데 영 신경질적이기만 하다. 말로는 좋다고 해놓고 하는 행동은 꼭 그런 것만도 아니다.

살짝 심술이 난 채로 태성의 뒷머리칼을 만지던 미사의 입가에서 미소가 사라졌다. 햇살에 비친 태성의 머리카락은 완전한 회색처럼 보였다.

어제보다 더 밝다. 그제보다는 어제가 더 밝았고, 어제보다는 오늘이 밝으니, 내일은 더 밝아질 것이다.

미사가 갑자기 조용해지자 의아했던지 태성이 슬쩍 턱을 돌려 그녀 쪽을 흘겼다.

"왜 그래요?"

"정말 이 속도로 하얗게 되면, 너 백발 되겠어."

"어차피 염색해야 하니까…… 뭐. 그렇게 돼도 상관은 없고요. 조금씩 안정이 되는 증거라고 생각하면 나쁜 건 아닌 거 같아요."

태성은 그전에도 묘하게 탈력적인 구석이 있었는데, 지난번 사건 이후로는 조금 더 두드러진 경향을 보였다. 딱히 사소한 것들에는 신경을 쓰지 않기로 작정한 사람 같았다.

"염색은 무슨 색으로 하게?"

"까만색 말고요? 생각 안 해봤는데."

"갈색도 예쁠 거 같은데."

"그러면 갈색으로 하죠, 뭐."

"나도 염색할까?"

"하지 마요."

미사는 예상치 못한 대꾸에 고개를 갸우뚱했다. 태성이라면 미사가 말하면 십중팔구 '원하는 대로 해요.' 하고 말하는 편이었다.

"하지 마?"

"지금이 예뻐요."

"본 적도 없잖아."

"미사의 본체도 이런 색이니까. 그냥, 지금이 좋아요. 안 했으면 좋겠어요."

"왜?"

"그냥요."

태성은 대수롭지 않게 대꾸하며 미사의 긴 머리칼을 만지작거렸다.

"자르는 건?"

"불편해요? 겨울에는 긴 머리가 더 따뜻할 텐데. 뭐, 목덜미 차가워지면 내가 만져줄게요."

진지한 얼굴로 그렇게 중얼거리고 있는 태성을 보고 있자니 웃음이 그치지 않았다.

정오를 조금 넘긴 시각이 되자 태성이 빨래들을 다 정리하고 일어섰다.

"점심 먹어요. 오늘은 내가 만들게요."

"네가?"

미사가 태성을 따라 부엌으로 향했다. 솔직히 태성이 요리를 할 줄 안다는 것이 미심쩍었다. 미사가 그의 집에서 살기 전까지만 해도 태성은 거의 인스턴트로 끼니를 때웠다고 했었다. 심심하기도 하니 요리를 도울 생각이었다.

태성이 앞치마를 두르다 말고 엷게 웃으며 거절했다.

"미사는 쉬어요."

"내가 너보다 더 잘하는 거 알잖아."

"그냥, 오늘은 내가 해주고 싶어서 그래요."

혼자 살 때에는 인스턴트 음식이 대부분이었다. 그 후 미사와 함께 지낼 때에는 미사가 해준 것을 먹었다. 그렇다고 해서 요리를 할 줄 모르는 건 아니었다.

미사보다는 솜씨가 좋다 자부할 수 없지만.

미사는 나가지 않고 식탁 의자에 걸터앉았다. 소매를 걷어 올리고 냉장고를 뒤적이는 태성의 뒷모습을 빤히 바라본다.

태성의 윗사람인 것처럼 굴던 견우가 이제는 살짝 데면데면하게 굴 정도로 태성의 분위기는 많이 달라져 있었다. 온화하고 다정한 모습은 예전과 별반 다를 게 없는데도, 미사도 느낄 만큼 많이 다르다.

미사의 시선을 알아차린 태성이 비스듬 턱만 돌려 그녀를 돌아보았다.

"왜 그러고 보고 있어요. 심심하면 아무 말이라도 하든가요."

"섹시해서."

"뭐라고요?"

"아무 말이나 하라며."

눈살을 찡그린 태성이 "하여간 장난은." 하고 중얼거리며 외면했다. 그의 뒷목이 금세 붉어지는 것이 보였다.

태성이 당근을 씻어 도마에 올렸다. 미사의 시선이 드러난 태성의 팔뚝과 손등에 머물렀다. 통통통, 칼질 하는 소리만 울렸다. 태성이 당근을 작게 썰며 말했다.

"아, 그리고 저 내일 나가볼 건데."

"어디를?"

"언제 상황이 마무리될지 모르니까, 망원동 집 계약은 어떻게 되는 건지도 한번 알아보러 가려고요. 미사가 살던 집 팔려나가는 거 보고 나니까, 아무래도 거기도 미리 정리하는 게 나을 거 같고."

"자 일족들이 알아서 하는 거 아냐? 네 명의라고 했나? 그래도 위험할⋯⋯."

거기까지 말하던 미사가 저도 모르게 자조했다. 아, 예전의 태성이 아니었지. 그런 미사의 속을 읽어내기라도 한 것처럼 태성도 조용히 웃었다.

"이상하죠."

"응, 좀 많이 이상하네. 아직 적응이 잘 안 돼."

"저도요."

처음 태성이 변이했을 때 미사는 정신이 없는 채였다. 두 번째는 자의 보금자리에서 다른 생각을 할 수 없을 때 본 것이 전부다.

태성이 넌짓 물었다.

"같이 갈래요?"

"같이?"

미사는 고개를 저었다. 태성은 실망한 기색 없이 소매를 정리하며 다시 하던 일에 집중했다.

"이제 하나하나 해볼 생각이에요."

"뭘?"

"고마운 사람들한테 돌려주는 거."

착하고, 다정하고. 가끔 틱틱거리지만.

"미사에게도, 많이 고마워요."

"뭐가?"

"이것저것. 전부."

태성은 찬장을 뒤적이는 시늉을 하며 애매한 어조로 넘겼다. 미사가 "내가 감사받을 일을 했나?" 하며 손가락으로 하나하나 세는 시늉을 하자 태성의 입가에 엷은 웃음이 스치는 게 보인다.

무릎에 팔을 걸치고 비딱하게 주위를 둘러보던 미사가 중얼거렸다.

"그런데 여기 집 좋다. 개 커플들 잡아먹고 그냥 우리가 눌러살면 안 되나? 신혼집인 거 같은데."

고개를 뒤로 젖혀 미사를 바라보던 태성이 한쪽 눈썹을 살짝 들며 거북스러운 내색을 했다.

"아무리 농담이라도."

"농담 아닌데."

"그게 더 무서우니까 차라리 농담이라고 해요."

"원하신다면야. 농담이야."

쯧, 혀를 찬 태성은 냄비에 물을 받아 올렸다. 근사한 옆모습을 감상하듯 바라보고 있는데 태성이 잠깐 멈추었던 대화를 이어나갔다.

"자신감 넘치는 건 좋은데, 애경 누나랑 견우 형 건드렸다간 정말 큰일 나요. 애경 누나네 보통 집안 아니라서."

"집안?"

"애경 누나네가 술 일족이잖아요."

'그게 개인 걸 누가 모른다고?'

불확실한 어휘 선택이라고 생각하며 미사는 어깨만 으쓱였다.

애경이라는 개와는 두고두고 척질 가능성이 확연했으니, 굳이 그녀가 그들을 배려해야 한다는 생각은 하지 않았다. 막말로 이 집에 신세를 지고 있는 것도 그들이 미사에게 호의를 베푼 것이 아니라 태성에게 호의를 베푼 것이다.

미사는 자신에게 호의적이지 않은 이들에게 이유 없는 호의를 보일 만큼 관용이 넘치지는 않았다.

"쓸데없는 걱정이야."

"정말로. 견우 형이나 애경 누나 있는 데서는 그러지 마요. 가뜩이나 폐를 끼치고 있는데."

여전히 걱정 많은 태성인데. 정말로 하나도 변한 것이 없는데 뭐가 변했다고 이렇게 눈을 뗄 수가 없는지. 다정하게 울리는 목소리에 귀를 기울이고 있으니 괜히 더 기분이 좋아서 가슴이 뛰었다.

태성이 부드럽게 고개를 돌려 그녀를 바라보았다. 회색의 눈동자가 그녀에게 향했다. 보기 좋게 눈가가 휜다.

느리게 흘러가는 시간에 기대어, 미사는 여유롭게 그를 감상했다.

먼저 고개를 돌린 건 언제나처럼 태성이다. 평화로울 수 없는 시기, 이질적으로 평화로운 순간. 그래서인지 유달리 특별한 느낌이었다.

냄비의 물이 끓기 시작할 무렵 영 민망함이 가시지 않는지, 태성이 툭 내뱉듯 화제를 돌렸다.

"……그렇게 보면, 나 좀 떨리거든요. 딴 데 좀 봐라."

"싫어."

"상황 좀 마무리되면, 하고 싶은 거나…… 뭐 그런 거 있어요? 미사는 꿈같은 건 없을 것 같긴 하지만."

미사가 답했다.

"전에 말했었나? 아프리카나 사파리, 겨울을 그런 곳에서 나보는 게 꿈이야."

태성은 문득 미사가 살았던 아파트의 벽에 걸린 사진들을 상기했다. 거의가 그런 열대 지방의 풍경화였다.

"더운 곳이라서요?"

"응, 그냥 한반도를 떠나 있는 것도 좋을 것 같아."

"갈 거예요?"

"언젠가는 가게 되지 않을까?"

"내가 한 말 기억하죠?"

덤덤히 묻는 태성의 말에는 맥락이 없어서, 미사는 고개를 갸우뚱하며 되물었다.

"뭘?"

통통통, 도마를 때리던 칼 소리가 멈추었다. 태성이 조용히 썰기를 멈추고 손을 닦아낸 후 앞치마를 벗었다. 동선 하나하나를 관찰하듯 좇는 미사의 코앞으로 다가오는 데에는 30초도 걸리지 않았다.

"혼자는 안 된다고 했던 거."

태성이 미사의 대각에 가깝게 의자를 붙여 앉았다. 물기가 남아 차가운 손끝이 그녀의 뺨을 스쳤다.

의식하지 않으려 했으나 가끔 확실하게 와 닿는 순간이 있다. 체감과는 다른 것이다. 태성의 본질이 그녀가 알고 있던 태성과 조금도 다르지 않다 해도. 겉으로 드러나는, 은연중의 행동에서 생긴 차이.

아무렇지도 않게 그녀에게 입술을 맞댄다거나, 조금의 고민도 하지 않고 '꼭 같이.'라는 말을 강조하거나, '미사가 안전하기만 하면 괜찮아요.' 하고 결정의 중심을 그녀에게 둔다거나.

"왜요?"

순하게 웃는 회색 눈동자에 묘한 붉은 기가 돈다. 아주 잠깐이었지만, 미사는 놓치지 않았다.

"학교는?"

"휴학계를 낼까요?"

태성은 조금의 고민도 없이 대답했다.

조금 놀라서 미사는 티 나지 않게 턱을 당겨 피했다.

"미사?"

태성의 눈동자는 그러고도 한참이나 한 가지만을 바라보고 있었다.

미사, 그녀 자신이었다. 태성의 손이 미사의 턱을 부드럽게 쓸어내렸다.

"머리카락 붙었어요."

"내가 정리할게."

"······혹시, 무서워요?"

지나치게 직설적이라, 도저히 알아들을 수 없는 척을 할 수가 없는 질문에 미사는 입술을 다물었다. 태성은 조심스레 손을 내리더니 조금 기가 죽은 표정으로 중얼거렸다.

"조금 전에 한 말 너무 매달리는 것 같았나?"

"그것보다는."

"네."

태성이 조금 거리를 벌려 앉았다.

붉은 기는 온데간데없이 사라졌지만 여전히 그의 눈이 바라보는 것은 그녀였다. 오롯한 주시. 순수한 추종. 태성이 변이한 종이 무엇이었나를 생각하면 도무지 말도 안 되는 일이지만, 실제로 벌어지고 있는 일이다.

그건 뱀의 오만을 채워주는 일이면서도, 기묘하게 엇나간 현실의 틈으로 밀어넣는 일이었다.

미사가 나른히 웃으며 어깨의 힘을 풀고 턱을 괴었다.

"왜요?"

"그게 아니라, 너, 학교 중요하게 생각했잖아."

"중요하죠. 하지만 미사보다 중요하지는 않은 거 같아요."

미사의 미적지근한 태도를 가만 살피던 태성이 손을 털고 일어나며 엷게 웃었다.

"뭐, ······미사가 저 싫다고 해도 요즘 같은 기분이면 그냥 따라갈 거 같아요. 나도 이제 그냥 마음 가는 대로 살아볼까 싶으니까요."

식사는 그럭저럭이었다. 과연 태성은 요리를 잘하는 편이 아니었다. 못하는 편에 속한다. 미사는 대놓고 "맛없어." 하며 타박을 놓았

다. 민망한 표정을 하는 태성이 가여워 "그래도 칼질은 잘하네." 하고
의미 없는 말을 덧붙여주었다.

태성은 평소와 크게 다르지 않은 태도였는데, 그럼에도 달라진 건
분명히 있었다. 그의 시선도, 발끝도, 모두 그녀 자신에게 향해 있다.

맛좋은 코끼리라도 삼킨 것 같은 포만감이 차올랐다.

초저녁에 견우와 함께 돌아온 애경은 몇 가지 당부 사항을 전했다.
앞으로 사 일족들에 대해 취할 다른 일족들의 태도라거나, 신 일족들
이 얼마나 화가 나 있는지에 관해서라거나, 예의 진 일족과 접촉을 해
보려 시도하는 중이지만 쉽지 않다거나.

"자들은 새 종주 승계 의식은 생략한 것 같던데. 어쨌든 그건 중요
한 게 아니고, 이번에 업장 근처에도 사 일족들이 몇몇 숨어들어서 아
버지도 골머리를 앓고 있어."

애경과 견우는 의도적으로 태성과 관련된 자 일족의 이야기, 태성
본인의 이야기는 피했고 화제는 전부가 근래 일어나는 일에 관련된
것들이었다.

미사보다는 태성이 더 귀를 기울이는 것 같았다.

"우선은 그렇다더라. 더 소식이 있으면 알려주겠지만…… 일단 나
도 좀 뒷정리 좀 하고."

"밥부터 먹어요, 누나. 내가 해뒀어요."

"군식구 늘어나니 좋은 점도 있네."

태성이 해둔 음식으로 저녁을 해결한 애경은 꽤 기분이 좋아 보였
다.

여전히 태성이 적응되지 않기는 마찬가지지만, 알아서 식사 준비에 설거지까지 도맡는 군식구는 편리의 면에서 만족스러울 수밖에.

부지런한 태성에 반해 미사는 손가락 하나 까딱하지 않은 채로 견우와 또다시 신경전을 벌이고 있다. 견우는 저 암컷 뱀 따위 무시하면 그만인데 사소한 말 한마디 한마디에 발끈해서 문제였다. 태성과 관련된 위험인물이라는 우려 때문이었다.

"멍청한 개새끼가."

"살다살다 내 집에 뱀이라니. 미쳐버릴 거 같다. 아니, 그냥 미쳐버리는 게 더 나을지도."

"그 소원 이미 이루어진 거 아니니?"

"그걸 말이라고 합니까?"

얼마 떨어지지 않은 곳에서 부엌 뒷정리를 돕던 태성이 웃는 소리가 들린다.

견우는 머쓱해져 투덕거림을 멈추고 소파에 푹 기대었다. 저절로 태성에게 눈길이 갔다.

'……어떻게 되는 건지 모르겠네.'

지금의 태성을 보고 있자면, 사실 저 암컷 뱀을 위험분자라고 말하는 것은 이상한 일이었다. 엄밀히, 꺼림칙한 느낌만으로 따지자면 이 집에서 태성이 제일 위험했다. 낯설다.

그건 비단 견우만의 느낌은 아니었다. 애경도 마찬가지다.

설거지를 마치고, 식기 건조기를 작동시키기 위해 허리를 숙이려던 태성이 시선을 알아차리고 고개를 들었다.

"누나?"

하루가 다르게 희게 바래는 머리칼은, 태성을 낯설게 보이게 했다. 애경은 그를 훔쳐보고 있던 것을 들킨 후에도 대수롭지 않게 외면했다.

"거기 초록색 버튼이야."

태성은 또다시 큰 소리를 내기 시작하는 견우와 미사 쪽으로 시선을 준 후 고개를 끄덕였다.

식기 건조기가 요란히 작동하기 시작했다. 태성이 조심스레 사과했다.

"저희 때문에 불편하죠?"

"당연하지."

"죄송해요."

"하지만 차라리 네 소재를 모르고 불편한 것보다 이게 더 나아. 너 없어졌을 때 우리 견우가 얼마나 개지랄을 해댔는데."

애경은 다소 날카로운 감이 적잖다 싶을 정도로 냉정히 말한 후 식탁을 두드렸다.

앉으라는 신호였다.

그러는 사이에 또다시 견우와 미사의 투닥거림이 시작됐다. 몇 분을 못 넘기고.

"야, 이 개 같은 새끼가."

"개한테 개 같다고 하는 건 욕이죠. 이참에 뱀들 다 죽었으면 좋겠네요. 태성이는 어쩌다 이런 꽃뱀한테 걸려가지고."

"그걸 말이라고 해? 꽃뱀 따위랑 날 비교하는 거야? 너 폰 가져와 봐. 꽃뱀이 어떻게 생겼는지 보여줄게."

그런 열띤 대화가 거실에서 이루어지고 있다. 애경이 한숨을 내쉬며 못마땅한 표정으로 견우를 흘겼다. 대충 무시하면 된다고 말했는데 그걸 왜 일일이 상대하고 있는지 모르겠다는 듯한 기색이다.

태성은 작게 웃으며 애경을 마주 보고 앉았다.

"미사랑 견우 형이 좀 친하게 지냈으면 좋겠는데 어렵네요."

"영원히 불가능할걸. 그보다."

애경이 툭 던지듯 물었다.

"그래, 몸은 괜찮은 거야?"

"적응하는 중이에요."

깨어 있을 때에도, 겨우 잠에 들어서도 태성은 내내 살얼음판 위를 걷는 것처럼 팽팽하게 당겨진 신경을 유지해야 했다. 어떻게 한번 다뤄보려고 하면 속에서부터 덜덜 끓는 기운 때문에 인간형을 유지하고 있는 건 쉬운 게 아니었다.

"불안정해 보여."

하지만 그렇다고 수화한 채로 애경과 견우의 집을 돌아다닐 수 없는 일이니까.

"아직은 좀 그런데, 나아지고 있어요. 슬슬 감이 잡히는 것 같기도 하고."

"그렇다면 다행이지만."

애경이 손가락을 딱 부딪치자 공기가 정체된 게 느껴졌다. 결계였다. 애경은 늘 이런 식으로 결계를 사용하는 데에 특화되어 있다.

"저 뱀이랑 쭉 같이 행동하면 너한테 손해인 거 알지?"

조용히 팔짱을 낀 태성이 힐끗 미사를 돌아보며 중얼거렸다.

"이렇게 얘기하는 거, 뒷이야기 같아서 좀 그런데."

애경은 아랑곳 않았다.

"원하면 네가 있을 만한 곳, 우리 쪽에서 제공해줄 수 있어. 아버지께서 돈이나 그런 문제 신경 쓰지 않을 수 있도록 도와줄 의향이 만만하다 하셨어. 하지만 뱀은, 아니야."

"그렇잖아도, 망원동에 한번 가보려고 해요."

"응?"

"돈은 꼭 필요한 거고, 미사 씨랑 같이 머물 곳을 찾으려면 더 필요하니까. 명의가 제 이름으로 되어 있다고 알고 있으니 값이 좀 떨어졌더라도 거기 팔고."

태성은 진지하게 중얼거렸다.

"시골 어딘가에 미사 씨랑 지낼 만한 전원주택이라도 한 채 마련해 볼까 봐요."

잘은 모르지만 망원동의 아파트를 팔고 나면 어느 정도 여유가 생길 것이다. 그렇다면 땅값이 싼 곳에 새로 전원주택을 한 채 마련해서, 그곳에서.

"너 정말로 진심인 거야?"

"농담으로 하는 말은 아니에요."

"너는 그러고 싶은 거냐고. 정말로."

말리고 싶어 하는 내색을 고스란히 드러내며 애경이 채근하듯 물었다. 태성은 턱 언저리를 매만지며 시선을 내리깔았다. 그 역시도 스스로가 극단적이라는 생각을 하고 있다. 그는 분명, 극단적인 생각에 사로잡혀 있다.

사실 그가 원하는 건, 아무도 그들을 모르는 곳에서 미사와 함께 지내는 것이었다.

그 바람에는 태성 자신이 이제까지 쌓아온 여러 친분과 인맥, 그동안 그를 지탱해준 수많은 이들과의 관계를 잘라낸다는 전제가 담겨 있다. 스스로가 왜 이렇게까지 생각하는지 모르겠지만 불쑥불쑥 그런 바람이 머리에 인다.

제 안의 자신이 아닌 다른 무언가가 들어앉은 듯한 느낌이 들 때면 태성은 스스로가 두려울 때도 있다.

애경은 긴 한숨을 내쉬며 먼저 일어섰다.

"혹시 모르니까, 너 내일 부동산 갈 거면 같이 가."

"누나가 같이 가주려고요?"

"혼자 할 수 있어?"

인터넷 보면 되는데 하는 안일한 대답이 떨어지자 애경은 그럴 줄 알았다는 듯 혀를 쯧 찼다.

"도와줄게. 솔직히 나도 네가 빨리 거취 정하는 게 좋으니까."

아마 저것이 애경의 본심일 터였다.

모두가 잠든 시각, 태성은 거실 창가에 앉았다.

낮보다 훨씬 더 밝아진 머리카락을 만져보았다. 제 안의 기운만큼이나 낯설었다. 긴장을 풀자마자 붉어지는 눈동자를 창을 통해 비춰 보던 태성이 눈두덩을 매만졌다.

'……흠.'

몸은 조금도 피곤하지 않다. 오히려 시간이 지날수록 더 견고해지는 기분이었다. 다른 사람들의 기운이 너무나 쉽게 읽혔고, 너무나 무디게 보였고, 조금도 염려가 되지 않았다. 지금 등 뒤로 살금살금 다가오는 발소리도, 조금 전부터 눈치채고 있었다.

"뭐 해?"

가는 팔이 등 뒤로부터 뻗어와 그의 목을 감쌌다. 태성의 붉은 눈이 창에 비치는 미사의 눈동자와 마주쳤다.

"잠이 안 와요?"

태성은 미사의 손등에 코를 비비며 나직이 중얼거렸다.

"나는 잠이 안 와요."

"나도 안 와. 무슨 생각 하고 있었어?"

"그냥, 미사랑 같이 둘만 있으면 좋겠다, 그런 생각이요."

미사는 태성의 목덜미에 시선을 두었다. 태성의 손이 미사의 손가락에 깍지를 낀다. 태성은 마치 이제 어디를 가든 그녀와 함께하는 것을 당연히 여기는 것처럼 굴었다. 창에 비치는 붉은 눈동자가 시선을 비껴 피한다.

오늘 낮에 느꼈던 아랫배까지 꽉 차는 포만감이 다시 한 번 밀려왔다. 미사는 태성의 얼굴을 제 쪽으로 돌려, 부드럽게 눈가를 문질렀다. 소름 끼치도록 아름다운 적안, 그 어디에서도 그녀를 향한 적의를 찾을 수가 없다.

미사의 얼굴이 태성의 가까이로 기울었다.

"기분 좋은 말이네."

바로 귓전에서 울리는 속삭임에 느리게 눈꺼풀을 감았다.

"나랑 같이 있고 싶어?"

"미사는 그러기 싫어요?"

미사는 태성의 입술을 물끄러미 바라보다가 엄지로 부드럽게 문질렀다.

"말해봐."

뱀처럼 속삭였다.

미사는 종교를 믿지는 않지만 허구가 줄 수 있는 사실감은 사람을 움직일 수 있다 인정하는 편이었다. 어느 낙원의 언덕에서 최초의 여자에게 속살거리던 뱀의 기쁨이 이런 것이었을지.

"말해봐."

일생의 최악의 겨울 끝에 얻은 것은, 그보다 더 대단한 존재였다. 제 일부만 살짝 들추어 내어주면 자신을 통째로 던져줄 것만 같은.

갈라진 목소리가 흐름을 끊어냈다.

"들어가 자요."

대답을 기피하는 몸짓만으로도 이미 답을 추측해낼 수 있었다.

깍지 낀 손가락의 힘을 풀지 않는 커다란 손.

살짝 상기된 뺨.

그러나 그보다도 그녀의 귀에 선명히 느껴지는 태성의 심장소리. 그의 심장소리가 빨라질수록 미사의 가슴 안쪽도 조였다 풀렸다. 태성이 미사의 손등을 당겨 뺨을 기대며 말했다.

"이미 말했잖아요. 알면서 왜 물어요. 짓궂어."

"곤란해하는 네가 귀여우니까."

"곤란해서 그러는 거 아니에요."

태성의 목소리가 한층 더 낮게 잠겼다. 그리 층층이 가라앉다 보면 밑바닥 어딘가로 사라져버리지는 않을까 싶은 무게감이었다.

살며시 턱을 치켜들고 웃는 미사는 스스로가 감정적 우위에 있음에 만족하는 얼굴이었다. 태성도 만족했다. 그녀의 만족감에 키스하고 싶다.

오전에 미사를 밀어내며 했던 말은 장난을 가장했지만, 진심이었다. 충동은 수시로 느껴지고 때때로 그는 머릿속으로 상상한다. 미사를 물어뜯고, 마구잡이로 끌어안는 상상.

예전의 그는 해본 적 없고, 실제로 그렇게 실천할 마음은 추호도 없는 미친 생각이었다.

미사는 조금도 모른다.

지금 이 뛰는 심장이 어느 순간 머릿속을 마비시키면.

"잊지 마요. 어디를 가든, 나를 데리고 가. 내가 귀찮으면 나를 먹고 가라고. 내가 싫어져도 나를 삼켜요. 그러면 나는 미사랑 쭉 같이 있게 된다는 사실만으로 만족할 거니까."

태성은 그를 비추는 미사의 눈동자에 빨려들어갈 것만 같은 감각을 느꼈다. 이 새까만 구렁이라면 자신의 공동마저 거리낌 없이 삼켜줄 것만 같았다.

휩쓸리듯이, 결코 자신이 할 리가 없는 일의 가정을 내뱉었다.

"그러지 않으면, 내가 미사를 잡아먹어버릴 거예요."

놀리듯 그의 턱 언저리를 맴돌던 미사의 손끝이 멈추었다. 짧은 적막은 수많은 것들을 말하고 있다.

그녀의 손목을 부드럽게 놓아주는 태성의 목소리는 가벼움을 가장했다.

"지금은 좀 무서웠죠? 진지하게 생각하지 마요. 마지막 말은, 내가, 미사한테 그럴 리가 없잖아요."

"……너."

"정말로, 고맙고, 좋아해요."

늘 '알아.' 같은 가벼운 대꾸로 그의 고백을 장난처럼 흘려넘겼던 것과 달리, 미사는 대답하지 않았다. 경계심이 생겨난 건지도 모른다. 내심 그런 생각을 하며 시선을 든 태성이 미사의 눈을 직시했다.

"그러니까 놀리지 마요. 나도 장난 안 칠게요."

미사가 불편하게 느끼는 것이 싫어 가볍게 그녀의 손을 놓으며 말하기는 했지만 태성은 조금 후회했다.

"들어가 자요. 애경 누나랑 견우 형이 깰지도 몰라요. 계속 떠들면."

"막상 들으니, 그런 농담 정말 별로네."

"화났어요? 예전에 미사가 늘 나한테 했던 농담인데."

"그러게. 당하니까 영 별로네."

"나는 괜찮았어요."

286

정말로 언짢은 것처럼 미사의 손등에 비늘이 일어났다가 다시 순식간에 흰 피부 속으로 스며든다.

태성은 돌아서려는 미사의 팔을 낚아챘다. 미사가 화가 났다는 생각에 조금 초조해진 것 같았다. 아래에서부터 허리를 치켜든 태성의 입술이 미사의 입술에 그대로 맞닿았다.

미사의 허리를 꽉 당겨 받치고 가볍게 입술을 쪽쪽 두어 번 눌렀다 뗐다.

"이런 식으로 넘어가려고?"

앙칼진 속삭임이 콧등 위를 떠돌았다. 태성은 그를 확 밀어내는 미사를 순순히 놓아주며 웃었다.

"해달라고 했잖아요. 지금, 해주고 싶었어요."

오늘 아침의 일을 떠올린 건지, 미사는 더 화내지 않았다.

반걸음 물러서서 지그시 탐색하듯 태성을 위아래로 훑을 뿐이다. 태성은 기꺼이 그녀의 시선을 받았다. 저 뾰족한 눈에조차 만족하는 자신은 얼마나 메마른 관심을 갈구하는 건가. 얼마간 그를 뜯어보듯 관찰하던 미사가 아무렇지도 않다는 듯 "잘 자." 하고 인사한 후 방으로 돌아갔다.

태성은 다시 뒤돌아 넓은 창문 너머로 시선을 던졌다.

예전에는 아비가 궁금했고, 어미가 원망스러웠고, 그를 돌봐주는 동족들의 관심이 목말랐다. 기대가 꺾이고 꺾여 홀로 떨어져 살 때조차도, 그 모든 것들은 태성에게 큰일이었다.

그런데 지금은 딱히 그 모든 것이 중요하게 느껴지지 않았다. 종이 달라지기에 성격이 바뀌게 된다면 그것은 그 나름대로 싫다고 생각했었던 일주일 전의 자신조차도 사라졌다.

아무러면 어떤가. 적어도 그에게는 미사에게 한 '모든 말'을 지킬 힘이 생겼는데.

적안이 괴물처럼 번뜩인다. 불현듯 유리창에 비친 제 눈에 소스라쳐 물러섰다.

태성은 목 안으로 웃음을 삼켰다.

"아."

정말로 어딘가 이상해져버린 모양이다.

"나 왜 이러지."

그가 동족이라 믿었던 이들에게 완벽하게 내쳐졌던 날, 당연하다는 듯 그의 옆에 있어주었던 미사를 잊지 못할 것이다. 욕심을 부려선 안 된다고 믿어 살아왔던 지난 시간들이 무색하게도 한번 자라난 욕심은 욕망이 되어 그 스스로에게 당위를 부여한다.

아무래도 좋지 않은가.

지금 같은 기분이라면.

고개를 돌린 태성은 미사를 집어삼킨 작은방의 문을 바라보았다. 닫힌 문 너머에 귀를 기울이면, 작게 뛰는 미사의 심장소리가 들린다. 문을 열어보지 않아도 미사의 표정이 그려진다.

애완동물처럼 예뻐했던 그가, 그 이상의 발언을 해버린 순간부터 무언가 틀어지기 시작했다는 걸, 예민한 미사는 또렷이 느끼고 있을 것이다.

"형, 못 들은 걸로 해줘요."

태성이 혼잣말처럼 중얼거렸다.

살짝 열려 있던 안방 문이 소리 없이 닫혔다.

밤이 깊어간다. 소파에 앉은 태성은 변하지 않는 밤하늘을 올려다보았다. 입술에 남은 서늘한 온도가 수시로 가슴을 때린다. 오늘도 어김없이 잠들 수 있을 것 같지가 않았다.

어수선한 방으로 돌아온 미사는 낯선 방의, 딱딱한 침대에 누워 천장을 올려다보았다.

　계속 가라앉지 않는 흥분이 어떤 감정에 기인한 것인지 스스로의 감정을 헤아리기가 힘들었다.

　「잊지 마요. 어디를 가든, 나를 데리고 가고. 내가 귀찮으면 나를 먹고 가고, 내가 싫어져도 나를 삼켜요. 그러면 나는 미사랑 쭉 같이 있게 된다는 사실만으로 만족할 거니까.」

　그 말은 수컷이 암컷에게 건넬 수 있는 가장 달콤한 고백이었다.

　사랑을 해보았다고 말하기는 뭣하지만, 수컷과 함께해본 적이 없다고는 못 할 것이다. 태성이 그녀에게 있어 처음으로 구애를 하는 수컷도 아니었다.

　그러나 그동안 만났던 이들은, 혹은 조금이라도 그녀가 동했던 이들은 대개가 동족이었다. 곽현의 경우를 생각하면 알겠지만, 뱀들은 자존심이 세기 때문에 질척하게 매달리는 일이 별로 없다.

　그리고 대개 그녀와 엇비슷한 수준의 상대라, 마음이 통했다가도 금세 질려버리곤 했다. 장생종들은 스스로의 감정이 영원하리라는 데에 회의적이다.

　「그러지 않으면, 내가 미사를 잡아먹어버릴 거예요.」

　하지만 두 번째의 고백은, 실질적으로 미사마저 당황할 정도의 깊이를 품고 있었다. 아주 일순간 미사는 '가능성'을 떠올리게 되었다.

　아마도 태성은 아직 사람의 형태를 한 그들의 감정이 어느 만치 얄팍하고 변덕스러운지를 겪어보지 못했기 때문에 그런 것일 터다. 그리고 아직 자신도 그 얄팍한 사람들 중 하나라는 걸 배우지 못했기 때문에.

미사는 태성의 입술이 닿았던 손과, 저를 마주 보던 태성의 눈빛을 반추했다. 감추려 하지만 들끓는 욕망은 잔잔히 가라앉은 눈동자 깊숙한 어딘가를 뒤덮고 있다.

지난 하루 그녀의 정수리까지 차올랐던 소유에 대한 포만감은 순식간에 적색 신호를 감지한 알람처럼 울렸다.

똑같이 붉은 눈을 하고 그녀를 바라보던 사준의 눈과, 태성의 눈.

새삼 그 온도차를 자각하는 순간 미사는 사준의 그 적안이 이를 데 없이 차가웠다는 것을 깨달았다.

미사는 태성과 오래도록 함께하고 싶었다. 사 일족들의 문제가 걸림돌이 되더라도, 적어도 '지금'은. 마음속으로 그런 생각을 했던 것 같다.

떠나고 싶은 마음이 생기면, 언제든지 홀연 그녀는 그를 떠날 수 있을 것이라고. 하지만 농담이라는 말로도 감출 수 없었던 태성의 살기 – 분명히 그렇게밖에 느껴지지 않던 찰나의 매서운 감정 – 가 비로소 미사에게 문제의식을 던져주었다.

'포만감에는 대가가 있을 텐데?'

태성으로 기인한 소유욕에 대한 포만감은 분명히, 그녀가 상상한 것 이상의 대가를 요할 것이었다. 처음으로 가슴이 떨리기 시작했다.

「내가 미사를.」

계속해서 뇌리에 되감기는 건, 그 말을 하던 순간의 태성의 입술과,

「……잡아먹어버릴 거예요.」

그 순간, 붉은 눈의 태성과 한데 뒤엉키는 상상을 한 자신이었다.

이튿날 미사가 눈을 떴을 때 태성은 이미 외출한 후였다. 애경도 함께 사라졌다. 미사는 이미 애경으로부터 지적받은 식습관을 고수해서, 부엌으로 향했다. 냉장고를 열자 날달걀 몇 개가 조로로 놓인 것이 보이고 그 위에 쪽지가 하나 있다.

[하루 하나.]

그렇게 쓰여 있는 글씨체가 낯선 것을 보니 애경이 아니면 견우라는 녀석의 경고일 것이다.

미사는 가뿐히 경고 쪽지를 구겨 쓰레기통에 던진 후 날달걀 두 개를 반항적으로 그 자리에서 깨마셨다. 등 뒤에서 인기척이 들려 화들짝 놀라 돌아보니 번듯한 차림을 한 견우가 서 있었다.

"놀랐네."

견우는 아주 이상한 표정이었는데, 여태까지 시시콜콜한 것들까지 트집을 잡아 미사에게 면박을 주려던 때와는 사뭇 다른 분위기였다. 피곤한 것도 같은 얼굴로, 마치 낯선 생물을 발견하기라도 한 것 같은 표정으로, 스윽 미사를 머리끝부터 발끝까지 훑는다.

슬며시 달걀껍질을 쓰레기통에 던져넣은 미사가 물었다.

"왜."

"……"

"그 표정 뭐냐니까."

남의 집에 눌러앉은 주제에 왜 큰소리냐 하면 미사도 할 말은 있었다. 손님을 그따위 개눈깔로 쳐다보는 건 어느 주인의 예의냐고 따져 물을 셈이었다. 가뜩이나 지난밤, 밤잠을 설쳐 예민했다.

그러나 견우는 무언가 말을 할 듯하더니, 뜬금없이 본인의 스케줄을 읊었다.

"이제 카페 오픈하러 가려고."

"그래서 어쩌라고?"

"……그렇다는 말입니다. 됐습니다."

견우는 의외로 순순히 몸을 돌려 밖으로 나섰다. 답답하게 굴다가, 나가기 직전에 "태성이랑……." 하고 운을 뗐다가 다시 입을 다물었다. 태성과 관련된 이야기를 하고 싶었던 것 같은데, 끝끝내 미사의 호기심만 풍선처럼 부풀리고는 나가버렸다.

태성. 태성을 생각하면 미사의 기분도 조금 괴이쩍어졌던지라, 미사는 이내 그의 이름을 한구석으로 밀어내고는 언제나와 마찬가지로 노트북 앞에 앉았다.

'용운 님은 지금 어디 계실까.'

'뮤지션 구름'을 검색해보았지만 여전히 실종이라는 기사만 보일 뿐이다. 의미 없는 검색을 종료하며 미사는 긴 한숨을 내쉬었다.

며칠을 머물고도 낯설기만 한 거실, 미사는 혼자였다.

낯설게도.

그러나 그 낯선 감정을 오랫동안 음미할 시간은 없었다.

바로 그날 밤부터 급변하기 시작한 상황 때문에.

태성은 애경과 함께 망원동 아파트 근처 부동산에 다녀왔다. 인터넷 뉴스를 비롯한 매스컴에서 심각하게 다루기에 문제가 클 거라고 생각했는데 막상 근방의 부동산 업자를 통해 이야기를 들어보니 그 정도로 심각하지는 않다고 했다.

건물 매매에 차질이 생길까 봐 사태를 축소해 설명한 것일 수도 있다. 그러나 집 명의가 태성 본인의 것이므로, 태성에게는 나쁜 일은 아니었다.

"미사, 나 왔어요. 춥지 않았어요?"

태성이 돌아왔으나 미사는 그들에겐 시선도 주지 않은 채다.

아무래도 지난밤의 일 때문에 미사의 심기가 불편해졌겠거니 예측하기 어렵지는 않았다.

태성은 인사도 받아주지 않는 미사를 향해 "밥은 먹었어요?" 하고 두 번째로 물었으나 마찬가지로 무시당했다.

부엌으로 들어간 애경이 말했다.

"거기 매물로 내놓는 건 좋은데, 들어가 살 집을 구하는 게 더 먼저 일 거야. 아무래도 지금 그쪽 아파트 값이 떨어져서 조금 더 외곽으로 나가야 할지도 모르겠는데 괜찮겠어?"

"위치는 아무 데나 괜찮아요. 안전한 곳이기만 하면."

차라리 아무도 오지 못하는 외딴 곳에서 사는 것도 좋겠다는 내심의 바람은 접어두었다. 스스로가 생각해도 그건 과한 바람이었기 때문이다.

매물로 아파트를 내놓겠다 결정하는 것은 쉬웠으나, 그 후의 문제들이 산적해 있다. 세금 문제는 애경이 술 일족 출신의 변호사를 소개해준다고 하였으니 한시름 놓을 수 있었지만 그 밖에도 이사를 계획한다면 어디로 가야 할지, 매물로 내놓은 아파트가 언제쯤 팔리게 될지, 얼마 정도에 팔릴지 따위를 생각해야 했다.

그리고 어디로 가야 할지에 대해서는 미사와 상의를 해야 한다. 다만 지금 미사가 기분이 좋지 않아 보이니 눈치를 좀 봐야겠다. 태성은 벽에 걸린 거울에 비치는 제 머리칼을 바라보며 중얼거렸다.

"내일은 염색을 좀 하면 좋겠는데."

"미용실 가. 카드 줄 테니까."

"아뇨, 집에서 하는 게 더 편할 거 같아요. 혹시 염색약 없어요?"

"없어. 견우한테 들어올 때 하나 사오라고 해야겠다. 아무래도 너 머리가 그러니까, 새치 전용으로 염색하는 게 나을 거야."

"물이 금방 빠지는 거만 아니면 무슨 색이든 괜찮아요."

애경의 표정이 굳어지기 시작했다. 잇따라 태성도 기묘하게 따가워지기 시작한 공기를 느끼고 몸을 돌렸다.

어느새 미사가 오도카니 일어선 채 TV가 걸린 벽을 바라보고 있었다.

"미사?"

이상한 낌새를 알아차린 태성이 성큼성큼 그녀에게 다가갔다.

"……안 돼."

미사의 중얼거림이 흘러나왔다. 미사의 날카로운 기운에 다소 불편한 심기를 내비치려던 애경이 부엌에서 나오다 말고 멈추었다.

매일 저녁 8시에 방송되는 뉴스는 언제나처럼 평이한 아나운서의 목소리를 통해 새로운 사건사고를 알리고 있었다. 태성의 신경은 온통 창백하게 가라앉은 미사의 얼굴에 있었다.

"미사."

미사가 태성을 밀어내고 TV 앞으로 걸어갔다.

숨소리조차 들리지 않았다.

태성이 그녀를 따라 시선을 옮겼다. 미사의 어깨 너머로 보이는 TV 화면이 비로소 눈에 들었다. 어느새 다가온 애경이 조용히 태성의 어깨를 잡아당겼다.

"말도 안 돼."

미사의 중얼거림이 선명히 박혔다.

태성은 얼어붙은 커다란 빌딩을 바라보았다. 빌딩의 고층, 도려나간 듯 부서진 귀퉁이가 얼음에 뒤덮여 기괴한 장관을 연출하고 있다. 꼭대기 층에서는 램프가 나간 전구가 깜빡깜빡 점멸한다.

[광일제약]

그리 쓰여 있는 건물 주위로 수많은 사람들이 안전 방호복을 입은 채 돌아다닌다. KEEP OUT이라 인쇄된 노란 띠가 쉴 새 없이 둘러쳐 지고 있다. 경찰차와 구급차가 그 근방에 쫘악 깔려 있는 풍경은 가히 장관이었다.

미사의 손이 빌딩의 옆면에 닿는 순간, 화면이 바뀌며 아나운서의 자상한 목소리가 울려퍼졌다.

[서울시 모 구에 위치한 광일제약 본사 빌딩에서 저온 액상 누출 사고가 발생한 것으로 추정됩니다. 정확한 사고 경위는 밝혀지지 않았으나 사상자가 수십여 명에 이르는 것으로 알려져 해당 지역을 큰 충격에 빠뜨렸습니다. 현재까지 확실히 밝혀진 사망자는 넷으로, 그중에는 현 광일제약의 부사장으로 알려진 한 모 씨도 포함되었다 추정하여…….]

태성은 뒷걸음질하는 미사의 등을 받아 안았다. 미사는 계속해서 중얼거렸다.

"이게 무슨 일이야?"

[내일 오전 열릴 주식시장의 큰 변동이 예상이 되어 광일제약 대표의 공식적인 상황 발표를 기다리고 있는…….]

그러던 중간, 태성은 문득 건물 입구에서 얼마 떨어지지 않은 곳에 선 한 사람의 윤곽에 눈을 멈추었다. 새까만 머리칼을 길게 늘어뜨린 남자가 가만 고개를 들어 건물을 올려다보고 있었다. 옷차림은 어쩐지 예스러운 느낌이 났다. 무엇보다도 보통 사람들에게서는 보기 힘든 장발이었는데 누구도 그를 신경 쓰고 있지 않다는 게 더 이상할 정도였다.

　'뭐지.'

　기묘한 느낌은 태성에게 어떤 확신을 주었다.

　보통 인간이 아니었다. 저 건물은 사 일족의 아지트와 마찬가지였으니, 아마도 사 일족일 터였다. 다만…….

　화면 귀퉁이에 풍경처럼 서 있던 남자가 고개를 돌려 그를 바라보았다.

　태성은 깜짝 놀랐다.

　'……?'

　상대는 카메라를 본 것일 뿐일 터다. 그러나 태성은 마치 눈이 마주친 것 같은 느낌을 받아야 했다. 사 일족 중에도 저런 소름 끼치는 이가 있었나 싶을 정도로 불쾌했다. 한사준을 마주했을 때와는 전혀 다른 느낌에 심장이 떨렸다.

　그러나 곧 카메라 앵글은 바뀌었고 남자는 화면에서 사라졌다. 태성의 눈은 다시 작게 카메라가 비춰주는 건물의 상층부로 향했다. 얼음으로 뒤덮인 고층빌딩.

　누구의 짓인지는 명확했으나 어떻게 된 일인지는 감히 추측조차 하기 어려웠다.

　새까맣고 음울한 눈의 남자는 이미 관심사에서 밀려난 후였다.

"맙소사."

애경도 이런 사태는 전혀 예상하지 못한 것처럼 보였다. 전화기를 쥔 손을 놓지 못하고, 그녀는 거의 성질을 부리다시피 담군을 쪼았다.

"저기 지천에 깔린 게 사 일족들이고, 그놈들 감시한다고 맴돌던 녀석들이 몇 명인데 상황이 이렇게 심각해질 때까지 몰랐다는 게 말이 돼? 아니야? 정말 우리 쪽이 그런 거 아니라고? 인간들도 휘말려 죽었잖아. 난리가 났잖아. 저걸 어떻게 막을 거야. 아니, 생각을 해봐. 지금 저 빌딩 얼린 건 대체 어떻게 설명할 건데. 이거 수습은 누가 하는 건데? 우리 쪽이 벌인 일 확실히 아닌 거지? 아버지 바꿔봐. 네, 아버지. 아무래도……. 아뇨, 네. 견우는 아직 카페예요. 알겠어요. 들어오면 본가로 데려갈게요."

대충 그런 내용이었다.

누구에게도 갑작스러울 수밖에 없는 일이었다.

바로 최근까지 사 일족들을 무력진압하기 위해 계획을 짰다는 이들도, 몇 주를 벼르고 별러낸 작전을 완전히 폐기하고 상황 파악에 들어가야 할 판이다. 아이러니하게도 그중 가장 충격을 받은 건 미사였고, 가장 평온한 건 태성이었다.

어린아이처럼 넋을 잃고 TV를 바라보던 미사가 애경을 돌아보았다.

애경은 견우에게 전화를 걸고 있었는데, 미사와 눈이 마주치자 신경질적으로 등을 돌렸다. 노골적으로 불안한 기운을 풍기는 미사의 곁에 있자니 태성까지 덩달아 기운이 흩어지는 느낌이었다.

태성은 최대한 침착을 가장해 말했다.

"미사, 조금 기다리면 소식 들어올 거예요. 애경 누나 쪽 소식통은 빠르니까."

태성의 염려 섞인 목소리는 애석하게도 조금도 위안이 되지 못했다. 미사는 소파에 주저앉아 밭은 숨을 내쉬었다.

"죽었다면 일도 금방 해결될 거고."

"안, 죽었어."

한참을 이마를 문지르던 미사가 벌떡 일어섰다. 그러고는 방이라고 하기도 열악하여 딱딱하고 낡은 침대 하나와, 대중없이 쌓아둔 옷가지로 꽉 찬 방으로 들어갔다. 뒤따라 들어온 태성이 만류했다.

"미사, 그때 봤던 과리라는 남자가 저지른 일이라면, 위험할 수도 있잖아요."

아무리 봐도 저 정도 되는 규모의 빌딩 꼭대기가 죄 얼어붙었다는 건, 상대가 앞뒤 가리지 않는다는 것과 상통했다. 현대를 살아가는 일족들에게 스스로를 보호하는 가장 커다란 무기는 카메라이며 언론이었다. 그러나 그 남자는 카메라도 언론도, 그 무엇도 괘념치 않는 것이 분명했다.

태성이 막 코트에 팔을 꿰던 미사의 팔목을 낚아채듯 쥐었다.

"어디를 가려고 이래요."

"놔."

미사의 샛노란 눈이 날을 품고 태성에게 꽂혔다. 겁먹어 물러나는 대신 살며시 미간을 좁힌 태성이 한 걸음 다가와 섰다.

"미사, 말해봐요. 어디 가려고 그러는 건데요. 위험할까 봐 그래요."

"한사준, 안 죽었다고."

"그러면 어디 있는지 알아요?"

"비키라니까."

태성은 적나라하게 일렁이기 시작하는 미사의 살의를 알아차리고 입술을 당겨 물었다. 미사가 놀랐다는 것을 충분히 이해하면서도, 고작 뱀 따위의 생사에 예민하게 구는 그녀가 짜증이 났다. 그러다가 스스로가 '고작 뱀 따위'라고 생각해버렸다는 사실에 조금 놀라 그녀의 팔을 놓았다.

대신 태성은 옷걸이에 걸린 코트를 챙겨 입었다.

"같이 가요, 그러면."

"그럴 필요 없어."

냉정히 대꾸한 미사가 먼저 방 밖으로 벗어나려는 순간이었다.

순간 손목에 비늘이 돋아 올라올 만큼 무자비한 악력이 휙 미사의 몸을 돌려 세웠다. 태성이 몹시 안타깝다는 눈으로 그녀를 내려다보고 있었다. 미사는 말을 잃고 그를 바라보았다. 태성은 창백하게 질린 미사의 뺨을 반대쪽 손으로 훑더니 다정한 목소리로 쐐기를 박았다.

"미사, 어딜 가도 같이 가자고 했잖아요."

무어라 하고 싶었지만, 그 순간만큼은 아무 생각도 나지 않았다.

미사는 가까스로 정신을 차렸다. 당장 태성과 승강이할 시간도 없었다. 그녀는 조급했고, 자신이 가진 기이한 확신을 확인하고 싶었다.

"너희 어디 가!"

한창 또다시 누군가와 통화를 하던 애경이 현관을 나서는 그들을 향해 신경질적으로 쏘아붙였다. 태성은 아무 말도 하지 않고 먼저 밖으로 나섰다. 미사가 그를 뒤따랐다.

어린 시절의 이야기이다. 그런 일이 있었다.

미사가 말하는 어린 시절이란 세상이 지금처럼 발전하기 전이다. 콘크리트 건물은 존재조차 하지 않았으며, 토지는 거의 대부분 자연 그대로의 형태를 유지하고 있고, 숲과 나무가 울창하며 광활한 평야가 존재했던 때.

어느 산골짜기 아래에 새로 자리를 잡은 미사가 한창 보금자리를 꾸미는 데에 열의를 보일 때였다. 목조 골자를 세우고 천을 덮어 천막처럼 만들었다가, 동굴을 조금 더 파들어가고 양반 댁에서 훔쳐온 주렴으로 문발을 달기도 했다가, 향로를 화분으로 만들어 산딸기 열매를 심어보기도 하고. 여러 가지로 어설펐지만 지금보다는 훨씬 열의가 넘쳤다.

「또 그렇게 열심히 하는 거야?」

사준은 보금자리를 바꾸는 일이 거의 없었다. 그가 머무는 곳은 시영이 머무는 보금자리였고, 시영이 비운 보금자리였다. 미사와 다르게 늘 한곳에 정착하기를 갈망했다.

널빤지 위에 쪼그리고 앉아 비딱하게 심드렁히 저를 바라보는 시선에는 다정함이 어려 있었다.

「할 거 없어서 놀러 온 거야? 나 지금 바빠.」

「도와줄까?」

「됐어.」

미사는 사준을 대강 밀어내며 다시 보금자리를 꾸미는 데에 집중했다. 예쁜 조갯빛 주렴이 따그락거리는 소리가 기분이 좋아서 괜히 천장에 달아도 보고, 떼어도 보고 하는 미사를 사준은 희디흰 얼굴로 바라만 보고 있었다.

미사가 이상함을 느낀 것은 막 화분이 되어버린 화로를 굴 안으로 옮긴 직후였다.

사아아, 부는 바람 속에 낯설지 않은 비린내가 섞여 있었다. 고개를 들어 사준을 바라보았다. 희다고만 생각했던 사준의 얼굴은 창백했다.

「너.」

「왜.」

그에게 다가간 미사가 확 사준의 외투를 들추었다.

「누가 이랬어?」

미사의 눈동자에 순식간에 금빛 이기가 어렸다. 사준의 허리에 붕대라고 하기에도 뭣한 천이 둘둘 감겨 있고, 피 얼룩이 남아 있었다. 재생력이 뛰어나 금세 회복이 되는 그들의 특성을 생각하면 다친 지 얼마 되지 않은 것이 분명했다.

껄끄러운 것처럼 미사의 어깨를 슬쩍 밀어 거리를 벌리는 사준은 태연했다.

「신경 쓸 것 없어.」

「피 냄새를 풀풀 풍기면서 찾아와놓고서는 신경 쓰지 말라니?」

이 앞에 앉아 있은 지 한 시간 내내 알아차리지 못하다가 그제야 알아차린 사람이 할 말은 아니었지만, 미사는 당당했다.

사준은 낮게 웃으며 허리의 천을 풀어보았다. 상처는 흉측하게 안으로 오므라드는 것처럼 아물어가고 있었다.

「며칠이면 나아.」

「누구한테서 공격당한 거야?」

그 시절에는 지금과 같은 규칙이 존재하지 않았다. 다양성의 존중 의식이 고루하였으니, 당연히 일족들에 대한 박해가 더욱 심했다. 퇴마사니 뭐니 하는 이들이 소문을 듣고 따라붙기도 하고, 포졸들이 눈에 불을 켜고 수상한 자들을 찾아내려 돌아다니곤 했다.

그것도 전부 멍청하게 제 정체를 숨기지 않고 다닌 어리석은 몇 마리들 때문에 벌어진 풍기여서, 얌전히 있는 일족들도 간간이 발각당해 험한 꼴을 보거나 하는 일이 풍문으로 더러 들렸다.

「포졸들이 왔었어.」

「들킨 거야? 네가 들킬 리는 없을 거라 생각하는데. 시영이 들켰어?」

「어머니가, 음, 의심을 사셨던 것 같아.」

시영은 인간들 사이에 안착하기를 즐기는 몇 없는 뱀 중 하나였다.

문제다. 인간들과 함께 사는 건 문제가 아니지만, 늙지 않는 외모와 독특한 분위기 때문에 몇 년에 한 번씩은 거처를 바꾸고 옮겨야 하는데도 그러지 않는 것이 문제다. 시영은 정이 많았기 때문이다. 그녀는 늘 한 달만 더, 일주일만 더, 하루만 더, 그리 시일을 미루다가 때를 놓치기 일쑤였다. 그건 고스란히 사준의 피해로 되돌아오곤 했다. 늘 미안해하면서도 시영은 그 버릇을 고치지 못했다. 이번에도 마찬가지 수순이었던 모양이다.

「멍청아, 그냥 너도 독립해. 뭐하러 시영이랑 같이 살아?」

「멍청이라니. 오빠한테 말버릇도 참.」

「더 심한 말 해줄 수도 있었는데 너라서 참은 거야.」

사준은 느긋한 의식을 드러내며 느릿느릿 외투로 상처를 가렸다. 미사는 사준의 그런 태만함이 늘 불만이었다.

「넌 대체 왜 네 보금자리를 만들지 않아?」

「그러면 미사, 넌 왜 그렇게 죽어라 밖으로만 나돌아? 같이 지내면 좋잖아.」

「왜 우리가 같이 지내?」

「가족이니까?」

「우리가 인간이야? 떨어져 있다고 가족이 아니게 되는 것도 아닌걸. 그리고 너야말로, 괜히 시영한테 엮여서 이렇게 다치지 말고 네가 쉴 곳을 찾아. 진심이라고. 다쳐서 골골대면서 갈 데도 잃어버리고 미적미적 나 찾아올 때마다 한심해 죽겠어.」

「앞으로도 그럴 거야.」

「뭘?」

「다치면, 네 보금자리로 올 거야. 넌 늘 어딘가 머물 곳을 마련해두니까, 그러니까…….」

사준은 그렇게 말했다.

「굳이 내가 따로 보금자리를 마련할 필요 없잖아.」

왜 지금 그때의 생각이 나는지 모르겠다. 미사는 이미 사준과는 완벽하게 갈라선 타인이었다. 그런데 왜 자신이 예전의 집으로 가고 있는지 모르겠다. 사준이 그렇게 죽을 리가 없다는 것은 거의 확신에 가까운 직감이었다. 어쩌면 사로잡힌 건지도 모른다.

중간부터 미사의 목적지를 알아차린 태성은 말이 없어졌다.

오는 길에 태성이 확인한 결과 인터넷 뉴스에서는 벌써부터 음모론이 떠돈다. 바이오해저드니 뭐니, 생화학 테러라느니, 라이벌 제약사에서 벌인 일이라느니…… 그러나 실상은 그게 아니라는 것을 아는 이들은 안다.

그리고 한 시간도 걸리지 않아, 미사는 지난 몇 년간 그녀가 머물렀던 아파트에 다시 도착했다. 바로 며칠 전 사준이 제멋대로 매물로 내놓은, 이제는 더 이상 그녀의 것이 아닌 아파트다. 선뜻 들어가지 못하고 그녀의 집이 있을 호수를 찾아 살피고 있으니 태성이 조용히 물어왔다.

"왜 여기로 온 거예요?"

미사는 아무 말도 하지 못했다. 어떻게 대답해줄 방법이 없었다.

사준이 쉽게 죽을 리가 없다는 것 하나를 제외하고는, 객관적으로 아무런 논리도 없는 행동이었다.

미사는 현관문을 뜯어내듯 열었다.

방 안은 어두웠다. 현관 센서등에 불이 들어와 그녀를 비추었다. 가만히 미사의 뒷모습을 바라보던 태성이 따라 들어갔다.

텅 빈 집에서 날 리가 없는 물소리가 났다. 태성이 바짝 긴장해 숨을 죽였다.

화장실의 불이 켜져 있다.

"한사준!"

미사는 언제 조심스러웠냐는 듯 성큼성큼 화장실로 달려가 문을 열어젖혔다. 허리에 수건 하나만 덜렁 두른 사준이 팔자 좋게 면도를 하고 있었다.

"미사, 왔어?"

"너!"

거울에 집중하느라 미사 쪽은 거들떠도 보지 않는 품새가 태연자약했다. 사준은 미사의 등 뒤에 서 있는 태성을 거울을 통해 바라보았다.

"기다려, 금방 나갈 테니까."

기가 막혀, 기가 막혀!

어쩌면 이렇게 예상에서 벗어나질 못하나. 예상치 못하게 뒤통수까지 친 주제에, 기어코 다쳐서 도망쳐 돌아온 곳이 고작 그녀가 한때 머물던 집이라니.

미사가 이를 꽉 악물고 사준을 노려보았다. 태성은 문간에 기대어 가만 침묵했다. 묘한 표정으로 미사와 사준을 번갈아 바라보다가, 미사와 눈이 마주치자 희미하게 웃어 보인다.

태성은 그 순간 또 다른 의미로 그답지 않은 생각을 하고 있었다. 마치 약속이라도 한 듯이 미사가 전에 살던 집에서 조우한 한사준은 미사가 아직 놓지 않은 '사람'처럼 느껴져 불쾌했다.

'죽어버렸으면 좋겠네…….'

어쩌면 그의 안에 내재된 본능의 속삭임인지도 모른다.

미사는 꿈에도 모른다.

"저 미친 새끼. 정말."

한가롭게 면도나 하고 있는 사준의 태도에 분이 머리끝까지 치민 미사가 홱 몸을 돌려 거실로 나왔다. 거실 바닥에는 피투성이 옷가지와 물에 푹 잠긴 것처럼 젖은 코트가 너절하게 널려 있었다.

"여기 있는 건 어떻게 알고."

곧 사준이 욕실에서 나왔다. 아예 샤워를 한 건지 다 젖은 몸을 닦아내며 터덜터덜 걸어나온다. 허리 아래는 수건 하나로 덮은 것이 전부였다.

하지만 가장 선명히 눈에 띄는 것은 사준의 왼 허리와 오른 팔뚝이었다. 동상이라도 입은 것처럼 색이 시커멓게 죽어 있다. 실제로 움직임이 불편해 보였다. 사준은 불이 들어오지 않는 거실 등을 딸깍딸깍 두어 번 만지작대며 물었다.

"무슨 일이야?"

"무슨 일이긴."

흘러내린 머리칼을 쓸어넘기는 사준의 눈동자가 미사에게 잠깐, 그리고 태성에게 길게 머물렀다. 태성의 입가에 서늘한 불만이 어렸다.

"저거 머리 왜 저러냐? 마지막에 봤을 때에는 저 정도는 아니었던 것 같은데."

사준은 묘하게 달라진 태성을 눈치챈 사람처럼 알은체했다.

태성이 딱딱하게 답했다.

"당신이 알 바 아니죠."

"싸가지도 없어진 거 같은데."

"그래도 그쪽만큼 무례하기는 어렵죠."

사준이 흐흐 낮은 웃음소리를 냈다. 잘 움직이지 않는 팔을 매만지던 사준이 편안히 소파에 등을 기대어 앉으며 말했다.

"그래서 이참에 나를 어떻게 해보려고 온 거야, 아니면 우연히 놀러 온 거야? 그것도 아니면, 도와주려고 온 건가?"

미사의 앙칼진 고함이 짜랑짜랑 울려퍼졌다.

"이 미친 새끼야, 지금 도와주려고 왔냐는 말이 나와?"

미사는 닥치는 대로 사준을 향해 집어 던졌다. 의자, 장식용 스탠드, 벽에 기대어 눕혀져 있던 열대지방의 풍경화까지. 마구잡이로 사준에게 내던지는 기세는 가공할 만했다. 파공음이 쉴 새 없이 울렸다. 그러나 소파와 소파테이블을 제외한 거의 모든 물건이 박살이 난 상황인데도 정작 사준에게 상처를 입힌 건 내리치는 따귀였다.

"아."

"대책 없이 일 벌이고 이 꼴이 나서 한심하게 찌그러진 거야? 너 정말 어떻게 할 거야!"

"미사, 손."

"정신 나간 새끼야, 넌 싹싹 빌어야 돼, 넌!"

두 대나 사준의 머리를 내리치고도 모자라 또다시 타격을 가하려던 손바닥이 붙잡혔다. 다름 아닌 태성이었다. 태성은 살짝 상처가 난 미사의 손을 꽉 쥐어내리며 말했다.

"미사, 잠깐 진정하고. 일단 얘기부터 들어보죠. 미사 손만 다쳐요."

사준은 그런 태성을 묘한 눈빛으로 올려다보았다.

태성의 팔을 뿌리친 미사가 이를 악물고 사준을 노려보았다. 사준이 "네 힘은 여전히 세서 아직도 골이 울린다."는 농담 아닌 농담을 덧붙이며 중얼거렸다.

"미사, 짜증이 난 건 알겠는데 지금 때려봐야…… 내가 지금 감각 마비 상태라. 네가 바라는 효용은 그다지 없을 것 같네."

"뭐?"

"과리는 열을 받으면 더 차가워지는 성질의 종이라."

사준이 넉살 좋게 웃으며 찬기가 어린 자신의 옆구리를 손가락으로 가리켰다.

"여기, 재생 안 되는 거 보여?"

사준의 고스란히 드러난 맨 몸을 노려보는 태성의 눈빛이 더욱 차가워졌다.

미사가 씹어뱉듯 말했다.

"대체 어떻게 된 일인지 설명해."

"내가 왜 너한테?"

"설명, 하시는 게 좋을 것 같은데요."

가만 듣던 태성이 부드러운 목소리로 조언했다.

솔직히 태성은 조금 전부터 속이 들쑤셔지는 느낌이 몹시 좋지 않았다. 가하람을 만난 이후로 겨우 가라앉기 시작한 기운을 조금씩 다룰 수 있는 상태가 되었는데. 미사의 관심이 온통 제게 있을 때에는 순조로웠는데.

사준의 일로 흥분하는 미사를 보니 속이 뒤집어진다.

"나는, 당신이 싫어요."

사준의 건너편 소파 테이블 위에 엉덩이를 걸치고 앉은 태성의 어조는 평소보다도 훨씬 감미로웠다. 서서히 붉은 기가 돌기 시작한 눈동자는 이내 소름 끼칠 만큼 새빨갛게 변했다.

사준은 위험천만하게 돌변한 태성의 제련되지 않은 기운에 잠깐 눈살을 찌푸리더니, 이내 싸늘히 웃기 시작했다. 그런 사준을 향해 태성이 허리를 숙이며 아주 작은 목소리로 중얼거렸다.

"죽어버렸으면 좋겠다고 생각하고 있지만."

왠지 지금의 자신이라면 생각을 실현시킬 수도 있을 것이라는 느낌이 들지만.

"미사가 궁금해하는 게 먼저니까."

일단은, 미사가 궁금해하니까. 그렇게 스스로를 위로했다.

'이 새끼.'

사준은 그 자신의 것보다 새빨갛게 빛나는 적안을 마주 보았다. 차가운 웃음기가 밴다.

"그다음에, 결정해요. 우리."

'대체 뭘 결정하는데?' 하는 멍청한 질문은 없었다. 태성이 느끼기에 사준은 그 정도는 짐작할 수 있을 만큼 영리한 사람이었고, 실제로 그랬다. 다만, 가만 태성과 눈을 맞추고 있던 사준이 돌연 피를 토해내기 시작했다.

태성은 어이가 없다는 듯이 웃었다.

"지난번에도 나한테 정신억압 하려다 실패해놓고, 또 시도하는 거예요? 전에도 안 통했는데…… 지금은 당연히 더 안 통할걸요. 나 당신 때문에 '변이'했잖아요. 그때에는 미사를 챙긴다고 급하게 도망쳤는데, 이번에는 다를 거예요."

경고는 비인간적으로 느껴질 정도로 차분했다. 사준은 피투성이가 된 입가를 닦으며 빈정거렸다.

"한미사, 어디서 이런 미친 새끼를 물어와서 이 오빠한테……."

미사는 살의가 느껴지는 태성의 기운에 조금 얼어붙었으나, 태성은 미사의 시선을 느낀 즉시 애써 기운을 갈무리했다. 빙그레 미사에게 웃으며 사과했다.

"아직, 마음대로 잘 안 돼요."

그 변명에 미사는 조금 전까지의 분기도 잊고 눈을 내렸다.

「미사만 안전하면 괜찮아요. 이제 지켜줄 수 있어요.」

태성이 했던 그러한 말들이 지금처럼 와 닿은 적이 없었다. 태성에게서 묘한 위화감을 느꼈을 때에도, 그의 '변이'를 보았을 때에도, 지금처럼 체감하지 못했다.

사준의 기운이 압도적으로 짓이겨지는 걸 느끼면서 인정해야 했다. 태성의 무언가가 변했고, 변하고 있고, 변할 것이라고. 그리고 그것이 반드시 그녀에게 좋은 결과를 가져올지는 확신할 수 없다.

미사는 이미 알고 있었다.

'포만감에는 대가가 있을 텐데?'

지금은 사소한 관심만으로도 기분 좋은 신음을 내지만, 태성은 곧 작은 먹이에는 만족하지 못하게 될 것이다. 미사는 태성이 그녀가 원하는 것을 위해 전부를 내던져줄 만족스러운 애완동물이 될 것이라고 예상했었다.

그러나 아니었다.

그녀는 곧 태성의 만족을 위해 더 큰 것을 내어주어야 할 것이고, 끝내는 그것이 자기 자신이 될지도 모를 일이었다.

「그러지 않으면, ……내가 미사를 잡아먹어버릴 거예요.」

손을 들어 입가를 가린 미사의 입꼬리가 은밀하게 끌어올려졌다. 가슴이 멋대로 뛰었다.

……이런 수컷이라니.

제 상황의 열악함을 정리하기 위한 것처럼 사준은 순순히 설명을 하기 시작했다.

대체적으로 두리뭉실하게 넘기는 부분이 많았지만 맥락을 이해하기는 어렵지 않은 수준이었다.

사준과 과리는 약속을 했고, 사준은 그에게 사기를 치려 했고, 과리는 사준이 그를 속였다는 것을 알게 되었다. 바로 발밑에 과리가 찾고 있던 것을 숨겼다는 말에 미사는 멍청한 새끼라며 기함했지만 사준은 스스로의 안일함을 인정하면서도 과리가 그만큼 멍청했다는 말을 덧붙여 합리화하려 했다.

그리고 마땅히 '그것'을 숨길 만한 곳이 없었다는 변명도.

어쨌든 과리는 상황이 악화된 후에도 뻔뻔한 사준의 태도에 여과 없이 분노를 드러냈고, 사준의 고층 사무실을 중심으로 온통 얼어붙었다. 기공파동에 부딪쳐서 얼어붙은 사무실의 일부는 허물어지듯 부서졌고 사준은 그 위에서 뛰어내리다시피 해 간신히 목숨만 건졌다고.

그 과정에서 과리의 기운에 스쳐 몸이 마비될 정도의 동상을 입었으나, 다행히 사준의 생명력은 보다 질겼다. 결국 과리가 알고 있는 그의 오피스텔로 향하는 대신, 발길 닿는 대로, 미사가 살았던 이곳에 이른 것이다.

"많이 죽었을 거야."

눈치 빠른 녀석들은 도망쳤을 테지만, 아마 과리가 그들을 가만히 두었을 것 같지는 않았다. 사망자가 꽤 많다는 뉴스는 사준도 보았다.

"그런데 네가 죽었다는 건?"

"도망치면서 인간들 몇한테 흘렸지. 가뜩이나 상황이 이런데 다른 일족들이 쫓아오기라도 하면 곤란하잖아. 사태가 진정되면 오보라고 다시 기사 띄울 생각이야."

사준은 솔직히 과리가 이 정도로 정직함에 목숨을 걸 줄은 몰랐다며 웃었다. 아니라고 해도 여태까지 사준이 봐온 진 일족은 용운 하나뿐이었으니.

짜증이 난 미사가 웃을 때가 아니라는 것을 지적해주었으나 소용없었다. 미사는 "미친 새끼."라고 중얼거리며 이를 갈았다. 태성은 다독이듯 그녀의 팔을 어루만져주었다.

사준의 눈빛이 차츰 사나워진 것은 그때부터였다.

"꼴값들을 하는군."

"왜요?"

태성이 대꾸했다.

"넌 미사가 얼마나 변덕스러운지 모르는 모양인데."

"그래서요."

사준이 온몸으로 불편한 심기를 드러내며 미사에게 집중했다.

"됐어. 그래서 내가 살아 있다는 걸 알릴 거냐?"

"그러면."

"이 오빠를 죽일 거야?"

"네가 나한테 했던 짓은 잊었어?"

미사의 조롱은 미처 아물지 않은 상처의 형태를 하고 있다.

"그리고…… 너, 지금 진 일족을 화나게 하고도 조금도 반성을 않는 거야? 얼마나 뻔뻔하면 사람이 그러니?"

희게 웃은 사준의 시선은 이윽고 태성에게로 향했다. 사준이 어찌 모르는 체할 수 없을 만큼 선명한 기운이 느껴진다. 조용히, 잠재우기 위해 노력하고 있기는 하지만 태성의 기운은 지난번 보았을 때보다도 질적으로 달라졌다. 심지어, 다정하게 웃는 얼굴거죽 안에 숨은 악의가 보였다.

과리는 저 녀석에게 관심이 있었고, 저 녀석의 정체에 대해 알고 있었다.

사준이 또 다른 거래를 하며 '바우의 새끼'에 대한 소재를 일러주겠다 미끼를 던지자, 아주 유유히 사준의 미끼를 쳐내며 말했다.

「누군지 내가 모를 것 같으냐? 자의 화서가 낳았다던 반쪽짜리, 그 녀석을 말하는 거겠지. 너처럼 말도 안 되는 환상에 매달려 혈육도 아닌 것을 어미라고 따라다니는 놈과는 다르게, 진짜 바우의 기운을 고스란히 받았더군.」

태성의 붉은 눈동자를 응시하는 사준의 목 안쪽이 질투로 끓었다.

바우의 새끼. 자신의 형제. 사준은 태성에게서 눈길을 거두었다. 죽이고 싶어질까 봐. 지금 이곳에서 날뛰기에는 그는 너무나 약해져 있다. 그리고 눈앞의 태성은, 빌어먹게도 그의 우위에 올라서 있다.

미사가 처연할 정도로 창백한 사준의 얼굴을 바라보며 물었다.

"너 대체 왜 여기로 왔어?"

"말했잖아. 내 오피스텔은 과리가 심심할 때마다 드나들었다고."

"왜, '여기'냐고."

왜 예전처럼 내가 살았던 곳을 찾아오는 건데.

그런 의문을 함의한 질문에 사준은 잠깐 멈칫했다. 미사가 바라는 대답이 무엇인지는 구태여 머리를 써 추측하지 않아도 알 수 있었다.

"너 만나러 온 건 아니야. 착각 마."

미사가 다시 무언가를 말하기 위해 입술을 벌리는 순간, 사준이 먼저 선수를 쳐 화제를 전환했다.

"지금 너한테는 관심 없고, 거기 태성이라고 했나. 생각해보니, 과리는 네가 바우의 혈통이라며 관심이 지대하던데……."

"……."

"나랑 같이 갈래? 널 갖다바치면 과리가 날 용서해줄 것도 같은데. 의외로 그거, 먹은 나이에 비해 멍청하고 단순하거든. 진짜야."

미사는 할 말을 잃었다는 듯이 헛헛하게 웃을 뿐이었다. 태성은 과리라는 이름만으로도 불쾌했다. 그와 조우했을 때 느꼈던 본능적인 반감이 상기된 탓이다.

"……그가 저를 원했다면 이미 직접 찾아왔겠죠. 그럴 수 있는 자 아닙니까."

옷가지와 함께 맨바닥을 굴러다니던 사준의 휴대전화가 진동했다.

"아, 실례."

사준에게 전화를 건 것은 다름 아닌 상윤이었다.

─ 행님! 오, 받았어, 받았다! 행님 무사했습니까! 우리 쪽박이에요? 어떡해요?

"상윤이 아직 살아 있구나."

사준은 자리에서 일어나 발코니로 나갔다. 무슨 대단한 이야기를 나누겠다고 자리를 피하나. 어차피 조금만 집중하면 다 엿들을 수 있다는 걸 알면서도 시늉이라도 멈추지 못하는 그가 어이가 없을 지경

313

이었다.

짧게 통화를 마친 사준이 돌아와 앉자마자 미사가 물었다.

"상윤이 말고 또 누구 살았어?"

"상윤이, 수경이, 창호…… 그 녀석들 말고는 모르겠는데."

"건물 안에 있던 녀석들은."

"아마 죽었겠지."

"너처럼 도망치고 나서 연락한 녀석들이 없어?"

"없어. 아마 도망칠 새도 없었을 거야. 그럴 생각도 못 한 녀석이 태반일 거고."

사준은 몹시 단정적으로 대꾸했다. 그 뉘앙스가 그냥 넘어갈 수 없을 만치 기묘해서 태성은 묻지 않을 수 없었다.

"내가 그러라고 했으니까."

"우리 애들이 네 말 한마디에 목숨이라도 걸었다는……."

따지듯 소리를 높이던 미사가 퍼뜩 무언가 떠오른 사람처럼 말을 멈추었다.

그러고 보니, 아까 사준이 태성에게 정신계 이능을 사용하려다 리바운드를 당했다고 했다. 그전에도 시도했다고 했다. 그러나 미사가 기억하기로 태성에게 정신억압을 시도했다가 리바운드를 당한 건 재준이었다.

그날, 분명히.

"너 태성이 머리에 장난치려 한 게, 이번이 두 번째였다고?"

변이하기 전의 태성에게, 사 일족 중 가장 정신계 이능에 특화되었다고 알려져 있던 재준도 리바운드를 겪었다. 그런데 사준이 그런 시도를 했다는 걸 미사는 알아채지도 못했다. 태성이 그렇게 말하지 않았다면.

태성이 부연해주었다.

"……처음에는 뭔지 몰랐는데, 미사가 중간에 홀린 것처럼 당했던 걸 생각하니까 알겠더라고요. 그때에는, 사준 씨가 한번 시도해보고 깨끗이 물러났던 거 같지만."

들을수록 아귀가 맞지 않는다.

태성은 그때부터 '변이의 낌새'가 있었으니 정신억압이 먹히지 않았다고 치고, 재준도 반작용을 겪었는데, 사준은 안 그랬다고?

그러고 보면 이상한 것들이 한두 가지가 아니었다. 사 일족들은 근본적으로 충성심에서 움직이는 이들이 아니다. 하지만 미사는 선뜻 제 추측을 입에 담을 수 없었다. 미사가 아는 사준은 정신계 이능에 그녀보다 조금 더 나은 재능을 가지고 있을 뿐이었다.

그런 미사의 혼란에 사준은 능글맞게 털어내듯 말했다.

"가장 무서운 건, 본인도 모르게 다른 사람이 원하는 대로 움직이게 되는 거지. 그 녀석들은 아마 만족할……."

미사의 기운이 순간적으로 형태를 이루어 사준에게 쏘아졌다. 사준은 반사적으로 팔을 들어 막았다. 피가 뚝뚝 떨어졌다. 사준이 갈라진 팔뚝의 상처를 혀끝으로 핥아내며 서늘히 붉은 눈동자를 올려떴다. 미사는 물러서지 않았다.

"전부 다, 그런 거였어?"

"버릇이 나빠졌네."

"사준!"

"너, 그러면 그놈들이 단체로 정말 머리가 돌아버려서 내가 하고 다니는 일에 발품을 팔아 뛰어다녔다고 생각해? 진짜 그렇게 믿었어? 너야말로 미친 거 아니야?"

"재준이는? 곽현은? 상윤이는."

315

"……재준이가 그렇게 대단한 녀석인 줄 알았어? 아, 그 녀석은 꽤 쓸 만하긴 했지만 그래봐야 얼굴 마담 노릇이나 한 거지."

"너, 나한테는."

"……."

"나한테는?"

"재준이를 통해서 한번 시도해본 적은 있지. 미사 너는 자의식이 강해서 까다로운 편이라 내가 직접 시도해서 들킨다면 그것대로 바라지 않은 결과일 테니까. 안 그래도 내가 주무르던 녀석들이 많아서."

미사는 재준이 언젠가 한번, 그녀의 머릿속에 접근하려던 것을 잡아낸 적이 있었다. 리바운드 때문에 나뒹구는 재준을 죽일 듯이 패는 그녀를 막은 것이 사준이었다.

뭐가 뭔지, 재준이 사준에게 이용을 당한 건지, 둘이 짜고 친 세뇌극이었는지 혼란스러웠다. 태성도 이번만큼은 놀란 것처럼 끼어들었다.

"수가 꽤 된다고 들었는데, 일일이 다?"

"어려울 것 없는 일이지. 나는 너희가 상상한 것보다 아주아주 대단한 존재라고."

"너, 정말, 제정신이야?"

미사가 앙칼지게 반박했다. 사준의 선심 쓰는 것 같은 설명을 듣고도 믿을 수가 없는 건 정신계 능력자들의 한계와 부작용을 알고 있기 때문이었다. 그것을 모르는 이는 없다.

몸으로 때우는 미사 같은 타입이 아닌 재준 같은 녀석의 능력은 소모되는 성질의 것이다. 섬세한 능력인 만큼 되돌아오는 리바운드도 끔찍하다고 했다. 과도하게 남발하면 자신의 정신마저 파괴하는 것이라고 해서, 미사는 한순간도 자신이 그런 재주가 없다는 데에 아쉬움을 느낀 적이 없었다.

사준이 유들유들하게 웃었다.

"미사, 걱정하는 표정이네. 하지만 네가 생각하는 것보다 나는 강해."

"걱정은 누가 걱정을 해! 웃기지 마. 네가 왜 정신이 나간 건지 알겠네, 이제야!"

"선후 관계를 오해하고 있는 것 같은걸."

"아무리 너라도 그 많은 녀석들을 한 번에 어떻게 부려?"

"난 제정신이고 나는 그렇게 했지. 그러니까 내가 대단한 거지. 아무도 모르게 한다는 건…… 꽤 스릴 있는 일이지."

미사는 믿는 기색이 아니었다. 도리어 충격과 동정이 뒤섞인 눈빛으로 사준을 바라보았다.

달리 설명을 덧붙여줄 필요를 느끼지 못한 사준이 서늘히 고개를 틀었다. 태성은 도전적으로 그를 바라보고 있었다.

마치, 사준이 마음에 들지 않아 견딜 수가 없지만 그래도 참겠다는 듯한 눈빛이었다. 그것이 미사 때문이라는 사실이 한없이 우스웠다.

그런데 이번에는 태성의 주머니에 들어 있던 전화가 울리기 시작했다.

민아에게서 새로운 휴대전화를 받은 후, 태성이 연락처를 알려준 건 병훈과 견우 부부뿐이었다. 그러므로 연락이 올 사람은 한정되어 있다. 한데 느닷없이 걸려온 번호는 등록되지 않은 낯선 번호다.

가만히 그 화면을 바라보고 있으니 사준이 날카롭게 빈정거렸다.

"받든가 끄든가 하지그래."

미사가 그의 휴대전화 화면에 시선을 주더니, "누군지 몰라?" 하고 물어왔다. 태성은 더 고민하지 않고 전화를 받았다.

"여보세요."

— 꼬마, 너 미사랑 지금 같이 있냐?

누구시죠? 물으니 상대방이 짜증스러운 투로 말했다.

— 미사는 어디 갔어? 준이 어디로 갔는지 아냐?

태성은 사준을 '준이'라고 친근하게 부르는 일족을 딱 한 명 알았다. 용운이었다.

사준의 어깨가 굳어지는 것이 보인다. 가만히 그를 바라보던 태성이 태연한 목소리로 대답했다.

"여기 있습니다."

이번에 광일제약 본사 빌딩에서 벌어진 일이 보통 큰일이 아니다 보니, 용운도 조급한 기색이었다. 어떻게 그의 전화번호를 알았는지는 궁금하지 않았다. 용운은 자 일족과도 긴밀한 관계를 가지고 있었으니 그쪽을 통했겠거니 생각할 뿐이었다.

— 준이랑 같이 있다고? ……기다려.

태성은 간단히 주소를 읊어준 후 통화를 마무리했다.

자욱한 침묵이 내려앉아 있었다. 험악하게 표정을 일그러뜨렸던 사준은 표정을 풀고 여상하게 오만한 눈으로 태성을 노려보았다. 미사는 이마를 문지르며 길게 한숨을 내쉴 따름이다. 누구도 움직이지 않았다.

"나는 그러면 일어나야 할까? 미사의 손님이니까."

태연하게 말한 사준이 소파에서 일어섰다.

그는 피에 젖은 옷가지를 못마땅한 눈으로 바라보다가 주섬주섬 팔을 꿰어 입었다. 미사가 그런 사준의 팔을 잡아챘다.

"너, 꼼짝 말고 있어. 용운 님이 시키셨으니까."

"너는 용운 님이 죽으라고 하면 죽을래?"

불쾌하단 얼굴로 쏘아붙인 사준은 현관문을 바라보았다.

"너 다 망해서 어디 갈 데도 없잖아? 차라리 용운 님한테 싹싹 비는
게 나을 텐데?"

사준의 눈동자가 붉게 빛났다. 미사는 이제 그 적안이 낯설지 않았
다. 두렵지도 않았다. 사준보다도 더 짙고 진득한 눈의 태성에게 익숙
해진 덕인지. 오히려 태성의 짙붉은 눈에 비하면 사준의 눈은 맑아 보
였다.

"봐."

단조로운 명령 속에 어린 사준의 기운이 살갗으로 스며든다. 미사
를 사준에게서 떼어낸 건 태성이다.

"앉으시죠. 미사한테 허튼짓 할 생각 말고요."

태성이 미사의 몸을 그의 뒤로 밀어내며 나직이 경고했다. 태성의
눈에는 기운의 흐름과, 그가 노리는 것과, 그것이 미사에게 이르러 발
생하는 작용이 선명히 눈에 보였다. 사준의 배 속에서 날뛰는 그가 잡
아먹은 것들의 기운 하나하나까지도.

"뭐라고 하든 그냥은 못 보냅니다."

태성은 침착하게 생각을 정리한 후였다. 용운은 진 일족이고 본능
적으로 거부감이 들었다. 미사가 용운을 따르는 것조차도 유쾌하지
않았다. 그러나 달리 태성 자신에게도 이 상황을 타파할 계책은 없었
다.

이럴 때는 지혜로운 장생종들의 판단력이 필요하다.

사준은 호락호락 놓아주지 않을 것이 분명해 보이는 태성에게 반항

을 하기보다, 험한 말을 쏟아내기로 마음먹은 것이 분명했다.

"빌어먹을 잡종 새끼가. 한미사 뒤꽁무니만 졸졸 따라다니려고? 자존심도 없나 보지."

태성은 사준의 어깨를 꽉 잡아 끓어앉힐 듯 누르며 웃었다.

"난 당신이 싫지만, 그래도 고마워요."

"……."

"당신 덕분에 미사가 내게 왔잖아요."

'그리고 미사가 당신 일이 해결되기를 바란다면, 나도 똑같은 걸 바라는 거예요. 거기에 내가 자존심이 상할 이유는 없어요.'

조곤조곤 이어지는 목소리에 사준의 입술은 형편없는 모양으로 일그러졌다. 결국 노골적인 불쾌감을 드러내며 다시 털썩 소파에 앉는다.

태성은 칭찬이라도 바라는 것 같은 얼굴로 미사를 바라보았다. 미사의 심장소리가 빨라질 때마다 태성의 가슴도 엇박자로 함께 뛰는 것 같다. 태성이 드러내는 진심은 약간의 집요함을 담고 있어 미사도 묘한 표정이었다.

태성이 작게 웃으며 설명했다.

"미사는 주디."

"……너도 참."

"내가 닉이에요."

이제는 정말로, 바람이 아니라 현실이 되었다고.

"보니와 클라이드라도."

사실은 좋았다. 아니, 오히려 그게 더 좋았다. 영화 속 토끼와 여우는 해피엔딩으로 끝났지만 그들의 행복이 영원히 지속되리라고 확신할 수는 없으니까.

"상관은 없을 것 같아요."

간격을 두고 그렇게 덧붙인다.

순수한 호의, 순진한 추종.

절반이나마 아무도 다룰 수 없는 맹수라 알려진 인 일족이다.

분홍색 조그마한 발가락을 다시 볼 수 없다거나, 양손에 쏙 들어오는 작은 몸의 무게가 아쉽더라도. 믿지 않을 수 없게, 마치 세뇌라도 하는 것처럼 수시로 이어지는 고백은 때로는 미사 그녀에게, 때로는 타자에게 태성의 진심을 확인시킨다.

미사는 그녀를 위협할 수 있는 존재를 믿어본 적이 없다. 용운은 그가 지닌 점잖은 도덕성에 대한 신뢰였고, 사준은 믿을 만큼 오랜 시간 그녀를 돌봐주었으므로 내주었던 최소한의 신용이었다.

처음 태성에게 마음을 열었던 것도 같은 맥락이었다. 하지만 많은 것이 달라지기 시작했고 달라진다.

미사는 변기 속으로 빨려들어가며 마지막까지 허우적거리던 금붕어를 떠올렸다. 어디든지 함께. 마지막까지 함께. 그런 낭만을 꿈꾸는 건 바보 같은 짓이라 생각했는데.

미사는 때맞지 않은 질문을 삼키지 못했다.

"나를 죽게 둘 거야?"

잠깐 고민하는 것처럼 눈을 내리깔던 태성이 웃음으로 답을 되돌려주었다.

"……역시, 주디와 닉이 좋겠네요."

30분쯤 지났을 때 용운으로부터 다시 연락이 왔다. 10분 안에 도착한다는 말이었다.

무슨 꿍꿍이인지 내내 조용히 앉아 있던 사준이 너덜해진 코트를 고쳐 입으며 일어섰다.

"내려가자."

"아직 시간 남았어."

"미리 내려가 있으면 되잖아. 용운 님을 기다리게 할 셈이야?"

언제부터 자기가 예의 발랐다고 저러는 건가. 사준은 미사를 밀치며 그대로 현관으로 가 구두를 신었다. 미사와 태성도 어쩔 수 없이 그를 따라 나섰다.

날은 몹시 추웠다. 얼마 전부터 본격적인 한파가 시작되었다 했다. 대낮에도 볕이 들지 않는 응달에는 얕은 눈 무덤이 쌓여 있다. 지난주에 내린 눈이 아직도 녹지 않았나 보다.

목도리와 모자로 무장했는데도 불구하고 미사의 입술은 금세 새파래졌다. 태성이 그런 그녀의 손을 꽉 잡아주었다.

"이쪽으로 오시겠지."

아파트 앞 벤치에 앉은 사준은 휴대전화로 무언가를 보고 있었다. 느리게 움직이는 엄지를 따라 페이지가 내려가는 걸 훔쳐보니 신문기사였다. 미사와 태성은 생각보다 순순한 사준의 옆을 조용히 지켰다.

"너 이제 어떻게 할 거야?"

"기운 좀 차리면 너부터 먹을까?"

걱정 어린 미사의 목소리에 사준이 시큰둥하게 중얼거렸다. 그에 반응한 건 태성이었다.

"공갈도."

"공갈이라고 하니까 자존심이 상하는데."

"불가능한 말이니까 공갈이죠."

"완전히 다른 사람이 되셨네. 배짱도 두둑해."

태성이 추위에 떠는 미사의 어깨를 당겨 안으며 사준을 노려보았다. 처음에 용운을 피해 도망치고 싶어 했던 태도와 상반되게도 지금의 사준은 느긋하기만 해서 이질감은 점점 커졌다. 그런데 멀찌감치 떨어진 곳에서 손전등 불빛이 이리저리 움직이는 것이 보였다.

사준은 그쪽에 눈길을 준 후 묘한 미소를 지어 보였다.

"거기 사람이요?"

나이 든 경비원이 다가왔다.

경비원은 키가 컸으며 다부진 인상을 하고 있었다. 미사는 그 경비원의 얼굴을 알고 있었으나 경비원은 미사를 알아보지 못한 것 같았다.

"청년들, 추워 죽겠는데 다들 방구석에 앉아 따뜻하게 귤이나 까먹지 않고."

태성이 손을 저으며 예의 바르게 대답했다.

"잠깐 일이 있어서요. 그냥 신경 쓰지 마세요."

하지만 경비원의 눈은 묘하게 집요히 그들에게 머물렀고, 이윽고 사준에게 이르렀다.

"피가 묻으셨는데, 거기 남자분."

사준의 옷은 너덜너덜한 걸레짝 같았으니 충분히 수상쩍어 보일 수 있었다. 미사가 퉁명스레 답했다.

"가세요. 그냥 이야기하는 거니까."

"아니, 잠깐만, 이 사람 괴롭히는 거 아니지요?"

거만하게 앉아 있는 건 사준 쪽이다. 누가 누굴 괴롭힌다는 말인가. 하지만 경비원은 끈질기게 다가와 사준을 살피려 했다.

태성은 이 상황을 어찌해야 하나 싶어 난색을 표했다.

"경찰에 신고 좀 해주세요."

사준은 외려 사태를 키우려 작정이라도 한 것처럼 의뭉스럽게 말했다. 미사가 싸늘히 사준을 노려보며 나직한 경고를 씹어뱉으려는 찰나였다.

"한사준, 쓸데없는 말 하지 말고 넌 좀 가만히 있어. 아저씨도 그냥 신경 쓰지 말고 일 보시라니……."

그 순간 그들에게 더 가까이 다가온 경비원의 우악스러운 팔뚝이 미사의 목을 휘감아왔다.

'어?'

미사는 얼떨떨한 표정으로 바닥에 떨어져 데굴데굴 구르는 휴대용 손전등을 바라보았다. 분명 조금 전 경비원이 들고 있던 것과 같은 제품이었다.

희끄무레한 빛이 넓게 퍼지며 얼마 떨어지지 않은 곳의 텅 빈 놀이터를 비추었다. 상대는 분명 인간이었다. 공격과 비슷한 행위에도 살의는 없다.

'……무슨.'

그러나 황당하긴 마찬가지였다.

미사는 팔꿈치로 경비원을 후려치려다 상대가 인간이라는 사실을 깨닫고 멈칫했다. 태성이 뜯어내려 하면 할수록 경비원은 더욱더 세게 미사에게 매달렸다.

"아저씨…… 안 놔요?"

사준이 웃기 시작했다.

"당신, 정말."

태성은 비로소 나이 든 경비원의 눈이 흐리멍덩 풀려 있다는 걸 알아차렸다. 또 다른 경비원이 멀리서 이쪽으로 다가오는 것이 보였다.

비로소 깨달았다. 단지 주위를 맴돌던 인간들이 그들을 향해 걸어오고 있었다. 보통의 인간들에게는 살의도 없었지만 호의도 없었다. 하나둘 포위망이라도 좁히듯 가까워졌다.

사준의 붉은 눈동자가 경비원에게 향했다.

"죽어도 놓지 마."

미사의 얼굴이 벌게졌다. 경비원 한 명쯤이야 어떻게든 밀어내면 그만이지만 지금 다가오는 이들까지 생각하면 아주 번거로워질 것이었다. 자칫 인간을 죽이게 되면, 그 여파는 모조리 그들이 감당해야 했다.

사준이 스스로가 지닌 정신계 능력이 몹시 대단하다고 실토했으나, 실감한 건 처음이었다. 하지만 아무리 그래도 이렇게 광범위하게 정신계 능력을 사용하는 건 자살행위였다.

"너…… 너, 끝까지 이럴래? 이 사람 그냥 인간이야."

"나 대신 네가 신경 써줘."

벤치에서 일어난 사준이 어깨를 으쓱이며 그들을 스쳐지나려 했다. 중간에 휴대전화로 시계를 확인하며 말한다.

"곧 오시겠네."

누굴 말하는 건지는 명백했다. 태성이 그를 붙잡으려는 순간, 반대편에서 튀어나온 사람이 태성의 몸에 매달리듯 움켜 안았다.

'이런.'

태성은 저를 붙잡은 건장한 남자를 획 떨쳐냈다. 그러나 떨어져나간 남자 대신 어느새 다가온 옆 동의 경비원이 다시 태성을 붙들었다. 그 주위로 남녀 가릴 것 없이 사준에 홀려 끌려온 너덧 명의 행인들이 미사와 태성에게 다가와 섰다.

태성은 제게 매달린 인간의 충혈된 눈동자를 마주하고는 소스라쳐 굳어졌다.

"어차피 당신이 도망쳐도 뾰족한 수는 없잖아. 인간들한테 이런 짓을 하면, 이 사람들은 괜찮은 겁니까?"

정신계 능력은 섬세한 재능을 요했고, 늘 후유증을 고려해야 했다. 하지만 사준의 평소 행실과 지금의 태도로 미루어 볼 때, 그가 다른 이들의 뒷일까지 배려해주었을 것이라 믿는 건 어불성설이었다. 아니나 다를까, 사준은 실실 웃기까지 하며 답했다.

"그 하찮은 놈들이 괜찮은지까지 걱정할 새가 어디 있어. 이대로 용운 님한테 잡혀갔다가 무슨 꼴을 당하라고? 내 코가 석 자인걸."

"한사준, 너 진짜 포기하라고. 어떻게 이런 상황이 되어서도!"

"따라오면, 그놈들 자살하라고 할 거야."

태성은 강제로 떨어뜨리려던 사람들의 팔을 움켜쥔 채로 멈추었다. 사준의 저 악의적인 협박에 겁먹은 것이 아니라, '그래서, 뭐.' 하는 생각을 가장 먼저 떠올려버린 자신이 소스라쳤다. 산 것은 모두가 귀중한 것이다.

어릴 때부터 태성은 그런 믿음 하나로 수많은 불합리를 견뎌냈다. 자포자기와 닮은 인내였더라도, 그건 태성의 가장 깊숙한 곳에 뿌리박힌 믿음이었다.

인간들을 말려들게 할 수는 없고, 그래서도 안 되는데.

목덜미까지 새까만 비늘이 돋아 올라온 미사는 흥분을 금치 못한 것처럼 보였다. 그녀는 제 팔에 매달리는 인간을 다소 거친 방식으로 떼어내고 사준을 향해 달려들 듯 도약했다.

그러나 사준은 아주 간단히 바닥을 한 번 박차는 것으로 열 걸음 넘는 곳까지 몸을 물렸다.

"너, 그러다가, 이런 식으로 아무 능력이나 막 쓰다가는 너까지 큰

일이 난다고."

"날 걱정해?"

"네가 저지른 일은 수습을 해야 할 것 아냐!"

"수습하려면 일단 내가 자유로워져야지. 그리고 큰일? 재준이나 상윤 녀석들한테나 큰일인 거지. 지금은 애들이 많이 죽어서 힘이 넘치거든."

그렇게 말한 사준이 막 뒤돌아서려는 순간이었다. 그들의 머리 위로 짤랑 하는 쇳소리가 울렸다.

"그 넘치는 힘 좀 내게 써보련?"

장난스러운 어조의 목소리가 별안간 끼어들었다.

순간 그들을 둘러싼 결계가 쳐지더니 엄청난 바람이 몰아닥쳤다. 손가락을 부딪치는 것 같은 딱 소리가 유달리 크게 들렸다. 그 직후 사준에 의해 조종되던 인간들은 그대로 정신을 잃고 쓰러졌다. 험악하게 몰아치는 기운에 태성도 두 걸음이나 밀려났다.

짧은 금발 청년이 어느새 미사와 사준 사이에 서 있었다. 바람이 멎고, 나뭇잎 하나 흔들리지 않을 정도의 침체된 공기가 결계 안을 점했으나 용운의 주위만 달랐다.

금목걸이가 쉬지 않고 짤랑대며 떨릴 만큼 유동적인 기운이 그를 둘러싸고 있었다.

"하아."

쿠당탕! 짧게 한숨을 내쉰 용운은 그대로 사준의 목을 쥐어 내팽개쳤다. 미사를 피할 때와 달리 사준은 꼼짝도 못 하고 바닥을 굴렀다.

"네 녀석은 어쩌면 그리도 한 치 앞도 못 보는 얼간이로 자랐는지 모르겠다, 준아. 그새 도망치려고 이런 수작을 부리고 있었어?"

"……용운 님, 무사하시니 기쁘네요."

"아무렴, 네 녀석이 과리와 그 멋진 재회를 하게 해줬는데 무사해야
지?"

사준은 뒷머리가 처박히고도 통각이 없는 사람처럼 웃을 뿐이었다.

"저를 데려가시면, 저 인간들 다 죽일 겁니다."

"죽여."

가차 없는 용운의 말에 미사가 깜짝 놀라 눈을 휘둥그레 떴다. 태성
이 용운을 향해 눈을 부라리며 한마디 하려는 순간이었다.

"할 수 있으면."

사준의 가슴팍을 밟고 올라탄 용운이 허리를 숙였다. 사준의 목을
움켜쥐는 손바닥 안쪽에 날카로운 발톱이 돋아 있었다. 그리고 손안
으로 몰아치던 용운의 기운이 사준의 목을 조이더니 순식간에 시퍼런
멍을 만들어냈다.

사준의 목줄기를 타고 스며든 용운의 기운이 온통 엉망진창이 된
사준의 내장을 압박했다.

"그만, 하, 윽."

미약하게 발버둥치는 사준의 목부터 비늘이 돋아 올라오기 시작했
다. 찢긴 옷자락 사이로 뱀가죽 같은 피부가 보였다. 파충류 인간 같
다. 사준의 새빨간 눈동자를 노려보던 용운이 혀를 쯧 찼다. 용운의
손목을 쥐고 긁어대던 사준의 움직임이 멎었다.

태성의 눈에는 훤히 보였다. 사준의 몸 안으로 그의 기운이 흘러나
오는 것을 가로막는 얇은 기운층이 생겨나기 시작했다. 용운이 사준
을 죽일까 염려하는 기색으로 파리하게 굳어 있던 미사는 용운의 설
명이 있은 후에야 어깨에 힘을 풀었다.

"준아, 느껴지냐? 네 가죽 안에 결계를 만들어주었다. 이제 좀 '인
간'다워지는 느낌이 들지?"

과연, 마구잡이로 흘러나가던 사준의 기운이 크게 흔들리다 뚝 끊겼다. 쿨럭, 검붉은 피를 토해낸 사준이 팔을 늘어뜨리며 중얼거렸다.

"진은 이런 것도 합니까."

"내가 할 수 있는 건 무궁무진해. 네놈의 수십 배는 더 살았는데 이 정도도 못 해서야."

"……저 망했군요?"

"이미 과리와 엮인 순간부터 넌 망한 거야, 이 녀석아."

"이렇게 되면 부하들을 통제할 수가 없는데요. 세뇌가 풀리면."

"드디어 너희 사들이 정신을 차리는구나. 처음부터 네놈 하나만 잡으면 되는 거였어."

용운이 비웃듯 받아치며 몸을 바로 세웠다.

그들에게서 눈을 뗀 태성은 쓰러진 사람들을 하나하나 살펴보았다. 죽은 사람은 없었다. 후유증이 있을지 없을지는 모르겠지만 그건 태성의 손 밖의 일이다.

"일단 너희 전부 따라와라."

"용운 님, 어떻게 되고 있는 거예요?"

용운의 기운이 불편하다. 미사가 용운에게 다가가는 것을 바라보던 태성이 문득 고개를 들었다. 소름이 오소소 돋아났다. 시선이라기에는 감시의 눈길에 가깝게 느껴지는, 한 쌍의 무언가가.

그러나 아파트 단지는 몇 개의 가로등만 밝혀져 있었고, 굴러다니는 손전등의 빛만 희미할 뿐이다. 무엇보다도 용운의 결계 안에는 쓰러진 사람들과 미사와 태성과 사준, 그리고 용운뿐이었다.

'……뭐지?'

용운의 기운이 저에게 꺼림칙하기 때문에 느껴지는 과민반응일까. 무심코 더 높이 고개를 젖혀 시선을 끌어올리던 태성이 작게 입술을 벌렸다.

아파트 옥상에서 시꺼먼 머리칼을 휘날리는 어떤 남자의 실루엣이 보였다. 등줄기가 섬뜩했다. 인간은 분명 아니었다.

어디선가 본 듯했다.

'어.'

태성은 스스로의 기억력을 의심하는 편이 아니었지만, 지금만큼은 혼란스러웠다.

광일제약의 사고가 뉴스에 떴을 때 카메라에 잡혔던, 묘령의 남자가 연상되는 모습이다. 다른 사람일 것이라고 안일하게 생각할 수는 없었다. 현대 남성들 중에는 저렇게 머리를 길게 풀어헤치고 다니는 이가 없다.

그리고…….

'……적안?'

태성의 눈이 순식간에 붉은 기운으로 물들었다.

느리게 눈을 깜빡거렸다. 눈꺼풀이 닫혔다 열리는 찰나는 아주 잠깐이다. 그러나 그 잠깐 사이에 상대는 사라지고 없었다.

태성은 온몸에 돋아난 닭살을 어루만지며 숨을 헐떡였다.

'뭐지? 잘못 본 건가?'

그런 태성을 알아차린 미사가 물었다.

"태성아, 무슨 일이야?"

용운의 시선이 태성에게 향했다. 태성은 용운을 빤히 바라보았다.

용운은 옷어른이다. 그는 느끼지 못한 걸까. 태성이 느리게 손가락으로 아파트 옥상을 가리켰다.

"조금 전에 저기……."

그러나 아무도 없는 텅 빈 아파트는 하늘에 닿을 듯 높기만 하다. 태성은 귀신에라도 홀린 기분으로 입을 다물었다.

"저기 뭐?"

"……아닙니다."

태성이 못마땅해 죽겠다는 표정으로 고개를 든 용운은, 꽤 오랫동안 태성이 가리킨 방향을 바라보았다.

고꾸라질 듯 휘청거리는 사준을 들쳐 멘 용운이 명령했다.

"자리부터 옮기자."

"사람들은."

날이 너무 추워 이대로 정신을 오랫동안 잃고 있다간 동사할 수도 있을 것 같았다. 태성이 찜찜한 얼굴로 주위를 둘러보고 있으니 용운이 먼저 앞장서서 걸어가며 설명했다.

"이쪽이 알아서 할 거야. 따라오기나 해."

용운은 태성과 말을 섞기도 싫다는 듯한 투였다. 태성도 마찬가지였던지라 딱히 더 캐묻지 않았다.

사준은 중간중간 계속 피를 토했는데, 용운은 그런 사준에게 한숨 섞인 핀잔을 놓았다.

"어차피 오랫동안 유지되는 거 아니니까, 괜히 네 몸 망치지 말고 잠깐만 얌전히 있어."

아마도 사준의 기운을 막아놓은 결계를 이야기하는 것 같았다.

사준이 중얼거렸다.

"빌어먹을, 그냥 죽이시든가요. 이게 뭡니까."

용운이 비웃었다.

"누구 좋으라고 네놈을 죽여주냐. 일단 상황 정리부터 해야지."

그들은 어느 커다란 밴 앞에 섰다. 세련된 차 안에서는 어울리지도 않는 퓨전 국악 음악이 재생되고 있었다. 운전석에 앉은 건 가하람이었다. 용운이 사준을 뒷좌석에 욱여넣듯 내던진 후 조수석에 앉으며 말했다.

"저기 인간들, 네가 정리해."

"내가 네 부하는 아닌데."

그렇게 말하면서도 가하람은 순순히 누군가에게 전화를 걸었다.

뒷좌석에 앉은 미사가 뒤늦게 인사를 건넸다.

"가하람 님, 또 뵈어요. 잘 지내셨네요."

"예의 바른 아가씨, 오랜만."

뒤따라 차에 오르려던 태성이 멈칫하며 가하람을 응시했다.

가하람도 장발이다. 태성은 조금 전 아파트 꼭대기에서 보았던 긴 머리칼의 남자가 가하람은 아니었을까 의심했다. 하지만 이내 스스로 아니라고 결론지었다.

남자는 분명 새카만 흑발에 붉은 눈을 가지고 있었다. 옷부터도 지금 가하람이 입은 것과 전혀 다른 스타일이었다. 가하람은 바지와 셔츠를 단정하게 입고 있었지만 그자는 품이 넓어 펄럭거리는 옷을 입고 있었다.

가하람이 사준을 향해 진하게 웃어 보였다.

"이거이거, 만신창이이긴 하지만 요 근래 가장 유명한 인사의 얼굴을 보는군."

"오의 가하람만 하겠습니까."

사준은 간신히 숨을 몰아쉬는 중이면서도 따박따박 대꾸했다. 가하람은 불쾌한 내색 없이 웃었다.

"대체 무슨 짓을 해서 과리를 열받게 했는지 당장 궁금한 게 많지만 우선은. 화서의 아들도 살기는 지우고, 얌전히 앉아 있어라."

태성은 자신이 살기를 보이고 있다는 것조차 의식하지 못했다. 조수석에 앉아 살짝 고개를 비틀어 돌린 용운의 금안과 눈이 마주쳤다. 태성은 내키지 않는 표정으로 붉은 눈을 내리깔았다.

그들을 태운 승용차는 운전자의 성정만큼이나 부드럽게 출발했다.

얼마간 달렸을까, 돌아가는 상황에 대한 염려를 감추지 못한 미사가 묻기 시작했다.

"용운 님, 어떻게 알고 연락하신 거예요? 가하람 님이랑 같이 행동하시는 거예요?"

"술의 덕훈을 만나고 있었다."

술 일족의 덕훈은 이번 사태에 대해 가장 커다란 유감을 표한 이다. 피해를 입은 후에야 움직인 신이나 추, 작 일족들과는 다르게. 피해를 입고도 선뜻 움직이지 못하고 틈만 보는 해나 축 일족과도 다르게. 아무런 피해도 입지 않고 오로지 정의감으로 사 일족의 축출에 나선 이들. 원래 개들은 정의감이 투철하기로 유명하니 이상한 일은 아니다.

덕훈은 용운에게 이 상황을 정리할 수 있을지에 대해 의논을 청하고 싶다 했다. 과리가 나타나기 전까지만 해도 그들끼리 해결할 수 있으리라 생각했지만, 과리가 나타난 순간부터 상황이 바뀌었다며.

용운도 충분히 이해는 하는 바였다. 오히려 용운은 그들이 제게 도움을 청하지 않고 저들끼리 해결하겠다 했다면 비웃었을 것이다.

그가 술의 덕훈과 사소한 것부터 시작해 '사 일족 축출'에 관한 문제를 가지고 가벼운 언쟁을 하고 있을 때였다. 뉴스에서 그런 사달이 났다는 소식이 들렸다. 그 즉시 알았다. 주제도 모르고 과리를 이용하려던 사준이 결국 피를 본 것이다.

"너희가 덕훈의 딸을 알고 있다고? 거기 의탁하고 있다 들어 연락을 해보니 소식을 듣자마자 나갔다고 하더구나. 준이 회사 근처에 가보니 그놈 아직도 준이 녀석을 찾는 것 같더라고. 혹시나 해서 저 녀석에게 그냥 바로 전화했지."

"아……."

"너희는 그래도 예전엔 사이가 꽤 좋았으니까."

너희라는 건 미사와 사준을 의미하는 것일 터였다. 용운의 시선은 은근히 사준을 압박했다. 사준은 반항을 포기한 것처럼 얌전히 앉아 숨을 고르고 있었는데, 처음보다 훨씬 상태가 나아진 듯 비웃음도 짓게 되었다.

미사는 듣고 싶은 것이 더 많았다.

"그러면 지금 어디로 가는 거예요?"

미사의 물음에 용운이 단조로운 목소리로 답했다.

"일단은, 내 별장."

그들은 가까운 낮은 산골짜기 거처로 향했다. 산 아래 먹자골목까지 차를 타고 들어갔다. 길이 끊긴 후에는 길 없는 산을 타고 올라갔다. 소슬한 바람이 불었다.

밤눈은 둘 다 밝으므로 이동에는 무리가 없었다. 험준한 길을 헤치는 동안 몇 가지의 방해 결계가 그들을 막았다. 결계는 용운의 손짓 한 번에 쉽게 사라졌다가 그들이 통과하면 다시 단단히 굳어졌다.

이윽고 그들은 산 중턱의 번듯한 집에 이르렀다. 아니, 집이라기보다는 넓은 공터에 세운 산장 같은 느낌이었다.

"정리가 좀 덜 되어 있지만 과리 녀석도 예까지는 쉬이 찾지 못할 거다."

용운이 오래 들르지 않아 집이 좀 엉망이라고 말하는 것에 반해 관리는 잘되어 있었다. 태성은 점점 속이 불편해졌다. 예민하게 온 신경이 곤두섰다. 완전한 진의 영역이다.

태성에게 시선을 준 용운이 경고조로 으름장을 놓았다.

"불편하다 해도 참아. 못 견디겠으면 나가고."

"괜찮습니다."

"나는 안 괜찮은데."

대놓은 홀대였지만 참았다.

넓은 방 안은 따뜻했다. 어느 종가집 한옥의 실내를 연상케 하는 깨끗하고 단조로운 인테리어였다. 주위를 두리번거리던 사준은 "오랜만에 오는군요. 갈아입을 옷 좀 주시겠습니까?" 하고 뻔뻔하게 요구하더니 가부좌를 하고 앉았다. 미사는 어이가 없었으나 용운이나 가하람은 정작 별로 신경 쓰지 않는 기색이었다.

용운이 건네준 얇은 셔츠와 바지로 갈아입은 사준은 비로소 깔끔해 보였다.

사준이 휴대전화를 만지작거리는 걸 발견한 용운이 찻잔을 내어오며 지적했다.

"준아, 예의는 차려야지."

"아, 죄송합니다. 일이 아직 남아서."

"죽은 놈이 무슨 일."

"죽어도 일을 해야 돈을 벌지요. 그런데 여기 전파가 잘 안 잡히는군요. 와이파이도 안 되고요."

"실없는 소리는."

웃기지도 않은 농담을 대수롭지 않게 주고받는다. 사준은 어깨를 으쓱하며 주머니에 다시 휴대전화를 넣었다.

가하람이 방 한구석에 놓여 있던 화로에 불을 붙였다.

"그래서, 네 녀석이 이런 사달을 일으킨 게 전부 바우를 찾기 위해서라고?"

"그냥 그러고 싶기도 했고요."

"뱀치고는 교활하지 못한 편이네."

"그런 이야기는 처음 듣습니다. 칭찬이 아닌 것 같은데."

사준은 마치 남 일처럼 대꾸하며 고소를 머금었다. 그러고는 더 보란 듯이 편안히 등을 벽에 기대며 물었다.

"왜 안 죽이십니까?"

"죽을 줄 알았느냐?"

"아니요. 용운 님이 저를 죽이실 리가 없죠."

용운은 습관처럼 혀를 쯧 차면서도 딱히 부정하지 않고 방바닥의 온도를 가늠했다. 그러곤 태연하게 미사에게 물어온다.

"미사야, 추운 거 싫어하지? 온도는 괜찮고?"

미사는 여전히 '어른들의 생각은 모르겠어.'라고 생각하며 고개를 끄덕였다. 태성이 그런 미사를 당겨 안으며 용운에게 쎄한 눈을 빛냈다.

싸늘한 일침은 다른 데서 나왔다.

"진짜 짜증 나는 새끼."

고개를 돌려보니 사준은 본인이 언제 그런 말을 했냐는 듯 생글생글 웃으며 다정한 눈빛을 가장하고 있다. 미사는 보란 듯이 태성에게 등을 기대어 맡기며 받아쳤다.

"우리 태성이가 왜?"

336

'마음에 안 들어. 마음에 안 들어.'

용운은 사준의 문제와는 별개로 그가 귀여워하는 미사가 '저런 것'과 붙어 있는 것이 시종일관 마음에 들지 않았다. 딱히 불쾌를 숨기지 않아 기운은 더 짙어졌고, 태성은 아주 예민하게 사소한 기운 변화까지 알아채며 불편한 표정을 지었다.

보다 못한 가하람이 고개를 절레절레 저으며 태성에게 물었다.

"그냥 나가 있겠느냐? 그게 더 네 녀석에게는 편할 듯한데."

태성은 고개를 저었다. 용운이 했던 말과 의미는 똑같아도 훨씬 더 부드러운 권유였지만 미사의 옆을 떠날 생각은 추호도 없었다.

"뭐라, 가하람. 아무리 어린 새끼라도 누구의 기질을 물려받았는데 고작 이런 것도 못 견딜까. 못 견딘다면 정말 한심한 거지. 안 그래?"

가하람은 품 안에서 곰방대를 더듬어 꺼내며 어깨를 으쓱했다.

사준을 마음에 들어 하지 않는 태성, 태성을 마음에 들어 하지 않는 용운, 용운의 기에 눌리는 태성, 용운과 가하람 자신으로부터 도망치고 싶어 머리를 굴리는 게 빤히 보이는 사준. 누가 누구의 편이다 나누기 어려운 기묘한 회합이었다.

남 일이라 생각하니 의외로 즐거워서 가하람은 화로의 불씨를 옮겨 붙이며 중얼거렸다.

"아침드라마를 보는 기분인걸."

광일제약 빌딩에서 멀찌감치 떨어져 선 강서는 장엄하게까지 느껴지는 기운을 온몸으로 느꼈다. 딸깍, 딸깍. 탄창이 텅 빈 권총의 방아쇠를 누르는 손끝에는 어떤 의식도 없다. 칼바람에 얼어붙었다는 감각조차도.

"강서 님."

숨을 크게 들이마시면 혈관이 팽창하는 것이 느껴진다. 목 위까지 쌓인 숨을 토해내듯 깊이 내쉬었다. 독기의 냄새가 나는 것 같다. 어떤 특정한 감정과 신념이 생존에 대한 본능을 넘어서는 순간이 존재한다. 전혀 고상하지 못한 형태로 피를 말리고, 텅 빈 혈관이 독살스러운 집념의 수맥이 되고, 그것이 심장을 타고 들어가 다시 발끝까지 퍼져나간다.

"종주님께서 돌아오라고 하십니다."

대동해 나온 부하 중 한 명이 명령을 하달했다.

종주, 민아.

태성이 떠났던 바로 그날, 화서는 명운을 달리했다. 태성을 지나치게 급하게 내보낸다는 생각에 분통이 터질 새도 없었다. 마치 그가 떠나기를 기다렸다는 듯 화서는 수 시간 버티지 못하고 노화하더니 숨을 거두었다. 자연으로 되돌아간 그녀를 대신해 민아는 조용히 화서의 의무를 이어받았다.

그러므로 종주는 이제 민아였다. 수백 년간 그들을 보듬어주었던 화서가 아니라.

아직도 강서는 그 사실이 실감이 나지 않았다. 극도의 불안에 빠진 강서를 위로하기 위해 민아는 태성을 위해 화서가 했던 노력과 희생을 이야기해주었으나 그건 오히려 불에 기름을 부은 격이었다.

강서는 근래 벌어진 모든 일의 책임이 사 일족, 그리고 사 일족과 내통한 태성에게 있다는 생각을 떨치지 못했다. 그래, 태성은 태어난 것부터가 잘못된 놈이었다. 기어코 어미의 피를 말리더니 멋대로 무리에서 뛰쳐나가 뱀과 어울리고 결국은 어미를 죽음에 이르게 만든 것이 틀림없었다.

아무리 싫은 내색을 했다 해도 태성은 동족이었다. 그런데 인이라고?

그 사실이 밝혀지자마자 무리를 떠나더니, 화서가 죽었다는 소문이 퍼졌을 터인데도 조의의 연락 한 통 없었다. 배은망덕한 새끼.

'씨팔 새끼.'

오늘까지의 강서에게는 최소한의 이성은 남아 있었다. 조만간 다른 일족들을 규합하여 사 일족들을 축출할 작전을 세우는 데에 앞장서는 것으로 스스로를 위안할 수 있었다. 그러는 동안에는 아직 오지 않은 미래를 그리며 침착한 체라도 할 수 있었다.

그러나 모든 계획이 어그러졌다.

사 일족들의 본거지라 알려진 광일제약 건물에서 도저히 과학적으로 설명하기 어려운 사건이 발생한 것으로, 그들은 인간들의 주시를 피할 수 없었다. 저 짓을 한 것은 필경 과리라는 그 진 일족일 것이었다. 사 일족들은 뿔뿔이 흩어졌고, 단번에 뱀들을 몰아 잡으려 하였던 그들은 갈 곳을 잃었다.

"전부 중단입니다. 근처에 사의 기운은 느껴지지 않고."

느껴질 리가.

일대를 뒤덮은 것은 소름 끼칠 만큼 차가운 한기뿐이었다. 이건 겨울의 추위가 아니다. 이건 제멋대로 방출한 진 일족 한 사람의 기운이다. 너무나 광대하게 퍼지는 기운은 과연 자연재해에 맞먹었다.

"돌아가는 것이."

미동 않는 강서를 불안한 눈으로 바라보던 남자가 힘주어 말했다. 이 사건을 살펴보겠다는 명목으로 강서는 민아와 대거리를 해가면서까지 산을 내려왔다.

"그럴 수는 없지."

강서는 푸르게 질린 입술을 열어, 마른 목소리로 답했다.

"우리는 영예로운 '자'야."

자 일족은 정의감이 투철하지는 않지만 동족에 대한 보복의식만큼은 그 어떤 무리보다 대단한 이들이다.

"하지만 한사준의 기운도 끊겼고, 아무래도 이 근방에 남아 있을 것 같지는 않으니 신 일족의 정보상들에게서 도망친 놈들의 위치 정보를 얻는 것이 더 빠를 겁니다."

"그 새끼들을 어떻게 믿고?"

"그리고 지금 당장 우리끼리 움직이는 것보다는 낫다고."

"누가?"

"……신의, 임용수가."

강서는 사내를 걷어찼다. 불시에 가해진 공격에 대중없이 쌓여 있던 목재상자에 부딪친 남자가 우당탕탕 소리와 함께 고꾸라졌다.

"지금 원숭이 새끼들의 끄나풀 놀음을 하고 있는 거냐?"

"아니, 그것이 아니라, 민아 님께서도 그렇게."

"감히 종주의 이름을 불러?"

"죄송, 합니다."

하지만 부하를 비난할 수만은 없었다. 정보에 관한 것은 단연 신 일족을 따라갈 자가 없다. 이 사건이 매스컴을 타기도 전에, 자 일족에게 알려온 것도 신 일족이었다. 그리고 표면적으로나마 그들은 연합하고 있으므로 신 일족들이 가져오는 정보에 귀 기울이는 것은 타당했다.

"진태성은 개새끼들과 같이 있다가 사라졌다고?"

"사건이 벌어진 직후에 그 암컷 뱀과 함께 개집을 떠난 것 같던데요."

강서가 지금 묻는 것 역시, 산에서 완전히 내려오기도 전에 신 일족의 끄나풀이 전달한 소식이다.

"진태성은 그 뱀이랑 같이 있었지."

그 뱀은 미사다.

그리고 미사는 한사준이 오매불망 찾아 헤맸다는 소문의 여동생이다. 그들의 실제 관계가 무엇이든 간에 한사준이 그만이 알 수 있는 피신처로 도망쳤다면 한미사는 알고 있을 가능성이 크다.

딸깍딸깍. 안전장치의 걸쇠를 올렸다 내리는 손끝에서 비로소 동상의 아픔이 느껴진다. 지문이 닳아 사라질 것처럼 아려왔다. 강서는 코트 주머니에 총을 쑤셔넣고 퀭한 눈으로 명령했다.

"연락해서, 그 암컷 위치 내놓으라 해."

부하는 노골적으로 위태로운 강서를 바라보다가 이내 고개를 끄덕이며 신 일족에게 연락을 시도했다. 아마 강서가 그 암컷의 소재를 알게 된다면 민아의 명령을 무시하고 움직일 것을 직감한 탓에, 휴대전화를 터치하는 손가락은 느렸다.

밑져야 본전이고, 지금 도망친 사 일족들의 행적을 추적하느라 여념이 없는 신 일족들이 그 암컷 뱀의 소재를 파악하고 있을 거라고는 예상하지 않았으니, 차라리 확실히 모른다는 대답을 듣는 편이 낫겠다.

그러나 수화기 너머로부터 들려온 목소리는 유쾌했고, 주저가 없었으며, 자신감에 넘쳤다. 내용만이 모호할 뿐.

「진의 용운이 강북 쪽 야트막한 산에 거처를 하나 두고 있는데, 그 근방에서 뱀의 기운이 느껴졌다는군.」

그러나 강서는 그 모호함에 목숨을 걸 수도 있을 만큼.

"다 뒤져."

배신자에게는 가차 없는 총구를 들이댈 수 있는 긍지 높은 자다.

사준은 마치 제집 안방에 들어온 것처럼 편안한 태도다. 조금도 긴장한 낌새가 없었는데, 그건 그가 거리낌 없이 늘어놓는 이야기들로 확신할 수 있었다.

"말씀드리지 않았습니까. 과리를 속이려다 들켰습니다. 분노하셨고, 가차 없더군요."

"호오, 용운 말고 다른 진은 본 적이 없는데, 과리 쪽도 의외로 철칙이 있으신 모양이지?"

"거기에 멍청…… 아니, 까다롭고 단순하기도 합니다."

과리는 가하람의 윗세대였다. 가하람이 태어났을 때 이미 과리는 잠든 후였으므로 만나본 적은 없다.

"과연 진답게, 정직성에 집착하더군요."

가하람은 재미있는 이야기를 들었다는 듯 담배연기를 흘려내며 고개를 끄덕였다. 과리가 소문이야 좋지 않지만 진 일족의 타고난 천성에 걸맞은 자인 모양이다 하며.

사준이 사기를 치려다 들켰다는 말에 과리가 빌딩 하나를 통째로 얼려버린 것을 순식간에 납득한 용운은 긴 한숨을 내쉬었다. 대경실색할 일이었다. 과리 그놈이 어떤 놈인데 간사한 수작질을 한단 말인가.

사준의 말처럼 분명 단순한 면이 적잖지만, 품은 기운에 비하여 지나치게 불같은 놈이다. 하지만 이미 벌어진 일보다 더 신경이 쓰이는 건 다른 부분이었다.

"무슨 사기를 치려 했는데?"

"과리의 심장을 감추었습니다. 용운 님이 토막 내어 충청도 우면 동굴 안에 숨겨두었던, 그 부분이요."

정확한 위치까지 읊는 것을 보니 사준의 뒷공작이 한두 해 있었던 것이 아니라는 게 새삼 실감이 되었다. 마지막으로 사준을 만났을 때였다. 용운은 오래전부터 사준이 은연중에 바우와 과리의 존재에 대해 묻는 것을 무시했었다.

그때 그러지 말고 자세히 파고들어봤어야 했나 보다.

"그래서."

"예."

"네 녀석, 그 일에 네 동족까지 이용해먹었던 거라고."

"과리는 제 아랫놈들을 보자마자 알아차리던데요. 용운 님은 조금도 눈치채지 못하시기에 좀 의외였죠."

그 단순한 과리도 사준 휘하의 뱀들의 이상행동을 보자마자 알아챘다. 그동안 사준이 용운과의 교류를 의식적으로 피한 것도 이유지만, 아마도 용운이 그를 믿으려 했기에 알아차리지 못한 것일 터였다.

"그 수십 마리를 전부."

"몇 녀석을 제외하면요."

"너, 괜찮은 거냐?"

사준은 엷게 웃었다. 스스로가 억압당하고 있다는 걸 모르는 이들을 휘두르는 데에 그의 정밀한 능력은 아주 효율적이었다.

"……용운 님이니 속이지는 않겠습니다. 어차피 다 간파하실 테니까. 괜찮기도 하고, 괜찮지 않기도 합니다."

사준은 하루도 편안히 잠들 수 없었다. 늘 누군가의 정신을 쥐고 있다는 것은, 반대로 그들에게 자신의 기운을 일편 내어주어 붙잡혀 있는 것과도 다를 바가 없다. 조금만 긴장을 풀어도 이질감을 느끼고 도망치려 할 테니 들키지 않기 위해 무던한 긴장을 해야 했다.

개중에 그가 협잡질을 했다는 걸 알아차리는 녀석도 있었다. 그런 놈들은 쥐도 새도 모르게 오피스텔로 불러 잡아먹었다. 미사는 그것도 모르고 순진하게 '그 녀석은 어디 갔어?' 하고 묻곤 했는데 사준은 그때마다 그들이 제 배 속에 있다 솔직하게 말해주고 싶은 것을 참느라 고역이었다. 미사의 반응이 궁금해서.

어쨌든 그 때문에 사준은 항시 곤두서 있고 항시 예민했다. 다행스럽다 할 만한 것은 사준의 육체가 모든 것을 감내할 만큼 강했다는 것뿐이다.

가만히 듣고 있던 가하람이 끼어들었다.

"그 정도라면 인정할 만하겠군. 한데 생각보다 순순하구나. 네가 가진 가장 큰 무기라고 생각한다면 이렇게 털어놓는 건 꺼려질 텐데."

"여기까지 끌려들어왔는데, 하룻밤 사이에 두 명의 진으로부터 도망칠 만큼 제가 운이 좋은 편은 아니라고 생각하니까요."

용운이 퍽 인상을 썼다. 어쩌면 이렇게 비뚤어지게 자랐나.

"아는 놈이 잘도 떠든다."

"그리고 우리 일족들은 개편되어야 합니다. 그에 공감하는 녀석들은 딱히 제가 손쓰지 않아도 기꺼이 따른다 했고."

인간들의 조직 생활에 익숙해진 탓인지, 그는 '개편'이라는 맞지 않는 어휘를 가져다댔다.

분명히 사 일족들의 이번 이상행동은 그동안 일족들이 무시해왔던 여러 가지 문제를 부상시켰다.

타 일족의 일이라고 한발 물러서 있으려던 이들이 피해의 당사자가 되어 처참한 상처를 입었고, 머릿수가 많은 일족들의 오만함이 꺾였고, 뭉치지 않는다 알려졌던 뱀들이 무리를 이루면서 '변화'의 가능성을 받아들이게 되었고, 무엇보다도 사 일족들의 종주가 제 역할을 하지 못한 것이 더 사건에 불을 붙인 것으로 받아들여져 각 일족들의 종주와 무리의 수장들이 경각심을 갖게 되었다.

물론, 사준이 말한 '우리'란 그가 속한 '사' 일족만 해당할 것이다.

"하지만 뭐, 제가 바라는 건 바우를 찾아서, 제 문제를 해결하는 것뿐입니다. 사실, 다른 건 아무래도 상관없습니다. 저 잡종 새끼야말로 바우가 아직 죽지 않았다는 것을 증명해주는 산 증인이니까."

잡종 새끼라는 신랄한 말에도 태성은 아랑곳 않았다.

대신 이해하지 못한 부분의 설명을 요구했다.

"대체 당신이 왜, '그'를 찾는 건데요?"

사준은 대답 대신 가느스름 뜬 눈으로 태성에게 비웃음을 흘릴 뿐이다. 의문은 가하람이 대신 해소해주었다.

"가끔 태어나자마자 제 어미를 각인하는 녀석들이 있지. 새끼 오리처럼 말이야. 살모 계통의 일족은 유난히 그 부분이 두드러지는데, 저 녀석이 바우를 각인한 거지. 하필이면."

사준은 부정하는 대신 빙그레 웃었다.

"과리가 그러더군요, 저 녀석이 바우의 핏줄이라고. 실제로 변이한 것도 보았고."

"인의 바우와 자의 화서가 낳은 아들이지."

"대단합니다. 혼혈들이 종종 나타난다고는 들었지만 인과 자라니."

"그러게. 가끔 그런 일이 벌어지는 모양이야. 호랑이를 제 어미로 각인하는 뱀 새끼도 있으니 더 놀랄 것도 없겠다만."

가하람은 사준에게도 편히 대했다. 호의는 아니나, 적어도 사적인 감정이 없다는 것만큼은 역력했다. 그래서인지 사준도 가하람에게만은 최소한의 예의를 지키는 느낌이었다.

침통하게까지 느껴지는 어둔 낯빛으로 사준을 응시하던 용운이 입술을 뗐다.

"이 마당에도 계속 할 거냐?"

"완전해지면 저는 더 강해질 거고, 그렇게 되면, 지금 잃어버린 것들을 전부 되찾을 수 있습니다."

"도대체가 대화가 되지 않는구나."

"피차간에 바라는 게 명백하면 종종 대화가 어려워지기는 하지요."

용운은 세상에는 정의가 관철되어야 한다는 술 일족들의 주장에 동의하는 사람이었다.

"그놈이 죽었다고 해도?"

사준의 뱀눈이 미끄러져 태성에게 이르렀다. 마치 태성에게 진위 여부를 묻는 것 같은 눈빛이었다. 태성은 실소했다. 알 리가 없지 않나.

사준이 단정적으로 말했다.

"안 죽었습니다."

"네가 어찌 확신하는데."

"느껴집니다. 저놈을 발견한 후에는 확신했고."

태성은 뜬구름 같은 사준의 말에 말을 잃고 말았다. 사준이 제시한 근거는 근거가 아닌 바람의 형태를 닮아 있었다.

"네 느낌?"

"예."

"가관이구나…… 네 녀석이 직감 따위를 거들먹거릴 줄이야. 고작 그런 것 때문에. 준아, 지금의 삶에 만족할 줄을 모른다면 망가진다고 예전에도 말한 적 있을 거야. 기억 안 나느냐?"

"만족하는 것도 스스로가 온전할 때에야 가능한 일이라고 대답했던 것까지 기억합니다."

"대체 너에게 살모종의 완성이 살모라 헛바람을 불어넣은 것이 어떤 녀석이야."

사준이 희미하게 웃었다.

그들에게는 직감이라고 말했지만, 사실 그건 의식의 형태에 가깝다. 얕은 잠에 빠진 그의 이마를 어루만지는 건 늘 같은 메시지이다.

머리가 삼각형인 붉은 눈의 살모사가 있다. 그것은 아마도 자신이다.

살모사의 의식이 가다듬어지기 시작한 것은 피바다의 악취 때문이다. 날름대는 혀끝에 느껴지는 것은 온통 피의 미립자들뿐.

하얀 머리카락을 귀신처럼 휘날리는 남자가 벼랑 끝에서 그를 바라보고 있다. 눈동자는 소름 끼치는 적안.

백발의 남자는 사준에게 피투성이의 잇몸을 드러내며 웃는다.

『너는 나를 잡지 못해서, 죽어가는 거야.』

벼랑은 가파르고, 좁은 길 끝에 있다.

『너는 미완성이다.』

사준은 미완성이다.

『너는, 아무것도 아니지..』

사준은 진실로 확신했다. 그자는 살아 있다. 그를 채워줄 수 있는 것은 그자뿐이었다. 목숨이 헤아릴 수 없이 많은 장생종이라던 그자만이 사준을 완벽하게 해줄 수 있다. 그의 미완성을 가장 염려해준 그자가.

그러나 가하람은 사준의 침묵을 몹시도 나른한 목소리로, 산산조각

347

냈다.

"그자는 내 손에 죽었다."

"……."

"뭐냐."

잠깐 말문이 턱 막힌 것처럼 입술을 다물었던 사준이 낮게 가라앉은 목소리로 말했다.

"……오의 가하람 님을 의문하려는 건 아닙니다만, 과리에게서 들으니 바우는 아주 대단한 자라던데요."

"반백 년 전쯤 한양 근교에서 검은 짐승이 날뛴다는 소문을 들은 적이 없던가?"

"그때 그 맹수의 횡포를 막은 것이 가하람 님이라는 것도 들어 압니다."

"그게 바우였다."

정적이 찾아왔다.

귀머거리처럼 멍청한 표정을 짓던 사준이 서서히 미간을 일그러뜨렸다. 용운은 사나워진 사준의 기운을 감지하곤 부드럽게 쐐기를 박았다.

"그놈은 이미 죽었는데, 너는 허깨비를 쫓고 있어."

"들어본 적 없습니다."

"말한 적 없으니 들은 이가 없는 거지."

용운은 사실 사준의 바람도, 미사의 바람도 크게 다르지 않은 무게를 지녔다 생각한다.

그만큼 긴 삶을 살다 보면 크고 작은 갈등이 얼마나 하잘것없는지 깨닫게 된다. 시간이 지나면 결국 한 조각의 기억으로 남을 수많은 사건들.

용운은 지금 현대사회에서 벌어진 이 사건들보다도 커다란 재앙의 기억을, 전란의 기억을, 수많은 기억을 간직하고 있다. 그러므로 그가 보기에 사준은 지금 덧없는 사실 하나에 집착하는 아둔한 둔치에서 벗어나지 못하고 있을 뿐.

"준아, 마지막으로 말하마. 이미 벌어진 과리의 일은 어차피 너희 선에선 해결되지 않을 테니 이쪽이 해결해야겠지. 다만, 너는 물의를 일으킨 것을 스스로 사죄하고 합당한 벌을 받는 걸로 이 이상의 소란 은 피우지 마라. 용서를 구한다면 내가 다른 녀석들에게 일러 선처를 청해보마."

사준의 목소리가 미약하게 떨렸다.

"과리는 바우에게 목숨이 여럿 있다던데요. 과리는 용운 님과 바우 에게 악감정이 있을 테니…… 아니, 저를 회유하시려 그리 말하시는 거라면, 틀렸습니다. 저는 압니다. 그자는 살아 있습니다."

용운이 웃음을 터뜨렸다. 사준은 세상에서 제일 멍청한 소리를 하 고 있다.

"바우 새끼가 모습을 감춘 지 반백 년이다. 나는 과리를 아는 것만 큼이나 그놈을 잘 알아. 난."

거기까지 말하던 용운이 고개를 돌려 어딘가를 바라보았다. 그 바 람에 말이 잠시 끊겼다.

"왜 그래?"

가하람이 의아한 듯 물었다.

"안 느껴져?"

"뭐가?"

"아무것도 없는."

가하람이 눈을 게슴츠레 올려떴다. 용운의 홍채가 세로로 길게 갈라지며 형형한 금빛으로 빛났다. 이번 사건으로 인해 용운과 함께 행동하기 시작한 이래 처음 보는 눈이었다.

"없다고?"

누가 들으면 농담을 하는 것이라 할 것이었다.

가하람이 기운을 펼쳐보았으나 이곳은 용운의 기운으로 충만한 곳이다. 딱히 이상함을 느끼지 못했다는 듯 고개를 비딱하게 기울였다.

그러나 태성은 달랐다.

'뭐지.'

태성은 기묘한 인력을 느끼고 그도 모르게 몸을 일으키려다가, 미사의 온기를 깨닫고 다시 앉았다.

미사가 물었다.

"너는 왜 그래?"

"아니."

태성이 느낀 것은 용운이 말하는 것과는 달랐다. 이상하게 핏기가 가시는 기분이 들고, 손바닥이 저렸다. 자세히 들여다보니 솜털이 곤두서 있다.

이상한 일이었다. 아까 보았던 새까만, 바닥없는 어둠을 연상케 하던 남자가 떠올랐다.

용운은 그런 태성의 이상 징후를 눈여긴 듯 가만 시선을 멈추었다가, 이내 원래의 화제로 돌아갔다.

"됐다."

어차피 이곳은 그의 결계로 둘러쳐져 있다. 어지간한 놈이라면 근처에 이르자마자 그가 알아차릴 수 있고, 어지간하지 못한 놈이라면 결계 안으로는 한 발자국도 들일 수 없을 것이다.

"……어쨌든 아까 네가 과리에게 휴대전화를 줬다고 했지."

"잘 가지고 다니지는 않으시는 것 같지만."

용운은 잠깐 고민하는 기색으로 한숨을 푹 내쉬더니 사준에게 턱짓했다.

"연결해."

사준의 표정은 순식간에 굳어졌다. 솔직히 지금 용운에 의해 제압당한 상황에서 과리와 연결되는 접점은 피하고 싶었다.

과리는 '감히 거래 따위를 청하느냐? 기필코 네놈을.' 하며 별렀다. 진 일족의 직접적인 겁박은 공갈이 아니라는 점에서 실체가 있는 두려움이었다.

사준은 마지못한 사람처럼 휴대전화를 켰다.

상윤으로부터 부재중 전화와 문자가 십여 통 와 있었다. 과리의 번호를 누르고 조용히 기다렸다. 신호 연결음이 이어졌다.

그러나 전화는 곧 끊겼다.

"뭐야."

"무어라 하시려고요."

"너 팔아넘기려고."

사준이 싸늘히 굳은 눈으로 용운을 바라보았다가, 용운의 금안과 눈이 마주치자 어쩐지 분한 듯한 표정으로 시선을 내렸다.

"빈말이었으니 다시 걸어. 그놈이랑 할 얘기가 있어서 그러는 거니까. 아직도 그 건물 안에 있지?"

– 고객이 전화를 받지 않아 소리샘으로…….

이번에는 수화음이 세 번도 울리지 못하고 끊겼다. 이쯤 되면 의도적으로 연결을 끊었다고밖에 볼 수 없는 상황이었다. 용운이 짜증 난다는 표정으로 사준의 휴대전화를 노려보았다.

하얗게 얼어붙은 복도는 마치 의도적으로 얼음장식을 한 것처럼 보였다. 쩌저적. 작은 진동에도 부서져 내릴 만큼 약한 가구들의 잔해가 흩어졌다. 한겨울의 찬바람도 과리에게는 그다지 위협이 되지 못했다.

되찾은 힘이 넘쳐나 과리도 통제가 어려울 지경이었다.

바로 발밑에 그의 조각 일부를 숨겨두고 있었던 사준은 그를 무시해도 과하게 무시한 것이다. 아무리 관심사 이외의 것에는 무심한 과리라 해도, 아무리 결계로 그의 기운이 새어나가지 못하도록 층층이 둘러놓았다 해도 한번 이상기운을 감지한 그가 덮어 넘길 리가 없지 않나.

그래놓고 발각되자 거래 따위를 요구하는 오만함이라니.

'흠.'

다만 지금 과리가 이 빌딩에서 한 발자국도 나가지 않는 것은, 저 밖에 몰려든 이들의 소란을 감지했기 때문이다. 이 시대의 인간들은 꽤 귀찮은 여러 장치들을 가지고 있다. 빌딩 주위를 요란한 소리를 내며 품위 없이 날아다니는 커다란 기계부터.

띠리리리.

실제로 사물의 모습이 고스란히 박제되는 카메라라는 작은 물건에 이어.

띠리리리.

지금 저렇게 요란하게 울어대는 작은 통신기구까지.

고적한 복도를 울리는 벨 소리를 따라 사무실로 돌아간 과리는 자신이 만들어둔 얼음동굴처럼 차가운 풍경을 대수롭지 않게 스쳐지났다. 허리를 쑥 기울여 책상 아래를 내려다보니 차갑게 얼어붙은 휴대전화라는 것 하나가 번뜩번뜩 빛을 발하고 있다.

[한사준]

익숙한 이름이 떠 있다.

'이 육시할 새끼, 잔뜩 쫄아 도망치더니 이제 사죄할 마음이 들었나!'

봉두난발을 하고 찾아와 석고대죄를 해도 받아주지 않을 테다! 그렇게 생각하며 과리는 한껏 퉁명스러운 표정으로 휴대전화를 노려보았다. 이 물건을 통해 인간들은 서로 대화를 나누었고, 사 일족의 잔망스러운 아기들이 그에게 사용법을 알려준 적도 있는데.

'이건가?'

버튼을 누르자 화면이 꺼졌다. 그러나 소리는 계속해서 이어졌다.

띠리리리.

투박하리만치 매력 없는 음색은 이내 소음처럼 거슬리기 시작했다.

실수로 가장자리 버튼을 누르자 다시 불이 들어온다. 얼어붙은 패널을 빤히 들여다보며 말을 걸어보았다.

"그래, 이제 용서를 구할 마음이 드느냐? 그래도 소용없다. 넌 죽은 목숨이니라."

기껏 목소리까지 가다듬고 말을 했는데 여전히 벨 소리는 끊이지 않는다. 그러다 뚝 멈추었다.

"뭐야."

서늘히 중얼거린 과리는 차가운 사무실 안을 뒤덮은 적막 속에 미동 없이 서 있었다. 얼마 지나지 않아 또다시 액정이 환하게 빛나며 띠리리리, 소리를 냈다.

과리가 손끝을 세워 눌러보는 시늉을 했다.

[한사준]

그 이름이 그를 놀리듯 계속 울렸다.

분노가 머리끝까지 치밀어 오른 과리는 화면에 떠오른 그림을 닥치는 대로 눌렀다. 화면에 떠오른 단추 같은 것이 움직였지만 그게 전부였다.

한사준이 이 화면 너머에서 그를 조롱하고 있는 것 같은 기분에 일대의 공기는 순식간에 영하로 떨어졌다. 하얀 입김이 번졌다. 과리의 손에 쥐여 있던 휴대전화가 뽀각 소리를 내며 부서졌다.

'이 죽일 놈의 새끼가 끝까지 이 몸을 놀려.'

가루처럼 부서진 휴대전화를 노려보던 과리는 신경질적으로 머리칼을 헝클었다.

분하다.

뻥 뚫린 사무실의 한쪽 벽면으로 얼굴을 내밀어 아래를 내려다보았다. 바글바글 모인 인간들이 건물 주위로 노란 테이프를 길게 늘여 붙이며 통행을 저지하고 있는 풍경이 보였다.

고개를 젖힌 과리가 빌딩의 꼭대기를 올려다보았다.

광일제약이라고 쓰인 간판이 보인다.

이 건물이 사준의 것 - 그렇다고 과리는 알고 있다 - 이라 했으니, 전부 다 부숴버릴 것이다. 과리는 당하고는 살지 못한다.

정말로, 봉두난발을 하고 석고대죄를 해도 저놈에게 본때를 보여줄 것이다.

용운은 아무래도 사준의 휴대전화를 통해 전화를 건 것이 실수인
가 하여 그의 휴대전화로 다시 연락을 시도했다. 그러나 세 번째 시도
도 마찬가지였다. 아니, 두 번째로 사준의 전화를 거절한 과리가 아
예 휴대전화를 꺼버린 건지 "고객님의 전화기가 꺼져 있어 소리샘으
로……." 하는 안내방송 멘트가 흘러나왔다.

　"과리 새끼의 눈 밖에 났으니 너는 큰일 난 거야."

　사준도 납득하고 있었다.

　과리는 큰 노고도 들이지 않고 건물의 상층부를 완전히 얼려버렸
다. 뭐, 굳이 과리만 그런 식의 능력을 가진 건 아니지만 대부분의 일
족들은 뒷수습에 대한 염려 때문에 인간들의 눈에 띄는 능력을 지양
하는 편이다. 과리가 가진 가장 큰 능력은 어쩌면 대책 없음인지도.

　"일단 내가 그 녀석을 만나러 가야겠군."

　"직접 말입니까."

　"그래."

　"지난번에 지셨잖아요."

　"진 게 아니라……."

　용운이 말을 멈추었다. 변명하는 것이 더 민망한 상황이었던 탓이
다. 확실히 처음에 과리에게 기습당한 용운은 놀라 혼비백산했고, 도
주를 택했다. 하지만 그건 까마득히 오래전 사라져버린 녀석이 갑자
기 튀어나와서 생긴 혼란이었고.

　용운과 과리는 비록 적이지만, 친구이기도 했다. 그건 비단 용운만
이 느끼는 감정은 아닐 것이다. 분명 처음에 용운을 공격했을 때 과리

는 즐겁고 반가워 어쩔 줄 모르겠다는 듯한 태도였다. 오랜 시간을 가사 상태에 머물다 깨어났는데 동족이 반갑지 않을 리가.

자 일족들을 습격했을 때에도 그랬다던가.

바우의 흔적을 찾겠다며 들이닥쳐 이리저리 들쑤신 후에, 멍청하니 앉아 쥐 한 마리에게 놀아나다 돌아갔다고.

과리는 생각이 없을지언정 근본 자체가 악한 건 아니다. 용운은 사준에 관한 것도 그에게 선처를 요구할 생각이었다. 사준은 다른 형태로 이 사태를 책임져야 할 의무가 있다.

"굳이 용운 님이 나서지 않아도, 과리가 좋아할 만한 게 있는데."

"좋아할 만한 거?"

"저 녀석을 던져주면 좋아할 겁니다. 제가 용서받을 수 있을지도."

사준의 턱 끝이 가리킨 것은 다름 아닌 태성이다. 미사는 대번에 싸늘히 눈을 치켜떴고, 가하람은 "정말 난놈이구나." 하며 악의 없이 비웃었다.

정작 태성만이 아무 표정 없이 사준을 바라보았다. 용운의 기운을 견뎌내는 것보다도, 속으로부터 솟구치는 잔악한 본성을 누르는 것이 더 곤혹스럽다. 자꾸만 자신이 아니게 되는 것 같다.

치미는 불쾌감을 억누른 태성이 일어섰다.

"태성아?"

일순간 불편해진 분위기를 읽어낸 미사가 그의 이름을 부르며 뒤따라 나왔다.

달콤한 미사의 목소리가 그의 등줄기를 주뼛하게 했다.

'오지 마요.'

그렇게 말하고 싶었다. 엉망진창으로 만들어버리고 싶기도 했다. 그러나 태성은 미사의 뺨을 꽉 당겨 입술을 누르는 것으로 대신했다.

입맞춤은 짧았다. 혀를 밀어넣고 싶은 충동을 겨우 참아 누른 태성이 낮은 음성으로 설명했다.

"바람 쐬고 오려고요."

"너, 왜 이렇게 떨어?"

태성은 달달 떨리는 손을 내려다보았다.

"나도 모르겠어요. 좀 긴장해서일 거예요."

뭔가, 이상하다.

잘못되었다.

이튿날 오후, 용운과 가하람은 산마루 중턱에 섰다. 지근거리는 전부 숲과 나무지만 저 멀리 빌딩의 숲이 보인다. 많은 것이 변했지만 그 안에서 용운과 가하람도 차근차근 변화에 발맞추어 살아왔다.

그러므로 그들에게는 여느 날과 같은 풍경이다.

"아, 그래, 그러니까…… 인테리어를 할 때 벽지는 저번에 보여드렸던 그거랑 최대한 비슷한 걸로 찾아주시면 되고, 악기를 놓는 악기실은 곧 태웅이가 연락을 드릴 겁니다. 아, 실종요? 에이, 실종은 무슨 실종입니까. 소문이 잘못 난 겁니다. 예, 아, 공연이 미뤄지기는 했지만……."

용운은 심각한 얼굴로 건축업자들에게 전화를 돌리고 있었다.

곰방대를 문 가하람의 입술이 엷은 호선을 그렸다. 상황이 상황인데도 태평한 용운이 재미있다.

'이 와중에도.'

참, 용운도 별나다면 별나다.

가끔 가하람은 용운이 정말 인간처럼 느껴졌다. 그러니 저 뱀 두 마리에게 절절매며 이러지도 저러지도 못하고 대신 총대를 메고 나서는 것이겠지만.

"이달 안에, 그렇지요. 그러면 가격은 그때 가서 협의하는 걸로 하고……."

'귀엽다고 해야 할지.'

가하람은 용운처럼 인간들과 섞여 사는 데에 미련은 없지만 용운을 충분히 이해는 했다. 본디 홀로 사는 진 일족이다. 그러나 아무리 개인주의적인 성향이 강하더라도 살아 있는 것은 혼자일 수 없고, 혼자여서도 안 된다.

처음부터 끝까지 혼자이길 고집하는 이들이 결국 자신을 지키지 못하고 스스로를 파멸에 이르게 하는 모습을 가하람은 많이 보아왔다.

가하람은 용운이 축 일족의 건설업자들과 통화하는 것을 방해하지 않고 기다렸다. 곧 용운이 휴대전화를 주머니에 넣으며 다가와 앉았다.

가하람이 비로소 운을 뗐다.

"말이 안 되지 않나."

용운도 가하람의 지적이 무엇인지 알았다. 타당한 의문이었다. 아무리 사준이 강한 살모의 피를 타고났다고 해도 그릇 밖으로 넘칠 만큼의 힘을 지닌 건 아니었다. 기운의 흐름에 예민한 가하람도 그렇게 생각하고 있다면 맞는 것이다.

"300년도 못 산 사 일족이 그토록 강할 리가 없고, 그놈의 그릇은 꽉 차 있지 않았어. 살모 본능이야 우리가 살모의 종이 아니고 살모종들에 대해 알려진 바가 크게 많지 않으니 가능성이 있다 치지만."

"아니, 준이는 지금 잘못된 생각에 빠져 있어."

"그래, 하지만 가끔 그리 착각하는 멍청한 살모종이 나올 수는 있는 거지. 미사라는 그 별종을 시영과 동등하게 각인해 죽이려 했다 가정하면 그 점은 이상할 것이 없다 치고……."

불그죽죽한 검은 기운.

용운이 눈을 감았다.

"아무도 믿지 못하면 저렇게 되는 거지."

오래전의 기억을 떠올렸다.

바우와 힘을 합쳐 과리와 수개월을 맞서 싸웠다. 과리는 원래부터 제멋대로 사는 놈이었지만 인의 바우는 본디 의뭉스럽고 유쾌한 편이었다. 그러나 바우는 수십 번 죽어 나자빠지며 망가지기 시작했고, 과리가 죽은 후부터 과리의 전철을 밟아가기 시작했다.

정확히는 바우가 과리에게 수십 번, 수백 번 시도한 정신억압의 반동이 그를 망쳤다. 바우쯤 되는 녀석이니 괜찮겠거니 했지만, 전혀 괜찮지 않았던 것이다.

과리가 인세에서 잊힐 무렵에는 용운도 바우를 잊고 살았다. 바우가 살생을 저지르고 다닌다는 이야기를 들었을 때는 이미 늦은 뒤였다. 용운은 최소한의 예의와, 타 일족의 일에 관여치 않는다는 불문율을 방패로 바우에게 조언 몇 마디만 한 후 방관했다.

「너…… 대체 왜 이러는 거냐. 네가 하는 짓이 과리와 다를 게 뭐냐.」

「굳이 달라야 해?」

바우가 망가지고 있다는 것을 더 일찍 알았더라면 뭔가 달라졌을까.

자문해보지만 아마도 아닐 거라 생각한다. 그 시절로 돌아간다 해도 용운은 바우와 상성이 맞지 않는 존재다. 아마 방관할 것이었다.

다만 가하람과의 싸움에서 죽었다는 말에 조의쯤은 표해주었을 것이다.

과리와 용운과 바우는, 때로는 적이지만 때로는 벗이었다.

그리고 그 누구에게도 마음 주지 않았던 바우와 닮은 것은, 그 피를 이어받은 태성이 아닌 사준이다.

"하기야, 이러니저러니 해도 뻐꾸기 새끼처럼, 아니, 아니지. 미운 오리 새끼처럼 종도 다른 존재를 어미로 각인한 녀석이 딱할 뿐이지. 아무래도 수상쩍은 구석이 한둘이 아니니 지켜볼 필요는 있겠다."

"가하람."

"으음."

가하람이 연기를 뻐끔 뱉어내며 용운을 바라보았다. 용운은 아까보다 훨씬 진지한 얼굴이었다. 가하람은 용운의 껍데기 안으로 잔잔하게 파도치는 기운을 훑은 후 미소를 거두었다.

"왜?"

과리와 같은 괴물 같은 재생력을 지닌 몸은 토막을 내도 살아 움직인다. 썰고, 자르고, 뜯어내도 계속해서 서로 들러붙으려는 것을 막기 위해 얼마나 버거운 싸움을 해야 했던가.

그러나 바우의 경우는 다르다. 죽이면 죽는다. 완벽하게 모든 몸의 기능이 정지하고 다른 놈들과 다를 바 없는 시체가 되었다. 다시 살아나는 게 문제였지.

"정말 바우가 죽은 게 확실해?"

"처음 죽여 끝냈다 생각했을 때 갑자기 내 뒤통수를 후려갈기는 바람에 알게 되었지. 목숨을 여러 개 가진 녀석들은 흔치 않으니까. 심장을 뜯길 뻔하고 교훈을 얻어서 그놈이 완벽하게 살아나지 않는 걸 일주일 가까이를 지켜봤어. 죽었다."

"제 목숨에도 한계가 있다고 바우가 말했지만…….."

이제 와 생각하니 용운은 그토록 강인한 생명력의 바우가 가하람과의 싸움에서 살해당했다는 사실을 쉽게 믿기 어려웠다. 가하람을 얕보는 것이 아니라, 바우는 그만큼 엄청난 녀석이었다.

"시체는?"

"인 녀석들이 처리하지 않았을까."

가하람은 시체가 사라진 건 인 일족의 수습이 있어 그런 것이라 믿고 있다.

하지만 생각해보니 미심쩍은 구석이 있기는 하다. 가하람은 딱 한명에게만 바우로 추정되는 그 검은 맹수에 대해 이야기를 했었다. 오랫동안 면식이 있던 신 일족의 원숭이였다.

「제가 한번 알아보지요.」

하지만 돌아온 소식은 없었다.

인 일족은 사 일족 못지않게 개인주의적인 녀석이다.

반백 년 전, '괴물 같은 검은 짐승'으로 알려진 바우가 인세를 도탄에 빠뜨리고 다닐 때조차도 방관했던 자들.

생각해보니 지금 사 일족의 사건과 비슷하다.

다만 문제는 그때에는 가하람 하나가 나서서 막을 수 있었지만, 이번에 사준이 벌인 일은 일족들 중 가장 막강한 진이 연관되어 있고, 심지어 그 진은 근본부터가 정신이 나가 있다 알려진 자라는 것일까.

"반복이군."

"새삼스럽지도 않아."

"내가 마지막 뒷마무리를 제대로 못 했을 가능성이, 있을지도 모르겠군."

누가 시신을 수습했는지 알더라도 귀찮은 일에 끼어들지 않으려 할 것이 뻔해서, 기대하지 않은 만큼 실망도 없었다. 깊이 생각하지도 않았다.

그저, 그 후 검은 맹수에 대한 소문이 사라졌으니 죽었구나 하고 생각했을 뿐.

그때, 용운이 슬며시 눈살을 찌푸리며 산 아랫목의 어딘가를 바라보았다. 미묘하게 그를 거스르는 기운이 느껴진다.

가하람을 돌아보았으나 가하람은 저 먼 풍경만을 바라보고 있었다.

이번에도 그는 느끼지 못한 것이다.

뱀들은 이기적이고, 냉혈하고, 교활하다.

어딘가에서는 그녀의 종이 신성시된다고 하지만 적어도 미사가 살아온 사회에서는 그렇지 않았다. 자연히 미사는 많은 폄하를 들으며 자랐고, 반발심처럼 '그렇지 않다.'는 생각을 가지려 애썼다. 일반화의 오류는 늘 범해져왔던 것이니까.

뱀들이 천편일률적으로 좋지 않은 평가를 받고 있다고는 하나, 개중에는 곽현처럼 풀린 녀석도 있을 것이고 상윤처럼 장난스러운 녀석도 있을 것이다. 미사부터도 별종인 어미 시영을 닮아 특이하다는 이야기를 들으며 자랐다.

하지만 미사는 사준이야말로 일반화가 말하는 수식어의 모든 점에 들어맞는 뱀이 아닐까 생각했다. 그토록 완벽하게 교활함과 비열함과 오만함과 이기를 지닌 뱀은 본 적이 없다. 제 편협한 인맥을 고려하더라도 사준은.

'어떻게 여태까지 그걸 몰랐지.'

그가 건네었던 말들을 기억나는 대로 하나하나 반추해보았다.

「다른 일족들은 우리를 믿지 않아. 앞에서는 웃어도 속내는 다를 거야.」

「녀석들에게 믿음이 가지 않으면 믿을 필요가 없지. 미사한테는 내가 있잖아.」

「어차피 인간들은 단명하니까 굳이 교류할 필요 없지 않아?」

「너는 네가 하고 싶은 것만 해. 필요한 건 다 내가 줄 테니까.」

「아무리 동족이라도, 아니, '동족'이니 조심해야 하는 거지. 동족들과 마주칠 때에는 조심해.」

염려도, 걱정도, 조언도 어쩌면 진심일 것이다. 거짓이 가장 그럴듯하게 들리는 때는 그 속에 진실이 조금이라도 섞여 있을 때니까.

미사는 탁 트인 마루를 가로지르다 말고 멈춰 섰다. 정말 못났다. 사준에게 멍청하게 조종당한 녀석들도 못났고, 스스로를 과대평가해 크게 변을 당한 후에도 여전히 저 잘났다고 고집을 꺾지 않는 사준도 못났다. 한심하게.

"미사."

얼마간 그러고 있으니 문이 열리는 소리와 함께 태성이 모습을 드러냈다.

"거기 서서 뭐 해요?"

태성과 눈을 마주친 미사가 빤히 바라보았다. 태성은 평소와 다르지 않은 표정이었다.

"왜요?"

"너는, 좀 괜찮아?"

태성이 머쓱하게 뒷머리를 긁적이며 미사에게 다가왔다. 어젯밤 태성은 미사가 깜짝 놀랄 정도로 방어적인 태도를 취하며 그녀를 밀어냈다. 미사는 사준과 용운과 가하람 모두가 모인 자리가 불편하기도 했지만, 그보다는 태성의 안색이 좋지 않아 따라 움직였다가 약간의 무안을 당했다.

그 후 가하람이 태성을 찾아가 둘이서 무언가 이야기를 나눈 것 같았는데, 태성은 오늘 아침에 넌지시 물었을 때조차도 말해주지 않았다.

두 사람이 무슨 이야기를 했는지. 오전 내내 방에 앉아 큰 고민거리라도 생긴 것처럼 얼굴을 비치지 않더니 이제야 나온 것이다. 아무 일도 없었다는 듯이 말짱한 얼굴로.

"나야 괜찮죠, 당연히."

태성은 부드럽게 그녀의 머리카락을 쓸다 물었다.

"잠깐 안아도 돼요?"

"왜?"

"안 돼요?"

미사가 아무 대답도 하지 않자 태성은 포개듯 그녀를 안았다.

미사는 선선히 그의 허리를 당겨 안았다. 태성은 어느덧 익숙해진 미사의 체취에 몸을 기댔다. 그의 머릿속에서는 지난밤 가하람과 나누었던 이야기가 반복되고 있었다.

「너는 기형적인 기질을 가지게 되었으니 특별히 더 주의를 요하지. 자의 기질이 아직까지 남아 너를 유지시키고 있는 듯하지만 용운이랑 같이 있으면 더 의식하게 될 거야. 인과 진은 대체 어째서 그렇게나 서로를 못마땅히 여기도록 설계된 건지. 한 공간에 있는 것만으로도 꺼려진다 하니까.」

「저는 그냥 평소보다 조금 더 예민해진 것뿐인데요.」

「그 정도의 변화에서 그친다면 다행이다만, 아비 쪽 본체의 기운을 네 속으로 갈무리하지 못해 이미 허옇게 변하는 걸 보면 단순히 예민한 것으로 끝나지는 않을 거다. 지난번에 내가 기운의 길을 잡아주기 전까지만 해도 너는 제대로 감당하지 못하고 있지 않았느냐?」

태성은 제대로 기억나지 않는 일을 거론하는 가하람의 말에 무어라 대답해야 할지 몰랐다. 본가에 있을 때, 도롱 노인의 결계 안에서 그가 할 수 있는 건 견디는 것뿐이었고 그마저도 쉽지 않았다. 중간에 가하람이 저를 찾아왔던 것마저 단편적인 기억일 뿐이었다.

다시 정신을 차렸을 때에는 미사가 그의 곁에서 위로해주었고, 본가를 떠나고 화서의 기운이 완전히 흩어지면서 한결 나아졌다 느꼈을 뿐이다.

「그러면 어떻게 됩니까?」

「이미 너 스스로도 사실은 자각하고 있을 것 같은데. 네 여기가 달라지기 시작한 것 말이야. 그리고 무엇보다도 네가 스스로를 감당하지 못하면 결국 망가질 테고, 용운이 널 가만두지 않을 거야.」

가하람은 재를 털어낸 곰방대로 가슴팍 언저리를 가리키며 말했었다.

"난, 용운이라는 사람 싫어요."

"용운 님 나쁜 분 아닌데."

"그래서 그런 거 아니에요. 그 사람이랑은 상관없어요. 그냥 싫은 거지."

미사는 믿는 기색이 아니었다. 태성은 미사의 목덜미에 이마를 기대며 의미 없이 고개만 저었다.

가하람의 말이 무엇인지 태성도 조금씩 직감하고 있었다.

태성은 가끔 소름 끼칠 정도로 공격적인 충동을 느꼈다. 예전과 조금도 다를 바 없다고 생각하지만 분명히 무언가가 달라지고 있었다.

지난밤에도 사준의 얼굴을 마주 보는 내내, 사준이 미사를 죽이려 했었다는 사실이 계속 재생되며 그를 살해하고 싶다는 생각을 했다. 사준의 입에서 과리의 이름이 나올 때마다 그랬다. '네 암컷도 지키지 못하는 형편없는 수컷'이라고 말했던 과리를 상기하면, 마치 이제는 아니라고 스스로 증명하고 싶어지는 것 같았다.

태성은 다툼이 싫었고, 조용히 살아나가는 것만이 목표였다. 언젠가 그의 나머지 절반에 대해 알게 되면 좋겠다. 그것이 그가 욕심 부린 전부다.

지금 당장 그들이 직면한 문제는 보다 커다란데, 태성에게는 사실 별것 아닌 것처럼 느껴졌다. 머리로 받아들이는 것과 가슴이 이해하는 것의 괴리가 커지면 커질수록 그는 스스로가 두려워졌다.

미사는 여전히 그가 변하지 않았다고 생각한다. 태성도 그렇게 보이고 싶었다.

미사가 그에게 온정을 보여주고 그의 사심에 의한 행위를 받아주는 건, '동정심 많고 선량한 태성'이라는 전제가 깔려 있을 것이기 때문이다.

"컨디션 안 좋으면 굳이 괜찮은 척할 거 없어. 어차피 용운 님이 나서면 전부 다 해결이 될 테니까."

"왜 그렇게 그 사람을 믿어요?"

"용운 님은 진이고, 그들은 대단한 사람들이고, 우리가 용운 님을 존경하는 건 당연한 거야. 존경하는데 믿지 않을 수는 없잖아."

"왜 우리예요? 그 사람이 강하다고는 해도 미사가 안 좋은 일 겪었을 때 그 사람이 뭘 해줬는데요."

태성의 목소리에 감추지 않은 날이 섰다. 무심코 고개를 든 미사가 태성의 온도 없는 시선을 받았다. 미사의 팔이 태성을 밀어냈다. 그러나 태성은 더욱 세게 미사를 쥐었다.

"놓을래?"

미사의 목소리도 서서히 가라앉기 시작했다. 태성은 퍼뜩 정신을 차리고 사과했다. 놓는 대신 더욱 세게 미사를 당겨 안았다.

"미안해요. 기분 나쁘게 하려는 건 아니었어요."

"너 요즘 좀 예민한 거 같네."

"미안해요."

미사는 태성을 밀어내려 했으나 태성의 힘은 그녀가 예상한 것보다 훨씬 셌다.

'이게 정말?'

조금 전 태성의 따지는 듯한 투에 기분이 많이 상한 건 사실이지만 그것보다는 다른 것이 미사를 꺼림칙하게 했다.

평소와 똑같은 얼굴로, 똑같이 다정한 목소리를 내며 사과하는데도 태성에게서는 살기가 느껴졌다. 그녀 자신을 향한 직접적인 살기가 아니라는 점에서 괜찮았지만 태성을 대상으로 '도망쳐야 할지'에 대한 선택적 고민을 한다는 것 자체가 자존심이 상했다.

"그렇게 말 안 할게요."

태성의 심장소리가 지척에서 들린다. 예민하게 날뛰고 있다.

미사는 혼란스러워지기 시작했다. 지금의 이 날카로운 기운이 태성의 진심인지, 아니면 지금 그녀에게 건네는 저자세의 사과가 그의 진심인지.

사준의 문제만으로도 길을 잃어버린 것 같은 기분이 드는데, 태성까지 자꾸 이상하게 느껴지니 전부 내팽개쳐버리고 싶은 충동이 들었다. 온 힘을 다해 태성을 밀쳐냈다. 태성은 끝까지 놓지 않으려는 듯 팔을 안아 붙들다가 미사의 포기하지 않을 의지를 읽어내기라도 한 것처럼 선선히 뒷걸음질했다.

"가뜩이나 짜증 나는데 너까지 골치 아프게 하지 마, 태성아. 상태 좋지 않으면 너는 그냥 개들한테 돌아가서 기다리고 있어."

"싫어요. 미사, 뭐든 같이 하자고 했잖아요."

"어제부터 너 이상해."

"……."

"뭐가 문젠데?"

태성이 눈을 내리깔았다. 그 역시도 지금 당장 제 문제가 무언지 구체적으로 설명할 수가 없었다. 입술을 가리고 자꾸만 찡그려지려는 표정을 감춘 태성은 한참을 침묵했다. 태성이 덮어주었던 코트를 그의 어깨에 던지듯 걸쳐 올린 미사는 몸을 돌려 가버렸다.

미사의 발소리가 충분히 멀어진 후에야 태성은 힘없이 벽에 기대어 앉아 머리를 싸맸다.

쏘아붙이는 것 같았던 미사의 눈빛에 가슴이 쿵쿵 떨어졌다가 매몰차게 돌아서는 뒷모습에,

'이게 뭐야?'

그가 가장 먼저 느낀 것은 식욕을 닮은 허기였다.

용운과 가하람은 뭐가 그리 바쁜지 일찌감치 나섰다. 그 바람에 용운의 산장에 남은 것은 태연하게 차나 홀짝이고 있는 사준과 방에 틀어박힌 미사와 태성뿐이었다.

태성은 차마 미사를 마주할 자신이 없어 산장 건물 앞에 놓인 작은 의자에 앉았다. 거의 백색에 가까워진 머리칼이 미약한 바람에 흔들

거렸다.

"형제."

아까부터 사준이 이쪽을 바라보고 있었다는 걸 알고 있었다. 태성은 못 들은 채 하늘만 올려다보았다.

그를 과리에게 팔아치워버리겠다고 떳떳하게 말한 주제에도 사준은 친밀감을 조성하며 다가와 옆자리에 앉았다. 사준의 모든 것은 태성에게 불편했다. 체취도, 기운도 무엇 하나 마음에 드는 게 없다.

태성이 먼저 자리에서 일어나려던 순간이었다.

"미사랑 뭘 하려고?"

미사의 이름이 마법처럼 태성의 발을 붙들었다. 사준은 싱글거리고 있었다.

"뭘 하다뇨."

"미사의 옆에 붙어서 떨어지려고 하질 않잖아? 그게 웃겨서 묻는 거지."

"그쪽은요?"

태성이 되묻자 사준은 고개를 갸우뚱했다. 맥락 없는 반문을 이해하지 못한 것처럼.

"용운이라는 그자도 없고 가하람 님도 없는데 왜 도망치지 않고 버티고 앉아 있냐는 말이에요."

"가하람보다는 용운 님이 훨씬 오래 묵은 좋은데, 서열 기준이 재미있네."

낮은 웃음소리는 여유만만이었다.

"내가 시도를 안 해봤겠어? 용운 님이 억제해놓은 체내 결계가 사라지자마자 시도해봤지. 용운 님 허락 없이는 못 나가. 이 결계가 안팎으로 작동하는 거라. 저 천장까지."

사준은 하늘을 올려다보며 턱짓했다. '천장'이라는 것은 태성에게도 분명히 보였다. 얇은 막이 이 산장 주변을 죄 뒤덮고 있다.

"앞으로 어쩌려고요?"

"너한테 말해주면 내 계획이 노출되는 건데."

"계획이라는 게 있기는 하고요?"

"없어. 플랜 B까지 과리가 전부 박살 냈거든."

태연히 말한 사준은 낡은 의자 등받이에 몸을 기댔다.

햇살이 그들의 머리 위로 쏟아졌다. 그늘을 향해 팔을 뻗어 의미 없이 주먹을 쥐었다 펴는 동작을 반복하던 사준이 입술을 뗐다.

"넌 네가 불완전하다는 사실을 꽤 아무렇지도 않게 받아들이는 것 같은데, 그게 좀 신기하다는 말이지. 여태까지 자 일족들과 함께 살았던 걸 보면 천성이 물러터진 병신이라 그런 거겠지만."

"그쪽 덕에 무리에서 쫓겨났죠."

"고마워할 필요는 없어. 그리고 엄밀히 말하면 널 박살 낸 건 재준이잖아. 내가 도착했을 때 넌 이미 죽어 있었다고. 정말 바우가 어디에 있는지 몰라? 너는 바우가 죽었다는 말을 믿나?"

가하람과 용운이 했던 말을 신경 쓰지 않는 체했지만 내심은 생각하고 있었던 모양이었다.

"내 알 바 아닙니다, 그건."

태성은 사준에게 더 이상 대거리를 하고 싶지 않았으므로 자리에서 일어섰다.

"미사랑 무슨 관계야?"

비슷한 물음을 수없이 들어왔다. 그때마다 늘 태성은 아무런 대답도 하지 못했다. 어떤 사이라기에도 모호하고, 어떤 사이가 아니라고 하기에도 이상했다. 그는 미사와 함께 있기를 바랐지만 미사는 꼭 그런 것만은 아닌 것 같았다.

그러나 사준에게만큼은 대답하고 싶었다.

"당신이 생각하는 것보다 깊은 관계요."

"그래, 내가 그전까지 너를 몰랐던 걸 보면 미사랑 알게 된 건 분명 최근에 나한테서 도망친 직후일 거고, 몇 달 안 되는 동안 꽤나 친밀해진 것 같기는 했지. 그날 놀랐지."

"그날?"

"네가 숨통이 끊어진 걸 모를 리가 없었을 텐데, 내가 가까이 다가오고 있다는 걸 알면서도 우리 미사가 네놈 시체를 못 떠나고 멍청하게."

'뭐, 지금 생각하면 네가 바우의 새끼라는 걸 미사가 알고 있었던 걸까 싶지만.'

사준은 타당한 의심을 덧붙이며 고소했다.

"그때가 절호의 기회였는데, 미사를 먹어버릴. 네가 방해만 안 했더라도 깨끗하게 끝났을 일이지."

"아무렇지도 않게 그런 말을 하는 당신을 이해하지 못하겠네요. 당신들의 자세한 속사정은 모르겠지만 이야기를 들어보니 그냥 당신 욕심을 채우느라 일을 키운 것 같던데요. 직접적으로 당신한테 잘못한 것도 없는 미사를 두고 그런 식으로 말하는 거, 듣기 불쾌합니다."

"정말? 네가? 이해를 못 해?"

사준이 웃기 시작했다.

"거짓말 참 못 할 성격이네."

태성의 얼굴이 서서히 굳어졌다. 지난 오후, 미사를 보며 느꼈던 극심한 허기를 지적당한 것처럼 제 발 저렸다.

"네 논리에 따르면, 너에게 직접적으로 해를 끼친 적 없는 상대를

371

죽이고 싶다 생각하는 것이 잘못이라는 건데 말이야."

"……."

"너와 별 상관도 없는, 엄밀히 말하면 형제인 나를 죽이고 싶어 미치겠다는 눈을 하면서."

"……."

"내가 사랑으로 가둬 기른 미사를 뼈까지 발라먹고 싶어 하는 눈을 하고서?"

태성은 말을 잃었다. 그도 모르게 눈가를 매만졌다.

"그런 적 없어요."

그는 그런 적이 없다 믿었다.

하지만 정말로 단 한순간도 그런 적이 없었나? 잇따르는 불안감이 발끝부터 그를 간질였다. 사준의 능글맞은 웃음소리가 뒷덜미로 따라붙는다.

"이해해. 미사처럼 예쁜 암컷을 어떻게 망치고 싶지 않을 수가 있어? 그렇게 상상만 하고, 생각만 하고, 인내하다가……."

저런 교활한 혀를 가진 뱀과 말을 섞는 게 아니었다.

"……어느 순간, 그냥 먹어버리는 거지. 너와 난 형제잖아."

태성은 눈을 질끈 감았다.

30

/

잠겨 있는 사람

신 일족은 용운의 거처가 정확히 어디에 있는지까지는 알지 못한다고 했다. 그도 그럴 것이 대개 이런 낮은 산 속에 숨겨둔 보금자리는 비밀스럽기 마련이다. 신 일족이 진 일족인 용운의 사생활을 노골적으로 캐고 다닐 수도 없었을 터다.

그러나 강서는 포기하지 않았다.

「아마 지금 진의 용운이 문제적 인물들을 전부 다 숨겨두고 있는 모양인데. 뱀들을 포함해서 말이야. 물론, 이건 확실하지는 않고. 그냥 기다리고 있으면 다른 소식을 가져다줄 텐데.」

초조함이 극에 달한 강서는 그들의 비아냥도 흘려넘겼다. 최소한의 범위만 있으면 가망이 있었다. 자들의 장점은 그 수가 많고, 몸집이 작아 은밀하며, 포식종들의 기운을 쉽게 감지할 수 있다는 것이다.

진의 용운은 예전부터 사 일족들을 감쌌다. 노골적으로 그들을 끼고돌아서 강서는 진과 사의 관계에 환멸까지 느꼈다. 사회 정의나 무고한 이들이 당한 부당한 폭력에 대한 보복심을 이해하는 대신 친분을 챙긴다니. 어느 누가 진 일족들이 공명정대하다고 했나.

이번에 광일제약 본사에서 커다란 사고를 친 것도 용운과 같은 진이다.

그들은 대단하지만 그게 전부였다.

강서는 수풀 사이를 헤매고 다녔다. 가까운 곳에서 결계가 느껴진다. 그의 일그러졌던 얼굴에 환한 미소가 번지기 시작했다.

「그냥 돌아가는 게 좋겠습니다, 강서 님.」

며칠간 이어진 무의미한 수색에, 민아의 명령에 불복하고 끝까지 강서를 따랐던 마지막 부하마저도 그렇게 말했다. 강서는 핏발 선 눈으로 꺼지라 고래고래 고함을 지르기까지 했다. 부하들이 떠나고 난 후, 강서는 방향을 바꾸었다. 일족을 이용한 것이 아닌 곳곳에 굴을 트고 사는 산쥐들을 끌어모았다.

강서는 비록 사역에 재주가 특출한 건 아니었으나 작은 쥐들을 부리는 것쯤은 할 수 있었다. 그는 결계의 기운을 읽어내는 대신, 쥐들이 '다가가지 못하는' 범위를 좁혀나갔다. 용운쯤 되는 이의 결계를 한낱 산짐승이 통과할 수는 없으니 그것이야말로 가장 빠른 길이었다.

옷은 다 찢기고 동상에 손발이 부르튼 지금, 강서는 험한 산세 속에 숨어 있는 결계의 코앞에 이르렀다. 차갑게 얼어붙은 총을 마비된 손으로 꽉 움켜쥐며 찬찬히 주위를 살폈다.

'씨팔.'

결계를 훑어본 강서의 얼굴이 일그러졌다.

현실은 역시나 녹록지 않다. 안팎으로 강하게 걸려 있는 결계는 '기운'을 품은 강서의 접근을 완벽하게 거부하고 있었다. 강서는 용운의 결계를 깰 만큼 강하지 못했으며, 가만히 서서 결계가 사라지기를 바라는 것은 더 멍청한 짓이다.

강서는 나름대로 머리를 썼다. 결계라는 것은 대개 윗부분에 씌기 마련이므로 강서는 수화해 땅을 파들어가기 시작했다. 그러나 용운은 철저했다. 하긴 땅의 기운을 품었다고 알려진 진의 일족이다. 땅속까지 결계를 쳐두는 건 어쩌면 당연한지도.

그러는 사이 새까만 어둠이 내려앉았다.

흙투성이가 된 후에야 강서는 이 방법은 소용없다는 것을 깨달았다.

살의만 점점 커졌다. 자신이 왜 여기까지 왔는지조차 잊을 만큼 강렬한 집착이 그를 송두리째 삼켰다.

초조함에 입술을 물어뜯었다. 어떻게 들어가야 하지.

섣불리 결계를 뚫으려 했다간 내부에서 그의 기운을 알아차린 용운이 공격할지도 모른다. 한참을 그렇게 서성대던 강서의 몸이 굳어졌다. 바스락. 바짝 긴장해 주시하는 강서의 눈앞에 한 남자가 모습을 드러냈다.

생전 처음 보는 사람이었다. 기운도 전혀 느끼지 못했다. 새까만 머리칼에 눈매가 그윽한 장신의 사내였다. 장승처럼 길다. 강서가 그다음 더 크게 놀란 것은 놀랍도록 붉은 눈동자 때문이었다.

강서는 저도 모르게 숨을 멈추었다.

남자는 가만히 강서를 바라보더니 놀라지도 않은 것처럼 평이하게 물었다.

"……건너고 싶나?"

목소리는 수십 갈래로 갈라진 것처럼 불안정했다. 말이 익숙하지 않은 것처럼 어눌한 발음이었다. 남자는 그렇게 말하더니 자연스럽게 결계를 건너갔다. 강서는 어찌 넘을 엄두도 내지 못했던 용운의 결계가 남자에게는 조금도 장애가 되지 않았다.

그리고 그가 지나간 자리에는 기묘한 구멍이 났다. 녹아내린 것처럼 보였다.

'뭐지.'

결계 안에 완전히 들어가 선 남자가 고개를 돌려 주저앉아 있는 강서를 바라보았다.

"자."

강서는 '자'가 그의 관심을 끌기 위한 추임새인지, 그가 '자(子)'이기에 그리 부른 것인지 혼란했다. 생전 처음 느껴보는 괴이한 기운에 몸서리쳤다. 아니, 아무것도 없어서 더욱 공포스러웠다. 생기도, 일족의 기운도, 아무것도 없다. 마치 귀신과도 같았다.

생각해보니, 정말이다. 사각대는 풀 소리조차, 발에 밟힌 돌 굴러가는 소리조차 들리지 않았다.

침을 꿀꺽 삼킨 강서가 흙투성이 손을 뻗어 남자의 손을 잡았다. 맞닿은 손바닥을 통해 모든 기운이 빨려들어가는 것 같은 느낌이 아찔했다.

정신을 차렸을 때 그는 구멍을 통해 결계 안으로 끌려들어와 있었다.

남자는 먼 곳을 바라보고 있다.

"당신은, 누구십⋯⋯."

그러나 말을 마치기도 전에 남자는 사라졌다.

까맣게 휘날리는 머리칼에 눈길을 빼앗긴 직후다. 눈을 느리게 감았다 떴을 때, 그 자리엔 아무도 없었다. 정녕 귀신이라도 조우한 것 같은 소름에 강서는 한참을 침묵했다. 그러다 텅 빈 자신의 기운을 깨닫고 소스라쳤다.

마치 빨아먹힌 것처럼 기력이 바닥을 드러내고 있었다. 기운이 빨려들어가는 느낌은 그자와 접촉하는 순간 받았다. 이게 어떻게 된 일인가 혼란스러워 한참을 주저앉아 있던 강서가 퍼뜩 떠올렸다.

이곳은 용운의 영역이다. 그렇다면 용운과 면식이 있는 일족일까. ……아니, 일족은 맞을까.

만약 저자가 용운의 관계자라면 자신의 잠입 계획은 실패한 것이다. 아니, 애초에 진 일족의 결계 안으로 몰래 숨어들려 했던 것 자체가 어불성설인지도 모른다. 자신이 제정신이 아니었던 것이다.

기력이 회복되기를 기다리지만 마치, 도려나간 듯 힘이 돌지 않았다. 무거운 팔다리를 붙들고 숨을 몰아쉬던 강서가 더듬더듬 코트 안의 총을 확인했다. 이제 와 돌아갈 수는 없다. 결계 안의 공기는 침착하고 고요했다.

위험이 제대로 감지되지 않는다는 것은 강서를 불안케 했다. 미쳐 버릴 것 같은 공포심과, 얼굴 없는 상대를 향한 악심이 뒤엉켜 그의 숨통을 비틀었다. 강서는 그의 기운이 담긴 탄환에 의존해 떨어지지 않는 걸음을 옮겼다.

얼마 지나지 않아 길이 골라지기 시작했다. 저 멀리 어딘가에서 타자의 기운이 느껴지기 시작했다. 그리고 그는 예상보다 쉽게, 적으로 규정한 사 일족을 발견했다. 조금씩 되돌아오는 미약한 기운을 머금은 그의 눈이 푸르게 빛났다.

오는 내내 그를 혼란스럽게 하던 것들이 깡그리 날아가는 순간.

'찾았다.'

강서는 이미 얼어터진 손으로 총을 들어올리고 있었다.

너무나 큰일들이 연달아 닥치다 보니, 이젠 아무것도 큰일처럼 보이지 않는 수준에 이르렀다. 사준이 죽었다는 뉴스에 놀랐다가, 멀쩡히 살아 있는 걸 보고 화가 났다가, 며칠이 지난 지금은 허전하기만 하다.

대체 사준은 무슨 생각인지 모르겠다.

"끼니는 해결했어? 여기는 술이 한 병도 없어서 아쉬운데, 용운 님 한테 네가 가져다달라고 하면 가져다주지 않으실까."

막 부엌에 들어섰다가 사준을 발견하고 멈칫한 미사에게, 낡은 찬 장을 뒤지던 사준이 태연히 말을 붙여왔다.

"개소리 좀 하지 마."

"이 오빠를 개에 비유하다니."

"개들한테 미안할 일이네."

"성깔부리기는."

부드럽게 미소 지은 사준은 찻잔을 꺼냈다.

"술도 커피도 없으니까 차나 한잔할래? 어차피 너 용운 님 오실 때 까지 할 것도 없지 않아?"

그의 말은 사실이었다. 용운은 가하람과 사태 수습을 위해 바삐 움 직이는 것 같은데, 미사와 사준과 태성은 이 안에서 어미 새가 물어오 는 먹이를 기다리는 심정으로 시간만 죽여야 했다.

간밤에 용운을 찾아가 손 놓고 있고 싶지 않다 말했으나 용운은 '준 이도 팔자 늘어져 있는데 네가 그럴 필요 없다, 미사야. 필요하면 이 야기하마.' 했다. 그렇게까지 말하니 미사도 뭐라 할 수가 없었다.

"아, 그리고."

"……."

"그 반쪽짜리 조심하는 게 좋을걸."

별안간 사준이 생글거리며 중얼거렸다. 내내 사준을 무시하던 미사 의 미간이 대번에 좁아졌다. 태성에 관한 문제는 요 며칠 미사에게도 고민이었다.

태성이 이상한 태도를 보이고 있다.

그렇게 변덕스러운 녀석이 아닌데, 이곳에 올 때까지만 해도 꼭 붙어 있겠다는 듯 굴었던 그가 자신을 기피하기 시작한다는 걸 깨달았다. 골치 아픈 생각을 하고 싶지 않아 내버려두고는 있지만 미사도 적잖이 신경이 쓰였다.

"너만 하겠어."

"용운 님도 참, 어떻게 저런 녀석이랑 너를 같이 둔 건지."

"태성이가 너보다 나아."

"나랑 다를 게 없어 보이던데."

대체 왜 갑자기 저런 짜증 나는 말로 속을 긁는지. 미사는 땔감으로 쓸 작은 장작들을 뒤지다 말고 그대로 밖으로 나왔다.

차가운 공기에 폐부가 찌르르 떨린다. 방으로 들어갈까 하였으나 답답한 기분에 마음을 고쳐먹었다. 요 며칠 이곳에 갇혀 있다시피 해서 좀 예민한 것일 터다. 때마침 잠시 마루로 나온 태성이 그녀를 발견하고 멈칫 섰다.

"어디 가요?"

기묘한 간격을 두고 묻는다. 길게 제 눈을 보지 않는 태성을 빤히 바라보던 미사는 휙 몸을 돌렸다. 뭔가 풀리는 건 하나도 없이, 머릿속은 나날이 복잡해지기만 한다.

그녀는 건물 주위로 길게 뻗은 산책로를 따라 걸었다. 산책로는 제멋대로 우거진 나무들이 즐비한 숲길로 이어져 있었다.

이곳은 용운의 거처다. 당연히 안전하다. 미사는 조금도 주위에 관심을 기울이지 않았다. 안전에 대한 믿음은 용운에 대한 믿음과 똑같았다.

딸깍.

소리가 났을 때에도 제가 밟은 나뭇잎 소리인가 했다.

'응?'

고개를 돌리는 순간, 타앙! 하는 천둥 같은 소리가 울렸다. 총성이 메아리쳤다.

미사는 첫 총성이 울리자마자 반사적으로 근처 나무로 달려가 숨었다. 또다시 총성이 울렸다. 타앙! 그녀가 숨은 나무에 박혔다. 그녀를 노린 것이었다.

딸깍 하는 방아쇠 소리가 유달리 크게 들렸다. 고개를 내밀어 살펴보고 싶었으나 뒷목이 굳어서 꼼짝도 할 수가 없었다.

용운의 결계 안에서 어떻게 이런 일이 벌어질 수가 있는 거지?

그리고 한참 동안 조용했다.

'……..'

수화를 해서 나무 위로 올라가야겠다 마음먹고 고개를 젖힌 순간, 나뭇가지가 크게 흔들리며 시커먼 덩어리가 그녀의 머리 위로 뚝 떨어졌다.

낯익은 얼굴이었다. 움푹 파인 뺨, 시커먼 눈 밑, 대조적으로 창백한 뺨.

독 같은 기운을 뚜렷이 머금은 총구가 그녀의 이마에 차갑게 닿았다.

"……너, 어떻게, 여길……!"

"아."

경악한 미사의 목덜미에 비늘이 빠른 속도로 돋아났다. 경화가 일어나는 것을 알아차린 남자의 손톱이 더욱 세게 미사의 목을 뜯을 듯 쥐었다.

"이런 곳에 숨어 있다니."

"……."

"진도 한패였어. 역시."

알 수 없는 말을 중얼거린 강서가 방아쇠를 당기려는 찰나였다.

타앙! 소리와 함께 미사의 뺨에 긴 상처가 났다. 독 같은 기운이 번지며 뺨 부근이 순식간에 비늘에 뒤덮였다. 강서는 조금 떨어진 두꺼운 나무 기둥에 부딪쳐 고꾸라져 있었다.

그리고 그의 위에 올라타고 있는 것은 새하얀 털의 맹수다.

그르렁.

소리가 메아리처럼 숲을 울렸다.

반대로 고개를 돌려보니, 얼마 떨어지지 않은 길목에서 비딱하게 팔짱을 끼고 웃고 있는 사준이 보였다.

"저거, 정말 병신이네."

사준이 중얼거렸다.

미사는 그가 하는 말이 무슨 의미인지 이내 알아차리고 말았다. 전에도 한 번 보았지만, 여전히 태성의 꼬리는 쥐의 것이었다.

강서가 마구 발악했다.

"이 배신자, 배은망덕한 새끼, 어머니가 죽었는데도 너는, 여전히 우리 동족을 학살하려 한 뱀 새끼들과!"

띄엄띄엄 이어지는 고함에 귀가 아프다.

태성은 꼬리로 강서의 총을 슬며시 밀어낸 후, 한 걸음, 두 걸음, 큰 보폭으로 물러나더니 이내 힘없는 붉은 눈으로 미사를 바라보았다.

무언가를 말하고 싶은 듯 커다란 입을 벌렸다가 다문다. 축 처진 그의 꼬리는 여전히 기형적인 쥐의 것이었다.

'미치겠군.'

강서는 거의 발작하기 직전이었다.

자기 때문에 수명이 깎여 천수를 누리지 못한 화서의 부고가 알려진 후에도 연락 한 통 하지 않은 배은망덕한 배신자다. 민아는 태성을 내버려두기를 바랐지만 그건 민아가 잘못 생각한 것이다. 저 녀석은 이제 적이었다. 뱀을 위해 그를 공격하다니.

그런 강서를 바라보는 용운은 아주 곤란한 얼굴이었다.

"……죽어! 죽이십시오! 저놈을 당장 죽이라고!"

강서의 증오는 눈 닿는 모든 곳에서 피어나는 것만 같았다. 문 바로 옆에 앉은 가하람만이 그의 증오로부터 무사했다. 용운이 물었다.

"총질이라니, 거참. 번거롭기만 한 무기를 들고 다니네. 이 녀석은 여기서 대체 뭘 한 거야. 어떻게 들어왔어?"

"배신자!"

강서는 용운의 물음도 들리지 않는 것처럼 태성을 향해 쏘아붙였다.

태성은 말없이 앉아 있었다. 잠깐 내버려뒀더니 세 놈들의 분위기가 묘하다. 사준의 시선은 집요하게 태성을 좇고 있었고, 미사는 그런 사준을 노려보고 있으며, 태성은 어디도 보지 못하고 고개를 숙이고 있다.

용운은 제 결계 안에서 느껴진 강력한 이질감의 정체를 짐작했다.

태성이 수화를 한 것이다. 잠깐이든, 긴 시간이든 상관없다. 그 흔적이 공기 속에 잔향처럼 남아 용운의 심기를 꾸준히 거슬렀다.

희게 바래버린 태성의 머리칼과 섬뜩하게 붉은 눈동자를 볼 때마다 바우가 떠오르는 건 어쩔 수 없는 수순이었다. 그러나 당장 중요한 건 이것이 아니다.

용운은 다시 강서에게 물었다.

"어떻게 들어왔는지부터 설명해라."

용운이 공들인 이 결계 안에 함부로 발 디딜 수 있는 이는 없다. 우연히 이곳까지 흘러들어왔다거나, 용건이 있어 방문했다거나 하는 이야기는 변명도 될 수 없었다. 강서는 입을 꽉 다물고 있을 따름이다.

사준이 혀를 차며 중얼거렸다.

"그냥 죽이시죠. 뭘 저런 시궁창 냄새 나는 쥐새끼를 잡고 부탁을 합니까."

"준아, 넌 조용히 하고 있어라."

"저런 것한테도 자비로우려 하시니 참, 제 마음이 아픕니다."

서늘히 곁눈으로 사준을 노려보던 태성이 입술을 당겨 물었다.

강서는 다시 고함을 지르기 시작했다. 내가 혼자 죽을 것 같으냐부터 시작해, 뱀 새끼들의 가죽을 전부 벗겨 죽여버리겠다는 등의 악이다.

"……꼬마야."

용운은 망가진 자의 보금자리에서 만났던 강서를 기억하고 있었다. 그전부터 불안한 기운이 심상찮다 싶더니만.

일족은 본디 신체적으로 우월하다. 체내의 독소는 금세 배출되며 하루 이틀 정도 밤을 지새워도 혈색 하나 변하지 않는 것이 일반적이다. 피로를 느끼는 것이야 사람마다 조금씩 다르겠지만 오래 묵고 강한 녀석일수록 그렇다.

그런데 이미 강서의 눈 밑은 거무죽죽하게 죽어 있고, 피부는 버석하게 일어나 있었다. 안색도 지난번보다 창백했다. 제 몸을 극단적으로 막 다루고 있다는 증거다. 죽인다느니 죽이라느니 하는 말은 허풍이 아닐 것이다.

"형, 그만하세요."

태성이 처음으로 입을 열었다. 겨우 사준에게로 돌아갔던 화살이 언제 그랬냐는 듯 다시 태성에게 향한다.

"배신자 새끼!"

가하람은 한숨을 내쉬었다. 어린아이들은 저렇게 금세 흥분해서 문제다.

"용운 님, 저랑 거래 하나 할까요."

별안간 사준이 뱉은 말에 모두의 시선이 일제히 그에게로 쏠렸다. 사준은 여유롭게 웃으며 덧붙였다.

"신세 진 것도 있고……. 저놈 입 열어드릴 테니, 저는 내보내주시죠."

"거래?"

"예."

"지랄도."

싸늘하게 비웃는 미사의 뺨에는 여전히 강서의 기운이 담겨 있던 탄환에 스친 상처가 남아 있다. 의외로 깊어서 피가 멎는 데도 한참 시간이 걸렸다.

자리에서 일어선 사준이 강서를 향해 걸어갔다. 그의 눈동자가 붉어지는가 싶더니 이내 묘한 기운이 일렁이기 시작했다.

가장 먼저 낌새를 알아차린 건 태성이었다.

그러나 먼저 막아 선 것은 여전히 뺨에 상처를 달고 있는 미사다.

"하지 마."

"내가 뭘 한다고."

"뭘 하든지 간에."

"뭘 하려는지도 모르면서, 왜 막아?"

강서는 호락호락한 성질이 아니었다. 미사를 밀쳐내고 그대로 사준의 어깨를 할퀴며 달려들었다.

쿠당탕탕. 그러나 조금도 놀라지 않은 사람처럼 태연히 강서를 그대로 밀어 던진 사준이 얕은 한숨을 내쉬었다. 그러고는 한 걸음, 엉덩방아를 찧고 주저앉은 강서에게 다가갔다. 네가 나한테 달려오지 않아도 어차피 내가 갔을 텐데? 하며.

"강서 형한테 허튼짓을 하면."

떠밀린 미사를 받아 안은 태성이 막 입술을 떼려던 순간이었다. 용운이 한발 나섰다.

"준아, 하지 마라. 우리가 그럴 능력이 없어 자제하는 것이 아니다. 더 남발하면 네 녀석은 정말로."

"전 괜찮다니까요."

"안 괜찮아."

정신계 능력을 남발한 일족들 중 좋은 끝을 맞이했다는 녀석의 이야기를 들은 적이 없다. 용운의 염려를 조롱하며 사준은 비딱하게 고개를 기울였다. 그의 붉은 눈동자를 마주한 강서는 섬뜩함에 치를 떨었다.

헐벗겨진 것 같다. 얼굴 위로 벌레가 기어다니는 느낌에 강서가 그도 모르게 손톱을 세워 제 얼굴을 긁어댔다.

그러다 이내 눈을 까뒤집고 떨기 시작한다.

사준은 표정 하나 변하지 않고 미소 띤 얼굴이다.

"저건 난놈이군."

그 모든 것을 방관자처럼 지켜보던 가하람이 중얼거렸다. 그의 눈에는 끈적한 실처럼 뻗어나가 강서의 귀와 턱과 얼굴로 파고드는 사준의 기운이 보였다.

아무리 하위종이라고 할지라도 강서는 화서의 아들로 적어도 사준보다 오랜 시간을 살아남은 이였다. 약하지 않다는 말이다. 그런데 저렇듯 말 한마디 없이.

정신계 능력이 저 정도로 특출한 녀석은 거북스럽다.

"자, 이제 어디에 쥐구멍이 있는 건지 이야기해볼까? 버틸 때마다 너는 네 손가락을 하나씩 꺾는 거야."

"으, 으으. 으으으."

"엄지부터."

설마 그러겠어 하는 눈으로 바라보던 미사는 말을 잃었다.

강서는 달달 떨리는 손으로 스스로의 손가락을 거꾸로 꺾었다. 정신억압을 하는 이들은 기억 조작이나 혼동까지는 줄 수 있지만, 사역 정도는 아주 강력한 이들이나 할 수 있다고 알았다. 정신계 능력자들은 그 수가 많지 않았고 수가 적은 만큼 대단한 이들도 많지 않다.

실제로 보는 건 처음이었다.

"알려주기 싫어? 비밀이야? 버틸 건가?"

"저기…… 저기에."

"느리네. 그다음 손가락으로 가자."

사준은 무언가를 말하려는 강서를 도리어 방해하는 것처럼 보였다.

"그만해, 한사준."

"손가락을 다 꺾고 나면 그다음은 발가락이야. 스무 번이나 기회가 있는 거니까 마음 편히 먹어."

미사는 그 순간 사준이 정말 그 모든 동족들을 조종할 수 있었을지 모른다는 가능성에 소름이 돋았다. 용운은 긴 한숨을 내쉴 뿐이었다.

"저걸 어찌하면 좋으냐."

비명과 신음이 대중없이 뒤엉킨다.

재생능력이 뛰어난 일족답게 강서의 손가락은 눈에 띄는 속도로 우두둑거리며 원래의 자리를 찾아갔지만, 재생되지 않느니만 못했다. 계속해서 버티던 강서를 보다 못한 용운이 사준의 뒷덜미를 잡아채려는 순간이었다.

"그만하지 못."

"남자……."

핏발 선 눈을 바르르 떨던 강서가 뜯어내듯 입술을 뗐다. 띄엄띄엄 떨어진 이야기가 시작되었다. 쥐어짜내는 것처럼 괴로운 목소리로.

……웬 검은 남자가 나타났다. ……결계가 흘러내렸다. 구멍으로, 남자가 손을, 귀신처럼…… 직관적으로 이해하기 어려운 수준으로 떨어진 말들을 조합하는 데에는 약간의 시간이 걸렸다.

사준의 뒷덜미를 쥐고 있던 용운의 손에서 힘이 풀렸다.

"……뭐?"

용운은 이해하기 어렵다는 표정으로 강서를 향해 몸을 돌렸다. 강서의 손가락은 다시 재생하고 있었다. 제 목덜미를 매만진 사준은 가볍게 걸음을 옮기며 밖으로 나섰다. 용운과 눈이 마주치자 사준은 능글맞게 웃어 보였다.

"천만에요."

"……."

"일단, 제 몫은 끝난 거 같으니까 저는 산책이나 좀 하고 오겠습니다. 쥐새끼 냄새가 배니까."

멍하니 그런 사준을 바라보던 미사가 급히 그를 따라 나갔다.

태성은 그 모든 광경을 침묵으로 지켜보고 있었다. 강서의 핏줄이
터진 눈은 사준의 눈만큼이나 시뻘겋게 보였고, 그건 괴기스러운 종
류였다.

사준은 분명 강서를 가지고 놀고 있었다. 종의 차이가 있다 할지라
도 강서가 사준보다 훨씬 오랜 시간을 살아남은 이일 터인데, 그가 할
수 있었던 것은 사준의 어깨에 손톱자국을 낸 것뿐이다.

미사는 사준을 따라 나갔다. 미사가 염려되어 뒤따라 나가고 싶은
충동이 일었다.

'그런데 왜 움직일 수가 없지?'

태성의 눈은 허옇게 질려 바닥을 뒹굴면서도 태성 자신을 노려보는
강서에게서 떠나지 못했다.

'배신자.'

그렇게 말하고 있고, 이미 그렇게 외치고 있다.

가하람이 다가와 강서의 이마를 훑었다.

"한사준 그 녀석 악질이구나. 동정심도 없다니."

가하람이 살짝 손을 떼고 주먹을 쥐었다 펴는 순간 팅 하는 진동이
울리더니 강서가 정신을 잃었다.

태성이 움찔하자 용운이 대신 설명했다.

"잠시 재운 거야. 그래도 네 동족이라고 염려되느냐?"

태성은 혼란스러웠다.

아무것도 생각하지 않았다. 정말로 태성은 강서를 공격하는 데에 아무렇지도 않았고, 강서가 사준에게 험한 꼴을 당하는 데 어떤 감상도 없었다. 강서와 아무리 데면데면한 관계였다고 해도 수십 년을 알아온 사람이었다.

사준에게 형편없이 당하는 모습을 보면서 그가 느꼈던 것은 오직 '하찮다.'는 생각뿐이었다. 막는 시늉이라도 할 기회가 여러 번 있었는데도 그럴 마음이 들지 않았다.

얼어붙은 태성의 그런 태도를 가하람은 달리 해석한 모양이었다. 어느새 곰방대를 고쳐 문 가하람이 가볍게 위로했다.

"너무 염려 마라. 기운의 회복이 빠른 걸 보니 조금만 조심하면 큰 문제는 없을 거야. 혹시나 하는 노파심에서 하는 말이지만, 자의 종주에게는 내가 이야기할 터이니 너는 나서지 마라. 솔직히 저 녀석이 용운의 보금자리에 숨어든 것만으로도 죽을 수 있는 일이었다."

"그게 아닙니다."

태성은 자 일족들이 이 일에 분개하리라거나, 강서가 고통스러워 뒹구는 것에 대해서는 아무 생각도 하고 있지 않았다. 그런 스스로의 냉정함을 믿을 수가 없었다. 어깨에서 힘이 빠지며 손이 떨리기 시작했다.

태성은 강서를 붙잡기 전, 미사에게 총구를 겨누었던 그를 후려친 자신의 앞발을 떠올렸다.

조금의 주저도 없었다. 지금도 마찬가지다.

사준이 나가고 나서도 한참을 망부석처럼 서 있던 용운이 끼어들어 물었다.

"잠깐 나갔다 온다."

연기를 작게 뱉어낸 가하람이 턱을 들었다.

"어딜 가."

"결계 안에 뭐가 더 숨어들었는지 찾아야겠어."

가하람이 게슴츠레 눈을 뜨고 주위를 훑었다. 용운의 결계 안에서 용운의 눈을 피할 수 있는 게 뭐가 있을까.

흐…… 흐흐…… 흐…….

곰곰이 생각하던 그가 고개를 들어 천장을 올려다보았다.

환청인가?

웃음소리처럼도, 흐느낌처럼도 들렸다.

환청은 아니었던지 태성과 용운도 동시에 고개를 젖혔다. 천장밖에 보이는 것이 없음에도 그들은 한참이나 그리 서 있었다.

제각각의 의심과 고뇌 속에서 가하람이 의문을 실체화했다.

"방금 무슨 소리가 들린 것 같은데…… 웃음소리 같은 거."

용운이 강서를 내려다보았다. 그는 여전히 미동 없는 채다. 태성이 고개를 저었다.

아무도 없었다. 적어도 그들 중에는. 서늘히 표정을 굳히던 가하람이 일별했다.

"뭐…… 잘못, 들었나 보군."

그러나 진심으로 그리 생각한 건 아닐 터였다.

뱀들의 야안 앞에서는 밤의 숲길도 선명하다. 사준은 발길 닿는 대로 걸었다. 낡은 목재로 만든 마룻바닥이 끼익끼익 하는 소리가 그림자처럼 뒤따른다.

걸음이 멈춘 것은 마루의 끝자락에 이르렀을 때였다.

낡은 난간을 움켜쥐고 등을 구부린 사준이 휴대전화를 꺼내들었다. 전원을 켜니 문자가 요란하게 도착했다.

[행님, 살아 있죠?]
[사준 님, 어떻게 된 겁니까?]
[사준 행님, 전화 좀 받아주시면 안 됩니까? 어디 계세요?]
[사준, 나는 이제 그만둔다.]
[대체 너 무슨 짓을 한 거냐?]
[사준 형님아, 걱정되게 왜 계속 전화가 꺼져 있습니까. 뒈진 거 아니죠?]

사준은 열기 없는 눈으로 대강 훑어내린 후 휴대전화를 다시 종료했다. 상윤의 문자가 가장 많았고 가장 눈에 띄었지만 일일이 답장해줄 어떤 필요도 느끼지 못했다. 그들은 전부 장기말이었고 이제 슬슬 깨닫기 시작할 것이다.

그에 어떤 아쉬움이라도 느껴지느냐 하면, 전혀 아니었다. 이 정도로 들쑤셨는데도 바우가 아직 나타나지 않았다는 것만이 애석할 뿐이다.

사준이 엷게 웃으며 뒤돌았다.

"그만 따라오지그래."

미사가 놀란 얼굴로 그의 목덜미와 얼굴을 바라보고 있었다. 사준은 제 얼굴에 무슨 일이 벌어졌을지 너무나 잘 알았다. 핏줄이 불거지고, 비늘이 엉망으로 돋아났다가 떨어져나가고, 보통의 뱀들에게는 낯선 현상이지만 사준에게는 익숙했다.

"너 괜찮은 거야?"

"별걸 묻네. 걱정이 돼?"

사준이 손을 들어 뺨을 스윽 쓸어올리자 비늘이 우수수 떨어진다. 이렇게 살다가, 결국 그는 천수를 채우지 못하고 죽을 것이다.

"어차피 곧 가라앉아."

가끔은 미치기도 하고, 가끔은 맨정신으로 제 몸이 부서지는 것을 보기도 하고, 뭐, 그렇게 살다 죽는 거지. 사준의 빈정거림에 미사의 표정은 서서히 굳어간다.

"걱정하는 척하지 마, 미사. 난 지금 네가 내 앞에서 알짱거리지 않는 게 가장 좋아. 그러니 눈앞에서 좀 꺼져."

미사는 꿈쩍도 않았다. 못마땅해하는 표정. 한심해하는 표정이면서도 그 안에는 그녀 스스로도 어찌하지 못하는 당혹과 염려가 어려 있다.

아낌과 미움을 하나의 대상에 품는다는 것은 생각보다 힘든 일이다. 자신의 지난 행동에 대해서 그 어떤 후회도, 회개도 없지만 사준은 지금만큼은 잘 모르겠다고 생각했다.

사준이 물었다.

"내가 네게 능력을 사용했으면."

"내가 알아차렸겠지. 재준이가 들킨 것처럼."

"아니, 너는 몰랐을 거야."

가소롭다는 듯한 미소가 짙어졌다.

"너는 모르고, 내 뒤를 따라다니면서, 재미있는 경험을 많이 했을 텐데."

"웃기지 마. 뭐가 재미있어?"

"네가 그렇게 추종해 마지않는 용운과 같은 진 일족 과리가 얼마나 멍청하고 단순한 새끼인지도 바로 곁에서 지켜볼 수 있었을 거고, 그렇게 콧대가 높아서 우리를 무시하던 다른 일파 녀석들이 살려달라 애걸복걸하는 광경도 볼 수 있었을 거고, 무엇보다도 오락가락하는 나를 보는 게 재미있었을 거야. 나한테 얌전히 먹혔으면 그것도 나름 대로 즐거운 추억이 되었을 텐데 두 번이나 기회가 있었는데도 차버 렸지?"

"미친 새끼."

"그 녀석은 어디가 마음에 들어?"

예전과 같은 지극히 다정한 어조였다. 그러나 음색과 어조와 별개로 사준의 목덜미는 쉴 새 없이 경화되었다가 풀렸다 하며 비늘이 벗겨지고 있었다. 핏줄로 시퍼렇게 뒤덮인 얼굴도 마찬가지다. 도저히 다정해 보이지가 않았다.

"그 녀석도 불완전한데. 너는 불완전한 수컷한테 끌리는 취향이 있나 봐? 이 와중에도 나를 동정할 마음이 드나 봐? 과리를 단순하다고 욕할 때가 아니었나. 우리 미사가 더 심각한 동정병에 걸린 것 같으니……."

"태성이는 너랑 달라."

"그 녀석이 우리 동족보다는 훨씬 위험할 텐데."

"……."

"처음이야 어찌 되었든 간에. 이건 오빠로서 염려가 되어서 하는 말이야."

지금 이 순간 가장 어울리지 않는 말을 하는 사준의 얼굴에는 티끌만큼의 가식도 없었다. 미사는 이 괴이한 순간을 조소했다. 대체 어디서부터 정상이고 어디서부터 비정상의 기준이 나뉘는지는 모르겠지만, 확실한 것은.

미사는 지금이라도 사준이 책임을 지고 사죄하기를 바란다는 것이다. 죽기를 바라는 마음은 초라하게 망가진 그를 알게 된 순간부터 차차 희석되었다.

"쓸데없는 소리로 짜증 나게 하지 마. 너, 언제부터 이런 건데."

"그 녀석이 바우에 대해서 네게 이야기해준 건 없어? 정말 죽었다고 믿고 있나?"

"그딴 거 내가 알 게 뭐야. 다른 녀석들도 알아? 곽현도 알았어? 상윤이도 알고 있어? 재준이는."

"재준이는 죽었어."

"……."

"오늘 네 머리에 닿았던 그 총이."

싱긋 웃은 사준이 엄지와 검지를 벌려 머리에 가져다대더니 그대로 스스로의 관자놀이를 날려버리는 시늉을 했다.

"빵 하고. 그 강서라는 녀석, 탄환에 독살스러운 기운을 응집시켜서 넣고 다니던데. 만약 머리를 그대로 피격당했다면 너라도 죽었을걸. 진태성 그놈에게 고맙다고는 했어? 그 녀석 무서운 기세로 달려가던데. 예의 바르게 감사인사는 해야지. 그놈이 얼마나 시키면 속내를 숨기고 있건 간에 상관없이 고마운 건 고마운 거니까."

이런 사준이 낯설다.

그에게 따져 물으려던 수많은 의문을 삼킨 채, 미사는 그저 한마디를 겨우 속삭였을 뿐이다.

"태성이는 너와 달라."

"아니, 같아. 너는 안 지 몇 달밖에 되지 않은 그 수컷을 믿는 거야?"

사준의 손끝이 턱을 스친다는 것을 의식한 직후였다. 별안간 확 그녀의 얼굴을 끌어당긴 사준이 가느다랗게 뜨던 눈을 휘어 웃었다.

"차라리 나를 믿는 게…… 어때? 오빠잖아."

사준의 차가운 입술이 이마에 닿았다. 부서지는 그의 비늘이 왼 어깨에 떨어진다. 미사의 눈동자가 빛을 잃은 그의 비늘조각으로 향했다. 턱을 끌어올린 사준이 그녀의 눈을 핥을 듯 노려보았다.

"이번 일만 잘 해결되면, 미사, 우리 같이 다시 자리를 잡아서 새롭게 출발하는 거야……."

동족의 눈. 길게 갈라진 홍채 주위로 선명한 눈동자 위에는 얼룩과 같은 자국이 점점이 박혀 있다. 그것은 그동안 그녀가 알지 못했던 수많은 그의 오점을 닮아 있다.

"그게 가장 올바른 답이야. 나와 가는 게……. 네가 좋아하는, 더운 곳으로 데려가줄게."

"……."

속삭임은 조금씩 낮아진다. 사준의 입술은 미사의 귓가로 옮겨갔다.

"바로 몇 달 전에 혼쭐이 나고서도, 아직도 모르는 사람을 믿을 마음이 들어?"

"……."

"믿어? 그 녀석을, 나보다?"

"……."

"안 지 얼마 되지도 않았으면서?"

머릿속이 멍해지고, 팔다리가 늘어지는 기분이 들었다. 사준의 기운에 숨이 턱턱 막혔다. 그것을 자각한 순간, 퍼뜩 정신이 들며 잠깐 미뤄두었던 반감이 솟구쳐올랐다. 미사가 사준의 손을 쳐냈다.

"허튼짓 하려 하지 마."

"진심으로 하려 했다면."

미사는 그녀도 모르는 사이에 등허리에 오소소 돋아난 소름을 더듬었다.

"그래, 내가 알지도 못하는 사이에 당할 거란 말이지……? 난 이제 네가 누군지도 모르겠어. 너 지금 정말 추해. 꼴사나워. 추해. 이 너밖에 모르는 불쌍한 새끼야. 적어도 곽현은 널 진짜 걱정했는데. 넌."

사준의 낯에서 표정이랄 것이 사라졌다.

"쓸데없는 시간 낭비는 이쯤 하자. 따라오지 마."

미사를 밀쳐낸 사준은 그대로 난간을 넘어 내려가 수풀 속으로 사라졌다.

따라갈 생각도 없었다. 한참을 오도카니 서 있던 미사가 왔던 길을 되돌아갔다. 다섯 걸음쯤 걸었을 때 멈추었다. 언제부터 있었던 걸까. 하얗게 세어버린 머리카락을 흐트러뜨린 태성이 서 있었다.

들었을까.

"미사."

들었을 테지.

그의 귀는 좋았고, 사준은 감추려 하지 않았으니까.

태성의 팔이 느리게 벌어졌다. 미사는 그에게로 걸어갔다.

그 걸음에는, 조금의 주저도 없었다. 종국에는 가벼운 달리기처럼 빨라졌다.

그러던 미사의 곁눈에 어느 장신의 남자가 스쳤다. 한 쌍의 적안도.

걸음을 멈춘 미사가 저편을 바라보았다.

'어?'

눈을 깜빡이는 사이에, 잔상은 사라졌다. 그러나 흔적을 좇아 두 번 눈을 깜빡이기도 전에 그녀는 태성의 품에 안겨 있었다.

"오늘, 나랑 같이 있어요."

늘 자신보다 조금 더 따뜻한 체온. 미사는 무작정 그 품으로 파고들었다.

'괘씸한 것들, 괘씸한 것들!'

이게 며칠째인지. 과리는 퉁하니 걸음을 옮겼다.

아래는 여전히 난리다. 이 근방에서 대피 소동이 벌어지고, 일대 통제가 되고 있다고 한다. 건물이 좀 기운 것 같기도 하고, 아닌 것 같기도 하고.

과리는 위로 올라갔다. 위로, 더 위로. 그리고 결국에는 언제나처럼 옥상에서 멈추었다. 더 오를 곳이 없는 곳.

"나 참."

가장 바랐던 심장을 되찾은 후에도 기분은 풀리지 않았다.

뭐가 문제일까. 지루함을 담당하는 기관 어딘가가 폭주활동을 하는 게 분명하다.

난간에 앉아 곰곰이 생각에 잠긴 과리가 붉은 눈동자를 내려 저 밑바닥을 바라보았다. 재단한 듯 반듯한 길, 건물, 자동차라 불리는 물건들이 즐비하다.

인간들은 저 아래 몇 명이나 되는지. 카메라라는 것들의 반짝임은 멀리서도 수시로 눈을 찔렀다.

'저걸 조심하라고 했는데.'

언제부터 일족들이 인간들의 눈치를 이리 많이 보게 되었는지 모르겠다.

과리는 눈살을 찡그리며 건물 위에 드리운 구름을 바라보았다. 그의 바람이 건물축을 휘감고 있어 두꺼운 구름층 한가운데에 둥그렇게 구멍이 나 있다.

　그는 문득 '슬슬 이 뱀 비린내로 뒤덮인 거처를 떠날까.' 생각을 했다. 약속을 지키지 않은 것은 뱀이니, 과리는 아무런 미련도 없었다. 뒷수습이니 뭐니에는 관심도 없다.

　'떠나는 건 떠난다지만.'

　대체 어디로 가야 하고, 이 죽을 것 같은 지루함은 어찌하나?

　살모종이 반드시 살모해야 한다는 말도 안 되는 헛소리를 떠들어대며 제 살만 깎아먹는 사준에게 속았다는 사실에는 분개하였으나, 일이 이리 되니 그는 더욱 지루해지고 말았다. 마지막까지 뻔뻔하게 '이번에는 정직을 걸고 거래를 할까요.' 하고 떠들던 녀석이 아쉬워질 지경이라니.

　그리운 것들이 생각나는 겨울이다.

　그 순간이었다. 묘하게 등줄기가 서늘했다.

　돌아선 과리는 수많은 빌딩들이 숲을 이룬 세계 저편을 바라보았다. 인적 따위는 느껴지지 않는 골목, 네모난 기계를 내려다보며 걷는 사람들, 녹지 못한 눈길을 달리는 들고양이, 흘러드는 달빛…….

　그리고 익숙한 냄새.

　언젠가 느껴본 기운이었다. 낯설지만, 어딘지 낯익은. 아무것도 느껴지지 않기에 오히려 '아무것도 느껴지지 않는'이라 규정할 수 있는.

　과리는 홀린 듯 일어섰다.

　지루함은 한순간에 사라져버리고 희열이 그를 방문했다.

　'바우?'

숲은 언제나처럼 어두웠다. 결계 안의 공간은 작위적으로 침전된 공기를 유지하고 있어서, 그들의 숨소리, 발소리, 호흡의 흐름, 기운의 뭉치고 흩어짐이 선명히 느껴졌다.

용운은 심기가 곤두설 대로 곤두서서 주위를 둘러보고 있었다. 강서의 말을 들은 이후로 신경을 쓰지 않을 수가 없었던 것이다.

이 결계 안에서 느껴지는 기운은, 그가 허락한 자들뿐이었다. 태성과 미사와 사준과 가하람, 그리고 불청객인 자의 강서…….

그러나 정말로 자 일족의 기운이 남은 곳을 따라 숲 가장자리로 와 보니, 구멍이 뻥 뚫린 결계가 있다.

'검은 머리칼의 남자가…… 결계가 녹아내려…….'

정말이었다니.

바스락, 바스락.

뒤따라온 가하람이 콧잔등을 찡그리며 시꺼먼 공동을 응시했다.

"네가 말한, '느낌'이라는 게 이거였나?"

용운의 눈이 느리게 올려뜨였다.

'이건…….'

아닐 거라고 생각하고 싶지만, 화석처럼 굳어진 기억의 감각은 나침반과 같다. 도려나간 듯 결계가 흩어진 허공을 가만히 바라보던 가하람의 눈동자에서 자비로움이 흩어진다. 습관처럼 머금고 있던 미소는 굳어지고, 콧잔등에 주름이 잡히기 시작했다.

가하람이 먼저, 부정했다.

"분명히."

"……"

"……내가 실수했던 건가?"

대체 이게 어떻게 돌아가는 일인 거지?

태성의 눈동자는 회색이다.

한없이 진하다가도, 빛을 받으면 파스텔처럼 연하게 빛나는 회색 눈동자가 그녀를 좇는다. 하얗게 바래버린 머리칼과 마치 꼭 맞춘 것처럼 잘 어울리는 색상.

아무리 타인의 시선에 의미를 두지 않으려고 한다 해도, 이 정도로 직시당하면 피하고 싶거나 묻고 싶은 기분이 드는 법이다. 그래서 미사는 두 가지를 동시에 했다. 외투를 벗어 내려놓고, 태성의 시선을 피하며 되물은 것이다.

이 순간과 전혀 관계없는 질문으로.

"……강서라는 그 녀석은?"

"괜찮을 거라고 했어요."

그가 괜찮거나 혹은 괜찮지 않거나는 미사에게 중요하지는 않은 문제였지만 태성은 그녀가 염려를 한다고 생각한 모양이었다.

"걱정 안 해도 될 것 같아요."

"용운 님은……."

"그 사람은 몰라요. 뭘 하는지, 무슨 생각인지, 어떻게 할 건지."

태성은 질문 하나하나에 성심성의껏 대답했다. 용운에 관하여도 간단하게 일축해 미사의 이어질 질문을 차단했다. 미사가 의자에 앉은 후에도 태성은 쉽게 엉덩이를 붙이지 못했다.

답답한 것은 질색인 터라, 미사가 다시 말을 이었다.

계속 질문만 하는 것도 질색인데.

"너, 나 피하지 않았어?"

퉁명스러울 이유도 없고, 그럴 생각으로 꺼낸 말은 아니었으나 뱉고 나니 그랬다.

"미사 때문에 피한 건 아니에요."

"피하기는 했다는 거네."

흐트러진 긴 머리칼을 쓸어넘긴 미사가 새치름하게 턱을 돌렸다. 태성은 여전히 빤히 바라만 보고 있다.

사준이 그런 식으로 자리를 피해버리고, 싱숭생숭한 기분으로 태성의 제안에 응했는데, 별말도 없고 자꾸만 이상한 분위기를 불러일으킨다.

"오늘, 여기서 나랑 같이 잘래요?"

"……."

"그냥, 말 그대로 잠이요. 이상한 생각 하는 거 아니고."

애경의 집에 머물 때, 미사가 한 침대에서 자자고 장난을 친 적이 있었다. 그때 태성은 넉살 좋게 웃으며 끝까지 먼저 거절했었다. 예전의 일이지만 그는 남녀칠세부동석이니 뭐니 하는 고리타분한 이야기를 내세우며 미사와의 거리를 정하곤 했다.

그때에는 그랬는데.

대답은 뒷전이고, 미사는 문득 태성이 대체 왜 이러는 건지 궁금해졌다. 얼굴도 제대로 마주치지 않으려고 했으면서. 갑자기 오늘은 중간의 모든 단계를 다 뛰어넘은 것처럼.

"무슨 생각 하고 있는 건데?"

"그냥, 만약에라도 일이 생기면 가까운 데 있는 게 좋을 것 같아서 한 말이에요."

"일?"

"나 못 믿어요?"

태성이 농담을 건네듯이 물었다. 그러면서 찬찬히 미사의 앞에 무릎을 구부리고 앉았다.

"미사, 아직도 못 믿어요? 안 지 얼마 안 되었다고 해도."

미사는 두 번째 질문이 있은 후에야 어렴풋이 무언가를 감지했다. 단순한 질문이 아니었다. 사준과 나누었던 대화가 떠오르는 건 기우가 아닐 것이다.

"못 믿으면 안 돼?"

"미사가 못 믿으면, 네."

"……."

"나도 지금 나를 못 믿겠는데…… 미사까지 나를 안 믿어주면 난 정말 어떻게 해야 할지 모르게 될 것 같아서."

"……."

"믿어줬으면 하는데."

태성은 미사를 따라 나가기 직전까지 강서에게 눈길 한번 주지 않은 자신이 이상하다는 걸 알고 있었다. 예전이라면 커다랗게 여겼을 문제들이 이제는 사소하고 하찮게 느껴지고…….

사준과 미사의 대화를 듣게 되었다. 훔쳐 들으려던 것은 아니었다. 그들이 주고받는 일련의 매혹적인 목소리에 잠깐 걸음을 늦추었고, 기척을 죽이고, 집중하다 보니 그렇게 되었다.

누가 보더라도 사준은 미사를 회유하고 있었다.

「……너는 안 지 몇 달밖에 되지 않은 그 수컷을 믿는 거야?」

미사에게 뱀처럼 기울어서.

「차라리 나를 믿는 게…… 어때? 오빠잖아.」

솔직히 저 정도로 부드러운 목소리라면, 무기라 불러도 이상하지

402

않겠다고 생각했다. 사람을 홀리는 세 치 혀를 가진 뱀.

사준은 일반적인 통념의 뱀에 어울리는 사람이었다.

「이번 일만 잘 해결되면, 미사, 우리 같이 다시 자리를 잡아서 새롭게 출발하는 거야…….」

사준은 대답 없는 미사를 채근하듯, 계속 물었고.

「믿어? 그 녀석을, 나보다?」

미사는 끝까지 대답하지 않았다.

대답을 듣고 싶은 마음에 움직이지 못했던 것 같다. 미사의 침묵이 이어지는 동안 태성은 뭉근하게 끓어오르는 잔인한 본능을 꾹꾹 눌러 밟아야 했다.

사준을 미사에게서 떼어놓고 그대로 갈기갈기 찢어버리는 상상을 하는 건 꽤나 큰 위로가 되었다. 물론, 스스로가 그런 생각을 했다는 사실에는 여전히 마음 한구석에 불편함이 남아 있다.

태성은 미사를 마주 볼 때마다 식욕과 비슷한 무언가를 느꼈다. 스스로가 충동적인 사람이라고 생각한 적이 단 한순간도 없어서, 간혹은 두렵기도 했다. 어제도, 오늘도.

혹시라도 스스로에 대한 보호본능이 강한 미사가 자신의 생각을 알게 되면 도망칠까 봐 자꾸만 주춤하게 된다.

이미 미사는 사준을 믿었다가 배신을 당했고, 두 번이나 먹힐 뻔했다.

"그러면 아까까지는 왜 피했는데?"

벽 쪽으로 비스듬 등을 기울인 태성이 마른세수를 했다. 어찌해야 할지 모르겠다는 듯한 미소가 떠올라 있다. 아직 스스로가 받아들이지 못한 변화를 뭐라고 설명해야 할까. 태성은 슬며시 미사의 손을 깍지 껴 쥐며 머리를 기댔다.

"우리 다른 얘기 해요."

"해봐."

"아까, 사준이랑 이야기하면서 화난 거 같던데, 상처받은 거예요?"

"너 만난 후로 난 늘 사준한테 화가 나 있었는걸. 벌써 잊은 거야?"

태성은 불안했다. 미사에게도 자신밖에 없을 거라고 안일한 착각을 했던 것 같다. 미사는 동족들에게서 배신당했고, 사준에게서도 배신당했다.

용운이라는 자는 완전히 다른 종의 사람이므로 사실 가까운 지인이라고 말하기는 어려울 것이었다. 그랬는데.

부상을 당한 사준이 있을 것을 짐작하고 그녀가 살았던 아파트로 향하던 미사를 뒤따를 때부터 그런 생각이 든 것 같다.

미사와 사준은 아직 완전히 정리가 되지 않았고, 그들의 관계는 태성이 생각한 것보다 더 미적지근하지만 끈질긴 것일지도 모른다고.

그는 한때 동족이라 믿었던 이들을 다 등지고, 이제는 그들의 피해에도 무감각해진 완벽하게 고립된 상자에 갇혔다.

그런데 함께 갇혔고, 그와 함께 있겠다고 말한 미사는 아직 아니었다.

그건 자꾸만 태성의 기분을 추락시켰다.

"나, 솔직하게 미사가 다른 사람들이랑 그러는 거 싫어서."

"그러는 게 뭔데?"

"……아까처럼."

머뭇거리던 태성이 고개를 바로 들더니 미사의 턱을 살포시 쥐어당겼다. 미사의 눈동자가 느릿이 태성의 손으로 향했다.

"이렇게, 가까이 하거나 그런…… 그런 거요."

그러곤 뒷말을 덧붙였다.

"위험할 수도 있잖아요. 그래서 기분이 좀 별로였어요. 별일 없었으니 괜찮지만."

한참 입을 다물고 있던 미사가 조용히 웃었다. 이게 지금 누굴 걱정하는 걸까. 태성은 말 한마디, 말 한마디가 조심스러웠지만 숨김없이 솔직했다. 조금 전까지 사준 때문에 그녀야말로 기분이 바닥이었는데.

"유혹하는 것처럼 들려."

태성의 귀가 살짝 붉어지는 게 보였다. 표정에 남은 여유와는 전혀 다른 성질의 것이다. 가벼운 말장난에 부끄러워하고 쑥스러움을 감추기 위해 핀잔을 놓으며 자리를 피했던 태성과 눈앞의 태성은 여러모로 달랐다.

"그런 건, 아니에요."

"좋아한다며."

"……또 놀리네."

태성의 웃음이 어색했다. 솔직히 말해서 싫은 기분은 전혀 들지 않았다. 오히려 그녀는 이유 없이 그녀를 피하던 어제와 오늘의 태성보다, 지금의 태성이 훨씬 좋았다.

"날 왜 피했는데?"

한참을 바닥을 내려다보듯 고개를 숙이고 있던 태성이 동문서답으로 회피했다.

"오늘은 여기서, 자요."

"왜 피했는지부터 말해주면."

"미사……. 그냥 정말, 그 얘기 안 하면 안 돼요?"

"얘기해주지도 않으면서 너를 믿으라고 말하는 거야?"

태성이 마지못해 답했다.

"내가 거짓말을 할 수도 있고, 진짜로 이야기해줄 수도 있어요."

"나는 거짓말 싫어."

난감하게 웃은 태성이 "도망갈 텐데." 하는 알 수 없는 말을 중얼거렸다.

미사가 눈을 슬며시 치켜뜨고 노려보기 시작하자 태성은 잔뜩 기가 죽은 목소리로 말했다.

"잡아먹고 싶어서요."

"……뭐?"

"그냥, 자꾸 몹쓸 생각이 들어서. 그러면 미사가 싫어할 거고, 그런 내가 싫어서요. 이제 누울래요?"

뭐라 말해야 할지 몰라 미사도 신음하고 말았다.

"갈 거예요? 같이 있었으면 좋겠는데."

태성은 다시 한 번 조심스럽게 승낙을 구하는 눈빛을 보내온다. 스스로가 자신을 보며 몹쓸 생각을 하는 게 싫어서 피했다는 말에 이상한 기분을 느끼는 것이 제 잘못은 아닐 것이다.

꺼림칙한 기분이 들어 등허리에 힘이 들어갔다가, 불안을 애써 가리고 어색하게 그녀의 눈치를 보는 태성의 얼굴을 발견하자마자 풀어졌다.

미사는 오늘 강서의 총구로부터 그녀를 구해주었던 기형의 꼬리를 가진 맹수를 떠올렸다. 이도저도 아닌 어중간한 일족이 되어버린 태성. 그리고 꼬리를 축 늘어뜨린 채 그녀를 돌아보던 붉은 눈.

미사는 그가 자신에게 나쁜 짓을 할 수 있을 거라 생각지 않았다.

추호도.

어디서 났는지 모를 믿음의 근원을 찾으려 심력을 소모하지는 않을 것이다.

하지만.

"그러고 보니, 구해줘서 고마워. 아까는 정신이 없어서 말하지 못한 것 같네."

잠깐 눈을 키웠던 태성의 미간이 서서히 좁아지기 시작했다. 미사가 예상하지 못한 반응이었다. 미사는 고개를 갸웃했다.

말실수라고 할 만한 건 없었다. 도움을 받은 것에 별다른 노력도 들지 않는 고맙다는 말 한마디 한 것뿐이다.

"하지 마요. 그런 말."

"왜?"

태성이 그녀의 입술에 키스할 듯 다가와, 붉은 눈을 올려뜨고 씹어 뱉었다.

"한사준이 시킨 거, 하지 말라고요."

대체 어디서부터 듣고 있었던 걸까. 그 기척을 조금도 느끼지 못했다는 데에 새삼스러운 괴리감이 들었으나 깊이 생각할 수가 없었다. '시켜서 한 거 아닌데.'라고 반박하려 했으나 입맞춤이 더 먼저였다.

"……어디를 가더라도, 나랑 같이 가요."

살갗이 저릴 정도로 강렬히 스며드는 그의 기운에 미사는 아무 생각도 할 수가 없었다.

"이제 정말 내가 지켜줄게요. 약속해요."

결계를 한 바퀴 돌고 온 용운은 골머리가 썩어들어가는 기분이었다. 도려나간 것처럼 깨끗하게 기운이 사라지고 없다. 새로운 기운과 부딪친 것이 아니라 그대로 사라졌으니 용운도 그때까지 알아차리지 못한 것이다. 아주 미미한 기운의 흔적만 남았다.

'대체 이게 무슨 일이지.'

바우의 기운? 분명, 뭔가 다르지만 바우의 것이었다. 기운이 변질된 바우와 가장 마지막에 맞부딪쳤다 알려진 가하람까지 그렇게 느꼈다면 확실했다.

너무나 공교로운 타이밍이 아닌가. 누군가 일부러 이런 악질적인 장난을 친 것 같다.

사준이 바우와 용운이 한반도 곳곳에 묻어두었던 과리의 몸을 이어붙여 되살렸다. 그것만으로도 피곤할 일일진대, 바우까지 활동을 시작했다고? 죽은 게 아니라고?

아니, 반백 년 동안 누구에게도 알려져 있지 않았던, 바우와 화서의 혼혈 아이의 정체가 바로 얼마 전에 폭로되었다. 변이한 태성의 기운은 점점 순수한 인 일족과 닮아가고 있다. 그렇다면 자신의 결계에 이런 짓을 한 것이 태성일 수도 있다.

'아니, 그래. 그 혼혈 새끼일 수는 없다.'

강서는 검은 머리카락의 괴이한 사람이라고 했다. 그리고 강서가 태성을 얼마나 원망 어린 태도로 대했는지를 생각하면 태성을 알아보지 못한다는 건 말이 되지 않는다.

흔적도 외부로부터 이어진 걸로 추측되는 정황이었다.

한사준은 과리를 이용해서 바우를 무너뜨리고 어부지리를 취하려는 잔망스러운 계획을 실행하고 있었다. 그리고 가하람의 호언에도 바우가 죽었을 리 없다는 고집을 꺾지 않았다. 그들이 알지 못하는 바우의 행적에 관하여 사준은 더 알고 있는 것인가? 그런 의심을 금할 수가 없었다. 사 일족들의 의뭉스러움은 용운도 잘 알았으므로.

그리고 가하람도.

「내가 마지막에 보았을 때 '그것'은 거의 새까만 형상을 하고 있었다. 비틀린 기운이 몹시 강력했고 이성이라는 게 없었지. 대화를 시도해보았지만 전혀 알아들을 수 없는 말을 했어. 의사소통의 방법을 완전히 잊어버렸던 게 분명해 보였고. 바우라는 걸 즉각 알지 못했던 것도 그 때문이었지. 소문과는 너무 달랐거든.」

용운은 가하람의 조금 짜증이 난 것 같은 설명을 한 귀로 흘리며 걸음을 빨리했다. 강서라는 녀석을 조금 더 추궁해보는 것이 빠를 것 같았다. 생김새라거나, 어떤 일족의 기운이 느껴졌는지.

"……하지만 거의 모든 기운을 소진하고 육신마저 죽었는데. 확실하게."

가하람은 애써 확신조로 말하지만 정작 목소리에는 자신이 없었다. 당시 바우는 거의 광기의 응집체처럼 보였고, 바우의 능력에 대해 제대로 알려진 것이라고는 그가 목숨이 헤아릴 수 없이 많았다는 것뿐이었다.

아직까지 살아 있다면 하는 가정은 한번 떠오르자 무수한 가지를 뻗쳐나갔다.

건물로 돌아온 용운은 강서가 쓰러져 있던 넓은 방문을 열어젖혔다. 아무래도 상태가 영 좋지 않아 재워두는 것이 낫다는 판단에는 동의했지만 궁금해서 견딜 수가 없었다.

"어이, 자의 꼬마……."

거기까지 말한 용운이 입술을 비틀었다.

"너 정말 일 똑바로 못 하네."

문 앞에 서 있던 가하람이 빼꼼 고개를 돌려 안쪽을 응시했다.

난동의 흔적만 남은 방 안에는 아무도 없었다. 말을 잃은 가하람은 곰방대 곁으로 빼끔 연기를 뱉어냈다.

"의외로 정신력이 대단한 녀석인가 보네." 중얼거리며.

강서는 빠르게 수풀을 헤치고 달렸다. 사 일족과 한패인 이들로부터 도망쳐야 한다는 생각만 팽배했다. 사 일족도, 오 일족도, 진 일족도 한패였다.

그러고 보니 오 일족은 사 일족에 대한 충분한 입장 표명을 하지 않았었다. 묵묵부답이었다.

'전부 다 한통속!'

다른 일족들은 전부 속고 있다.

숨이 턱 끝까지 차 더 달릴 수 없을 지경이 되고도 비틀비틀 발걸음을 옮기던 강서가 멈춘 건 건물에서 조금 떨어진 수풀에 이르러서였다.

그곳에는 돌부리에 걸터앉아 이마를 짚고 있는 사준이 있었다. 강서는 재빠르게 허리춤을 더듬었다. 애석하게도 총이 없었다. 그 총은 귀한 것이다. 그의 어머니인 화서가 주었던. 아차 싶은 생각에 발을 움직이는 순간 허공을 내려다보고 있던 사준이 인기척을 느끼고 고개를 들었다.

붉은 눈동자가 강서에게 똑바로 향했다.

두 사람은 한참을 서로를 주시하듯 노려보았다. 침묵을 깬 건 사준이었다.

"병, 신."

용서 못 해. 용서 못 한다.

강서는 젖 먹던 힘을 다 끌어올려 수화했다. 제 목숨이 갉아먹힌다

해도 저 뱀만큼은 용서하고 싶지 않았다. 아니, 이곳에 있는 것들 전부가 그에게는 용서할 수 없는 적이었다. 합리나 이성, 객관 따위는 잃은 지 오래다.

침잠해 있던 공기가 뒤흔들린다.

크릉! 커다란 쥐가 도약해 뛰어들었다.

"모자란 새끼, 해보자고?"

막 제 안에서 기운의 운용을 막던 용운의 기가 갈무리된 것을 확인한 후였다.

시험해볼 만한 상대도 되지 않겠지만, 제대로 기운이 움직이는지 테스트할 필요가 있었다. 광소하던 사준이 맞대응해 순식간에 커다란 뱀으로 수화했다.

징그러운 삼각형의 머리통이 커다란 쥐를 향해 쩌억 아가리를 벌리고 달려들었다. 쥐는 몇 번이고 밀쳐지고, 물리고, 옥죄이면서도 포기하지 않고 발버둥 쳤다. 무자비한 살모사가 막 쥐의 꼬리를 뜯어내는 순간이었다.

크아아!

서로 물고 무는 피투성이 짐승들의 사이로 검은 머리카락의 사내가 모습을 드러냈다.

살모사는 홀린 듯 움직임을 멈추었다.

물려 있던 쥐의 손톱이 그 이마 한복판에 상처를 내는 순간까지도.

기운조차 온전치 않은 강서는 사준의 발끝에도 미치지 못하는 것이 당연했다.

용운과 가하람이 알아차리고 달려갔을 때는 이미 모든 상황이 끝난 후였다. 강서는 거의 혼이 빠져서 피투성이로 널브러져 있었다. 이마에 큰 상처가 난 사준이 아가리를 벌려 그를 통째로 삼켜버리려는 것을 강제로 뜯어낸 게 가하람이었다.

「이러면 너도 곤란해질 텐데.」

사준은 흥분해 실성한 것처럼 스스로를 주체하지 못하고 웃어댔다.

미사와 태성이 뒤늦게 모습을 드러냈다. 흐트러진 두 사람의 차림새를 발견한 용운이 눈살을 확 찡그렸다. 아무리 봐도 미사와 태성이 보통 이상으로 가까워진 게 맞는 것 같았다.

"무슨 일이에요?"

미사는 사준이 또다시 일을 쳤다는 데에 놀란 기색 없이 용운의 설명을 기다리듯 섰으나, 태성은 심사가 많이 비틀린 것처럼 사준을 노려보았다.

"데려가, 가하람."

용운은 엉망진창이 된 숲 속의 정경을 쭉 둘러본 후 가하람에게 턱짓했다. 한 마리 말로 수화한 가하람은 상태가 심각한 강서를 등에 엎고 유유히 빠져나갔다.

그들은 실내로 자리를 옮겼다. 용운은 제 영역에서 이런 사건이 벌어졌다는 데에 치를 떨었다. 이건 그의 집을 망치는 행위와 상통했고, 강서와 사준이 그를 무시해도 과하게 무시한 사건이었다.

"잠깐만 눈을 떼도 이 모양이군. 너희, 꼼짝도 하지 말고 있어."

사준은 자신이 무얼 잘못했는지도 모르는 사람처럼 덤덤히 용운의 칼날 같은 눈빛을 받았다.

"한사준, 너 만약 아까 그 '자'의 새끼가 죽으면 그놈들이 널 용서할 거라 생각하나?"

늘 '준아.' 하고 일말의 친밀감을 담아 부르던 용운의 입에서 한사준, 이름의 세 글자가 나왔다. 정말 화가 난 모양이었다.

"이제 와서. 별로 무섭지 않은데요. 보십시오. 미사 저 정신 나간 년도 이 와중에 병신 같은 새끼를 하나 물어서……."

"입 다물라고 했다."

용운의 따귀가 사준의 뺨을 후려쳤다.

쾅! 사준은 불시의 악력에 거의 날아가듯 벽에 부딪쳐 나동그라졌다. 선득하게 붉은 눈동자를 치켜뜨고 용운을 노려보던 사준은 눈이 마주치자마자 고개를 숙였다. 그러더니 다시 웃기 시작한다.

가만 보니 사준도 사준대로 이상했다. 넋이 나간 것처럼 보이기도 하고, 여태까지의 반항과는 전혀 다른 방식으로 미친 것처럼 보였다.

"정말, 너희가 치는 사고 수습하느라 내가 단명하겠구나."

사과는 언제나처럼 미사의 몫이었다.

"죄송해요."

"우린 잘못한 거 없는데요. 미사가 왜 사과를 해요."

못마땅한 눈빛으로 태성을 노려보던 용운이 가부좌를 틀고 앉았다.

"너도 조용히 하고 있어. 나, 참…… 이놈들을 두드려 팰 수도 없고."

다른 놈이었으면 작신작신 패 죽였을 것이었다. 하지만 사준에 대한 일말의 책임감은 용운이 늘 업고 가야 할 것이었다. 최초로 사준을 바우의 손에서 구해낸 것이 그였다. 그 사실을 사준도 잘 알고 있어 저리 개판을 치고도 뻔뻔한 거다.

막상 생각하니 또 성이 났다. 창백하게 웃은 사준이 벽에 기대어 앉으며 밭은 숨을 내쉬었다. 용운에게 맞아 돌아간 턱을 다시 끼워 붙이는 게 퍽 고통스럽다는 듯이 신음했다.

"변명이라도 좀 하자면, 폐 끼치기 싫어 혼자 누르고 참으려 했는데 그 쥐새끼가 튀어나와 먼저 공격했습니다. 정당방위였죠."

"정당방위라고 말한 것과 다르게 곤죽이 된 건 그 쥐새끼더만."

"쥐새끼가, 주제도 모르고 덤비니까 그렇게 되지. 짜증이 좀 났습니다."

그리 조롱조로 중얼대던 사준의 눈이 태성에게 향했다. 그러나 딱히 더 모욕적인 발언을 추가하지는 않았다. 어째서일까, 비꼬고는 있지만 사준은 기분이 좋아 보였다. 그의 말과 감정의 불일치를 미사는 적나라하게 느끼고 있었다.

"짜증 나는 게, 한두 가지가 아니……."

용운이 그런 사준의 머리를 강제로 제 쪽으로 돌리며 씹어 물었다.

"너 바우가 아직 살아 있다고 믿고 있지. 단순히 정말로 직감이냐?"

"……."

"직감이냐고."

"왜요?"

가만히 용운을 올려다보던 사준의 눈초리가 의심의 색을 띠기 시작했다. 용운은 굳게 입을 다물고 사준의 속내를 들여다보려 했다. 곧 사준은 표정 하나 변하지 않고 대꾸했다. 그러면서 인간형의 몸에는 거의 남지 않은 상처의 감각을 되새기며 이마를 문질렀다.

"죽었다면서요. 그러면 죽은 거겠지."

"뭐?"

"용운 님이 그리 말하지 않으셨습니까?"

바로 며칠 전의 고집스럽던 태도는 온데간데없었다.

괴기스러우리만치 싸늘한 미소를 머금은 사준은 미사와 눈이 마주치곤 웃었다.

"왜, 네가 그토록 존경해 따르던 용운 님의 말에 동감한다는데, 어째서 그렇게 못 믿는 얼굴이야?"

그날 사준은 결국 용운으로부터 격려령을 받았다. 하지만 본인은 격려라는 사실을 그다지 진지하게 받아들이지 않는 기색이었다.

'어차피 여기에 있는 것도 세상과 격리된 거 아닙니까?' 하고 시큰둥하게 답했던 걸 보면.

그는 어째서인지 기분이 좋아 보이는 모습으로 느물느물 방으로 들어가 사라졌다. 그는 정말로 미친 것처럼 보였다. 그래서 내내 눈을 뗄 수가 없었다.

"사준."

미사는 간신히 그의 이름을 불렀다.

그러나 뒤돌아보는 그의 벌건 눈알에 하려던 말은 전부 잊혀 사라졌다. 너무나 낯설어서. 가만히 그녀의 손을 잡아주는 태성을 끌고 먼저 뒤돌았을 뿐이다. 사준은 '왜 불렀느냐.'나 '무슨 할 말이 남았어?' 같은 질문 없이 그대로 방으로 들어갔다.

그게 마지막이었다.

사준은 어둠을 깔고 앉았다.

기묘한 심상이 파도처럼 밀려왔다가, 쓸려내려가기를 반복하고 있었다.

사준. 이름은 용운이, 한씨 성은 시영이 붙여주었다. 사준은 사 일족들 중에서도 독보적인 강함을 타고났다. 타고나기를 포식자로 태어나 다른 뱀들이 갖지 못한 힘까지 지녔다. 정신계 능력의 컨트롤에 한해서만큼은 자신이 있었다. 그동안 그 덕을 많이 보았다.

예민하고 섬세한 기운은 정신계 이능을 지닌 이들조차도 제가 사준에 의해 놀아나고 있다는 걸 알아차리지 못한 채 그를 따랐다. 자의식이 강한 곽현과 미사는 다소 번거로운 면이 있어 그가 손대지 않은 몇 없는 이들이었다.

직접 하려면 할 수도 있었을 것이다.

하지만, 결국 그는 하지 않았고, 곽현을 떠나보내야 했고, 미사를 잃어버려야 했다.

'했어야 했는데.'

이제라도 시도해볼까.

미사의 머리통을 건드려볼까.

그런 생각도 했었지만, 용운이 버티고 있고, 뭣보다도 미사가 달고 다니는 반쪽짜리 일족 녀석이 거치적거려 그만두었다.

'하지만 뭐, 이제 상관없나.'

그의 입술이 길게 찢어져 호선을 그려냈다. 웃음을 삼켰다. 삼키고, 또 삼켰다. 그랬더니 너무 많이 먹어버린 것처럼 토기가 밀려왔다. 사준은 헛구역질을 하며 엎드렸다. 입을 틀어막았다.

한 마리, 두 마리, 세 마리…….. 이미 오래전 삼킨 것들이 목구멍과 배 속에서 펄떡거린다.

완성되고 싶은 욕망 하나로 그가 흡수해온 것은 여럿이다. 처음 자신이 다른 뱀들과 다른 태생의 족쇄에 묶여 있다는 걸 자각했던 순간부터 지금까지.

그는 눈앞을 스쳐지나가는 아주 짧은 순간의 그 만남에 홀렸다.

「네게서 익숙한 기운이 느껴지는구나.」

감히 그를 얕본 강서를 물어뜯기 위해 커다란 아가리를 벌려 죽이려던 찰나.

검은 머리카락, 붉은 눈동자, 하얀 얼굴.

「내가 너를 만나본 적이 있던가?」

이미 알고 있는 얼굴.

매일 밤 꿈에 나타나 그를 조롱하던 남자의 얼굴. 꿈은 현실 밖으로 끌려 나왔다. 바우의 죽음을 의심하고 있던 그의 앞에 스스로 모습을 드러내다니. 비현실적인 마법처럼 그를 사로잡는 감각에 사준은 강서와의 대치도 잊고 한순간 자신이 선 채로 꿈을 꾸나 하였다. 텅 빈 듯한 사내의 주위로 쉴 새 없이 그들의 기운이 빨려들어갔다.

이미 범상한 일족의 수준을 뛰어넘은 자였다.

「……당신이 내 어미를 죽였지. 그때 만났잖아, 우리.」

그의 어미를 살해하고, 그의 일생일대의 목표가 된 자.

「……나는, 당신의 아들이야.」

탐색하듯 그를 바라보던 남자가 희멀겋고 반투명한 손을 내밀었다.

저것을 잡으면 제 기운이 모두 빨려들어갈 것을 사준은 직감했다. 눈앞의 이자에게 무슨 일이 벌어졌는지는 모른다. 아무 기운도 느껴지지 않는, 주위의 기운을 죄 잡아먹는 이 남자는 사람의 껍질을 쓴 무저의 공동이었다.

그러나 잡지 않을 리가.

사준이 손을 뻗으려 했을 때였다. 겁에 질린 강서가 악을 쓰며 달려들었다. 설상가상 용운과 가하람의 기운까지 가까워졌다. 사내는 하얀 손을 거두고 하늘을 올려다보며 말했다.

「……흉성이 아름답구나.」

눈 한 번 깜빡이기도 전에 사라졌다.

소름 끼치는 미소는 잔상처럼 흩어졌다.

'내가 미친 게 아니야.'

뇌까린 사준은 깊이 숨을 몰아쉬었다. 어느새 그의 몸은 사시나무처럼 떨리고 있었다. 반복되는 기억 속에 익사할 것만 같다. 자칫 최악의 수가 될지도 모를 일이었다. 어쩌면, 그저 실수인 건지도 모른다. 어쩌면 자신이 착각한 건지도 모른다.

어느 쪽이든 긍정적인 결과보다는 부정적인 결과가 도래할 가능성이 높다는 것을 시사한다.

달 밝은 밤, 사준은 방을 나섰다.

미사는 뺨을 스치는 차갑고 서늘한, 소름 끼치는 감촉에 눈을 떴다. 까만 어둠이 내려앉은 방 공기는 뜨듯했으나, 등줄기는 차갑게 식어만 갔다. 식은땀이 났다.

미사는 가만히 천장을 올려다보았다.

삐걱, 마룻바닥 울리는 소리가 들린다. 걸음 소리일까?

삐걱, 낡은 문의 경첩이 비명을 지른다. 들어온 것일까, 나간 것일까.

삐걱…… 소리가 울렸다.

이윽고 아무런 소리도 들리지 않았다.

사준은 모습을 감추었다. 언제 사라진 것인지조차도 확실히 알지 못했으나 죽거나 도망친 것은 아니었다.

용운이 결계를 다시 엮어 지난번보다 더 단단하게 만들었는데도 불구하고, 감쪽같이 사라졌다. 다만 용운은 지난번과는 다른 위치에 생겨난 '도려낸 구멍'을 찾아냈다.

"사준이, 이런 짓을 할 수 있어요?"

미사는 힘없는 얼굴로 중얼거렸다.

"무슨 일이에요?"

뒤따라 나온 태성이 물었다. 그러다가 우뚝 멈춰 선다. 뭔가 미묘한 이질감을 감지한 것처럼 천천히 미사를 자신의 등 뒤로 밀어 세웠다.

"왜 그래?"

"……이상, 해서요."

태성이 몹시 꺼림칙한 얼굴로 물러섰다.

낯설게 비틀린 구멍은 조금 더 강해져, 지난번과 다르게 용운이 손을 대자마자 그의 기운까지 빨아들이려 했다.

'이 새끼들.'

균열과 같은 허공을 노려보는 용운의 주먹에 힘이 들어갔다.

「죽었다면서요. 그러면 죽은 거겠지.」

별안간 태도를 바꾸어 중얼거리며 진하게 웃던 사준을 의심했어야 했다.

그날, 용운의 머리맡에 꿈이라는 이름의 밤손님이 찾아들었다.

「……그리운 친구야.」

수백 년 만에 꾼 바우의 꿈이었다.

「어린 새끼의 울음이 들려. 매일매일 들었다. 매일…… 그것이 울부짖을 때까지.」

깨우침과도 같은 확신에 눈을 뜨고도 한참이나 천장만 바라보고 있었다. 그는 묘 일족의 북선처럼 예지를 하는 능력이 특별히 예리하지는 못했다. 하지만 가끔은, '보인다'.

'진태성.'

화서에 의해 억압당해 있던 태성의, 인으로서의 완전한 변이가 시발점이었다는 걸 깨닫기까지는 오래 걸리지 않았다. 벼락같은 깨달음에 용운이 헛헛하게 웃었다.

'그것이었나.'

결국, 정말로. 바우였던 것이다. 하나둘씩 되돌아오는 오래전의 벗들을 어떻게 받아들여야 할지 혼란스럽다.

며칠 후, 광일제약 회사 건물 철거령이 떨어졌다. 각각의 일족들이 정신계 능력자들을 동원하여 인간들을 하나하나 막고, 어떻게든 카메라에 잡히는 일족들의 그림을 막으려 애쓴 결과였다. 이대로만 간다면 우선 그 사건은 건설회사와 광일제약이 책임을 지는 것으로 일단락될 수 있었다. 그러나 잠잠하길 바란 것은 과욕임을 비웃는 또 다른 사건이 보도되기 시작했다.

사람들이 자살하기 시작했다는 소식이 전파를 타기 시작한 것이다.

거듭 시체가 발견되자 매스컴은 연신 연쇄자살사건이라며 들썩였다.

그 소식을 듣자마자 부쩍 말이 없어진 미사의 손을 이끈 것은 태성이었다.

"미사가 원하면, 무슨 일인지 알아보는 거 도와줄게요. 같이 찾아요."

죽은 이들이 전부 사 일족이라는 것을 아는 건 어둠 속에 정체를 감춘 또 다른 일족들뿐이었다. 그들이 자살했을 리가 없다는 사실을 아는 것도.

31

/

에덴

흑발을 길게 늘어뜨린 남자는 아수라장이 된 공터 그늘에 앉아 있었다. 누구도 그를 알아차리지 못했다. 완벽한 실체가 존재하지 않기 때문이다.

바우가 껍데기인 채로 깨어난 것은 어느 돌무덤 한가운데였다. 바우는 오의 가하람과의 마지막 싸움에서 마지막 목숨을 잃기 직전 도망쳐 회복을 위해 스스로를 재구성하는 과정에 들어갔다. 그러나 불안정한 정신은 불안정한 육신을 망가뜨렸고, 그대로 깨어나지 못했다.

거의 50년 동안.

"당신이 죽었다고 믿는 이들이 있더군요."

그런가. 바우는 사준이 말하는 것들이 그다지 궁금하지 않았다.

궁금한 것은 바우 자신이 왜 이 순간 이 자리에 있는 것일까 하는 의문.

암암한 곳에 갇힌 채 어린 새끼의 울음소리를 들었다. 수많은 이들의 울부짖음이 그동안 그에게 아무런 의미도 되지 않았다는 것을 생각할 때, 영혼을 파고드는 그 울음소리는 특별했다.

달리 목적이 없는 각성. 바우는 홀린 듯이 이끌려 인간들이 지배하는 일족들의 세상에 다시 되돌아왔다. 처음에는 또 다른 세계, 비현실의 세계라고 생각했다.

이상한 일이지.

바우는 과리의 둥지를 기웃거리고, 자신의 기운을 가진 낯선 새끼의 주위를 맴돌았다. 희한하게도 반은 쥐였다.

자신의 기운을 물려받은 새끼를 보고 있자니 떠오르는 아이가 있었다. 긴 수면에 빠지기 전 그를 위로해주었던 자의 일족. 이름은 기억나지 않았으나, 그 묘태만큼은 똑똑히 기억했다.

당돌하고 고고한 암컷이었다.

그 암컷이 제 새끼를 낳았던가. 기억이 나지 않는다.

"바우, 내 말 듣고 있습니까? 얼마나 더 필요합니까, 당신의 그릇을 채워내려면."

사준은 동족의 피를 뒤집어쓴 채 서늘한 적안을 치뜨며 그를 노려보았다.

그리고 목적 없이 떠돌다 발견한 것이 '저것'이다.

저 뱀은 그를 어미와 같다 말했다. 무엇보다도 저것의 기운은 오래전의 자신이 품고 있던 기운과 흡사하였다. 마음속에 깊은 어둠을 품고 있다는 점에서.

그래서 숙주로 선택했다. 자신을 미완성이라 말하는 완벽한 뱀에게는 미끼라 할 것도 필요 없었다. 자신을 증오하여 죽이고 싶다고 말하는 데에는 '네 바람을 이루어준다.'는 말 한마디면 충분했다.

어쩌면 이렇게나 어리석은지.

"지금 같은 몸으로는 가하람과 싸우면 집니까?"

바우는 아무 대답 없이 불야성 같은 도시의 풍경을 올려다보았다.

"과리는?"

빛을 향해 한 걸음 내디뎠다.

"용운 님은?"

바우의 발에 자국은 없다. 걸음은 소리가 없다. 그에게는 빛이 없으므로 그림자도 없었다. 동족을 살해하는 자에게 동족의 믿음이 없는 것처럼.

모든 질문을 무시당하고도 사준은 꿋꿋이 말했다.

"나는 당신이 죽지 않았을 걸 알고 있었습니다."

바우가 처음으로 입술을 뗐다.

『어찌해서?』

"당신이 매일 밤 나를 찾아와주었으니까. 나는 내가 틀리지 않았다는 걸 알아. 그래서 내가 지금 당신을 위해 이 짓거리를 하고 있는 거라고. 씨팔, 그러니까 묻는 말에 대답 똑바로 하시죠. 얼마나 더."

사준은 한때 바우, 그 자신의 뒤틀림만큼이나 꼬여 있었다. 정신은 종이로 쌓은 탑처럼 위태로웠고, 언제고 무너져버릴 준비를 하고 있다. 그 혼자만 알지 못하고.

바우는 흐리게 웃었다.

『더 많이 가져와. 많이, 많이, 많이, 많이, 많이, 많이, 많이, 많이, 많이, 많이, 많이, 많이, 많이, 많이, 많이, 많이, 많이. 더 많은 기운이 필요해.』

사준은 피투성이가 된 손을 내려다보며 입매를 구겼다. 이미 지난 일의 수습을 위해 만나야 한다는 명분으로 불러내, 제물처럼 바친 동족들만 일곱이었다. 세간에서는 연쇄자살사건이니 연쇄살인이니 하는 이야기로 이미 떠들썩하다.

그런데도 바우는 그들의 기운을 죄 빨아먹고도 모자라다 채근한다.

「더, 더, 더……. 더, 더, 더, 더, 더, 더, 더, 더, 더, 더더더더…….」

귓전에 남은 목소리는 검질기게 그의 비늘 틈새로 스며들었다. 아무리 채워도 빼앗기는 기운을 따라갈 수가 없다.

이런 식으로, 동족을 한 마리 한 마리 잡아먹는 방법으로는 안 된다. 더 나은 방법을 찾아야 했다.

사 일족들의 시체가 속속 발견되며 상황은 전혀 다른 국면으로 접어들었다. 누군가는 사 일족에 원한을 지닌 일족이 물밑에서 저지른 연쇄살인이라고 했고, 누군가는 뱀에게 기운이 남아 있지 않은 것으로 미루어 보아 과하게 힘을 소진해 죽은 것이라고도 했고, 누군가는 자살이 아닌가 하기도 했다. 정답은 누구도 알지 못했다.

그 과정에서 일족들 사이에 마찰이 빚어져 분위기는 험악하기 그지없었다.

달그락.

태성이 설거지를 마친 컵을 건조대에 올려놓으며 중얼거렸다.

"제 아버지라는 이야기를 들어도, 그 사람을 만난다고 해도 별다른 감흥은 없을 것 같은데요."

견우와 애경의 집으로 돌아오기 전, 용운은 태성과 미사를 앉혀두고 진지한 얼굴로 이야기를 했다. 오래전에 활개를 쳤던 바우의 기운과 비슷한 것이 자꾸만 발견되는 이 상황에 대해서.

미사는 좀 놀랐지만 태성은 그다지 놀란 기색이 아니었다.

「그 이상한 기운들이 전부 그랬던 거라면 납득이 되네요. 하지만 '그게' 그자의 기운이라면 굉장히 소름 끼치는데요.」

「너도 느꼈지.」

「굉장히 불쾌했다고만 기억합니다.」

「아무래도 그놈이 내 거처 주변을 기웃대는 듯하니, 우선 너희는 내보내주마. 내려가 있어라.」

「듣던 중 반가운 소리네요.」

미사는 가만히 수건으로 젖은 손을 닦아내는 태성을 바라보았다.

"우선 미사, 조심해요. 한사준이 지금 아예 타깃을 사 일족으로 돌린 거라면. 그리고 다른 일족들 분위기도 사 일족한테는 호의적이지 않다고 하니까. 오늘은 나가지 말고 소식 기다려보는 게 어때요?"

"언제까지고 그럴 수만은 없잖아."

대놓고 뱀 사냥철이라 떠들어대는 일족들이 많다고 애경이 전해왔다. 사준이 뱀들을 선동하여 불문율처럼 내려오던 영역에 대한 개념을 완벽하게 부숴버리고 약육강식의 학살을 자행한 결과였다.

최소한 사태의 확장을 막기 위해 미사는 동족들에게 무조건 항복을 권하기로 했다. 사준에게 이용당한 것이라는 사실을 주지시킨 후 모든 일에서 손 떼고 사죄하게 만들 생각이었다. 수소문 끝에 두 명과 연락이 닿았는데, 그들을 만나러 갔을 때 발견한 건 시체뿐이라는 것이 문제였다.

[사망이라 알려졌던 광일제약 회사의 부사장 한 모 씨가 지난번 광일제약 건물 사고에서 사망자 명단에 오른 것은 오보라 밝혀졌습니다. 현재 한 모 씨는 부상을 입고 병원에서 입원 치료를 받고 있으며…… ……건물의 철거에 관한 공방이 현재 지자체에서 논의되고 있어…….]

켜둔 TV에서는 저런 새빨간 거짓말을 보도한다. 미사는 힐끔 시선을 주었다가 리모컨으로 TV를 꺼버렸다.

동족들이 하나하나 죽어간다는 소식은 상상 이상으로 충격적이었다. 그 범인을 짐작하기 때문일는지도 모른다.

서울 도심에서 있을 리 없는 총성이 연달아 울려퍼졌다. 목표 대상은 사준이었다.

작 일족과 자 일족들은 아주 번거로운 무기를 당당하게 사용하고 있었다. 대한민국에서 총질이라니, 참 시대착오적이다. 하지만 지금 당장 사준을 더 초조하게 하는 건 등 뒤에서 날아드는 탄환이 아니다.

용운의 예기가 날카롭게 그의 발뒤꿈치에 따라붙는 게 느껴졌다.

우에엑.

사준은 결국 골목의 으슥한 전봇대에 기대어 토악질을 했다. 바우는 끝없는 무저갱의 깊이를 가진 그릇이었다. 계속 그의 기운을 빼앗기고, 그것을 채우기 위해 가장 손쉬운 동족들을 죽였다.

하지만 시간이 지날수록 사준은 자신이 지금 그에게 놀아나고 있는 것은 아닌가 하는 의심이 들었다. 바우의 실체가 강해질수록 사준은 두려움에 빠졌기 때문이다.

'그자를 죽일 수 있는 자가 있나?'

바우는 그들과 같은 몸뚱이가 없어도, 그 기운만으로도 이토록 강력한 힘을 지닌 자다.

사준은 저자가 완전해지면 잡아먹을 속셈이었다. 저자도 그걸 알면서도 사준을 택하였다. 눈이 멀었다. 그가 오랜 시간 묵혀왔던 간원을 이루게 해줄 사람이라는 사실 하나에. 그런데…….

'내가 틀렸으면, 나는?'

사준은 벌건 눈으로 멀지 않은 골목의 반대편에 오연히 선 검은 그림자를 바라보았다.

"대체 당신은 얼마만큼 처먹어야 하는데."

『더, 더, 더…….』

"씨팔, 기생충처럼 내 기운을 빨아먹으면서. 그렇게나 처먹고서 아직 멀었다고?"

바우는 표정 하나 변하지 않았다. 사준이 하는 말 따위는 아무것도 아니라는 듯이 불쾌한 내색조차 없다.

저것이 그가 기억하는 그자가 맞나? 저렇듯 지능조차 모자라 귀곡성처럼 울어대는 저 존재가 그가 기억하는 위대한 인의 일족이 맞나? 아니, 지능이 있기는 한 건가? 아니면, 용운이나 과리처럼 스스로가 너무나 대단하고 고매해서 제 말 따위는 들리지도 않나?

사준은 발끝부터 잠식해오는 공포에 그대로 주저앉았다.

만일 제가 틀렸다면 이 끝은 어떻게 되나?

사준은 이미 수많은 실패를 했다. 스스로를 통제하는 데에 실패했으며, 주위 사람들을 지도하는 데에 실패를 했고, 과리를 속여넘기는 데에도 실패를 했다. 그런 수많은 실패로 점철된 과정을 밟아왔는데 이것은 성공할 수 있겠느냐는 자문은 그의 맥을 앗아갔다.

별빛 한 점, 달빛 한 조각 엿보지 못하는 골목에 제게 배어 있는 수십 가지의 비린내가 진동을 한다.

너무나 추웠다. 그는 겨울이 싫다. 미사가 겨울을 싫어한 것과 비슷한 이유로. 그러고 보면 미사와 닮은 점이 한 가지쯤은 있었다. 그들이 뱀이라는 사실을 제외하고라도.

사준은 골목의 담벼락을 짚은 채 낮게 숨을 떨었다. 차가운 손을 주머니에 쑤셔넣었다. 전원을 꺼둔 휴대전화가 만져졌다.

우스운 일이었다.

이 서울 도심 내의 모든 이들을 화나게 한 그는, 아직까지도 그에게 일말의 신뢰를 가졌을 동족들이 아닌 다른 녀석을 떠올렸다.

곽현. 그 녀석은 예전부터 사준의 심기를 거슬러왔었다. 충고랍시고 제멋대로의 어휘로 그에게 수많은 말들을 떠들어대던 녀석이 떠올랐다. 사준은 한순간도 그를 진실된 친구라 생각한 적이 없지만, 그럼에도 곽현은 다른 동족들과는 다른 의미였다.

"……빌어먹을."

쿨럭, 핏물을 뱉어낸 사준은 휴대전화를 켰다.

어둠에 익숙해진 눈은 휴대전화의 불빛만으로도 찌르듯 아파왔다. 달달 떨리는 피투성이 손으로 하나하나 버튼을 눌렀다. 두려워서인지, 아니면…….

얼마 후, 바우가 일렀다.

『불쾌한 기운이야.』

사준이 얕은 숨을 내쉬며 고개를 들었다. 선명한 기운이 느껴지기 시작했다. 용운의 기척이 까마득히 멀리서부터 빠르게 가까워진다.

'제길.'

사준은 계속해서 밀고 올라오는 구역감을 참아내며 절뚝절뚝 골목 저편으로 사라졌다.

별빛 한 점 엿보지 못하는 아늑한 그늘이 그를 집어삼켰다. 이제 자신이 무얼 하고 있는 것인지조차 기억나지 않았다.

'등신 같은 놈.'

자식새끼는 키워본 적 없지만 말 안 듣는 자식을 둔 부모가 가슴을 두드리는 건 질리도록 보았다.

용운은 지금 제가 딱 그 짝이 아닌가 했다. 그의 보금자리에 나타났던 바우 ─ 로 추정되는 그것 ─ 는 한동안 헛것이라는 생각이 들 만큼 코빼기도 비치지 않더니, 확인해보니 사준과 함께였다.

어찌 된 영문인지는 알 수 없었다. 그러나 예전보다 훨씬 더 잔인하게 저를 추적하는 이들을 죽이고 먹어치워대는 사준을 막기 위해 따라다니며, 차츰 알게 되었다.

사준이 있었던 곳으로 추정되는 장소에는 늘 바우의 흔적이 남아 있었다. 그것을 기운이 아니라 흔적이라 말하는 건, 진실로 기운이 아닌 기운이 죄 빨려 먹힌, 텅 빈 공허였기 때문이다. 시그니처처럼.

저런 괴이한 형태의 흡수를 할 수 있는 존재가 바우 말고 또 있다면 그거야말로 아주 끔찍할 것이다. 그리고 바우로 추정되는 것의 흔적은 점점 짙어졌다.

골목에 남은 피비린내에 눈살을 찡그린 가하람이 말했다.

"이렇게는 끝도 없겠군."

몇 날 며칠을 사준의 뒤꽁무니만 따라다니는 건 문제가 있다. 아무리 생각해도 용운이 그를 찾아 쫓아가는 것보다 사준의 도주가 더 빠르다는 건 이상하다. 바람처럼 빠른 가하람조차도 쫓을 수가 없는 치밀함이었다.

인은 본디 진 일족에게 여러 가지 면에서 예민하니, 아마도 바우가 계속해서 그것을 일러주는 것일 터다.

가하람은 골목에서 조금 떨어진 곳에 위치한 시체 하나를 발견하고 혀를 쯧 찼다.

"이건 그냥 인간인데."

사준이 의도한 것인지 아니면 어쩌다 그의 눈에 띄어 말려든 것인지는 범인들만이 알 것이다. 이런 일이 벌어지면 수습하는 것은 언론계에 몸담은 일족의 관계자들이니 그들의 심기가 몹시 사나워졌다.

요 근래에는 하루가 멀다고 사고가 터져서 이미 술 일족의 덕훈을 통해 일족사회에 경고성 공문까지 돈 후였다. 요는 '계속 이따위로 하면 너희 다 피의 응징을 받게 될 것이다.'라는 것.

이쯤 되니 용운은 왜 제가 이러고 있나 짜증이 났다. 이 나이를 먹고 왜. 대체 왜.

가하람이 혀를 끌끌 찼다.

"이를 어쩐다. 벌써 인간만 여섯이 죽었어."

보름도 안 되어 변사체로 발견된 인간만 예닐곱이다. 일족원의 시신이야 그들 일족들이 자체적으로 정리를 한다 치지만, 인간의 죽음은 처리하기가 아주 힘들다. 보통 이럴 때 인간을 그대로 먹어버리거나 시체를 파묻어 '실종'으로 마무리되도록 무마하는 게 가장 이상적이지만 용운은 그럴 만큼 매정하지 못했다.

용운이 휴대전화를 들었다. 근래 이렇게 생겨난 시체들을 처리하는 건 머릿수가 많은 자 일족이었다. 자 일족은 사 일족들을 척결하는 일에 직접적으로 힘을 행사하는 대신 뒤처리를 맡고 있다.

민아는 지난번에 강서가 용운의 보금자리까지 숨어들어갔다는 말에 크게 기함해 직접 움직이고 있었다. 강서는 거의 반 폐인처럼 자 일족의 본가로 끌려갔는데 그 때문에 자 일족 내에서도 의견이 분분하다 했다.

얼마 지나지 않아 골목 앞에 까만 차 한 대가 멈춰 섰다. 한복 위에 도톰한 코트를 걸친 민아가 차에서 내렸다.

그녀를 에스코트하는 건 더 이상 강서가 아니라 일연이었다.

"직접 왔느냐? 많이 바쁠 터인데."

민아는 용운과 가하람에게 다소곳이 고개를 조아렸다.

그녀의 얼굴은 몹시 창백했다. 무리의 새로운 주인이 된 지 얼마 지나지 않은 시기라 피로가 누적되어 있다. 그럼에도 종주가 된 민아가 직접 움직이고 있는 것은 '바우'라는 이름 때문이었다. 어머니를 생각하면 움직일 수밖에 없다.

어느덧 선하기만 해 보이던 눈매에는 서늘한 동정이 어렸고, 고운 입술에서는 딱딱하고 엄격한 목소리가 흘러나왔다.

"일연, 관할구의 장의사를 먼저 찾아서 이쪽의 흔적부터 정리하세요."

본디 일연은 강서의 휘하 경비대원 중 한 명이었으나, 지금 강서는 민아로부터 금족령을 받고 갇혀 있는 상태다.

동족애가 특히나 끈끈했던 강서는 사 일족의 만행이 시작된 후부터 동족들이 떼로 죽어나가는 것을 몹시 힘들어했다. 화서의 죽음 이후에는 편파적인 사고에 휩싸여 스스로를 통제하지 못했다. 명령 불복종은 기본이며, 조금만 반박해도 배신자라느니 배은망덕하다 말하며 적대했다. 민아에게는 대놓고 그녀의 자질을 논하기도 했다.

그래도 민아는 이해한다, 포용하마 하였지만 마지막 사건만큼은 그냥 넘길 수가 없었다.

강서가 다름 아닌 진 일족의 보금자리에 숨어들어 총기를 난사하고 행패를 부린 것이다. 다른 이도 아닌 진 일족이다. 게다가 정신이 반쯤 나간 강서는, 진과 오와 사가 한패라며 그들을 모욕했다. 진의 용운과 오의 가하람이 지금 사 일족들의 문제를 수습하는 데에 가장 노력하는 웃어른이라는 것을 받아들이지 않고서.

"용운 님과 가하람 님께서도 사준을 쉬이 잡지 못하신다니, 안타깝습니다."

"내가 할 말이야. 그 자식, 어디 미꾸라지처럼 도망치는 것만 빨라져서."

짧은 금발을 벅벅 긁은 용운이 담벼락 위로 뛰어올랐다.

하늘엔 구름이 가득하다. 그리고 저 멀리 까마득히 높은 빌딩들로 즐비한 도심의 중심가가 보였다.

용운의 맑고 깊은 눈동자에 유달리 이질적인 하늘을 이고 있는 건물이 보인다. 그 빌딩의 위로만 구름의 모양이 태풍을 그려놓은 것처럼 기괴했다. 바로 광일제약 본사가 있는 근처였다.

'아무래도, 역시.'

과리는 한창 사 일족들을 족친 후 한동안 잠잠했다. 과리가 이 난장판에 손을 얹는 것보다 이 난장판을 수습하고 과리의 일을 해결하는 것이 나으리라는 판단에 무시하고 있었는데.

이 정도 속도로 사준이 먹어치우고 다니는 것을 보면 조만간 일이 터질 예감이 강했다.

'……어쩔 수 없나.'

"가하람, 너는 준이를 좇아봐. 그 녀석이 대체 어디까지 감당할지는 모르겠지만 그놈도 오래는 못 버틸 거다. 시신들은 자의 이 어린아이가 수습해줄 터이고."

"너는?"

그러나 가하람이 물었을 때, 이미 용운은 담벼락을 박차고 뛰어오른 후였다.

돌풍이 뒤따랐다. 민아는 팔을 들어 흙먼지 사이로 실려오는 비린내를 외면했다. 용운은 눈 깜짝할 새에 사라졌다.

민아는 의아한 기색이었지만 가하람은 금세 알아챘다.

"이런, 정말 이걸 어쩌려고."

"용운 님이 어디로 가셨는지 아시는 건가요?"

"그자를 찾아가려는 모양이야."

무슨 생각인지는 알겠지만 잘한 선택이라고는 할 수 없었다. 과리와 바우가 작정하고 난동을 부린다면, 그걸 수습하는 자들이 몹시 고될 것이다. 아니, 수습이나 할 수 있을까.

'그자가 누구죠?' 하고 민아가 다시 한 번 무례를 무릅쓰고 물으려던 찰나, 가하람의 한숨이 이어졌다.

"기다려봐라. 여기 나머지 일은 자들에게 부탁하마."

가하람은 반대편으로 이미 흩어져 사라진 사준의 기운을 쫓았다.

거지가 되었다. 과리는 단 한순간도 스스로의 빈곤함에 곤란을 느낀 적이 없었는데, 사 일족들의 아지트였던 빌딩을 떠난 후부터는 말 그대로 거지꼴을 면치 못했다. 음식이나 잘 곳이 그에게 중요하지 않은 요소들이니 망정이지 아니었다면 더 곤란했을 것이다.

새카만 어둠이 금방이라도 손바닥에 내려앉을 듯하다. 파스스. 그가 지나는 길마다 약한 살얼음이 얼었다. 높은 지대에 세워진 산성을 따라 걷던 과리는 새삼 자신의 꼬락서니가 이게 무언가 하는 고민에 잠겼다.

"이 몸의 기구한 팔자여."

오래전의 그는 누구도 막지 못할 만큼 강성한 일족이었다. 인간들은 그를 신처럼 추앙했고, 그를 위한 절을 세웠으며, 그를 위한 제를 올렸다. 소위 말하는 천재지변과 같다 하여 누구도 올려다보지 못했다. 그러나 이제 세상은 변했고 누구도 그를 알지 못했다. 인간들은 붉은 머리카락을 길게 늘어뜨린 그의 꼬질꼬질한 자태를 두고 대놓고 수군거렸다. 옛 시절에는 상상도 할 수 없는 모욕이다.

그것은 꽤나 분하면서도 오묘했다. 심장을 되찾는 과정에서 원래의 힘을 되찾은 과리는 처음에는 생각보다 큰 만족감을 얻었다. 그러나 '처음에는'일 뿐이다. 아니, 애초부터 스스로 찾아 헤맬 만큼 절실히 원한 건 아니었다.

인간들이 매일같이 복작대며 난장을 피우는 도심의 건물을 홀가분히 떠나 '예의 기운'을 한번 따라가볼까 생각에 정처 없이 돌아다니는데, 영 소득이 없다. 이 조그마한 도시에서 숨으면 얼마나 꼭꼭 숨을 수 있나.

'내가 잘못 느꼈나?'

과리는 분명 바우의 기운을 지척에서 느꼈다고 생각했다. 그가 빌딩을 떠난 건 바로 그날이었다. 하지만 기이하게도 그는 바우를 감지할 수가 없었다. 온 도시를 헤집고 다녀도 없다.

지루하게 사느니 정말 뒈져버리는 게 나을지도.

사준이 잔망스럽긴 했지만 그래도 그놈을 주시하고 있을 때에는 이렇게 재미없지는 않았다. 이제 과리에게 남은 것은 시간뿐이다. 그래서 용운이 나타났을 때, 눈물이 날 뻔했다. 바스락. 얼어붙은 나뭇잎이 바스라지는 소리가 났다.

"공격하지 마. 아무리 반가워도."

첫 마디부터 유쾌한 친구가 아닌가!

"용용이!"

손톱을 세우고 달려들려던 과리가 입가를 쭉 째며 웃었다. 용운은 경계심을 바뜩 세우고 그를 바라보고 있다.

"나 공격하면, 너 패버리고 간다."

"지난번에도 도망쳤으면서. 나 지금은 그때보다 더 몸 상태가 좋다고."

"들었다. 사준이랑 거래를 했었다지?"

"거래가 아니었지."

"멍청하게 늘 하나밖에 못 보니까 그렇게 사기나 당하지. 지금 그 비렁뱅이 꼴은 뭐냐."

"너야말로 그 머리는 뭐야. 빡빡이 승려도 아니고. 털도 노란색이잖아?"

과리가 슬금슬금 용운에게 다가갔다. 용운은 조금도 방심하지 않았다. 저리 친한 체해도 조금만 경계심을 풀면 공격해올 것을 경험으로 잘 알았다. 과리는 그런 놈이다. 예전부터 싸우는 걸로 스스로의 자의식을 증명하는 데에 미쳐 있었다.

지금 저놈의 머릿속에 뭐가 들어 있을지도 능히 짐작이 갔다.

"네가 지난번에 저지른 짓 때문에 다들 예민해. 여기서 또 사고를 일으킬 생각은 하지도 마."

"내가 뭘 했다고 그러느냐."

용운이 퍽 미간을 찌푸렸다. 아무리 적응에 시간이 필요하다고 해도 그렇지, 저 등신새끼는 정말 하나하나 가르쳐야 안다. 단순하고 하나밖에 못 보는 새끼가 생명력은 질기고 무력은 가히 따를 자가 없으니 예전에도 지금도 문제가 되는 것이다.

"싸우자."

"꺼져."

"지루해 죽으련다."

"죽을 거면, 네 그 넘쳐나는 힘 좀 좋은 일에 쓰고 죽어라."

과리의 눈이 가늘어졌다.

용운과 바우와 과리의 이야기는 일족사회에 구전설화처럼 전해 내려온다.

바우와 손잡은 용운이 과리에 대적해 싸우고 끝내 무너뜨렸다는 이야기. 그래서 세간은 바우와 용운과 과리가 악적처럼 서로를 증오하고 미워할 거라 생각했지만 실상은 전연 아니었다. 과리는 그저 놀았을 뿐이고, 용운은 균형과 안정을 위해 과리를 잡을 필요를 느꼈을 뿐이고, 바우는 진 일족에 대한 호승심에서 끼어든 것뿐이다.

둘 중 누가 누구에게 상처를 입혔건, 그런 건 상관없었다. 그만큼 서로를 인정하는 관계였다. 그들 장생종들에게 미움이나 증오 같은 건 사실 아주 하찮게 여겨졌다. 그런 펄떡대는 감정이야 갓 태어난 싱싱한 것들의 가슴에나 피어나는 것이다.

과리가 사납게 웃으며 용운에게 달려들었으나 용운은 이미 예상했다는 듯이 가볍게 도약해 과리의 뒤에 착지해 섰다.

"육시할 새끼."

"네놈 하나 죽이자고 마르미도 죽었고, 나도 거의 반죽음이 되었었고, 바우는 목숨 수십 개를 바쳤는데, 다시 멀쩡하게 살아 돌아다니는 꼴을 보니 정말 하늘이 우리를 버린 게 분명해."

"오랜만에 만나서 너도 반가우면서, 그래서 찾아온 거 아니냐?"

"꼴값도 적당히 해야 웃기지. 그보다 지루해 죽을 것 같다는 얼굴인데, 재미있는 일이 생겼어. 그거 알려주려고 왔어."

"바우 녀석?"

용운이 서서히 표정을 지웠다.

"알고 있었나?"

"기운이 변질되긴 했지만 몇 번 주위를 맴도는 걸 발견했지. 처음에는 몰랐는데 말이야. 그놈은 어떻게 지내더냐? 또 2대1로 싸워볼 생각이라면 환영인데."

과리의 주변으로 살의와 닮은 요란한 흥분의 기운이 날뛰기 시작하는 것을 알아차린 용운이 확 눈살을 찡그렸다.

"따라와라. 예전처럼 한번 놀아보자고. 하지만 네가 생각하는 둘이 하나를 대적하는 건 아닐 거다. 늘 똑같은 편이면 재미가 없지."

빤히 용운을 바라보던 과리가 비딱하게 턱을 괴었다.

과리의 주위로 붉은 기운이 넘실거렸다. 달을 뒤덮어버릴 만큼 하늘을 가득 채웠던 그때처럼.

용운은 과리의 지나치게 넘쳐나는 힘이 부담스러울 정도로 부피를 불리는 걸 느꼈다.

'나중에 수습을 할 생각을 하면, 난감하군.'

그들이 선 곳의 반경 수백 미터는 이미 온도가 다른 곳보다 최소 10도 이상은 더 낮을 것이다. 아무리 추위 같은 외부 환경에 영향을 받지 않는 용운이라 해도 불편은 느껴졌다.

"싫다."

반쯤 그를 등지고 과리가 따라오기를 기다리던 용운이 팩 고개를 돌렸다.

"왜."

"흐음."

과리는 가벼운 걸음걸이로 어슬렁어슬렁 걷기 시작했다.

나이를 먹으나 먹지 않으나 철딱서니가 없는 놈들은 늘 없다. 용운은 저 시뻘건 뒤통수를 후려치고 싶은 충동을 참아 눌렀다. 먼저 한 대라도 치면 과리는 이때다 하고 덤벼들 것이 뻔했기 때문이다.

지금은 과리와 싸울 때가 아니었다. 아니, 지금 과리에게서 넘쳐흐르는 기운으로 미루어 볼 때 용운은 단신으로 과리를 이길 수 없을 것이었다.

"너 싸우는 거 좋아하잖아? 왜 싫은 건데."

"네가 하자고 하니까."

이마를 꾸욱 문지른 용운이 백로마냥 걸어다니는 거지꼴의 과리를 노려보았다.

혈압이 솟구친다. 저 청개구리 심보를 어찌하면 좋을까.

술의 덕훈을 통해 공식적으로, 사 일족의 죽음이 사준에 의한 것이며 위험분자 하나가 더 개입하였다는 공문을 돌린 지 닷새.

사 일족들의 행보를 두고 일족들은 갈피를 잃었다. 직접적으로 사준에 의해 큰 피해를 입었던 추 일족과 신 일족은 이 타이밍에 사 일족들을 하나하나 잡아 처단해야 한다 움직이기 시작했고, 나머지 일족들은 물 위로 드러난 사건사고들을 수습하는 것이 먼저라 했다.

연합처럼 뭉쳤던 이들 사이의 협업 계획은 모래성처럼 허물어진 지 오래다.

그러는 와중에도 사 일족들의 시신은 꾸준히 늘어나고, 처음에는 사 일족들만이 의문의 시체로 발견되었던 것과 달리 다른 일족, 인간 가릴 것 없이 살해당하기 시작했다. 처음에는 사 일족의 와해가 시작되었으므로, 뒷수습이 우선이라 우기던 이들의 주장이 근거를 잃어가고 있었다.

그래서 술 일족이 마련한 어느 사무실에서 회의가 열렸다.

"대체 그 녀석은 어떻게 그렇게 빠르게 도망치는지."

뱀 새끼가 쥐 새끼보다도 더 쥐새끼 같다, 그런 말을 했다가 민아의 눈총을 산 건 추 일족의 생존자였다. 그는 사준이 추의 둥지를 습격했을 때 간신히 도망쳐 살아남은 자였다.

"살아남은 사 일족들을 쫓다 보면 분명히 그놈이 잡힐 거라고 말한 건 '신' 쪽에서 나온 분석이었지요. 그런데 아니지 않습니까. 점점 희생자 특정이 무색해지는데요. 사준은 그냥 닥치는 대로 죽이고 다니는 겁니다."

"사준에게 기운을 빨아먹는 능력이 있었습니까?"

"그건 잘 모르겠지만."

자 일족의 어린 종주가 되어 참석한 민아는 차분한 표정으로 그들의 이야기를 경청하고 있었다. 그녀의 시선은 간혹 구석진 자리에 앉은 태성에게 힐끗 향했다. 이제는 완전히 새하얗게 세어버린 머리카락을 가진, 낯선 이복동생.

태성은 잠자코 그들의 이야기를 듣는 중이었다. 그는 왜 자신이 지금 술 일족이 마련한 자리에 불려온 건지도 알지 못했다. 태성이 혼혈이며, 나머지 절반이 인이라는 소식을 들은 몇몇 사람들의 요구 때문이라는 것만 어렴풋이 들었을 뿐이다.

"민아 님의 의견은 어떠십니까."

"사 일족 개인의 특질에 관하여는 이쪽도 아는 바가 없습니다. 그자의 여동생인 한미사와 접촉해본 적은 있지만 특별히 이렇다 할 눈에 띄는 점이 없었던지라."

"……그러고 보니 그 뱀은, 한사준이 그런 분탕질을 친 자 일족의 본가까지 찾아가 또다시 난장을 피웠다고요."

정황을 조금 더 유심히 들추어보면 사실과는 약간의 차이가 있다는 걸 알 터이나, 다른 일족들은 그것마저 배려할 만큼 이성적이지 못했다. 민아는 그저 힘없이 웃으며 그녀의 입장만을 정리했다.

"우리 자들은 수가 많습니다. 하지만 진과 오와 인⋯⋯."

다시 한 번 태성에게 시선을 주었던 민아가 조금 더 딱딱한 어조로 말을 맺었다.

"그런 포식종들이 벌이는 사건에서는 발을 뺄 수밖에 없습니다. 대신 수습에 필요한 인력을 최대한으로 제공하겠다고 약속드릴 겁니다."

단아한 민아의 목소리는 힘이 있었다. 술과 추와 조금 전 슬그머니 숨어 들어온 작 일족, 그리고 감찰이라도 하듯 문간 옆에서 그들을 지켜보는 묘 일족까지 수긍했다는 표정을 지었다.

추 일족의 남자가 이를 갈며 말했다.

"가장 큰 피해를 입고 전 종주까지 잃은 자 무리의 심경이 얼마나 참담할지 상상도 가지 않습니다. 맞습니다. 한사준에 대해 알려진 것만으로 앞으로의 행동을 예측해 따라다니는 건 늦습니다. 그리고 이번 일에 연루된 뱀들 전부를 처단하고, 공식적으로 뱀 사냥을 하는 것이 맞다 봅니다."

"그건, 사준이 동족학살을 시작하기 전이었잖습니까."

술의 덕훈을 대신해 자리를 차지하고 앉아 있던 담군이 표정을 찡그렸다. 지금 죽은 인간이 몇이요, 심기가 불편해진 과리 하나의 횡포로 도심 한가운데의 수백억짜리 빌딩의 철거와 수습 문제까지 더해 온 뉴스가 떠들썩하다.

언론 쪽에 뿌리를 박고 있는 자들의 도움을 청하는 것도 한계가 있다. 인간의 기억이야 미약한 것이지만, 실제가 증거로 남아버리는 카메라나 녹음기 따위가 문제였다. 지금 인터넷에는 꾸준히 사건과 사고를 목격하고 살아남은 인간들의 제보가 올라온다. 괴담처럼 치부하는 것도 한계가 있지 않은가. 일족들 스스로가 경각심을 가질 만큼의 수다.

"뱀 사냥 따위 할 때가 아닙니다."

민아가 담군을 거들었다.

"예, 추의 둥지에서 벌어진 비극에 대한 아픔은 통감하는 바입니다만, 연좌제를 적용하여 서울 내 모든 뱀들에게 무자비한 피해를 입하는 것은 지양해야 하지 않을는지요. 사 일족에 대한 공식적인 처분을 결정하기 전에 지금 벌어진 일부터 먼저 수습해야 함이 옳다 봅니다."

"그놈이 동족만 노리는 게 아니라는 게 명백한데 왜 감싸십니까. 그리고 듣자하니, 담군, 술이 지금 한사준의 여동생을 데리고 있다 했지요."

그 말에 눈매가 굳어지기 시작한 건 비단 민아만이 아니었다. 있는 듯 없는 듯, 듣는 듯 마는 듯 바닥만 내려다보던 태성의 눈동자가 서늘히 올려뜨였다.

추 일족의 남자는 미사를 정확히 거론하고 있는 것이었다. 미사는 지난밤에도 제 동족을 구하기 위해 밤을 지새우고 지금에야 겨우 잠들었는데.

미사가 애경의 집에 머물고 있다는 것을 명백히 지적하는 추 일족의 남자는 쉽사리 넘어갈 표정이 아니었다.

'작이로군.'

태성과 미사가 현재 애경과 견우의 집에 신세를 지고 있다는 사실을 아는 이는 몇 없었다. 자 일족의 민아가 입을 가볍게 놀릴 사람이 아닌 건 확실했으니, 남은 것은 낯새 출신으로 늘 요란하게 지저귀는 작 일족뿐이었다.

힐끔 태성 쪽으로 시선을 준 담군이 애써 무마하려 입술을 벌리려던 순간이다.

"글쎄요, 오늘 논의할 문제는 한사준을 잡는 방식과 우리의 대응에 관한 것이라 압니다만, 그 문제에 관해 불만이 있으시다면 추후 덕훈 님께 따로 한번 항의라도 해보……."

"다 같은 뱀은 아닙니다."

불쑥 젊은 목소리가 끼어들었다. 민아가 고개를 돌리는 것과 동시에 담군이 한숨을 내쉬며 머리를 긁적였다. 태성이 뱀을 옹호하는 발언을 하지 않기를 바랐는데, 결국.

추 일족의 남자는 조용히 태성을 돌아보았다.

"다 같지 않다고? 그러고 보니 이자가, 인의 혼혈이라고 했지."

꺼림칙하다는 표정으로 태성의 하얀 머리칼을 노려본다. 그러나 태성은 담담히, 끝까지 말을 이었다.

"그녀를 두고 이런 이야기를 하려 했다면 저는 부르지 않는 게 좋았을 것 같은데요."

"뱀들은 다 똑같아."

"저는 동의 못 하겠는데요."

"네가 못 하면 어쩔 건데."

"애초에 날 왜 여기 부른 건지도 모르겠는데, 내가 여기 있다고 해도 저쪽 말처럼 반쪽짜리이니 '인'이 동의했다는 공신력 같은 건 얻을 수 없을 겁니다. 뱀 사냥 따위를 떠드는 건 좋지만, 글쎄요. 미사를 입에 올린 건 그쪽 실수예요."

민아는 태성의 불만으로 굳어진 표정을 물끄러미 바라보다가 "잠깐 이야기 좀 할까?" 하고 태성을 끌고 나왔다.

"태성아, 네 마음은 알겠지만 너무 그렇게 대놓고 감싸면 안 돼. 추

들은 사준에게 전부 다 잃어버린 사람들 아니니. 네가 조금만 더 이해
해."

태성은 물끄러미 민아를 내려다보았다. 언제나와 같은 이해의 강요
가 이제는 고맙지 않았다. 분명 예전이었다면 본심이 어땠건 간에 수
긍하는 체라도 했을 것이다.

"누나는 여전하네요."

"뭐?"

민아의 위로가 늘 선의였다는 건 안다. 가장 합리적이고 가장 안전
한 방법이었을 것이다. 하지만 이제 태성은 스스로를 감출 필요가 없
었다. 우선순위를 정했고, 자 일족을 등졌고, 미사 하나만 바라보기로
했다.

"하지만, 누나, 아닌 건 아닌 거라고 생각해요."

"저들은 동족을 잃었어."

더 이야기하는 것은 쓸데없는 심력 소비라고밖에 생각되지 않는다.
태성이 말을 돌렸다.

"……그보다, 강서 형은 잘 지내요?"

"강서는 지금 치료받고 있어."

"제정신이 아닌 것 같던데요."

"……네가 자기를 공격했다고 강서가 그러더구나."

태성은 은연중에 실망감을 내비치는 민아의 어조에 잠깐 입을 다물
었다가, 서슴없이 말했다.

"다짜고짜 나타나서 미사를 죽이려 했으니까요. 물론, 제가 형을 죽
일 생각으로 공격한 건 아니에요. 막으려 한 거지."

어쩐지 변명처럼 들리는 말이었다. 제 귀에도 변명처럼 들리는데
민아의 귀에는 어떨까. 태성은 내심 알고 있었다. 만약 강서가 반항을

멈추고 붙잡히지 않았다면, 만약 강서의 몸 상태가 좋아 더 요란히 날뛰었다면, 진심으로 그를 적이라 규정해 공격했을 것이다.

자신이 바라는 것을 똑바로 바라본다는 것은 사람을 잔인하게 만드는 것이다. 그 자명한 사실을 태성은 몸소 깨닫고 있었다.

근래 사준이 그들과 관계있는 동족들을 전부 죽이기 시작한 것을 내심 나쁘지 않다 생각하고 있는 자신을 돌이켜보면. 사실 조금 전에도 뱀 사냥 자체에 거부감은 없었다. 다만 그자의 입에 오르내린 사람이 대표적으로 미사라는 것이 그의 심기를 거슬렸을 뿐.

낯설기만 한 하얀 머리칼에서 시선을 떼고, 그나마도 제 가족이었던 흔적인 회색 눈동자를 가만 들여다보던 민아가 서글프게 웃었다.

"너 변했구나."

"어머니한테는 고마워하고 있어요. 누나한테도 여전히 고마워요. 하지만 난 이제 자들과 관계없으니까. 객관적으로 생각하는 것뿐이에요."

"함께했던 시간이 전부 사라지는 건 아니잖아."

"그 시간이 사라지는 게 피차 좋을 거라는 거 누나도 잘 알잖아요. 나한테 좋은 기억이라고는 하나도 없는데."

태성이 희미하게 웃으며 쐐기를 박았다. 민아는 매정하게까지 느껴지는 태성을 차마 더 바라보지 못하고 시선을 내렸다.

"미안."

"누나."

"그래."

"미사한테 안 좋은 일이 생기면, 저 사람이 허튼짓을 하려 하면, 나도 내가 무슨 짓을 할지 모르겠어요. 그러기는 싫어도, 싫은 것보다 더 그러고 싶어요. 그런 기분 느끼고 싶지 않아요."

다정하게 들리는 목소리는 명백한 경고를 담고 있었다.

언제부터인지 방문 옆에 기대어 서서 그들의 대화를 듣고 있던 담 군이 태성의 어깨를 툭툭 쳤다.

"애경이 집으로 갈 거면 지금 출발하죠."

담군은 그를 다시 애경의 집에 데려다주었다. 오는 내내 담군은 술 의 덕훈이 그들에게 다른 거처를 마련해줄 수 있다고 말했다. 종부터 달갑지 않은 미사와, 점점 예리한 기운을 벼려가는 태성이 불안해서 라는 것은 딱히 듣지 않아도 알 수 있는 일이었다.

애경은 괜찮다고 했지만 그들 때문에 애경과 견우가 새끼들을 떼어 놓은 지도 보름이 넘어가니 분명 불편할 것이다.

태성은 미사에게 상의하겠다고 답했다.

현관을 열자마자 쓰고 있던 모자를 벗어 건 태성은 미사부터 찾았 다.

"미사."

"왜."

"미사."

"계속 그렇게 부르기만 할 거야?"

거실에 앉아 있던 견우는 그에게는 알은체도 않는 태성에게 퍽 불 만 어린 눈빛을 보냈다. 뒤늦게야 알아차리고 태성이 "형, 미안. 있는 지 몰랐어." 하고 사과했으나 오히려 그게 더 역효과였다.

"이젠 눈에 뵈지도 않는다 이거지."

툴툴거리면서 안경을 고쳐 쓰고 다시 하던 일로 되돌아간다. 들고 있는 서류철의 겉면을 보니 카페 운영에 관련된 서류인 것 같았다.

"잘 다녀왔어?"

잠에 취한 미사가 눈을 비비며 말했다. 요 근래 매일 단서만 잡혔다 하면 밖으로 나가 동족들을 찾고 사준을 찾느라 진을 빼고 있는 미사의 얼굴엔 피로가 가득했다. 태성은 자연스럽게 미사를 끌어안으며 뺨을 비볐다. 미사에게 기댄 채 방으로 들어가 문을 닫았다.

"넌 왜 불렀대?"

"몰라요. 쓸데없는 소리만 하던데요."

아마 태성의 절반이 '인'이고, 얼마 전 새로이 떠오른 바우와 관련이 있는 자라는 사실 때문일 것이라 생각한다. 그가 무언가 알고 있을 거라 생각했을 수도 있다. 아니면, 조금 전 쏘아붙인 말처럼 '인'과 관련된 자의 참석을 명분으로 회의의 공신력을 키우려는 수작일 수도 있었다.

하지만 태성은 아는 것도 없었고, 반쪽짜리이므로 쓸모도 없을 것이었다.

그리고 뭣보다도 태성 본인이 일족사회의 문제에 관심이 없다.

원래부터 없었는지, 있던 관심이 사라진 건지는 모르겠다. 그다지 알고 싶지도 않다.

한 가지 확실한 건 태성은 이번 일이 어떻게 되든 상관없다는 것뿐이다.

"언제 일어났어요?"

"하암…… 조금 전에. 너 오는 소리에 깼어. 그런데 쓸데없는 소리가 뭐야."

조금 늦게 올 걸 그랬나. 태성이 작게 웃으며 대꾸했다.

"뭐, 어떻게 추적을 해야 할지, 처벌 범위는 어디까지로 규정해야 할지, 뭐 그런 거요."

"내가 걱정해야 할 일 있어?"

"걱정할 필요 없어요."

"……다행이네."

"내가 지켜줄 거니까."

태성이 미사의 뺨을 들어올리며 가볍게 입술을 눌렀다 뗐다. 귀찮게 굴지 마, 투덜거리면서도 미사는 기꺼이 그의 입맞춤에 응했다. 키스하는 중간에 눈을 슬며시 올려떠, 헝클어진 태성의 하얀 머리칼에 시선을 주기도 했다.

"피곤해. 이제 좀 떨어져봐."

미사가 태성을 밀어낸 후 터덜터덜 다시 침대로 가 엎드렸다. 작은 방의 침대는 몹시 딱딱해서 쿵 하는 둔탁한 소리가 났다. 그녀의 위로 기듯 올라가 엎드린 태성이 가볍게 귓등에 입술을 맞추었다.

"미사, 오전 내내 잔 거 아니에요?"

"아침에 잤는데 오전 내내 자봐야 무슨 소용이야."

"짜증 많이 났나 보네."

"비켜, 무거……."

태성이 그녀의 등에 몸을 겹친 채 팔을 미사의 배 아래로 밀어 안았다. 슬그머니 가슴께로 기어올라오는 손길을 느끼고 미사가 홱 고개를 틀었다.

"간지럽게 왜 이래. 피곤하대도."

"이렇게 누워만 있을게요."

진심인지 태성의 손은 가슴과 배 사이의 어딘가에서 작게 꿈지럭댈 뿐, 위로도 아래로도 움직이지 않았다. 미사는 얕은 한숨을 내쉬며 몸을 반쯤 틀어 그를 똑바로 올려다보았다. 태성은 그녀의 어깨에 힘없이 뺨을 기대고 있다가, 스르르 고개를 들었다.

"나한테 안 한 말이 뭐야?"

"......."

"......태성아, 혼자 찔려서 이렇게 엉겨붙지 말고 그냥 솔직히 말해."

뱀 사냥이 시작되면 당신의 동족들이 전부 죽을 거다, 그런 이야기가 나왔다는 걸 구태여 입에 올리고 싶지 않았던 터라, 태성은 고개만 저었다.

가볍게 넘어가고 싶었다. 하지만 미사는 쉽게 넘길 표정이 아니었다. 요 근래 연달아 들려오는 동족들의 소식에 미사도 많이 예민해져 있었다. 거의 매일 동족들을 찾기 위해 길거리를 헤매느라 피로도 쌓였을 것이고.

"아니, 별일 아니에요. 말 안 한 거 없어요. 적어도 내가 들은 이야기는 다 거기서 거기였고."

"그런데 왜 오늘따라."

"귀찮았어요, 많이? 미안해요."

팔꿈치로 몸을 지탱해 상체를 일으킨 태성이 미사에게서 떨어졌다. 미사는 김빠진다는 듯 다시 고개를 돌려 누웠다. 그런 미사의 어깨를 어루만지던 태성이 퍼뜩 기억이 난 사람처럼 침대를 벗어나 책상으로 다가갔다. 미사에게 맡겨두었던 그의 휴대전화가 놓여 있었다. 확인해보니 병훈을 통해 그의 새 전화번호를 전달받은 친구들과 선배, 후배들의 연락이 대여섯 통 정도 와 있다.

한참을 빤히 화면을 내려다보던 태성이 휴대전화를 엎어 내려놓으며 말했다.

"미사, 나랑 도망갈래요?"

쥐들은 바지런히 본가의 재건을 진행하는 중이다. 하지만 사람이 변한 만큼 예전과 똑같을 수는 없을 것이다. 실제로 화서가 없는 그들의 본가는 마치 다른 세상처럼 낯설었다.

그건 비단 민아만의 느낌은 아니었다. 어떤 사람은 '이주를 하는 건 어떨까요.' 하는 의견을 내기도 했었다. 민아도 어쩌면 그편이 일족의 새 시작에 더 나을지도 모르겠다고 생각했다.

작은 격리실, 민아는 미동도 없이 드러누운 강서에게 다가갔다. 아린 마음을 뒤로하고 최대한 다정하게 말을 건넸다.

"강서야, 오늘은 좀 괜찮으니?"

강서는 반쯤 미쳐서 되돌아왔다. 사준이 머리를 건드렸다고 하는데, 가하람이 큰 문제는 없을 거라고 말했다. 민아가 보기에도 지금 강서의 문제는 외부에 의한 강제적인 것보다 강서의 내면에서 벌어지는 요인이 더 컸다.

하지만 예상하지 못했던 순간 찾아온 어머니의 죽음 때문인지, 뱀들로부터 동족을 지키지 못했다는 자책 탓인지는 잘 모르겠다.

"어떻게 됐습니까, 뱀들은. 진태성은?"

민아가 강서의 곁에 조심스럽게 무릎을 꿇고 앉았다. 무거운 그의 머리를 허벅지에 올려 기대게 한 후 부드러운 목소리로 설명했다.

"상황이 조금 달라졌어. 한사준이 스스로 뒷마무리를 하고 있는 모양이야."

"그럴 리가 없잖습니까."

"사실이야. 요 근래 뱀들의 시체가 발견되고 있어. 잘 모르는 인간들은 자살이라고 떠드는데, 기운이 밑바닥까지 전부 빨려서 죽었으니 자살은 아니겠지."

"그자."

"그자?"

강서는 용운의 보금자리에 숨어들 적, 너무나 쉽게 그를 결계 안으로 인도해주었던 검은 머리칼의 남자를 떠올리고 몸서리쳤다.

"그놈, 텅 빈 놈이었습니다. 정체가 뭔지는 모르겠지만 주변 것들을 잡아먹으면서 사는 괴물. 그놈 분명, 한사준을 찾아온 거야. 그놈 분명."

강서는 사준과 맞붙었던 순간, 사준에게 물려 죽기 직전 나타났던 새까만 남자를 기억했다. 끔찍했다. 정체가 무엇인지도 모르면서 두려웠다. 그런 허약하고 나약한 자신이 혐오스러웠다.

"너는 지금 그런 생각 하지 마. 상황이 어떻게 되든 간에."

"어떻게 아무것도 않고 가만히, 있, 습니까? 그러면 나를 여기 가둬두지라도 말았어야지."

강서의 섬뜩하게 충혈된 눈동자가 민아를 쏘듯 올려다보았다. 민아는 힘없이 그의 이마를 쓸어내렸다.

"그러게. 네가 그리 생각할 만도 하구나."

이렇게 갇혀 있으니 더 부정적인 생각을 할 수밖에 없을 터였다.

민아는 어머니가 그리웠다.

세간에 떠도는 소문에 '바우'가 나타났을지도 모른다 한다.

화서가 떠나자마자, 태성이 그들의 품을 떠나자마자.

너무나 이상한 일투성이다. 수많은 일들이 겹겹이 쌓여 강서를 제정신이 아니게 했다.

"그래, 작게 끝나지는 않겠지만."

용운은 그들에게 구체적인 짐작을 설명해주지 않았지만 아마도 '태성'의 변이와 관련이 있을 것이라고 했다.

"그래도 곧 끝이 날 거야."

민아는 진심으로 그러기를 바랐다.

그러나 바람이 무색하게도 강서의 집중과 관심은 곧 다른 곳으로 옮겨갔다.

"진태성은?"

강서는 태성이 자신을 공격했다며 몹시 노여워했다. 비록 태성을 동등한 일족으로 인정한 적이 없다고 하더라도, 강서는 일족의 울타리를 지켜온 이로서 태성의 안위에 대하여도 늘 염려를 해왔다. 그건 즉, 강서에게 있어 태성은 결국 동족이었다는 말과 상통했다. 입으로야 늘 태성을 욕한다 해도 처음 한사준에게 사로잡혔을 때에도 강서는 태성을 쫓고 있었다. 본가가 습격을 당했던 그 순간에.

그래서인지도. 어쩌면.

아마 강서 스스로도 납득할 수 없고, 인정할 수 없는 배신감일 것이다.

"우리는 강해. 강서야, 너도 강해."

민아도 이제는 조금 강서를 이해하게 되었다.

"그러니까…… 돌아보지 마. 지나간 일들은. 네가 이렇게 무너지면 안 돼. 이 누나를 생각해서라도."

변이한 후 본가를 떠날 때까지만 해도 태성은 그녀가 알던 태성과 조금도 다르지 않은 가엾은 태성이었다. 하지만 몇 주 만에 다시 만난 그는 어딘가 달라져 있었다.

바우에 대한 질문에도 '내가 어떻게 알겠습니까.' 하는 심상한 어조의 대답만 되돌아왔고, 이번 상황에 대해서 심각하게 여기는 것 같지도 않았다. 그가 안부를 물을 만한 이도 몇 없기는 하지만 자 일족들의 현 상황에 대하여도 태성에게는 관심 밖인 것처럼 느껴졌다.

화서는 어쩌면 그리 될 태성을 짐작하고 죽기 직전 마지막으로 그를 파적한 것인지도 모르겠다. 화서라면, 아마도 지금보다는 더 나은 판단으로 그들을 이끌어주었을 것이다.

민아의 눈에서 눈물이 흘러내렸다.

"누님이 그랬잖아. 진태성 그 개자식이 어머니의 수명을 갉아먹었다고. 그런데 그걸 그 새끼가 알았다면 그따위로 뱀의 편을 들 수는 없어. 그 새끼는. 그래, 그 새끼는!"

"강서야."

벌떡 일어난 강서가 민아의 어깨를 움켜쥐고 물었다. 번들번들 빛나는 핏발 선 눈동자에 민아는 조금 움츠러들었다.

"내 총은 어디 있습니까?"

"강서야, 내가 이런 상태의 네게 또다시 무기를 줄 거라고 생각하니?"

"그냥, 그거라도 있어야 안심이 될 것 같아 그래요."

서서히 표정을 푼 강서가 애써 표정을 정돈하여 민아를 안심시키려는 듯한 말을 했다.

"그리고 또다시 다른 녀석들이 쳐들어올 것에 대비는 해야 하는 것 아닙니까."

"걱정은 우리가 할 테니 너는 회복부터 해. 용운 님의 보금자리에 숨어든 잘못에 관해서는 용운 님이 문제 삼지 않으마 하셨지만 그래도 무단으로 행동한 건 나중에 처벌받아야 하니까."

"또 언제 그놈들이 쳐들어올지 불안해서 잠을 잘 수가 없습니다."

"……."

"그냥, 가지고만 있겠습니다. 가지고만."

"······."

"그러니까, 제발. 어머니가 선물해준 내 총, 돌려주십시오. 가지고만 있겠습니다, 가지고만. 내가 이렇게 맥을 못 추는 상태로 뭘 할 수 있겠습니까. 허튼 생각 안 할 테니까, 종주님, 아니, 누님······. 돌려주십시오. 그거라도. 그거라도."

민아가 팔을 벌려 강서를 끌어안았다.

가여운 아이들.

"강서 님, 여기."

민아의 명령을 들은 어린 쥐들이 잘 닦인 강서의 총을 가지고 왔다.

"그래, 고맙다."

철컥.

강서는 탄창부터 확인했다. 과연 텅 비어 있었다. 하지만 만족한다는 표정으로 고개를 끄덕이며 다른 요청을 했다. 지금은 도롱 노인의 결계가 방을 감싸고 있어 그가 멋대로 움직일 수 없었다.

"한번 여쭈어볼게요. 강서 님도 움직이지 못하셔서 답답하실 테니까."

'종주님께 잠깐 산책이라도 하면서 바람을 쏘여도 되는지, 한번 여쭈어달라.'는 말이었다. 현재 강서는 말 그대로 '맥을 못 추는' 상태였고, 총이란 건 탄창이 비면 아무것도 할 수 없는 고철덩어리에 불과하므로 그들은 딱히 괘념치 않는 듯했다. 민아가 감시원 두 마리를 대동한다면 괜찮다는 전갈을 보내왔다 한다.

"오늘 산책하실 거예요?"

양쪽으로 쪽머리를 한 작은 소녀가 물었다. 강서는 고개를 저었다.

"해가 뜨면."

"밤 산책이 더 재미있는데."

쥐들의 산책은 밤낮을 가리지 않는다. 강서 역시 낮보다는 밤이 더 편안한 이였다. 그러나 이 사회에서 어느 정도 타협하며 생활양식에 적응해, 밤이든 낮이든 필요에 의해 움직이는 것이 편했다.

"내일 보자."

강서는 밤이 새도록 텅 빈 탄창을 바라보며, 방아쇠를 당겼다.

딸깍. 딸깍. 딸깍. 딸깍…… . 쯧.

도롱 노인이 혀를 차는 소리가 나는 것 같았다.

아침이 되었을 때, 산책을 하겠다 나선 그는 감시를 따돌리고 사라졌다. 강서의 이탈로 인해 자 일족의 본가에서는 한바탕 난리가 일었다.

태성이 소수 일족들의 회의에 불려갔다 돌아온 지 닷새째 되던 날이다.

왈왈!

어린 강아지가 미사의 주위를 뽈뽈대며 맴돌았다. 오랜만에 애경이 집에 데려온 그녀의 새끼들이다. 잠깐만 있다가 다시 담군을 통해 돌려보낼 것이라고 했는데, 그 잠깐이 몹시 시끄럽고 소란했다.

애경은 지금 오랜만에 강아지들을 거실에 풀어놓고는, 자신은 안방에서 누군가와 통화 중이었다.

조금만 신경을 쓰면 충분히 엿들을 수 있었을 테지만 미사는 그러지 않았다. 정신이 없어서.

왈왈!

미사는 가느다랗게 뜬 눈으로 자신의 발치를 뛰어다니는 강아지들을 하나하나 살폈다. 애경과 견우의 새끼라고 했는데, 제 부모와 달리 그 아이들은 미사에게 최소한의 경계심만 가졌을 뿐이다. 이래서 어린애들은 철이 없다고 하는 거겠지.

하지만 귀여운 걸 좋아하는 미사의 입장에선, 또 막상 보고 있으면 묘하게 기분이 좋아서 슬며시 먹던 초콜릿을 건네려 했다.

"그런 거 주면 안 될 거예요, 아마. 아직 어려서 잘 소화를 못 시킨대요."

어느새 등 뒤에서 나타난 태성이 미사의 손목을 잡아 내렸다.

"아, 그래?"

"학교에서 배운 건데, 이 녀석들한테도 해당이 되는지는 잘 모르겠지만."

일단 수화하기 전까지는 보통의 강아지와 같으니 조심하는 게 좋을 것 같기도 했다. 미사는 슬그머니 강아지들에게 뻗었던 손을 거두었다.

근처를 뛰어다니던 바둑이처럼 생긴 어린아이를 안아올린 태성이 미사에게 물었다.

"전에도 보던데, 귀엽죠. 안아볼래요?"

"아니. 얘네가 불안해할걸."

"그런 것치고는 미사 주변에서 잘 뛰어다니는데."

오히려 태성의 품 안에서 기가 죽는 것 같다. 하지만 얌전해진 후에도 꼬리만큼은 프로펠러처럼 빠르고 정확하게 흔들리고 있어서 미사도 웃지 않을 수 없었다.

오랜만에 보는 그녀의 티 없는 미소였다.

"아이를 좋아해요?"

"아니. 그것보단 귀여운 걸 좋아하지."

"……."

"내가 털 달린 동물이 아니라 그런지, 털 달린 동물들은 다 예뻐 보여. 물론 내가 예쁘지 않다는 건 아니야."

"알아요. 미사 예쁜 거."

빤히 태성을 바라보던 미사가 피식 웃었다.

"입에 발린 소리는 적당히 해도 돼."

"기분은 좀 나아졌어요?"

지난 며칠간 사준 등의 큼지막한 사건들에 대한 소식이 들어오지 않아 미사는 초조해했다. 저녁마다 동족들을 찾아 수소문하러 나가는 것에도 슬슬 지치기 시작하는 모양이다. 태성은 차라리 그녀가 동족들에게 신경 쓰는 것을 그만두기를 바랐지만, 입 밖으로 내지는 않았다. 그는 이미 그녀의 기준에서 주제넘은 말을 해서 미사를 불편하게 만든 적이 있다.

「도망갈래요?」

단 한마디로.

왈! 왈! 껑충대며 온 거실을 어지르던 다른 강아지들이 왈왈 짖어대자 태성에게 안겨 있던 아이가 몸부림을 시작했다.

끼잉! 꺄웅! 바동대며 짤리몽땅한 팔다리를 뻗고 휘저어대는 통에 태성이 팔을 풀어 놓아주었다. 강아지들은 서로의 꼬리를 물고 물리며 온 바닥을 뒹군다.

태성은 미사의 바로 옆으로 다가와 섰다.

"견우 형과 애경 누나는, 이상적인 사람들이에요."

"……."

"둘이 서로 사랑해서 저렇게 건강한 아이들까지 가졌잖아요."

가만 듣던 미사도 수긍했다.

"그러게, 둘이 사이는 좋아 보이더라."

"견우 형도 겉보기에는 물러 보여도 할 땐 하는 사람이에요. 처음에 결혼할 때 두 사람 반대 많이 당했대요."

"왜?"

"애경 누나 아버지가 꽤 고지식한 분이신데, 애경 누나가 더 강한 수컷에게 시집가길 바라셨나 봐요. 하지만 미사도 알다시피 애경 누나도 한 성격 하는 사람이고, 견우 형도 애경 누나를 정말로 사랑했고."

"……그래?"

"멋있죠."

미사는 묵묵히 고개를 끄덕였다. 그 후로 한참 침묵하던 태성이 조심스레 미사의 앞에 와 섰다.

"아직 화가 안 풀린 거예요?"

"……."

"그래도 내 마음은 여전히 그래요. 미사가 안전하길 바라고, 외부적 요인 때문에 스트레스 받고 미사가 곤란해지는 건 싫어요. 처음에야, 그냥 동정이었지만 지금은 아니니까."

미사는 대답 대신 얕은 한숨을 내쉬었을 뿐이다. 화가 나고 말고의 문제는 아니었다.

태성과의 마지막 대화에서의 그건…….

"말한 것처럼 더 보채진 않을 거예요. 돕지 않겠다는 것도 아니었으니까."

태성이 조금 강압적으로 미사의 팔을 잡아끌었다.

"믿어줘요."

딩동, 얼마 지나지 않아 담군이 찾아왔다. 애경은 그때까지도 전화통을 붙들고 있었는데, 아이들을 데리러 왔다는 말에 통화를 끊고 나왔다.

미사는 강아지들이 담군의 품에 꽃다발처럼 안기는 것을 빤히 지켜보았다.

'나도 저랬던 시절이 있을 텐데.'

새삼스러운 생각에 잠겨 있는 동안 담군은 아이들을 데리고 다시 떠났다.

애경과 견우에게 폐가 되고 있다는 것을 새삼스럽게 깨닫고 말았다. 그동안은 애경과 견우에게 무슨 피해가 가든 신경 쓰지 않았는데, 반대로 생각하면 저 어린 강아지들은 난데없이 나타난 태성과 미사 때문에 부모와 떨어져 살게 된 것이다.

'빨리 어떻게든 해야 할 텐데.'

때마침이라고 해야 할까, 담군을 1층까지 배웅하러 갔다 온 애경이 태성과 미사에게 소식을 하나 전했다.

"그게, 임용수가 에덴에 찾아와서 너희를 만나고 싶다고 담군한테 말했다는데. 생각 있으면 한번 가봐."

임용수는 신 일족 중 한 명이다. 신 일족원들은 예전부터 정보통이라 불려왔다. 사준이 몇 달 전 원숭이를 건드리지만 않았더라도 미사는 당장 그를 만나러 갔을 것이다.

"신 일족? 그 사람은 누군데요, 왜 우리를 만나고 싶어 해요?"

"정확히 너는 아니고 미사 씨를 만나고 싶어 하는 낌새였어."

태성은 더 꺼림칙하다는 얼굴로 팔짱을 꼈다. 혹시 위험한 건 아닌지 이래저래 계산을 해보는 모양이었다.

지금 일족사회 내에서는 도심 내의 사 일족들을 한 마리도 남김없이 물갈이해야 한다는 의식이 팽배해 있었다. 개중에서 가장 호전적인 건 추 일족과 신 일족이었다.

신 일족들은 무력으로 뱀들을 축출하는 작업에 투입되지는 않았지만 도망쳐 간신히 살아남은 사 일족들의 위치를 추적해 복수심에 불타는 다른 일족들에게 돈을 받고 팔아넘겼다. 보복도 하고 돈도 벌고 있는 셈이라서 그런 신 일족을 못마땅히 여기는 이들도 많았다.

애경도 그중 하나다.

"솔직히 나는 당신이 그자 만나러 가는 거 반대이긴 한데, 할 말이 있다고 하니까."

"뭔지는 알고?"

"이쪽에는 이야기하지 않은 것 같아. 별건 아닐 거 같지만 그래도 혹시 모르니까."

솔직히 애경으로서도 분위기가 꽤 심각하다는 걸 알아서, 드물게 말리고 싶다는 표정이었다.

미사가 한참이나 대답이 없자 애경이 말을 매듭지으며 일어섰다.

"생각할 시간이 필요하면 그렇게 해요."

태성은 물끄러미 미사를 바라보았다. 그의 시선을 의식한 미사가 고개를 돌렸다.

'임용수…….'

신의 임용수는 언뜻 들어본 적 있다. 미사가 들어본 적이 있다는 건 그가 꽤나 유명인사라는 말이다. 호전적인 수컷이라던가.

어떻게든 동족의 피해가 줄었으면 하는 바람이 있기에 만나보는 것도 나쁘지는 않을 거라 생각이 되지만, 정작은 의심부터 되는 것도 사실이었다.

"갈 거예요?"

태성의 목소리가 울린다.

미사는 문득 그날을 떠올렸다.

「미사, 나랑 도망갈래요?」

난데없이 날아들었던 태성의 제안.

「갑자기 그런 생각을 한 건 아니에요. 그냥, 미사가 더 이상 끼어 있을 이유가 없으니까.」

「솔직히 미사가 할 수 있는 것도 별로 없잖아요. 지금 꺼림칙한 일족들까지 연루되어 있고 분위기도 안 좋고요.」

미사는 거절할 수밖에 없었다. 게다가 태성의 그 발언은 미사의 기준에서 도를 넘어선 것이었다. 근래에 태성이 지나치다는 생각이 들 때가 왕왕 있었다.

최소한 이 서울에서 동족들의 씨가 마르는 것보다야 한두 마리라도 도울 수 있다면 돕는 게 낫다는 건 이기적인 뱀이라도 할 수 있는 발상이었다.

「나도 이러기 싫지만, 그래도 이러다가 내 동족들 다 죽으면.」

가뜩이나 개체가 많지 않은 뱀들이다. 그들이 아무리 서로에게 비정하다고 해도, 개체 수 유지에는 예민한 편이다. 허물벗기 시기에 동족 공격을 지양하자는 불문율이 생긴 것 역시 개체 수가 줄어드는 것을 경계하고 있기 때문이 아닌가.

「미사랑 상관없잖아요.」

「상관이 없기는 왜 없어.」

「그 동족들이 미사한테 한 짓을 생각해봐요. 내가 미사를 어떻게 만나게 되었는지.」

미사가 염려하는 것은 정말로 이 일족사회에서 그들이 디딜 자리가

460

없어지는 것이다. 사준을 따르던 뱀 무리들이 전부 밀려나고 나면, 서울 근교의 뱀들은 그녀를 포함해 대여섯 마리도 남지 않을 것이다.

그 말은, 즉 미사가 설 자리가 뿌리 뽑혀 나간다는 뜻이다. 그걸 모를 태성도 아닐 텐데, 태성은 오히려 미사의 반응에 실망한 것처럼 보였다.

하지만 태성은 깔끔하게 권유를 물리는 모습도 함께 보였다.

그녀의 손을 꽉 쥐어 매만지며.

「싫다고 해도 괜찮아요. 미안해요. 괜한 말이었어요.」

말과 행동으로 호감을 적나라하게 드러내는 태성이 싫은 건 아니었다.

미사는 외려 만족감을 느낄 때가 더 많다. 허나 때때로 태성은 '권유'하는 것처럼 말하지만 실상은 거부하면 강요할 것 같은 분위기를 풍길 때가 있다. 도망가자 하고 말하는 순간이 꼭 그랬다.

그런 생각이 들 때마다 미사는 기분이 이상해지곤 했다.

기억에서 깨어난 미사가 머리를 흔들었다. 그러곤 자리에서 일어나 몸을 돌렸다.

"다녀올게. 너는 그냥 있어."

태성의 손이 그녀의 손목을 잡아채 그대로 주저앉혔다.

"왜요?"

"넌 말려들기 싫어했잖아."

"그래서 그런 거 아니라는 거 잘 알잖아요. 또 비딱하게 받아들이네."

미사가 그의 손을 밀어냈다. 그러자 태성의 미간이 대번에 구겨졌다. 꽉 잡힌 손목을 내려다보던 미사가 얕은 한숨을 내쉬며 말했다.

"내가 모를 거라 생각해?"

"뭘요."

"지난번에 모임 있었을 때 나까지 잡아 죽여야 한다는 말도 나왔다며. 애경이한테서 들었는데."

"미사가 들으면 불편해할 것 같아서 말 안 했어요."

"말하고 안 하고는 상관없어. 어차피 들으나 마나 한 얘기고. 하지만 겨우 한 계절, 지난겨울에 간 졸이고 산 것도 정말 불편했는데 앞으로 평생 도망쳐서 그렇게 살 수는 없잖아. 그리고 나도 내 동족들, 그 동족이라 말하기도 싫은 멍청한 녀석들 서너 명 죽는 건 상관없어. 그 정도 대가는 각오하고 저질렀을 테니까. 하지만 내 종이 씨가 마르는 거랑은 다른 문제야. 그것도 한사준 때문에. 그것도 약해빠진 녀석들에게 사냥당하는 거. 그 사냥 대상이 내가 될 수 있다고 생각해야 한다니."

미사는 기나긴 말 사이사이에 한숨을 섞어가며 말했다. 그녀에게도 번거로운 일이었다. 하지만 그래도.

"말은 그렇게 해도 결국 한사준 때문이잖아요."

"……"

"그 사람은 이제 완전히 우리 손을 떠났어요."

미사는 사준이 사라지던 밤을 기억했다. 경첩소리와 바람소리와 발소리가 귓전에 소복소복 쌓였다.

"다시 되돌릴 수 없고."

"되돌리려는 거 아니야. 그냥, 사준 때문에 지금보다 더 피해가 커지는 게 싫어서야."

"미사, 한사준이 죽었으면 좋겠다고 했잖아요."

"죽어버리라고 해. 상관없으니까."

"정말로 그래요?"

미사는 바로 코앞까지 닥쳐온 태성의 얼굴에 얼어붙었다. 붉은 눈동자가 그녀의 뺨과 콧등을 지그시 내려다보다가 똑바로 눈으로 향했다.

"정말로 그러냐고요."

"당연히……."

말문이 막혔다.

미사는 그녀도 모르게 시선을 떨어뜨리고 말았다.

"너 요즘 정말 짜증 나게."

그녀의 입술에 가볍게 입술을 댄 태성이 속삭였다.

"나도 지금 좀 짜증 난 거 같으니까 피차일반이에요. 어딜 가도 같이 가자고 했잖아요."

따뜻한 숨이 입술 위를 떠돈다. 태성은 한참이나 미동 없는 미사를 바라만 보았다. 미묘한 긴장감이 어렸다.

말 한마디 안 지려고 하지, 미사가 막 무어라 쏘아붙이려던 찰나였다.

태성이 그녀의 등허리를 움켜쥐며 제 품으로 끌어당겼다. 밀려들어오는 혀를 받아 타액을 삼켰다. 치열을 훑고 뒤엉키며 스치는 혀의 뜨거운 감촉에 미사는 작게 신음했다. 상처를 주기 위한 말은 삼켜졌다.

"나 요즘도 가끔 내가 무서워요."

"……."

"그러니까, 미사가 바라는 대로 해줄 거예요."

그 두 마디에는 대체 어떤 상관관계가 존재하는 걸까.

미사의 사고로는 이해할 수 없는 말이었다. 그러나 되묻지는 않았다. 알면 안 될 것 같았다. 그러나 태성의 진심만큼은 적나라하게 와닿았다.

세상이 바라는 사준의 모습과, 사준 스스로가 생각하는 자신의 괴리감은 늘 하늘과 땅 차이였다. 그 괴리감을 채우기 위해 사준이 택했던 것은 스스로를 죽이는 일이었다. 그러나 자기 자신의 본성을 억누르고 살아나가는 일은 생각처럼 쉽지 않았다.

　사준은 때때로 변덕스러웠고, 때때로 우울했다. 침착된 색소처럼 우중충해지는 자신을 지탱해주었던 것이 바로 시영이었다. 그리고 시영을 닮은 미사.

　하지만 한 줌씩 자신을 놓아버린 후, 그 자리에 욕망만을 채워 넣기를 택하면서, 빈 것을 채우는 데에는 신물이 날 만큼 오랜 시간을 견뎌왔다.

　쿨럭. 사준은 온몸에서 힘이 빠지는 것을 깨닫고 번뜩 눈을 떴다. 순식간에 벌겋게 바뀐 홍채 안으로 세로로 긴 동공이 좁아진다. 사준의 눈에 비친 것은 지난 며칠 동안 무차별적으로 그를 공격하며 추격하던 일족들도, 한겨울의 한강변을 배회하는 인간도 아니었다.

　새까만 머리칼의 남자가 무표정하게 그를 바라보고 있었다.

　"빌어먹을!"

　온몸의 기운이 빨려나간다. 그를 용운의 결계 밖으로 꺼내줄 무기이자 오랫동안 찾아왔던 각인된 신이라고 생각했던 자는 그저 괴물이었다. 조금만 방심하면 사준의 기운까지도 전부 흡수했다. 만일 그가 조금이라도 더 오랫동안 잤다면, 다음 날 한강변 둔치에서 변사체로 발견되었을 것이다.

　기듯이 몸을 뒤틀어 최대한 거리를 벌렸다. 가늘게 눈을 접어 웃은 새까만 머리칼의 남자에게는 이지라는 것이 없어 보였다.

『모자라다.』

이미 저놈에게 가져다 바친 동족이 몇인가. 다른 일족들이 사준을 공격하기 위해 달려들 때에야 도움이 되었지만, 시도 때도 없이 이렇게 허기가 진다며 잡아먹으려 들면 안 될 일이다.

미칠 것 같았다.

마치 놀림당하는 것 같았다.

이대로 가다가는 이자가 완벽한 실체를 되찾기 전에, 사준 자신이 기억하는 그 오래전의 바우로 되돌아오기 전에 제가 먼저 죽을 것 같았다.

『모자라.』

혀를 날름거리며 사준에게 다가오는 남자는 아귀처럼 입을 벌렸다.

"이 징그러운 새끼, 나를 숙주로 삼겠다고 해놓고 숙주부터 말려 죽이려고요. 과리보다 더 악질입니다."

제게 들러붙기 시작한, 실체가 반밖에 없는 저자를 떨어뜨리려면 조금 더 필요했다. 강대한 기운, 이제까지보다 더 많은 기운.

이쯤 되니 잠깐 그친 추격자들이 다시 따라오기를 바라게 될 지경이었다. 검은 머리의 남자는 만족을 모른다. 어떻게든 저자의 갈증을 채워주지 않으면 자신의 기운이 전부 빨려나갈 것이다.

"기다리시죠. 뭐든 먹여드릴 테니까."

초조하게 입술을 깨문 사준이 배터리가 얼마 남지 않은 휴대전화를 켰다. 얼마 전까지만 해도 수십 통씩 밀려들던 동족들의 연락이 이미 끊겨 있다. 곽현의 이름을 보았다. 잠깐 고민했다가, 넘겼다. 그다음으로 눈에 띈 것이 상윤의 번호였다.

늘 그를 형이라며 따르던 상윤의 얼굴이 떠오르고, 상윤의 쓸모를

계산했다. 그러다가 해 저문 한강 둔치의 칼바람 속에서 홀로 고고한
괴물과 눈이 마주쳤다.

『아직, 모자라.』

모자라겠지. 그러시겠지. 사준이 입술 끝을 비틀어 웃으며 메시지
창을 열었다.

미사는 에덴 라운지 클럽에서 임용수를 만나보기로 했다.

에덴은 술 일족의 덕훈이 차린 일족들의 사교장이다. 온갖 종류의
놀기 좋아하는 일족들이 모여드는 곳. 종종 상성이 좋지 않은 녀석들
이 맞부딪치기 때문에 사건사고도 많으며, 클럽 내에서는 분쟁이 금
지되었지만 클럽 밖에서는 원한에 의한 싸움이 벌어지기도 한다고 했
다. 그런 주제에 에덴이라는 이름이라니.

'파이트 클럽이라고 하지, 그냥.'

내심 냉소적인 태도를 지니고도 이곳에서 상대와 약속을 잡게 된
것은, 술 일족이 통제하는 영역이기 때문이었다. 또, 들어보니 유흥
업소의 이름을 달고 있는 클럽이면서도 비즈니스를 원하거나, 안전을
보장받은 상태에서 이종을 만나고 싶어 하는 이들이 모이기도 한다고
했다.

미사도 기억을 더듬어 몇 가지 사례를 떠올려낼 수 있었다. 그녀의
동족들이 스치듯이 이곳을 방문했던 이야기를 떠들어댔던 것. 그녀에
게는 낯설었으나 다른 일족들에게는 꼭 그렇지만도 않은 모양이다.

칙칙한 형광빛의 네온사인이 은근하게 빛을 발해 도심의 뒷골목 유
흥업소 같지 않은 영롱함마저 자아내고 있었다. 일족들을 취하게 하

는 술을 제조해 판매하는 몇 없는 곳.

"오랜만입니다."

태성도 이곳에 와본 적이 있는 모양인지 도어맨이 태성을 알아보았다.

"담군 님께 이야기 전해들었습니다. 들어가시죠."

미사가 문득 고개를 들어 어딘가를 바라보았다. 어디선가 시선이 느껴지는 것 같다. 기우일지도.

"이쪽으로."

도어맨이 그들을 안으로 안내했다. 미사는 게슴츠레 뜬 눈으로 연기가 안개처럼 깔린 어둔 통로를 따라 걸었다.

저 멀리서 음악소리가 들린다. 애경이라는 여자가 음지에서 활동하는 사람을 좀 안다고 했던 건 기억이 난다. 하지만 이건 좀 아는 정도가 아니라 음지 출신이라 해도 이상할 일이 아닌 수준이다.

그들을 안내하는 술 일족의 남자가 줄줄이 설명했다.

"분쟁은 금지되어 있습니다. 상성이 좋지 않은 일족들과는 피하고, 풍기를 문란하게 하는 것도 삼가십시오. 그러지 않으면 대기 중인 셰퍼드들에게 끌려 나가 영구적으로 출입금지를 당하게……."

거기까지만 듣고 미사는 죄 흘려버렸다. 혈기 왕성한 일족들을 어떻게 말 몇 마디의 경고로 통제를 하려 하나 내심 비웃으면서.

건물 전체가 결계로 둘러싸인 이 라운지 클럽은 건물 하나가 통째로 술 일족의 소유였다. 지상은 장기 투숙을 하거나 놀다 지친 이들을 위한 숙박시설, 지하 1층과 2층은 유흥과 비즈니스를 위한 공간이다.

'돌겠구만.'

곽현은 지상 숙박시설에 머물고 있었다. 숨어 사는 신세가 된 지도 한 달은 더 된 것 같다.

몰래 미사를 만나고 온 사건이 발단이 되어 곽현은 사준의 무리에서 제명되었다. 사준이 그를 죽이려 들지 않은 것이 그나마 운이 좋았다 할 만한 마지막 사건이다. 이리저리 떠돌며 다른 일족들의 눈을 피해 '앞으로 뭘 해야 하나.' 고민으로 시간을 보냈다.

그러다 광일제약 회사 건물에서 벌어진 사고 소식을 듣게 되었다. 묻지 않아도 알 수 있었다.

'과리가 열을 받았나 보다.'

곽현이 있을 때에도 과리는 심심찮게 그들의 동족을 깔보고 짓이겼었다. 그 대상이 사준, 혹은 사 일족 전체, 혹은 건물 통째가 되었다 해도 전혀 놀라운 일이 아니다. 문제는 그 이후 흩어진 뱀들을 사냥하는 놈들이 생겨났다는 것이다.

곽현도 그들의 축출대상 중 하나였다.

이미 뱀 무리에서 제명당했으니 자신은 전혀 관계가 없다 주장하고 싶었지만 눈이 뒤집힌 다른 일족들이 그의 상황을 고려해줄 리가 만무했다.

시골로 피신할까 생각도 했다. 아니, 실제로 시도도 했으나 실패했을 뿐이다. 터미널로 가려던 날, 그를 쫓아온 작 일족을 피해 방향을 틀었다. 날개 달린 것들이 지랄이다.

그래서 결국 곽현이 선택한 건 최소한의 '정의감'이 존재하고 무차별 살인이 금지된 중립구, 술 일족의 영역 에덴이었다. 중립구역. 뭐, 뱀들을 잡는 데에 개들도 극성이라고는 하지만 그래도 원한에 절어 그들의 냄새만 맡아도 눈 뒤집히는 녀석들보다는 나았다.

술 일족들은 그를 주시하되 무작정 적대적으로는 굴지 않겠다 했다. 곽현의 사정을 일정 부분 참작해서 후일 참고인이 되기를 요구했다. 제 코가 석 자인지라 곽현은 그러마 하고 이곳에 도사려 사태가 가라앉기를 기다리는 중인 것이다.

하지만 보름이 넘도록 방에 숨어 지내기만 하니 좀이 쑤셔 미칠 것 같았다.

그나마 위안이 되는 건 혼자가 아니라는 것쯤일까.

"사준 행님이랑 연락이 다시 안 되는데, 그새 큰일 난 건 아니겠죠?"

"그 새끼한테 신경 좀 끄라고. 우리 목숨까지 챙길 놈이었으면 처음부터 그 짓도 안 했어. 기대하지 마. 우리도 할 만큼 했어."

"아무리 그래도 그간의 정이 있는데."

상윤이 껌을 짝짝 씹으며 중얼거렸다. 풀어헤친 셔츠 단추와 거꾸로 쓴 캡모자가 그를 악동처럼 보이게 했다.

"진짜 우리 평생 여기서 살아야 되는 건 아니죠?"

"그걸 나한테 묻냐? 사준이랑 편먹고 지랄들을 해댈 때는 언제고. 나도 그놈 못 말린 거 할 말 없지만 너희도 싹 다 돈 새끼들이야."

곽현은 신경질적으로 머리를 쓸어넘겼다.

상윤은 과리가 지하 깊은 곳의 결계를 발견하고 빌딩을 뒤엎었을 때 운 좋게 건물 밖에 있었다. 상윤은 굉장히 약삭빠른 편이다. 낌새가 이상한 것을 눈치채자마자 도망쳤다. 전전긍긍하며 먼저 도망친 동족들에게 연락을 돌리다가 곽현과도 연락이 닿은 것이다. 이 사태에 대해 심심한 유감을 느끼던 곽현이 몇 마디 받아주자, 언젠가 '곽현 형아 과리한테 던져줘버리죠?'라고 사준에게 떠들어댔던 전적을 까맣게 잊고 곽현에게 매달리기 시작했다.

상윤은 처음 한동안은 곽현의 방에 몰래 숨어 웅크리더니, 얼마 전부터는 슬슬 예전 성격 못 버리고 술이며 담배며 절어 놀았다. '우리 내려가서 부킹할래, 곽현 형아?' 하는 개소리를 지껄이는 걸 보라. 철딱서니가 어느 만치 없으면 애가 저 모양 저 꼴인지. 곽현은 상윤을 볼 때마다 거의 항상 인생무상을 느꼈다.

이 일이 해결될 가능성만큼이나 상윤이 정상적인 수준의 논리와 행동력을 보유할 가능성은 극히 낮아 보였다.

곽현은 답답함을 느끼며 창가로 다가갔다. 음침한 골목길에 위치해 있는 건물이라 뷰가 좋은 곳은 아니지만 좁은 방보다는 바깥 풍경이 훨씬 나았다.

그런데 설렁설렁 창가에 이른 곽현의 시선이 아래 어딘가로 고정되었다.

"우리 그냥 싹싹 빌면 안 되나? 사준 행님이 시켜서 한 거라고 다 뒤집어씌우면 되잖아. 그게 사실이기도 하고."

"야."

"뭐, 비둘기 새끼들 둥지 턴 것도 사준 행님이 거의 혼자 한 일이고, 과리 님 일은 그냥 그럴 수도 있는 거 아니에요?"

곽현의 눈에 보인 것은 낯익은 여자 하나. 그리고 그 옆에는 기억을 더듬어 겨우 떠올려낼 만큼 상이한 분위기의 남자 하나가 서 있었다. 분명 그가 숨통을 끊어놨는데, 어느 순간 사라져버려 곽현을 곤란하게 만들었던 녀석.

미사가 멀쩡히 살아 있다 했을 때에도 '이상하다.'는 생각에 내심 의심을 했는데 정말이었다. 다만, 분위기가 많이 바뀐 것 같다.

'대체 무슨 일이지.'

도어맨과 이야기를 나누는 그들과 곽현의 방 창문 사이는 꽤 멀었지만, 선명히 보였다.

'미사……?'

등 뒤에서는 상윤이 계속 주절주절거리고 있었다. 하지만 곽현의 신경은 온통 아래에 쏠려 있었다.

"아무래도 사준 행님 이쪽으로 모셔서 얘기할 때…… 엥? 곽현 형, 뭐해?"

상윤은 갑자기 헐레벌떡 옷을 챙겨 입기 시작하는 곽현을 물끄러미 바라보았다. 곽현은 꽁무니에 불이라도 붙은 것처럼 부산스러웠다.

'왜 저래?'

멀뚱멀뚱 바라보던 상윤은 문득 울리는 휴대전화 소리에 깜짝 놀라고 말았다. 곽현은 경황없는 목소리로 명령했다.

"너 얌전히 있어."

곽현의 이상행동에 대해 뭔가를 더 묻고 싶었으나, 상윤은 휴대전화에 도착한 문자에 얼이 빠지고 말았다.

[상윤아, 고생이 많다. 곧 전부 원래대로 돌아갈 거다. 그전에 한번 만나서 이야기하자. 지금 어디 안전한 곳에 숨어 있어?]

답지 않게 다정한 내용이었다. 발신인은 사준이다. 상윤은 왠지 소름이 돋았다. 곧 원래대로 돌아간다니! 그건 분명 기쁜 소식이고 나아가 기다렸던 소식이었다. 한데 어째서 사준 같지 않은 느낌이 드는 거지. 사준은 다정한 사람이기는 하지만 이렇게 오그라들게 문자를 보내거나 하지는 않는다.

그 증거로 바로 위, 예전에 사준과 나누었던 문자의 내용들은 전부 단조로웠다.

"나 내려갔다 온다."

"아, 근데 곽현 혀……."

상윤이 사준으로부터 연락이 왔다는 것을 알리기 위해 막 그를 불렀을 때였다. 곽현은 이미 문을 박차고 나간 후다. 갑자기 신바람이 나서 술이나 퍼마시고 놀 생각이 들어 저런 건 아닐 테고, 대체 왜 저런담.

타닥타닥, 상윤은 휴대전화를 두드렸다.

[사준 형님, 여기 곽현 형도 있어요. 에덴입니다!★]

느낌표 옆에 하트를 붙일까 하다가 별을 붙여주었다. 히죽 웃은 상윤은 뒤늦게 주섬주섬 외투를 걸치고 조로로 곽현을 따라 나갔다.

미사와 태성은 건물 입구에서 1차 검사를 당한 후, 지하 입구에서 2차로 제지를 당했다.

처음에는 대체 이 녀석들이 어떻게 다른 일족들을 통제하나 싶었는데, 술 일족들도 바보는 아니었던 모양이다. 하기야 용운만 보아도 기운을 운용하는 방법이 몹시 다양했다. 이들도 마찬가지인 모양이다.

두 층 아래 지하로 내려가니 프런트 같은 곳에 앉은 남자가 미사와 태성에게 뒷목을 내밀라 명령했다.

"찍겠습니다."

뭘?

목은 급소라 받아들여지는 곳이므로 미사가 바짝 경계심을 세워 그르렁거렸다. 미사에게 못마땅한 시선을 준 남자가 신경질적인 목소리로 "싫으면 나가셔야 합니다." 하고 일별했다. 태성이 미사의 어깨를 다독이며 웃었다.

"괜찮아요. 내가 먼저 할게요."

태성이 코트 깃을 내리고 뒷목을 내어주자 사내의 엄지손가락이 그의 뒷목에 묘한 짓을 했다. 곧 태성의 뒷목에는 엄지만 한 기묘한 형태의 무늬가 낙인처럼 남았다. 태성이 순순히 따르자 미사도 마지못해 따를 수밖에 없었다. 상대의 손이 닿자마자 뒷목이 잠깐 따끔했다. 깜짝 놀란 미사의 몸을 바짝 당긴 태성이 그녀를 안심시켰다.

"사고 안 치면, 안 위험해요."

"이게 뭔데."

"잔재주죠. 수화에도 제약을 주고 안에서 분란을 일으키면 여기 이분이 지켜보다가 사용해요. 하루 정도면 사라져요. 술 일족들이 손님들을 다루는 나름대로의 방법이라고 해야 하나."

필수불가결한 일처럼 들리기는 했다. 어떻게 그 제멋대로인 일족들을 다 모아놓고 통제하나 했더니 이런 폭력적인 방식이었던 모양이었다. 하기야, 이런 식의 강제가 아니라면 여긴 사교의 장이 아니라 사냥터가 되어 있겠지.

"그 사람은 와 있습니까?"

"안으로 들어가면 다른 녀석이 안내할 겁니다."

사내의 말에 따라 안으로 들어서니 온통 어두운 조명으로 현란하다. 시기가 시기인지라 사람은 그렇게 많지 않았다. 애경에게서 듣자 하니 근래 사건들 때문에 유흥객이 많이 줄었다고 했다. 미러볼이 휘황찬란하게 돌아간다. 음악은 의외로 잔잔했다.

그들은 비교적 조용한 지하 1층의 난간에 섰다.

미사는 조용히 눈을 굴려 주위를 살폈다. 위험한 녀석은 없어 보였고, 그녀와 태성을 신경 쓰는 이도 없었다. 다만 한 가지 불안 요소는 워낙 여러 기운이 뒤엉켜 있어 뭐가 뭔지 잘 분간이 되지 않는다는 것이다. 저들 역시 마찬가지로 자신의 기운을 제대로 가늠할 수 없을 것이라는 사실을 떠올리면 반대로 안심이 되기는 하지만.

지하 2층은 지하 1층에서 내려다볼 수 있는 구조였는데, 지하 2층 스테이지 뒤편에 걸린 커다란 현수막에 '해피 메리 버니 데이!'라는 이상한 문구가 대문짝만하게 붙어 있다. 그리고 바닥에는 어둠 속에서도 빛나는 토끼들이 뛰어다닌다. 어림잡아 열 손가락으로는 세지도 못할 수였다. 취한 걸로 보이는 이들이 그 토끼들을 우스꽝스럽게 따라다닌다.

'저건 대체.'

음악 속으로 태성의 목소리가 섞여서 들렸다.

"신 일족들은 아마 지하 1층 어딘가에 있을 거 같은데. 거기는 좀 조용하거든요. 워낙 넓어서."

"안내해준다는 녀석은 어디에 있고?"

"글쎄요. 물어볼게요."

태성이 막 경비를 향해 몸을 돌리는 순간이었다.

"어이."

낯선 남자가 미사의 어깨를 낚아챘다. 미사는 등줄기를 스치는 묘한 기운에 몸을 굳혔다.

시끄러운 음악과 요란히 떠들썩한 사람들, 거의 벗고 다니다시피

하는 암컷들이 쟁반을 들고 돌아다녔다. 지하 2층으로 내려온 곽현은 최대한 기운을 죽이고 은밀하게 어둔 조명 아래로 숨어 걸었다.

"어서 오세요!"

오늘따라 긴 토끼 귀의 여자들이 눈에 띈다. 버니걸이라 불리는 이들이었다. 육감적인 몸매의 그녀들이 꽃 같은 얼굴로 손을 흔들었다. 그녀들의 짜리몽땅하고 복슬복슬한 꼬리를 따라 형형색색의 색종이가 팔팔 흩날렸다.

"버니를 찾아주세요! 메리 버니 데이!"

요즘 에덴이 장사가 전처럼 안 된다더니 이벤트를 하는 모양이었다.

'아무리 그래도 그렇지, 팔자 좋은 새끼들.'

에덴에서는 가끔 여흥거리가 될 만한 사냥 게임을 하곤 했다. 사냥 본능을 억누르고 사는 그들에게 있어 합법적인, 합의하의 사냥 게임은 매력적인 면이 분명히 있다. 래빗 데이라고 떠들어대는 걸 보면 오늘은 토끼들을 풀어놓을 심산인가 보다.

뒤늦게 뒤따라 나왔던 상윤은 조금 토라진 표정으로 곽현을 쏘아보고 있었다. 미사가 왜 여기에 왔는지 몰라 초조한 상황에서, 다른 일족들이 들을 수도 있는데 계속 '사준 행님이, 사준 행님이' 타령을 해대서 신경질을 좀 부렸더니 입이 댓 발 나왔다. 하지만 그런 불편한 내색도 잠시, 금세 술잔을 들고 다니며 버니걸들의 꼬리를 따라다닌다.

'저 병신새끼.'

곽현이 욕지거리를 씹어뱉으며 주위를 둘러보았다. 기운이 워낙 혼재된 공간이고, 또 좁지 않은 공간이라 찾기가 쉽지 않았다. 적어도 미사는 근방에 없었다. 분명 들어오는 걸 봤는데.

지하 2층에 있을 것은 거의 확실했다. 곽현이 기억하기로 저쪽 나선 계단으로 이어진 지하 1층의 접객실은 VIP들을 위한 공간이었다. 미사와는 연이 없는 곳.

"한 잔 드릴까요?"

바에 기대어 주위를 두리번거리고 있으니, 그를 심심하다 여기기라도 한 모양인지 바텐더가 먼저 권했다.

술에 취하지 않는 일족은 약에도 신체의 반응이 더디다. 그래서 택한 것이 특수한 기운을 품은 일족의 기운을 섞어 넣은 술을 마시는 것이다.

일족들의 몸은 다른 일족의 기운을 독이라고 판단하는 경향이 있다. 그래서 체내에 섭취하면 즉각 해독 작용이 시작되는데 개중 독처럼 해독이 어려운 기운을 가진 놈들이 있다.

일족들은 그들을 바텐더라 부른다. 그들의 독은 해소되지 않고 그대로 내장으로 흡수되며 완전한 해독이 될 때까지 몸 상태가 아주 저조해진다. 체내에 침투된 기운을 흩어내느라 여력이 없는 틈에 알코올이 혈류를 돌아 비로소 취할 수 있게 해주는 것이다.

문제는 어느 정도 이상으로 취하게 되면 능력이 아주 형편없어지고 수화도 제대로 할 수 없다. 때문에 사실 술 일족의 에덴 라운지 클럽에서는 뒷목의 낙인 같은 것이 없더라도 큰 사건이나 사고가 일어나지 않는 편이다. 술 일족들에 의해 고용된 바텐더들의 기운이 꽤 독한 탓이다.

"아니, 됐습니다."

"왜요. 행아, 여기 놀러 온 거 아냐?"

불쑥 튀어나온 상윤이 벌써 벌건 얼굴로 "나 한 잔. 독하게."를 주문했다. 그의 속없음에 머리끝까지 화가 치민 곽현이 상윤의 뒷목을 낚아 구석진 곳으로 끌고 갔다.

"아, 왜, 씨, 나 그따위로 무시하더니 이제는 술도 못 마시게 해. 왜!"

"얼마나 마신 거야."

"서너 잔?"

"이 새끼야, 작작 좀 하지? 지금 놀려고 내려온 줄 알아?"

"그러면 뭐 하려고 왔는데요? 말도 안 해주잖아! 나도 형한테 말 안 해줘! 사준 형……."

곽현이 재빠르게 상윤의 입을 틀어막았다. 아무리 신경이 분산된 곳이라고 해도 사준의 이름을 함부로 읊는 건 안 될 일이었다.

상윤이 바동거리며 곽현의 손을 물었다. 곽현은 이내 침 범벅이 된 손을 상윤의 옷에 닦아내며 욕지거리를 씨불였다.

"내가 널 여기로 부른 게 잘못이지."

"거, 되게 재네."

"내가 여기 왜 내려왔냐고? 미사를 봤다고. 그러니까 좀 깝치지 말고 눈깔이나 굴려."

곽현이 목소리를 낮춰 말했으나 상윤은 전혀 진지하게 듣는 기색이 없다. 되레 무슨 웃기지도 않은 농담이냐며 빈정거리더니 마구 웃기 시작했다. 그러다가 "아, 웃기지도 않은 건 아닌가? 웃기네?" 하며 고개를 갸우뚱갸우뚱한다.

얼굴은 이미 벌겠다.

"누나가 여길 왜 와? 우리 구해주러 오겠어?"

"등신 새끼야, 생각을 좀 하고 말해라. 미…… 아니, 걔가 우릴 구해주러 오겠냐?"

"애당초 누나가 이런 곳에 올 리가 없다고. 예전에 우리가 가자고

477

꼬셨을 때에도 귓등으로도 안 들었는데."

그러니까 문제인 거다. 하지만 곽현은 더 이상 상윤을 설득하기를 포기했다. 대신 최대한 기운을 죽이고 주변을 경계하기를 선택했다. 조금 전부터 기묘한 시선이 느껴졌던 탓이다.

"지금 여기 신 일족들이 있는 모양인데."

신 일족은 대놓고 사 일족들을 죽여야 한다 주장하는 호전적인 놈들이다.

상윤은 태평하게 팔짱을 끼고는, 누군가 테이블에 두고 간 술을 마치 제 것인 양 들이켰다.

"놀러 왔나 보지."

"적당히 마시고, 주의해. 신 일족들이 이쪽에 좋은 감정 없을 건 네가 더 잘 알 테니까."

"아, 그렇지. 형, 맞다, 못 봤지? 우리가 전연태라는 그 꼬마 조지고 나서 임주형 그 새끼 존나 찔찔 짠 거."

"농담 아니라고."

상윤의 목소리가 새어나갈까 곽현의 신경은 극도로 곤두섰다. 하지만 상윤도 신 일족의 기운이 느껴지기 시작했는지 곧 입을 다물었다.

곽현은 고민했다. 미사가 왜 찾아온 건지 알아봐야 한다는 생각에 무작정 내려오기는 했는데…….

'느낌이 별로 안 좋아.'

어쩐지 함정에 걸어들어온 것처럼 불쑥불쑥 모골이 송연했다.

"아, 저 원숭이 씨팔 새끼 뭘 야려……."

곽현은 상윤이 막 욕지거리를 뱉으려는 주둥아리에 술잔을 밀어넣었다. 니가 더 씨팔 새끼야, 내심 중얼거리며.

곽현은 진지하게 판단을 마쳤다. 별수 없다. 문제가 생기면 상윤을 몸빵으로 던져버리고 도망치는 수밖에.

"켁켁! 아, 씨, 진짜 나한테 너무 막 하는 거 아냐? 근데 진짜로, 아까 준이 형님 연락 와서 우리 에덴에 있다고 알려줬어."

곽현의 몸이 얼음처럼 굳어졌다.

"뭐?"

"아까 말하려고 했는데, 행님이 안 들었잖아."

"뭐라고."

상윤이 주섬주섬 주머니에서 휴대전화를 꺼내 내밀었다. 사준과 주고받은 문자는 간결했고, 두 번 이상 오가지 않았다. 상윤의 답장에 사준의 답도 없었다. 하지만 그들의 소재를 사준에게 알려줬다는 것만으로도 곽현은 어쩐지 불길함에 휩싸였다.

사준이 아무 이유 없이 그들의 위치를 물을 리가 없다. 사준은 단순히 안위를 염려해 제 부하들이 안전지대에 있다는 것을 확인해야 안심할 만큼 좋은 놈이 아니다.

"이 도움 안 되는 새끼."

"왜 지워?"

이미 늦었지만 혹시라도 다른 놈들이 볼까 싶어 문자 기록 자체를 삭제했다.

조금 전에 분명히 미사를 이곳에서 보았다. 상윤이 이 새끼는 조금도 진지하게 생각하지 않는 것 같지만. 정말 최근의 곽현은 운이 지랄맞게도 없는 편이었다. 그리고 상윤은 생각이 지랄 맞게도 없는 편이고.

"그리고 누나를 봤다고? 그러면 그냥 한미사, 존나 크게 불러보면 되지 않아?"

"너 진짜 뒤지고 싶어 그러냐?"

"내가 자살이 취미였으면 이렇게 홀대 받으면서 개 냄새 나는 곳에 붙어 있겠냐고요."

혼잣말을 한 상윤이 갑자기 쑥 허리를 새우처럼 구부려 소파 아래를 탐색했다. 타다다닥, 야광털을 반짝이는 토끼가 뛰어가고 있다. 상윤은 곧 새로운 장난감이라도 찾은 것처럼 눈을 반짝였다.

요리조리 사람들의 발을 피해 뛰어다니는 토끼들은 대충 눈에 보이는 것들만 해도 열 마리는 넘었다.

"그럼 형은 형대로 뻘짓 하고, 나는 할 것도 없는데 토끼나 몰아야겠다."

상윤이 날름 입술을 핥았다.

"요즘 굶었으니까."

번들번들 노란 눈을 빛낸다. 곽현이 노파심에 경고했다.

"먹으면 끌려 나가는 거 기억해."

"몰래 먹으면 되잖아, 몰래."

술 일족들이 병신이냐, 그거 체크를 안 하게? 뭣보다도 저 속에는 아마 '진짜 일족'이 섞여 있을 것이다. 때마침 전면의 스테이지에서 베레모를 쓴 깡마른 사회자가 스팽글이 잔뜩 달린 외투를 흔들며 짜랑짜랑 소리쳤다.

"자! 토끼를 잡아보세요! 대단한 보상이 있을 예정입니다! 오늘의 미션! 우리의 버니걸, 버니보이를 찾아주세요! 자정까지 우리의 대왕 버니를 잡고 있으면 오늘의 상품은 당신의 것! 독특한 이능의 대왕 버니걸이 오늘의 주인공에게 깜짝 선물을 증정할 예정입니다!"

래빗 데이라는 말이 무색하지 않게 꼬리가 몽글몽글한 토끼들은 흰놈, 갈색 놈, 까만 놈들이 3열을 이루어 무대 위에서 깡충거렸다. 상윤은 이미 그 속으로 달려간 후였다.

"단! 우리의 버니들은 술의 어르신과 정식 계약을 맺고 고용된 용역이니, 혹시라도 어흥, 먹어버리거나 너무 열심히 찾다 목숨에 위협을 가하게 되면 탈락! 그대로 밖으로 모십니다. 영구 블랙리스트에 올라 근방에 얼씬도 하고 싶지 않으신 분들이 계신다면 손들어주십시오!"

레이저 조명이 산만하게 시야를 날아다닌다. 곽현은 제발 상윤이 저 사회자의 말을 귀담아 듣기를 바랐다.

그녀를 붙잡은 사람을 알아보는 건 어렵지 않았다. 애경이 이미 사진을 보여주었기 때문이다. 실제로 보니 신의 임용수, 그는 키는 크지 않았으나 몸이 아주 단단해 보이는 남자였다.

지난해 말, 사 일족 패거리가 잡아 족쳤던 신 일족 원숭이의 친인척 된다고 했던가. 미사는 그의 이력까지는 관심 없다는 입장이었지만 애경은 알아두는 것이 좋을 거라며 이런저런 이야기를 해주었다.

신 일족은 원숭이 종이다. 오래전부터 한반도 내에 뿌리내리고 있었지만 그들이 두각을 드러내기 시작한 것은 왜란 이후였다. 신 일족들은 뱀들과 다른 의미로 교활해서, 몸을 쓰는 일보다는 정보를 사고 파는 일들로 유명했다.

서늘히 웃은 미사가 어깨를 움켜쥔 남자를 향해 말했다.

"놓을래?"

확실히 만만해 보이는 녀석은 아니다. 남자는 무례하게 붙잡은 손을 놓는 대신, 탐색하듯 미사를 뜯어보았다. 그러더니 부드러움을 가장해 비아냥대는 듯한 미소를 그렸다.

"그런 눈으로 보면 놀라지, 초면에."

"그쪽이야말로 손 치우시죠, 초면에."

태성이 미사의 어깨를 으스러뜨릴 듯 쥔 용수의 손목을 뜯어내며 다정해 보이는 미소를 그렸다. 용수는 예상보다 훨씬 강한 태성의 악력에 못내 불쾌한 듯 눈살을 찡그리며 자신의 손목을 매만졌다. 값비싼 은색 시계가 번뜩대며 짤랑 소리를 냈다.

"계속 기다렸다고."

임용수는 신 일족 중에서도 영향력이 적잖은 이 중 한 명이었다. 사회의 분란을 야기할 수 있는 이런저런 정보의 중개상 역할을 한다. 정보를 취급하는 이들은 대개 스스로의 판단을 보류하고 그 정보의 효용 가치를 수치화하는 것에 익숙한데, 임용수도 마찬가지였다. 사준이 그들의 어린 동족을 죽이기 전까지는.

당시 임용수는 서울에 없었다. 그가 들은 것은 사 일족들이 그들을 붙잡아 고문하고, 원하는 정보를 내놓지 않자 살해했다는 정도이다. 하지만 그것만으로도 문제는 심각하다. 적당한 대가를 지불하지 않고 무임승차를 하려는 이들이 늘어난다면 신 일족들의 입지가 그만큼 좁아진다는 것이니까.

보통은 일이 커지기 전에 해결이 되는데, 사준 무리는 가뜩이나 각각의 개체가 강한 녀석들이었다. 사준 하나만 두고 보아도 만만한 녀석이 아니었고, 사태는 범일족사회적으로 커졌다.

그들의 공존방식을 뒤흔드는 사 일족은 지탄받아 마땅했고, 신 일족의 종주는 무력항쟁을 결의했다. 임용수에게는 협력이라거나 협업 같은 건 필요 없었다. 얻을 수 있는 사 일족들의 정황정보를 얻어내고 한사준과 주된 몇 놈들을 족치는 데에만 집중할 생각이었다. 어차피 머리를 치면 아랫것은 무너지기 마련이다. 광일제약 빌딩이 그 꼴이 되고 한사준이 도망치자마자 와해되기 시작한 협잡한 뱀 새끼들의 행태만 보아도 자명한 일이 아닌가.

한사준을 생각하면 치가 떨렸다.

그리고 한미사 역시 처리대상이다. 술 일족들은 쓸데없는 정의감과 온정으로, 연좌를 인정하지 않고 각각에게 공정한 상벌을 해야 한다고 말하는 녀석들이다. 사 일족들도 전부 다 잡아 죽이는 게 아니라 포획해 판결을 받게 해야 한다 떠들어댔다.

그들이 한미사를 데리고 있다는 것을 안 지는 얼마 되지 않았다. 워낙 의뭉스럽게 숨겨댔던 탓이다. 하지만 결국 작 일족들과 내통한 신들의 레이더망을 피할 수는 없었고, 임용수는 마음먹었다. 적당히 끌어내어 취할 것을 취한 후, 그들이 에덴을 떠나면 보복하리라고.

"그쪽이…… 그 혼혈이라던 녀석이군."

짜증 나게도 한미사가 '반쪽짜리'를 달고 나타났다.

화서의 마지막 새끼가 혼혈이라는 것은 예전부터 유명한 사실이었다. 그러나 그 새끼의 나머지 절반이 인이라는 게 밝혀진 것은 바로 얼마 전이다.

용수는 그 사실에 놀라지는 않았다. 반백 년 전쯤, 한양 근교에서 난동을 부렸던 인 일족이 있다. 그 시기가 절묘하게 자의 종주 화서가 실종되었던 시기와 엇물려서, 사실 신 일족들 내에서는 암암리에 '가능성'이 있다 일찍이 소문이 있었다.

다만, 이번에 발각된 소문이 빠르게 퍼지면서 여러 가지로 저 혼혈의 입장이 재조명되었는데, 용운이 입에 올린 '바우'라는 이름 때문이다. 가뜩이나 희소한 인 일족, 심지어 용운과 과리와 더불어 한 시대를 풍미했던 자의 핏줄이라는 건 시너지 효과를 내기 충분했다.

그 녀석이 한미사와 친밀하다는 정보도 일찍이 접했으나 이렇게 쫄랑쫄랑 따라다니며 보디가드 노릇을 할 줄은 몰랐다.

용수는 태성에게서 느껴지는 기묘하게 고압적인 기운에 내심 불쾌감을 삭였다. 이런 극단적인 혼혈은 만나본 적이 없어 잘 모르지만, 한낱 자 일족이 지닐 수 있는 힘은 확실히 아니었다.

손을 탁탁 턴 용수가 사람 좋은 미소를 가장했다.

"실례. 자기소개부터 하지, 임용수다. 너는 한미사, 그리고 너는……."

"……."

"진태성. 요즘 꽤 유명해졌던데. 파적되었다지?"

용수의 비웃음에 태성은 서서히 표정을 지웠다.

상대가 먼저 그들에게 다가와준 것은 반가웠으나, 그다지 그들에게 좋은 마음을 품은 것 같지는 않았다. 미사도 마찬가지로 느낀 듯했다.

"왜 만나자고 했어?"

"이 아가씨가 까칠하기도 하지."

"보자마자 시비 거는 건 너 같은데. 용건이 있다며? 잘됐어. 나도 용건이 있거든."

미사는 애경으로부터 최근 사 일족들의 위치를 파악해 보복심에 불타는 이들에게 팔아넘기고 있는 것이 신들이며, 그중에서도 임용수가 특히나 열정적이라는 것을 전해들었다. 고운 눈으로 볼 수도 없을뿐더러 그에 관해 그녀도 할 말이 있었다.

미사가 단도직입적으로 말했다.

"우리 일족들 팔아넘기는 일에서 손 떼."

용수는 피식 웃었다. 미사는 얼핏 20대 초중반 정도로 보이지만 분명 100년은 더 묵은 기운이다. 까만 머리카락을 길게 늘어뜨린 도회적인 인상이 성질머리만큼이나 차가웠다. 그리고 근래 사 일족들의 입지가 형편없이 좁아졌다는 것을 모르는 양 조금도 위축된 기색이 없었다.

"먼저 만나자고 요청한 건 나인데, 내 용건부터 묻는 게 순서 아닌가?"

"뻔한 거 아니야? 기껏해야 한사준 소재를 아냐, 한사준 왜 저러냐, 한사준이 숨을 만한 데 불어라, 한사준이 정말 미친 거냐, 그런 거나 물어보려고 했겠지. 대답부터 해줄까? 한사준 소재를 내가 어떻게 알아. 한사준 왜 저러는지는 나도 모르겠고, 한사준 숨을 만한 데는 너희가 이미 찾아봤겠지. 한사준이 미친 건 맞고."

이미 숱하게 들은 질문인 것처럼 대답이 술술 흘러나온다. 임용수는 어처구니없다는 표정으로 미사를 노려보았다.

"네 동족들이 엄한 녀석들을 습격해서 피해가 막심하다는 건 알고 있지?"

"내가 그랬어?"

"어이, 공주님."

"일단 내 첫 번째 용건은 그거고. 두 번째는, 차라리 그 정보 나한테 팔라는 거야. 살아남은 녀석들 소재를 좀 알고 싶거든, 조병오랑 마종현 두 명 빼고. 그 녀석들은 이미 연락해봤으니까."

"넌 지금 그렇게 뻣뻣하게 나와도 될 입장이 아니지 않나. 뱀이라면 학을 떼는 새끼들이 넘쳐난다고. 오늘도, 그래, 혹시 모르잖아. 네가 돌아가는 길에 습격을 당할지도."

용수를 못마땅하게 바라보던 태성이 주위를 둘러보았다.

공갈이라고 하긴 뭣한 것이, 조금 떨어진 곳에 그들에게 좋지 않은 눈빛을 한 신 일족이 서너 명은 더 포진해 있었다. 술 일족의 영업장 안이니 별문제가 있을 거라고 생각지도 않고, 돌아가는 길에도 술 일족들과 함께 돌아갈 계획이라 무슨 큰일이 있을까 싶지만, 혹시 모르는 일이다. 저자들이 술 일족과의 마찰도 불사하고 달려들지도.

역시 괜히 나온 것일까.

태성이 슬그머니 한 걸음 앞으로 걸어나와 미사와 용수의 사이를 반 정도 가로막았다. 용수는 그러는 동안에도 주위를 노려보는 눈빛이 범상찮은 회색 눈의 청년을 흥미롭게 살폈다. 백발이 유달리 소름 끼치는 녀석이다. 미사가 용수 자신에게 집중해 있는 것과 다르게, 감이 좋은 녀석인지 구석에 대기시켜둔 그의 부하들 쪽까지 샅샅이 살핀다.

느리게 눈을 감았다 뜬 용수의 눈동자는 어느새 샛노란빛으로 변해 있었다. 대놓고 기운을 드러내지는 않았지만 적개심은 사이사이에 걸려 있었다.

용수가 분위기를 누그러뜨리기 위해 한 걸음 물러났다.

"아무래도 술이라도 한잔하면서 얘기하는 게 더 낫겠군. 싸우려고 만난 건 아니니까 말이지."

그들을 소파로 안내한 용수가 바에서 술 세 잔을 가지고 돌아왔다. 트레이 위의 술잔에는 호박색 액체가 담겨 있다. 테킬라 잔보다 조금 더 큰 크리스털 잔이었다. 건너편에 마주 앉은 용수는 벌컥벌컥 대번에 잔을 비웠다. 그러고는 태성과 미사에게 권했다. 잔들을 살펴보던 태성의 미간이 묘하게 찌푸려졌다.

"꽉 막힌 속부터 좀 풀고 다시 차근차근 얘기를 해보자고. 내가 네 동족들을 팔아넘기는 일을 그만두게 하고 싶다면 너도 그만한 대가는 줘야 할 것 아냐? 한사준에 대해서 너는 아무것도 모른다고 했지만 설마 정말 그러지는 않을 거라 생각하는데…… 일부러 감춘 게 아니라고 해도 생각나는 게 있을 수도 있고."

미사는 입술을 꾹 물었다. 용수가 원하는 정보 따위 그녀가 가졌을 리 없다. 다만, 미사는 만일 사준에게 세뇌당했다면 그녀의 동족들에게는 참작의 여지가 있다고 생각했다. 뭣보다도 이 기세로 정말 서울 근교 사 일족들이 깡그리 죽어버리면 미사 스스로가 설 곳이 없어진다.

그녀는 적어도 보복심에 불타는 이들이 그녀의 동족을 뒤쫓고, 제 동족이 그자들에게 살해당하거나 혹은 그자들을 살해하는 방향으로 사태가 진행되는 것만큼은 막고 싶었다. 어느 방향이든 간에 최악으로 치닫는 일이다.

"너희가 모르는 게 있어. 다들 왜 그렇게 화내는지 이유는 알지만."

"화라니, 단순히 이 상황에 대한 우리의 심경이 '화'라는 말로 설명될 만한 성질인가? 얼마나 상황을 가볍게 보고 있는 거야."

용수의 비웃음에 미사는 꾹 성질을 눌렀다. 초반에 공격적으로 굴기는 했지만 그녀도 기실 합의를 위해 만남에 응한 것이다. 긴장을 좀 풀 필요는 있었다.

"모르는 게 뭔데?"

'뭐부터 말해야 하지.'

입술이 바짝 마른다. 눈앞의 남자는 종의 성질이 비등한데 저보다는 훨씬 긴 삶을 산 것이 분명해 보였다. 그녀보다 훨씬 강할 것이다. 그녀의 손을 꽉 잡아주는 태성이 함께 있다는 게 그나마 다행이었다.

"우리는 그냥, 휩……."

미사가 막 입술을 떼려던 찰나였다.

타다다닷! 빠르게 달려오는 소리가 났다.

깜짝 놀라 고개를 돌려서 보니 멀지 않은 곳에서 야광털 토끼들이 뛰어다니고 있었다. 그중 한 마리가 바짝 고개를 치켜들고 그들이 앉은 쪽을 바라보았다. 까만 눈망울을 끔뻑대며.

용수가 김빠진 표정으로 눈살을 찡그리며 손을 저었다.

"신경 쓰지 마. 오늘은 래빗 데이거든."

"래빗 데이?"

"묘 일족들과 한탕 놀아나는 날이지."

"놀아나?"

"사냥놀이를 하는 거야. 토끼들 수십 마리를 풀어놓고 진짜 묘 일족 세 마리를 섞어놓은 후에 진짜를 잡으라는 거지. 아마 저중 하나는 무시 못 할 녀석일 거야. 계약직이고, 위험수당도 받을걸. 그리고 말이 사냥이지 그냥 포획하는 것뿐이고 죽이는 건 규칙 위반이야. 저기 보이나? 경비견들. 쭉 지켜보다가 과하게 흥분한 손님이 있으면 바로 우리 뒷목에 낙인을 새긴 술 일족에게 일러바치지. 뭐, 개들이 즉각 대처하지 않더라도 묘족들이 호락호락 당하지는 않을 테지만. 이런 곳에서 계약직으로 일하는 놈들은 대개 난폭해서."

"익숙해 보이네."

"어쨌든, 내가 지금 이런 얘기를 하려고 너랑 마주 앉은 건 아닌데 말이야. 술은 싫어하나 봐?"

용수가 은근히 미사의 가득 찬 술잔을 내려다보며 중얼거렸다. 어깨에 힘을 푼 미사는 "뭐, 그렇지는 않아." 하며 잔을 들어올렸다. 그런데 웬걸 가만히 상황을 지켜보던 태성이 손을 뻗어 미사의 움직임을 저지했다.

"미사, 잠시만요."

미사가 의아한 얼굴을 하자 태성이 용수를 향해 딱딱하게 물었다.

"저기에 있는 당신 부하 불러다 먹여봐도 돼요?"

"……."

"아무리 봐도 이 술에 녹아 있는 기운이 좋은 건 아닐 것 같아서요. 당신이 마신 술에서는 안 보였거든요."

용수가 눈살을 찡그리며 잔을 바라보았다. 술에 녹아드는 바텐더들의 기운은 무미무취무색이다. 그런데…….

"보인다고?"

"눈이 좀 좋습니다."

태성이 처음부터 묘한 표정을 지을 수밖에 없었던 게 그런 이유였다. 미사와 그의 앞에 놓인 술의 밑바닥엔 청록색의 작은 입자가 가라앉아 있었는데, 용수의 잔은 깨끗한 호박색이었다. 처음에는 조명 탓인가 했다. 그런데 아무리 생각해도 묘했다.

미사도 의아한 표정으로 그녀의 가득 찬 잔과, 손톱만큼 남은 용수의 잔을 번갈아 바라보더니 이내 흉악하게 미간을 찡그렸다.

"이 새끼, 무슨 수작질을 하려 한 거야."

순식간에 공기가 험악하게 굳었다. 내심 당황한 용수는 아무렇지도 않은 체 눈을 내렸다. 혹시나 싶어 다시 그들의 잔과 자신의 잔을 번갈아 보았지만 겉보기에는 아무 차이도 없다.

용수는 깔끔하게 인정하기로 했다.

"그냥…… 말이지, 너희 술은 다른 녀석들이 마시는 것처럼 약간 독하게 하고 내 술은 '일반'으로 달라고 한 것뿐이야. 나쁜 건 아니라고. 봐. 난 술에 약하다고."

용수가 보란 듯이 태성의 앞에 놓인 잔을 들어 단숨에 털어 비웠다.

"봐, 나쁜 거 아니잖아?"

목 안쪽이 타들어가는 것처럼 뜨거웠다. 바텐더에게 특별히 가장 독한 수준으로 제조하라 이른 탓에 속이 금세 부대끼기 시작한다.

'저 새끼, 감이 보통이 아닌데.'

아무리 봐도 그에게는 똑같은 술이었다. 용수의 시선이 기괴하게 번뜩이며 해부할 듯 태성을 훑었다. 취기가 확 올라오는 기분이 좋지 않았다.

"자, 그러면 다시 원래의 이야기로 돌아가서⋯⋯ 네가 한사준에 대해 한 가지 알려주면 나도 한 가지 알려주지. 두 가지를 알려주면 이쪽도 두 가지. 완벽하게 쓸모 있는 정보라면 너희 일족에 대한 나 개인의 감정은⋯⋯ 당분간 접어둘 수도 있지. 아까 말하려던 건?"

아래층으로부터 "버니를 잡아라! 자정까지 40분 남았습니다. 자정이 될 때까지 대왕 버니가 잡히지 않으면 버니들의 승리!"라는 사회자의 목소리가 짜랑짜랑 울려왔다.

그러나 금방이라도 입을 열 듯했던 미사는 다시 경계 단계로 접어들었다. 태성도 마찬가지였다.

"너 지금 하는 꼴 보니 못 믿겠는데."

임용수가 모욕이라도 당했다는 듯 눈살을 찡그리더니 웃기 시작했다.

"하하, 누가 뱀 새끼 아니랄까 봐. 한미사, 우리는 신용을 팔아먹고 사는 놈들이라고."

임용수는 목 단추를 끌러내며 으르렁거렸다.

"조금 전에 내가 속이길 했어, 뭘 했어? 그냥 내 술은 내 술대로, 너희 술은 너희 술대로 가져온 것뿐인데 그걸로 신용 운운이라니."

서늘한 예기가 흐르기 시작했다. 그러나 저 먼발치에 서 있던 경비견들이 움직일 낌새를 보이자 용수는 눈치 빠르게 기운을 억눌렀다. 짜증 난다.

"과거는 잊고, 그러면 네 입장에 대해 먼저 내가 아는 걸 늘어놔볼까. 어디 보자……, 지난 6월경에 한사준이 너희 일족 중 하나를 먹었지. 그전에도 왕왕 실종된 사 일족들의 수만 넷. 근 10년 안의 일이지. 어쨌든 지난 6월 마지막 동족포식 이후 10월 말까지 잠잠하다가 11월에 다시 그 짓을 시작했지. 가장 먼저 네 어미인 시영을 먹고, 그 직후 다시 서울로 올라와서 허물벗기를 하고 있던 너를 습격했다던데."

"……."

"그날 밤에 뱀들이 가양대교 근처에 쫙 깔려서 아주 장관이었어. 사진도 있는데 원한다면 보여줄게, 내 방의 인테리어용 작품으로 커다랗게 뽑아 걸어뒀거든."

농담인지 진담인지는 모를 일이나 몹시 불쾌한 조롱이었다.

"그다음에 넌 진태성 저 녀석과 함께 지냈다지. 중간에 잠깐 사라지기는 했지만 꽤나 저 잡종과 좋은 시간을 보낸 모양이야. 사이가 좋아 보이는 걸 보면. 그리고 지금은 저 잡종의 인맥 덕에……."

"잠깐만, 너 지금 태성이를 두고 잡종이라고 떠들어댄 거니?"

"아, 실례."

살며시 몸을 앞으로 기울인 미사가 용수가 가져왔던 마지막 술잔을 다시 그러쥐었다. 그러고는 상냥한 미소를 지으며 그대로 용수의 머리 위에 쏟아부었다.

"아, 나도 실례."

가늘게 뜬 눈으로 웃는 미사의 입가에는 전과는 다른 느낌의 적의가 어려 있었다.

술 일족들이 갖가지 방식으로 통제하고 있는 이 영업장 내에서는 아무 일도 있을 수 없고, 돌아가는 길에도 술 일족들의 호위를 받게 될 것이었다. 때문에 행위에 거리낌은 전혀 없었다.

다만 태성이 눈을 휘둥그레 뜨고 미사를 바라보더니 작게 웃을 뿐이다.

"미사, 나는 괜찮아요."

"내가 안 괜찮아."

"이런 씹."

뇌까리던 용수는 멀지 않은 곳에서 담군이 개들을 이끌고 나타난 것을 발견하고 이를 꽉 물었다. 술 일족이 현재 이 만남을 주선했고, 그들의 영역 안을 약속장소로 잡은 건 통제를 위함이다. 미사라는 저 어린 암컷 뱀도 그걸 잘 알고 있을 것이다.

담군은 멀찌감치 멈춰 서서 그들을 바라보며 부하들에게 무언가 명령을 할 뿐, 다가오지는 않았다.

"어휘 선정에 주의를 좀 해야겠군. 예민하네."

"모두 예민할 때잖아."

코트 자락으로 떨어진 물기를 털어낸 용수가 이를 꽉 물었다.

'죽인다.'

저들이 귀가할 때 기필코 잡아죽일 마음가짐만 더 깊어졌다. 술 일족 덕훈의 심기를 거스르는 것은 지양해야 할 일이라는 내심의 바리케이드마저 허물어졌다.

"난 너와 이런 식으로 유치한 공방을 하려고 온 게 아니니까, 시간 낭비하지 말지그래. 피차 길게 얼굴 맞대봐야 기분도 좋을 리 없을 것 같으니 됐고, 앞으로 너는 어떻게 할 셈인지 말해봐. 솔직히 너도 한사준에게서 뒤통수를 맞았다고 주장하려면 한사준을 막기 위해 노력하는 척이라도 해야 하지 않겠어?"

"내 동족들 중에는 분명히 책임이 있는 녀석들이 있겠지만, 전부 그런 건 아니야. 한사준이 우리에게도 알리지 않았던 재능이 있었어."

"재능?"

요사스러운 뱀의 홍채가 용수의 눈을 찔렀다.

세간에 알려진 한사준은 리더십이 있고, 묵은 햇수에 비해 강하며, 육체적인 능력의 밸런스가 아주 괜찮다는 것이다. 특출하게 두드러진 건 없지만 모자라는 것 하나 없는 강한 개체의 일족. 그게 바로 사준이었다.

"이쪽이 뭘 알고 뭘 모르는지는 네가 어떻게 알고?"

"적어도 나는 얼마 전에 알았고, 용운 님조차도 잘 모르던 재능이었거든."

용수의 눈이 집착적으로 번들거렸다.

"구체적으로 말해줘야 정보로서의 효용 가치가 있지. 에두르지 마. 재능? 무슨 재능이 있지? 육체적인 능력 수치에 관해서는 이미 알려질 대로 알려져 있을 텐데, 그렇다면 정신계 능력인가? 하지만 정신계 능력이라면……."

어조는 날카로웠고, 말의 속도는 빨랐다.

"내가 이 얘기를 해준다면 너는 내 동족들을 탄압하려는 네 동족들을 설득해줄 수 있어? 솔직히 나는 이번 일이 사준 하나의 잘못이라고 생각해. 약하게 휘둘린 것들이 잘했다고는 말하지 못하겠지만."

용수는 속을 알 수 없는 눈으로 미사를 직시할 뿐이었다. 그의 관심은 오직 미사의 입술이 뱉어낼 한사준의 치부, 혹은 그들이 알지 못했던 사실에 있었다.

시간은 착실히 자정을 향해 달려간다.

"약속부터 한다면."

"너는 복수심이라는 게 없나? 한사준과 네 동족들이 편을 먹고 너를 그렇게 내쳤다 했는데."

"별개지. 내가 복수해서 내 동족들 전부 끝장이 나면 내 울타리 자체가 사라지는 거야. 적어도 너희보다는 내 동족들에게 정이 더 많겠지. 약속부터 하지 않으면 나도 더 말할 생각 없어."

용수의 분위기는 삽시간에 험악해지기 시작했다.

"정말 상상 이상으로 교만하고 멍청하군."

"그건 우리 트레이드마크잖아. 이제 알았다니 신 일족들도 별거 아니었네."

미사가 여태까지 그를 조롱했을 때보다도 훨씬 노골적인 반감이 일렁이는 게 보였다. 태성은 고개를 돌려, 부하들에게서 보고를 받으며 지시를 내리고 있는 담군을 힐끔 바라보았다.

담군은 상황에 개입하지 않고 지켜보려는 모양이었다.

애경과 담군이 '신 일족들과 우리는 관계가 나쁘지 않으니까, 우리 쪽 영업장에서 만나면 별일 없을 거야. 우리 이름을 걸고 약속할 수 있어.'라며 그들의 안위를 보장하기는 했지만, 눈앞의 남자는 어쩐지 꿍꿍이를 숨기고 있는 것 같아서 마음이 놓이지 않았다.

무슨 일이 생기더라도 미사를 지키겠다는 결심을 다시 한 번 다진 태성이 용수를 향해 무어라 한마디 하려던 찰나였다.

"시간 끌기 싫다면서 정작 시간을 끄는 건."

투다다다닷, 소리가 나는가 싶더니 털뭉치 하나가 높이 뛰어올랐다.

'어?'

태성은 제게 달려드는 작은 털뭉치를 얼결에 받아 안았다. 순식간에 테이블 위로 난입한 무언가의 기척 때문에 덩달아 미사와 용수도 말을 멈추고 그쪽을 바라보았다. 태성은 시선을 내려 새까만 동물의 눈을 응시했다.

494

야광 토끼 한 마리가 멀뚱멀뚱 그를 바라보고 있었다.

시각은 곧 자정이었다.

진짜 토끼 귀와 꼬리를 지닌 버니걸들이 살랑살랑 흔드는 꼬리 사이로 사회자의 목소리가 울렸다.

"거기, 진짜 버니와 가짜 버니를 찾아라! 아아, 너무 세게 쥐어 터뜨려 죽이면 안 됩니다! 우리의 진짜 버니는 그 정도에는 죽지 않겠지만 그래도 실수하면 혼이 나요!"

'뭐지?'

태성은 제게 안긴 토끼를 멀뚱히 내려다보았다.

"대왕 버니를 잡으면 잡은 손님의 승리! 그 손님은 오늘 최고의 고객으로 모셔집니다!"

자정을 앞둔 지금 경쟁을 부추기는 목소리가 쉬지 않고 울린다.

아무리 봐도 이 토끼가 그에게 달려와 안긴 것은 이유가 있어 보였다. 보통의 토끼라면 도망치기 바쁘지, 이렇듯 기묘한 일족의 기운을 풀풀 풍기는 태성에게 자진해서 안길 리가 없는 탓이다.

'묘 일족?'

용수의 표정이 묘해졌다.

"그거 혹시."

막 용수가 무언가를 아는 체하려던 그때였다.

태성이 옆으로부터 쏘아져 다가오는 살의에 홱 고개를 돌렸다.

"그거 내놔! 내 버니라고!"

캡모자를 거꾸로 쓴 청년이 버럭 소리치며 달려왔다.

"야야, 그거 내가 먼저 찍은 애야! 안 내놔?"

'어?'

"내놓으라는 말, 안 들……."

신경질적으로 눈을 부라리던 청년이 쩍 굳어졌다. 청년의 눈에 비친 것은 다름 아닌 미사였다. 용수가 노골적인 살기를 드러내며 일어섰다.

"뱀?"

"흐엉?"

기운을 갈무리하기는 했지만 이 정도 거리에서 사 일족 특유의 분위기를 느끼지 못할 리가 없었다. 태성도 대번에 깨달았다. 미사의 동족이다. 본 적이 있는 것도 같다.

그 증거로 미사도 그를 알아보고 일어서지 않나.

"상윤이?"

"아, 누누누누누나? 왜왜왜왜왜 여기에……."

상윤이 얼떨떨하게 인사했다. 조금 전 곽현이 미사 타령을 하기에 개소리 말라며 비웃었는데 정말 저건 미사였다. 곽현은 지금 아래층에서 미사를 찾는 뻘짓 중이다.

'아니, 이게 뭐, 뭐야? 왜 임용수랑 같이 있지?'

상윤도 그들을 벼르고 있다는 신의 임용수의 얼굴쯤은 알았다. 아무리 철없다 뭐하다 소리를 들어도 그 역시도 한때 간부였다. 아무 생각 없이 뛰어다니다가 물벼락을 맞은 기분이었다.

아나, 씨팔! 미사가 임용수와 한패가 된 게 아니고서야, 사 일족을 잡아 죽여야 한다 목이 찢어져라 선동질을 해대는 임용수와 미사가 한자리에서 정답게 술이나 마시고 있을 리가 없다.

용수가 상윤을 노려보다가 휴대전화를 들어 어딘가로 전화를 거는 것이 보였다.

"……았어, 그래. 여기 한 마리. 혹시 이 안에 더 숨어 있을지 모르니까 찾아봐. 등잔 밑이 어두웠군. 쪽팔린 줄 알아라. 대체 덕훈은 무슨 생각인지. 그래, 나도 모르겠군."

대강 그런 대화였다.

맥락으로 볼 때 상윤을 발견한 걸 그의 동료들에게 알리는 게 분명해서 상윤은 더 희게 질렸다. 취기가 제법 올랐었는데 한순간 훅 날아간 것 같다.

퍼뜩 정신을 차린 상윤이 잽싸게 뒤돌아 곽현에게 가려 했다.

"야. 너 여기서 무슨."

미사의 손이 더 빨랐다. 쿠당탕탕. 미사의 사정없는 손아귀에 떠밀려 앞으로 나동그라져 구른 상윤이 파들파들 떨었다.

상윤은 애써 정신을 가다듬었다.

'살 수 있어. 그래, 헤쳐나갈 수 있어. 살짝, 안 들키게만 하면.'

상윤의 능력은 정신계에 특화되어 있다. 과하게 능력을 사용하면 낙인이 반응할 테지만 살짝은 괜찮을 것이다.

상윤의 눈동자가 쭉 갈라지며 노란빛을 띠기 시작했다. 근데 누구 먼저 해야 하지? 미사? 아니, 미사는 재준도 못 건드렸다. 태성이라는 저 녀석? 아니, 근데 저 녀석은 원래 까만 머리였던 거 같은데? 뭔가 분위기가 호락호락하지 않게 바뀌었다. 임용수? 저렇게 경계심 가득한 눈으로 그를 주시하고 있는데 넉넉한 여유를 줄 거 같지가 않다.

우선 태성을 타깃으로 삼아 고개를 돌리려던 차였다. 그러다 태성과 눈이 마주치자마자 헛구역질이 일기 시작했다. 즉각적인 리바운드 반응이다.

"우웩, 욱!"

"너 혼자 뭐 하냐? 대체 이 마당에 술을 얼마나 처마셨으면 토를 해."

미사가 기가 질린다는 얼굴로 쏘아붙였다. 태성은 조금 전 상윤이 그에게 정신억압을 사용하려 했다는 것을 알아차린 유일한 사람으로서 난처한 기분을 느끼고 비웃었다.

'이거 뭐야?'

상윤의 눈에 본능적인 살의가 일기 시작했다.

하지만 살의를 태성에게로 향했던 상윤은 저도 모르게 흠칫 놀라며 시선을 떼어 야광 토끼에게 주었다. 저 미친 토끼 새끼가 VIP 라운지 쪽으로 달려오는 바람에 지금 이 사달이 난 것이다.

"아이구, 아고, 아우. 아."

설상가상 술 일족의 담군도 상윤의 등장에 의아한 얼굴로 조금 더 가까이까지 다가왔다. 끼어들 낌새는 없었지만 이해할 수 없다는 표정이었다. 술 일족은 곽현을 용인해주기는 했지만, 상윤까지 그런 것은 아니었다.

곽현이 헛것을 본 게 아니며 자신의 눈썰미가 완전 별로라는 사실을 깨닫는 쾌거를 이루었지만 일단 신의 임용수가 같이 있다는 사실만으로도 상윤에게 좋은 징조는 결코 아니었다.

"대체 술 녀석들은 뱀을 몇 마리나 구제해주려 이러는지 모르겠지만."

임용수가 원래 헐렁하던 넥타이를 더 헐렁하게 끌어내리며 막 한 걸음을 뗀 순간이었다.

잔뜩 간이 졸아붙은 상윤이 고함을 내질렀다.

"곽현 혀어어어어어어엉!"

미사는 이 별안간의 조우에 얼떨떨한 표정을 지은 지 얼마 되지 않아 VIP 라운지로 올라오려다 게이트키퍼에게 저지당한 곽현을 바라보았다. 애초에 상윤은 대체 여기 어떻게 들어온 건가. 저 녀석들이 판국에 여기서 술 먹고 놀고 있었어? 제정신이야?

　"네가 왜 여기."

　"아, 나는 살짝, 숨어들어와서."

　더듬더듬 설명하려던 상윤은 용수가 주먹을 쥐는 것을 발견하고는, 그들을 매섭게 뿌리치고 한달음에 계단으로 달려갔다. 곽현이 멈춰서 있는 곳으로. 그러나 곽현은 아직 위쪽의 정확한 상황을 이해하지 못한 것처럼 대뜸 상윤의 멱을 잡았다.

　"너 이 새끼야, 가만히 좀 있으라고. 사고 치다 쫓겨나고 싶냐? 그렇게 소리를 질러대면, 나더러 죽으라는 거냐."

　"형은 그렇게 안 유명⋯⋯."

　"아, 진짜 이게 정말."

　"아니, 근데 형 저기, 저기."

　상윤의 뒤통수를 퍽퍽 후려치려던 곽현이 등 뒤에서 느껴지는 낯선 기운에 반사적으로 몸을 돌렸다.

　미사는 어처구니없는 얼굴로 그들에게 다가갔다.

　"곽현, 너 죽은 거 아니었어?"

　그리고 그녀의 옆에 선 태성도 표정만큼은 꽤나 불편해 보였다.

　태성은 토끼를 떼어내려 했는데 이상하게 태성에게 달라붙은 야광 토끼는 발톱을 갈고리처럼 세워 태성의 옷에 대롱대롱 매달려가면서까지 떨어지지 않았다. 결국 태성은 한 팔로 토끼를 받쳐 안은 채로 움직여야 했다.

"미사? 너, 어? 너 어떻게 VIP에 있어?"

그렇게 묻던 곽현이 별안간 미사의 등 뒤에 선 용수를 발견하고는 바뜩 굳었다.

"······어."

"아."

"에······."

세 마리는 꿈쩍도 못 하고 멈춰 서서 서로만 바라보았다.

무대에 서 있던 사회자의 목소리가 짜랑짜랑 울렸다.

"1분 남았습니다! 곧 자정입니다! 특히나 이번 버니들은 요망하고 새침데기 같은 아가씨들이거든요! 마지막까지 안심할 수 없다! 다들 마지막까지 분발하시기를!"

태성의 품에 안긴 야광 토끼가 동그란 눈을 깜빡이며 고개를 휘휘 움직였다.

뒤늦게 자신의 초기의 목적을 떠올린 상윤의 콧잔등이 찌푸려졌다.

"아, 잠깐, 일단 그 토, 토끼는 내놔······ 내가 오늘 밤새도록 쫓아다 닌 놈이라고, 저게."

"너 가만히 있어."

"형, 저거 내가 계속 쫓아다녔다고."

"넌 지금 그럴 생각이 드냐, 이 철딱서니 없는 새끼야."

곽현이 뒤통수를 시원스럽게 후려쳤다.

잠깐 누그러졌던 분위기는 내내 눈을 부라리던 용수의 욕지거리로 인해 급속도로 냉각되었다.

"이 뱀 새끼들은 왜."

살벌해지는 분위기를 읽어낸 담군이 비로소 움직이기 시작했다.

"기가 막히는군, 이쪽은, 사준의 시다 녀석들이잖아?"

막 용수가 노여움으로 폭발하기 직전이었다. 곽현은 사준의 최측근으로 알려져 있던 뱀이었다.

백번 양보해 한미사는 사준과 그 무리가 저지른 일에 휘말려든 피해자라는 참작이 가능하지만, 곽현은 아니다.

완벽한 가해자. 어린 그의 동족을 죽일 때 저 녀석도 옆에 있었다고 알고 있었다.

"침착하시죠."

담군이 용수의 어깨를 조용히 쥐어 눌렀다. 토끼의 까만 눈망울이 용수에게로 말끄러미 옮겨갔으나, 잠시였다.

화려한 레이저 조명이 시야를 산란하게 만드는 라운지 클럽. 요란한 음악, 미러볼이 현란한 빛의 춤사위를 뽐내는 그곳에서 세 마리의 뱀과 한 마리의 쥐가 만났다.

깍깍, 얼결에 끼어버린 야광 토끼와 함께.

담군은 도저히 진정할 낌새가 없는 용수를 거의 강제로 끌고 갔다. 아마도, 지금 이 조우는 담군의 예상에도 없었을 것이므로 그 역시 적잖이 당황한 낌새였다.

"미사, 너 대체 뭐야?"

"내가 할 말이야. 너희 뭐야."

"우린 여기 숨어 있는 거지. 뭐, 신의 임용수를 만난 것부터 망한 거 같지만. 너 신이랑은 무슨 일이 있어서 같이 있는 거야? 쟤네가 우리를 두고 뭐라 떠들어대는지 몰라?"

"너야말로 지금 술이나 처마시며 놀 때야? 지금 밖이 어떤 꼴인데. 사준이 무슨 짓을 하고 다니는데."

곽현과 상윤을 이런 데서 마주치다니. 상상도 하지 못했다.

"너희 말고 다른 놈들도 있어?"

"……아니. 얘랑 나 둘이 전부야."

"숨어 있다는 놈들이 지금 여기서 이렇게 술 처마시고 토끼나 따라다니고 있는 거야? 여기 다른 녀석들이 너희 알아볼 거란 생각은 안 해? 제정신이니, 너네?"

"난 아니라고. 나는 아까 입구에서 널 발견하고, 잠깐, 아니, 이게 다 상윤이 새끼가. 아, 됐다. 됐어."

곽현은 곧 변명의 여지가 없어 보이는 상황임을 인정하고 한숨만 푹 내쉬었다.

앞의 무대에서 사회자가 30초의 카운트다운을 외치기 시작했다. 토끼 사냥 이벤트는 여전히 진행 중이다.

"30!"

너무 어이가 없는 만남이라 말이 없을 수가 있다. 지금 그들이 그러했다. 태성의 품에 안겨 있던 토끼가 고개를 바짝 들고 그들을 두리번거리며 귀를 까닥거렸다.

20! 19! ……15!

태성은 갑자기 품 안에서 요동치기 시작한 야광 토끼를 안은 팔에서 힘을 풀었다. 미사와 곽현의 침묵 사이로 사회자의 카운트다운이 섞였다. 아직도 미련을 못 버린 상윤이 허둥지둥 바닥으로 뛰어내린 토끼를 잡기 위해 달렸다.

"그거 내 토끼……!"

10!

"그거 내 토끼이이!"

상윤이 슬라이딩을 하며 양팔을 벌리고 나자빠졌다.

······7!

몽실한 꼬리를 붙잡힌 토끼가 순간적으로 눈을 붉게 빛내더니 발톱을 세워 상윤의 얼굴을 착! 할퀴었다.

"야! 이 개 같은!"

5!

상윤이 긁힌 눈을 감싸며 데굴거렸다. 모자가 떨어졌다. 밤갈색의 곱슬거리는 머리칼이 드러났다. 태성은 갑자기 공격적으로 변한 토끼에게 섣불리 다가가지 못하고 엉거주춤 손만 까딱였다.

곽현과 미사는 적당히 거리를 유지한 채다.

"그러게 처음부터 그런 짓에 동조하지를 말았어야지."

"지금 너한테 혼날 생각 없어."

"사준이 너 골로 갔다고 하던데?"

"도망쳤지."

2!

토끼에 혈안이 된 상윤은 뱀처럼 두 갈래로 갈라진 혀를 날름거렸다. 그러고는 폴짝 뛰어 양팔을 휘저었다.

"잡······! 웃!"

그러나 토끼는 아주 유유히 덤블링을 하더니 오뚝이처럼 일어섰다.

1!

댕, 댕, 댕······.

자정을 알리는 벨 소리가 울리는 것과 동시에 사회자가 짜랑짜랑 소리쳤다.

"대왕 버니를 잡으신 분 있습니까? 없습니까? 예, 없군요. 대왕 버니의 승리입니다! 버니 편의 승리! 묘분들께서는 이제 자유롭게 수화를 푸셔도 됩니다!"

멈추지 않고 다시 달려들려던 상윤이 무언가에 막혔다. 그의 얼굴에 그대로 직격한 뭔가에서 발바닥의 맛이 났다.

'뭐, 뭐야.'

상윤의 머리 위로 까칠한 목소리가 떨어졌다.

"아, 진짜, 이 뱀 새끼 귀찮아 미치는 줄 알았네."

태성은 상윤의 머리를 그대로 발로 걷어차버린 나신의 청년을 멍청하게 바라보았다. 갈색 귀는 그렇다 치고, 맨살 엉덩이에 붙은 둥그런 갈색 꼬리뭉치는.

'…….'

태성이 저도 모르게 고개를 돌리고 말았다. 다행스럽게도 버니걸들이 다가와 그에게 마치 권투선수들의 스포츠 가운처럼 생긴 천을 걸쳐주었다.

"이게 누구한테 족을 들이밀……!"

"자정 지났다."

사회자가 외쳤다.

"이로써 섭리를 역행해 승리한 버니들은 오늘의 주빈! 대왕 버니는 오늘 하루 에덴의 왕이 부럽지 않다! 짭짤한 히든 선물을 공개하지 못하게 된 것은 아주 아쉽지만……! 30분 후, 버니걸들의 행진이 시작됩니다! 눈에 띄는 야광인은 이제 수거합니다!"

태성은 많이 놀랐다. 이토록 공격적인 토끼라니. 긴 갈색 머리칼을 대강 쓸어묶은 대왕 버니를 암컷이라 생각했던 것이 착각이었음도 놀라움에 한몫했다.

저쪽에서도 다른 묘 일족이 나타났다. 그 두 마리의 묘 일족은 누군가에게 잡혀 있었던 모양이다.

'설마.'

태성은 눈앞의 이 사내가 대왕 버니라는 녀석임을 알아챘다. 딱히 토끼몰이에 관심은 없었지만 손에 들어왔다 놓쳤다 생각하니 조금 아쉬웠다. 보통 토끼는 아닐 거라고 생각했지만 이자가 대왕 버니 역을 했던 자라니.

눈앞의 사내는 태성을 빤히 바라보며 이리저리 훑기 시작했다.

"여기 계셨군요! 오늘의 메인, 왕반희!"

경중거리는 우스꽝스러운 걸음걸이를 한 사회자가 다가왔다.

반희는 난간에 기대어 야호라도 하듯 손을 모으고는 "내가 이겼다!" 하고 쩌렁쩌렁 외쳤다.

묘 일족 반희와 술 일족과의 계약은 이번 래빗 헌팅에 기꺼이 참여해주는 것이다. 바깥세상은 난리라지만 그것도 신경 쓰는 이들에게나 중요한 일, 반희는 세상이 무너져도 장사는 계속되어야 한다는 상인들의 정신에 동조하는 바였다.

토끼인 것? 중요하지 않다. 에덴 라운지 클럽은 입장 시 손님 통제를 위한 낙인을 새기기 때문에 오히려 할 만한 부업이었다. 자정까지만 버티면 떼돈과 함께 술 일족들의 쏠쏠한 특산물들이 따라온다.

반희는 태성을 빤히 바라보았다. 흰색 머리칼이 가장 두드러지고, 회색 눈동자가 부차적으로 따른다. 그리고 그 옆의 사 일족 암컷.

"덕훈은 대체 어쩌자고 이런 걸 안에 들였는지. 아까부터 너희 계속 눈에 밟혀서 말이야. 가만히 있을 수가 없었어."

반희는 '보는 사람'이다.

"너희 오늘 밤을 무사히 넘기기 힘들 거야."

그리고 세간에서는 그를 점쟁이 북선이라고 부르기도 한다.

"뭐라고요?"

"왕반희는 못 들어봤다고 해도 북선에 대한 얘기는 들어봤겠지? 설마 못 들어봤어?"

북선은 일족들 사이에 유명한 점쟁이의 이름이었다. 복채를 받지 않고 홀연히 나타나 홀연히 예언을 하고 사라지는 점쟁이라고 알려져 있다. 자 일족처럼 하위종의 일족들은 간혹 그런 점에 의지하는 경우가 있다.

주저앉은 상윤에게서 눈을 뗀 태성이 떨떠름하게 물었다.

"그게 당신이라고요?"

"들어봤느냐?"

태성이 속했던 자 일족들은 가끔 북선의 예기에 대소사를 대비하곤 했다. 북선의 예지 능력은 분명 존재한다. 중간중간 코를 킁킁대는 반희를 바라보던 미사가 기가 차단 표정으로 중얼거렸다.

"북선이라면 그 점쟁이잖아. 그렇게 유명한 녀석이 왜 여기서 이벤트 상품이 되어 있는 건데. 심지어 묘 주제에. 죽으면 어쩌려고요?"

"나는 내가 언제 어디에서 죽을지 알아. 염려 마라. 오늘 내가 죽을 자리는 여기가 아니니까. 부담 없는 스릴을 즐기고 상위종들 엿 먹이고 다니는 건 놓치기 어려운 이벤트야. 아까 그 뱀 새끼가 집요하게 달라붙어서 아주 생고생을 하긴 했는데 말이지. 너희 보자마자 딱 느껴지는 게 그냥 넘어가질 못하겠더라고."

주저앉은 상윤을 노려보던 반희가 으슬으슬 몸 떨리는 시늉을 했다.

상윤이 오죽 징그럽게 들러붙던지 혼이 났다. 갈라진 혀를 날름거리며 그의 동그란 꼬리를 뜯어낼 듯 움켜쥐는 바람에 몇 번이나 몸이 터질 뻔도 했다. 아무리 구석진 곳에 숨어도 조금 숨 돌릴라 치면 소름 끼치는 홍채를 들이밀며 '요기 있네에?' 꼬인 혀로 중얼거리는 목소리.

자정 직전에는 이벤트고 나발이고 집어치우고 그냥 확 패버릴까 생각도 했었다. 그러지 않은 것은 술 일족은 신의 있는 자들이고, 장사에 아주 예민하기 때문이다.

미사가 말했다.

"기분 더럽게."

"난 보이는 것만 말해. 그리고 '말해도 되는 것'만 말하지."

반희가 인중을 당겨 입술을 오물오물했다.

간헐적으로 발현되는 예지력. 그런데 그게 한번 떠오르면 반희는 입이 간지러워 견디지를 못했다. 아무리 주둥아리를 간수하자고 당근을 갈아대고 나무를 갈아대도 말하지 않고는 못 견디는 수다쟁이로 태어난 탓이다.

"'바꿀 수 있는 것'과 '바꿀 수 없는 것'의 차이라고 생각해. 지금은 여기까지만 말해줄 수 있어. 너희 둘, 같이 있으면 이래저래 문제가 많을 팔자인데. 이건 '보인 건' 아니고, 관상을 보고 하는 얘기야."

미사와 태성은 물끄러미 서로를 바라보았다. 그런 운명론적인 이야기를 믿는 건 아니었지만, 불편해하는 내색을 보인 건 태성 쪽이었다. 태성은 저런 식으로 미사를 불안하게 하는 말이 언짢았다.

가만히 태성을 응시하던 반희가 미사를 향해 몸을 기울이며 소곤거렸다.

"네 옆의 녀석이 얼마나 위험한 녀석인지 알아?"

"……."

"지금은 사이가 꽤 괜찮아 보이기는 하는데, 너희는 하나가 없어지면 하나가 문제를 일으킬 거야, 크게. 수컷 쪽이 문젯거리가 될 가능성이 아주 크지. 암컷이 잘해야 해."

태성은 자신이 문젯거리가 될 거라는 말에 당황한 얼굴이었다.

"그리고 곧 다 죽을 거야. 도망가라는 말이 농담이 아니니까 새겨들어. 여기서 죽는 것도 팔자겠지만."

가장 먼저 떠오른 건 의뭉스러운 꿍꿍이를 보이던 신의 용수였다. 그러나 미사의 시선이 담군에게 이끌려 멀찌감치 떨어진 용수와, 그 주위로 몰려들어 다투기라도 하는 것처럼 갑론을박을 하고 있는 신 일족들에게 이르자 반희가 손가락을 흔들었다.

"아니, 저것들은 문제가 아니야. 문제는 너희 뱀들이 일으키는 거야. 걔들도 어떻게 할 수 없을 만큼 커다란 일이 생길 거라고."

반희는 흥분한 기색으로 떠벌리다가 휙 고개를 돌려 시계를 보았다. 말문이 막힌 미사와 태성을 뒤로한 채 반희는 순식간에 수화해서 깡충깡충 달려가기 시작했다.

자정을 기점으로 분위기는 완전히 달라졌다.

상윤의 고함을 들은 이들은 사 일족들의 등장에 경계심을 고조시키고 있었다. 용수는 담군에게서 무슨 소리를 들은 건지 대놓고 그들에게 "오지랖 부리지 마라, 개새끼들아." 하고 소리를 치더니 조금 떨어진 곳에서 그들을 노려보았다.

'이래서 오늘을 넘기는 게 힘들 거라고 한 건가.'

곽현은 안절부절못하고 있었다.

"곽현, 너 뭐 잘못한 거 있어? 그 얼굴은 뭐야?"

곽현은 입술을 잘근 씹었다. 어떻게 해야 하지. 상윤이 사준에게 그들의 위치를 알려주었다고 했다. 그런데 공교롭게도 미사가 이곳에 있다.

아무 이유 없이 사준이 그들의 위치를 물어봤을 리는 없다고 생각한다. 사준과 만나 이야기를 나누어보는 것도 좋겠다는 생각이었는데.

아니, 만약에 사준이 그들을 찾아온다면 이참에 미사와 사준이 화해……하는 건 솔직히 그냥 꿈이라는 걸 안다. 화해는 무슨. 개처럼 싸우지 않는 것만으로도 감지덕지할 일이지.

안으로도 걱정, 밖으로도 걱정뿐이다. 가시방석에라도 앉은 기분이었다.

"그러니까, 그게."

곽현은 미사의 곁에 서 있는 태성을 힐끔 본 후 최대한, 미사가 거부감을 느끼지 않을 수 있도록 조심스럽게 말을 꺼냈다.

"연락을……."

"무슨 연락?"

아, 모르겠다. 조금 전 묘 일족의 왕반희가 한 말도 마음에 걸렸다. 문제는 뱀들이 일으킨다고. 북선은 정말 용한 점쟁이라 소문이 난 자였다. 일단은 도망부터 치는 게 옳다 싶은 생각에 곽현이 말했다.

"자리 옮길래? 사준에 대해서."

"아니, 내가 미쳤다고 널 믿고 나가? 그리고 저 원숭이 때문에 함부로 움직이면 안 돼. 맞아, 너 사준이 지금 우리 동족들 잡아먹고 다니는 건 알아?"

"뭐?"

곽현은 이건 또 무슨 소리인가 싶어 물끄러미 상윤을 돌아보았다. 상윤도 금시초문이라는 표정이었다. 그도 그럴 것이, 곽현도 그렇지만 상윤도 근래에는 쫓기느라 정신이 없었다. 이곳에서는 딱히 소식을 접할 만한 구석도 없어서, 그들의 동족이 여럿 죽었다는 이야기만 전해들었을 뿐이다. 당연히 다른 일족들이 뱀 사냥에 들어가 그렇게 되었다고 믿었고.

"요즘, 애들 자살했다는 얘기 말이야?"

"자살이 아니라 살해당한 거야. 자살은 무슨 자살이야. 그거 사준이 저지르고 다니는 짓이라고!"

미사는 너무 진지해 보여서 곽현이 오히려 말을 잃을 정도였다. 사준이 가끔 동족포식을 하기는 했지만 하루가 멀다 하고 동족을 잡아 죽일 만큼 미친놈은 아니었다. 미사는 전혀 이해가 가지 않는다는 듯한 곽현을 노려보며 헛웃었다.

"사준이 정신계 능력자라는 건 알았어?"

"너도 조금은 쓸 수 있잖아. 섬세하게는 못 하더라도 사소한 시도쯤이야."

"그놈이 재준이까지 조종할 수 있는 정도였다는 것 말이야."

짧은 정적이 스쳐지났다. 내내 숨죽인 채 눈을 굴리던 상윤이 코웃음 치며 끼어들었다.

"에이, 말도 안 돼. 재준이 형이나 나 같은 사람은 쉽게 못 건드리죠. 걸렸다간 반동이 엄청날 텐데."

미사가 상윤을 바라보았다.

상윤도 정신계 능력자다. 사준은 정신계 능력에는 소질이 없다 했고, 그래서 재준과 상윤이 거의 모든 불편한 일을 도맡아 하며 힘을 소모했던 것이다.

"안 걸렸으니까 지금까지 몰랐겠지. 사준이 직접 한 말이야. 너희 전부 그 녀석한테 놀아나고 있었다고. 상윤이 너 포함이야."

"무슨 소리예요, 미사 누나. 말도 안 되는 얘기예요."

"너네 왜 사준을 따라다녔는데. 처음 시작이 어떻게 된 건데."

미사의 질문에 막 자연스럽게 답을 하려 입을 벌리던 상윤이 뻣뻣하게 굳어졌다. 곽현도 마찬가지였다. 생각해보니 처음 사준과 만나, 사준의 아래로 기어들어갈 때의 상황이 기억이 나지 않았다.

"넌 기억 나냐?"

곽현의 물음에 상윤이 느릿느릿 고개를 저었다.

상윤은 그냥 어느 날, 정신을 차리고 보니 그렇게 됐는데요? 하고 두리뭉실 대답했다.

"너네 전부 속았던 거라고."

상윤은 드물게 진지한 얼굴로 생각하다가 아무리 생각해도 아니라는 듯 주장했다.

"사준 형은 정신계 능력자가 아닌데 가능할 거 같아요?"

"그놈이 직접 말했어."

"만났었어?"

"용운 님한테 붙잡혔었어, 그거. 얼마 전에 다시 도망쳤고."

"하지만 재준이 형한테도 그랬다고요? 말이 안 되잖아요. 재준이 형이 나보다 더 대단한 정신계 능력자였단 말이에요. 나는 재준이 형 정도만 돼도 못 건드려요. 잘못하면 리바운드가 사람 미치게……."

거기까지 말하던 상윤이 갑자기 무언가를 깨달은 사람처럼 신음하며 얼굴을 문질렀다.

상윤의 시선이 물끄러미 태성에게 닿았다. 조금 전 태성에게는 먹히지 않았다.

'생각해보니 저 녀석 적안이었지.'

그리고 본디 적안은 강력하다는 속설이 있다.

그리고 사준도, 적안이었다.

"웃기지도 않은 농담 그렇게 진지한 얼굴로 하니까 의외로 웃긴다! 히히! 사준 행님이 무슨! 재준 형아 죽고 사준 행님 뒤치다꺼리 한 건 난데! 으히히히, 곽현 형아, 형은 안 웃…… 형아?"

미사의 말을 들은 곽현은 납득한 것처럼 침묵하고 있었다.

"……그랬던 거였나? 그렇다면 말이 되기는 하는데."

곽현은 사준의 곁에서 기이하리만치 체계적으로 움직이는 동족들을 의구했던 적이 있다. 아무리 봐도 그들의 본성에 어울리지 않는 일인데 누구 하나 불만 없이 사준의 손발처럼 움직이는 걸 보며 '대체 사준 녀석에게서 뭘 느끼기에 저러나.' 생각이 들 정도였다.

그러면서도 자신 역시 사준을 떠나지 않고 있으므로 저와 같은가 하고 깊이 생각하지 않고 흘렸다.

특히나 사준이 거의 항시 일정 수준 이상의 기운을 사용하고 있다는 것을 알게 된 후로는 그 점도 이상하다 생각했었고. 곽현은 더 깊이 고민하는 대신 물었다.

"그렇다면 우리 다 당한 거라고?"

"난 아닌걸."

"나도 아닌 거 같은데."

"나도 아니, 아니, 아닌데? 그리고 뭣보다 사준 행님이 좀 또라이이긴 해도 그럴 리는……."

"저 새끼는 당했네."

"상윤이는 안 되겠네."

미사와 곽현이 거의 동시에 상윤에게 핀잔을 놓았다. 상윤은 말도 안 된다며 마치 성희롱이라도 당한 사람처럼 제 몸을 더듬거렸다. 곽현은 순식간에 복잡해진 표정으로 입술을 꾹 깨물었다. 상윤은 불현듯 사준에게 그들의 소재를 알렸다는 걸 상기하고는 사색이 되어 입술을 떼려 했다.

"아, 그런데 잠깐만, 나 그럼 아까!"

곽현은 상윤이 전부 다 털어놓기 전에 목을 틀어 당기곤 재빠르게 물었다.

"그래서, 너 임용수랑 편먹었어?"

"아니."

"그러면 됐어."

짧게 신음한 곽현이 실토했다. 희게 질린 상윤이 곽현의 품에서 퍼덕거렸다. 그의 염려가 무언지 곽현도 명확하게 알았다.

"문제가 있는데, 아마 여기에 사준이 찾아올 가능……."

어디선가 비명이 났다. 공기가 떨리며 건물이 뒤흔들리기 시작했다. 무슨 일이 생긴 것이 틀림없었다. 신의 원숭이들이 밖으로 뛰어나가기 시작했고, 담군도 부하들을 이끌고 황급히 계단을 달려 올라갔다.

말을 멈춘 곽현이 탄식을 삼켰다.

'설마, 아니겠지.'

그러나 근래 들어 운이 좋았던 적이 언젠가.

까마득히 오래전이다.

출입구에는 비정상적으로 거대한 개들의 사체가 나뒹굴고 있었다. 도망치지 못한 이들은 넋을 잃고 주저앉아 기운을 빼앗겨 말라 죽어간다. 비명은 신음이 되었고, 신음은 밭은 숨소리가 되었다가, 멈춘다.

난간을 짚고 얼굴을 내민 곽현과 상윤이 퍼렇게 질린 얼굴로 내려다보았다. 스스로 숨을 참고 있었다는 것도 의식하지 못한 채 한참을 굳어 있다가, 겨우 푸하, 숨을 뱉어낸 상윤이 곽현의 허리를 찌르며 발악했다.

"미친, 저 또라이 행아 또 일 치잖아! 우리 이제 어떡함!"

"너 닥쳐, 좀. 이쪽 위치는 네가 흘렸잖아!"

곽현이 식은땀을 흘리며 상윤의 입을 틀어막았다.

'저게 사준이라고?'

아니, 그전에, 곽현은 저 아래의 사준이 사준이라는 것조차 믿을 수 없었다.

희게 질린 얼굴로 미사와 태성을 돌아보았다. 그들도 놀란 얼굴이었지만 적어도 곽현과 같은 이유로 놀란 건 아닌 듯했다.

곽현은 소름 끼치는 기운을 그대로 방사하며 걸어들어오는 사준의 모습에 침을 꿀꺽 삼켰다.

"오는 길에 보니 원숭이들이 있던데. 환영 인사는 잘 받았다."

용수는 조금 전 그 소식을 전해 받았다. 갑자기 나타난 사준이 한미사를 습격하기 위해 은신해 있던 신 일족들을 깡그리 잡아 죽였다는 이야기였다. 사준이 나타났다기에 막 달려나가려던 찰나, 엄청나게 불길한 기운을 풍기며 출입구 쪽에서부터 밀고 들어오는 사준에 의해 뒷걸음질로 다시 라운지 안쪽까지 밀려난 것이다.

이 안에 있는 것은 전부 술 일족의 낙인에 의해 힘이 통제된 이들이다. 취해서 맥을 못 추는 이들도 수두룩했다.

"미친!"

사준은 용수의 목덜미를 쥔 채로 생긋 웃었다. 미쳤다. 미친 것이다. 숨어든 것도 아니고, 조용히 입장한 것도 아니고, 입구에 있는 술 일족의 도어맨과 경비들을 전부 다 작살을 냈다. 그나마 정의와 법 타령을 하며 중립적으로 사태를 수습하려던 술 일족까지 건드리다니 미친놈이다. 그러나 제일 소름 끼치는 건 피 냄새를 풀풀 풍기며 나타난 사준에게 눈에 띄는 상처 하나 없었다는 점이다.

동족의 피 냄새에 용수의 눈이 뒤집어졌다.

"개새끼, 돌았지."

"내가 지금, 좀 많이 필요해."

뭐가? 되물을 틈도 없이 괴이한 일이 벌어졌다. 용수의 기운이 사준에게 붙잡힌 접촉면을 통해 죄 빨려나가기 시작한 것이다.

용수는 핏발 선 눈으로 사준을 노려보았다.

"이건, 무슨 짓……!"

"흡착이지."

용수는 사준에게 이런 능력이 있다는 사실조차 알지 못했다. 이 뱀이 지금 자신에게 무슨 짓을 한 건가. 한미사 같은 순진하고 콧대만 높은 암컷 뱀과는 종부터가 다른 녀석이었다.

그런 용수의 혼란을 읽어낸 건지 사준은 음침하게 가라앉은 목소리로 중얼거렸다.

"정신계 능력은 '동조'력이 좋을수록 좋은 효과를 발휘해서 할 수 있는 게 다양해. 기운 흡수는 나도 이번에 배웠는데 동조율이 높을수록 잘 통하더라고."

"너한테, 그런, 능력이, 어디 있어……!"

"없기는 왜 없어. 네가 모른다고 존재하지 않는 건 아니라고."

사준은 근사하게 입매를 당겨 웃었다.

창백하디창백한 얼굴에 핏줄과 비늘이 기괴한 형태로 돋아 올라오기 시작했다.

몸에서 힘이 빠진다. 숨을 헐떡이던 용수는 사준의 등 뒤로 느긋하게 걸어가는 검은 머리카락의 남자를 발견하고 소스라치며 숨을 멈추었다.

사준과는 전혀 다른 기운을 품은 자였다.

새까만 긴 흑발을 늘어뜨리고 두리번두리번 주위를 둘러보는 자태는 포식종의 그것이었다. 남자의 기운이 닿는 곳마다 흐름이 빨려들어갔다. 사준의 손바닥을 통해 빼앗기는 자신의 기운은 새 발의 피라고 해도 될 정도로 엄청난 기운이다. 심지어 그 남자는 사준으로부터도 기운을 앗아가고 있었다.

'설마, 저거.'

그런 소문들이 돌고 있었다.

사준이 동족들의 기운을 빨아먹어 죽이고 다닌다고. 바우라는 자와 함께.

바우라는 이름이 고시대의 그 호랑이를 연상시키지만 그렇다 철석같이 믿을 자는 없을 것이다. 그런데 용수는 보자마자 믿게 되었다.

꼼짝도 할 수가 없었다.

"이 악마 같은 새……끼!"

"이거, 실례."

사준의 목이 쭈욱 길어지더니 곧 거대한 살모사의 머리가 되었다. 뱀의 아가리가 독니를 번뜩거리며 달려들었다.

용수를 그대로 뜯어 삼킨 사준이 흐트러진 셔츠의 목깃을 정리했다. 발버둥치는 것을 그대로 으득으득 씹어대어 피가 좀 떨어졌다. 포만감은 잠깐이었다. 바우가 근처에 있다는 사실만으로도 계속 새어나가는 기운은 사준을 지치게 했다.

'불편해.'

유일하게 그에게 다행인 점이 있다면 지금 이곳에 기절해 있거나 쓰러져 있거나 죽어가는 이들의 기운이 바우에게로 빨려들어가며 사준이 비교적 편안해졌다는 사실이다.

상윤이 그에게 에덴의 존재를 일깨워주지 않았더라면 이런 라운지 클럽이 있었다는 사실마저 잊었을 것이다.

이곳은 연회장이었다. 한 번에 많은 놈들을 바우에게 내던져줄 수 있는 곳. 이곳의 존재를 기억해내지 못했다면 한 마리 한 마리 잡아먹으며, 매일 밤낮을 쫓기며, 그러다 바우의 실체화 속도에 자신의 컨디션이 따라가지 못하고…… 어떻게 되었을까.

결과는 잘 모르지만, 상윤에게 매우 고마워할 일이다.

그의 등 뒤로 술 일족들이 몰려들었다.

"이게 무슨 횡포입니까."

담군의 뒤에는 두 마리의 훈련받은 도사견이 뒤따르고 있다. 사준과 같은 용모를 한 자가 나타났다는 보고가 담군의 귀에 들어오기도 전에, 에덴의 입구는 무참히 뚫렸다. 경비들은 거의 다 죽어 있었다. 그 밖에도 도망치지 못한 다른 일족들의 시체가 즐비했다.

보고를 듣자마자 달려왔는데 이 정도의 사상이라니. 솔직히 담군으로서는 놀라웠다. 겁먹지 않았다고 하면 거짓일 것이다.

"지금 당신이 무슨 짓을 한 건지 압니까. 우리를 전부 적으로 돌린 겁니다."

"그래서?"

"……."

"그래서, 뭐 어쩌라고?"

기괴하게 목을 꺾은 사준이 갈라진 혀끝을 날름거렸다.

'일 났군.'

사준의 기운은 도저히 범접하기 어려울 만큼 거칠고 난폭했다. 신의 임용수가 꼼짝도 못 하고 잡아먹히는 것을 보았다. 손님들도 전부 도망치지 못했다. 픽픽 쓰러져 있는 이들이 부지기수다. 지금 이곳에 이 이상의 피해 없이 사준을 막을 수 있는 이가 없다는 것은 분명 문제였다.

'북선의 말이 이건가.'

담군은 불현듯, 오늘 이벤트의 주연이었던 반희가 평소와 다르게 일찌감치 떠나며 남긴 말을 떠올렸다.

「오늘 밤 고생 좀 하시게나.」

그 빌어먹을 토끼 새끼는 가끔 미래를 본다.

술 일족은 정의를 추구하지만, 사업을 하는 이들이기도 하다. 계산은 중요하다. 최대한 사준과 거리를 벌리고 버틴 담군이 침착하게 물었다.

"……목적이, 뭡니까."

"많이 처드셔야 이 빌어먹을 새끼가 만족을 하신다니까."

사준이 어깨 너머를 가리켰다.

그림자 속에 흑발의 남자가 서 있는 것이 보였다.

저건 '다른 존재'였다. 새까맣다. 온 곳의 기운이 빨려들어가듯 흐르는 것이 보였다. 살갗이 따끔거린다. 뒷걸음질 친 담군은 스스로에게 기함했다. 저건 그가 감히 감당할 만한 '존재'가 아니었다.

아니, 저렇게 닥치는 대로 주위의 기운을 집어삼키며 표정 하나 변하지 않는 '것'을 살아 있는 것이라고 말할 수 있는지조차 모르겠다.

덜덜 떨리는 담군의 손이 주머니 손의 휴대전화를 더듬었다.

"화웅이, 영인이는 당장 나가서 덕훈 님께……."

비틀거리며 뒤를 돌아본 담군의 얼굴이 서늘히 질렸다.

그러고 보니, 컹컹 짖어대던 경비견들의 울음소리가 끊겨 있었다.

100년은 족히 묵은 두 마리의 일족들이 죽어나가는 데에는, 그 어떤 전조도 필요 없었다.

'망했군.'

덕훈에게 짧게 SOS 연락을 남긴 담군은 휴대전화를 코트 주머니에 넣었다. 그러곤 코트째로 기울어진 테이블 위에 걸치듯 올려놓았다. 호흡이 깊어졌다. 어쩔 수 없었다. 물러날 수도 없고, 도망칠 수도 없다.

담군을 비롯해, 그때까지 정신이 있던 몇몇 포식종들이 사준을 향해 달려들었다.

와장창. 소리와 함께 바닥이 깨지고 유리파편이 날아 흩어졌다.

취한 채로 달려들었던 이들은 몇 분도 버티지 못하고 나가떨어졌다. 그들 중 몇은 사준에게 달려들었다가, 사준과 그다지 멀지 않은 곳에 마네킹처럼 서 있는 검은 머리카락의 사내에게 압도되어 꽁무니를 빼고 도망치려 했다.

그러나 등을 보인 순간, 시커먼 기운이 날아들어 그들을 반 토막 냈다. 다행스러운 것은 그자는 선뜻 선공을 하지 않는다는 사실이다. 마치 홀로 다른 세상에 서 있는 것처럼 오연히 존재할 뿐.

피 냄새가 안개처럼 자욱했다.

결국 제정신으로 감당하는 건 담군뿐이었다.

커다란 사냥개 한 마리로 변한 담군의 이빨을 사준은 쉬이 피했다. 사준의 손아귀에 얻어맞은 담군은 그대로 바닥으로 처박혀 피거품을 물었다. 그르렁. 목 안에서 끓는 신음성이 애처롭게 들렸다. 비틀비틀 일어나는 늘씬한 개의 머리를 구둣발로 미는 시늉을 한 사준이 "앉아." 하고 상냥한 목소리로 말했다.

"이거이거."

담군은 목줄 걸린 개처럼 깨갱거리다가 허공에 헛발질을 하며 주저앉았다. 그를 외면한 사준이 내내 병풍처럼 서 있던 검은 머리칼의 사내에게로 향했다.

"꽤 맛이 좋을 겁니다. 술 일족들 중에서도 품질이 좋은 종이라고 알고 있거든요. 이름이, 우담군이라고 했나. 말했잖습니까. 여긴 뷔페처럼 즐기실 수 있다고."

사준의 말에도 남자는 미동이 없었다. 그러나 풍기는 기운의 농도가 짙어지는 것만큼은 똑똑히 보였다. 얼굴이 보이지 않아 표정을 볼 수는 없었지만 즐거워하고 있는 건 확실했다.

"설마 내가 떠먹여주기까지 해야 하는 건 아니지요. 이제 어느 정도 '그릇'도 채우셨을 텐데."

사준의 퉁명스러운 목소리가 말했다.

"갑자기 이게 무슨…… 사준 행님 뭐 하는 거?"

이 미친놈이 눈치가 없어도 어찌 저리 없나. 상윤을 향해 내심 욕지거리를 씹어뱉은 곽현이 이를 꽉 물었다. 대체 저 두 사람이 무슨 대화를 하는 건지는 모르겠지만, 특정 단어는 분명히 들었다. 뷔페? 미친 거 아니냐.

아니, 아니다. 사준이 문제가 아니었다. 사준의 뒤에 서 있는, 검은 머리카락의 남자가 더 문제다. 도망치다 실패해 죽은 놈들을 발견한, 그나마 정신이 있는 이들이 비명을 지르며 구석으로 피신했다. 하지만 그들의 비명도 길지 못했다.

낯선 남자는 그 자체로 공포였다.

"저 남자는 대체 누구야."

곽현이 홀린 듯 중얼거렸다. 처음 보았다. 과리를 만났을 때조차도 이렇게 두렵지 않았다. 대답을 기대하고 했던 혼잣말은 아니었으나 미사 쪽에서 답이 돌아왔다.

"나 저 사람 본 적이……."

용운의 산장에서 얼핏 잔상처럼 남았던 검은 남자는 과연 헛것이 아니었다. 너무 순식간의 각인이라 이상하다 싶어 잊었는데. 말끝을 흐리는 미사의 손을 꽉 잡은 태성의 가슴이 쿵쾅거렸다. 조금 전부터 작게 박동하던 심장이 크게 뛰기 시작해서 이제는 숨이 가빠질 지경에 이르렀다. 몸에서 열이 펄펄 끓기 시작했다.

전혀 낯설지 않은 기운에 온몸의 세포가 요동치는 것 같았다.

"태성아."

태성의 상태를 알아차린 미사가 태성의 얼굴을 확 돌려 잡았다.

"너, 왜 그래. 정신 차려."

태성의 눈동자는 여전히 곁으로 향해 있다. 사준이 아니라 검은 머리카락의 남자에게서 눈을 뗄 수가 없었다. 본 적 있는 남자였다. 화면 안에 잡힌 영상으로 한 번, 사준을 발견한 미사의 거처에서 한 번.

벼락같은 깨달음이 밀려왔다.

용운은 '바우'의 존재에 대해 사준이 사라진 후에 그들에게 언급한 적이 있다. 공교로운 타이밍이지만 아마도 관계가 있을 가능성이 높다고.

그런데 용운은 틀렸다. 관계가 있을 가능성이 높은 것이 아니라, 당사자였다. 태성은 한 번도 본 적 없는 그의 핏줄을 자신이 이토록 확신할 수 있다는 사실에 내심 놀라면서도, 온몸의 세포가 요동치는 거부감에 잡아먹히는 기분이었다.

늘 상상만 해왔던, 피로 이어진 자였다. 그러나 가족이라는 생각은 전혀 들지 않고 오히려 제 영역을 침범당한 것 같은 불쾌감을 감출 수가 없었다.

"씨팔, 사준 새끼 진짜 끝까지 이러려고, 처음부터 이럴 생각으로……."

곽현의 중얼거림을 놓치지 않은 미사가 숨죽여 물었다.

"그게 무슨 소리야?"

"상윤이한테 문자가 왔었어. 자기가 이제 해결할 거란 식으로 말하면서 만나서 대책을 논의하자고 했어. 그래서 상윤이가 여기 위치 알려주고…… 빌어먹을."

"이 미친 새끼야, 그걸 이제 말해!"

미사가 소리 죽여 욕지거리를 씹어뱉었다.

곽현은 더듬더듬 변명하는 것을 멈추고 침통한 눈으로 사준 쪽을 내려다보았다. 식은땀이 밴 주먹을 꽉 쥐었다 편 미사가 말했다.

"우선 나가자."

이곳은 밀폐된 지하였다. 갇혀서 꼼짝도 할 수 없는 상황이 되거나 건물에 피해가 생기기라도 하면 아무리 그들이라도 몸 성히 도망치기 어려울 것이다. 일어서려는 미사를 붙잡아 앉힌 건 태성이었다.

"안 돼요. 지금."

태성의 눈에는 선명히 보였다. 그늘진 구석에 가만히 서서, 사준에게로 빨려들어가는 것들을 오롯이 받아 마시는 검은 머리칼의 사내. 기운들을 흡수할 때마다 점점 짙어지는 기운은 보는 것만으로도 현기증이 날 정도였다.

발각되면 이쪽도 저 아래 쓰러진 이들의 꼴을 면치 못할 것이다. 겁에 질린 미사를 알아차린 태성이 그녀를 꽉 당겨 안으며 뇌까리듯 속삭였다.

"미사는 내가 지켜줄게요."

태성의 눈에서 서늘한 이채가 피어오르기 시작했다.

"내가 지킬 거예요. 걱정하지 마요."

"지금 그게 중요한 게 아니라, 태성아."

"내가 지켜요, 미사. 내가."

구석진 안쪽에 숨어 있던 어떤 남자가 뛰어나가려다가 출입구 근처에 도착하기도 전에 고꾸라지는 것이 보였다. 시꺼먼 기운이 남자를 잡아먹을 듯 뒤덮었다. 바동거리던 남자는 검은 기운이 사라진 후에는 죽은 것처럼 꿈쩍도 하지 못했다. 어쩌면 정말로 죽었을지도.

태성이 낮은 목소리로 명령했다.

"상황이 심각해질 것 같으니 당신은, 용운, 그 사람한테 연락해요."

그의 눈동자는 이미 붉은빛으로 물들어 있었다. 항거하지 못한 곽현이 고개를 주억거리며 휴대전화를 들었다. 그러다 용운의 번호가 없다는 것을 알아차렸다. 생각해보니 용운의 휴대전화를 가지고 지랄을 해댔던 것이 바로 그였다. 다행스럽게도 태성이 번호를 읊어주었다. 마지막에 그의 휴대전화로 걸려왔던 번호를 기억하고 있었기에 가능했다.

곽현이 덜덜 떨리는 손으로 휴대전화를 터치하는 사이 상윤은 이제
는 거의 감탄하고 있었다.

"미미미미친, 와나, 저 정도의 기운 흡수라니. 나 저런 거 처음 봐."

상대방의 기운을 흡수해 자신의 기운으로 바꿀 수 있는 이들은 있
지만 그에는 한계가 있다. 자기 자신이 가진 기운보다 많은 기운을 받
아들일 수 없기 때문이다.

"저거 괴물 아냐?"

"입 좀 닥치고 있……."

곽현은 계속 촉새처럼 중계해대는 상윤의 목을 쥐었다. 켁, 상윤은
신음을 삼켰다. 그리고 곽현의 손끝이 '전송'을 누르는 순간 띠링, 소
리가 울렸다. 메아리가 울리는 것처럼 요란하게 느껴졌다.

팔이며 손이며 목이며 조금씩 비늘이 돋아나기 시작한 곽현도 상윤
도 미사도 얼어붙었다. 태성은 예리하게 난 손톱으로 바닥을 찍어 긁
으며 더욱더 바짝 자세를 낮추었다.

"흠."

사준이 느릿느릿 고개를 젖히는 것이 보였다. 붉은 눈동자는 이제
붉다기보다는 죽은 핏빛처럼 짙었다.

"언제까지 그 위에서 속닥거리고 있을 거야."

칼날 같은 시커먼 기운은 지체 없이 날아들어 난간을 완전히 무너
뜨렸다. 쾅! 소리가 귀청을 찢을 듯했다. 나동그라진 그들은 아래층으
로 굴러떨어졌다.

시체들로 뒤엉켜 있던 바닥은 시커먼 기운으로 깨끗이 닦여 있다.
고꾸라졌던 담군의 기운을 손끝으로 받아 삼키던 남자가 허리를 펴고
그들을 바라보았다. 그 틈에 담군은 젖 먹던 힘을 다해 구석으로 엉덩
이 걸음을 했다.

"……."

그러건 말건, 조금 전까지의 먹이를 뒤로한 검은 머리카락의 남자가 태성의 눈을 직시한다.

비현실적으로 생긴 사내는, 그 자체로도 그림처럼 보였다.

사준은 바닥에 추락한 미사를 발견하고는 살짝 눈살을 찡그렸다. 미사는 제게 날아드는 사준의 기운을 피해 유리 파편 위를 굴렀다. 온몸이 따끔거렸다.

"미사도, 여기 있었어? 상윤아…… 아까는 그런 말 없었잖아. 내 뒤에서 무슨 짓을 하려 한 거야?"

불만과 의심을 함의한 말이었지만 정작 화난 기색은 전혀 없어 기괴했다. 뒤이어 태성을 발견한 사준의 눈에 이채가 어렸다. 태성은 멍하니 바우를 마주 보고 있었다.

"거기, 부자 상봉에 소개가 필요한가?"

"아니요."

"그럴 거 같았어. 껍질은 전혀 닮지 않은 것 같지만 피와 살을 만들어준 혈족쯤은 알아봐야지."

가장 완벽한 본능이 태성을 사로잡았다. 저자는 미사뿐만이 아니라 이 자리에 있는 모든 것들의 기운을 취할 것이었다. 위험평가는 빨랐다. 판단과 지침에 대한 결정도 빨랐다. 저자는 그의 영역을 침범한 적이다.

움직임에 주저는 필요하지 않았다.

"혈족? 이건 또 무슨 소리야?"

상윤이 눈치 없이 지껄이는 순간, 새하얀 호랑이로 수화한 태성이 그대로 검은 머리칼의 사내에게 달려들었다.

그러자 입술을 길게 찢어 웃은 검은 머리칼의 사내도 그대로 뛰어 오르며 한 마리의 거대한 짐승으로 수화했다. 쥐의 꼬리를 가진 하얀 호랑이가 된 태성도 컸지만, 그보다 배는 더 커다란 크기였다.

쿠당탕탕, 뒤엉키기 시작한 두 마리의 맹수가 울부짖으며 이빨을 부딪치고 발을 휘둘렀다. 새빨간 눈동자가 점점 더 짙어졌다.

포효는 지하를 무너뜨릴 듯이 울렸다.

「아버지를 찾아볼까 봐요.」

언젠가 미사에게 그렇게 말한 것이 기억난다. 그때에는 진심이었다. 태성은 자신의 정체성에 대하여 늘 고민해왔고 미사를 만나면서 조금 더 생각하게 되었다. 자기 자신을 받아들이려면 자기 자신에 대해 알아야 한다는 생각 때문이다.

그리고 우연찮게 그는 변이하게 되었고, 그 덕분에 그는 자신의 나머지 반쪽 종이 무엇인지 알게 되었다. 태성은 그 사실에 대한 만족감 말곤 그 어떤 감상도 없었다.

제 몸이 변하고 조금 더 강해졌다는 사실이 낯설었고, 때때로 냉소적인 사고를 하는 자신이 두려워졌을 뿐.

얼굴 한번 본 적 없는 아비에 대한 정이 조금이라도 있을 줄 알았는데, 전혀 그렇지 않았다. 대놓고 기운을 드러내는 동족을 마주한 태성은 극도의 불편함과 압박감을 느꼈다. 그건 진 일족들을 만났을 때와의 불쾌감과는 달랐다.

불편과 압박은 반발심리로 이어졌다. 비로소 홀로 사는 종들이 홀로 살 수밖에 없는 이유를 이해하게 되었다. 한 장소에서, 영역에 대한 의식을 지닌 같은 종의 두 마리가 공존할 수는 없는 법이다.

하지만 호락호락할 리가 없었다. 애초에 상대가 될 리가 없는지도 모르겠다. 비쩍 말라 푸석푸석한 털을 지닌 검은 호랑이의 앞발이 그를 내리치는 순간 태성이 느낀 것은 탈력이었다. 단순히 물리적 통증만이라면 버틸 테지만 가까이 다가가기만 해도 기운이 죄 그에게로 흘러들어갔다.

검은 호랑이의 털은 점차 윤이 흐르는 데에 반해 태성은 빠른 속도로 지쳐갔다.

그르렁.

사준은 그 풍경을 꽤 만족스러운 듯 바라보았다. 끼이익. 의자를 끌고 와 태연히 앉기까지 했다.

"미사, 사자와 호랑이의 차이가 뭔지 알아? 사자들은 무리를 이루고 수컷이 암컷을 여럿 거느리면서 영역사회를 구축해나가지만, 호랑이는 타자를 받아들이지 못하고 혼자 생활하면서 혼자만의 영역을 지키며 살지."

"무슨 개소리를 하는 거야."

"어미를 죽여야 하는 뱀 새끼나, 피가 이어져 있더라도 한 공간에서 사이좋게 살 수 없는 저 새끼들이나 참 가엾다는 말이지."

그때였다. 거대한 흑호가 태성의 목덜미를 물어 던졌다. 거의 건물이 무너질 것 같은 진동과 함께 천장에서 돌가루가 부스스 떨어졌다.

"태성아!"

미사가 그쪽으로 달려가려는 순간, 사준의 손아귀가 그녀의 뒷목을 잡아챘다. 미사의 뒷목에 순식간에 비늘이 돋아났다. 사준은 미사를 뒤에서 당겨 안으며 귓등 위에 속삭였다.

"끼어들면, 죽어. 어차피 저놈도 죽어."

"놓……."

"봐, 저 차이를."

사준은 순전히 자신의 욕심으로 저자의 빈 그릇을 채우는 데 도움을 주었던 짧은 시간 동안 절감했다. 끝없이 강한 자였다. 고만고만한 동족이라고 해도 100년 이상 묵은 것들은 무시할 수 없는 기운을 품고 있다. 오늘 이곳에서 죽은 놈들만 열 마리가 넘을 것이다. 그런 놈들의 기운을 그렇게나 먹어치우고도 반이나 찼을까.

싸우는 동안에도 기운을 채우는 바우와 빼앗기는 어린 태성의 승패야 불 보듯 뻔했다.

사준의 혀끝이 날름 미사의 뒷목에 올라온 비늘을 핥았다. 순간 돋아나는 소름에 미사가 홱 그를 밀쳐냈다. 사준의 팔은 의외로 쉽게 풀렸지만, 한 발자국만 움직여도 공격당할 것 같은 위압감에 미사는 멈칫 굳어졌다.

"……너, 왜 이렇게까지 하는 거야."

"멍청해서 묻는 건지…… 아니면 확인하고 싶어 묻는 건지…….."

"…….."

"어느 쪽이든 귀찮기는 마찬가지네. 뻔하잖아. 용운 님이 내 편을 들어 과리를 막아줄 리도 없고…… 그래, 용운 님은 과리의 상대가 안 돼. 그건 겪어본 내가 가장 잘 알지. 그리고 바우를 잡으려면 일단 잡을 수 있는 실체가 있어야 할 것 아냐. 지난 50년간 사라져 있었다 했는데 이번에 또 사라지면 어디서 어떻게 찾아야 할지 모르니까. 약간의 리스크가 있더라도 같이 있으면서 감시하는 게 낫지."

"네가 저걸 상대할 거라고?"

"그럴 리가."

사준은 어차피 용운이든 과리든 바우를 무시하지 못할 것이라는 데에 걸었다. 바우가 나타났음을 확신한 순간, 모든 계획은 처음과는 완벽하게 다른 탑을 쌓았고 사준에게는 어떤 결과든 사실 나쁘지 않았다.

"네가 여태까지 쌓아온 것들은?"

"우리 수명은 길어. 처음부터 다시 쌓으면 돼."

"……."

"미사, 너도 알겠지만…… 내가 너를 많이 아꼈어. 가능하다면 둘이서 다시 그때로 돌아가고 싶은 마음이야."

다정하게 속삭이는 사준의 얼굴 위로 돋아난 비늘은, 사준이 조금만 고개를 움직여도 바스라질 듯이 떨어진다.

아프지도 않은지, 가는 미소를 띤 사준이 혀를 날름거릴 때마다 미사는 밑도 끝도 없는 거부감에 소스라쳤다. 하지만 꼭 그만큼 사로잡힌 것처럼 움직일 수가 없었다. 미사는 거부하고 싶지 않은 기분에 사로잡혔다. 사준의 말이 전부 거짓말이라는 걸 알면서도.

그때, 비틀거리며 일어선 하얀 호랑이가 도약했다. 태성은 조금 전그를 날려버린 바우에게 달려가는 대신 미사와 사준 사이로 뛰어들어그대로 미사를 물어 올렸다. 정신을 차리기도 전에 미사는 태성에 의해 구석진 곳으로 옮겨졌다.

엉망진창이 된 모양새의 맹수가 숨을 헐떡이며 미사를 내려다보았다.

미사는 서서히 정신을 차리고는 참았던 숨을 내쉬었다. 태성의 혀가 미사의 뺨을 길게 핥았다. 큰 머리를 가로젓는다.

"여유롭네."

반사적으로 물러섰던 사준이 그들 쪽으로 걸어오며 중얼거렸다. 방해받았다는 사실에 못마땅한 기색이 만면에 가득했다.

하얀 호랑이가 다시 몸을 낮추었다. 매끈한 꼬리로 미사를 휙 밀어내며 다시 한 번 내달릴 자세를 취한다. 사준이 검붉은 눈동자를 부라리며 한 발 뗐다.

"방해하지 마, 짜증 나는 새끼야."

기다란 뱀이 쏜살처럼 날아들었다. 순식간에 수화한 살모사가 하얀 호랑이의 허리를 감고 바우에게 물렸던 자리를 독니로 찍어 눌렀다.

막 달려가려던 미사는 순간적으로 등에 닿는 손길을 깨닫고 놀라 뒤돌았다. 곽현이 미사를 구석으로 끌고 들어가며 심각한 목소리로 속삭였다.

"아까부터 저 시꺼먼 게 너만 보고 있어."

비로소 검은 짐승을 돌아본 미사는 끔찍한 기분에 사로잡혔다. 검은 호랑이가 맹렬히 그들을 향해 질주하고 있었다.

아직 기능을 잃지 않은 미러볼의 조명이 우스꽝스럽게 그것을 비추었다. 본능의 적신호가 번뜩거렸다. 수화한 미사가 상윤과 곽현을 휘어채 천장의 파이프로 솟구쳐올랐다. 그러나 뱀이 네발 달린 짐승보다 움직임이 반사적인 방향 전환이 어려운 건 자명한 진실이다.

검은 호랑이도 그 즉시 튀어올랐다. 상윤과 곽현을 위로 던진 검은 구렁이는 맹수에게 휩쓸려 추락했다.

"으아아!"

곽현이 먼저 파이프에 착지해 상윤의 손을 잡았다. 파이프에 대롱대롱 매달린 상윤이 숨을 헐떡이며 아래를 내려다보았다.

하얀 호랑이가 살모사를 등지는 순간이, 검은 구렁이가 맹수의 몸을 휘감아 올리는 순간이 느리게 흘러간다.

엄청난 포효가 울려퍼졌다. 누구로부터의 울부짖음인지 모른다.

상윤은 무작정 밖으로 튀어나갔다.

'난 여기서 안 죽어!'

라운지 클럽이 위치한 골목은 평소와 다르게 수십 명의 인적으로 붐볐다. 보통의 개라고 말하기에는 커다란 짐승들이 근처를 어슬렁거리고 있었다.

흉흉한 눈빛의 남녀들이 통제하고 있는 길목 안쪽으로 검은 세단한 대가 섰다. 차에서 내린 건 덕훈과 그를 따르는 술 일족들이었다. 덕훈은 30대 중반쯤 되어 보이는 젊고 훤칠한 남자로, 술 일족들의 두목 대우를 받는 자다. 그의 바로 곁에는 성인 남자의 허벅지까지 올라오는 커다란 크기의 셰퍼드 한 마리가 늠름하게 서 있었다.

"오셨습니까."

"상황은?"

"도망친 사람들의 얘기를 들어보니 한사준이 이상한, '뭔가'와 함께 나타나서 무차별적으로."

차마 말을 이을 수 없다는 듯 착잡하게 말끝을 흐린다.

그리고 뒤이어 또 한 대의 차량이 도착했다. 애경과 견우가 심각한 얼굴로 차에서 내려 통제된 골목 안쪽으로 들어섰다. 견우는 덕훈을 발견하자마자 납작 몸을 숙였다.

"아이고, 장인어른. 여기까지 직접 나오셨습니까!"

덕훈은 비딱하게 견우를 흘긴 후 애경과 눈인사를 나누었다. 애경이 물었다.

"담군은요?"

"소식이 두절됐다."

덕훈의 목소리에는 날이 서 있었다. 견우는 표정을 어둡게 했고, 애경은 걱정 어린 표정을 지었다. 중간중간 덕훈에게 근방의 현황을 알리는 망꾼들이 다녀갔다.

문 앞을 지키던 개들은 범상한 녀석들이 아니었다. 그런데 힘도 쓰지 못하고 '기운을 전부 빨려 죽었다'. 행동대장격이었던 담군도 소식이 끊겨버렸다. 기운을 빨려 죽은 이들의 상태는 여태까지 사준에게 살해당했다 알려진 사 일족들과 비슷했다.

"한사준이 저런 짓을 했다고요?"

"혼자가 아니겠지. 가하람 님이 이미 경고하신 게 있었으니까."

과리라는 이름이 되살아나고 바우라는 이름이 오르내리기 시작한 순간부터 큰 이변이 생길 것은 알았다. 그러나 덕훈은 자신이 안일했음을 인정했다. 용운이 '그놈들의 일은 이쪽 선에서 정리해볼 테니 너는 뒷수습에 힘쓰라.'고 했던 말을 너무 철석같이 믿은 탓이다.

건물 주위에 둘러쳐진 결계 안쪽에서 별의별 기운들이 다 들썩이고 있다. 그중에는 도무지 덕훈으로서도 헤아리기 어려운 기운이 섞여 있다. 섣불리 안으로 들어가지 못하는 것도 그 때문이다.

그때, 건물 밖으로 웬 밀뱀 한 마리가 튀어나왔다.

성인 남자의 다리만큼 굵직한 밀뱀은 건물 벽을 타고 내려오다가, 지천에 깔린 개들의 냄새를 맡고 혀를 날름대며 바짝 굳었다. 덕훈의 푸른 눈동자가 밀뱀에게 향했다.

"잡아."

"내가 잡아올게요."

애경이 서늘히 웃으며 소매를 걷어붙였다. 견우는 "여보, 여보야. 꼭 그래야 해?" 하며 불안한 기색을 했지만 애경은 어느새 날카롭게 돋은 이를 갈며 뛰어오른 후였다.

'아나, 저 개새끼들!'

겨우 구사일생으로 도망쳐나온 상윤은 할 수만 있다면 비명을 지르고 싶었다. 겨우 살았다 싶었는데 개들이 수십 마리나 지키고 있었다.

"어디를 도망가."

벽의 울퉁불퉁한 파이프를 한 손으로 쥐고 매달린 애경이 지근거리에서 멈췄다. 상윤이 눈을 번뜩였다. 정신억압을 사용하려 했으나 애경은 가소롭다는 듯 상윤을 걷어찼다.

벽에 감기듯 붙어 있던 상윤이 발작하듯 몸을 비틀며 굴러떨어졌다.

"어디서 협잡한 수작질이야……, 이 뱀 새끼가 말이야."

바닥에 떨어진 상윤이 최대한 빠르게 정신을 차리고 골목 구석으로 기어가려 했다. 하지만 가볍게 상윤의 길목에 착지한 애경이 한 발로는 상윤의 꼬리를, 한 손으로는 상윤의 목을 움켜쥐었다.

"저 안에서 도망쳐나온 녀석이겠지."

『아 씨, 놔라, 놔! 이 아줌마야! 이럴 때가 아니라고!』

상윤은 자존심이 상해 죽을 지경이었다. 개 따위에게 이렇게 치욕스러운 꼴을 당하다니! 그런데 눈앞의 개가 좀 많이 셌다. 몸부림칠수록 더욱 세게 쥐어오는 악력이 장난이 아니었다.

『씨팔! 질식하겠……!』

쉿쉿거리며 눈을 까뒤집는 상윤을 구해준 것은 덕훈이었다.

"애경아, 물러나라. 어차피 도망치지 못할 테니까."

그 말이 사실이었다. 애경과 상윤을 둘러싸고 골목 입구부터 반대

533

편 도로까지 치밀하게 에워싼 술 일족들은 상윤을 놓아주지 않을 것이다.

애경이 순순히 상윤을 패대기쳤다.

"대화 좀 하자."

뱀이 휙 머리를 들어 세웠다. 대화는 무슨! 하지만 애경도 애경인데, 그의 뒤에 서 있는 남자의 기세가 여간 범상한 것이 아니었다. 술의 덕훈이었다. 그자에 대한 무용담은 여럿 들어왔다. 개들의 충성을 받는 일족.

땅이 움푹 패도록 머리를 부딪친 상윤이 서서히 수화를 풀었다. 날이 너무 추워 입술이 파랗게 떨렸다. 상윤이 눈을 부라리며 소리쳤다.

"지금 이럴 때 아니거든요! 빨리 들어가서 어떻게 좀 해! 무고하고 엄한 뱀 붙들고 멱 잡는다고 뭐라도 해결될 줄 알아?"

덕훈은 걸치고 있던 코트를 툭 상윤에게 벗어 던져주며 쪼그려 앉았다.

"네 녀석, 요 며칠 에덴에서 버티고 있었다는 그 뱀 중 한 명이냐?"

"아 씨, 마…… 맞는데."

"……."

"……요."

휙 성질을 내려던 상윤은 덕훈에게서 느껴지는 고압적인 기운에 저도 모르게 꼬리를 내렸다. 과연 반천 년 장수한 자라, 고작 100년도 안 된 상윤에게는 까마득한 사람이었다.

"이 껍데기를 벗겨 술에 담가먹을 새끼야, 무슨 일인지 설명해봐라."

"그럼 놔줄 거야? 요?"

"사시미로 회 떠 먹어도 모자랄 비늘짐승 새끼야, 설명을 한다면,

설명하지 않는 것보다는 오래 살겠지."

다정하게 눈을 접어 웃는 덕훈의 등 뒤로 보란 듯이 와서는 두 마리의 개가 상윤을 죽일 듯 노려보고 있다.

상윤은 울상을 지었다. 첩첩산중이었다. 누가 나 좀 살려주라.

"지금 저 안에, 저 안에, 미친 인이 두, 두 마리란 말이야……!"

"두 마리라고?"

압도적인 기운이 그들 사이로 파고들었다는 것을 깨닫기도 전이었다. 낯선 목소리가 끼어들었다. 온몸이 뭉개지는 듯한 중압감에 얼어붙었던 상윤이 고개를 들었다가 히끅 딸꾹질을 시작했다.

"요, 용운, 님, 과리……."

용운을 발견하고 반색하다가 그 옆에서 오만상을 찡그리고 있는 과리를 발견하고 죽은 듯 엎드렸다. 과리가 사 일족들에게 화가 나 저지른 사고는 지나가던 개미새끼도 알 만큼 커다란 일이었다.

덕훈은 통제 결계를 아무런 이물감 없이 뚫고 나타난 그들을 알아보고 고개를 가볍게 까닥여 인사했다.

"일이 예상보다 빠르게 터졌습니다."

"그래, 나도 소식 들었어. 저 안에 미사가 들어가 있다고 연락 받았다."

"그러셨습니까?"

하도 뻗대는 과리를 어떻게 패야 말을 들을까 고심하며 앓던 중 모르는 번호에서 연락이 왔다. 난리가 났다고, 미사가 연락을 전달하라고 했다며.

과리는 내내 '너 좋을 일을 내가 왜 해?' 하며 용운의 속을 긁더니, 막상 일이 터졌다고 하자 발바닥에 가시가 돋친 사람처럼 구경 타령을 했다.

용운이 물었다.

"네가 나한테 문자 한 녀석이냐?"

"아뇨, 그, 그건 곽현 형이."

"그놈은 어디 있어."

"몰라요?"

상윤은 비로소 곽현의 부재를 깨달은 사람처럼 주위를 두리번거렸다. 무작정 혼자 뛰쳐나왔던 것이 떠올랐다.

"아마 아직 안에 있을 것 같은데."

그러나 얼굴에 수치심은 전연 없어서 술 일족들의 눈살을 찌푸리게 했다. 용운은 알 만하다는 듯 혀를 차더니 커다란 기운이 요동치는 건물을 바라보았다.

"두 마리."

지금 저 건물이 버티는 것은 술 일족들이 보안과 안전을 위해 겹겹이 쳐놓은 기운 덕분일 것이다. 이미 금이 가고 상층부는 무너져 속 알맹이와 철골을 흉물스럽게 내보이고 있다.

"너무 늦었나."

그리고 어느새, 철골 위에 쪼그려 앉은 푸른 머리카락의 남자가 존재했다. 걱정스러운 얼굴로.

"어때."

"무너질 것 같은걸."

"살아 있는 놈들은 몇이나 되는 것 같아?"

건물을 휘두른 결계 안쪽에 있는 가하람의 시선은 아래쪽을 향해 있다. 마치 그는 내부가 보이기라도 하는 것처럼 혀를 쯧쯧 찼다가 난감하다는 듯 눈을 키웠다가 하는 반응을 보이고 있었다.

"대충 숨이 감지되는 건, 열댓 마리는 되는 것 같지만 움직이는 건

서넛 정도."

"그리고 중요한 거."

"두 마리."

"오, 진짜 두 마리나 돼? 인들이 한 지역에서 영역다툼하고 있는 거야? 이거 재밌겠…….."

퍼뜩 고개를 든 과리가 이죽이며 웃자 용운이 그의 엉덩이를 걷어찼다.

"시끄러워, 이 만사태평한 새끼야."

바우는 마치 블랙홀 같았다. 기운이 순식간에 빨려들어간다. 검은 구렁이로 변한 미사가 몸을 뒤틀며 요동쳤다.

『미사!』

울부짖음처럼 들리는 포효가 쩌렁쩌렁했다.

하얀 호랑이는 제 등가죽이 찢어진 것도 의식하지 못한 것처럼 맹목적으로 달렸다. 그러나 검은 맹수의 상대도 되지 못해 기운에 가로막히고, 밀려나고, 벽에 부딪쳤다. 그러나 또다시 날아가고, 또다시 벽에 부딪치면서도 끝까지 일어선다.

사준은 그 모든 광경을 남 일처럼 바라보았다.

미사를 먹는 건 자신이 될 거라고 생각했는데 바우가 먼저 눈독을 들였다는 사실에 조금 불쾌한 것도 같았다. 아니면, 자신이 아니라 저 기형적인 꼬리를 가진 하얀 호랑이 새끼가 미사를 구하려 안간힘을 쓴다는 사실 때문에 화가 난 것 같기도.

기운이란 장생종의 생명과 맞닿아 있는 중요한 기질이다.

바우는 끝없이 채우고 채워도 차지 않는 그릇 같았고, 미사의 기운을 죄 뜯어먹고도 모자라다 덤벼들 모양새였다.

검은 맹수의 앞발에 짓눌려 발버둥 치던 구렁이의 몸에서 힘이 빠지는 것이 보였다. 미사의 노란 눈동자가 느릿느릿 움직인다. 곧 수화를 유지할 기력도 남지 않을 것이다. 그렇다면 정말로 도망도 치지 못하고 죽을 터다.

하얀 호랑이가 피에 젖은 앞발로 바닥을 박차고 다시 달려갔다. 그러나 보란 듯이 미사를 '잡아먹으려 하는' 검은 맹수에게는 닿지도 못했다.

온몸에서 열이 치미는 것 같았다.

'미사.'

가하람의 말이 되새겨졌다.

「너는 아직 불안정하고, 그 기형적인 형태에서 벗어날 수 있을지 없을지조차 모르는 상황이지. 수화했을 때의 모양새가 흉하다는 것은 어쩌면 네게는 크게 문제가 되지 않을는지 모르지만, 너도 느낄 것이다. 기운은 기질이고, 기질은 개체를 바꾼다. 불안정한 기질은 너를 망가뜨릴 수도 있단다. 완전히 미쳐버릴 수도 있지. 네 아버지라는 바우를 마지막으로 보았을 때 그는 완전히 망가진 기운을 가지고 있었다. 태생이 백색종임에도 불구하고 오염된 기운으로 인해 새까맣게 보일 만큼 굉장히, 위험한 존재였지.」

태성은 몸이 타들어가는 것 같았다. 심장이 너무 빠르게 뛰어서 사지가 뒤틀리는 고문을 당하는 기분이었다. 바우에게 기운이 빨려들어갈 때에도, 사준의 송곳니에 물어 뜯겼을 때에도 이토록 아프고 이토록 공포스럽지는 않았다.

「네가 그런 위험한 상태가 되면, 용운은 너를 죽일 거다.」

도망치고 싶었다. 그에게 이런 목숨을 건 싸움은 낯설고, 두려운 것이었다. 자기 자신을 완벽하게 잃어버리는 것은 상상할 수조차 없었다. 그는 최소한 그동안 자신을 이루어왔던 '자신'을 유지하고 싶었고, 그래서 미사에게 '도망칠까요.' 청하기도 했었다.

하지만 태성은 이해할 수 없는 이유로 미사는 이 일이 해결되기를 바랐다.

내심 안일했던 모양이었다. 아버지라는 존재가 나타났을 때조차도 이제는 미사 하나쯤은.

'하나쯤은 지킬 수 있을 거라고 생각했는데.'

그럴 수 있었어야 하는 거였는데.

당연한 일인지도 모른다. 아무리 아비 되는 종이 대단히 포악한 인이라고 해도, 태성은 겨우 반백 년 묵은 어리디어린 일족이었다.

서 있는 것조차도 버거웠다. 몸이 타들어가는 것 같다. 희뿌연 김이 하얀 호랑이의 전신을 휘감기 시작했다. 붉은 눈동자에서 피처럼 짙은 물기가 흘러내렸다. 그르러엉…… 그르릉…… 그의 눈에만 아름다울지 모를 검은 구렁이의 발버둥이 잠잠해질수록.

목 안으로 끓어오르는 울음소리를 그칠 수가 없었다.

천장에서 느껴지던 두 마리 뱀의 기척이 멀어졌다.

『등을 보이면 안 되지..』

뱀의 혀가 쉿쉿거린다. 칼날처럼 돋아나고, 벼려진 발톱이 그에게 달려들려던 살모사의 목을 그대로 베어냈다.

'이게 무슨 일이지.'

사준의 가죽은 코끼리만큼이나 질기다. 이렇게 성의 없이 휘두른 손길에 잘려나갈 수 있는 것이 아니었다. 진태성은 반은 포식종, 반은 피식종이다. 순혈도 아닌 주제에 이렇게나 강할 리가 없다.

이렇게 예리할 리가.

'이거, 죽는 건가?'

고꾸라진 사준은 웅덩이를 이룬 자신의 피를 바라보았다. 재생이 더디다. 태성의 기운이 파고들어 혈관을 떠돌고 있었다. 기운이 마구잡이로 요동치며 흩어진다. 그리고 그건 고스란히 바우의 먹이가 되고 있었다.

엄청난 폭발과 함께 검은 맹수의 몸이 종잇장처럼 날아가는 것을 보았다. 처음으로 작은 것이 보인 압도였다. 빨려들어가는 기운보다 방출되는 기운이 더 거세서, 육체가 불완전한 검은 맹수의 몸도 찢겨 나가고 있었다.

하얀 호랑이의 몸이 서서히 거뭇한 기운으로 둘러싸이기 시작했다. 붉은 눈동자는, 이곳의 모든 적안들보다도 섬뜩한 색이었다.

사준은 허망함에 잠겼다.

태생이라는 건 참으로 조악하다. 누군가는 그리 열망하고 바라도 저런 강함을 가질 수가 없는데. 누군가는 그저 그렇게 태어났다는 이유만으로도 모든 것을 파괴해 공포감을 심어줄 수 있었다.

그리고 움직이지 않는 미사.

사준은 너덜거리는 제 몸을 비틀어 그녀에게 기어갔다. 크게 아가리를 벌렸다. 생명력을 잃어가던 금빛 눈동자가 그를 향해 중얼거렸다.

『오빠……..』

살모사는 구렁이의 머리맡에 머리를 뉘었다. 입을 벌릴 힘조차 남

540

지 않았다. 마지막까지 떨쳐지지 않는 지독한 열등감에 눈물이 났다.

차가운 바람 내음을 풍기는 미지근한 손이 다가왔다.

"환장하겠네."

단서가 될 만한 것은 아무것도 없었다.

발자국 하나 남기지 않은 바우는 정말로 아무런 기운도 증거도 남기지 않아 그게 오히려 근거가 되는 사람이었다. 하지만 살아 있는 것은 기운을 품기 마련이고, 기운이란 건 늘 산 것의 육신에 충만한 법이다. 이제까지의 살해 방식이 아닌, 기운을 빨아먹는 살해 방식은 아마도 '그 때문'일 거라고 추측했고, 그건 적중했다.

지하의 천장으로 내려온 가하람은 겁먹은 곽현으로부터 상황을 전달받았다.

"이거이거, 작정을 했군."

전부 다 빨려들어간다. 과연 그랬다. 가하람은 마지막 보았을 때와 꼭 같은 외양을 한 검은 짐승이 바우라는 것을 확신할 수밖에 없었다.

하지만 지금은 양상이 좀 달라진 것이 분명하다.

하얀 호랑이가 방출하는 악 섞인 기운이 빨려들어가는 양보다 더 사납고 난폭해서, 검은 맹수는 이내 흉물스러운 꼴이 되었다.

검은 쪽은 노련하고 교활하지만, 완성되지 않았다. 아니, 처음부터 깨진 구멍에 계속 기운을 퍼담으려고 하는 것이니 온전할 리가 없다. 그렇다고 하얀 쪽이 더 상황이 나은가 하면 아니었다. 하얀 쪽은 형편없이 어리고 제련되지 않은 기운을 가졌다. 스스로가 스스로의 기운을 활용할 줄도 모르는데 우위를 점할 수 있을 리가 없다.

이성을 잃고 무작정 달려드는 것이다.

하얀 것의 꼬리는 가뜩이나 아슬아슬하게 지하를 지탱하는 기둥을 때려 부수고, 주둥아리에 걸리는 모든 것을 물어뜯어대며 끊임없이 검은 쪽을 쫓고 있었다.

점점 더 거세지는 걸 보아, 저놈이 제 목숨값 계산마저 못 할 만큼 정신이 나간 모양이다. 말려야 하는데. 설상가상 검은 쪽은 상처를 입으면 입을수록 더 넓은 곳까지 기운을 빨아들이는 영역을 확장했다.

가하람은 놀라울 정도로 빠르게 소진되는 자신의 기운을 느끼며 신음했다. 제 기운이 적에게 좋은 일이 된다는 게 난감했지만, 떠날 수도 없었다.

곧이어 목소리가 울리기 시작했다.

"……아, 어차피 나는 구경만 할 거라니까? 이 도시가 망하든, 안 망하든 내가 알 바인가."

"그래, 알겠으니 조용히 가면 안 되겠냐고."

'이제야 왔나.'

가하람은 내심 안도했지만, 이미 이성을 잃은 두 마리가 날뛰어 한 치 앞도 분간하기 어려운 상황에서 다른 '두 마리'가 난입하는 게 옳은 일일까 하는 점에 대해서는 회의적이었다. 게다가 기운이 강하면 강할수록 검은 쪽으로 흘러들어가는 농도가 짙어진다.

"네가 나를 끌고 가려는 수작이 뻔하니 그렇지."

"어떻게 심성이 그리도 꼬여 있는지."

"지겹도록 오래 살아 이런다. 한데…… 이야, 오랜만이야. 인들끼리 치고받고 물어뜯고 죽이네 사네 하는 거 장관이잖아."

점점 가까워지던 목소리는 어느새 가하람의 바로 옆에 내려앉았다.

어느새 뛰어올라온 과리가 파이프를 디디고 섰다. 곽현이 놀라 몸을 조금 더 멀리로 피하며 웅크렸지만 정작 과리는 그에겐 눈길도 주지 않았다.

'바우의 기운이 빠른 속도로 강해졌군.'

용운은 입구 쪽에 서서, 육안으로는 잘 보이지 않을 만큼 뜨거운 열기와 시꺼먼 기운과 부딪치는 안개 같은 기체층을 뚫고 그 안쪽을 바라보고 있었다.

쾅! 하얀 호랑이가 벽에 부딪치는 순간 건물 한쪽이 완전히 무너져 내렸다.

"조심해."

가하람은 기울어지는 파이프 아래로 떨어지려는 미사를 붙들었다. 잔뜩 쫄아 굳어 있던 곽현이 수화해 미끄러지려는 사준을 둘둘 감아 지탱했다.

과리는 혼자만 여유롭게 균형을 잡고서는 아래를 내려다보며 중얼거렸다.

"저거 폭주했네. 저거 반편이라고 생각했는데 겁 없는 게 배짱은 쓸 만하네."

"너 빼고 다 쓸 만해."

아래로부터 용운의 목소리가 울렸다. 포효 속에 섞인 태연한 음성을 포착해낸 과리가 팩 고개를 돌려 쏘아보았다.

"너 이상하게 자꾸 나한테 못된 말을 쏟아내는데 말이야."

지진이라도 난 것처럼 땅이 흔들린다. 머리 위로 후드드 떨어지는 돌덩이와 석회가루를 털어내며 과리는 키득키득 웃었다.

"그나저나 저게 흰둥이야? 이제 흰둥이가 아니라 검둥이라 불러야 하나. 저 앞의 놈이 더 흰둥이에 어울리네. 대체 저놈들 둘 다 왜 저리 미쳤누?"

"나한테 묻지 마. 난 네 정신머리도 왜 그렇게 미쳤는지 궁금하니까."

"내가 왜. 용용이 자식이 말만 하면 계속 이 몸을."

가하람은 얕은 한숨을 내쉬었다. 용운과 과리는 장생종의 대표격인 인물들이었다. 별의별 꼴을 다 보며 살아남은 자들에겐 이런 상황이 그다지 심각하지 않게 느껴질 수야 있겠지만.

"거, 한사준 그 새끼한테는 나중에 내가 따로 볼일이 있으니까."

구석진 곳에서 사준을 품고 버티던 곽현이 얼어붙었다.

"가하람이라고 했지, 너. 쟤네 물고 나가라. 미물들 거슬린다."

얼마간 사태를 관망하던 용운이 관찰을 끝낸 것처럼 과리의 옆으로 훌쩍 뛰어올라와 말했다.

"야, 가서 싸워. 나도 네가 거기서 그렇게 구경하고 있는 거 거슬려."

"싫어."

"너 좋아하잖아."

"말했잖아. 네가 시키는 건 안 하느니라, 용용아. 그리고 뻔하지 않아? 내가 저놈이랑 엎치락뒤치락하면서 힘 빼고 있을 때 네가 내 뒤통수 칠 거. 그게 네 취미잖아. 딴 놈들 앞세우고 고상하게 어부지리를 취하시는 거지."

용운은 비딱하게 웃으며 어깨만 으쓱했다. 내심 찔리는 걸 내색하지 않기 위해 힘이 좀 들었다. 하지만 그것도 그럴 것이, 용운은 평화주의자이기도 했지만 광역 능력에 특화되어 있었다. 그 말인즉, 다수를 한꺼번에 상대하는 데에 더 효율적이란 뜻이다. 과리나 바우처럼 개체 하나하나를 상대하는 능력은 약했다.

가하람이 조심스레 말했다.

"건물이 무너져도 어차피 저들은 살 테지만, 아무래도 정신을 잃고 쓰러져 있는 녀석들 중에서도 저 아래 살아 있는 이가 몇 있는 거 같습니다."

하지만 아래로 내려가기에는 힘든 상황이다. 과리가 대수롭잖게 중 얼거렸다.

"약한 놈은 죽어야지."

"과리 님……."

이런 걸 아군이라고 꼬셔오느라 시간을 낭비한 게 과연 잘한 일일까. 가하람이 진지하게 염려된다는 얼굴로 용운을 향해 눈길을 주었을 때였다.

팔짱을 낀 채 꼼짝도 않는 과리를 흘겨보던 용운이 과리의 등을 탁 밀었다.

"아, 실수."

말이야 탁 밀었다지, 아예 내던져지는 수준이었다. 둥그런 파이프 위에 서 있던 과리가 순간적으로 "억!" 소리를 내며 추락했다. 와당탕! 소리가 나며 기물이 파손되는 소리가 들렸다. 악하게 뒤엉킨 김 속으로 추락하는 붉은 머리카락이 이내 흐려졌다.

아래로부터 고함이 쩌렁쩌렁 올라왔다.

"야, 이런, 육시할! 너 용용이 새끼……!"

검은 맹수와 거리가 좁혀지자 과리에게서도 눈에 띌 만큼 많은 양의 기운이 빨려나가기 시작했다. 하지만 과리는 조금도 개의치 않는 모양새다. 바로 얼마 전에 다시 자신의 일부를 되찾아 힘이 넘쳐나던 때였으니, 간지럽지도 않았다.

하지만 용운은 달리 생각했다. 저리 제 기운만 야금야금 빼앗기며 놀다간 정말 크게 경을 칠 것 같다.

용운은 비장의 한 수를 꺼내기로 마음먹었다.

"과리, 너 죽은 후에 바우가 뭐라고 했는지 아냐?"

용운의 말에 과리가 고개를 젖혀 용운을 바라보았다. 용운의 눈에는 과리의 시뻘건 눈동자가 참 거북스럽다 싶으면서도 천진해 보였다.

"민들레 꽃씨처럼 연약해서 가지고 노는 맛도 없는 놈이라던데."

"야, 그때 너네 2대1로 덤볐으면서! 처음엔 3대1이었잖아!"

"마르미는 뭐…… 창피하게 그 녀석도 치냐? 그놈 끝물에 나랑 바우가 합류했던 건데."

"이 새끼들이 정말……!"

그 순간 시꺼먼 덩어리가 날아들어 과리의 몸을 날려버렸다.

"으억!"

흰 호랑이의 기운에 밀려났던 검은 맹수였다.

"이런, 주제도 모르는 들개 새끼들이!"

금세 분노의 화살을 돌려버리는 과리의 단순무식함과 함께 팽창하는 진의 기운을 느낀 용운이 피식 웃으며 중얼거렸다.

"병신."

가하람이 황당하다는 얼굴로 용운을 바라보았다.

"왜? 원래 중개업자가 제일 꿀 빠는 거다. 어차피 난 저놈들 못 이겨. 그런 눈은 뭐냐."

가하람의 그런 눈빛을 '왜 너는 아무것도 안 하냐.' 정도로 받아들인 모양이다. 말을 말아야지 하며 가하람이 어느새 수화가 풀린 미사를 안아들었다.

"일단 밖으로."

용운은 턱짓했다.

나 진짜 열받았어! 하는 쩌렁쩌렁한 고함과 함께 한 마리의 거대한 용이 솟구쳐올랐다. 간신히 무너지지 않고 버티던 건물의 천장이 순식간에 부서져 뻥 뚫렸다.

솟구쳐올랐던 붉은 비늘의 용은 그대로 머리의 방향을 바꾸어 건물의 벽을 죄 부숴 날려버리며 다시 지하로 쏜살처럼 떨어져 내렸다.

눈앞이 보이지 않을 만큼 자욱한 돌가루가 휘날렸다. 곽현은 멍하니 하늘을 올려다보았다. 분진이 가라앉자 밤하늘에 박힌 형형색색의 별빛이 보인다. 마치 미러볼 같다고 생각했다. 이 라운지 클럽이 있는 술 일족들의 영업장에 너무 오래 처박혀 있었나 보다.

'사준, 네가 100년을 깝쳐도 저런 놈들은 못 이긴다고. 좀 일어나서 보라고.'

과리는 모처럼 제게 온전히 쏟아지는 살의가 아주 반가운 것 같았다. 옛 생각이 나는 것도 같고, 잊고 있던 흥분이 떠오르는 것도 같고 하니. 용운에게 놀아나지 않겠다는 각오는 무지개처럼 사라졌다.

뜨거운 김은 시야에 방해가 되지 못한다. 두 마리의 기운이 매섭게 부딪치는 것만 읽어내도 충분했다. 폴짝 뛴 과리가 거대한 맹수의 머리통에 착지했다.

『욘석아, 너는 그 녀석이 아니구나. 흰둥이는 적어도 이렇게 협잡하게 남의 기운 빨아먹는 기생충 같은 짓을 하지는 않았단 말이지. 내가 기억하는 흰둥이는 꽤 품위가 있는 또라이였어. 아하하하!』

그러다가 휘청거렸다.

『하하하하, 이 미친 녀석아. 봐라, 용용아. 이 검둥이 오랜만에 보니 완전 돌아버렸어! 아나, 저 하얀 새끼는 왜 자꾸. 야, 야, 야!』

용운이 걱정스럽게 말했다.

"네가 기운을 남발하면, 저 껍데기는 더 커져."

과리는 듣는 기색이 없다. 그렇게 생각했는데, 이리저리 다 부수고 누비고 다니면서도 대답을 한다.

『나도 알아, 이 선비 같은 놈아.』

"알면서도 기운을 죽일 생각을 않는 네 녀석의 멍청함에 애도를 표한다."

『하하하하, 이 미친 녀석이 정말 열받게 하는데!』

'그런 것치곤 너 너무 신나 보이는데.'

과리는 크르릉거리며 제 목덜미를 물어뜯은 바우를 짧은 다리로 바동바동 후려치다 바닥을 굴렀다. 하얀 쪽은 어느새 많은 기운을 소진했는지 숨을 쌔액쌔액 뱉으면서 다시 자세를 낮춘다. 또다시 뛰어들 기세였다.

'엉망진창이군.'

용운은 건물을 받치는 지반을 진정시키는 데에 그의 정신을 집중했다.

건물의 천장에서 뚝뚝 돌덩이가 떨어져 내리기 시작했다. 곧 무너질 모양새였다. 이곳은 지하이니 무너지면 그들로서도 참 빠져나가기 곤란하다. 그리고 세간의 이목을 끌게 되는 것도 좋지 않고.

그러나 염려도 잠시, 과리가 바람을 한 번 일으키자 그 바람이 닿은 온갖 곳이 김이 일어날 만큼 빠르게 얼어붙었다.

용운이 반사적으로 결계를 쳤다.

"말 좀 하고 쓰지?"

『누구 좋으라고……!』

과리가 낄낄거리며 데구르르 바우의 배 아래로 기어들어간다.

바우는 바닥을 박차고 뛰어올라 또다시 과리를 내려쳤다. 바우의 기운이 닿는 곳은 다시 뜨거운 김을 뿜으며 녹아내린다. 과리의 기운이 얼리면, 바우의 기운은 녹인다.

숨을 헐떡이며 엎어졌다가 다시 일어선 태성이 재합류했다. 태성과 과리의 기운이 동시에 쏟아지자 검은 맹수는 주춤하며 어쩔 줄 몰라 몸을 사리기 시작했다. 하지만 빨려들어가는 기운의 농도는 점점 짙어져서, 회복이 눈에 띄게 빨라지는 것도 동시에 보였다.

'이거 끝이 없겠군.'

과리는 지금 힘이 넘치는 것 같으니 좀 적당히 소진해도 된다. 하지만 하얀 쪽은 어떤가.

쿠당탕탕 소리와 함께 거대한 호랑이의 엄니에 피투성이가 된 과리가 그르렁거리며 몸을 떨었다.

이어 엄청난 기운을 그대로 쏟아내기 시작했다. 용운은 기가 막힌다는 표정을 지었다. 기운만으로 적을 제압하는 것은 상대의 종이 먹이사슬의 아래에 있거나 동족이라도 개체가 훨씬 약할 때에야 가능한 것이다. 그걸 저놈이 모를 리도 없고, 지금 제 기운이 얼마나 많이 흡수당했는지도 느꼈을 텐데.

"너 이 정신 나간……!"

『이, 하얀 것 좀 치워! 이번엔 내가 이긴다!』

과리의 꼬리에 태성이 날아가 벽에 부딪쳤다. 벽이 완전히 뚫리며 수도관이 터져 비 같은 물줄기가 쏟아지기 시작했다. 순식간에 쫄딱 젖어버린 용운은 말을 잊었다.

'아…….'

곧 눈조차 뜰 수 없을 만큼 커다란 돌풍과 함께 빛 덩어리가 터져나
왔다.

『이 정도는 되어야 재미있지!』

'병신…… 새끼.'

저런 게 제 동족이라니. 수치스러울 지경이다.

하지만 그보다 더 염려가 되는 것은 스스로 통제를 잃은, 어린 녀석
이었다. 뚫린 벽 속에서 아직도, 흐느낌 같은 그르렁 소리가 울렸다.

스스로 감당하지 못하면 죽여야 하는 법이다. 나이도 어린 것이 이
성을 놓았다고 저 바우와 물어뜯고 싸우는 것을 보아하니 후환의 싹
은 잘라내야겠다는 생각이 들었다. 하지만 화서의 마지막 말을 떠올
리니, 아무리 용운이라도 입이 쓴 건 어쩔 수 없었다.

「엇나가지 않도록 도와주시고…… 혹여, 실수하더라도 두 번은 용
서해주시고……. 그 아이의 앞길을 부탁드립니다.」

우리 귀여운 미사도 슬퍼할 텐데. 그런 생각이 들었다. 이래서 정이
많으면 안 된다.

"어쩔 수 없지."

용운은 다시 이 상황을 악화시키기 위해 도약하려는 피투성이 백호
의 정수리를 노려보았다. 그의 손끝에서 살의로 제련된 금빛 기운이
피어났다.

가하람은 살아남은 이들을 싣고 밖으로 나왔다. 몇몇 손님이었던
일족들은 간신히 목숨만 부지한 채였다. 저 속에서 살아남은 것만으
로도 충분히 장하다 할 만한 일이다.

술 일족들이 달려와 생존자들을 들것에 싣고 가기 시작했다.

곽현이 마지막까지 포기하지 않고 껴안은 목 뜯긴 살모사를 내려놓았다. 사준은 마치 시체처럼 보였으나 간간이 검붉은 눈동자가 움직이는 것으로 보아 죽은 건 아니었다. 술 일족들은 대번 반감을 드러내며 으르렁거렸다. 가하람이 눈짓하자 덕훈이 나서서 그들을 물렸다.

가하람은 수화가 풀린 미사를 조금 떨어진 곳에 내려놓았다. 내내 초조하게 서 있던 견우가 달려왔다.

"저, 저, 태성이는……."

상윤의 제보 때문에 조성된 공포심은 가하람의 등장으로 한풀 꺾였으나, 견우는 태성이 저 안에 있다는 이야기를 들은 이후로 오히려 좌불안석이었다.

가하람은 끈적한 것이 묻은 등이 불쾌한 듯 몸을 부르르 털더니 곧 견우가 입고 있던 코트를 홱 물어 당겼다. 휘청거리며 얼결에 코트를 벗어준 견우가 눈을 끔뻑인 순간, 가하람이 수화를 풀고 견우의 코트를 걸쳐 몸을 가렸다.

"저 녀석들도 좀 챙겨. 수습해."

피곤한 음성으로 말했다.

미사의 몸에도 코트를 걸쳐주었다. 가하람이 사준의 목의 상처를 가만 들여다보다가 살며시 기운을 불어넣자 사준의 거대한 몸이 요동치기 시작했다. 호의를 적의로 판단하는 어리석은 뱀을 이대로 죽게 둬도 좋겠지만, 가하람은 꿋꿋하게 사준의 재생세포를 일깨우기 위해 기운을 내주었다. 태성의 기운을 가다듬어준 것과 같은 맥락으로.

한참 후에야 호흡이 편안해진 것처럼 몸통을 부풀렸다 부피를 줄이기를 반복하던 사준이 서서히 작아졌다.

수화가 풀린 사준은 차게 언 땅에 엎어진 채 눈꺼풀만 끔뻑였다.

"다, 죽었습니까?"

사준이 묻는다.

가하람은 무시하고 미사에게 다가갔다. 기운을 죄 빨려 아슬아슬하게 살아 있는 것이 고작이다. 바우에게 직접적으로 당한 건지 미사의 등이 시커멓게 물들어 있다. 파리하게 얼어붙은 입술을 바라보던 가하람이 덕훈에게 말했다.

"따뜻한 데로 옮겨. 이 아이의 몸이 너무 차. 죽지는 않을 거다."

덕훈의 명령에 부하들이 미사를 대기 중이던 차 안으로 옮겼다.

"어떻게 된 겁니까, 태, 태성이는."

포기하지 못하고 다시 묻는 견우의 표정이 비 맞은 똥개마냥 초라했다. 가하람은 고개를 돌려 더는 형체조차 유지하지 못하고 무너지기 시작하는 건물과, 그 안팎으로 휘몰아치는 기운들을 느꼈다. 셋의 기운에 더해, 용운의 기운까지 가세하기 시작했다.

상황이 더 악화되었거나 아니면…….

"지켜봐야지."

얼마 지나지 않아 시꺼먼 기운이 완벽한 원형을 이루며 터져나왔다. 건물들이 전부 바스라지고, 결계가 녹아내리며 기운이 섞인 파편들이 날아들기 시작했다. 그리고 형태조차 사라진 폐허 위로 정적이 내려앉는다.

그 침묵을 깨고 타닥타닥 가벼운 걸음소리가 울렸다.

"술들의 수난이 안타깝군요. 그래도 이 이상의 피해는 없을 테니까."

두꺼운 코트를 입은 늘씬한 장신의 남자가 생글거리며 가하람의 곁으로 다가와 섰다. 가하람은 기운만으로도 그가 누구인지 알았다.

"북선."

묘 일족의 예지 능력을 가진 토끼, 북선 왕반희였다.

"끝났다고? 그쪽은 여기서 뭐 하는 겁니까?"

"술들이 다 죽어버리거나 하면 계좌이체를 못 받아서요. 재미있는 일이 있을 거 같길래 저어어어쪽에서 구경하고 있었습니다. 다행히 윗선에서들 끝낸 모양이에요."

이게 무슨 소리인가 의문을 품는 가하람을 뒤로한 채 반희는 덕훈을 돌아보았다. 진심으로 '돈 내놔.' 하는 얼굴이다. 이 마당에도 돈 타령이라니. 덕훈은 질린다는 표정을 지었다.

그러나 한편 마음이 놓이는 것도 있었다.

북선 반희는 일족들 중 가장 정확한 예지를 한다는 것으로 익히 알려져 있고, 실제로 그의 능력은 진짜였다. 입술을 꾹 다물고 있던 덕훈이 혹시나 하는 마음으로 물었다.

"북선 옹."

"옹은 무슨, 너무 늙은이 같지 않습니까. 내가 우리 일족 중에서는 어른이긴 해도 덕훈 씨에 비하면."

"담군은 살아 있겠습니까?"

술 일족 일동의 표정이 어두워졌다. 그에 반희는 주위를 쭉 둘러보더니 말했다.

"아마도요. 그런데 아직 저 뱀들 쪽은, 응보가 남았으니. 그나저나, 작은 뱀 아가씨를 한번 만나봐도 됩니까. 아직 이벤트가 하나 남은 거 같은데."

덕훈은 그가 말하는 암컷 뱀이 미사라는 것을 깨닫고 의아한 표정을 했다. 반희가 빙그레 웃었다.

"재미있는 게 '보여서' 잠깐 만나보고 싶은데, 안내 좀 해주시죠."

얼마 지나지 않아 건물은 거의 형체도 남지 않고 붕괴했다.

"이 멍청한 놈아. 기운이라는 게, 아무리 너라도 말이야, 제대로 힘도 찾은 지 얼마 안 된 주제에 그리 쏟아부으면 쓰냐. 우리 기운이 화수분처럼 계속 샘솟는 건 줄 알았느냐고."

『시끄러워.』

"네 기운이 꼬여 이 꼴이 되어버릴 때까지 퍼부으면 어쩌자는 거냐, 웅?"

『시끄럽다고!』

"나 참…… 입은 살아서."

결계로도 버티지 못하고 무너진 건물에서 가장 먼저 나온 건 의외로 멀쩡한 용운이었다. 안에서 벌어지고 있던 싸움의 주체들이 워낙 쟁쟁한 자들이다 보니 결과를 점치지 못해 긴장해 있던 이들은 노골적으로 안도했다.

그런데 술 일족들은 물론이거니와, 어느새 노선을 바꾼 건지 용운을 보자마자 꼬리라도 흔들 기세로 친한 척 '용운 님! 용운 님이다!' 하고 소리치던 상윤이 멈칫했다.

용운의 품에 무언가가 안겨 있었다.

"용운 니…… 임? 에……!"

"아, 이거?"

용운이 품에 안고 있던 것의 뒷덜미를 잡아올려 내보였다. 조그마한 뿔이 달린 용이었다.

『무얼 보느냐!』

554

"얘네 못 알아들어, 네가 아무리 떠들어봐야."

『눈깔 치우라고 해!』

"창피한 건 알아가지고. 자업자득이지, 병신아."

용운이 다시 끌어안자 자그마한 생명체는 바동바동 용운의 품 안으로 파고들었다. 생명체의 등허리엔 붉은 갈기 같은 털이 나 있었다. 과리였다. 과리는 제게 닿는 시선들이 거슬리는지 신경질적으로 용운의 팔뚝을 물었다.

"아, 물긴 왜 물어?"

깜짝 놀란 용운이 휙 과리를 내던졌다. 데굴데굴 구른 과리를 덕훈이 재빨리 받아 안았다.

"괘…… 괜찮으십니까?"

『내려놔라, 이 자식아!』

"못 알아듣는 거 뻔히 알면서 잘도 떠든다."

『전달해!』

"싫어. 내가 왜."

용운은 과리의 항변을 무시했다. 용운이 턱짓하자 덕훈은 더욱 세게 과리를 잡아 고정했다. 그러면서도 희한하다는 표정을 감추지 못했다. 지금 과리의 모습은 마치 실물을 본떠 만든 인형 같았다. 탈상식의 범주에 속했다.

『아, 저 재수 없는 새끼, 정말. 다 낫거든 한판 붙자.』

덕훈의 품이 의외로 푸근해서 맥이 풀린 과리가 투덜거렸다.

궁금함에 미쳐버릴 것 같은 표정을 하고서도 위대한 웃어른들의 면전에서 입도 벙긋하지 못하고 사열한 다른 술 일족들을 대신해, 덕훈이 나서서 물었다.

"저…… 상황은."

"일단 과리 녀석 때문에."

처음부터 기운체였던 '바우의 무언가'는 과리가 무식하게 퍼 밀어넣은 기운에 압살당해 흩어졌다. 대체 그것이 어떻게 육신도 없이 의식을 가졌는지는 조사해봐야 알 일이지만, 일단락된 것은 맞다.

가하람이 가만히 그를 바라보다 물었다.

"어린 쪽은."

용운이 씁쓸한 표정으로 고개를 돌려 무너진 폐허를 돌아보았다. 그것만으로도 설명은 충분했다. 견우가 희게 질려 주저앉았다. 그를 보던 용운이 덧붙였다.

"아직 죽은 거 아니야. 걔들, 너희 전부 물러나라. 살아 있는 것들, 못 움직이는 녀석들 전부 치워."

왜요? 반색하던 견우가 되물었다. 애경이 홱 견우를 끌어 세웠다.

그르렁 소리가 나기 시작하며 무너진 잔해가 천천히 융기하는 것이 보였다.

용운이 질린다는 표정으로 뒤돌아섰다.

'누가 그 아비에 그 새끼 아니랄까 봐.'

하얀 털이 온통 피로 물든 거대한 호랑이가 무너진 폐허를 딛고 기어올라오고 있었다.

"저놈은, 목숨이 몇 갠지 아는 사람 없지?"

폭주 상태에 접어든 맹수를 발견한 술 일족들은 그 자리에 주저앉거나 뒷걸음질하며 바들바들 몸을 떨었다. 용운은 대체 저 새끼는 왜 저렇게 정신이 나가버렸나 싶어 혀를 찼다. 바우에게 지나치게 기운을 빨려, 생존 본능이 더 앞섰다고 말하기에는 기운이 범상치 않았다.

호흡이 어려울 만큼 농도 짙은 살의가 공기를 잠식한다.

"와, 씨, 미친. 사준, 일어나. 어서."

그때까지도 숨죽인 채 사준의 손목을 쥐고 사태를 주시하던 곽현이 도망치기 위해 사준을 부축하려 했다. 어디서 그런 힘이 난 건지, 사준이 거칠게 그를 쳐내며 눈을 치켜떴다. 형형한 살의는 아직 죽지 않았다.

애경이 그녀답지 않게 파랗게 언 표정을 했다.

"견우야, 저거 봐."

가하람이 물고 나온 부상당한 일족들의 수를 헤아리고 일족원들에게 연락을 취하고 있던 견우가 애경의 말에 고개를 돌렸다.

그리고 너덜거리는 몸을 일으켜 세우는 짐승을 올려다보았다.

"저거, 태성이야……?"

분명히 낯선 기운이었으나, 그 안에 웅크린 익숙한 기운이 그를 절망케 했다.

"아, 여기 따뜻하네. 이보시게나, 눈을 떠보시라고."

히터에 손을 내밀어 비빈 왕반희는 뒷좌석에 눕혀진 미사를 흘끔거리며 중얼거렸다.

감시를 위해 앞좌석에 타고 있던 술 일족 한 명은 조금 전부터 일대를 집어삼킬 듯 뒤흔드는 살의 섞인 기운에 놀라 달려나갔다. 이 자동차가 서 있는 골목도 안전지대는 아니라, 돌이며 파편이 날아와 차체를 찌그러뜨리고 부수고 난리였다. 결계로 외부와 내부의 기운을 차단해두었는데도 진동이 느껴진다.

왕반희는 쿵 소리를 듣고 고개를 들었다. 천장에 커다란 돌이라도 떨어진 건지 푹 찌그러져 내려앉아 있었다.

기운이 바닥이 난 암컷 뱀은 죽은 듯 겨우 숨만 쉬고 있었지만 죽지 않았다. 어차피 미사가 눈을 뜰 것도 알고 있다.

'흠.'

왕반희는 더 보채지 않고 여유롭게 기다렸다.

저 앞에선 하얀 것이 난장판을 벌이고 있다. 도망치는 술 일족들이 즐비하고 비명, 고함, 명령 따위가 귀청을 찢을 듯 울린다.

'역시 이 암컷이 팔자가 제일 좋네.'

심상한 생각을 하며 히터 바람에 몸을 녹이던 반희가 깜짝 놀랐다.

이번엔 보닛 위로 허리가 뚝 끊어진 전신주가 떨어져 차체가 완전히 흔들렸다. 뒷좌석이 들릴 정도로 크게 기울었다. 오늘 이곳이 저 죽을 곳이 아니라는 사실을 알기에 크게 무섭지는 않지만, 죽을 날이 아니라는 게 다치지 않는다는 걸 의미하는 것도 아니다.

왕반희는 그냥 이 일에서 완전히 몸을 뺄까 하는 안전에 대한 염려와, 호기심 사이에서 진심으로 번민했다.

그러나 고민은 길지 않았다. 미사의 인기척이 느껴진 탓이다.

"오, 눈 떴군."

조수석에 앉은 그대로 몸만 반쯤 비틀어 돌린 왕반희가 미사를 바라보았다.

"뭐, 무슨."

황급히 상체를 일으킨 미사는 흘러내린 코트를 당겨 안고 반희를 마주 보았다.

당황할 만도 했다. 여긴 어디인지도 모르겠고, 몸엔 힘이 하나도 없고, 도망쳤던 토끼가 코앞에 있고, 저 밖에선 쿵쿵대는 소리가 나니. 새까만 머리카락과 닮은 검은 눈동자가 그를 바라보았다가, 뒷좌석 차창으로 보이는 황폐한 풍경에 입술을 벌렸다.

"난리가 났어, 보다시피. 내 점이 잘 맞는다고 했지?"

"너 뭐야?"

일이 터질 거라고 제일 먼저 도망쳐버린 걸로 기억되는 남자가 그녀와 한 공간에 있었다.

마지막 기억이 어땠지?

검은 머리카락의 남자가 타깃을 뱀들 쪽으로 바꾸어서, 죽을 뻔했다.

미사는 몸을 바르르 떨며 코트를 당겨 덮었다. 그러다가, 그것으로는 모자라다는 듯 불편하게 움직여 코트에 팔을 꿰고 바로 걸쳐 입었다. 나신 위로 걸쳐진 코트는 너무 크고, 불편한 개 냄새가 났다.

"너, 뭔데 여기 있는 거야. 그리고 지금 저기 무슨 일이 생긴 거야."

"재미있는 게 보여서."

예지는 대개 세 가지 종류가 있다. 바꿀 수 없는 것, 바뀌지 않는 것. 그 두 가지는 지난밤 미사에게 해주었던 말이다. 하지만 한 가지 더 존재한다. 두 가지의 미래, 선택에 따라 변하는 것.

"저 밖에서 날뛰고 있는 게 누구인지 알아?"

미사는 창밖에서 마구 포효하며 닥치는 대로 치고, 부수고, 물어뜯기 위해 달려드는 피투성이 맹수를 발견했다. 태성이었다. 미사가 놀란 얼굴을 했다.

대체 어떻게 된 상황이기에, 건물은 다 무너지고, 검은 짐승과 싸우던 이들이 지금 태성을 공격하고 있는 걸까.

"아는 얼굴이니까 설명은 넘어가고."

왕반희는 여유롭게 말을 이었지만 미사는 그걸 곧이곧대로 듣고 있을 정신이 없었다.

'용운 님?'

태성의 앞에 화가 난 것 같은 기운을 품은 용운이 서 있었다. 용운은 서슴없이 태성을 공격했고, 태성은 제 가죽이 찢겨나가는 것도 모른 채로 계속 달려들었다.

그리고 그들의 뒤쪽에서 가하람은 도망치지 못한 술 일족을 비롯한 생존자들을 보호하기 위한 결계를 치고서 그 안에서 상황을 지켜보고 있었다. 흰 맹수가 발을 뗄 때마다 지반이 쿵쿵 울린다.

"왜 이렇게 된 거야!"

미사가 문을 열고 달려나가려는 순간이었다. 홱 몸을 돌린 왕반희가 뒷좌석 문 쪽으로 손을 뻗어 미사의 손목을 낚아챘다.

"암컷을 위해 하는 말인데, 안 들을 거야?"

하늘 높은 곳, 어딘가를 향한 맹수의 포효소리가 울린다.

창문에 금이 쩌저적 가기 시작했다.

"네 선택에 따라 오늘 최소 하나는 죽어. 그리고 그 하나가 네가 될 가능성이 크지. 이 북선 왕반희는 거짓말 안 하는데. 정말 그냥 나갈 거야?"

단순히 아수라장이라는 말만으로는 이 상황을 표현할 수 없을 것이다.

조금 전, 과리는 아주 멍청하고 무식한 짓으로 '이성이라는 것이 거의 존재하지 않는 바우'를 묶는 데 성공했다.

과리는 보통의 일족이 아니었고, 그 기운은 간단한 불쾌감 하나로 빌딩 하나를 날려버릴 만큼 강한 놈이다. 껍데기만 남아 주위의 기운을 죄 빨아들여 겨우 존재를 유지하는 바우가 끝없이 감당할 수 있을 만한 놈이 아니었다.

게다가 과리의 기운이 밀려들기 시작할 때, 바우는 이미 제 생명력을 대놓고 저버리며 달려드는 태성의 기운에 적잖은 부상을 입은 후였다.

용운이 태성이 또다시 아수라장 속으로 뛰어들려는 것을 막기 위해 기운을 쏘아 보냈다. 그러나 태성은 귀신같은 감으로 펄쩍 천장으로 뛰어올라오더니 용운을 공격했다. 용운이 파이프 아래로 뛰어, 지하 1층의 가장자리 난간으로 피했다.

「너, 정말 그러다 나한테 한번 제대로 죽어보고 싶어 이러느냐? 지금 누구한테 아가리를 들이대!」

태성은 딱히 듣는 기색이 없었다.

대신 과리와 한판을 벌이며 지반을 뒤흔드는 바우에게 다시 달려들었다. 진은 인과 사이가 나쁘지만, 인들은 한 영역에서 살 수 없다. 우선순위가 바뀌었기 때문일 뿐이란 걸 용운은 직감적으로 알았다.

문제는 태성이 과리까지 한데 묶어 후려치고 거의 방해에 가깝게 날뛰었다는 건데, 그 과정에서 과리는 번번이 바우를 놓쳤다.

바우는 그러는 사이에도 최대한 기운을 흡수했다. 합이 맞지 않는 두 명이 팀을 먹고 싸워 적에게 득을 주는 꼴이었다. 어느 순간 과리에게도, 바우에게도 한계가 찾아왔다. 가장 먼저 그걸 드러낸 건 과리였다.

『이런, 육시할!』

다름 아닌 과리의 기운이 소진되기 시작한 것이다. 시간을 끌면 끌수록 이쪽이 불리해지는 상황이었으니 당연했다.

진은 다른 어떤 일족보다도 본체를 유지하는 데에 기력이 많이 든다. 과리는 점차 자신의 본모습을 유지하기 힘들어지는 것을 느끼고 기겁했고, 그 사이로 태성이 파고들었다. 너덜너덜해진 상처를 금세 회복하는 바우의 앞발에 마지막으로 얻어맞은 과리는 더 버티지 못했다. 그러나 바우 역시 제가 삼킨 기운의 포화에 삼켜지고 있었다.

용운은 기의 흐름을 가하람만큼 잘 읽어내는 이는 아니었지만, 그의 노력 없는 눈에도 선명하게 잘 보였다.

과리의 강대한 기운이 바우를 그 안에서부터 얼리고 있었다. 바우의 몸에서 피어나는 김이야말로 어떻게든 빠른 속도로 해동을 시도하는 증거였다. 그리고 앞뒤 가리지 않고 달려든 태성이 과리의 목을 물고, 휘두르고, 던졌다.

과리의 기운에 더해 태성의 엄니로부터 거의 자동반사적으로 빨아들인 기운이 간신히 이루어낸 육체를 폭사시키며 시꺼먼 기운을 쏟아냈다. 시꺼먼 세상이 한 차례 눈에 암막을 치는가 싶더니, 그것이 가신 후 바우로 보이는 무언가는 더 이상 움직이지 않았다.

『아, 이게 무슨 일이야!』

과리는 작아진 채로 쨍쨍 소리만 지르고 있었고, 태성의 몸에서는 뜨거운 김이 피어올랐다.

시뻘건 눈동자를 올려뜬 바우는, 바스라졌다.

더 이상 자신의 결계로도 건물을 지탱하기 어렵겠다 싶을 만큼 이미 천장이며 벽이며 다 무너진 후였다. 이곳이 지하가 아니었다면 진즉 허물어졌을 것이다. 용운은 재빠르게 정신을 차리고 아래로 뛰어내려 병신처럼 구르고 있는 과리를 잡아들었다. 아무리 처음에 넘쳐흐를 정도로 기운이 넉넉했다지만, 소진될 대로 소진된 것도 모르고.

"수화 풀어."

『아니, 안 돼!』

"풀라고, 등신 같은 녀석아. 지금 너 바닥이야."

『아니, 안 된다니까. 내가 지금.』

그제야 수화조차 풀지 못할 만큼 기이한 상태로 과리의 몸이 굳어 졌다는 걸 알아차렸다. 기운이 되돌아오면 다시 원상복구될 터이나 지금 당장의 과리는.

'차라리 잘된 건가.'

바우가 당장 움직이지 않는 상태이고, 지금이라면 자신 혼자서라도 바우의 뒷수습을 할 수 있을 것 같았다. 여태까지 삼켰던 기운들을 거 의 일시에 잃어버린 지금 바우에게 남은 건 미약한 힘뿐이었다.

그리고 과리의 뒷수습도 과리가 지금과 같은 상태라면 어렵지 않 다. 어부지리를 쫓는다고 비난당할 만한 생각이었지만, 좋은 게 좋은 거 아닌가. 태성도 잠잠한 것을 보니 어떻게든 힘으로 눌러서…….

그런데 무언가 쩝쩝거리는 소리가 났다. 그리고 목 안으로 여전한 살기가 끓는 것 같은 그르렁거림도.

『어이어이.』

자그마해진 과리가 짧은 발가락을 움직여 가리켰다.

『아니, 저건 대체 뭘 먹는 거야?』

용운은 넋을 잃었다. '시체'라고도 할 수 없는 바우의 머리부터 씹어 먹고 있는 하얀 호랑이 때문에.

동족을 마주한 전투 본능이라고 생각했고, 과리가 바우를 막는 데 에 방해가 된다면 죽여야 한다고도 생각했고, 이성을 잃은 모습이 바 우의 광기와 비슷하다는 사실이 후환이 될 수 있으니 처리해야 할지 도 모른다고는 생각했다.

하지만 화서가 남긴 마지막 말이 용운의 살심을 최후까지 눌러주었 다.

그런데 태성은 단순히 난폭한 인으로 각성한 것에 그친 것이 아니었다. 이성을 뒷전으로 밀어둔 것이 아니라.

저건 자신이라도 진지하게 상대해야 할 정도의 광기였다.

『이야, 진짜 장관인데? 재미있는 거 많이 보네, 오늘.』

과리의 미친 소리에 퍼뜩 정신을 차린 용운은 재빠르게 밖으로 튀어나갔다. 그리고 건물 지하를 지탱해주던 결계를 일시에 제거하고, 지축을 뒤흔들어 완벽하게 무너뜨렸다.

크르릉!

"첩첩산중이 이럴 때 쓰는 말이지. 아, 진짜 귀찮은 능력만 빼닮아서는."

용운은 이미 세 번이나 전력을 다해 태성의 숨통을 끊었다. 조금 전에도 한 번 더. 그러나 아직 어려서인지, 남은 목숨이 여럿이라 그런 것인지 끊어졌던 숨통은 순식간에 재생한 상처와 함께 다시 이어붙었다. 그리고 그럴수록 더 크게 날뛰며 닥치는 대로 망가뜨렸다.

압도적인 힘의 차이로 죽인다고 해도, 상대에게 목숨이 여럿이니 소용이 없었다. 귀찮기만 귀찮고.

'대체 이 새끼는 왜.'

이렇게 될 줄 알았더라면, 그냥 누구도 알지 못할 감옥 같은 굴에 처박고 결계로 막아 가둬버렸을 것이다. 죽을 때까지. 과리의 몸통을 토막 내어 곳곳에 묻었을 때처럼. 이미 엉망이 되었지만 더 사태가 커지는 걸 막기 위해서라도 용운은.

'나까지 수화하면, 안 되는데.'

지금 골목을 비롯한 블록의 결계를 유지하는 건 술 일족들이었다. 그들은 이미 날뛰는 포식종에 의해 압도당한 채였고, 포효 한 번에 결계에 금이 가고 진동하는 것을 감당하느라 진이 빠진 채다. 용운 자신까지 수화해서 한탕을 하게 되면 버티지 못할 것이다.

그렇다고 자신이 결계도 유지하고 저놈을 계속 상대하자니 골머리가 아프고. 가하람은 광역 결계에는 재주가 없다.

저거 봐라.

지금도 살아 도망친 몇 놈들만 뒤에 줄줄이 달고 옹기종기 모여 있지 않나.

용운의 눈이 홀린 듯 가하람의 옆에 선 사준에게 이르렀다. 파란 입술의 사준이 고개를 젖혀 도약하는 태성을 바라보고 있었다.

사준은 추위에 몸이 얼어붙는 것도 잊은 채 멍하니 입술을 벌렸다.

'……인.'

목의 상처가 미처 낫지 않은 상태였다. 숨통이 끊어지려던 그를 가하람이 안정시켜주었고, 막 정신을 차려 혼란스러운 상태였다. 그럼에도 불구하고 얼마 남지 않은 감각만으로도 느낄 수 있었다.

그가 일평생 바랐던 힘이다.

최초의 기억 속에서 그를 바라보았던 백발적안의 남자와 겹쳐지는 기운에 등줄기의 솜털이 주뼛 섰다. 모든 것이 닮아 있었다.

용운과 마주 보고 있는 인 일족. 사준은 더 서 있을 힘조차 없어 휘청거렸다. 넋을 놓고 있던 곽현이 재빠르게 사준을 붙잡아 부축했다.

"사준, 이 자식아! 정신 좀 차려. 좀! 너 진짜 죽고 싶어 이러냐?"

그렇게 소리치며 힐끔 가하람을 살핀다.

'안팎으로 번거롭군.'

가하람은 미처 도망치지 못한 곽현과 사준, 그리고 애경과 견우, 덕훈을 비롯한 술 일족들과 그들에게 붙잡힌 상윤을 둘러싼 결계를 더 단단히 고정했다.

덕훈의 품에 안겨 있는 인형 크기의 과리가 괴상한 소리로 꽥꽥거렸다. 진들의 언어인 진어를 알지 못하므로 욕을 하는 것 같다, 어렴 풋이 생각해볼 뿐이다.

'참, 전과 비슷해.'

가하람은 괜한 추억에 잠겼다. 그때도 바우가 이렇게 앞뒤 분간 않고 날뛰었고, 가하람은 바우와 수십 차례 부딪쳐 싸웠다. 죽이고, 죽여도 또 살아나는 적이라는 것은 재생능력만 뛰어난 과리 같은 적보다 훨씬 까다롭고 오랫동안 긴장감을 갖게 하는 번거로운 타입이다.

용운이 벌써 저 머리통을 몇 번이나 터뜨렸는데, 죽었다 되살아날 때마다 눈 깜빡할 사이에 상처가 회복된다. 재생능력이라면 그 상처가 회복되는 시간이 필요한데, 저건 정말 사기다.

그때였다.

"태성아!"

저 뒤쪽에서 미사가 달려나오는 것이 보였다. 커다랗게 펄럭대는 코트만 하나 걸친 채다. 맨발의 미사가 사색이 되어 용운과 태성을 바라보고 있었다.

아무래도 저 암컷이 방해가 될 것 같다는 생각에 가하람이 재빠르게 수화해, 납치하듯 미사를 물고 결계 안으로 돌아왔다.

"가하람 님!"

"여기 있어. 정신이 들었으면 다른 곳으로 도망을 쳐야지, 왜."

"왜 용운 님이 태성이를 공격하게 두는 거예요!"

사준이 미사를 물끄러미 바라보았다. 미사는 사준은 안중에도 없어 보였다.

사준의 살의가 살아나기 시작하는 것을 깨달은 가하람이 그를 노려보았다. 눈짓만으로도 사준의 일렁이던 기의 흐름이 뚝 끊겼다. 얼마 남지 않은 기운이니 가하람이 다루기 어려울 리가 없다.

"그렇게 정신 놓지 말라 했는데, 스스로 놔버린 거니까 도리가 없지 않으냐, 뱀 아가야."

"말려야죠! 왜 저렇게!"

미사는 거의 울 듯이 가하람을 붙들었다. 곽현은 그런 미사를 처음 보아 내심 놀라면서도 섭섭한 기분이었다. 이런 상황에서조차 섭섭함을 느낀다는 게 웃기더라도.

"위험해. 그리고 난 이미 저 반쪽에게 경고했었단다. 정신 제대로 못 차리면 죽을 거라고."

순혈인 바우보다는 목숨의 개수가 적을 것이다. 저리 죽이고 죽이다 보면, 어쨌든 끝은 온다. 그건 가하람이 누구보다 잘 아는 사실이었다.

"저라도 내보내주세요. 저라도."

그때였다. 새된 미사의 목소리에 날뛰던 호랑이의 머리가 그들 쪽으로 향했다.

움찔 놀란 술 일족들과 상윤이 가장 먼저 팔짝팔짝 뛰었다.

"미사 누나, 좀 닥쳐! 쟤 이쪽으로 오려고 하잖아!"

그 틈을 타 용운이 다시 한 번 태성의 뒷목을 맨땅에 그대로 처박았다. 오죽이나 센 힘이었는지 지반이 움푹 파이며 태성이 마치 땅에 머리를 파묻은 것처럼 몸통만 보였다.

쿵.

그리고 정적.

"태성아!"

결계 밖으로 달려나가려는 미사를 움켜쥔 가하람이 중얼거렸다. 태성의 몸에 흐르는 기운이 완전히 끊어졌다.

"한 번 더 죽었나."

그 말에 미사의 얼굴은 더욱 사색이 되었다.

"용운 님! 용운 님! 가만 안 둬! 태성이 더 공격하면 용운 님한테도 화낼 거예요!"

외치는 목소리가 애처로울 지경이었다.

가하람은 꿈쩍도 않았지만 미사의 반항은 점점 커졌다.

이윽고 미동 없이 굳어졌던 태성의 몸에서 연기가 피어오르더니, 다시 근육이 꿈틀거리기 시작했다. 상처 하나 없이 완벽하게 원상복구된 몸으로 하얀 호랑이가 비틀비틀 일어섰다.

"다섯 번째인가. 아니, 여섯 번째?"

이미 가하람이 헤아린 것으로만 대여섯 번은 죽었다.

용운은 여전히 스스로의 기운을 잘 조율하고 있었고, 애초부터 바우처럼 기운을 빨아들인다거나 하는 페널티 없이 어린 새끼가 용운을 이길 가망은 없었다.

잠깐 미사 쪽을 못마땅하게 바라보던 용운이 다시 공격했다.

크르릉! 부상당한 짐승의 울음소리가 요란히 공기를 떨게 했다. 숨소리만으로도 결계 안을 진동시킬 만큼 강한 기운이었다.

한데 이상한 일이었다. 이전까지 분명히 어린 새끼치고는 꽤나 기민하게 용운의 공격을 피하며 오만 행패를 부려대던 녀석의 머리가 당최 용운에게로 돌아오지 않았다. 용운의 기운이 실린 발길질에 커다란 몸집을 데굴데굴 굴리면서도.

그리고 다시 고집스럽게 한 걸음.

피가 뚝뚝 떨어지는 것도 개의치 않고.

발버둥치는 미사는 기운 하나 남지 않은 채였다.

"태성이한테 보내줘요. 내가 얘기해볼게요. 놓으라고요, 좀!"

어쩌지 못하고 소리치는 것만이 전부였다.

저거랑 얘기를 하겠다고? 가하람은 눈살을 찡그렸다. 주제도 모르고 수백 배는 더 오래 산 용운에게 덤벼들 만큼 머리가 어떻게 되어버린 상태로 보인다. 그런데 대화라니.

힐끔 미사에게 시선을 주었다 거둔 가하람이 곽현에게로 고개를 돌렸다. 곽현은 처음 가하람이 지하에 내려갔을 때 가장 논리적으로 설명을 해주었던 목격자다.

"저 녀석, 왜 저렇게 됐다고 했지?"

"아까, 공격당해서."

곽현은 기억을 더듬었다. 바우가 느닷없이 타깃을 돌려 그들에게 달려들었다. 그리고 놀란 미사가 수화해 곽현과 상윤을 천장으로 끌어다 올렸다.

그러나 미사는 미처 피하지 못하고 바우에 의해 추락했다. 바우는 미사를 죽이려 했고, 거의 죽기 직전까지 기운을 앗아갔다. 그때 태성은 사준에게 발이 묶여 있었다가…….

가만 태성과 미사를 번갈아 바라보던 사준이 쉰 목소리로 조롱했다.

"바우가 미사로 타깃을 잡고 나니까, 내가 등짝을 다 찢어내는 것도 무시하고 달려가던데……."

"……."

"죽은 줄 알았나 보네. 차라리 죽었으면 좀 더 극적이었으려나."

그 중얼거림에 가하람이 천천히 고개를 돌렸다.

하얀 맹수는 이미 뒤집어진 흙바닥을 긁고, 용운에게 찢기고 얻어맞으면서도 꿋꿋하게 그들 쪽을 향해 다가왔다. 그러다 보니 이제 싸움은 싸움이 아니라, 거의 일방적인 용운의 폭행에 가까워졌다.

분위기가 한층 가라앉고 나니 곳곳에 피해 있던 술 일족들도 조금

의아한 얼굴이었다. 덕훈이 다가와 물었다.

"기세가 좀 꺾인 것 같은데요. 이쪽으로 오려 하는 것 같으니 피하는 것이 좋지 않겠습니까."

쿵, 쿵, 바닥을 찍으며 기듯 다가오는 태성을 용운은 짜증 난다는 표정으로 내려다보고 있었다.

태성은 용운이 그의 등을 짓이기고 선 것조차도 괘념치 않는 것처럼 보였다.

가하람은 급기야 독기 어린 눈으로 그를 노려보며 눈물을 뚝뚝 떨어뜨리는 미사를 바라보았다. 가하람의 손에서 약간 힘이 풀어졌다.

우는 미사를 바라보던 사준이 느린 걸음으로 다가와, 미사의 등을 밀어냈다. 가하람이 미처 다시 잡을 새도 없었다.

"……그냥 가서, 뒈져봐야 정신을 차리지."

미사는 뒤도 돌아보지 않고 달려갔다.

"죽어버려, 저거한테."

곽현은 독기 없는 사준의 목소리에서 무딘 고독을 읽어냈다. 몇 걸음 돌아가지 못하고 그 자리에 주저앉은 사준은 멍하니 하늘을 올려다보았다.

달려가는 미사를 가로막는 건 아무것도 없었다. 깜짝 놀라 미사를 보호하기 위해 결계를 펴려던 용운조차도 움직이지 못했다.

"너, 누가 오라고!"

그러나 용운은 더 긴 잔소리를 하지 못했다. 그리 이성 없이 날뛰던 하얀 호랑이는 언제 그랬냐는 듯 스르르 무릎을 꿇었고, 양팔을 벌리고 달려온 미사는 조금도 두려워하지 않고 용운을 제쳤다.

'이런, 정신 나간!'

용운이 막 미사를 강제로 쥐어 내던지려던 찰나였다. 조금 전까지 그를 무시하던 피투성이 호랑이의 앞발이 용운과 미사 사이로 쿵 소리를 내며 떨어졌다. 마치 장벽처럼. 순간 머리끝까지 화가 치밀어 그대로 잘라버리기 위해 기운을 별러 올린 용운이 멈칫했다.

미사가 주춤 그 앞에 멈춰 서자 벌건 피투성이가 된 호랑이가 머리를 낮추었다. 그에 미사가 달려가 커다란 머리를 끌어안았다.

"너 왜 이랬어?"

그르렁. 흐느끼는 것 같은 울음소리가 꺽꺽 울렸다.

허공으로 떠오른 망가진 쥐의 꼬리가 개처럼 흔들거렸다. 조금 전까지의 흉폭함이 거짓이었다는 듯이.

괴이한 평화가 찾아왔다.

'뭐야?'

막 다시 피투성이가 된 손을 들어 태성의 뒷목뼈를 끊어내려던 용운은 떨떠름한 표정을 지었다. 미사의 목소리가 들린 순간부터 저놈의 정신이 엉뚱한 곳으로 향하기 시작했다는 건 감지했다.

"괜찮아?"

그래서 차라리 잘되었다 했는데. 전혀 예상치 못한 국면이었다.

"너, 왜 이렇게 멍청한 짓을 했어. 대체 왜 이렇게 바보같이 용운 님한테 덤벼들어."

그르릉 소리에 다시 경계심을 고조시키던 용운의 표정이 굳어졌다.

미친 새끼마냥 제게 달려들던 녀석이 흉측하게 생긴 꼬리를 흔들며 커다란 발로 미사를 품으로 당기고 있었다. 마치 그로부터 미사를 감추려는 것처럼 보였다.

"이 새끼 뭐야?"

순식간에 진동이 가라앉는다.

상황을 파악하기 위해 하나둘 결계 밖으로 몸을 내민 술 일족들이 조심스레 그들을 에워싸기 시작했다. 태성은 그들에게는 관심도 주지 않고 있었다. 외려 미사가 더 눈을 부라리며 주위를 경계했다. 조금이라도 태성에게 공격의 낌새를 보인다면 참지 않을 기세였다. 물론, 아직 회복되지 않은 기력 때문에 수화조차 못하는 상황에서 할 수 있는 반항이야 신경 쓸 것도 없지만.

용운은 태성과 미사를 번갈아 바라보다가, 가하람에게로 시선을 돌렸다. 가하람도 황당하다는 얼굴이었다.

'어이가 없네.'

이성이 없는 상태였던 건지. 아니면 이성이 존재하는 채로 자포자기였던 건지. 이쯤 되니 구분이 되지 않을 정도였다. 기운조차 희미한 미사를 감지한 거라면 후자의 가능성이 커 보였지만, 바우의 넝마가 된 잔해를 뜯어먹었던 저 녀석은 분명 제정신이 아니었다.

아무래도 위험하지 싶어 조용히 안으로 갈무리한 기운을 언제든지 내보일 준비를 하고 다가갔다. 손에 묻은 피를 털어내는 동작만으로도 태성은 크게 경계하며 그르렁거렸다.

"주둥이 부숴버린다."

아직 조금 전 싸움의 흥분이 가시지 않은 용운이 으르렁거리자 미사가 그 앞을 가로막아 선다.

"용운 님, 그러지 마세요. 태성이 건들지 마세요. 얌전하게 있을 거예요. 그렇지?"

그르렁. 태성이 다시 용운을 향해 시뻘건 눈을 올려떴다.

"그러지 마."

미사가 불안한 목소리로 속삭이자 이내 기운을 죽인다.

"그래, 네 애완동물처럼은 보이는구나."

한숨을 섞어 비웃은 용운은 가하람 쪽으로 손가락을 까딱했다. 가하람이 그의 신호를 알아듣고 결계 밖으로 나왔다.

덕훈도 함께였다. 덕훈은 잠잠해진 태성을 한 번, 미사를 한 번 바라보았다. 술 일족들은 충직한 충성심을 높이 사기 때문에, 저런 식으로 맹수의 충성심을 받는 미사가 퍽 대단히 느껴졌다. 한사준의 여동생이라 알려져 있어 좋지 않았던 감정을 넘어서서.

"정리를."

정리를 하기에는 완전히 폭격당한 것처럼 엉망이었다. 어디서부터 시작해야 할지도 모를 일이었다. 북선 왕반희가 분명 수난이 끝났다고는 했는데, 목숨을 위협받는 것 이상으로 수난의 범위를 확장해보면 지금 이것도 수난이다.

"태성이는 괜찮아요."

미사는 제게 향한 의뭉스러운 덕훈의 시선을 깨닫고 방어적으로 쏘아붙였다.

덕훈은 별 반응 없이 눈을 내렸다. 입술이 파리하게 질린 여자의 발이 차가워 보였다. 하얀 맹수의 앞발이 슬그머니 그녀의 발을 덮는 것이 보였다.

저런 소소한 것까지 의식할 만큼 정신이 있다면, 정말 이제 안심해도 되는 건가.

잠깐 고심하던 덕훈이 턱짓했다.

"다들 정리하고, 사상자가 더 있는지 살피고, 주변 결계 강화해라. 내일까지 여기 싹 다 정리해 치워버릴 거니까."

다소 거친 명령에 술 일족원들은 슬슬 그들 주위를 피하며 달려가기 시작했다. 곳곳에서 코를 킁킁대며 뛰어다니는 개들이 잔해를 뒤지고 다니기 시작했다.

그런데 그때였다.

"야! 가지 마!"

곽현의 비명 같은 외침이 울리는가 싶더니, 엄청난 속도로 미끄러진 살모사가 태성에게 달려들었다. 겨우 진정한 하얀 호랑이를 향해 달려가는 거대한 뱀을 발견한 술 일족들이 기겁하며 사준에게 달려들었다.

『먹을 거야, 먹을 거야!』

바닥까지 긁어모은 기운으로 간신히 수화한 사준의 속도는 급속도로 느려졌다. 태성과 가하람, 용운이 선 곳까지 이르렀을 때 사준은 이미 비늘과 가죽이 제멋대로 벗겨져 벌건 속살만 남은 괴이한 모양새였다.

끔찍할 정도로 징그러워서 그를 물어뜯으려던 술 일족의 개들도 멈칫했다.

"준아, 너 정말 끝까지."

용운이 훌쩍 뛰어 사준의 머리 위에 착지했다. 용운이 딛자마자 부서지듯 떨어지는 비늘이 그의 한계를 말해주고 있었다. 그럼에도 갈라진 혓바닥을 쉿쉿거리며 어떻게든 기어가려 애를 썼다. 이미 그는 위협이 되지 못했다.

"그만해, 그만. 이리 부질없는 짓으로 네 삶을 깎아먹지 마라."

용운은 정말로 숨이 넘어갈 듯한 사준을 딱하다는 눈으로 내려다보며 천천히 그 이마에 손을 댔다. 그러고는 예전에 한 번 그랬듯이 사준의 기운이 더 소모되지 않도록 그의 체내에 결계를 가두었다. 기운의 발산이 막히자 벌건 속살을 드러낸 징그러운 뱀은 이내 다시 작아져 사람의 형태로 돌아왔다.

사준은 나오지 않는 목소리로 쥐어짜듯 소리쳤다.

"왜, 왜! 나를 막지 말라고! 왜 자꾸 나를 방해해!"

『쯧쯧쯧쯧. 뱀 새끼들이란.』

덕훈의 품에 안겨 있던 과리가 고개를 절레절레 저었다.

다시 이성을 잃은 이들의 싸움이 벌어질까 한껏 긴장했던 술 일족들은 무심한 눈으로 코앞까지 와 쓰러진 사준을 응시하는 하얀 호랑이에 시선을 집중했다. 말없이 선 미사와 마찬가지로, 하얀 호랑이는 이성을 잃지도 않았고 살의를 내보이지도 않았다.

비틀비틀 일어난 사준이 고개를 들어 태성을 올려다보았다. 달려온 곽현이 재빠르게 사준을 부축해 세웠다.

그리고 뒤이어 견우가 주춤주춤 달려나왔다. 애경은 멀찍이 서 있었다.

"태성아!"

서른 걸음 남짓의 거리에서 달리기를 멈춘 견우는 조심스레 태성의 눈치를 보았다. 다가오기 꺼림칙하다는 듯한 표정이었지만, 몸을 돌리지도 못하는 모양새로.

그르릉, 소리를 낸 태성이 고개를 들었다가 느리게 다시 바닥에 머리를 기댔다.

미사가 그의 피에 젖은 털을 못마땅하게 어루만지며 속삭였다.

"괜찮아. 쉬어도 돼."

미사는 사준이 보이지도 않는 사람처럼 굴었다. 하하하. 사준의 맥풀린 웃음소리가 울리기 시작했다.

"미사, 넌, 어떻게 그래?"

"뭐가."

"왜, 저런 거랑."

"왜냐니."

"저런 모자란 놈을."

"태성이는 너보다 훨씬 나은 사람이야."

사준은 그 후로 쭉 말이 없었다.

용운이 짜증 어린 의식을 고스란히 드러내며 손을 털었다.

"결계 다시 풀고, 뒷정리를 해."

사준의 형편없는 꼴만큼이나 심기가 불편해진 용운을 바라보던 가하람이 낮게 웃었다. 그도 조금은 홀가분해진 목소리였다.

"일이 좀 이상하게 돌아가고는 있지만 시집보내야 할 것 같은데."

"웃기지 마, 어디 인이 섞인 거랑. 가당키나 하냐. 준이를 우선 좀 데려가줘라."

술 일족들은 용운의 발언에 몹시 불편한 표정을 했다. 덕훈도 곤란하다는 내색이었다.

"이자를 감싸고 싶어 하시는 건, 용운 님과 저 뱀들의 관계에 대해 지난 사정을 들어 이해합니다만."

"누가 이놈이 저질렀던 짓을 없었던 걸로 하자던가. 하지만 처벌은 공정해야 해. 판결이 날 때까지 목숨은 붙여둬야 할 것 아니냐."

부러 험악하게 눈을 찡그리니 덕훈도 더 말을 하지는 못했다.

일단은 수습이 우선이라는 데에 이견도 없어서, 부하들에게 손짓했다.

'근데, 이거 뭐야?'

용운은 문득 기묘한 냄새가 난다는 것을 깨닫고 주위를 둘러보았다. 화약 냄새가 바람 속에 섞여 있었다. 그리고 미묘하게 이 자리에 어울리지 않는 일족의 냄새도. 아까부터 있었는데 제가 싸움으로 흥분해 느끼지 못한 건지, 아니면.

'뭐야?'

'무언가'를 발견한 건 가하람이 더 빨랐다. 멀지 않은 골목 저편에 몰려 있는 술 일족들 무리 쪽을 바라보던 가하람이 말했다.

"저 녀석은 왜 여기에 있지? 자 일족들이 금족령을 내렸다 들은 것 같은……."

용운의 예리한 눈이 흉한 몰골의 남자를 발견했다.

처참한 꼴의 강서가 어수선하게 뒷수습을 하느라 여념이 없는 술 일족들 사이에서 숨을 쌔액쌔액 내쉬고 있었다. 체내의 기운은 아직 안정되지 않았고 그다지 회복된 것처럼 보이지도 않았다. 그러므로 위험한 기운은 거의 느껴지지 않았다.

'저 녀석.'

하지만 강서가 가지고 있는 금속 물건, 그리고 그 안의 탄환에 박힌 악의 섞인 기운이 보인다.

총구는 겨냥되어 있었다. 그것이 향하는 방향이 미사인지, 태성인지, 사준인지, 사준을 부축한 뱀인지는 알 수 없다. 그러나 확실한 것은 '겨냥되어 있다는 것'이다. 용운의 눈이 서서히 뜨였다.

그 순간이었다.

악에 찬 저주가 울려퍼졌다.

"죽어!"

퍼드득, 전신줄 위의 새 떼가 날아오른다.

그리고 총성.

비명은 조금 늦게 잇따랐다.

안전한 전신주에 기대어 그 풍경을 바라보던 남자의 머리 위로 꼿꼿하게 들려 있던 기다란 귀가 천천히 처졌다.

"결국 그렇군. 이렇게도 되나 보네."

코트의 목깃을 단단하게 여민 왕반희가 중얼거리며 몸을 돌렸다.
"저 쥐도 참 대단해……."
그는 이내 깡충거리듯 골목의 저편으로 사라졌다.

희미한 여명이 떠오를 무렵이었다.

32

/

봄이 오는 소리

일족들 중 인간들의 사회와 긴밀한 관계를 가지고 살아온 이들은 장례를 치르고 토장 의식을 거행하기도 했지만, 대부분의 폐쇄된 일족이나 고립된 이들의 시체는 각각의 문화에 따랐다.

태성은 누런 잔디를 밟고 하얀 눈밭 위에 섰다.

사흘 전 내린 눈이 아직 녹지 않아 무덤은 눈이 쌓인 것처럼 보였다. 유언조차 남기지 않은 이의 비석에는 아무런 글귀도 쓰여 있지 않았으나 죽은 사람이 묘비명을 신경 쓸 것 같지는 않았다.

이상하리만치 길게 느껴졌던 겨울이었다.

미사는 지난겨울을 최악의 겨울이라고 말했었다.

서늘한 회색 눈동자로 눈 덮인 무덤을 바라보던 태성이 중얼거렸다.

"뭘 좋아하는지 몰라서."

돌아오는 대답은 없다.

"아무것도 안 가져왔어요. 잘 있어요."

대답 없는 무덤을 등지고 걸었다.

해가 뉘엿뉘엿 기울어가는 겨울의 마지막 날에.

병원의 복도는 면회시간이 끝나기 전까지 인산인해를 이루었다. K 병원에서 가장 괴팍한 취미를 가졌다 알려진, 미소가 아름다운 갈색 머리칼의 의사가 환자용 침대 앞에서 팔랑팔랑 차트를 넘겼다.

"그냥 죽어서 시체로 왔으면 미련 없이 해부해볼 수 있었을 텐데."

중얼거리는 목소리는 미성이란 말을 들을 법하다. 그는 인간들 사이에서 잘생기고 다정한 외과의 반치 씨라 불리지만, 사 일족들 사이에서는 방울뱀 반치라고 불린다.

온갖 것들을 해부하고 징그러운 내장이나 장기들을 통에 모아 수집하는 것이 취미라는 걸 알 만한 일족들은 다 안다고 한다.

이제 2월이 다 지나가므로 이번 꽃샘추위만 지나면 봄이 찾아올 것이다.

1인 병실의 창문이 바람에 덜컹거린다. 신체적인 이유로 1인실을 사용하는 것이 일반적인 그들의 병실은 가장 구석진 곳에 위치해 있었다. 병원에 입원해야 할 만큼의 부상을 입는 경우도 드물거니와 무의식적으로 수화해 난폭한 행동을 할 수 있기 때문에 감시가 철저한 편이다.

"아무래도 재생하는 부분을 좀 더 실험해보고 싶은데, 뇌……."

그렇게 반치가 습관처럼 중얼거리고 있는데 병실 문이 드르륵 열렸다. 반치의 눈살이 확 찡그려졌다.

흰 머리칼을 한 회색 눈의 청년이 꼭 반치와 비슷한 불쾌한 눈빛으로 그를 바라보고 있다.

"대체 의사가 왜 그렇습니까. 저 없을 때 허튼수작 하지 말라고 분명히 경고했습니다."

저 청년은 매일매일 병실을 찾아와 반치를 귀찮게 했다. 정확히는 환자를 두고 이런저런 실험 욕망을 불태우는 반치의 취미 생활을 막으며 방해했다.

저 백발 청년이 누구인지는 이미 일족사회에 자자하게 알려져 있다. 자의 화서의 마지막 아들이면서도, 아주 드물고 귀하다는 인 일족의 피를 이어받은.

종이라는 것은 때때로 압도적으로 일족들의 서열을 나눈다. 솔직히 아주 짜증이 났지만 반치는 안경을 고쳐 쓰며 가식 미소를 그렸다.

별수 없지 않나. 저놈에게 반 죽을 뻔해 실려 온 일족들이 한둘이 아니었다.

"아니, 뭐. 그냥 그러면 좋겠다는 말이지. 귀도 좋아."

미사는 스무 날 전, 강서가 그들을 향해 난사한 발의 총알 중 두 발을 맞았다. 사준을 노린 건지, 자신을 노린 건지는 모르지만 궤도 밖에 서 있던 미사가 애석하게 피격당했다는 것은 사실이다. 부러 그녀가 '대신' 맞은 것인지, 아니면 '하필' 미사가 움직이는 순간 강서가 총을 난사한 건지는 모른다.

탄환은 그대로 한 발은 머리, 한 발은 어깨에 박혔다. 일반 탄환이라도 잘못 맞으면 문제가 생길 수 있었다. 하지만 상황은 더 심각했다. 강서의 기운이 농축되어 있던 악의 섞인 탄환이었던 것이다. 미사는 이미 스스로 수화하지도 못할 만큼 기력이 남아 있지 않은 상태였다.

태성은 그 순간의 기분을 잊을 수가 없었다.

가물가물한, 막연한 안도감으로 그녀를 바라보던 순간, 예상하지 못한 순간 날아든 탄환과 예상하지 못한 피격과 예상하지 못한 결과. 그 어떤 것도 예상하지 못했던 순간.

이성이 점멸하고 눈앞이 새빨갛게 물들어 어찌할 줄 모르고 굳어진 그를 강제로 잡아 누른 것은 그에게 동시에 매달린 용운과 가하람이었다.

'형은 도대체 왜 그래, 형은, 왜, 마지막까지, 왜 그래.'

그런 생각에 슬픔을 느꼈던 것도 같다.

그리고 강서는 그를 바라보고, 용운과 가하람의 경계심을 인지하고, 술 일족들이 포위를 좁혀오는 것을 주시하다가.

다시 그를 바라보고.

「배신자.」

그렇게 말했다.

강서가 다시 달려들려는 것을 막은 건 다름 아닌 사준이었다.

「죽어버려.」

직후 강서는 미친 듯이 웃더니, 네 번째로 스스로를 겨냥해 자신의 머리를 날려버렸다. 정말 다 엉망이었다.

용운에 의해 기운의 흐름이 죄 막혀버렸을 것이 분명한데도, 사준의 언령에 힘이 남았던 걸까.

자살인지, 타살인지는 그 자리의 누구도 알지 못했다.

"오늘은 좀 어떻습니까."

"보면 알잖아."

의사도 사람을 응대한다는 점에서 최소한의 요구받는 서비스 정신이 존재할 텐데, 반치에게 그런 것은 애초부터 결여된 것 같았다. 태성은 언젠가 미사가 '반치라는 녀석이 있는데 정말 싫다.'고 말했던 것을 떠올렸다.

"검사는 끝난 겁니까?"

"그래, 신기하지 않아? 우리가 술에 취하는 원리랑 비슷하잖아. 다른 일족의 기운이 체내에 직접적으로 스며들면 해독이 아주 힘든 독소처럼 작용하고……. 기운이 밑바닥인 상태에서도 일단 우리의 체세포가 회복을 하려 드는 걸 보면, 우리는 결국 신체적으로 세포 단위부터 인간들과 완전히 다른 거라는 이론이……."

"끝났으면 나가요."

태성이 신경질적으로 커튼을 쳤다. 주절거리던 반치는 칫 눈살을 찌푸리며 병실을 떠났다. 잔뜩 찌푸렸던 미간을 푼 태성은 조용하기만 한 미사의 입술을 바라보았다. 미사의 침묵이 이렇게 길었던 적이 없어서 새삼 낯설다.

총에 맞았던 어깨는 미약한 흔적만 남긴 채 거의 나았다. 하지만 머리는 경과를 봐야 한다고 했다. 그렇게 들은 지 스무 날 가까이가 되어간다.

삐, 삐, 삐. 바이탈의 소음이 귀를 아리게 한다.

태성은 불안해지려는 마음을 가다듬었다. 상태가 호전되고 있다고 하니 불안할 이유가 하등 없는데도 그렇다. 용운이 '사 일족의 몸을 가장 잘 보는 건 반치지.' 하고 말하지 않았더라면 일찍이 다른 사람을 찾아보았을 것이다.

'……그러고 보니 이제 3월이네.'

곧 개강이다. 규진이 며칠 전 통화에서 미사의 안부를 물어왔다.

– 조만간 같이 보자, 개강하기 전에!

신이 나 그렇게 떠드는 친구에게 태성은 그러마 답했다. 그러면서 다시 미사와 친구들과 떠들썩한 술자리를 가지는 걸 상상했다. 상상만으로도 행복했다.

태성은 무심코 창에 비치는 자신의 실루엣을 응시했다. 하얀 머리카락은 몹시 눈에 띄었다. 사람들은 흰 머리카락을 한 태성을 불량한 청년이라 생각하는 듯이 '아무리 멋이라도 그렇게 염색을 하면 머리카락 상하지 않나?' 하고 묻곤 했다. 그네들 중 누군가는 깔보는 듯한 시선이었다.

그러니 개강을 하기 전에 다시 까맣게 물을 들여야 했다. 친구들이 놀랄 테니까. 아니, 놀릴 거다. 하지만 지금 당장은 개강도 친구들도 그다지 생각하고 싶지 않았다.

매일매일 병문안을 오는 건 반치가 불안해서이기도 했지만 태성이 외롭기 때문이기도 했다. 그는 새로 집을 구했다. 아르바이트도 구할 생각이었다. 물론 근시일 내에 그의 생활이 정상궤도로 올라서지는 않을 것이다.

지난번, 자신은 조금 심각하게 이성을 잃고 난동을 부렸다. 바우나 과리의 문제를 넘어서서, 태성도 자신이 그런 짓을 했다는 걸 조금쯤 자각하고 있었다. 기억이 조각조각 남아 있다.

그 때문에 크게 다치거나 죽거나 망가진 부분이 많다고 했다. 태성은 특히나 애경의 아버지이자 술 일족들의 우두머리인 덕훈에게 면목이 없었다.

부상당한 이들까지는 어떻게 해야 할지 모르겠다손 치더라도, 물질적인 보상은 해야 할 것 같았다. 태성은 자신의 명의로 되어 있는 망원동 아파트가 팔리면 전액 배상하고, 모자란 차액은 일을 해서라도 갚겠다고 했다. 그러나 덕훈은 태성의 처우는 일족회의의 결과에 맡길 것이고, 물질적 손해배상은 '과리'에게서 받아내겠다며 거절했다.

「일이 다 마무리된 후에 한번 찾아오게. 나중에 차근차근 이야기하지.」

마무리.

태성은 그의 말에 공감했다.

지난번 사건은 결코 작지 않았다. 아직도 해결하는 중이지, 해결된 게 아니었다.

태성의 위험성을 감지한 일족들이 사상자 배상에 대한 회의를 하겠다고 했다.

그리고 용운이 그 모임의 웃어른 노릇을 하고 있다. 용운은 그를 몹시 싫어했으므로 정말 안 좋은 상황에 처해질 수도 있는 일이다. 태성은 용운이 아무 주저 없이 그를 계속 죽이고 죽이려 했던 것을 기억했다. 과연 진 일족은 까다롭고…….

'하아.'

그만 생각하는 것이 좋겠다.

"여자친구예요?"

"네?"

병원 휴게실 자판기에서 막 음료를 뽑아 마시려는데 낯선 목소리가 날아왔다. 태성은 캔 뚜껑을 따려던 손을 내리고 몸을 반만 돌려 상대를 바라보았다. 면회객 중 한 명인지 사복 차림을 한 20대 여자가 살짝 상기된 얼굴로 그를 바라보고 있었다.

토끼처럼 생겼다. 문득 보름 전쯤 보았던 점쟁이, 왕반희가 떠올랐다. 이 여자에게는 실례일 것 같지만 반희도 일족인 만큼, 인중이 좀 우스꽝스럽기는 해도 잘생긴 편이니까 욕은 아니겠지.

"여자친구냐고 물어봤어요."

여자가 다시 말했다.

태성은 뒤늦게야 그 질문의 뜻을 이해했다. 그러고 보니 병원에서 이 여자가 지나다니는 걸 몇 번 본 기억이 났다. 하지만 뜻을 이해했다고 해서 대답이 쉬운 건 아니었다. 태성은 미사와 자신의 관계에 대해 이렇다 할 정의를 해본 적이 없었다.

아마 미사도 마찬가지일 것이다.

"아…… 뭐."

"젊은 여자분이 혼수 상태시라던데. 사고라도 났나요? 아무리 가족이 다쳐도 매일매일 오는 건 힘든데 젊은 분이 매일 오신다고 간호사 언니들이 이야기하더라고요."

"네, 비슷합니다. ……아무래도 돌봐줄 사람이 없다 보니까."

그리고 하루라도 걸렀다가는 반치가 도대체 무슨 수작을 부릴지 모르겠어서.

"어머."

여자는 조금 미안하단 표정을 지었다. 태성은 더 말을 늘이는 대신 웃음으로 무마했다. 그저 핑계를 대기 위해 꺼낸 말이기는 했지만 생각해보니 크게 틀리지 않았다.

미사는 외톨이가 되었고, 그건 태성을 묘한 기분에 잠기게 했다.

사 일족들은 에덴 라운지 클럽에서의 기괴한 사건이 있던 날을 기점으로 거의 대부분이 서울 도심에서 자취를 감추었다. 언젠가 다시 활동을 시작할 테지만, 애초부터 군집하지 않았던 그들을 모았던 사준도 이제 없을…….

"잠깐 시간 되시면 저랑 커피라도 한잔하실래요?"

생각보다 끈질긴 여자의 권유에 태성이 들고 있던 음료캔을 바라보았다.

누군가 그를 진정으로 아껴 보여주는 호의는 많이 겪지 못했지만,

이런 상황은 자주 겪었다. 그의 근사한 외모가 인간들에게는 눈요깃 거리가 된다는 것도 안다.

"이제 들어가봐야 해서."

"그러면 여기 앉아서 같이 음료라도 하면서 한탄이나 좀 해요. 저도 제 여동생이 입원하는 바람에⋯⋯."

태성은 생각보다 많이 집요한 여자를 끝끝내 뿌리치지 못하고 휴게 실에 앉았다. 그리고 20분 정도 그녀의 넋두리를 들어주었다.

동생이 뇌졸중이 왔다는 이야기를 하며 "요즘은 젊은 애들도 그런 질환이 생기나 봐요. 조심해야 해요." 하고 수더분한 이야기들을 떠들 어댔다. 태성은 묵묵히 들어주며 "힘드시겠어요. 빨리 나으셔야 할 텐데." 하는 정도로만 맞장구를 쳐주고는 저녁식사 시간을 핑계로 일어 섰다.

아무것도 않고 혼자 앉아 있는 것이 외롭다고 생각했는데 정작 누 군가와 이야기를 나누어도 마음은 그대로였다.

그의 삶은 항상 심심한 편이었다. 지난 몇 개월 다사다난했다고 이 런 조용한 삶이 이상하게 느껴질 수가 있나. 모르겠다. 미사의 목소리 를 들은 지 너무 오래되었다.

일족들이 저를 두고 아직도 이런 말 저런 말을 떠들고 있다는 걸 지 난 저녁 애경과 함께 병문안을 온 견우로부터 넌짓 전해들었다.

애경은 태성을 찜찜하단 듯 대했으나 원래부터 태성을 별로 마음에 들어 하지 않는 태도를 유지해왔던 만큼, 이전과 크게 차이는 없었다. 오히려 견우가 조금 노골적으로 조심하기 시작했는데 태성이 서운한 기색을 보이기도 전에 애경이 '너 지금 얘한테 쫄았어? 서방, 창피하게 왜 이래?' 하며 분위기를 이끌었다.

「수습은 잘되고 있어요? 사 일족들 건물은 이달 말부터 본격적으로 철거작업 들어갈 거라는 뉴스 봤는데, 누나네 쪽은…….」

「잘 안 되면 뭐, 네가 나서서 도울래?」

「저도 그러고 싶은데…….」

「뭐하러 붙어 있어. 때 되면 어련히 일어나겠지. 죽은 것도 아니고. 슬슬 기력 회복할 기운도 보인다며.」

미사가 쓰러지기 전, 눈을 감았을 때 가장 마지막으로 본 것은 사준이었다. 사준은 하얗게 질린 얼굴로 쓰러지는 그녀와 눈을 맞추었다. 태성은 그 장면만큼은 강렬히 기억했다. 미사를 죽이려 했었던 사준의 얼굴이 충격으로 일그러지는 것을 보았다. 도대체 갈피를 잡을 수 없는 사람이다.

「미사가 깼을 때 가장 먼저 보는 사람이 되고 싶어서요.」

그래서, 깨어났을 때라도 그녀가 가장 먼저 본 사람이 되고 싶었다.

「사들은 어떻게 된다고 해요?」

사 일족의 처분이 결정된 후에, 태성의 문제도 결정될 터다. 견우는 태성이 그것을 염려한다고 생각하는지 위로처럼 말했다.

「곧 결정이 난대. 하지만 네 문제는…….」

"하아."

태성은 미사의 침대에 기대어 얼굴을 묻었다. 이 정도까지 회복되었으면 죽지는 않을 거라 했는데도, 상처가 거의 아문 지금까지도 눈을 뜨지 못하는 미사를 바라보고 있자니, 마지막까지 독기를 품고 있었던 강서가 떠오르고, 슬픈 외마디를 남기고서 자신의 눈을 바라보며 죽어버린 그가 떠오르고, 그렇다.

"진짜 너무한 거 아니냐."

문득 태성은 제가 어린아이 같은 투정을 부리고 있다는 걸 깨닫고 자조했다. 고개를 들어 창문에 비친 제 얼굴을 응시했다.

"나 심심해요."

이제 혼자 있는 것이 낯설어졌다.

"나도."

"그러니까 빨리……."

무심코 답하던 태성이 홱 고개를 돌렸다.

느리게 눈꺼풀을 들어올린 미사의 까만 눈동자가 그에게 머물렀다. 깜짝 놀라 저도 모르게 엉거주춤 의자에서 몸을 일으키던 태성이 다시 앉았다. 깼어요? 괜찮아요? 그런 흔해빠진 질문조차 잊힐 만큼. 그녀의 눈은 똑바로 그를 응시했다.

그 눈빛에 지난 불필요하게 그를 잠식했던 모든 불안이 봄눈처럼 녹아내렸다.

"나도 심심해."

태성은 그녀의 팔에 이마를 문지르며 작게 웃었다. 이상하게 눈물이 날 것 같아서 고개를 들지 못했다.

"대체 날 왜 병원에 집어넣은 거야?"

"……멍청이. 다쳤었잖아요."

"누구더러 멍청이래?"

"걱정했어요, 많이."

"대체 걱정을 왜 해? 다쳐도 금방 낫는데."

조금 메마르게 갈라졌지만 어조는 태연하기만 해서.

태성은 참지 못하고 고백했다.

처음에 미사가 잘못된 줄 알고 미치는 줄 알았어요. 두 번째는 미사가 죽지 않을 걸 아는데도 걱정했어요. 다시 혼자가 된 것 같아서 불안했어요. 지켜준다고 했는데 또 못 그래서 내가 너무 한심해서 돌아버리는 줄 알았어요. 미사, 좋아해요. 미사는 같지 않더라도 나한테 미사는 큰 사람이에요. 미사, 멍청해요. 걱정했다고요. 다음번엔 정말로 내가 지켜줄게요. 내가. 다음번엔, 진짜로. 정말로.

얘는 왜 이렇게 감정적이지. 괜히 머쓱해 그런 생각을 하는 미사의 손이 태성의 머리를 어루만졌다.

"간호사한테 깨어났다고 말했어요. 곧 의사가 올 거예요."
"그래, 그런데 여긴 어디 병원이야? 어떻게 용케도…….."
거기까지 얘기하던 미사가 문득 제 머리맡에 꽂힌 네임카드를 응시했다. '주치의 반치' 그렇게 쓰여 있다.
그다음에는 아주 난장판이었다.
"반치 새끼가 있는 병원이야?"
"네. 미사도 아는 사람이라면서요."
"싫어. 차라리 죽고 말지."
"미사?"
"아, 나갈래."
"어딜요?"
"퇴원."
"거의 다 회복이 되긴 했지만 그래도 방금 일어났으면서 무슨 소리예요."

"나 간다니까? 넌 어떻게 하필이면!"

아주 아수라장이었다. 미사는 쉽게 흥분을 가라앉히지 못했다. 그도 그럴 것이 반치는 정말로 음습하고 미친 녀석이었다. 사준조차도 반치의 괴팍한 취미에 거리낌을 느껴 그와는 교류하지 않는 것이 낫다는 데 동의했었다.

미사가 공공연히 '반치에게서 진료를 받느니 접싯물에 코를 박고 죽지.' 하고 떠들고 다닌 걸 아마 반치도 알 것이다. 그놈이 좋은 마음으로 그녀를 치료해줄 리가 없었다.

그러나 맨발로 병실을 뛰쳐나가려는 미사를 홱 잡아채 안은 태성이 만류했다.

"용운 그 사람이 소개해줬어요. 허튼짓 못 하게 내가 잘 감시도 했고요."

"그거 미친 새끼야. 세상에, 맙소사. 아무리 내가 드러누워 있었다고 해도 그렇지, 반치한테 맡기다니."

"……잘못, 했어요?"

태성은 지나치게 흥분한 미사를 어찌하지 못하고 꽉 안은 채로 사과했다. 그 역시도 반치라는 뱀이 별로였던지라 미사가 자신과 비슷한 느낌을 받았다는 사실에 기쁜 한편, 어떻게 회유해야 하나 싶었다.

"금방 퇴원할 수 있어요. 정신 차리자마자 사람 정신 산만하게 하지 말고 잠깐만 진정 좀 해봐요. 왜 그렇게 싫어해요, 내가 옆에 있는데."

"왜긴 왜야. 반치는 미친놈이니까 그렇지."

"알아요."

"알면서 반치한테 데려왔단 말이야?"

"괜찮아요. 내가 계속 지켜줄 거예요."

조금 전 했던 '내가 잘 감시도 했고요.' 하는 말과는 다른 뉘앙스였다. 고개를 비껴 젖힌 미사가 태성의 얼굴을 올려다보았다.

　"미사한테 허튼짓 하면."

　"……."

　"내가 가만 안 둘 거예요."

　"……."

　"진짜예요."

　예전에야 '네가 뭐라도 된다고.' 하며 비웃을 수 있었겠지만 이미 미사는 태성이 어디까지 할 수 있는지 보았다. 그때, 정말 저러다가 용운 님에게 죽겠구나 싶어 애가 닳았던 것이 바로 그녀였다.

　"진짜라고요."

　미사의 침묵을 그는 불신으로 해석한 듯했다. 태성이 더듬더듬 덧붙였다.

　"진짜라니까 왜 안 믿어요."

　"어떻게 할 건데?"

　그에 대한 답까지는 생각하지 못한 것처럼 한참을 고민하던 태성이 슬며시 시선을 떨어뜨렸다.

　"미사가 바라는 대로."

　그녀가 바라는 건 퇴원이다.

　반치는 안경을 고쳐 쓰며 일별했다.

　"안 되는데?"

　"딸랑이, 네가 뭔데 나더러 남으라 마라야?"

"이거 봐. 비이성적인 건 아직 네 뇌가 완전히 회복되지 않았다는 거지. 보통은 그 정도로 치명적인 기운이 섞인 총알에 머리를 맞으면 즉각 재생이 불가능해지니까 열에 예닐곱은 죽는 거야. 넌 아주 운이 좋았던 거란 말이야. 내 덕분에 산 거란 말이야."

반치는 깨어난 미사를 마주하고도 별달리 놀랍지 않다는 태도로 코웃음 쳤다.

"닥쳐, 딸랑이 새끼야. 나 이제 괜찮으니까 나갈 거야."

"안 돼."

"왜 안 돼, 안 되긴. 나간다면 나가는 거지."

"경비 부를 거야. 인간들이랑 승강이 한번 해볼래? 네가 지금 얘길 못 들은 모양인데, 사준 사건 이후로 인간들과 마찰 빚는 거 강력하게 금지돼 있어. 아직도 뒷수습 중이거든."

마지막 말은 속삭임처럼 작았지만 미사는 똑똑히 들었다. 와락 얼굴이 일그러졌다.

태성은 역시 반치가 싫었다. 미사가 싫어하니 더 싫었다. 태성도 본심은 반치와 마찬가지로 ― 어쩌면 전혀 다른 이유로 ― 미사가 조금 더 쉬기를 바랐지만 우선은 그녀를 거들었다. 이 정도로 싫어하니 병원에 두는 게 더 안 좋을 것 같았다.

"저번엔 정신만 차리면 된다면서요."

"내가 언제. 의사의 본분은 환자의 회복이지. 눈만 뜬다고 다 나은 게 아니야. 이참에 예전부터 이상하던 한미사 머리를 좀……."

"죽고 싶니?"

반치는 입술에 침도 안 바르고 떠들어댔다.

"내일 아침에 마저 얘기해."

한참을 반치와 승강이를 벌였으나 대외적으로 의사와 환자의 관계인 만큼 더는 강압적인 태도를 고수하지 못하고 물러날 수밖에 없었다. 미사는 자존심이 상한 것처럼 씩씩거리며 반치의 진료실 문을 쾅 닫았다.

병실로 돌아오는 내내 미사는 "저 녀석이 얼마나 징그러운 애냐면, 예전에 동족 하나가 저 녀석에게 치료를 받으러 갔다가 내장이 털렸어." 하며 듣기에도 끔찍한 말을 해주었다.

복도를 걸어가는 내내 간호사들이 수군거렸다. 백발의 잘생긴 청년이 1인 병실에서 혼수상태에 있던 예쁜 여자를 하루도 빼놓지 않고 챙기러 오는 모습에 그들의 머릿속은 진즉 온갖 낭만적인 망상으로 도배가 되었기 때문이다.

"왜 그래요?"

미사는 그들을 두고 수군거리는 것이 분명한 인간들을 못마땅한 눈으로 훑었다.

"너 또 흘리고 다녔니?"

태성은 억울한 표정으로 그녀를 바라보았다.

미사는 샤워부터 하겠다며 몇 가지 없는 세면도구를 들고 가 몸을 씻었다. 그동안 태성은 용운에게 연락을 넣었다. 용운은 미사가 깨어나면 반드시 말하라 신신당부했었다.

다 씻고 돌아와 침대에 앉은 미사는 보얗게 김이 어린 창을 응시하더니, "아, 저렇게 추우면 오늘은 안 나가는 게 낫겠다." 하며 스스로를 위로하는 말을 중얼거렸다.

태성은 피식 웃을 따름이었다. 미사가 고개 돌려 물었다.

"왜 웃어?"

"여전해서 보기 좋아요."

"뭐가?"

"그냥, 전부요."

미사는 쭈욱 기지개를 켰다. 시선은 여전히 창밖에 있다. 그녀의 예쁜 콧날을 따라 시선을 내리던 태성의 눈길이 그녀의 입술에 이르렀다.

한참이나 아무 말도 않고 다물린 입술을 바라보던 태성이 먼저 운을 뗐다.

"아무것도 안 물어요?"

"……으음."

"궁금한 게 많을 거 같은데."

미사는 눈을 뜬 직후부터 지금까지 단 한 가지도 묻지 않았다. 그 이후에 강서는 어떻게 되었는지, 사준은 어떻게 되었는지, 과리라거나 바우라거나, 술 일족들의 이야기라거나…… 갑자기 총에 맞게 된 경위 등등 무수한 의문들이 남아 있을 터였다.

"궁금해."

"물어봐요."

"밥은 먹었어?"

느닷없는 미사의 말에 말문이 막힌 태성이 "하." 하는 짧은 웃음소리를 냈다. 어이가 없다.

"말장난하지 말고요. 사람이 정말 왜 그러냐. 강서 형이 '그런 짓'을 한 것도 그렇고……."

돌아온 대답은 예상치 못한 것이었다.

"짐작은 했어."

"……네?"

미사는 나른히 침대에 등을 기대며 말했다.

"내가 막 깨어났을 때, 그 짜증 나는 토끼 녀석이 찾아왔었어."

왕반희는 꽤 오래 산 일족으로 알려져 있었다.

북선이라는 이름이 일족들 사이에 얼마나 오래전부터 떠돌았는지를 생각하면 미사에게도 큰 어른일 수도 있었다. 용운만큼은 아닐 테지만.

그래서인지 왕반희는 마치 농담이라도 하듯 미사에게 말했다.

「두 가지가 보이는 일은 드문데, 조금 전에 보였단 말이지.」

「무슨 개소리세요?」

「저 밖의 개들 들으면 울겠다. 내 말은, 선택에 따라 달라질 결과가 보였단 말이야.」

태성이 날뛰는 동안 바깥은 아수라장이 되고 난리도 그런 난리가 없었는데, 왕반희만큼은 별세계에 존재하는 것처럼 여유로웠다. 그래서 미사도 덩달아 분위기에 맞지 않게 그 대화에 엉거주춤 응하게 되었던 것도 같다.

「반드시 하나는 죽어.」

「…….」

「네가 저기로 가지 않으면 저 하얀 녀석은 무사하지 못하겠지만 죄를 지은 이에게만 응보가 돌아갈 거야. 그리고 우리 사회가 변할 거야. 종에 따라 주어지는 태생의 서열이 얼마나 위험한지 다시 한 번 자각한 녀석들이 움직일 거고, 잠깐의 분란과 불편이 생기겠지만 나 같은 일족들이 더 살기 편한 체계가 생길 테지. 그리고 너에게도 나쁘지 않을 거야.」

「…….」

「하지만 네가 저곳으로 가면, 네가 무사하지 못할지도 몰라. 그 후에도 반쪽짜리 인과 두 마리의 진이 한곳에 모여 살게 될 테니 계속해

596

서 분란이 생길 것이고. 그 과정에서 피해를 입는 사람들이 늘어날 거야. 대의와 소의의 차이를 설명하는 건 아니고.」

처음에는 이게 무슨 개소리일까 생각했다. 왕반희는 웃으면서 그런 불쾌한 이야기들을 늘어놓았는데, 그래서 더 괴리가 컸다.

「어쨌든 하나는, 반드시 죽어.」

그것은 분명 미사에게는 꽤나 꺼림칙한 이야기였다.

왕반희는 에덴 라운지 클럽에 사준이 나타나기 직전에 '곧 일이 터질 테니 너희도 도망가는 게 좋다.'거나 '너희 오늘 밤 무사히 넘기기 힘들걸.' 하는 재수 없는 이야기를 했었고, 공교롭게도 정말 짜 맞춘 듯 맞았다.

지금 당장 이런 상황에서 반희가 저를 찾아와 하는 이야기에 아무 의미도 없는 건 아닐 터다.

하지만 밖에는 피투성이가 된 태성이 있었다.

그때 창밖으로 보인 풍경을 누군가는 끔찍한 횡포의 참사라고 생각했을지 모르나, 미사에게는 반대였다. 용운이 그를 적대하고 있다는 것만으로도 태성의 안위가 염려되어 어찌할 바를 몰랐다.

태성은 늘 그녀를 구해주었고, 늘 그녀를 따라주었고, 늘⋯⋯.

「'그럴지도 몰라.'라는 말.」

「가능성을 염두에 두라는 말이지. 선택을 할 때에는 늘 가능성을 고려해서 해야 해.」

가능성이라는 건 분명 못내 마음에 걸리는 것이었지만 미사는 멈추지 않았다. 누구 하나는 반드시 죽는다. 그것이 자신이 아니길 바라는 것이야 당연했지만 그것이 태성이기를 바라는 것도 아니었다.

놀리는 듯한, 여전히 심중 깊은 곳에서는 반신반의하는 저딴 말에 휘둘릴 만큼 귀가 얇은 것도 아니었다. 미사는 그래서 태성에게 달려가기를 선택했다. 혹시나 '자신의 죽음'이 이성을 잃은 태성으로부터 촉발되는 건 아닐까 하는 은밀한 두려움이 무색하게도 태성은 그녀를 보자마자 멈추었다.

아픈 태성을 안아 달래며, 상황이 진정되기 시작했다는 것을 깨달았을 때에는 안심하기도 했다.

'북선이 신통하다는 거 완전히 거짓말이었잖아.'

그 타이밍에 뒤통수를 맞은 것이다.

대체 어째서 태성을 붙잡느냐는 말을 하며 마치 자신이 배신이라도 당한 얼굴로 그녀를 바라보고 있던 사준은 초라했다. 한껏 비웃을 심산으로 사준에게 눈길을 주었다가 그 뒤에 서 있는 비렁뱅이 같은 남자를 발견했다.

번듯하게 차려입은 술 일족들 사이에서 독보적으로 눈에 띄었으나, 정작 술 일족들은 그에게 관심이 없어 보였다. 그래서 처음에는 클럽에 놀러 왔다가 살아남은 생존자인가 했다. 아니면, 자 일족의 그 남자라거나.

그런 생각만 하고 있었던 건 정말 이상한 일이고, 멍청한 일이었다. 총에 맞는 순간에야 북선의 말을 상기했다.

'죽는 하나가 나야?'

그러나 길게 생각할 것도 없이 정신을 잃었고, 눈을 떴다.

눈을 뜨자마자 태성의 얼굴이 보였을 때 미사에게 가장 먼저 든 생각은 그것이었다.

'사준이 죽었나.'

"죽었지?"

강서의 증오는 분명 뱀들과 태성을 향해 있었고, 북선은 한 명은 반드시 죽을 거라고 했다. 태성은 무사해 보였고, 그때 사준은 그녀의 곁에 있었다. 그리고 중간중간 태성이 선뜻 말해준 일족들 사회 내의 분란 문제 수습 양상에는 사준의 이름이 누락되어 있었다.

미사는 자신의 추측에 강한 확신을 가졌다. 그래서 더 묻고 싶지 않았다. 어차피 그가 먼저 미사 자신을 배신했으니 죽든 말든 상관없다 생각한다 해도, 마음이란 건 어떤 형태로라도 그가 살아남았으면 하고 바랐던 것 같았다.

그러나 이어진 태성의 설명은 미사의 모든 추측을 조각냈다.

"……강서 형이, 죽었어요."

"그 녀석이 죽었어?"

총질은 제가 한 주제에 왜 죽었단 말인가, 미사가 눈을 둥글게 떴다. 태성은 조금 씁쓸한 표정으로 말했다.

"자살했어요."

그러고는 미사가 무어라 반응하기도 전에 덧붙였다.

"괜찮아요. 민아 누나가 그래도 나머지 수습을 하고 있으니까. 강서 형이 그전부터 상태가 안 좋았던 걸 일족들도 잘 알고 있었고요."

강서라는 녀석은 처음 자 일족의 본가가 과리에게 습격당한 후부터 이상했다고 했다.

미사는 처음 본 강서라는 녀석이 이상한 녀석이기에 원래 이상한가 했는데 그건 아니었던 모양이다. 파리한 안색, 푹 꺼진 뺨, 악심을 흘려보내지 못하고 제 안에 꾹꾹 담아 가두던 눈.

위로의 말은 그다지 필요치 않을 것이었다. 미사는 마음에도 없는 위로에 어떤 의미가 있다고 생각하지 않았다. 대신 태성의 기분이 어떨까 상상하며 그의 손등을 매만졌다.

"그래서 얼마 전에 무덤에 다녀왔어요. 장례까지 잘 마무리했고요."

"그러면, 사준은?"

질문은 단호했으며 각오를 다진 것처럼 무덤덤했다. 태성이 차근차근 설명했다.

"사 일족들은, 몇 명 빼고 대부분 강제 투옥이 결정된 상태예요. 몇 십 년이 될지는 모르겠지만 우선은요. 당신은 제외고요."

왜 나는 제외냐고 묻고 싶었지만, 머릿속으로는 이미 당당하게 '나는 관계없다.' 생각하고 있었으므로 묻지 않았다.

지금은 하나하나의 자세한 상황보다는 두리뭉실하더라도 전체적인 맥락을 잡을 수 있는 설명을 듣고 싶었다. 실제로 사준과 관계가 좋지 않아 그들 무리에 속하지 않은 이들은 백번 무고한 자들이고, 당연히 모든 사 일족들을 처벌할 수는 없을 것이다.

방울뱀 반치를 봐라.

그 사달이 났는데도 능글능글 여유가 넘치지 않나. 아마 그 녀석은 동족들이 죽건, 동족들끼리 죽이건 관심도 없었을 것이다. 고산도 그럴 것이고. 아, 그러고 보니 그 녀석들은 지금 손뼉을 치고 있을지도 모르겠다. 특히나 고산은 사준을 혐오하고 미워했으니까.

"피는 피로 씻는다, 그렇게 떠드는 녀석들이 있을 것 같은데."

"……."

"순화하지 말고 말해봐. 그래서 사준은 어떻게 될 것 같아? 지금 그 녀석은 어디에 있고?"

태성이 쓰게 웃었다.

"아마 살아남기는 힘들겠죠. 다들 사준만큼은 벼르고 있으니까. 그런데 희한하게 과리 그자가 사준을 옹호해주고 있다고 해요. 정말 모를 사람이에요."

과리. 그 이름이 나오자 퍼뜩 생각났다는 듯이 태성이 부연 설명을 해주었다.

"과리가 정말로 크게 힘을 써서 상황은 정리가 됐나 봐요. 그런데 정작 그분은 지금 상태가 안 좋다고 하고. 바우와 다툴 때 약간 문제가 생겼었나 봐요. 저도 그때 있었다 하는데 사실 싸울 때 기억은 좀 단편적으로밖에 남아 있지 않아서."

"……넌."

"네?"

"너는 어떤 느낌이야?"

맥락 없이 던져진 질문에 가만히 미사를 응시하던 태성이 엷게 웃었다. 아닌 체하면서도 강서가 죽었다는 말을 했을 때나, 지금 저 의아한 질문을 하는 미사의 표정에는 조심스러움이 어려 있다.

상대방을 배려하기 위해서는 아닐 것이고, 아마도 '다른 일족의 사정에 끼어들어도 될까.' 하는 조심스러움일 터이나 태성은 어떤 것이든 좋았다. 미사가 그에게 이런저런 것들을 물어봐준다는 게.

"별 느낌 없어요."

용운은 태성에게 그의 가설을 말했다.

아마도, 마지막 목숨의 소진 위기로 칩거에 들어갔다가 태성이 변이하고 화서가 죽어, 태성의 내면에 억눌렸던 인의 기운이 완전히 풀려나면서 바우가 동질감을 느끼고 눈을 뜬 것이 아닐지.

아버지의 종이 궁금했지만 아버지라는 존재 자체에 커다란 의미를 가져본 적은 없다. 기대도 않았던 순간에 괴이한 모습으로 나타난 이를 아버지라 따르고 가슴 아픔을 느낄 만큼 감성적인 태성도 아니었다. 하물며 강서의 죽음조차도 조금 안타까운 것이 전부였다.

자꾸만 무심해지고 메말라가는 자신이 두려웠지만, 그래도 미사에게만큼은 아니었다. 미사의 앞에서 태성은 여전히 예전의 자신처럼 불안하고, 기쁘고, 즐겁고, 일말의 기대감과 강력한 애정을 느꼈다.

인간이 자극으로 '삶'을 인지한다면, 태성에게는 미사가 그 자극이었다.

첫 만남부터 지금까지. 생각해보면 쭉 그랬다.

"그냥 하나 궁금한 건 있었어요."

"뭔데?"

"내 어머니를 만나서 나를 낳았을 때, 사랑했을까요?"

이제는 누구도 알지 못할 진실이 될 것이다.

문득 간지러운 생각이 들었다. 미사가 혼혈을 허락해서 그들이 아이를 가질 수 있다면, 그는 자신의 아이에게는 반드시 자신이 미사를 얼마나 귀중하게 생각했는지 말해줄 것이라고.

그리고 사랑해줄 것이다.

지나치게 앞질러간 생각임을 깨닫곤 얼굴이 발갛게 익었지만 내색은 않았다.

태성의 머릿속에서 펼쳐지는 낯간지러운 생각을 전혀 짐작하지 못한 미사가 퍽 진지한 표정으로 그의 손등을 쓸더니 물었다.

"아, 그런데 과리 님이 상태가 안 좋다는 건 많이 다치셨다는 거야?"

그 말에 태성은 뭐라 설명해야 할까 싶어 웃었다.

그다음 날에도 반치는 미사에게 온갖 검사를 다 해봐야 하고, 검사 결과가 나올 때까지는 병원에 있어야 한다는 얼토당토않은 이유로 그녀를 화나게 했다. 이쯤 되니 태성이 더 미안할 지경이라, 미사의 기분을 어떻게 풀어줘야 할까 고민했다.

이러다가 미사가 반치와 더 극심한 갈등을 빚기라도 하면 곤란했다. 반치라는 의사가 미사의 모난 말에 조금도 신경 쓰는 기색이 없으니 일방적인 미사의 심력소모전만 될 것이다.

그런데 시기적절하게, 미사가 깨어났다는 소식을 전해들은 용운이 찾아왔다. 용운의 손에는 종이가방 하나가 들려 있었는데 그 안에서 계속 바스락거리는 소리가 났다.

"아, 좀. 가만히 있으라고."

『뭐, 윤석아?』

용운은 들고 있던 가방의 입구를 확 눌러 쥐었다. 가방 속에 갇힌 과리가 난동을 부려대기 시작했다. 미사는 얼떨떨한 표정으로 종이가방을 바라보았다. 용운은 화려한 색상의 모자에 해골무늬 셔츠, 가죽 재킷 차림으로 선글라스까지 끼고 있었다.

"용운 님, 뭐하러 여기까지 오셨어요."

사양조로 말하면서도 미사의 얼굴엔 희색이 만면했다.

"우리 미사 병문안 겸. 저 녀석에게도 볼일이 있고."

슬쩍 태성을 턱짓하고는 용운은 간단히 자신의 근황부터 설명해주었다.

그는 지난주 다시 인간사회로 복귀했다. '뮤지션 구름 컴백?!'이라는 타이틀의 인터넷 뉴스가 마니아들의 사이트를 도배하고 있다며 의기양양하게 말했다. 몇 달이나 사라져 있었던 것을 설명하느라 아주 고생을 했다는 말을 덧붙이며.

그 이후에야 본격적으로 그들의 근황을 설명했다.

"다들 열심히 수습은 하고 있지."

하지만 사준이 저질러놓은 것들이 워낙 많아 근시일 내에는 수습이 될지조차 모른다 했다. 술 일족들은 에덴 라운지 클럽의 위치 이전을 위해 분발하고 있다고 한다. 매스컴을 정리하고 정보의 거름망이 되어주는 것은 신 일족들이라고. 아마도 협동 수습이 끝나면 신 일족과 술 일족이 한판 할 것 같다는 이야기도 덧붙였다.

"과리? 이 녀석은 내가 지금 정신교육 중이지."

그때까지도 꽥꽥거리는 소리가 나며 부산스러운 저 종이봉투는 뭐냐 하고 조심스레 물었더니 돌아온 대답이었다.

스스로를 과신해 함부로 행동한 대가가 꽤 컸다고 했다. 똑같이 기운을 흡수당했는데 어째서 과리는 저런 모양새인가 궁금해하고 있으니 용운이 그 나름대로의 가설을 설명해주었다.

"워낙 어마무지한 놈이니, 그릇 채우는 것도 일이지."

봉투 안에서 난동 소리가 난다.

용운은 과리의 성정을 알고 있으므로, 그가 힘이 약해졌을 때가 가장 커다란 기회라고 생각해 끊임없이 그를 괴롭히는 중이었다.

과리는 제 기운이 되돌아오기만 하면 기필코 용운을 잘근잘근 밟아주겠다 벼르고 있지만, 용운이 그전에 손을 쓸 거라고 했다.

"맞아, 용운 님, 왜 하필 반치예요. 반치가 저 붙들고서 퇴원도 못 하게 막고. 차라리 그냥 어디 처박아뒀어도 됐을 텐데."

"무슨 말을 그리 섭섭하게 해."

"하지만 용운 님도 반치 소문 아시잖아요. 그래서…….."

"병원을 나서는 것이야 네 자유 아니냐? 이리 따져 묻는 모양새를 보니 꽤나 힘이 난 모양이지, 우리 미사?"

넉살 좋은 미소를 지어 보이지만 용운의 차림새는 솔직히 양아치류에 가까운 편이라, 어딘지 비딱하게 보였다. 미사가 얕은 한숨을 내쉬며 번거롭다는 말만 반복하자 용운이 화제를 전환했다.

"그리고······ 준이 소식은, 들었나?"

그렇게 말하며 태성을 바라본다.

"네, 들었어요."

"유감이구나."

"자업자득이에요."

이미 미사는 사준에게 할 만큼 다 했다고 생각했다. 큰일들이 일단락되어가는 지금은 마땅히 그에게 느껴야 할 감정들도 희미해졌다. 고작 몇 개월 만에.

어이가 없었다. 그냥, 마음속 어딘가에 있던 추억 때문일지도 모르고, 여전히 한편으로는 예전으로 돌아가고 싶은 마음이 남아 있는 건지도 모른다.

하지만 그게 전부다. 지금 그녀의 옆에 있어주는 건 태성이고, 용운이 아닌가.

"그냥 신경 쓰지 않으려고요. 용운 님께서 알아서 하시겠죠."

냉담한 것 같지만 어딘지 침잠한 듯한 미사의 중얼거림에 용운은 더는 그런 말을 하지 않았다.

"아, 이 말을 미리 안 했구나. 병문안을 온다는 아이가 있어."

"용운 님 말고요?"

"그래."

"제 동족들은 아닐 테고."

끽해봐야 떠오르는 이름은 그나마 곽현이었다. 하지만 곽현도 사준 무리라 낙인찍혀 있으니 멋대로 돌아다니거나 하지는 못할 거라 생각했다. 어쩌면 반치가 지금 그녀를 병원에 가둬두는 것도 감시를 위한 일환일까 하는 생각을 했다가 너무 멀리 갔다는 생각에 고개를 저었다. 반치가 다른 일족들에게 협력했다고 해도, 단순히 그 녀석의 꼬인 성격 탓일지도 모르기 때문이다.

어느 쪽이든 사실 그녀에게는 상관없는 것이었다.

"누군데요?"

미사는 아는 사람이 별로 없다. 좁은 인맥 탓에 그녀를 염려해 병원까지 찾아와줄 만한 이는 사실 태성과 용운이 전부라 해도 과언이 아니다. 그런데 또 다른 방문객이라니 의문일 수밖에.

"기다려봐."

용운이 힐끔 태성을 흘기며 능쳤다. 미사가 꼬치꼬치 캐물으려는 찰나, 공교롭게도 용운의 주머니에서 전화벨이 울렸다.

"아, 벌써 왔나? 양반은 못 되는 아이로군."

미사는 멀뚱멀뚱 그를 바라보았다.

얼마 지나지 않아서였다. 문이 열리고 반듯한 차림의 여자가 모습을 드러냈다.

'……음?'

미사는 한눈에 알아보지 못했다. 왜냐하면 한복을 입고 쪽머리를 했을 때와는 너무나 다른 분위기였기 때문이다. 태성도 미리 언질을 듣지 못했는지 크게 놀라 자리에서 일어났다.

"민아 누나?"

부드럽게 풀어내린 머리칼, 단정한 정장 차림의 민아가 눈을 접어 웃었다. 곱기도 한 미소다. 민아는 가장 먼저 용운에게 다소곳한 인사를 건넨 후 미사에게 다가왔다.

미사는 이 여자가 왜 저를 찾아왔는지 알 수가 없어 어안이 벙벙했다. 강서의 사건을 생각하면 마주하기 편안한 상대는 아니었다. 민아는 태성의 완전히 하얗게 변한 머리칼을 한참 바라보더니, 정작 미사에게 사과를 건넸다.

"제 동생이 폐를 끼쳤으니 직접 사과하려고 왔어요."

그 동생이 태성을 말하는 게 아님은 그 자리의 모두가 알았다. 민아는 미사의 침묵에 다시 정중하게 고개를 숙였다.

"상황이 그러니 부디 이해해주세요."

고개를 든 민아의 눈시울이 붉어서, 미사는 아무 대답도 하지 않았다. 이제 봄이 오는데, 다른 누군가를 미워하고 원망하느라 시간 낭비하고 싶지 않다.

용운은 태성을 끌고 나왔다. 딱히 미사와 민아가 있는 자리에서 할 수 없는 말은 아니지만 그래도 대놓고 떠들 만큼 좋은 일도 아니었다.

태성은 불편한 기분으로 용운과 적당한 거리를 두고 섰다. 자판기를 바라보며 예의상 "뭐라도 드실래요." 묻자 용운은 대번 인상을 쓰고 거절했다.

"필요 없어. 그리고 시끄러워."

확 미간을 찡그리며 용운을 돌아본 태성은 맥 빠진 표정을 지었다. 시끄럽다는 말은 가방 속의 과리에게 하는 말이었던 모양이다.

"네 기운은 어느 정도 안정되긴 했구나."

태성은 그렇게 수화한 채로 날뛴 이후 오히려 그 기운이 더 안정되었다. 그 자신에게는 좋은 일이지만 용운에게는 그다지 좋지 않을 것이다. 솔직히 태성은 이미 자신의 종에 관한 문제를 진지하게 고민하지 않기로 마음을 굳혔으므로 설명할 필요조차 느끼지 못했다.

"앞으로도 지켜볼 거다. 네 어미가 마지막까지 당부를 한 것도 있지만 난 네가 이 근방에서 머무는 것도 마음에 안 들어, 사실."

"……."

"뭐, 그렇다고…… 옛날처럼 유치하게 영역다툼이나 하며 네 영역, 내 영역 선 긋자고 하는 말은 아니고."

"저는 왜 부르셨는데요. 어차피 계속 그쪽 신경 써야 한다는 건 숙지하고 있습니다. 굳이 가르쳐주시지 않아도 알아요."

"너 그날 왜 그랬냐?"

비로소 던져진 사적인 질문에 태성의 회색 눈동자가 용운을 똑바로 직시했다. 내 일이니 신경 끄시죠 하는 냉소적인 대꾸가 목 안에 걸렸다가 미사가 용운을 아주 좋아한다는 것을 알아 곰곰이 답을 생각했다.

"그냥, 화가 났습니다."

화가 났다기보다는 슬펐던 것 같다. 슬펐다기보다는 좌절이었던 것도 같고.

사실 그 순간순간의 의식의 편차가 지독하게 커서 태성은 스스로도 잘 설명할 수 없었다. 그가 기억하는 것은 용운의 살의 섞인 공격에 헐떡이던 그 순간에 미사의 목소리가 들렸고, 미사가 보였고, 미사가 다가왔다는 것뿐이었다.

"그냥 화가 난다고 그따위로 다 때려부수는 버릇 들이면 다음번엔 정말 죽여버릴 거다. 네 목숨이 몇이나 남았는지는 모르겠지만 바우 새끼가 죽은 걸 보면 너도 죽을 수 있는 놈이라는 거 기억해. 우리 미사가 널 잡지 않았으면 네놈은 그날 죽었어."

"그래서요."

"뭐?"

"그쪽, 대체 미사의 뭔데 자꾸 제게 이러는지 모르겠네요."

싸늘히 대꾸하는 태성의 눈 안쪽으로 선명한 적의가 타오르고 있었다. 용운은 실소했다.

"어린것이 기고만장해서는."

"그런 적 없는데요. 그냥 당신이 싫은 겁니다."

기가 막힌다. 용운도 그가 싫기는 마찬가지지만 저놈 싹이 누런 것이 아무래도 두고두고 거슬릴 것 같았다. 그의 불편을 읽어낸 건지 살짝 입술 끝을 틀어 웃은 태성이 잠잠한 목소리로 물었다.

"뭐, 마실 거 드릴까요."

그러곤 자판기에 동전을 넣고 버튼을 눌러 사이다 한 잔을 뽑아 혼자 마신다.

"어차피 미사도 무사하니 전 처벌 달게 받을 생각이에요. 안 그래도 그쪽이 안 그럴 수 없게 만들 것 같지만. 그러니 그때까지 찾아오지 않았으면 좋겠습니다."

아, 기분 더럽다.

용운은 진심으로 욕지거리를 씹어뱉고 싶은 기분에 미간을 일그러뜨렸다가, 저 복도 끝에서 민아와 함께 걸어나오는 미사를 발견하고 표정을 풀며 팔을 벌렸다. 미사가 환자치고는 가벼운 걸음으로 다가오더니 갑작스러운 포옹 제스처에 얼떨떨한 표정을 하며 그를 안았다 놓았다.

"무슨 얘기들 하고 있었어요? 갑자기 웬 포옹?"

고개를 갸우뚱하는 미사에게 용운이 뼈 박힌 말을 건넸다.

"우리 미사야, 사람 가려 만나라."

태성의 미간이 좁아지는 것이 용운은 통쾌했다.

민아는 태성에게도 사소한 안부만 묻고 돌아갔으나 용운은 꽤 오랫동안 앉아 미사와 이야기를 나누었다. 중간에는 과리가 기어코 종이 봉투 밖으로 뛰어나와 난리를 치려는 걸 붙잡아 쑤셔넣느라 애를 먹기도 했다.

그들은 밤 시간이 되어서야 되돌아갔다. 용운이 있을 때에는 그래도 활기가 돌았는데 밤이 되자 다시 차분해지는 미사를 바라보며 태성은 속이 불편해졌다.

"왜 그렇게 봐. 너도 가봐야 할 시간 아니야?"

태성은 미사가 불편해할까 봐 지난 며칠 밤마다 꼬박꼬박 집에 들어갔다. 하지만 오늘은 어쩐지 더 오랫동안 같이 있고 싶다는 생각이 들었다.

"왜."

반짝거리는 눈이 예쁘다. 태성은 가만히 턱을 괴다가 심상한 투로 뱉었다.

"미사는, 용운 그자 같은 사람이 좋아요?"

"그건 또 무슨 소리야?"

"별로던데."

"야, 험담하지 마."

피식 웃은 미사가 손가락을 까딱거렸다. 태성이 엉거주춤 일어나 그녀 쪽으로 몸을 기울였다. 미사는 가볍게 태성의 뺨을 쥐고 속삭였다.

"질투 나?"

"아니라고 하면 거짓말이겠죠. 그것도 있지만, 난 그냥 그 사람 싫어요. 꺼림칙해요."

"그건 네 사정이지. 용운 님 좋은 분이라고."

당신이 말하는 그 좋은 분이 나를 몇 번이나 죽이려 했는데요, 그렇게 핀잔을 줄까 하다 말았다. 계속 험담을 하는 것도 속 좁아 보일 테니까.

"내가 지켜줄게."

태성이 의아한 눈빛으로 눈높이를 맞춰오자 미사는 그의 목을 끌어안았다.

"용운 님이 괴롭히면, 네가 날 지켜줬던 것처럼 내가 널 지켜줄게. 용운 님은 날 예뻐하니까."

가만 그 깃털처럼 내려앉는 다정한 말을 경청하던 태성이 "그 예뻐하는 것도 싫네요." 농담을 덧붙이며 일어섰다. 흘러내린 미사의 까만 머리카락을 슬며시 쓸어넘기며 가슴이 이상하게 벅차오른다는 생각을 했다.

이제는 내가 지켜주고 싶은데. 그렇게 말해봐야, 그냥 말로만 떠드는 것이 될 것이다. 미사는 그의 눈앞에서 이미 두 번이나 죽을 뻔했다.

미사와 눈을 마주치고 있다는 것이 문득, 아주 갑작스럽게 낯설었다. 미사를 상처 입히고, 저를 바라보며 증오 섞인 마지막 유언을 남기고 죽어버린 강서도, 완전히 타인처럼 느껴지기 시작한 민아도, 한때 궁금했던 아버지라는 존재가 완벽하게 말소되었다는 사실도 일순간 떠올랐다.

태성이 침대에 무릎을 걸치고 올라가 한 손으로 벽을 짚어 기대고, 그대로 미사의 뒷머리를 당겨 입 맞추었다. 미사는 예고 없이 닥쳐온 입맞춤에 조금 놀란 듯 몸을 빼다가, 이내 그의 목을 감아 안았다.

한참 후 입술을 뗀 태성이 낮게 갈라진 목소리로 말했다.

"우리, 나가요."

방울뱀 반치가 사심으로 지껄이는 소리 따위 알 바 아니었다. 홀로 집에 가고 싶지 않았다. 어딜 가든, 그녀와 함께 가고 싶었다.

　미사는 일찍이 태성이 가져다두었던 사복을 걸쳤다. 가벼운 티와 검은 바지 하나만 입은 그녀는 누가 보더라도 멀쩡한 사람처럼 보였다. 병실 밖의 어두운 밤을 한번, 닫힌 문 너머의 잦아든 발소리를 한번 가늠한 태성이 턱을 매만지며 미소 지었다.
　"이러다 쫓기면 보니 앤 클라이드 아닌가요."
　"닉이랑 주디지. 악당 딸랑이 반치로부터 도망쳐서 자유를 찾아가는 거니까."
　"내가 닉이에요."
　"정말 싫다. 난 토끼 별론데."
　지난번 왕반희를 만난 이후로 미사는 정말로 묘 일족들이 마음에 들지 않아졌다.
　"빨리 가자. 이사했어요. 미사가 좋아했으면 좋겠어요, 우리 집."
　"우리 집?"
　"우리 집이요. 미사와 내가 살 곳."
　태성이 자연스럽게 미사의 손을 잡아당겼다. 그들은 병실을 나섰다. 허물처럼 벗어던진 환자복만이 덩그러니 남았다.

　거리는 연초에 걸어둔 꼬마전구들로 반짝거렸다. 걸어다니는 코트처럼 보이는 미사와 모자를 푹 눌러쓴 태성은 어떤 대화도 나누지 않았으나 편안했다.

삼삼오오 돌아다니는 사람들을 스쳐지난다. 그들보다 짧게 사는 사람들, 그들보다 열심히 사는 사람들은 그들을 알아차리지 못한다.

한참을 걷던 미사는 "나무에 별이 걸린 것 같아. 안 그래?" 하고 중얼거렸다. 그녀와 어울리지 않는 낭만적인 감상에 태성은 "그러네요." 하고 답했다. 코트 안에 몸을 구기듯 웅크린 미사를 흡족한 눈으로 바라보았다. 자꾸만 가슴이 벅차고 떨려온다.

다시 한 번 키스하고 싶었다. 까만 머리카락, 반짝이는 눈동자, 언젠가는 꺼림칙하다고 생각했던 눈빛까지. 모든 것이 욕심이 났다.

"뭘 그렇게 봐?"

태성이 어깨를 으쓱했다. 저절로 입가에 걸리는 미소를 설명할 필요는 없을 것이다.

"배고파. 소 한 마리 먹으면 좋겠다."

"수화할 만큼 기력 회복도 안 된 거 아니에요?"

"그렇기는 한데."

"그런데 소는 무슨 소야."

미사는 조금 불만스러운 눈빛으로 태성을 팩 쏘아보았지만 태성은 느끼지 못한 채 앞장섰다. 하지만 그 눈빛을 무시하는 것도 길게 가지 못했다. "아, 환자 굶기니?" 하며 혼잣말처럼 계속 중얼대는 미사의 어린아이 같은 투덜거림에 태성은 웃고 말았다.

"그러면 밥 먹고 들어가요."

그들은 근처의 레스토랑으로 들어갔다.

"두 분이세요?"

"예."

레스토랑 안으로 들어간 태성과 미사는 기분 좋게 점원의 안내를 받았다. 운이 좋다 해야 할지, 그냥 가까운 레스토랑을 찾아 들어간 것뿐이었는데 분위기가 사뭇 좋았다.

"나 지갑 없는 거 알지?"

"언제는 지갑이 있었다고."

태성이 무슨 말을 하냐는 듯 피식 비웃었다.

"누가 들으면 미사한테 지갑이 있는 줄 알겠다."

"너도 쫓겨났잖아."

"나는 엄밀히 말하면…… 아니, 뭐, 쫓겨나기는 했지만. 됐어요. 먹고 도망치자고 안 할 테니까."

레스토랑은 재즈 공연과 음식을 동시에 즐길 수 있는 곳이었다. 미사가 자연스럽게 목도리를 풀고 모자를 벗으며 앉았다.

몇몇 연인들의 시선이 그들에게 잠깐 스쳤다.

특히나 태성을 보는 여자들의 시선은 잠깐보다 길게 머물렀다. 병원에서도 태성과 그녀를 두고 수군거리던 직원들이 많아 짜증이 났다. 이번엔 대체 왜 저러나 싶은 미사의 심기가 불편해졌다. 그러나 몇 마디 엿듣는 것으로 조금은 납득하게 되었다.

'백발이네? 탈색 엄청 했나 보다.'

이렇게 말하기 뭐하지만, 미사는 비로소 그의 하얀 머리카락을 제대로 인지했다. 인간들 사이에서는 당연히 눈에 띌 수밖에 없을 것이다. 무심히 메뉴판을 바라보던 태성이 권했다. 태성에게도 들릴 텐데.

"우선, 뭐 마실래요?"

"아무거나."

태성은 메뉴판에 눈을 둔 채로 웅얼웅얼 물었다.

"그러면 와인 할까요."

"와인? 너 그런 거 별로 안 좋아하지 않았어?"

"딱히 좋아하고 안 좋아하고의 개념으로 보고 있지는 않은데. 여긴 보드카 같은 미사가 좋아하는 술 없는 거 같으니까요.”

“그러자.”

“미사는 싫어해요?”

“별로.”

잠깐 간격을 둔 태성이 다시 물었다.

“그러면 좋아해요?”

“그냥 포도 썩은 거잖아. 좋을 이유도 없지.”

대답이 어쩌면 저렇게나 성의가 없는지 모르겠다. 어이가 없다 웃어버린 태성의 눈이 다른 메뉴를 훑었다. 요리하기는 좋아하는 주제에 정작 먹는 데는 열의가 없는 미사의 눈동자는 바쁘다.

태성은 곧 알아차렸다. 혹시나 다른 일족이 있을까 염려하는 기색이었다. 일족의 수는 소수다. 우연히 인간들 사이에서 마주치는 일은 거의 드물었다. 그들은 그들이 따로 영위하는 문화권과 지역이 있고, 지금 태성과 미사가 있는 곳은 명백히 인간들의 영역이었다.

하지만 좀 불안하기는 할 것이다.

미사는 지금 기력이 회복 단계에 이르렀다고는 해도 완전히 컨디션이 좋아진 게 아니었다. 사 일족들을 적대하는 일족들이 넘쳐난다는 건 모르는 이가 없으니.

태성이 중얼거렸다.

“무슨 일 생겨도 괜찮아요. 그냥 편히 있어요.”

“아.”

“내가 미사 버리고 가진 않을 거니까요.”

미사가 가늘게 눈을 접어 웃으며 비웃었다.

“이거 든든한 보디가드시네요. 호적에 잉크도 안 마르신 분이.”

“반백 년이면 마르고도 남았죠.”

커다란 접시에 와규 스테이크와 립아이 스테이크, 버터를 녹여 촉촉하게 적신 스위트포테이토, 데친 아스파라거스와 레드빈으로 만든 수프, 양송이와 가지를 양념에 버무린 음식이 차례차례 깔렸다. 스테이크는 당연히 레어로 주문했다.

"반치가 내일 나 도망친 거 보면 짜증 내겠지? 그 얼굴 구경하면 좋을 텐데."

"미사가 사람 그렇게 싫어하는 거 처음 봐요. 좀 더 먹을래요?"

"걔가 취미로 다른 녀석들 내장 털고 다니면서 얼마나 뻔뻔하게 굴었는데. 먹을 거면 차라리 그냥 흔적도 없이 먹어버리지, 꼭 흔적을 남겨서 우리 욕 엄청 먹었어."

"진짜 취미가 이상하긴 하네요. 일단 그보다 우선 이거 썰어놓은 것들부터 먹어요. 다 먹으면 또 썰어줄게요."

달그락, 태성이 미사의 앞으로 고기를 썰어 밀어주었다.

미사는 큐브처럼 예쁘게 썬 고기를 기분 좋게 오물거렸다. 태성은 채소 위주로 먹었다. 많이 변하기는 했지만 식습관만큼은 여전한 모양이다. 미사는 주먹만 한 와인잔을 흔들며 입매를 당겨 웃었다.

병원에서 나오자마자 이런 분위기 좋은 레스토랑에서 고기를 먹다니. 꽤 만족스러운 탈출이었다.

"갑자기 너무 잘해주는데."

"원래 잘해줬는데."

"아니, 오늘은 좀 다르잖아."

"더 잘해줄게요."

막 포크로 큐브형 스테이크를 찍어 입에 넣으려던 미사가 멈칫 손을 멈추고 태성을 바라보았다.

어디선가 스피커 웅웅거리는 소리가 났다. 무대 위에서 밴드원들이 악기를 조율하고 있었다.

"더요. 나 이미 여러 번 미사한테 솔직하게 말했잖아요. 미사 대답도 들어보고 싶어요."

외국 여가수가 부르는 CD의 재생이 아닌 라이브 음악은 묘하게 침체되어 있던 테이블의 분위기까지 걷어갔다.

첫 번째 음악은 꽤나 낯선 것이었다. 그리고 두 번째의 음악이 흐른다.

'포에버(forever)'. 어딘지 귀에 익은 멜로디가 느릿느릿 그들 사이의 간격을 파고들었다.

나는 어둠 속에 혼자 서 있어요
내 삶의 겨울은 빠르게 찾아왔어요……
기억들은 어린 시절로 돌아가고
아직도 내가 기억하고 있는 건……

공교롭다고 해야 할지.

태성은 한마디, 한마디씩 조심스럽게 그의 마음을 전했다.

"정말로 걱정했어요. 농담이 아니라, 미사가 그날 밤에만 두 번이나 내 눈앞에서 죽을 뻔했을 때, 정말 아무 생각도 하지 못할 만큼 힘들었어요."

"멀쩡하잖아."

"그래도요. 미사는."

태성이 목이 마른 사람처럼 물로 입술을 축였다.

"앞으로는 용운이라는 그 사람을 믿는 것처럼 나를 좀 믿어줬으면 좋겠어요. 아니, 나를 더 믿어주기를 바라는 것도 같고. 어쨌든 그래요. 사준도 이제 다시는 예전처럼 미사 괴롭히지 못할 테니까, 우리."

음악 속으로 섞여드는 태성의 메시지를 한 음절, 한 음절 기억 위로 덮어씌운다.

미사는 아직도 잘 모르겠다. 사람은 혼자 살 수 없는 동물이라는 말을 딱히 믿는 편은 아니었다. 어느 쪽이냐 하면, 미사는 오히려 모든 사람은 결국 혼자라 말하는 것이 더 편안한 사람이었다. 하지만 불현듯 일어난 슬픔, 배신감, 아쉬움, 미련, 잔정과 같은 그것들의 이유를 이제 조금은 알 것 같기도 했다.

만일 눈을 떴을 때 자신의 곁에 아무도 없었더라면.

아마도 슬프고 외롭지 않았을까.

"태성이 너는 무슨 노래를 좋아해?"

갑작스러운 반문에 태성이 퍽 눈살을 찡그렸다. 대답을 회피한다고 생각해 불쾌하다는 표정이었지만 꼬투리를 잡지는 않았다.

"딱히 가리는 건 없어요."

"어떤 계절을 좋아해?"

"글쎄요……."

태성에게 있어 계절이란 하나의 흐름이었다.

특별히 좋은 계절도, 특별히 싫은 계절도 없었다. 감수성이 풍부했던 시절, 그가 겪은 계절이란 늘 창문과 사이즈가 같은 한 폭의 풍경화였다. 나이를 먹고 수화하는 법을 배워 밖으로 나왔을 때 이미 주위의 아름다움에 심취하기엔 너무 자라 있었다. 몸도 마음도.

"미사는요?"

"나는 봄이 좋아."

"여름이 아니라요?"

무더운 여름을 좋아할 거라 예상했던 태성에게는 의외의 답이었다.

"내가 무사히 겨울을 넘겼다는 걸 가장 빨리 알려주는 계절이잖아."

"……저는 겨울요."

"왜?"

태성의 대답 역시 미사에게는 의외였다.

그러나 태성은 가타부타 부연하는 대신 어깨만 으쓱할 뿐이었다. 저렇게 의뭉스럽게 굴 때마다 미사는 괜히 약이 오르곤 한다. 미사의 볼에 점점 바람이 들어가는 걸 알아차린 태성이 소리 내어 웃었다.

"겨울엔 늘 미사가 나를 생각해줄 거 같아서요."

그사이, 음악은 다음 곡으로 넘어갔다.

조금 더 활발하고, 즐거운 노랫소리가 감미롭게 울려퍼졌다. 바닐라색 조명 아래에서 투명하게 맑은 태성의 회색 눈이 미사에게 고정되었다.

"있죠, 미사. 내가 혼혈이라서 싫을 수도 있을 거라고 생각해요."

"그런 건 상관없어."

"내가 어쩌면 미사가 좋아하는 타입의 수컷이 아닐지도 모르고."

"충분히 귀여워."

"하지만 그렇다고 해도 나한테는 이제 미사가 가장 중요해요."

"……."

"그러니."

"……."

"앞으로도 함께해줘요. 안 그러면."

태성은 미사가 죽은 듯 누워 있던 때의 어느 하루를 기억해냈다. 그녀에게 하지 못한 이야기를 상기했다.

어둔 병실, 창은 손톱만큼 열려 한풍이 새어들고 있었다. 커튼이 펄

619

럭인다. 고적한 새벽이었다. 혼자라는 감각이 그토록 사무쳤던 날이 없을 것이다. 분명 미사가 무사히 깨어나리라는 믿음을 지니고도 그 토록 초조했다.

"날 잡아먹을 거라고?"

태성이 멈칫하더니 이내 하하, 소리 내어 웃었다. 미사의 앞에 놓인 스테이크 접시에 포크를 뻗어 한 덩어리 찍어 올린 태성이 느릿느릿 미사에게 내밀었다. 얼결에 입술을 벌린 미사가 냉큼 고기를 받아먹 자 미소 지었다.

만족한 얼굴이기도 했고, 어딘지 애타는 얼굴이기도 했다.

"있잖아요, 미사. 나, 지금 농담하는 거 아니에요."

"응."

"미사가 없으면 나는 외로워질 거예요. 그런데 나는 그렇게 외로워 미치는 인생 살기 싫거든요."

그의 아버지라고 나타났던, 그다지 정감 가지 않던 검은 맹수를 떠 올리면 더욱더 거북스러웠다. 그 지경이 될 때까지 아무도 곁에서 잡 아주지 못했다며 가하람이 혀를 찬 것을 기억했다.

"이기적이네. 너 좋으라고 나를 잡는 거야?"

"미사를 행복하게 해줄 수 있게 노력할게요. 이제 기반도 돈도 없고 적응해서 살려면 고생하겠지만, 나 그래도 학교도 나왔어요. 미사가 원하면 내가 의사가 되어서 다시는 반치 같은 의사 안 만나게 해줄게 요. 이제는 관심 없겠지만 내 발이 보고 싶다고 하면 보여줄게요. 좀 딱딱하고 커다랗기는 해도 귀여워요. 미사가 혼자 있는 게 싫다고 하 면 학교 그만둬도 되고."

"아니, 난 너한테 딱히 이래라저래라 할 생각은 없는……."

"사랑해요."

잔잔한 음악이 그들 사이의 어색한 침묵을 흐트러뜨렸다.

미사의 혈기 도는 붉은 입술이 서서히 호선을 그렸다.

"하지만 어떡해? 난 커다란 거보다는…… 귀여운 게 더 좋은데. 말랑말랑하고."

"내가 이제 와서 어떻게 할 수 있는 게 아니잖아요. 꼬리는 아직 남아 있는데. 그래도 노력은 해볼게요."

"무슨 노력?"

"내 발바닥 더 말랑말랑하게. 마사지라도 하면 풀리겠지. 그러니까 넘어와줘요. 이렇게 열심히 고백하는데 불쌍하지도 않나."

상상해버린 미사가 웃음을 터뜨려 레스토랑 사람들의 눈길을 샀다.

"동정팔이 하려는 것치고는 묘하게 뻔뻔한데."

"울 수는 없잖아요."

"울어봐."

"싫어요."

"나 깨자마자는 거의 울 것 같은 목소리로 고백했으면서."

얼굴을 붉히며 부정할 것이라 생각했으나 태성은 덤덤히 미소 지으며 덧붙일 뿐이었다.

"진심이에요. 그것들도 전부."

이렇게나 직설적이고 조심스러운 고백은 어쩐지 별안간의 입맞춤보다도 더 서툴러서, 마음을 활짝 열어버리고 싶은 충동이 든다.

미사는 식탁 위에 올려둔 태성의 손이 아주 작게 떨리는 것을 발견했다.

미사의 시선이 닿자, 미모사처럼 오므린다. 그리고 슬그머니 테이블 아래로 감추었다.

미사는 가만히 빈 테이블 위에 시선을 두었다.

너무나 버거운 겨울이었다. 왜 내게 그런 일이 생겼을까 하고 생각한 적도 분명 있었다. 한데, 지금은 정반대의 기분이 든다는 것이 이상했다. 어떻게 내가 저런 녀석에게 주워졌을까. 그녀는 딱히 태성에게 해준 것이 없는데.

늘 받기만 했는데.

태성은 그녀가 겪었던 생애 최고의 혹독한 겨울에 찾아낸, 그 겨울의 가장 큰 행운이었다.

조심스레 태성의 손가락에 깍지를 꼈다. 꽉 움켜쥐자 빠르게 뛰는 태성의 맥동이 고스란히 느껴졌다. 체온은 늘 그녀보다 조금 더 미지근하다.

왠지 낯간지러운 기분으로 답했다.

"말은 안 했지만 너 꽤, 나쁘지 않아."

좋다는 말을 굳이 둘러하는 게 얄미웠지만 그래도 가슴이 벅차기는 매한가지다.

"혹시나 해서 하는 말인데, 이거 종신 계약이에요."

"아, 그러면 지금이라도 무를 수 있어?"

태성이 그녀의 손을 세게 쥐며 슬며시 인상을 쓴다.

"사람이 왜 그렇게 변덕스러워요?"

"태어나길 그렇게 태어난 걸 어쩌니?"

기나긴 겨울이 지나가고, 봄이 오는 소리가 들린다.

Epilogue

한번 회의가 발족되고, 논의가 시작되자 상황은 빠르게 진행이 되었다.

사 일족에 대한 것이 먼저였다.

사 일족들을 전부 말살하는 것은 균형에 어긋난다는 이유 때문에 일족 회의는 결국 사준을 비롯한 몇몇 측근들을 처벌하고, 각각의 피해 추산에 따라 배상금을 내는 것으로 최종 결정이 내려졌다.

그러나 사준은 마지막까지 조금도 반성의 기미를 보이지 않아서 곽현과 상윤이 그를 대신해 변명을 해주느라 애를 먹었다고, 사준의 그러한 태도에 더 분노한 신 일족들이 들고 일어나 사준 개인의 처벌은 더 강력해질 것이라고 했다.

그리고 그 다음에는 태성의 문제였다. 도마에 한번 올라가니 결정은 속전속결이었다. 사 일족의 문제를 논의할 때보다 더 열띤 토론의 장이 되기는 했어도.

태성은 아직 어리다는 것과, 당시 큰 부상을 입어 정상적인 판단을 할 수 없었던 점, 그리고 가장 큰 피해를 입은 술 일족이 그의 강한 처벌을 원하지 않는다는 것을 이유로 정상이 참작되었다.

그럼에도 불구하고 태성의 불안전함에 대해서는 꾸준히 말이 나왔는데, 그를 통제할 사람이 존재한다는 몇몇 이들의 목격담 덕분에 큰 소란은 없었다.

「미사요.」

미사는 사 일족들을 옹호한다는 이유 때문에 좋지 않은 눈총을 받고 있었는데, 태성은 그를 다루어줄 사람으로 담담하게 미사 한 사람만을 지목했다.

「미사 하나면 됩니다. 미사에게 무슨 일이 생기지만 않으면요.」

하얀 머리카락의 붉은 눈을 한 그를 보며 섬뜩한 기억을 떠올리는 이들이 더러 있었다. 솔직히 죽을 때까지 죽인다는 그 듣기에도 끔찍한 말을 '인'을 대상으로 실천할 수 있는 이는 몇 없을 것이다. 과리는 여전히 조그만 모양새를 벗어나지 못한 채 용운에게 기생해 살고 있었고, 가장 적극적으로 태성을 싫어하던 용운마저 입을 다물자 불만의 목소리는 길게 이어질 수 없었다.

따사로운 봄 햇살이 커튼을 투과했다. 은은한 조명처럼 밝은 어둠이 깔렸다.

그들은 미사가 입원한 사이 태성이 따로 구한 작고 깔끔한 빌라에 머물고 있었다. 예전에 살던 집처럼 넓지는 않았다. 망원동 아파트를 판 대금으로 마련한 것이다.

미사는 사는 곳에 대한 애착이 달리 없었던지라 상관없었지만 태성은 꾸준히 아쉬움을 표했다.

「차라리 나중에 우리 둘이 시골에 집을 짓고 살아도 좋겠어요. 그렇죠?」

「너나 가.」

「싫은데.」

「너 이제 반말하네?」

「반말이 아니라 말을 하다 만 건데요. 그리고 솔직히 미사가 방금 짜증 나게 말했잖아요. 시골이 뭐 어때요. 나 어릴 때는 산속에서 살았는데 좋았어요.」

「그렇게 좋으면 너나 살래도.」

「아, 싫다니까.」

뭐, 그런 식으로 늘 대화는 도돌이표였지만.

하지만 지금 당장 전원생활에 관심이 없는 미사도 언젠가는 이런 답답한 도시를 떠나도 좋겠다는 생각을 하곤 있었다. 차가 밀릴 때나, 은행에 사람이 너무 많아서 짜증이 날 때나, 강남 같은 번화가에 인간들이 너무 많아서 기절하고 싶어질 때나, 뭐, 수많은 경우에.

피곤한 청문이 끝나고 집으로 돌아온 태성이 카디건을 벗어 옷걸이에 걸고 있으니 미사가 눈길도 주지 않은 채 물었다.

"별일은 없었어?"

"없었어요. 미사는 오늘 잘 다녀왔어요?"

"나야 뭐."

태성이 일족들의 모임에 불려갔다 온 동안 그녀가 한 일은 실종신고 이후 전부 동결되었던 계좌를 정리하는 것이었다.

이제 사준에게 꼬리를 밟히면 어쩌나 하는 걱정을 할 필요가 없어서, 그녀는 당당하게 '신분증 없는데요, 나 본인 맞으니까 해결해줘요.' 하는 깡판을 놓고 올 수 있었다. 물론, 경찰서에 들어간 실종신고가 철회되고 새로운 신분증과 카드 등을 발급받으려면 1, 2주 정도 기다려야 한다고 했다.

그러나 미사에게는 시간이 많았고, 딱히 급전이 필요한 것도 아니었으므로 여유롭게 기다리기로 했다. 오늘 들른 것도 혹시나 하는 생각에 찾아가본 것뿐이다. 딱히 기대는 없었다. 태성이 "그래요. 잘 해결된 거면 다행이네요." 하고 중얼거린다. 침대 위에 엎드려 있던 미사가 그를 향해 시선을 주었다.

태성이 따가운 눈길을 알아차리고는 고개를 돌리는 순간이었다. 능글능글한 미사의 중얼거림이 그에게로 날아들었다.

"나 하나만 있으면 된다고?"

태성이 우뚝 멈췄다.

오늘 있었던 일족 회의에서 태성의 문제를 두고 이야기할 때 했던 말이다.

작은 일족들은 태성이 다시 이유 없는 – 그들의 기준에서 – 광기를 보이며 날뛰는 것을 가장 경계했다. 그 예시로 바우의 이야기를 내세웠다.

용운조차도 통제하지 못했던 바우가 스스로를 갉아먹고, '그런 것'이 되어버리기까지의 긴 시간에 대한 이야기를 들었다. 이름만 들어 아는, 아버지라는 존재에 대하여 마땅히 느껴야 할 애정이 없었으므로 지루하기만 한 시간이었다.

그러다가 사 일족과 그의 연관성에 대해 말이 나오고, 이야기가 확장되어 사준과 관련된 미사의 이름이 직접적으로 거론이 되었을 때 그렇게 말했다.

「나는 다를 거예요. 미사만 있으면.」

그 말을 했을 때 인형처럼 앉아 있던 과리는 괴상한 웃음소리를 내며 테이블 위를 데굴데굴 굴렀고, 용운은 못마땅해 미치겠다는 표정을 했다.

"용운 님이 전화하셨어."

과연. 놀랍지 않은 제보다. 태성은 용운이 자꾸만 미사와 연락을 하는 게 싫었지만 최대한 내색을 감추었다.

"이미 다 들었을 테니까 내가 딱히 설명할 필요도 없겠네요. 정신 차리고 살 거니까 미사가 걱정할 일 없을 거예요. 그나저나 배는 안 고파요? 점심은 먹었어요?"

"안 먹었어."

"뭐 먹을래요?"

"소."

태성이 슬며시 눈살을 찌푸렸다.

"또 시작이네. 그럼 소고기 먹으러 갈까요? 저녁에."

"그거 말고 진짜 소."

"차라리 나를 먹어라, 나를."

태성은 피식 웃으며 현관 옆 서랍에서 염색약을 꺼냈다. 미사의 눈동자가 빤히 따라붙는 게 느껴졌다.

아직 피곤한 일들이 남기는 했지만 태성은 요 근래의 삶에 만족했다. 미사와 함께하는 이런 시간은 그 자체로 의미가 있다.

사실 미사에게는 말하지 않았지만 태성은 부러 같은 가격대비 좁은 원룸 빌라를 구했는데, 집이 넓으면 미사가 자꾸만 엉뚱한 곳으로 자리를 피하기 때문이었다.

망원동 집에 살 때에는 태성이 거실에 있으면 그의 침실에 드러눕거나, 반대로 그가 침실에 있을 때에는 거실 소파에 드러누웠고, 용운의 산장에 머물 때에는 공간이 많다며 따로 방을 썼다. 애경의 집에서도 마찬가지로 미사는 작은방, 태성은 거실이었다. 물론, 그때에는 태성이 스스로의 불안정함을 자각하고 있어 부러 미사와 한 방에 머무

627

는 것을 피했던 것이지만 어쨌든.

집이 좁으면 침대를 두 개 놓을 곳이 없는 게 당연하다. 침대 하나, 소파 하나 놓으면 끝인 공간이라면 자연스럽게 미사와 붙어 지낼 수 있었다. 대신 미사를 위해 부엌은 조금 큰 곳으로 했다. 정작 요즘에는 귀찮다며 요리도 하지 않았지만, 태성이 부엌으로 가면 '네가 하면 맛없어.' 하면서 불퉁한 얼굴로 그를 밀어내고 대신 식사를 준비하곤 했다.

미사가 태성이 든 염색약에 눈길을 주며 물었다.

"지금 염색하게?"

3월 둘째 주를 향해 달려가고 있는 시기다.

이미 개강은 했다. 이번 주는 오리엔테이션 기간이라 빠질 수 있었지만 다음 주부터는 정말로 학교에 가야 한다. 화장실 공간이 넉넉하지 않아서 이리저리 자리를 잡던 태성이 마지못해 거실로 나왔다.

"해야죠."

"차라리 미용실을 가지."

"일단 해보고요. 한 번으로는 안 될 거 같기는 한데."

"내가 해줄까? 재미있을 거 같다."

미사가 침대에서 기어 내려와 말했다.

태성은 둥그런 손거울로 자신의 하얗게 변한 머리카락을 한참이나 응시했다. 그러는 사이 미사는 독한 염색약을 짜내어 바르기 시작했다.

거울 속의 자신에게 집중해 있던 태성이 슬며시 각도를 틀었다. 독한 염색약 냄새에 콧잔등을 찌푸린 채로 그의 머리카락을 빗어 내리는 미사가 보였다. 미사의 까만 머리카락이 흔들거릴 때마다 묘하게 그의 기분을 편안하게 하는 냄새가 났다. 염색약의 냄새 따위와는 비

628

교도 할 수 없이 좋은.

"환기 좀 해야겠다."

"안 그래도 되는데."

"약 냄새 배."

미사는 엉금엉금 침대를 건너 창을 열었다. 아직 바람이 조금 차다며 활짝 열었다가 반은 다시 닫았다. 태성은 그런 그녀가 웃겼다.

"20분 있다가 머리 감아."

"네."

태성은 조금씩 색이 짙어지기 시작하는 머리카락을 바라보았다. 다시 원래대로 돌아가는 과정이라 생각하니 기분이 묘했다.

20분 후 머리를 감았다. 예상이야 했지만 성공적이지는 못했다. 애매하게 짙어진 머리카락은 검은색이라기에는 희끗한 빛이 남은 회색이 되었다. 이상하지는 않지만 아무래도 역시나 눈에 띄어서 태성은 수건으로 머리를 털며 중얼거렸다.

"내일 한 번 더 해야겠네요."

미사는 태성이 그러든가 말든가 다시 휴대전화 삼매경에 빠져 있다.

"다음 달이면 유채꽃이 피겠네."

"유채꽃 좋아하면 나들이 갈까요?"

"아니."

"……봄인데."

태성은 미사의 어깨에 턱을 괴며 중얼거렸다.

"갈 생각도 없으면서 꽃 얘긴 그럼 왜 해요?" 묻자 미사는 "말 꺼내면 다 가야 돼?" 하며 받아쳐서 태성을 할 말 없게 했다.

이제 보니 미사는 그냥 게으른 사람이었다. 지난겨울에 미사가 보였던 게으름은 추위 때문이 아닌 게 분명하다. 미사는 무거워진 어깨 쪽으로 고개를 돌렸다가, 태성과 눈이 마주치자 덧붙였다.

"정 가고 싶으면, 조금 더 따뜻해지면 나가자."

태성은 물끄러미 그런 미사의 입술을 바라보다가, 기습적으로 짧게 키스했다.

"안 나갈 거면서."

"그래서, 뭐야. 불만이니?"

태성이 고개를 저었다.

'전혀요.'

솔직히 태성은 미사가 그와 함께, 그의 공간에, 자신의 영역에만 머물고 있는 것이 더 좋았다. 미사가 나가지 않겠다고 한다면 결코 강제로 떠밀 생각 따위 없었다.

"그러면 뭐 보고 있는 건데요?"

"그냥, 인터넷 뉴스."

태성이 목을 빼고 훔쳐보려 하자 미사는 이상하리만치 빠른 손동작으로 화면을 종료했다. 태성의 눈이 가늘어졌다. 그가 잘못 본 것이 아니라면 미사가 보고 있던 것은 광일제약의 웹사이트였다.

아마 용운이 사준의 상황에 대해 미사에게 설명해주었을 것이다.

괜히 마음이 뒤숭숭했다.

태성은 미사의 손에서 휴대전화를 빼앗아 협탁에 올려놓은 후, 가만 그녀를 당겨 안았다. 포근한 기분이 좋아서 그녀의 뺨에 이마를 비볐다.

미사는 딱히 싫은 내색 없이 태성의 물이 들다 만 머리카락을 만지작거리다가 퉁명스럽게 불만을 드러냈다.

"염색약 냄새 나."

태성은 갑자기 생각났다는 듯 홱 고개를 들더니, 깨달음에 이른 표정으로 말했다.

"그냥 머리를 밀어버릴까요? 내가 왜 그 생각을 못 했지?"

"장난하지 말고."

"장난 아닌데. 우리, 절에 가서 살래요?"

태성이 장난스럽게 웃으며 미사의 위에 엎드렸다. 미사는 빤히 그의 회색 눈동자를 올려다보다가 산뜻하게 답했다.

"싫어. 거긴 채식이잖아. 너나 가."

"맨날 나만 가래. 혼자 안 간다고요. 내가 미사 먹을 고기 잡아다줄게요. 어때요."

"이게 무슨 원시시대 같은 얘기야. 돈 주면 다 살 수 있는데 잡게?"

미사가 조그만 웃음을 터뜨렸다.

"바보."

"미사가 더."

"아니, 네가 열 배는 더."

"미사가 천 배는 더."

"너는 만 배."

"네, 내가 만 배 더 좋아해요."

갑자기 선회한 화제에 할 말을 잃은 사람처럼 눈만 멀뚱대던 미사가 톡 쏘아붙였다.

"넌 자꾸 그런 말을 하더라."

"좋은 걸 좋다고 하지. 그러면 어떤 말을 해야 되는데요."

"아무 말도 안 해도 되잖아."

"싫어요?"

"……누가 그렇대."

"그러면 상관없잖아요. 그리고 미사가 워낙 나 좋다고 안 해주니까 나라도 해야지."

왠지 약이 오른 사람처럼 입술을 당겨 물었던 미사가 돌발적으로 그의 뺨을 앙 물었다. 미사의 부끄러움을 드러내는 행동이라는 걸 태성은 이제 잘 알고 있다.

그날 밤이었다. 휴대전화가 울리기 직전, 미사에게 팔베개를 해준 채로 잠들었던 태성이 번쩍 눈을 떴다.

점점 기운이 안정되면서 태성은 예전보다 훨씬 예민해졌다. 신기한 건, 휴대전화가 울리거나 진동하기 직전의 전파의 움직임마저 감지된다는 것이다. 그 때문에 수면 패턴이 몹시 안 좋아졌지만 어쩔 수가 없었다.

소리가 울리는 것과 거의 동시에 휴대전화를 낚아챈 태성이 눈살을 찡그렸다. 문득 '아, 미사도 휴대전화 사야 하는데.' 하는 생각이 든 것이다. 언젠가 이런 생각을 했던 적이 또 있었던 거 같은데 싶었다.

휴대전화 액정을 확인했다. 미사가 부스럭거리는 소리에 게슴츠레 눈을 뜨고 그를 바라본다. 태성은 희미하게 웃으며 미사의 뺨을 가볍게 물었다. 가끔, 이렇게 이를 세우고 싶을 만큼 사랑스럽게 느껴질 때가 있다.

"견우 형인데, 전화 좀 하고 올게요."

태성이 침대에서 일어나는데 미사가 핀잔을 놓는 소리가 들렸다.

"걔는 주행성 아니었어? 이 새벽에 무슨 전화질이야."

미사가 견우와 애경을 싫어하는 것조차도 태성은 좋았다. 미사가 좋아해주는 것이 자신 하나뿐인 것처럼 느껴져서.

참 못된 생각이다.

태성은 조용히 빌라 밖으로 나왔다. 조그만 정원이 딸린 빌라는 붉은 벽돌 담장에 둘러싸여 있었다. 아직 새벽바람은 서늘했는데 저 멀리 골목 밖 4차선으로부터 자동차 경적이 울렸다. 이 새벽에.

"여보세요."

— 야야야야야. 큰일 났다. 아.

전화를 받자마자 견우가 다다다거리기 시작했다. 평소라면 내 여보 아닌데요, 말했을 텐데.

— 큰일이야, 큰일.

견우는 지난번 태성의 수화한 모습을 본 이후 한 보름 정도 데면데면하게 굴다가, 다시 원래의 패턴을 되찾아 수더분하게 행동했었다. 태성이 처벌을 받는 것을 가장 걱정했던 것도 견우였다.

아마 술 일족의 덕훈이 그의 처벌을 바라지 않는다고 한 배경의 이면에는 견우와 애경의 부탁이 있지 않았나 은연중 생각하고 있었다. '내 딸과 사위와 가까운 관계였다지. 그 녀석들이 태성 씨에 대해 좋은 이야기를 많이 했어.' 하며 실제로 덕훈이 그런 뉘앙스를 풍기기도 했고.

"대체 무슨 일인데 그러는 거야."

빌라의 입구에 쪼그려 앉으며 목소리를 낮추었다. 이 새벽에 이렇게 다급하게 연락할 만한 이유는 가늠도 되지 않았지만, 보통 이유는 아닐 것이라는 짐작 탓이다.

— 아, 진짜 미쳐버리겠네. 지금 비상사태.

무언가 어수선한 일이 벌어진 건 맞는지, 수화기 저편의 배경음이 소란스럽다. 소리를 치는 사람도 있었고, 곤란을 내색하는 이도 있었다. 화를 내는 것 같은 목소리도 언뜻 들린다.

'대체 무슨 일이지.'

무심코 고개를 돌려 불 꺼진 골목을 바라보던 태성의 입가에서 미소가 걸렸다.

태성은 잠자코 견우의 이어질 뒷말을 기다렸다.

─ 한사준 그 새끼 도망쳤다!

사준은 처벌령이 내려져 술 일족들의 감시 아래 갇혀 있었다.

한사준 같은 녀석은 일족사회에 풀어놓을 수 없다는 의견이 지나치게 우세해서, 빠르면 늦어도 다음 주 중에 일족들을 가둬둘 수 있는 결계감옥에 갇히게 될 거라고 했었다. 술 일족들과 용운이 장소를 마련하기 위해 분투하고 있었다는 걸 태성도 안다.

─ 안 놀라냐? 그 새끼, 대체 어떻게 한 건지 경비견들도 모르게 나갔어. 대체 뭐 하는 새끼야, 그건?

태성이 놀라지 않은 건 사준의 미래에 대해 전혀 관심이 없기 때문만은 아니었다. 사실 사준에게 전혀 관심이 없을 수는 없었다. 미사가 오늘도 사준의 흔적을 찾아보았다는 것을 안다. 말이야 않지만 이래저래 신경이 쓰인다는 뜻이다. 만약 그 어떤 예기도 없는 상태에서 견우의 말을 들었다면, 조금은 놀랐을지도.

"같이 갇혀 있던 다른 뱀들은?"

─ 그놈들도 모르던데.

"그렇구나."

─ 혹시 몰라서 지금 다른 데다가도 연락 돌리고 있는데, 너도 조심해. 그 새끼 마지막까지 너한테 달려가서 물어뜯으려 했던 거 기억나지?

태성은 염려가 가득 섞인 견우의 목소리를 반쯤 흘려들으며 웃었
다.

"그래, 형. 조심할게."

– 그럼 끊는다.

견우는 정말 바쁜지 태성이 뭐라 답하기도 전에 통화 끊김음이 울
리기 시작했다.

태성은 통화가 종료되고도 한참을 귓가에 휴대전화를 대고 서 있다
가, 천천히 팔을 내렸다. 그가 진짜 놀라지 않은 이유는 달리 있었다.
다시 빌라 안으로 들어가는 대신 계단을 내려가는 발걸음은 기척 하
나 없이 조용했다. 혹시라도 미사가 깰까 봐, 조용히 철문을 열었다.
끼익. 골목을 디딘다.

태성은 가만히 좌우의 어둠을 돌아보다가 왼편으로 방향을 틀어 걸
어갔다. 골목의 끝에 이르러 모퉁이 앞에 멈춰 섰다.

"……지금 당신을 찾는다고 난리가 났던데, 여기 숨어서 뭐 합니
까?"

으스스하게도, 골목의 가로등마저 고장이 났는지 희미하게 깜빡거
리고 있다.

한참을 아무 반응도 없이 고요하다가, 스윽 모퉁이로 얼굴을 내민
남자는 사준이었다. 태성과 눈이 마주친 사준은 곧 다시 모퉁이 너머
로 사라졌다. 그러나 떠난 건 아니었다. 사준이 온 힘을 다해 억눌렀
을 기운이 태성에게는 선명하게 느껴졌으니까.

잠깐 얼굴을 비추었던 사준은 파리한 몰골이었다.

"탈주까지 하면 당신 정말 죽을 수도 있는데요. 어떻게 나오신 겁니까?"

"포졸들 피해 탈옥한 경험이 한두 번인 줄 알았다면 날 과소평가한 거지. 미사는?"

사준의 목소리는 낮고 태연했다. 스스로의 본성이 교화될 수 있다고 믿었던 시절, 시영의 곁에서 사준은 많은 경험을 해왔다.

"미사는 왜 찾아요."

"우리 미사가 아무리 멍청해도 함께 지낸 시간이 있으니, 한 번쯤은 보러 오는 게 맞지."

"내가 지금 술 일족에게 연락하면 당신 곤란해질 텐데, 도망치는 게 나을 겁니다."

"봐주지그래."

"내가 왜요."

"나 미사 오빠잖아."

"미사를 죽이려 했었고, 나를 공격했었고, 탈주에 염탐까지."

사준의 웃음소리가 모퉁이 너머로부터 흘러든다. 사준의 표정이 어떨지 궁금했으나 얼굴을 맞대고 싶지는 않아서, 태성은 조용히 담벼락에 기대었다.

"그냥 조용히 들어가서 처벌을 받고 다시 시작하는 게 어때요."

"내가 왜? 난 잘못한 게 없는데. 나는 정확히 말하자면 좋은 일만 했어. 과리를 정성스럽게 모아서 다시 되살려주고, 바우에게 모자란 기운을 채워주려고 이 한 몸을 던졌지. 건물 하나를 통째로 못 쓰게 만든 건 과리고, 술 일족의 업장에서 난리를 친 건 바우와 너잖아? 내가 한 게 뭐 있다고."

"그렇게 말하니까, 정말 그럴듯하네요."

"잘못한 게 없는데 벌을 받는 건 부당한 거라고."

"당신 동족들이 그렇게나 당신을 보호하려 애썼다던데, 전부 물거품으로 만드셨네요. 그 말만 그럴싸한 궤변으로."

태성은 뻔뻔하기 그지없는 사준의 목소리에 피식 웃고 말았다. 이정도로 제멋대로여야 그런 일을 벌일 수 있나 보다 하며.

조용히 휴대전화를 꺼내들어 통화 기록을 켰다. 견우의 이름이 가장 상단에 있었다. 그 기척을 알아차린 사준이 말했다.

"그냥, 몇 가지 해둘 말이 있어서 왔을 뿐이야."

태성은 휴대전화를 내렸다.

"내 사랑하는 여동생한테 허튼 짓 말라고. 미사는 내 먹이니까."

"……미친 거 같아요. 당신 정말."

"어릴 때부터 미사를 보면 늘 이런저런 감정이 뒤섞였거든. 저밖에 모르는 게 꼭 뱀다워서 부러웠다가, 늘 다른 일에만 신경이 팔려 있는 게 짜증이 났다가, 어미가 있다는 게 얼마나 감사할 일인지 모르는 냉담함에 죽이고 싶기도 했다가, 그래도 다치거나 위험해지면 내색 않으려고 애를 쓰지만 날 찾는 게 귀엽기도 했고……."

태성은 이해할 수가 없었다.

그는 미사에게 좋아한다는 말만으로는 표현할 수 없을 정도로 그녀를 사랑하고 있다. 그녀는 그가 아는 사람 중 가장 변덕스러울 것 같으면서도, 가장 변하지 않을 것 같은 사람이었다. 그러다 보니, 때때로 스스로가 놀랄 만큼 기묘하게 비뚤어진 집착을 하는 것을 느끼는 순간이 있다. 그 자신에게 그런 음험한 구석이 있다는 것을 새삼 배우는 그런 순간까지도, 태성은 미사가 다치기를 바라지 않았다.

바랄 수가 없었다.

처음 미사가 사준에게 죽을 뻔하고 도망쳤을 때, 태성은 기꺼이 그녀를 구하기를 선택했다. 초라하게 빗속에 쓰러진 여자가 아름다워서도, 두려워서도 아니었다. 그녀가 죽지 않기를 바랐기 때문이었다.

두 번째로 수로에서 미사가 사준에게 먹힐 뻔했을 때, 태성은 위기감 속에서 처음으로 아버지의 종을 따라 수화했다. 이성도 없는 채로 사준과 싸워 미사만 구해내 도망쳤다. 그녀를 구해야 한다는 생각만이 그를 지배했었다.

세 번째로 미사가 바우에게 죽을 뻔했을 때, 태성은 그냥 미치고 싶었다. 아무리 기를 써도 넘어설 수가 없을 것 같은 적 앞에서, 기운이 죄 삼켜지는 것을 바라보는 동안, 그는 이번에도 구하지 못하면 정말 죽어버려도 좋겠다 생각했다.

그래서, 그는 미사가 다치는 것조차 싫다.

"나는 당신 이해 못 해요."

"이해하지 마. 사람이 어떻게 사람을 이해해? 그거야말로 교만이지."

"……미사랑 비슷한 이야기를 하네요."

잠깐의 침묵 끝에 사준이 웃는 소리가 났다.

"누구 딸인데."

그 후로 사준은 한참을 말이 없었다. 담벼락에 기댄 태성은 구름 낀 하늘을 올려다보았다. 별 한 점 보이지 않는 짙은 회색의 하늘. 미사가 염색을 해준답시고 만져댔던 자신의 머리카락이 떠올랐다.

미사는 지금도 잘 자고 있겠지.

터덜터덜. 걷는 소리가 나더니 곧 모퉁이 밖으로 사준이 완전히 모습을 드러냈다.

예상한 것처럼 초라하고 처참한 몰골이었다. 퀭한 눈, 움푹 팬 뺨, 그늘이 드리운 턱. 태성은 사준에게서 강서의 모습을 읽어내고 쓴 입술을 당겨 물었다.

"다음번에는 미사를 만나고 갈 거다."

갈라진 목소리에는 감추지 못한 열망이 도사리고 있다. 그러나 그의 무릎과 손이 덜덜 떨리는 것으로 미루어 볼 때, 오래 버틸 수 있을 것 같지는 않았다. 자세히 보니 옷에도 피가 잔뜩 묻어 있었다.

다음을 기약하는 목소리에는, 희망조차 없다.

텅 빈 껍데기.

"……그러면 지금은 어디로 갈 생각인데요."

"네가 용운 님에게 미주알고주알 일러바치지 않을지 어떻게 알고 내가 스스로 실토하겠냐."

"맞는 말이네요."

사준의 희번덕거리는 눈이 태성을 똑바로 직시했다. 태성도 피하지 않고 받았다.

"너도 언젠가 네가 완벽하지 않다는 사실을 깨닫고 나면, 그땐 나를 이해하겠지."

"여태까지 잘 살아왔어요. 앞으로도 잘 살 거예요."

"그런 건 의미가 없는 삶이야."

"그건 그쪽 생각이죠."

"……."

"뭐가 바뀌는데요? 나는 미사 하나만 있으면 충분해요."

그를 주시하던 일족들 앞에서 했던 말과 똑같은 말이었으나, 의미는 전연 달랐다. 그것을 태성은 느끼고 있었다. 점점 변해가는 자신이 느껴지지만, 여전히 그런 자신이 두려울 때가 있지만 미사와 함께 있으면 괜찮았다.

잠은 다 깨버렸다.

당장 미사가 보고 싶다.

이런 일에 시간 낭비를 하는 것보다, 돌아가 미사의 잠든 얼굴을 구경하는 게 더 유익할 듯했다. 태성이 몸을 돌렸다.

"별도 달도 없네요. 당신에게는 좋은 날이겠어요. 밤눈을 피하는 건 그래도 어렵겠지만."

"명의는 고산에게로 돌려놨다."

태성이 고개를 틀어 돌아보았을 때, 이미 사준은 모퉁이 너머로 절뚝절뚝 걷고 있었다. 그가 서 있던 자리에 아까는 발견하지 못한 핏자국이 점점이 남아 있었다.

"고산?"

"미사는 누군지 알 거야."

그리고 인기척이 멀어져간다. 사준의 불쾌한 기운도 함께 옅어져갔다. 태성은 휴대전화를 들어 견우의 이름을 한참을 응시하다가, 다시 주머니에 넣었다.

그가 지금 해야 할 일은 미사가 잠든 집으로 돌아가는 것이다.

집으로 돌아온 태성은 최대한 기척을 죽여 움직였다. 현관에 들어서자마자 미사부터 살폈다. 미사는 등을 보인 채 누워 있는데, 아마 깊이 잠든 모양이었다. 바로 침대로 올라가려던 태성은 계획을 바꾸었다.

혹시라도 사준의 기운이 묻었거나 그 냄새가 밴 것을 미사가 알아차리면 곤란했다. 태성은 샤워부터 했다.

태성이 다 씻고 나왔을 때, 미사는 침대에 앉아 그를 바라보고 있었다. 어둠 속에서 금색으로 빛나는 눈동자가 보석처럼 예뻤다.

"아, 내가 씻는 소리에 깼……."

"얘기해줘."

그들의 눈은 어둠 속의 진실을 꿰뚫곤 했다. 빛 한 점 없는 어둠 속도, 원한다면 낮처럼 들여다볼 수 있다. 미사도 그러했던 모양이다. 천천히 미소를 지운 태성이 미사에게 다가가 섰다. 미사의 눈은 빤히 그런 태성을 좇았다.

"기다렸어."

"……안 잔 거예요? 아까 자는 줄 알았어요."

"그냥 누워 있던 거야."

미사는 희미하게 웃었다. 언제부터 깨어 있었던 건지, 태성이 저 골목 끝까지 나갔다 온 일을 알고 있는 건지, 사준이 왔던 일을 알고 있는 건지, 아니면.

"견우 형이 전화한 이유가 궁금해서요?"

미사는 피식 웃으며 말했다.

"너 정말 나를 바보라고 생각하는 거야?"

"……."

"갔어?"

태성은 더 이상의 발뺌이 무의미하다는 것을 깨달았다. 미사의 옆자리에 엉덩이를 붙이고 앉은 그의 입술 사이로 긴 한숨이 새어나왔다.

"걘 어때?"

"별로 상태가 좋아 보이지는 않았어요. 하지만, 성격은 여전하던데요. 여전하다 아니다 알 만큼 그 사람에 대해 잘 알지는 못하지만."

"들었을 때 기분 나쁜 말만 툭툭 한 거면 여전한 거 맞아."

미사가 비스듬 태성의 어깨에 고개를 기댔다. 침대 아래에 걸쳐진 그녀의 다리가 흔들흔들 움직이는 것을 가만 바라보던 태성이 조심스레 허벅지에 손을 올렸다.

지난겨울 미사는 수많은 동족을 잃었다. 그녀가 애정을 가졌건 갖지 않았건 간에 상관없이 그건 무시할 수 없는 일일 터이다. 그리고 이제는 사준도.

"신고했어?"

"아뇨."

"도망치는 거야?"

"······그런 것 같아요."

"곽현이랑 다른 녀석들도?"

"혼자······였어요."

"어디로 간다고 해?"

질문은 끝이 없었다. 태성은 미사의 마음에 남은 한 줌의 서글픔을 읽어냈다. 미사는 스스로 숨길 생각도 않는 것 같았다.

"그런데 너는 왜 그걸 그냥 보냈어."

빤히 미사를 응시하던 태성은 무언가를 대답하는 대신에, 고개를 틀어 입맞춤을 시도했다. 미사는 자신의 질문이 묵살당할 위기에 처했다는 것을 알아차리고는 그를 밀어내려 태성의 가슴팍에 손을 뻗었다. 그러나 태성이 더 빨랐다. 그는 그녀의 손목을 강제로 잡아내리며 입술을 댄 채 속삭였다.

"하고 싶어요."

"······이미 하고 있으면서 뻔뻔하게."

"키스하고 대답해줄래요."

낮게 웃은 태성이 미사의 뒷머리를 거머쥐었다. 입술을 눌러오는 압력에 미사도 더는 거부하지 않고 자연스럽게 입을 벌려 받아들였다.

입술이 붓도록 비비고, 문지르고, 서로의 살을 맛보듯 물었다 놓으며 혀가 섞이는 동안 태성의 체온은 급속도로 높아졌다. 평소에도 미사보다 따뜻한 체온을 유지하고 있었지만, 평소보다 훨씬 뜨거웠다.

조금씩 더 과감하게 키스해오는 태성의 등을 긁듯 쥐어 문지르는 미사의 숨이 차올랐다. 미사는 입술을 떼지 않은 채로 부드럽게 몸을 움직여 태성의 무릎 위에 올라타, 그를 침대 위에 눕혔다.

태성은 미사의 뺨을 움켜쥐고 조금 길게 입술을 눌렀다가 뗐다. 그의 숨이 살짝 거칠었다.

"그냥 앞으로는 다른 생각은 하지 마요, 미사."

"……."

"미사한테는 별일 없을 테니까."

"내 걱정을 하는 건 아니야."

"그 사람 걱정을 하는 건 더 싫은데."

태성이 낮게 웃었다. 미사는 가끔, 태성이 그녀를 과하게 감추려 한다는 걸 느꼈다. 처음에는 외부로부터의 위협에서 보호하고 싶은 걸까 하고 넘겼지만, 이렇게 가까이서 그의 눈을 들여다보고 있으면 보였다.

태성의 다정함 안에는 기괴한 욕망이 어려 있다. 용운과 연락하는 걸 싫어하는 것도, 미사가 그녀의 동족들에게 신경 쓰는 것도 태성은 못마땅하게 생각한다. 천성이 기본적으로 배려심이 넘쳐서 내색하지 않으려 할 뿐.

미사가 머리를 기울였다. 천천히 가까워지던 이마와 이마가 완전히 맞닿았다. 미사의 입술이 속삭이듯 작게 중얼거렸다.

"……나 때문에 그랬어?"

쓸데없는 친절이야, 덧붙이며 가볍게 태성의 뺨을 꼬집은 미사가 몸을 일으키려던 찰나였다. 미사의 몸이 휙 뒤집어졌다. 태성이 그녀를 돌려 눕힌 것이다.

"미사는, 만약에 사준이 배신하지 않았으면."

푹신한 침대에 등을 파묻은 채 미사는 태성의 다소 거친 숨소리와, 바로 지근거리에서 울리는 심장소리를 들었다.

"……이렇게 저랑 있어주지도 않았겠죠?"

아마 그렇다면 태성은 지금과는 다른 삶을 살았을 것이다.

반년 전의 그날을 쭉 연장해나가고 있었을 터다. 금붕어 두 마리를 수조에 가둬 기르며, 동족들의 괄시를 받으며, 텅 빈 아파트에 귀가해서, 나는 무얼까, 내가 무얼 잘못했나. 그런 생각에 잠긴 채 평생을 살았을 것이다.

어쩌면, 제 아버지라는 자의 처참하고 추악했던 끝이 그의 미래가 되었을지도 모른다.

"그래서 보내줬어요."

"……."

"견우 형한테는 미안하지만. 나는."

미사가 그 사람한테서 배신당한 게 기뻐요. 그런 진심이 튀어나가려는 순간, 태성은 가까스로 이성을 잡아 목 안으로 뒷말을 삼켰다.

"……미사를 만나지 못했을 테고, 그자가 도망칠 능력이 안 된다면 어차피 잡힐 테니까 굳이 그러지 않아도 괜찮았을 거라 생각했어요."

하나하나 거짓말이 쌓여갔다. 하지만 자신의 이런 어두운 속내를 미사에게만큼은 들키고 싶지 않았으므로, 죄책감보다는 안도감이 더 컸다. 미사는 믿는 기색이었다.

"그리고 사준이 다시 돌아온다 해도 괜찮아요. 걱정하지 마요."

"……."

"앞으로 미사는 내가 지켜줄 거니까요. 미사는 아무 걱정도 할 필요 없어요."

미사의 손목을 지그시 누르는 태성의 눈이 붉게 빛난다. 미사는 문득, 사로잡히는 것 같은 기분을 느끼고 숨을 멈추었다. 이상한 일이다. 태성에게는 살기도, 적의도 없는데, 태성의 목소리는 다정하고 감미로운데.

어째서 그녀의 본능이 가시를 떠는 건지.

태성이 그녀의 뺨에 가볍게 입 맞추며 속삭였다. 입가엔 부드러운 미소가 떠날 줄 모른다.

"언젠가 우리 새끼를 낳아요."

"……."

"내가 좀 더 노력할게요. 그러니까 다른 데 가지 말고, 나랑 같이 있어요."

나직이 속삭이는 목소리는 달콤했다. 미사는 아무 말도 못 하고 그녀의 허리를 어루만지는 태성의 손길을 느꼈다. 태성의 손은 미사의 허리께를 지나, 가슴 부근을 넘어, 겨드랑이를 거쳐 손목에 이르렀다. 그의 손이 미사의 손목을 꽉 쥐듯 눌렀다.

이상하게 가슴이 두근거렸다.

꽉 잡힌 손목이 아파올 즈음에야 미사는 겨우 소리 낼 수 있었다.

"좋아, 다 좋은데. 좀 놓고 얘기……."

"미사는 내 행운이에요."

미사는 하려던 말을 흩어버렸다. 태성의 눈밖에 보이지 않았다.

진심으로 그렇게 생각한다는 듯이 한 치의 거짓도 섞여 있지 않은 것 같은 진솔함. 조금 전까지 그의 다정함 속에서 느껴지는 꺼림칙함의 정체가 궁금했는데, 그의 마지막 말마디는 마법처럼 모든 불안을 가라앉혔다.

"정말로."

미사는 지난 기억을 떠올렸다.

행운. 아니었다. 그녀는 그의 행운이 아니었다.

그가 그녀의 행운이었다.

일생 가장 매서웠던 겨울, 그녀를 구해준 그는.

작은 미소를 띤 미사가 고개를 저었다.

"아니."

대번에 태성의 표정이 좋지 않게 변하는 걸 느꼈지만 할 말은 해야 했다.

"달라."

"왜요. 내가 그렇게 느낀다는⋯⋯."

"네가 나의 행운이었어. 나는 폐만 된 것도 알고. 네가 나 때문에 여러 번 죽을 뻔했던 것도 알아. 내 삶의 최악의 겨울이었어. 그 계절에 너를 만난 거야말로 내 삶의 최고의 행운이었던 거야. 예전에도 비슷하게 너에게 이야기한 적이 있었던 것 같은데."

미사는 입술 끝을 당겨 웃었다.

태성은 분명 포식종이자 기형종이었다. 어쩌면 정말 그녀가 염려해야 할 만한 일이 벌어질지도 모르겠다. 가끔 태성에게서 느껴지는 사나운 기운은 위협이 될 만한 것이다.

그런데 참 새삼스럽다. 미사는 위협을 느끼게 하는 사람에게 이끌린 적이 단 한 번도 없었는데, 그런 태성이 싫지 않았다.

지난 기억 때문일까. 그는 여전히 처음의 추억을 떠올릴 만한 쥐의 꼬리를 가지고 있다. 그녀가 가장 안심했던 시절을 떠올리게 해주는 매개였다. 그녀가 스스로도 알지 못했던 외로움 속에 침몰해가던 시

646

기, 그녀의 부표가 되어준 흔적 기관처럼.

두근거리는 가슴속으로 따뜻하고 간지러운 기분이 솟아난다.

태성은 살짝 붉어진 얼굴로 낮게 웃으며 와락 그녀를 끌어안았다.

"이대로 자요, 우리."

"더워."

"난로라면서요."

"봄부터는 필요 없는데?"

태성은 장난기가 그득한 미사의 말에 한숨 섞인 웃음소리를 냈다.

'진짜, 어떻게 미사는 한 번을 안 져줘요.'

더 세게 그녀를 당겨 안았다. 심장소리가 섞인다. 누구의 가슴이 뛰는지, 누구의 가슴이 잠잠한지, 분별하지 않았다.

"다음 학기에 뱀에 대해서 더 배워올 거예요."

"그런 거 배워봤자, 다른 거 알잖아."

"그래도…… 그래도 미사의 원래 모습에 대해서도 알고 싶고, 알아두면 나쁘지 않을 테니까."

가만 태성에게 기댄 채, 그의 가슴팍만 응시하고 있던 미사가 불쑥 말했다.

"수화해봐."

"……지금요?"

살짝 턱을 당긴 태성이 미사를 내려다보았다. 미사는 요사한 눈동자를 올려뜨며 그를 똑바로 바라보고 있었다. 잡아먹고 싶을 만큼 예쁜 암컷이다.

입술을 꽉 당겨 표정을 관리한 태성이 물었다.

"지금? 정말로요?"

"응."

어쩐 일일까. 그가 한때 자의 껍데기를 뒤집어쓰고 있을 때, 미사는 간간이 이와 같은 부탁을 하곤 했다. 귀여운 것이 좋고, 그가 귀엽다며.

하지만 태성이 변이한 이후에는 단 한 번도 요구한 적 없는 일이다. 수화를 하게 되면 기운이 지나치게 발산되기 때문일 거라고 태성은 내심 추측하고 있었다. 아무리 기운을 갈무리한다고 해도 아직 태성은 익숙해지는 과도기에 있다. 그의 기운에 미사도 불편을 느낄 것이었다.

"어서."

"귀엽지도 않다면서요."

"보고 싶어."

저렇게 조르듯 부탁을 해오니 계속 빼기도 그랬다. 태성은 조심조심 미사의 머리를 베개에 올려두고 침대 아래로 내려가 수화했다. 좁은 집이 반 이상 찰 만큼 거대한 몸집에 고개를 들고 있기도 힘들어 털썩 앞발을 모아 주저앉았다.

미사의 기색을 살펴보니 기분이 좋아 보인다.

두려워하는 기색이 없는 그녀의 모습이 기쁘다. 호랑이는 그도 모르게 채찍처럼 긴 쥐의 꼬리로 짝짝 바닥을 쳤다. 미사는 조심스레 침대에서 내려왔다. 그러곤 자연스럽게 그의 품에 기대어 앉는다.

완벽한 신뢰.

호랑이의 붉은 눈동자가 미사의 뒷머리를 좇았다. 그에게 있어 그녀가 보여주는 신뢰는 일생을 다 바쳐도 다신 얻지 못할 것처럼 귀하게 느껴지는 것이었다.

커다란 머리를 앞발 위에 얹은 호랑이는 배를 어루만지는 손길에 만족했다. 앞으로 벌어질 모든 일들이 무의미했다.

미사와 그의 마지막은, 이미 정해져 있다. 그녀가 그를 삼키거나, 그러지 않으면 그가 그녀를 잡아먹을 미래.

미사는 농담이라 생각하지만 그것이야말로 날것 그대로의 진심 중 가장 강렬한 열망 속에 태어난 것이다.

그르릉. 호랑이는 또다시 진심을 삼켰다.

미사는 알 필요 없는 것이다. 그녀에게 있어서만큼은, 마지막의 마지막까지 귀여운 한 마리 쥐의 마음으로 남아도 좋을 것이다.

그리고 이튿날, 사준의 도주 소식이 일파만파 퍼졌다. 일족사회는 다시 발칵 뒤집혔고, 많은 이들이 분노했다. 사준을 다시 잡으면 그 자리에서 사살해도 좋다는 공문이 도는 중이라고 했다.

그러나 태성과 미사만큼은 평온했다. 태성에게 중요한 건 자신을 다스리는 것과 미사라는 암컷을 지키는 것 하나였고, 미사는 지난밤에 이미 사준이 떠났다는 것을 암시받아 마음의 준비를 하고 있었기 때문이다.

용운은 득달같이 전화를 걸어왔다.

— 혹시 준이 녀석이 또 문제를 일으키면 바로 연락해라.

"그럴 일은 없을 거 같지만, 그럴게요."

— 미사야, 걱정이 되어 그러니까, 네 옆에서 숨만 씩씩거리는 핏덩이 새끼도 좀 내다 버리고.

"내 걸 내가 왜 버려요."

미사는 눈을 접어 웃으며 용운과 그녀의 통화 내용에 귀를 쫑긋 세우고 있는 태성을 마주 보았다.

태성은 영 못마땅한 눈길로 전화기를 바라보다가 미사와 눈이 마주치자 가볍게 그녀의 이마에 입 맞추었다. 쪽 소리가 났는데, 미사는 그게 태성이 일부러 낸 소리라는 걸 알아차렸다.

"미사는 아무 걱정 하지 마요."

작게 속삭인다. 놓치지 않고 들은 용운이 욕지거리를 내뱉었다.

— 저 새끼 아무래도 불안해. 미사야, 저거 속 시커먼 놈이다. 인들은 전부 그래. 반쪽짜리라도 그 피가 어딜 가겠…….

태성은 미사의 손에서 휴대전화를 빼앗아 통화를 종료했다. 한창 용운이 말을 하던 도중이었다.

"이 사람도 이렇게 나 싫어하니까, 나도 싫어해도 되죠?"

미사는 할 말이 없어서 난감한 표정으로 태성의 손에 들린 휴대전화를 바라보았다.

용운은 예의범절을 아주 중요하게 여기는 사람이다. 다시 전화를 해서 사과를 해야겠다 하며 손을 뻗는데, 다시 화면이 밝아지며 벨 소리가 울렸다.

태성은 용운의 이름이 뜬 화면을 무심한 눈으로 바라보다가 아예 전원을 꺼버렸다. 미사는 어이가 없어서 웃었다.

"너랑 용운 님 사이에 무슨 감정이 있든, 나는 좀 빼줘."

"저 사람이 미사한테 접근만 안 하면요."

"사준 얘기 때문에 전화하신 건데."

"끝이 내 욕이었잖아요. 미사가 그런 말을 귀담아 듣는 사람이 아니라도."

태성은 용운을 감싸는 미사가 이해가 되지 않는다는 얼굴이었다. 미사는 '용운 님을 너보다 더 오래 알았어.'라고 핀잔을 놓으려다 말았다. 사람을 알아가는 데에 시간은 중요하지 않다는 것을 그녀는 지난 겨울에 배웠다.

다만 나중에 태성이 더 나이를 먹어 오랜 세월을 묵으면 용운과 얼마나 더 사납게 부딪칠지 상상도 가지 않았다. 고작 반백 년 살고도 이렇게 뻔뻔한데.

마지막까지 휴대전화에서 눈을 떼지 못하자 태성이 말을 돌렸다.

"기분 전환이라도 하러 나갈까요?"

"기분 전환?"

"아무래도 오늘 미사도 마음이 좋지 않을 것 같으니까."

미사는 고개를 저었다. 태성이 무얼 배려하는 건지는 잘 안다. 그러나 이제 사준의 행적은 미사에게 더 이상 중요하지 않다. 사준은 언제나 그랬듯이 홀연 다시 나타날 것을 알고 있다. 끈질기고, 외로움을 많이 타는 녀석이니까.

미사는 그녀를 똑바로 바라보는 태성의 눈가를 어루만졌다. 태성을 보고 있으면 기이한 포만감이 든다. 작디작을 때부터 함께해서 이제는 완전히 다른 것이 되어버린 지금 이 순간이 배부르다. 그의 기운이 안정적으로 굳어질수록 더 날카로운 포식종의 색을 띠지만, 미사는 제게 이를 즈음이면 하염없이 부드럽게 무뎌진다는 그 괴리에 만족했다.

태성이 꼬리를 내리고 그녀보다 낮은 눈높이로 스스로를 낮출 때면, 희열까지 느껴진다. 지금처럼.

"사준한텐 당분간 신경 쓰지 않아도 될 거야."

자기 자신을 찾아 떠나는 여행.

미사는 아마도 사준이 아주 오랫동안 스스로를 위한 여행을 하게 될 것을 직감했다. 그리고 그 여행은 그 자체로 사준에게 괴로운 벌이 될 것이다.

자신을 돌봐주고 마지막까지 붙잡아주는 사람을 버린 사람은 결국 혼자가 되기 마련이고, 사준은 정말로 완벽하게 혼자가 되었으니까.

미사는 그것으로도 충분하다고 스스로 결론 내렸다.

그의 여행이 어떠하든 간에. 그의 여생이 어떠하든 간에.

무더운 여름이 그들을 휩쓸고 낙엽이 지는 가을이 찾아올 때까지 사준은 돌아오지 않을 것이었다. 또다시 매서운 겨울과 함께 그가 돌아온다고 해도 괜찮았다. 이제는 정말 괜찮을 것 같다.

"내게, 네가 있어서 다행이야."

미사는 매해의 겨울, 눈앞의 행운이 함께하리라는 것을 믿는다.

비록 그가 완벽하게 혼자가 되고, 그녀가 완벽하게 혼자가 되더라도.

결국은 둘일 테니까.

— fin.

작가 후기

안녕하세요. 신여리(웹네임 인웨이)입니다.

《미사》는 2015년도, '쥐와 뱀의 역발상 구도'를 두고 지인분들과 대화를 나누다가 우연찮은 계기로 시작하게 된 작품이었습니다. 운 좋게 공모전에 참가해 입상하게 되면서 본격적으로 작업하게 되었네요. 벌써 17년도의 끝자락이라는 것을 생각하면 까마득하게 느껴지는 일입니다.

기존의 필명은 늘 서양 배경 로맨스판타지, 동양 배경 로맨스판타지 등만 출간해왔기 때문에 이번 현대물에는 약간의 구분을 두어 웹연재에 인웨이라는 웹네임을 사용하고 있습니다. 그 밖의 다른 이유들에 관하여는 블로그에 명시 중입니다.

현대물이라고 말하기는 했지만 미사에도 판타지적인 요소가 있어 엄밀히 말하면 어반판타지라 분류하는 게 더 적합하겠습니다.

매 작품을 마무리 하는 후기를 쓸 때마다 하는 생각이지만 '정말로 이제 끝인가?' 설레기도 하고 아쉽기도 합니다. 이제까지 집필했던 글들 중 두 번째로 짧은 이야기인데도, 각권이 600페이지가 넘어 상당히 놀랐습니다.

복잡하지 않게 진행하려 애를 썼으나 의외로 복잡해진 결과물에 신

기합니다. 저에게 있어서도 색달랐던 작품의 후기를 쓰고 있는 지금은 꿈같기만 하네요.

후기의 대미는 역시 감사의 인사겠죠.

늘 사랑으로 지켜봐주시는 부모님께 감사드립니다. 매해의 건강을 기원합니다. 현대물을 잡았다고 했더니 자꾸만 자기 이름 넣어 달라 조르던 친구들, 너희 중에 누군가는 이 후기를 보고 있을 것 같으니까 고백한다. 이름은 차용하지 않았지만 다 이유가 있어 그런 거니 서운해 말고, 오래오래 함께하자. 함께 글 고민으로 날밤을 지새우는 지인 작가님들, 한결같은 응원과 격려 고맙습니다. 저도 작가님들을 응원하고 있어요. 모두 덕분에 이렇게 또 다시 한 작품이 결실을 맺고 감사의 인사를 영원히 지면에 남길 수 있게 되었습니다.

마지막으로, 반복된 수정으로 인해 고생이 많으셨을 도서출판 가하의 가족분들께도, 가하는 제 생애 첫 출판사인데 그 인연이 지금까지 이어짐에 감사하고 이렇게 또 한 작품을 함께 떠나보내게 되어 기쁩니다.

겨울의 초입, 은행 나뭇잎으로 덮인 경기도 어딘가에서
신여리 드림